御製

佛光恩照　三千大千　隨緣徧滿
恒沙法界　普度衆生　悉證菩提
身心安泰　年時豐稔　風雨調順
日月升恒　乾坤清寧　百昌蕃熾
上下樂利　中外協和　庶物咸亨
萬善圓成　情與無情　同登正覺
大清雍正十三年四月初八日

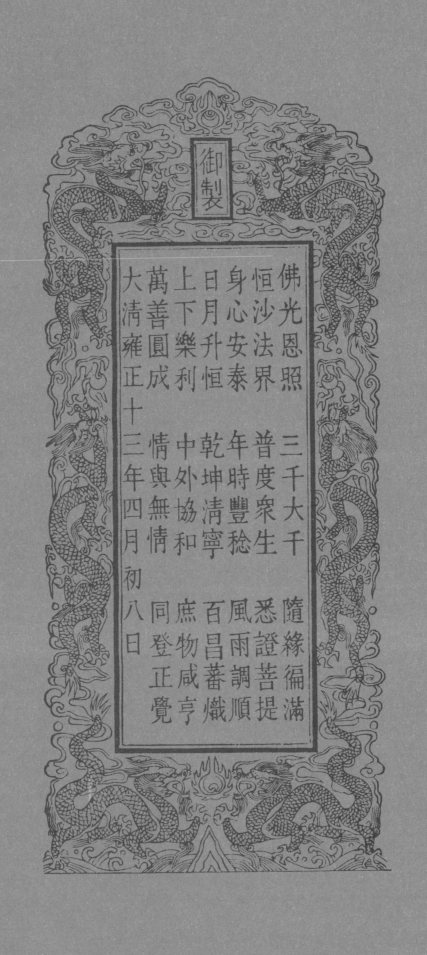

第七册　大乘經　般若部（七）

大般若波羅蜜多經

唐三藏法師玄奘奉　詔譯

清刻龍藏佛說法變相圖

大般若波羅蜜多經卷第二百八十一

唐三藏法師玄奘奉　詔譯

初分難信解品第三十四之一百

復次善現一切智智清淨故色清淨色清淨故一切陀羅尼門清淨何以故若一切智智清淨若色清淨若一切陀羅尼門清淨無二無二分無別無斷故一切智智清淨故受想行識清淨受想行識清淨故一切陀羅尼門清淨何以故若一切智智清淨若受想行識清淨若一切陀羅尼門清淨無二無二分無別無斷故善現一切智智清淨故眼處清淨眼處清淨故一切陀羅尼門清淨何以故若一切智智清淨若眼處清淨若一切陀羅尼門清淨無二無二分無別無斷故一切智智清淨故耳鼻舌身意處清淨耳鼻舌身意處

清淨故一切陀羅尼門清淨何以故若一切智智清淨若耳鼻舌身意處清淨若一切陀羅尼門清淨無二無二分無別無斷故善現一切智智清淨故色處清淨色處清淨故一切陀羅尼門清淨何以故若一切智智清淨若色處清淨若一切陀羅尼門清淨無二無二分無別無斷故一切智智清淨故聲香味觸法處清淨聲香味觸法處清淨故一切陀羅尼門清淨何以故若一切智智清淨若聲香味觸法處清淨若一切陀羅尼門清淨無二無二分無別無斷故善現一切智智清淨故眼界清淨眼界清淨故一切陀羅尼門清淨何以故若一切智智清淨若眼界清淨若一切陀羅尼門清淨無二無二分無別無斷故一切智智清淨故色界眼識界及眼觸眼觸爲緣所生諸受清淨色界乃至眼觸爲緣所生諸受清淨故一切陀羅尼門清淨何以故若一切智智清淨若色界乃至眼觸爲緣所生諸受清淨若一切陀羅尼門清淨無二無二分無別無斷故善現一切智智清淨故耳界清淨耳界清淨故一切陀羅尼門清淨何以故若一切智智清淨若耳界清淨若一切陀羅尼門清淨無二無二分無別無斷故一切智智清淨故聲界耳識界及耳觸耳觸爲緣所生諸受清淨聲界乃至耳觸爲緣所生諸受清淨故一切陀羅尼門清淨何以故若一切智智清淨若聲界乃至耳觸爲緣所生諸受清淨若一切陀羅尼門清淨無二無二分無別無斷故善現一切智智清淨故鼻界清淨鼻界清淨故一切陀羅尼門清淨何

以故若一切智智清淨若鼻界清淨若一切陀羅尼門清淨無二無二分無別無斷故一切智智清淨故香界鼻識界及鼻觸鼻觸爲緣所生諸受清淨香界乃至鼻觸爲緣所生諸受清淨故一切陀羅尼門清淨何以故若一切智智清淨若香界乃至鼻觸爲緣所生諸受清淨若一切陀羅尼門清淨無二無二分無別無斷故善現一切智智清淨故舌界清淨舌界清淨故一切陀羅尼門清淨何以故若一切智智清淨若舌界清淨若一切陀羅尼門清淨無二無二分無別無斷故一切智智清淨故味界舌識界及舌觸舌觸爲緣所生諸受清淨味界乃至舌觸爲緣所生諸受清淨故一切陀羅尼門清淨何以故若一切智智清淨若味界乃至舌觸爲緣所生諸受清淨若一切陀羅尼門清淨無二無二分無別無斷故善現一切智智清淨故身界清淨身界清淨故一切陀羅尼門清淨何以故若一切智智清淨若身界清淨若一切陀羅尼門清淨無二無二分無別無斷故一切智智清淨故觸界身識界及身觸身觸爲緣所生諸受清淨觸界乃至身觸爲緣所生諸受清淨故一切陀羅尼門清淨何以故若一切智智清淨若觸界乃至身觸爲緣所生諸受清淨若一切陀羅尼門清淨無二無二分無別無斷故善現一切智智清淨故意界清淨意界清淨故一切陀羅尼門清淨何以故若一切智智清淨若意界清淨若一切陀羅尼門清淨無二無二分無別無斷故一切智智清淨故法界意識界及意觸意觸爲緣所生

諸受清淨法界乃至意觸爲緣所生諸受清淨故一切陀羅尼門清淨何以故若一切智智清淨若法界乃至意觸爲緣所生諸受清淨若一切陀羅尼門清淨無二無二分無別無斷故善現一切智智清淨故地界清淨地界清淨故一切陀羅尼門清淨何以故若一切智智清淨若地界清淨若一切陀羅尼門清淨無二無二分無別無斷故一切智智清淨故水火風空識界清淨水火風空識界清淨故一切陀羅尼門清淨何以故若一切智智清淨若水火風空識界清淨若一切陀羅尼門清淨無二無二分無別無斷故善現一切智智清淨故無明清淨無明清淨故一切陀羅尼門清淨何以故若一切智智清淨若無明清淨若一切陀羅尼門清淨無二無二分無別無斷故一切智智清淨故行識名色六處觸受愛取有生老死愁歎苦憂惱清淨行乃至老死愁歎苦憂惱清淨故一切陀羅尼門清淨何以故若一切智智清淨若行乃至老死愁歎苦憂惱清淨若一切陀羅尼門清淨無二無二分無別無斷故善現一切智智清淨故布施波羅蜜多清淨布施波羅蜜多清淨故一切陀羅尼門清淨何以故若一切智智清淨若布施波羅蜜多清淨若一切陀羅尼門清淨無二無二分無別無斷故一切智智清淨故淨戒安忍精進靜慮般若波羅蜜多清淨淨戒乃至般若波羅蜜多清淨故一切陀羅尼門清淨何以故若一切智智清淨若淨戒乃至般若波羅蜜多清淨若一切陀羅尼門清淨無二無二分無別無斷故

善現一切智智清淨故内空清淨内空清淨故一切陀羅尼門清淨何以故若一切智智清淨若内空清淨若一切陀羅尼門清淨無二無二分無別無斷故一切智智清淨故外空内外空空空大空勝義空有爲空無爲空畢竟空無際空散空無變異空本性空自相空共相空一切法空不可得空無性空自性空無性自性空清淨外空乃至無性自性空清淨故一切陀羅尼門清淨何以故若一切智智清淨若外空乃至無性自性空清淨若一切陀羅尼門清淨無二無二分無別無斷故善現一切智智清淨故眞如清淨眞如清淨故一切陀羅尼門清淨何以故若一切智智清淨若眞如清淨若一切陀羅尼門清淨無二無二分無別無斷故一切智智清淨故法界法性不虚妄性不變異性平等性離生性法定法住實際虚空界不思議界清淨法界乃至不思議界清淨故一切陀羅尼門清淨何以故若一切智智清淨若法界乃至不思議界清淨若一切陀羅尼門清淨無二無二分無別無斷故善現一切智智清淨故苦聖諦清淨苦聖諦清淨故一切陀羅尼門清淨何以故若一切智智清淨若苦聖諦清淨若一切陀羅尼門清淨無二無二分無別無斷故一切智智清淨故集滅道聖諦清淨集滅道聖諦清淨故一切陀羅尼門清淨何以故若一切智智清淨若集滅道聖諦清淨若一切陀羅尼門清淨無二無二分無別無斷故善現一切智智清淨故四靜慮清淨四靜慮清淨故一切陀羅尼門清淨何以故若一

切智智清淨若四靜慮清淨若一切陀羅尼門清淨無二無二分無別無斷故一切智智清淨故四無量四無色定清淨四無量四無色定清淨故一切陀羅尼門清淨何以故若一切智智清淨若四無量四無色定清淨若一切陀羅尼門清淨無二無二分無別無斷故善現一切智智清淨故八解脫清淨八解脫清淨故一切陀羅尼門清淨何以故若一切智智清淨若八解脫清淨若一切陀羅尼門清淨無二無二分無別無斷故一切智智清淨故八勝處九次第定十遍處清淨八勝處九次第定十遍處清淨故一切陀羅尼門清淨何以故若一切智智清淨若八勝處九次第定十遍處清淨若一切陀羅尼門清淨無二無二分無別無斷故善現一切智智清淨故四念住清淨四念住清淨故一切陀羅尼門清淨何以故若一切智智清淨若四念住清淨若一切陀羅尼門清淨無二無二分無別無斷故一切智智清淨故四正斷四神足五根五力七等覺支八聖道支清淨四正斷乃至八聖道支清淨故一切陀羅尼門清淨何以故若一切智智清淨若四正斷乃至八聖道支清淨若一切陀羅尼門清淨無二無二分無別無斷故善現一切智智清淨故空解脫門清淨空解脫門清淨故一切陀羅尼門清淨何以故若一切智智清淨若空解脫門清淨若一切陀羅尼門清淨無二無二分無別無斷故一切智智清淨故無相無願解脫門清淨無相無願解脫門清淨故一切陀羅尼門清淨何以故若一切智智清淨若

無相無願解脫門清淨若一切陀羅尼門清
淨無二無二分無別無斷故善現一切智智
清淨故菩薩十地清淨菩薩十地清淨故一
切陀羅尼門清淨何以故若一切智智清淨
若菩薩十地清淨若一切陀羅尼門清淨無
二無二分無別無斷故善現一切智智清淨
故五眼清淨五眼清淨故一切陀羅尼門清
淨何以故若一切智智清淨若五眼清淨若
一切陀羅尼門清淨無二無二分無別無斷
故一切智智清淨故六神道清淨六神通清
淨故一切陀羅尼門清淨何以故若一切智
智清淨若六神通清淨若一切陀羅尼門清
淨無二無二分無別無斷故善現一切智智
清淨故佛十力清淨佛十力清淨故一切陀
羅尼門清淨何以故若一切智智清淨若佛
十力清淨若一切陀羅尼門清淨無二無二
分無別無斷故一切智智清淨故四無所畏
四無礙解大慈大悲大喜大捨十八佛不共
法清淨四無所畏乃至十八佛不共法清淨
故一切陀羅尼門清淨何以故若一切智智
清淨若四無所畏乃至十八佛不共法清淨
若一切陀羅尼門清淨無二無二分無別無
斷故善現一切智智清淨故無忘失法清淨
無忘失法清淨故一切陀羅尼門清淨何以
故若一切智智清淨若無忘失法清淨若一
切陀羅尼門清淨無二無二分無別無斷故
一切智智清淨故恒住捨性清淨恒住捨性
清淨故一切陀羅尼門清淨何以故若一切
智智清淨若恒住捨性清淨若一切陀羅尼
門清淨無二無二分無別無斷故善現一切

智智清淨故一切智清淨一切智清淨故一切陀羅尼門清淨何以故若一切智智清淨若一切智清淨若一切陀羅尼門清淨無二無二分無別無斷故一切智智清淨故道相智一切相智清淨道相智一切相智清淨故一切陀羅尼門清淨何以故若一切智智清淨若道相智一切相智清淨若一切陀羅尼門清淨無二無二分無別無斷故善現一切智智清淨故一切三摩地門清淨一切三摩地門清淨故一切陀羅尼門清淨何以故若一切智智清淨若一切三摩地門清淨若一切陀羅尼門清淨無二無二分無別無斷故善現一切智智清淨故預流果清淨預流果清淨故一切陀羅尼門清淨何以故若一切智智清淨若預流果清淨若一切陀羅尼門清淨無二無二分無別無斷故一切智智清淨故一來不還阿羅漢果清淨一來不還阿羅漢果清淨故一切陀羅尼門清淨何以故若一切智智清淨若一來不還阿羅漢果清淨若一切陀羅尼門清淨無二無二分無別無斷故善現一切智智清淨故獨覺菩提清淨獨覺菩提清淨故一切陀羅尼門清淨何以故若一切智智清淨若獨覺菩提清淨若一切陀羅尼門清淨無二無二分無別無斷故善現一切智智清淨故一切菩薩摩訶薩行清淨一切菩薩摩訶薩行清淨故一切陀羅尼門清淨何以故若一切智智清淨若一切菩薩摩訶薩行清淨若一切陀羅尼門清淨無二無二分無別無斷故善現一切智智清淨故諸佛無上正等菩提清淨諸佛無上

正等菩提清淨故一切陀羅尼門清淨何以故若一切智智清淨若諸佛無上正等菩提清淨若一切陀羅尼門清淨無二無二分無別無斷故復次善現一切智智清淨故色清淨色清淨故一切三摩地門清淨何以故若一切智智清淨若色清淨若一切三摩地門清淨無二無二分無別無斷故一切智智清淨故受想行識清淨受想行識清淨故一切三摩地門清淨何以故若一切智智清淨若受想行識清淨若一切三摩地門清淨無二無二分無別無斷故善現一切智智清淨故眼處清淨眼處清淨故一切三摩地門清淨何以故若一切智智清淨若眼處清淨若一切三摩地門清淨無二無二分無別無斷故一切智智清淨故耳鼻舌身意處清淨耳鼻舌身意處清淨故一切三摩地門清淨何以故若一切智智清淨若耳鼻舌身意處清淨若一切三摩地門清淨無二無二分無別無斷故善現一切智智清淨故色處清淨色處清淨故一切三摩地門清淨何以故若一切智智清淨若色處清淨若一切三摩地門清淨無二無二分無別無斷故一切智智清淨故聲香味觸法處清淨聲香味觸法處清淨故一切三摩地門清淨何以故若一切智智清淨若聲香味觸法處清淨若一切三摩地門清淨無二無二分無別無斷故善現一切智智清淨故眼界清淨眼界清淨故一切三摩地門清淨何以故若一切智智清淨若眼界清淨若一切三摩地門清淨無二無二分無別無斷故一切智智清淨故色界眼識界

及眼觸眼觸爲緣所生諸受清淨色界乃至眼觸爲緣所生諸受清淨故一切三摩地門清淨何以故若一切智智清淨若色界乃至眼觸爲緣所生諸受清淨若一切三摩地門清淨無二無二分無別無斷故善現一切智智清淨故耳界清淨耳界清淨故一切三摩地門清淨何以故若一切智智清淨若耳界清淨若一切三摩地門清淨無二無二分無別無斷故一切智智清淨故聲界耳識界及耳觸耳觸爲緣所生諸受清淨聲界乃至耳觸爲緣所生諸受清淨故一切三摩地門清淨何以故若一切智智清淨若聲界乃至耳觸爲緣所生諸受清淨若一切三摩地門清淨無二無二分無別無斷故善現一切智智清淨故鼻界清淨鼻界清淨故一切三摩地門清淨何以故若一切智智清淨若鼻界清淨若一切三摩地門清淨無二無二分無別無斷故一切智智清淨故香界鼻識界及鼻觸鼻觸爲緣所生諸受清淨香界乃至鼻觸爲緣所生諸受清淨故一切三摩地門清淨何以故若一切智智清淨若香界乃至鼻觸爲緣所生諸受清淨若一切三摩地門清淨無二無二分無別無斷故善現一切智智清淨故舌界清淨舌界清淨故一切三摩地門清淨何以故若一切智智清淨若舌界清淨若一切三摩地門清淨無二無二分無別無斷故一切智智清淨故味界舌識界及舌觸舌觸爲緣所生諸受清淨味界乃至舌觸爲緣所生諸受清淨故一切三摩地門清淨何以故若一切智智清淨若味界乃至舌觸爲

緣所生諸受清淨若一切三摩地門清淨無二無二分無別無斷故善現一切智智清淨故身界清淨身界清淨故一切三摩地門清淨何以故若一切智智清淨若身界清淨若一切三摩地門清淨無二無二分無別無斷故一切智智清淨故觸界身識界及身觸身觸爲緣所生諸受清淨觸界乃至身觸爲緣所生諸受清淨故一切三摩地門清淨何以故若一切智智清淨若觸界乃至身觸爲緣所生諸受清淨若一切三摩地門清淨無二無二分無別無斷故善現一切智智清淨故意界清淨意界清淨故一切三摩地門清淨何以故若一切智智清淨若意界清淨若一切三摩地門清淨無二無二分無別無斷故一切智智清淨故法界意識界及意觸意觸爲緣所生諸受清淨法界乃至意觸爲緣所生諸受清淨故一切三摩地門清淨何以故若一切智智清淨若法界乃至意觸爲緣所生諸受清淨若一切三摩地門清淨無二無二分無別無斷故善現一切智智清淨故地界清淨地界清淨故一切三摩地門清淨何以故若一切智智清淨若地界清淨若一切三摩地門清淨無二無二分無別無斷故一切智智清淨故水火風空識界清淨水火風空識界清淨故一切三摩地門清淨何以故若一切智智清淨若水火風空識界清淨若一切三摩地門清淨無二無二分無別無斷故善現一切智智清淨故無明清淨無明清淨故一切三摩地門清淨何以故若一切智智清淨若無明清淨若一切三摩地門清淨

無二無二分無別無斷故一切智智清淨故行識名色六處觸受愛取有生老死愁歎苦憂惱清淨行乃至老死愁歎苦憂惱清淨故一切三摩地門清淨何以故若一切智智清淨若行乃至老死愁歎苦憂惱清淨若一切三摩地門清淨無二無二分無別無斷故善現一切智智清淨故布施波羅蜜多清淨布施波羅蜜多清淨故一切三摩地門清淨何以故若一切智智清淨若布施波羅蜜多清淨若一切三摩地門清淨無二無二分無別無斷故一切智智清淨故淨戒安忍精進靜慮般若波羅蜜多清淨淨戒乃至般若波羅蜜多清淨故一切三摩地門清淨何以故若一切智智清淨若淨戒乃至般若波羅蜜多清淨若一切三摩地門清淨無二無二分無

別無斷故善現一切智智清淨故内空清淨内空清淨故一切三摩地門清淨何以故若一切智智清淨若内空清淨若一切三摩地門清淨無二無二分無別無斷故一切智智清淨故外空内外空空空大空勝義空有爲空無爲空畢竟空無際空散空無變異空本性空自相空共相空一切法空不可得空無性空自性空無性自性空清淨外空乃至無性自性空清淨故一切三摩地門清淨何以故若一切智智清淨若外空乃至無性自性空清淨若一切三摩地門清淨無二無二分無別無斷故善現一切智智清淨故真如清淨真如清淨故一切三摩地門清淨何以故若一切智智清淨若真如清淨若一切三摩地門清淨無二無二分無別無斷故一切智

智清淨故法界法性不虛妄性不變異性平等性離生性法定法住實際虛空界不思議界清淨法界乃至不思議界清淨故一切三摩地門清淨何以故若一切智智清淨若法界乃至不思議界清淨若一切三摩地門清淨無二無二分無别無斷故善現一切智智清淨故苦聖諦清淨苦聖諦清淨故一切三摩地門清淨何以故若一切智智清淨若苦聖諦清淨若一切三摩地門清淨無二無二分無别無斷故一切智智清淨故集滅道聖諦清淨集滅道聖諦清淨故一切三摩地門清淨何以故若一切智智清淨若集滅道聖諦清淨若一切三摩地門清淨無二無二分無别無斷故善現一切智智清淨故四靜慮清淨四靜慮清淨故一切三摩地門清淨何以故若一切智智清淨若四靜慮清淨若一切三摩地門清淨無二無二分無别無斷故一切智智清淨故四無量四無色定清淨四無量四無色定清淨故一切三摩地門清淨何以故若一切智智清淨若四無量四無色定清淨若一切三摩地門清淨無二無二分無别無斷故善現一切智智清淨故八解脫清淨八解脫清淨故一切三摩地門清淨何以故若一切智智清淨若八解脫清淨若一切三摩地門清淨無二無二分無别無斷故一切智智清淨故八勝處九次第定十遍處清淨八勝處九次第定十遍處清淨故一切三摩地門清淨何以故若一切智智清淨若八勝處九次第定十遍處清淨若一切三摩地門清淨無二無二分無别無斷故善現一

切智智清淨故四念住清淨四念住清淨故一切三摩地門清淨何以故若一切智智清淨若四念住清淨若一切三摩地門清淨無二無二分無別無斷故一切智智清淨故四正斷四神足五根五力七等覺支八聖道支清淨四正斷乃至八聖道支清淨故一切三摩地門清淨何以故若一切智智清淨若四正斷乃至八聖道支清淨若一切三摩地門清淨無二無二分無別無斷故善現一切智智清淨故空解脫門清淨空解脫門清淨故一切三摩地門清淨何以故若一切智智清淨若空解脫門清淨若一切三摩地門清淨無二無二分無別無斷故一切智智清淨故無相無願解脫門清淨無相無願解脫門清淨故一切三摩地門清淨何以故若一切智智清淨若無相無願解脫門清淨若一切三摩地門清淨無二無二分無別無斷故善現一切智智清淨故菩薩十地清淨菩薩十地清淨故一切三摩地門清淨何以故若一切智智清淨故菩薩十地清淨若一切三摩地門清淨無二無二分無別無斷故善現一切智智清淨故五眼清淨五眼清淨故一切三摩地門清淨何以故若一切智智清淨若五眼清淨若一切三摩地門清淨無二無二分無別無斷故一切智智清淨故六神通清淨六神通清淨故一切三摩地門清淨何以故若一切智智清淨若六神通清淨若一切三摩地門清淨無二無二分無別無斷故善現一切智智清淨故佛十力清淨佛十力清淨故一切三摩地門清淨何以故若一切智智

清淨若佛十力清淨若一切三摩地門清淨無二無二分無別無斷故一切智智清淨故四無所畏四無礙解大慈大悲大喜大捨十八佛不共法清淨四無所畏乃至十八佛不共法清淨故一切三摩地門清淨何以故若一切智智清淨若四無所畏乃至十八佛不共法清淨若一切三摩地門清淨無二無二分無別無斷故善現一切智智清淨故無忘失法清淨無忘失法清淨故一切三摩地門清淨何以故若一切智智清淨若無忘失法清淨若一切三摩地門清淨無二無二分無別無斷故一切智智清淨故恒住捨性清淨恒住捨性清淨故一切三摩地門清淨何以故若一切智智清淨若恒住捨性清淨若一切三摩地門清淨無二無二分無別無斷故

善現一切智智清淨故一切智清淨一切智清淨故一切三摩地門清淨何以故若一切智智清淨若一切智清淨若一切三摩地門清淨無二無二分無別無斷故一切智智清淨故道相智一切相智清淨道相智一切相智清淨故一切三摩地門清淨何以故若一切智智清淨若道相智一切相智清淨若一切三摩地門清淨無二無二分無別無斷故善現一切智智清淨故一切陀羅尼門清淨一切陀羅尼門清淨故一切三摩地門清淨何以故若一切智智清淨若一切陀羅尼門清淨若一切三摩地門清淨無二無二分無別無斷故善現一切智智清淨故預流果清淨預流果清淨故一切三摩地門清淨何以故若一切智智清淨若預流果清淨若一切

三摩地門清淨無二無二分無別無斷故一切智智清淨故一來不還阿羅漢果清淨一來不還阿羅漢果清淨故一切三摩地門清淨何以故若一切智智清淨若一來不還阿羅漢果清淨若一切三摩地門清淨無二無二分無別無斷故善現一切智智清淨故獨覺菩提清淨獨覺菩提清淨故一切三摩地門清淨何以故若一切智智清淨若獨覺菩提清淨若一切三摩地門清淨無二無二分無別無斷故善現一切智智清淨故一切菩薩摩訶薩行清淨一切菩薩摩訶薩行清淨故一切三摩地門清淨何以故若一切智智清淨若一切菩薩摩訶薩行清淨若一切三摩地門清淨無二無二分無別無斷故善現一切智智清淨故諸佛無上正等菩提清淨

諸佛無上正等菩提清淨故一切三摩地門清淨何以故若一切智智清淨若諸佛無上正等菩提清淨若一切三摩地門清淨無二無二分無別無斷故復次善現一切智智清淨故色清淨色清淨故預流果清淨何以故若一切智智清淨若色清淨若預流果清淨無二無二分無別無斷故一切智智清淨故受想行識清淨受想行識清淨故預流果清淨何以故若一切智智清淨若受想行識清淨若預流果清淨無二無二分無別無斷故善現一切智智清淨故眼處清淨眼處清淨故預流果清淨何以故若一切智智清淨若眼處清淨若預流果清淨無二無二分無別無斷故一切智智清淨故耳鼻舌身意處清淨耳鼻舌身意處清淨故預流果清淨何以

故若一切智智清淨若耳鼻舌身意處清淨若預流果清淨無二無二分無別無斷故善現一切智智清淨故色處清淨色處清淨故預流果清淨何以故若一切智智清淨若色處清淨若預流果清淨無二無二分無別無斷故一切智智清淨故聲香味觸法處清淨聲香味觸法處清淨故預流果清淨何以故若一切智智清淨若聲香味觸法處清淨若預流果清淨無二無二分無別無斷故善現一切智智清淨故眼界清淨眼界清淨故預流果清淨何以故若一切智智清淨若眼界清淨若預流果清淨無二無二分無別無斷故一切智智清淨故色界眼識界及眼觸眼觸爲緣所生諸受清淨色界乃至眼觸爲緣所生諸受清淨故預流果清淨何以故若一切智智清淨若色界乃至眼觸爲緣所生諸受清淨若預流果清淨無二無二分無別無斷故善現一切智智清淨故耳界清淨耳界清淨故預流果清淨何以故若一切智智清淨若耳界清淨若預流果清淨無二無二分無別無斷故一切智智清淨故聲界耳識界及耳觸耳觸爲緣所生諸受清淨聲界乃至耳觸爲緣所生諸受清淨故預流果清淨何以故若一切智智清淨若聲界乃至耳觸爲緣所生諸受清淨若預流果清淨無二無二分無別無斷故

大般若波羅蜜多經卷第二百八十一

音釋

陀羅尼梵語也此云總持謂持善不失持惡不生

三摩地梵語也亦云三摩鉢底此云等持謂離沉掉曰等令心住一境性曰持

大般若波羅蜜多經卷第二百八十二

唐三藏法師玄奘奉　詔譯

初分難信解品第三十四之一百一

善現一切智智清淨故鼻界清淨鼻界清淨故預流果清淨何以故若一切智智清淨若鼻界清淨若預流果清淨無二無二分無別無斷故一切智智清淨故香界鼻識界及鼻觸鼻觸爲緣所生諸受清淨香界乃至鼻觸爲緣所生諸受清淨故預流果清淨何以故若一切智智清淨若香界乃至鼻觸爲緣所生諸受清淨若預流果清淨無二無二分無別無斷故善現一切智智清淨故舌界清淨舌界清淨故預流果清淨何以故若一切智智清淨若舌界清淨若預流果清淨無二無二分無別無斷故一切智智清淨故味界舌識界及舌觸舌觸爲緣所生諸受清淨味界乃至舌觸爲緣所生諸受清淨故預流果清淨何以故若一切智智清淨若味界乃至舌觸爲緣所生諸受清淨若預流果清淨無二無二分無別無斷故善現一切智智清淨故身界清淨身界清淨故預流果清淨何以故若一切智智清淨若身界清淨若預流果清淨無二無二分無別無斷故一切智智清淨故觸界身識界及身觸身觸爲緣所生諸受清淨觸界乃至身觸爲緣所生諸受清淨故預流果清淨何以故若一切智智清淨若觸界乃至身觸爲緣所生諸受清淨若預流果清淨無二無二分無別無斷故善現一切智智清淨故意界清淨意界清淨故預流果清淨何以故若一切智智清淨若意界清淨若

預流果清淨無二無二分無別無斷故一切智智清淨故法界意識界及意觸意觸爲緣所生諸受清淨法界乃至意觸爲緣所生諸受清淨故預流果清淨何以故若一切智智清淨若法界乃至意觸爲緣所生諸受清淨若預流果清淨無二無二分無別無斷故善現一切智智清淨故地界清淨地界清淨故預流果清淨何以故若一切智智清淨若地界清淨若預流果清淨無二無二分無別無斷故一切智智清淨故水火風空識界清淨水火風空識界清淨故預流果清淨何以故若一切智智清淨若水火風空識界清淨若預流果清淨無二無二分無別無斷故善現一切智智清淨故無明清淨無明清淨故預流果清淨何以故若一切智智清淨若無明清淨若預流果清淨無二無二分無別無斷故一切智智清淨故行識名色六處觸受愛取有生老死愁歎苦憂惱清淨行乃至老死愁歎苦憂惱清淨故預流果清淨何以故若一切智智清淨若行乃至老死愁歎苦憂惱清淨若預流果清淨無二無二分無別無斷故善現一切智智清淨故布施波羅蜜多清淨布施波羅蜜多清淨故預流果清淨何以故若一切智智清淨若布施波羅蜜多清淨若預流果清淨無二無二分無別無斷故一切智智清淨故淨戒安忍精進靜慮般若波羅蜜多清淨淨戒乃至般若波羅蜜多清淨故預流果清淨何以故若一切智智清淨若淨戒乃至般若波羅蜜多清淨若預流果清淨無二無二分無別無斷故善現一切智智

清淨故内空清淨内空清淨故預流果清淨何以故若一切智智清淨若内空清淨若預流果清淨無二無二分無別無斷故一切智智清淨故外空内外空空空大空勝義空有爲空無爲空畢竟空無際空散空無變異空本性空自相空共相空一切法空不可得空無性空自性空無性自性空清淨外空乃至無性自性空清淨故預流果清淨何以故若一切智智清淨若外空乃至無性自性空清淨若預流果清淨無二無二分無別無斷故善現一切智智清淨故眞如清淨眞如清淨故預流果清淨何以故若一切智智清淨若眞如清淨若預流果清淨無二無二分無別無斷故一切智智清淨故法界法性不虚妄性不變異性平等性離生性法定法住實際虚空界不思議界清淨法界乃至不思議界清淨故預流果清淨何以故若一切智智清淨若法界乃至不思議界清淨若預流果清淨無二無二分無別無斷故善現一切智智清淨故苦聖諦清淨苦聖諦清淨故預流果清淨何以故若一切智智清淨若苦聖諦清淨若預流果清淨無二無二分無別無斷故一切智智清淨故集滅道聖諦清淨集滅道聖諦清淨故預流果清淨何以故若一切智智清淨若集滅道聖諦清淨若預流果清淨無二無二分無別無斷故善現一切智智清淨故四靜慮清淨四靜慮清淨故預流果清淨何以故若一切智智清淨若四靜慮清淨若預流果清淨無二無二分無別無斷故一切智智清淨故四無量四無色定清淨四無

量四無色定清淨故預流果清淨何以故若一切智智清淨若四無量四無色定清淨若預流果清淨無二無二分無別無斷故善現一切智智清淨故八解脱清淨八解脱清淨故預流果清淨何以故若一切智智清淨若八解脱清淨若預流果清淨無二無二分無別無斷故一切智智清淨故八勝處九次第定十遍處清淨八勝處九次第定十遍處清淨故預流果清淨何以故若一切智智清淨若八勝處九次第定十遍處清淨若預流果清淨無二無二分無別無斷故善現一切智智清淨故四念住清淨四念住清淨故預流果清淨何以故若一切智智清淨若四念住清淨若預流果清淨無二無二分無別無斷故一切智智清淨故四正斷四神足五根五力七等覺支八聖道支清淨四正斷乃至八聖道支清淨故預流果清淨何以故若一切智智清淨若四正斷乃至八聖道支清淨若預流果清淨無二無二分無別無斷故善現一切智智清淨故空解脱門清淨空解脱門清淨故預流果清淨何以故若一切智智清淨若空解脱門清淨若預流果清淨無二無二分無別無斷故一切智智清淨故無相無願解脱門清淨無相無願解脱門清淨故預流果清淨何以故若一切智智清淨若無相無願解脱門清淨若預流果清淨無二無二分無別無斷故善現一切智智清淨故菩薩十地清淨菩薩十地清淨故預流果清淨何以故若一切智智清淨若菩薩十地清淨若預流果清淨無二無二分無別無斷故善現

一切智智清淨故五眼清淨五眼清淨故預
流果清淨何以故若一切智智清淨若五眼
清淨若預流果清淨無二無二分無別無斷
故一切智智清淨故六神通清淨六神通清
淨故預流果清淨何以故若一切智智清淨
若六神通清淨若預流果清淨無二無二分
無別無斷故善現一切智智清淨故佛十力
清淨佛十力清淨故預流果清淨何以故若
一切智智清淨若佛十力清淨若預流果清
淨無二無二分無別無斷故一切智智清淨
故四無所畏四無礙解大慈大悲大喜大捨
十八佛不共法清淨四無所畏乃至十八佛
不共法清淨故預流果清淨何以故若一切
智智清淨若四無所畏乃至十八佛不共法
清淨若預流果清淨無二無二分無別無斷
故善現一切智智清淨故無忘失法清淨無
忘失法清淨故預流果清淨何以故若一切
智智清淨若無忘失法清淨若預流果清淨
無二無二分無別無斷故一切智智清淨故
恒住捨性清淨恒住捨性清淨故預流果清
淨何以故若一切智智清淨若恒住捨性清
淨若預流果清淨無二無二分無別無斷故
善現一切智智清淨故一切智清淨一切智
清淨故預流果清淨何以故若一切智智清
淨若一切智清淨若預流果清淨無二無二
分無別無斷故一切智智清淨故道相智一
切相智清淨道相智一切相智清淨故預流
果清淨何以故若一切智智清淨若道相智
一切相智清淨若預流果清淨無二無二分
無別無斷故善現一切智智清淨故一切陀

羅尼門清淨一切陀羅尼門清淨故預流果清淨何以故若一切智智清淨若一切陀羅尼門清淨若預流果清淨無二無二分無別無斷故一切智智清淨故一切三摩地門清淨一切三摩地門清淨故預流果清淨何以故若一切智智清淨若一切三摩地門清淨若預流果清淨無二無二分無別無斷故善現一切智智清淨故一來果清淨一來果清淨故預流果清淨何以故若一切智智清淨若一來果清淨若預流果清淨無二無二分無別無斷故一切智智清淨故不還阿羅漢果清淨不還阿羅漢果清淨故預流果清淨何以故若一切智智清淨若不還阿羅漢果清淨若預流果清淨無二無二分無別無斷故善現一切智智清淨故獨覺菩提清淨獨覺菩提清淨故預流果清淨何以故若一切智智清淨若獨覺菩提清淨若預流果清淨無二無二分無別無斷故善現一切智智清淨故一切菩薩摩訶薩行清淨一切菩薩摩訶薩行清淨故預流果清淨何以故若一切智智清淨若一切菩薩摩訶薩行清淨若預流果清淨無二無二分無別無斷故善現一切智智清淨故諸佛無上正等菩提清淨諸佛無上正等菩提清淨故預流果清淨何以故若一切智智清淨若諸佛無上正等菩提清淨若預流果清淨無二無二分無別無斷故復次善現一切智智清淨故色清淨色清淨故一來果清淨何以故若一切智智清淨若色清淨若一來果清淨無二無二分無別無斷故一切智智清淨故受想行識清淨受

想行識清淨故一來果清淨何以故若一切智智清淨若受想行識清淨若一來果清淨無二無二分無別無斷故善現一切智智清淨故眼處清淨眼處清淨故一來果清淨何以故若一切智智清淨若眼處清淨若一來果清淨無二無二分無別無斷故一切智智清淨故耳鼻舌身意處清淨耳鼻舌身意處清淨故一來果清淨何以故若一切智智清淨若耳鼻舌身意處清淨若一來果清淨無二無二分無別無斷故善現一切智智清淨故色處清淨色處清淨故一來果清淨何以故若一切智智清淨若色處清淨若一來果清淨無二無二分無別無斷故一切智智清淨故聲香味觸法處清淨聲香味觸法處清淨故一來果清淨何以故若一切智智清淨若聲香味觸法處清淨若一來果清淨無二無二分無別無斷故善現一切智智清淨故眼界清淨眼界清淨故一來果清淨何以故若一切智智清淨若眼界清淨若一來果清淨無二無二分無別無斷故一切智智清淨故色界眼識界及眼觸眼觸爲緣所生諸受清淨色界乃至眼觸爲緣所生諸受清淨故一來果清淨何以故若一切智智清淨若色界乃至眼觸爲緣所生諸受清淨若一來果清淨無二無二分無別無斷故善現一切智智清淨故耳界清淨耳界清淨故一來果清淨何以故若一切智智清淨若耳界清淨若一來果清淨無二無二分無別無斷故一切智智清淨故聲界耳識界及耳觸耳觸爲緣所生諸受清淨聲界乃至耳觸爲緣所生諸

受清淨故一來果清淨何以故若一切智智清淨若聲界乃至耳觸爲緣所生諸受清淨若一來果清淨無二無二分無別無斷故善現一切智智清淨故鼻界清淨鼻界清淨故一來果清淨何以故若一切智智清淨若鼻界清淨若一來果清淨無二無二分無別無斷故一切智智清淨故香界鼻識界及鼻觸鼻觸爲緣所生諸受清淨香界乃至鼻觸爲緣所生諸受清淨故一來果清淨何以故若一切智智清淨若香界乃至鼻觸爲緣所生諸受清淨若一來果清淨無二無二分無別無斷故善現一切智智清淨故舌界清淨舌界清淨故一來果清淨何以故若一切智智清淨若舌界清淨若一來果清淨無二無二分無別無斷故一切智智清淨故味界舌識界及舌觸舌觸爲緣所生諸受清淨味界乃至舌觸爲緣所生諸受清淨故一來果清淨何以故若一切智智清淨若味界乃至舌觸爲緣所生諸受清淨若一來果清淨無二無二分無別無斷故善現一切智智清淨故身界清淨身界清淨故一來果清淨何以故若一切智智清淨若身界清淨若一來果清淨無二無二分無別無斷故一切智智清淨故觸界身識界及身觸身觸爲緣所生諸受清淨觸界乃至身觸爲緣所生諸受清淨故一來果清淨何以故若一切智智清淨若觸界乃至身觸爲緣所生諸受清淨若一來果清淨無二無二分無別無斷故善現一切智智清淨故意界清淨意界清淨故一來果清淨何以故若一切智智清淨若意界清淨若一

來果清淨無二無二分無別無斷故一切智
智清淨故法界意識界及意觸意觸爲緣所
生諸受清淨法界乃至意觸爲緣所生諸受
清淨故一來果清淨何以故若一切智智清
淨若法界乃至意觸爲緣所生諸受清淨若
一來果清淨無二無二分無別無斷故善現
一切智智清淨故地界清淨地界清淨故一
來果清淨何以故若一切智智清淨若地界
清淨若一來果清淨無二無二分無別無斷
故一切智智清淨故水火風空識界清淨水
火風空識界清淨故一來果清淨何以故若
一切智智清淨若水火風空識界清淨若一
來果清淨無二無二分無別無斷故善現一
切智智清淨故無明清淨無明清淨故一來
果清淨何以故若一切智智清淨若無明清

淨若一來果清淨無二無二分無別無斷故
一切智智清淨故行識名色六處觸受愛取
有生老死愁歎苦憂惱清淨行乃至老死愁
歎苦憂惱清淨故一來果清淨何以故若一
切智智清淨若行乃至老死愁歎苦憂惱清
淨若一來果清淨無二無二分無別無斷故
善現一切智智清淨故布施波羅蜜多清淨
布施波羅蜜多清淨故一來果清淨何以故
若一切智智清淨若布施波羅蜜多清淨若
一來果清淨無二無二分無別無斷故一切
智智清淨故淨戒安忍精進靜慮般若波羅
蜜多清淨淨戒乃至般若波羅蜜多清淨故
一來果清淨何以故若一切智智清淨若淨
戒乃至般若波羅蜜多清淨若一來果清淨
無二無二分無別無斷故善現一切智智清

淨故內空清淨內空清淨故一來果清淨何以故若一切智智清淨若內空清淨若一來果清淨無二無二分無別無斷故一切智智清淨故外空內外空空空大空勝義空有為空無為空畢竟空無際空散空無變異空本性空自相空共相空一切法空不可得空無性空自性空無性自性空清淨外空乃至無性自性空清淨故一來果清淨何以故若一切智智清淨若外空乃至無性自性空清淨若一來果清淨無二無二分無別無斷故善現一切智智清淨故真如清淨真如清淨故一來果清淨何以故若一切智智清淨若真如清淨若一來果清淨無二無二分無別無斷故一切智智清淨故法界法性不虛妄性不變異性平等性離生性法定法住實際虛空界不思議界清淨法界乃至不思議界清淨故一來果清淨何以故若一切智智清淨若法界乃至不思議界清淨若一來果清淨無二無二分無別無斷故善現一切智智清淨故苦聖諦清淨苦聖諦清淨故一來果清淨何以故若一切智智清淨若苦聖諦清淨若一來果清淨無二無二分無別無斷故一切智智清淨故集滅道聖諦清淨集滅道聖諦清淨故一來果清淨何以故若一切智智清淨若集滅道聖諦清淨若一來果清淨無二無二分無別無斷故善現一切智智清淨故四靜慮清淨四靜慮清淨故一來果清淨何以故若一切智智清淨若四靜慮清淨若一來果清淨無二無二分無別無斷故一切智智清淨故四無量四無色定清淨四無量

四無色定清淨故一來果清淨何以故若一切智智清淨若四無量四無色定清淨若一來果清淨無二無二分無別無斷故善現一切智智清淨故八解脫清淨八解脫清淨故一來果清淨何以故若一切智智清淨若八解脫清淨若一來果清淨無二無二分無別無斷故一切智智清淨故八勝處九次第定十遍處清淨八勝處九次第定十遍處清淨故一來果清淨何以故若一切智智清淨若八勝處九次第定十遍處清淨若一來果清淨無二無二分無別無斷故善現一切智智清淨故四念住清淨四念住清淨故一來果清淨何以故若一切智智清淨若四念住清淨若一來果清淨無二無二分無別無斷故一切智智清淨故四正斷四神足五根五力七等覺支八聖道支清淨四正斷乃至八聖道支清淨故一來果清淨何以故若一切智智清淨若四正斷乃至八聖道支清淨若一來果清淨無二無二分無別無斷故善現一切智智清淨故空解脫門清淨空解脫門清淨故一來果清淨何以故若一切智智清淨若空解脫門清淨若一來果清淨無二無二分無別無斷故一切智智清淨故無相無願解脫門清淨無相無願解脫門清淨故一來果清淨何以故若一切智智清淨若無相無願解脫門清淨若一來果清淨無二無二分無別無斷故善現一切智智清淨故菩薩十地清淨菩薩十地清淨故一來果清淨何以故若一切智智清淨若菩薩十地清淨若一來果清淨無二無二分無別無斷故善現一

切智智清淨故五眼清淨五眼清淨故一來果清淨何以故若一切智智清淨若五眼清淨若一來果清淨無二無二分無別無斷故一切智智清淨故六神通清淨六神通清淨故一來果清淨何以故若一切智智清淨若六神通清淨若一來果清淨無二無二分無別無斷故善現一切智智清淨故佛十力清淨佛十力清淨故一來果清淨何以故若一切智智清淨若佛十力清淨若一來果清淨無二無二分無別無斷故一切智智清淨故四無所畏四無礙解大慈大悲大喜大捨十八佛不共法清淨四無所畏乃至十八佛不共法清淨故一來果清淨何以故若一切智智清淨若四無所畏乃至十八佛不共法清淨若一來果清淨無二無二分無別無斷故

善現一切智智清淨故無忘失法清淨無忘失法清淨故一來果清淨何以故若一切智智清淨若無忘失法清淨若一來果清淨無二無二分無別無斷故一切智智清淨故恒住捨性清淨恒住捨性清淨故一來果清淨何以故若一切智智清淨若恒住捨性清淨若一來果清淨無二無二分無別無斷故善現一切智智清淨故一切智清淨一切智清淨故一來果清淨何以故若一切智智清淨若一切智清淨若一來果清淨無二無二分無別無斷故一切智智清淨故道相智一切相智清淨道相智一切相智清淨故一來果清淨何以故若一切智智清淨若道相智一切相智清淨若一來果清淨無二無二分無別無斷故善現一切智智清淨故一切陀羅

尼門清淨一切陀羅尼門清淨故一來果清淨何以故若一切智智清淨若一切陀羅尼門清淨若一來果清淨無二無二分無別無斷故一切智智清淨故一切三摩地門清淨一切三摩地門清淨故一來果清淨何以故若一切智智清淨若一切三摩地門清淨若一來果清淨無二無二分無別無斷故善現一切智智清淨故預流果清淨預流果清淨故一來果清淨何以故若一切智智清淨若預流果清淨若一來果清淨無二無二分無別無斷故一切智智清淨故不還阿羅漢果清淨不還阿羅漢果清淨故一來果清淨何以故若一切智智清淨若不還阿羅漢果清淨若一來果清淨無二無二分無別無斷故善現一切智智清淨故獨覺菩提清淨獨覺

菩提清淨故一來果清淨何以故若一切智智清淨若獨覺菩提清淨若一來果清淨無二無二分無別無斷故善現一切智智清淨故一切菩薩摩訶薩行清淨一切菩薩摩訶薩行清淨故一來果清淨何以故若一切智智清淨若一切菩薩摩訶薩行清淨若一來果清淨無二無二分無別無斷故善現一切智智清淨故諸佛無上正等菩提清淨諸佛無上正等菩提清淨故一來果清淨何以故若一切智智清淨若諸佛無上正等菩提清淨若一來果清淨無二無二分無別無斷故復次善現一切智智清淨故色清淨色清淨故不還果清淨何以故若一切智智清淨若色清淨若不還果清淨無二無二分無別無斷故一切智智清淨故受想行識清淨受想

行識清淨故不還果清淨何以故若一切智智清淨若受想行識清淨若不還果清淨無二無二分無別無斷故善現一切智智清淨故眼處清淨眼處清淨故不還果清淨何以故若一切智智清淨若眼處清淨若不還果清淨無二無二分無別無斷故一切智智清淨故耳鼻舌身意處清淨耳鼻舌身意處清淨故不還果清淨何以故若一切智智清淨若耳鼻舌身意處清淨若不還果清淨無二無二分無別無斷故善現一切智智清淨故色處清淨色處清淨故不還果清淨何以故若一切智智清淨若色處清淨若不還果清淨無二無二分無別無斷故一切智智清淨故聲香味觸法處清淨聲香味觸法處清淨故不還果清淨何以故若一切智智清淨若聲香味觸法處清淨若不還果清淨無二無二分無別無斷故善現一切智智清淨故眼界清淨眼界清淨故不還果清淨何以故若一切智智清淨若眼界清淨若不還果清淨無二無二分無別無斷故一切智智清淨故色界眼識界及眼觸眼觸爲緣所生諸受清淨色界乃至眼觸爲緣所生諸受清淨故不還果清淨何以故若一切智智清淨若色界乃至眼觸爲緣所生諸受清淨若不還果清淨無二無二分無別無斷故善現一切智智清淨故耳界清淨耳界清淨故不還果清淨何以故若一切智智清淨若耳界清淨若不還果清淨無二無二分無別無斷故一切智智清淨故聲界耳識界及耳觸耳觸爲緣所生諸受清淨聲界乃至耳觸爲緣所生諸受

清淨故不還果清淨何以故若一切智智清淨若聲界乃至耳觸爲緣所生諸受清淨若不還果清淨無二無二分無別無斷故善現一切智智清淨故鼻界清淨鼻界清淨故不還果清淨何以故若一切智智清淨若鼻界清淨若不還果清淨無二無二分無別無斷故一切智智清淨故香界鼻識界及鼻觸鼻觸爲緣所生諸受清淨香界乃至鼻觸爲緣所生諸受清淨故不還果清淨何以故若一切智智清淨若香界乃至鼻觸爲緣所生諸受清淨若不還果清淨無二無二分無別無斷故善現一切智智清淨故舌界清淨舌界清淨故不還果清淨何以故若一切智智清淨若舌界清淨若不還果清淨無二無二分無別無斷故一切智智清淨故味界舌識界及舌觸舌觸爲緣所生諸受清淨味界乃至舌觸爲緣所生諸受清淨故不還果清淨何以故若一切智智清淨若味界乃至舌觸爲緣所生諸受清淨若不還果清淨無二無二分無別無斷故善現一切智智清淨故身界清淨身界清淨故不還果清淨何以故若一切智智清淨若身界清淨若不還果清淨無二無二分無別無斷故一切智智清淨故觸界身識界及身觸身觸爲緣所生諸受清淨觸界乃至身觸爲緣所生諸受清淨故不還果清淨何以故若一切智智清淨若觸界乃至身觸爲緣所生諸受清淨若不還果清淨無二無二分無別無斷故善現一切智智清淨故意界清淨意界清淨故不還果清淨何以故若一切智智清淨若意界清淨若不還

果清淨無二無二分無別無斷故一切智智清淨故法界意識界及意觸意觸爲緣所生諸受清淨法界乃至意觸爲緣所生諸受清淨故不還果清淨何以故若一切智智清淨若法界乃至意觸爲緣所生諸受清淨若不還果清淨無二無二分無別無斷故善現一切智智清淨故地界清淨地界清淨故不還果清淨何以故若一切智智清淨若地界清淨若不還果清淨無二無二分無別無斷故一切智智清淨故水火風空識界清淨水火風空識界清淨故不還果清淨何以故若一切智智清淨若水火風空識界清淨若不還果清淨無二無二分無別無斷故善現一切智智清淨故無明清淨無明清淨故不還果清淨何以故若一切智智清淨若無明清淨若不還果清淨無二無二分無別無斷故一切智智清淨故行識名色六處觸受愛取有生老死愁歎苦憂惱清淨行乃至老死愁歎苦憂惱清淨故不還果清淨何以故若一切智智清淨若行乃至老死愁歎苦憂惱清淨若不還果清淨無二無二分無別無斷故善現一切智智清淨故布施波羅蜜多清淨布施波羅蜜多清淨故不還果清淨何以故若一切智智清淨若布施波羅蜜多清淨若不還果清淨無二無二分無別無斷故一切智智清淨故淨戒安忍精進靜慮般若波羅蜜多清淨淨戒乃至般若波羅蜜多清淨故不還果清淨何以故若一切智智清淨若淨戒乃至般若波羅蜜多清淨若不還果清淨無二無二分無別無斷故善現一切智智清淨

故內空清淨內空清淨故不還果清淨何以故若一切智智清淨若內空清淨若不還果清淨無二無二分無別無斷故一切智智清淨故外空內外空空空大空勝義空有爲空無爲空畢竟空無際空散空無變異空本性空自相空共相空一切法空不可得空無性空自性空無性自性空清淨外空乃至無性自性空清淨故不還果清淨何以故若一切智智清淨若外空乃至無性自性空清淨若不還果清淨無二無二分無別無斷故善現一切智智清淨故眞如清淨眞如清淨故不還果清淨何以故若一切智智清淨若眞如清淨若不還果清淨無二無二分無別無斷故一切智智清淨故法界法性不虛妄性不變異性平等性離生性法定法住實際虛空界不思議界清淨法界乃至不思議界清淨故不還果清淨何以故若一切智智清淨若法界乃至不思議界清淨若不還果清淨無二無二分無別無斷故善現一切智智清淨故苦聖諦清淨苦聖諦清淨故不還果清淨何以故若一切智智清淨若苦聖諦清淨若不還果清淨無二無二分無別無斷故一切智智清淨故集滅道聖諦清淨集滅道聖諦清淨故不還果清淨何以故若一切智智清淨若集滅道聖諦清淨若不還果清淨無二無二分無別無斷故

大般若波羅蜜多經卷第二百八十二

大般若波羅蜜多經卷第二百八十三

唐三藏法師玄奘奉　詔譯

初分難信解品第三十四之一百二

善現一切智智清淨故四靜慮清淨四靜慮清淨故不還果清淨何以故若一切智智清淨若四靜慮清淨若不還果清淨無二無二分無別無斷故一切智智清淨故四無量四無色定清淨四無量四無色定清淨故不還果清淨何以故若一切智智清淨若四無量四無色定清淨若不還果清淨無二無二分無別無斷故善現一切智智清淨故八解脫清淨八解脫清淨故不還果清淨何以故若一切智智清淨若八解脫清淨若不還果清淨無二無二分無別無斷故一切智智清淨故八勝處九次第定十遍處清淨八勝處九次第定十遍處清淨故不還果清淨何以故若一切智智清淨若八勝處九次第定十遍處清淨若不還果清淨無二無二分無別無斷故善現一切智智清淨故四念住清淨四念住清淨故不還果清淨何以故若一切智智清淨若四念住清淨若不還果清淨無二無二分無別無斷故一切智智清淨故四正斷四神足五根五力七等覺支八聖道支清淨四正斷乃至八聖道支清淨故不還果清淨何以故若一切智智清淨若四正斷乃至八聖道支清淨若不還果清淨無二無二分無別無斷故善現一切智智清淨故空解脫門清淨空解脫門清淨故不還果清淨何以故若一切智智清淨若空解脫門清淨若不還果清淨無二無二分無別無斷故一切智

智清淨故無相無願解脫門清淨無相無願解脫門清淨故不還果清淨何以故若一切智智清淨若無相無願解脫門清淨若不還果清淨無二無二分無別無斷故善現一切智智清淨故菩薩十地清淨菩薩十地清淨故不還果清淨何以故若一切智智清淨若菩薩十地清淨若不還果清淨無二無二分無別無斷故善現一切智智清淨故五眼清淨五眼清淨故不還果清淨何以故若一切智智清淨若五眼清淨若不還果清淨無二無二分無別無斷故一切智智清淨故六神通清淨六神通清淨故不還果清淨何以故若一切智智清淨若六神通清淨若不還果清淨無二無二分無別無斷故善現一切智智清淨故佛十力清淨佛十力清淨故不還果清淨何以故若一切智智清淨若佛十力清淨若不還果清淨無二無二分無別無斷故一切智智清淨故四無所畏四無礙解大慈大悲大喜大捨十八佛不共法清淨四無所畏乃至十八佛不共法清淨故不還果清淨何以故若一切智智清淨若四無所畏乃至十八佛不共法清淨若不還果清淨無二無二分無別無斷故善現一切智智清淨故無忘失法清淨無忘失法清淨故不還果清淨何以故若一切智智清淨若無忘失法清淨若不還果清淨無二無二分無別無斷故一切智智清淨故恒住捨性清淨恒住捨性清淨故不還果清淨何以故若一切智智清淨若恒住捨性清淨若不還果清淨無二無二分無別無斷故善現一切智智清淨故一

切智清淨一切智清淨故不還果清淨何以故若一切智智清淨若一切智清淨若不還果清淨無二無二分無別無斷故一切智智清淨故道相智一切相智清淨道相智一切相智清淨故不還果清淨何以故若一切智智清淨若道相智一切相智清淨若不還果清淨無二無二分無別無斷故善現一切智智清淨故一切陀羅尼門清淨一切陀羅尼門清淨故不還果清淨何以故若一切智智清淨若一切陀羅尼門清淨若不還果清淨無二無二分無別無斷故一切智智清淨故一切三摩地門清淨一切三摩地門清淨故不還果清淨何以故若一切智智清淨若一切三摩地門清淨若不還果清淨無二無二分無別無斷故善現一切智智清淨故預流

果清淨預流果清淨故不還果清淨何以故若一切智智清淨若預流果清淨若不還果清淨無二無二分無別無斷故一切智智清淨故一來阿羅漢果清淨一來阿羅漢果清淨故不還果清淨何以故若一切智智清淨若一來阿羅漢果清淨若不還果清淨無二無二分無別無斷故善現一切智智清淨故獨覺菩提清淨獨覺菩提清淨故不還果清淨何以故若一切智智清淨若獨覺菩提清淨若不還果清淨無二無二分無別無斷故善現一切智智清淨故一切菩薩摩訶薩行清淨一切菩薩摩訶薩行清淨故不還果清淨何以故若一切智智清淨若一切菩薩摩訶薩行清淨若不還果清淨無二無二分無別無斷故善現一切智智清淨故諸佛無上

正等菩提清淨諸佛無上正等菩提清淨故不還果清淨何以故若一切智智清淨若諸佛無上正等菩提清淨若不還果清淨無二無二分無別無斷故復次善現一切智智清淨故色清淨色清淨故阿羅漢果清淨何以故若一切智智清淨若色清淨若阿羅漢果清淨無二無二分無別無斷故一切智智清淨故受想行識清淨受想行識清淨故阿羅漢果清淨何以故若一切智智清淨若受想行識清淨若阿羅漢果清淨無二無二分無別無斷故善現一切智智清淨故眼處清淨眼處清淨故阿羅漢果清淨何以故若一切智智清淨若眼處清淨若阿羅漢果清淨無二無二分無別無斷故一切智智清淨故耳鼻舌身意處清淨耳鼻舌身意處清淨故阿羅漢果清淨何以故若一切智智清淨若耳鼻舌身意處清淨若阿羅漢果清淨無二無二分無別無斷故善現一切智智清淨故色處清淨色處清淨故阿羅漢果清淨何以故若一切智智清淨若色處清淨若阿羅漢果清淨無二無二分無別無斷故一切智智清淨故聲香味觸法處清淨聲香味觸法處清淨故阿羅漢果清淨何以故若一切智智清淨若聲香味觸法處清淨若阿羅漢果清淨無二無二分無別無斷故善現一切智智清淨故眼界清淨眼界清淨故阿羅漢果清淨何以故若一切智智清淨若眼界清淨若阿羅漢果清淨無二無二分無別無斷故一切智智清淨故色界眼識界及眼觸眼觸爲緣所生諸受清淨色界乃至眼觸爲緣所生諸

受清淨故阿羅漢果清淨何以故若一切智
智清淨若色界乃至眼觸爲緣所生諸受清
淨若阿羅漢果清淨無二無二分無別無斷
故善現一切智智清淨故耳界清淨耳界清
淨故阿羅漢果清淨何以故若一切智智清
淨若耳界清淨若阿羅漢果清淨無二無二
分無別無斷故一切智智清淨故聲界耳識
界及耳觸耳觸爲緣所生諸受清淨聲界乃
至耳觸爲緣所生諸受清淨故阿羅漢果清
淨何以故若一切智智清淨若聲界乃至耳
觸爲緣所生諸受清淨若阿羅漢果清淨無
二無二分無別無斷故善現一切智智清淨
故鼻界清淨鼻界清淨故阿羅漢果清淨何
以故若一切智智清淨若鼻界清淨若阿羅
漢果清淨無二無二分無別無斷故一切智
智清淨故香界鼻識界及鼻觸鼻觸爲緣所
生諸受清淨香界乃至鼻觸爲緣所生諸受
清淨故阿羅漢果清淨何以故若一切智智
清淨若香界乃至鼻觸爲緣所生諸受清淨
若阿羅漢果清淨無二無二分無別無斷故
善現一切智智清淨故舌界清淨舌界清淨
故阿羅漢果清淨何以故若一切智智清淨
若舌界清淨若阿羅漢果清淨無二無二分
無別無斷故一切智智清淨故味界舌識界
及舌觸舌觸爲緣所生諸受清淨味界乃至
舌觸爲緣所生諸受清淨故阿羅漢果清淨
何以故若一切智智清淨若味界乃至舌觸
爲緣所生諸受清淨若阿羅漢果清淨無二
無二分無別無斷故善現一切智智清淨故
身界清淨身界清淨故阿羅漢果清淨何以

故若一切智智清淨若身界清淨若阿羅漢果清淨無二無二分無別無斷故一切智智清淨故觸界身識界及身觸身觸爲緣所生諸受清淨觸界乃至身觸爲緣所生諸受清淨故阿羅漢果清淨何以故若一切智智清淨若觸界乃至身觸爲緣所生諸受清淨若阿羅漢果清淨無二無二分無別無斷故善現一切智智清淨故意界清淨意界清淨故阿羅漢果清淨何以故若一切智智清淨若意界清淨若阿羅漢果清淨無二無二分無別無斷故一切智智清淨故法界意識界及意觸意觸爲緣所生諸受清淨法界乃至意觸爲緣所生諸受清淨故阿羅漢果清淨何以故若一切智智清淨若法界乃至意觸爲緣所生諸受清淨若阿羅漢果清淨無二無二分無別無斷故善現一切智智清淨故地界清淨地界清淨故阿羅漢果清淨何以故若一切智智清淨若地界清淨若阿羅漢果清淨無二無二分無別無斷故一切智智清淨故水火風空識界清淨水火風空識界清淨故阿羅漢果清淨何以故若一切智智清淨若水火風空識界清淨若阿羅漢果清淨無二無二分無別無斷故善現一切智智清淨故無明清淨無明清淨故阿羅漢果清淨何以故若一切智智清淨若無明清淨若阿羅漢果清淨無二無二分無別無斷故一切智智清淨故行識名色六處觸受愛取有生老死愁歎苦憂惱清淨行乃至老死愁歎苦憂惱清淨故阿羅漢果清淨何以故若一切智智清淨若行乃至老死愁歎苦憂惱清淨

若阿羅漢果清淨無二無二分無別無斷故。善現！一切智智清淨故布施波羅蜜多清淨，布施波羅蜜多清淨故阿羅漢果清淨。何以故？若一切智智清淨，若布施波羅蜜多清淨，若阿羅漢果清淨，無二無二分，無別無斷故。一切智智清淨故淨戒、安忍、精進、靜慮、般若波羅蜜多清淨，淨戒乃至般若波羅蜜多清淨故阿羅漢果清淨。何以故？若一切智智清淨，若淨戒乃至般若波羅蜜多清淨，若阿羅漢果清淨，無二無二分，無別無斷故。善現！一切智智清淨故內空清淨，內空清淨故阿羅漢果清淨。何以故？若一切智智清淨，若內空清淨，若阿羅漢果清淨，無二無二分，無別無斷故。一切智智清淨故外空、內外空、空空、大空、勝義空、有爲空、無爲空、畢竟空、無際空、散空、無變異空、本性空、自相空、共相空、一切法空、不可得空、無性空、自性空、無性自性空清淨，外空乃至無性自性空清淨故阿羅漢果清淨。何以故？若一切智智清淨，若外空乃至無性自性空清淨，若阿羅漢果清淨，無二無二分，無別無斷故。善現！一切智智清淨故眞如清淨，眞如清淨故阿羅漢果清淨。何以故？若一切智智清淨，若眞如清淨，若阿羅漢果清淨，無二無二分，無別無斷故。一切智智清淨故法界、法性、不虛妄性、不變異性、平等性、離生性、法定、法住、實際、虛空界、不思議界清淨，法界乃至不思議界清淨故阿羅漢果清淨。何以故？若一切智智清淨，若法界乃至不思議界清淨，若阿羅漢果清淨，無二無二分，無別無斷故。善現！一切智智清淨故苦聖諦

清淨苦聖諦清淨故阿羅漢果清淨何以故若一切智智清淨若苦聖諦清淨若阿羅漢果清淨無二無二分無別無斷故一切智智清淨故集滅道聖諦清淨集滅道聖諦清淨故阿羅漢果清淨何以故若一切智智清淨若集滅道聖諦清淨若阿羅漢果清淨無二無二分無別無斷故善現一切智智清淨故四靜慮清淨四靜慮清淨故阿羅漢果清淨何以故若一切智智清淨若四靜慮清淨若阿羅漢果清淨無二無二分無別無斷故一切智智清淨故四無量四無色定清淨四無量四無色定清淨故阿羅漢果清淨何以故若一切智智清淨若四無量四無色定清淨若阿羅漢果清淨無二無二分無別無斷故善現一切智智清淨故八解脫清淨八解脫清淨故阿羅漢果清淨何以故若一切智智清淨若八解脫清淨若阿羅漢果清淨無二無二分無別無斷故一切智智清淨故八勝處九次第定十遍處清淨八勝處九次第定十遍處清淨故阿羅漢果清淨何以故若一切智智清淨若八勝處九次第定十遍處清淨若阿羅漢果清淨無二無二分無別無斷故善現一切智智清淨故四念住清淨四念住清淨故阿羅漢果清淨何以故若一切智智清淨若四念住清淨若阿羅漢果清淨無二無二分無別無斷故一切智智清淨故四正斷四神足五根五力七等覺支八聖道支清淨四正斷乃至八聖道支清淨故阿羅漢果清淨何以故若一切智智清淨若四正斷乃至八聖道支清淨若阿羅漢果清淨無二

無二分無別無斷故善現一切智智清淨故空解脱門清淨空解脱門清淨故阿羅漢果清淨何以故若一切智智清淨若空解脱門清淨若阿羅漢果清淨無二無二分無別無斷故一切智智清淨故無相無願解脱門清淨無相無願解脱門清淨故阿羅漢果清淨何以故若一切智智清淨若無相無願解脱門清淨若阿羅漢果清淨無二無二分無別無斷故善現一切智智清淨故菩薩十地清淨菩薩十地清淨故阿羅漢果清淨何以故若一切智智清淨若菩薩十地清淨若阿羅漢果清淨無二無二分無別無斷故善現一切智智清淨故五眼清淨五眼清淨故阿羅漢果清淨何以故若一切智智清淨若五眼清淨若阿羅漢果清淨無二無二分無別無斷故一切智智清淨故六神通清淨六神通清淨故阿羅漢果清淨何以故若一切智智清淨若六神通清淨若阿羅漢果清淨無二無二分無別無斷故善現一切智智清淨故佛十力清淨佛十力清淨故阿羅漢果清淨何以故若一切智智清淨若佛十力清淨若阿羅漢果清淨無二無二分無別無斷故一切智智清淨故四無所畏四無礙解大慈大悲大喜大捨十八佛不共法清淨四無所畏乃至十八佛不共法清淨故阿羅漢果清淨何以故若一切智智清淨若四無所畏乃至十八佛不共法清淨若阿羅漢果清淨無二無二分無別無斷故善現一切智智清淨故無忘失法清淨無忘失法清淨故阿羅漢果清淨何以故若一切智智清淨若無忘失法

清淨若阿羅漢果清淨無二無二分無別無斷故一切智智清淨故恒住捨性清淨恒住捨性清淨故阿羅漢果清淨何以故若一切智智清淨若恒住捨性清淨若阿羅漢果清淨無二無二分無別無斷故善現一切智智清淨故一切智清淨一切智清淨故阿羅漢果清淨何以故若一切智智清淨若一切智清淨若阿羅漢果清淨無二無二分無別無斷故一切智智清淨故道相智一切相智清淨道相智一切相智清淨故阿羅漢果清淨何以故若一切智智清淨若道相智一切相智清淨若阿羅漢果清淨無二無二分無別無斷故善現一切智智清淨故一切陀羅尼門清淨一切陀羅尼門清淨故阿羅漢果清淨何以故若一切智智清淨若一切陀羅尼門清淨若阿羅漢果清淨無二無二分無別無斷故一切智智清淨故一切三摩地門清淨一切三摩地門清淨故阿羅漢果清淨何以故若一切智智清淨若一切三摩地門清淨若阿羅漢果清淨無二無二分無別無斷故善現一切智智清淨故預流果清淨預流果清淨故阿羅漢果清淨何以故若一切智智清淨若預流果清淨若阿羅漢果清淨無二無二分無別無斷故一切智智清淨故一來不還果清淨一來不還果清淨故阿羅漢果清淨何以故若一切智智清淨若一來不還果清淨若阿羅漢果清淨無二無二分無別無斷故善現一切智智清淨故獨覺菩提清淨獨覺菩提清淨故阿羅漢果清淨何以故若一切智智清淨若獨覺菩提清淨若阿

羅漢果清淨無二無二分無別無斷故善現一切智智清淨故一切菩薩摩訶薩行清淨一切菩薩摩訶薩行清淨故阿羅漢果清淨何以故若一切智智清淨若一切菩薩摩訶薩行清淨若阿羅漢果清淨無二無二分無別無斷故善現一切智智清淨故諸佛無上正等菩提清淨諸佛無上正等菩提清淨故阿羅漢果清淨何以故若一切智智清淨若諸佛無上正等菩提清淨若阿羅漢果清淨無二無二分無別無斷故復次善現一切智智清淨故色清淨色清淨故獨覺菩提清淨何以故若一切智智清淨若色清淨若獨覺菩提清淨無二無二分無別無斷故一切智智清淨故受想行識清淨受想行識清淨故獨覺菩提清淨何以故若一切智智清淨若受想行識清淨若獨覺菩提清淨無二無二分無別無斷故一切智智清淨故眼處清淨眼處清淨故獨覺菩提清淨何以故若一切智智清淨若眼處清淨若獨覺菩提清淨無二無二分無別無斷故一切智智清淨故耳鼻舌身意處清淨耳鼻舌身意處清淨故獨覺菩提清淨何以故若一切智智清淨若耳鼻舌身意處清淨若獨覺菩提清淨無二無二分無別無斷故善現一切智智清淨故色處清淨色處清淨故獨覺菩提清淨何以故若一切智智清淨若色處清淨若獨覺菩提清淨無二無二分無別無斷故一切智智清淨故聲香味觸法處清淨聲香味觸法處清淨故獨覺菩提清淨何以故若一切智智清淨若聲香味觸法處清淨若獨覺菩提

清淨無二無二分無別無斷故善現一切智
智清淨故眼界清淨眼界清淨故獨覺菩提
清淨何以故若一切智智清淨若眼界清淨
若獨覺菩提清淨無二無二分無別無斷故
一切智智清淨故色界眼識界及眼觸眼觸
爲緣所生諸受清淨色界乃至眼觸爲緣所
生諸受清淨故獨覺菩提清淨何以故若一
切智智清淨若色界乃至眼觸爲緣所生諸
受清淨若獨覺菩提清淨無二無二分無別
無斷故善現一切智智清淨故耳界清淨耳
界清淨故獨覺菩提清淨何以故若一切智
智清淨若耳界清淨若獨覺菩提清淨無二
無二分無別無斷故一切智智清淨故聲界
耳識界及耳觸耳觸爲緣所生諸受清淨聲
界乃至耳觸爲緣所生諸受清淨故獨覺菩
提清淨何以故若一切智智清淨若聲界乃
至耳觸爲緣所生諸受清淨若獨覺菩提清
淨無二無二分無別無斷故善現一切智智
清淨故鼻界清淨鼻界清淨故獨覺菩提清
淨何以故若一切智智清淨若鼻界清淨若
獨覺菩提清淨無二無二分無別無斷故一
切智智清淨故香界鼻識界及鼻觸鼻觸爲
緣所生諸受清淨香界乃至鼻觸爲緣所生
諸受清淨故獨覺菩提清淨何以故若一切
智智清淨若香界乃至鼻觸爲緣所生諸受
清淨若獨覺菩提清淨無二無二分無別無
斷故善現一切智智清淨故舌界清淨舌界
清淨故獨覺菩提清淨何以故若一切智智
清淨若舌界清淨若獨覺菩提清淨無二無
二分無別無斷故一切智智清淨故味界舌

識界及舌觸舌觸爲緣所生諸受清淨味界乃至舌觸爲緣所生諸受清淨故獨覺菩提清淨何以故若一切智智清淨若味界乃至舌觸爲緣所生諸受清淨若獨覺菩提清淨無二無二分無別無斷故善現一切智智清淨故身界清淨身界清淨故獨覺菩提清淨何以故若一切智智清淨若身界清淨若獨覺菩提清淨無二無二分無別無斷故一切智智清淨故觸界身識界及身觸身觸爲緣所生諸受清淨觸界乃至身觸爲緣所生諸受清淨故獨覺菩提清淨何以故若一切智智清淨若觸界乃至身觸爲緣所生諸受清淨若獨覺菩提清淨無二無二分無別無斷故善現一切智智清淨故意界清淨意界清淨故獨覺菩提清淨何以故若一切智智清

淨若意界清淨若獨覺菩提清淨無二無二分無別無斷故一切智智清淨故法界意識界及意觸意觸爲緣所生諸受清淨法界乃至意觸爲緣所生諸受清淨故獨覺菩提清淨何以故若一切智智清淨若法界乃至意觸爲緣所生諸受清淨若獨覺菩提清淨無二無二分無別無斷故善現一切智智清淨故地界清淨地界清淨故獨覺菩提清淨何以故若一切智智清淨若地界清淨若獨覺菩提清淨無二無二分無別無斷故一切智智清淨故水火風空識界清淨水火風空識界清淨故獨覺菩提清淨何以故若一切智智清淨若水火風空識界清淨若獨覺菩提清淨無二無二分無別無斷故善現一切智智清淨故無明清淨無明清淨故獨覺菩提

清淨何以故若一切智智清淨若無明清淨若獨覺菩提清淨無二無二分無別無斷故一切智智清淨故行識名色六處觸受愛取有生老死愁歎苦憂惱清淨行乃至老死愁歎苦憂惱清淨故獨覺菩提清淨何以故若一切智智清淨若行乃至老死愁歎苦憂惱清淨若獨覺菩提清淨無二無二分無別無斷故善現一切智智清淨故布施波羅蜜多清淨布施波羅蜜多清淨故獨覺菩提清淨何以故若一切智智清淨若布施波羅蜜多清淨若獨覺菩提清淨無二無二分無別無斷故一切智智清淨故淨戒安忍精進靜慮般若波羅蜜多清淨淨戒乃至般若波羅蜜多清淨故獨覺菩提清淨何以故若一切智智清淨若淨戒乃至般若波羅蜜多清淨若獨覺菩提清淨無二無二分無別無斷故善現一切智智清淨故內空清淨內空清淨故獨覺菩提清淨何以故若一切智智清淨若內空清淨若獨覺菩提清淨無二無二分無別無斷故一切智智清淨故外空內外空空空大空勝義空有爲空無爲空畢竟空無際空散空無變異空本性空自相空共相空一切法空不可得空無性空自性空無性自性空清淨外空乃至無性自性空清淨故獨覺菩提清淨何以故若一切智智清淨若外空乃至無性自性空清淨若獨覺菩提清淨無二無二分無別無斷故善現一切智智清淨故眞如清淨眞如清淨故獨覺菩提清淨何以故若一切智智清淨若眞如清淨若獨覺菩提清淨無二無二分無別無斷故一切智

智清淨故法界法性不虚妄性不變異性平等性離生性法定法住實際虚空界不思議界清淨法界乃至不思議界清淨故獨覺菩提清淨何以故若一切智智清淨若法界乃至不思議界清淨若獨覺菩提清淨無二無二分無別無斷故善現一切智智清淨故苦聖諦清淨苦聖諦清淨故獨覺菩提清淨何以故若一切智智清淨若苦聖諦清淨若獨覺菩提清淨無二無二分無別無斷故一切智智清淨故集滅道聖諦清淨集滅道聖諦清淨故獨覺菩提清淨何以故若一切智智清淨若集滅道聖諦清淨若獨覺菩提清淨無二無二分無別無斷故善現一切智智清淨故四靜慮清淨四靜慮清淨故獨覺菩提清淨何以故若一切智智清淨若四靜慮清淨若獨覺菩提清淨無二無二分無別無斷故一切智智清淨故四無量四無色定清淨四無量四無色定清淨故獨覺菩提清淨何以故若一切智智清淨若四無量四無色定清淨若獨覺菩提清淨無二無二分無別無斷故善現一切智智清淨故八解脫清淨八解脫清淨故獨覺菩提清淨何以故若一切智智清淨若八解脫清淨若獨覺菩提清淨無二無二分無別無斷故一切智智清淨故八勝處九次第定十遍處清淨八勝處九次第定十遍處清淨故獨覺菩提清淨何以故若一切智智清淨若八勝處九次第定十遍處清淨若獨覺菩提清淨無二無二分無別無斷故善現一切智智清淨故四念住清淨四念住清淨故獨覺菩提清淨何以故若一

切智智清淨若四念住清淨若獨覺菩提清淨無二無二分無別無斷故一切智智清淨故四正斷四神足五根五力七等覺支八聖道支清淨四正斷乃至八聖道支清淨故獨覺菩提清淨何以故若一切智智清淨若四正斷乃至八聖道支清淨若獨覺菩提清淨無二無二分無別無斷故善現一切智智清淨故空解脫門清淨空解脫門清淨故獨覺菩提清淨何以故若一切智智清淨若空解脫門清淨若獨覺菩提清淨無二無二分無別無斷故一切智智清淨故無相無願解脫門清淨無相無願解脫門清淨故獨覺菩提清淨何以故若一切智智清淨若無相無願解脫門清淨若獨覺菩提清淨無二無二分無別無斷故善現一切智智清淨故菩薩十地清淨菩薩十地清淨故獨覺菩提清淨何以故若一切智智清淨若菩薩十地清淨若獨覺菩提清淨無二無二分無別無斷故善現一切智智清淨故五眼清淨五眼清淨故獨覺菩提清淨何以故若一切智智清淨若五眼清淨若獨覺菩提清淨無二無二分無別無斷故一切智智清淨故六神通清淨六神通清淨故獨覺菩提清淨何以故若一切智智清淨若六神通清淨若獨覺菩提清淨無二無二分無別無斷故善現一切智智清淨故佛十力清淨佛十力清淨故獨覺菩提清淨何以故若一切智智清淨若佛十力清淨若獨覺菩提清淨無二無二分無別無斷故一切智智清淨故四無所畏四無礙解大慈大悲大喜大捨十八佛不共法清淨四無

所畏乃至十八佛不共法清淨故獨覺菩提清淨何以故若一切智智清淨若四無所畏乃至十八佛不共法清淨若獨覺菩提清淨無二無二分無別無斷故善現一切智智清淨故無忘失法清淨無忘失法清淨故獨覺菩提清淨何以故若一切智智清淨若無忘失法清淨若獨覺菩提清淨無二無二分無別無斷故一切智智清淨故恒住捨性清淨恒住捨性清淨故獨覺菩提清淨何以故若一切智智清淨若恒住捨性清淨若獨覺菩提清淨無二無二分無別無斷故善現一切智智清淨故一切智清淨一切智清淨故獨覺菩提清淨何以故若一切智智清淨若一切智清淨若獨覺菩提清淨無二無二分無別無斷故一切智智清淨故道相智一切相智清淨道相智一切相智清淨故獨覺菩提清淨何以故若一切智智清淨若道相智一切相智清淨若獨覺菩提清淨無二無二分無別無斷故善現一切智智清淨故一切陀羅尼門清淨一切陀羅尼門清淨故獨覺菩提清淨何以故若一切智智清淨若一切陀羅尼門清淨若獨覺菩提清淨無二無二分無別無斷故一切智智清淨故一切三摩地門清淨一切三摩地門清淨故獨覺菩提清淨何以故若一切智智清淨若一切三摩地門清淨若獨覺菩提清淨無二無二分無別無斷故善現一切智智清淨故預流果清淨預流果清淨故獨覺菩提清淨何以故若一切智智清淨若預流果清淨若獨覺菩提清淨無二無二分無別無斷故一切智智清淨

故一來不還阿羅漢果清淨一來不還阿羅漢果清淨故獨覺菩提清淨何以故若一切智智清淨若一來不還阿羅漢果清淨若獨覺菩提清淨無二無二分無別無斷故善現一切智智清淨故一切菩薩摩訶薩行清淨一切菩薩摩訶薩行清淨故獨覺菩提清淨何以故若一切智智清淨若一切菩薩摩訶薩行清淨若獨覺菩提清淨無二無二分無別無斷故善現一切智智清淨故諸佛無上正等菩提清淨諸佛無上正等菩提清淨故獨覺菩提清淨何以故若一切智智清淨若諸佛無上正等菩提清淨若獨覺菩提清淨無二無二分無別無斷故

大般若波羅蜜多經卷第二百八十三

大般若波羅蜜多經卷第二百八十四

唐三藏法師玄奘奉詔譯

初分難信解品第三十四之一百三

復次善現一切智智清淨故色清淨色清淨故一切菩薩摩訶薩行清淨何以故若一切智智清淨若色清淨若一切菩薩摩訶薩行清淨無二無二分無別無斷故一切智智清淨故受想行識清淨受想行識清淨故一切菩薩摩訶薩行清淨何以故若一切智智清淨若受想行識清淨若一切菩薩摩訶薩行清淨無二無二分無別無斷故善現一切智智清淨故眼處清淨眼處清淨故一切菩薩摩訶薩行清淨何以故若一切智智清淨若眼處清淨若一切菩薩摩訶薩行清淨無二無二分無別無斷故一切智智清淨故耳鼻舌身意處清淨耳鼻舌身意處清淨故一切菩薩摩訶薩行清淨何以故若一切智智清淨若耳鼻舌身意處清淨若一切菩薩摩訶薩行清淨無二無二分無別無斷故善現一切智智清淨故色處清淨色處清淨故一切菩薩摩訶薩行清淨何以故若一切智智清淨若色處清淨若一切菩薩摩訶薩行清淨無二無二分無別無斷故一切智智清淨故聲香味觸法處清淨聲香味觸法處清淨故一切菩薩摩訶薩行清淨何以故若一切智智清淨若聲香味觸法處清淨若一切菩薩摩訶薩行清淨無二無二分無別無斷故善現一切智智清淨故眼界清淨眼界清淨故一切菩薩摩訶薩行清淨何以故若一切智智清淨若眼界清淨若一切菩薩摩訶薩行

清淨無二無二分無別無斷故一切智智清淨故色界眼識界及眼觸眼觸爲緣所生諸受清淨色界乃至眼觸爲緣所生諸受清淨故一切菩薩摩訶薩行清淨何以故若一切智智清淨若色界乃至眼觸爲緣所生諸受清淨若一切菩薩摩訶薩行清淨無二無二分無別無斷故善現一切智智清淨故耳界清淨耳界清淨故一切菩薩摩訶薩行清淨何以故若一切智智清淨若耳界清淨若一切菩薩摩訶薩行清淨無二無二分無別無斷故一切智智清淨故聲界耳識界及耳觸耳觸爲緣所生諸受清淨聲界乃至耳觸爲緣所生諸受清淨故一切菩薩摩訶薩行清淨何以故若一切智智清淨若聲界乃至耳觸爲緣所生諸受清淨若一切菩薩摩訶薩行清淨無二無二分無別無斷故善現一切智智清淨故鼻界清淨鼻界清淨故一切菩薩摩訶薩行清淨何以故若一切智智清淨若鼻界清淨若一切菩薩摩訶薩行清淨無二無二分無別無斷故一切智智清淨故香界鼻識界及鼻觸鼻觸爲緣所生諸受清淨香界乃至鼻觸爲緣所生諸受清淨故一切菩薩摩訶薩行清淨何以故若一切智智清淨若香界乃至鼻觸爲緣所生諸受清淨若一切菩薩摩訶薩行清淨無二無二分無別無斷故善現一切智智清淨故舌界清淨舌界清淨故一切菩薩摩訶薩行清淨何以故若一切智智清淨若舌界清淨若一切菩薩摩訶薩行清淨無二無二分無別無斷故一切智智清淨故味界舌識界及舌觸舌觸爲

緣所生諸受清淨味界乃至舌觸爲緣所生諸受清淨故一切菩薩摩訶薩行清淨何以故若一切智智清淨若味界乃至舌觸爲緣所生諸受清淨若一切菩薩摩訶薩行清淨無二無二分無別無斷故善現一切智智清淨故身界清淨身界清淨故一切菩薩摩訶薩行清淨何以故若一切智智清淨若身界清淨若一切菩薩摩訶薩行清淨無二無二分無別無斷故一切智智清淨故觸界身識界及身觸身觸爲緣所生諸受清淨觸界乃至身觸爲緣所生諸受清淨故一切菩薩摩訶薩行清淨何以故若一切智智清淨若觸界乃至身觸爲緣所生諸受清淨若一切菩薩摩訶薩行清淨無二無二分無別無斷故善現一切智智清淨故意界清淨意界清淨故一切菩薩摩訶薩行清淨何以故若一切智智清淨若意界清淨若一切菩薩摩訶薩行清淨無二無二分無別無斷故一切智智清淨故法界意識界及意觸意觸爲緣所生諸受清淨法界乃至意觸爲緣所生諸受清淨故一切菩薩摩訶薩行清淨何以故若一切智智清淨若法界乃至意觸爲緣所生諸受清淨若一切菩薩摩訶薩行清淨無二無二分無別無斷故善現一切智智清淨故地界清淨地界清淨故一切菩薩摩訶薩行清淨何以故若一切智智清淨若地界清淨若一切菩薩摩訶薩行清淨無二無二分無別無斷故一切智智清淨故水火風空識界清淨水火風空識界清淨故一切菩薩摩訶薩行清淨何以故若一切智智清淨若水火風

空識界清淨若一切菩薩摩訶薩行清淨無二無二分無別無斷故善現一切智智清淨故無明清淨無明清淨故一切菩薩摩訶薩行清淨何以故若一切智智清淨若無明清淨若一切菩薩摩訶薩行清淨無二無二分無別無斷故一切智智清淨故行識名色六處觸受愛取有生老死愁歎苦憂惱清淨行乃至老死愁歎苦憂惱清淨故一切菩薩摩訶薩行清淨何以故若一切智智清淨若行乃至老死愁歎苦憂惱清淨若一切菩薩摩訶薩行清淨無二無二分無別無斷故善現一切智智清淨故布施波羅蜜多清淨布施波羅蜜多清淨故一切菩薩摩訶薩行清淨何以故若一切智智清淨若布施波羅蜜多清淨若一切菩薩摩訶薩行清淨無二無二分無別無斷故一切智智清淨故淨戒安忍精進靜慮般若波羅蜜多清淨淨戒乃至般若波羅蜜多清淨故一切菩薩摩訶薩行清淨何以故若一切智智清淨若淨戒乃至般若波羅蜜多清淨若一切菩薩摩訶薩行清淨無二無二分無別無斷故善現一切智智清淨故內空清淨內空清淨故一切菩薩摩訶薩行清淨何以故若一切智智清淨若內空清淨若一切菩薩摩訶薩行清淨無二無二分無別無斷故一切智智清淨故外空內外空空空大空勝義空有爲空無爲空畢竟空無際空散空無變異空本性空自相空共相空一切法空不可得空無性空自性空無性自性空清淨外空乃至無性自性空清淨故一切菩薩摩訶薩行清淨何以故若一切

智智清淨若外空乃至無性自性空清淨若一切菩薩摩訶薩行清淨無二無二分無別無斷故善現一切智智清淨故眞如清淨眞如清淨故一切菩薩摩訶薩行清淨何以故若一切智智清淨若眞如清淨若一切菩薩摩訶薩行清淨無二無二分無別無斷故一切智智清淨故法界法性不虚妄性不變異性平等性離生性法定法住實際虚空界不思議界清淨法界乃至不思議界清淨故一切菩薩摩訶薩行清淨何以故若一切智智清淨若法界乃至不思議界清淨若一切菩薩摩訶薩行清淨無二無二分無別無斷故善現一切智智清淨故苦聖諦清淨苦聖諦清淨故一切菩薩摩訶薩行清淨何以故若一切智智清淨若苦聖諦清淨若一切菩薩摩訶薩行清淨無二無二分無別無斷故一切智智清淨故集滅道聖諦清淨集滅道聖諦清淨故一切菩薩摩訶薩行清淨何以故若一切智智清淨若集滅道聖諦清淨若一切菩薩摩訶薩行清淨無二無二分無別無斷故善現一切智智清淨故四靜慮清淨四靜慮清淨故一切菩薩摩訶薩行清淨何以故若一切智智清淨若四靜慮清淨若一切菩薩摩訶薩行清淨無二無二分無別無斷故一切智智清淨故四無量四無色定清淨四無量四無色定清淨故一切菩薩摩訶薩行清淨何以故若一切智智清淨若四無量四無色定清淨若一切菩薩摩訶薩行清淨無二無二分無別無斷故善現一切智智清淨故八解脱清淨八解脱清淨故一切菩薩

摩訶薩行清淨何以故若一切智智清淨若八解脫清淨若一切菩薩摩訶薩行清淨無二無二分無別無斷故一切智智清淨故八勝處九次第定十遍處清淨八勝處九次第定十遍處清淨故一切菩薩摩訶薩行清淨何以故若一切智智清淨若八勝處九次第定十遍處清淨若一切菩薩摩訶薩行清淨無二無二分無別無斷故善現一切智智清淨故四念住清淨四念住清淨故一切菩薩摩訶薩行清淨何以故若一切智智清淨若四念住清淨若一切菩薩摩訶薩行清淨無二無二分無別無斷故一切智智清淨故四正斷四神足五根五力七等覺支八聖道支清淨四正斷乃至八聖道支清淨故一切菩薩摩訶薩行清淨何以故若一切智智清淨若四正斷乃至八聖道支清淨若一切菩薩摩訶薩行清淨無二無二分無別無斷故善現一切智智清淨故空解脫門清淨空解脫門清淨故一切菩薩摩訶薩行清淨何以故若一切智智清淨若空解脫門清淨若一切菩薩摩訶薩行清淨無二無二分無別無斷故一切智智清淨故無相無願解脫門清淨無相無願解脫門清淨故一切菩薩摩訶薩行清淨何以故若一切智智清淨若無相無願解脫門清淨若一切菩薩摩訶薩行清淨無二無二分無別無斷故善現一切智智清淨故菩薩十地清淨菩薩十地清淨故一切菩薩摩訶薩行清淨何以故若一切智智清淨若菩薩十地清淨若一切菩薩摩訶薩行清淨無二無二分無別無斷故善現一切智

智清淨故五眼清淨五眼清淨故一切菩薩摩訶薩行清淨何以故若一切智智清淨若五眼清淨若一切菩薩摩訶薩行清淨無二無二分無别無斷故一切智智清淨故六神通清淨六神通清淨故一切菩薩摩訶薩行清淨何以故若一切智智清淨若六神通清淨若一切菩薩摩訶薩行清淨無二無二分無别無斷故善現一切智智清淨故佛十力清淨佛十力清淨故一切菩薩摩訶薩行清淨何以故若一切智智清淨若佛十力清淨若一切菩薩摩訶薩行清淨無二無二分無别無斷故一切智智清淨故四無所畏四無礙解大慈大悲大喜大捨十八佛不共法清淨四無所畏乃至十八佛不共法清淨故一切菩薩摩訶薩行清淨何以故若一切智智清淨若四無所畏乃至十八佛不共法清淨若一切菩薩摩訶薩行清淨無二無二分無别無斷故善現一切智智清淨故無忘失法清淨無忘失法清淨故一切菩薩摩訶薩行清淨何以故若一切智智清淨若無忘失法清淨若一切菩薩摩訶薩行清淨無二無二分無别無斷故一切智智清淨故恒住捨性清淨恒住捨性清淨故一切菩薩摩訶薩行清淨何以故若一切智智清淨若恒住捨性清淨若一切菩薩摩訶薩行清淨無二無二分無别無斷故善現一切智智清淨故一切智清淨一切智清淨故一切菩薩摩訶薩行清淨何以故若一切智智清淨若一切智清淨若一切菩薩摩訶薩行清淨無二無二分無别無斷故一切智智清淨故道相智一切

相智清淨道相智一切相智清淨故一切菩薩摩訶薩行清淨何以故若一切智智清淨若道相智一切相智清淨若一切菩薩摩訶薩行清淨無二無二分無別無斷故善現一切智智清淨故一切陀羅尼門清淨一切陀羅尼門清淨故一切菩薩摩訶薩行清淨何以故若一切智智清淨若一切陀羅尼門清淨若一切菩薩摩訶薩行清淨無二無二分無別無斷故一切智智清淨故一切三摩地門清淨一切三摩地門清淨故一切菩薩摩訶薩行清淨何以故若一切智智清淨若一切三摩地門清淨若一切菩薩摩訶薩行清淨無二無二分無別無斷故善現一切智智清淨故預流果清淨預流果清淨故一切菩薩摩訶薩行清淨何以故若一切智智清淨

若預流果清淨若一切菩薩摩訶薩行清淨無二無二分無別無斷故一切智智清淨故一來不還阿羅漢果清淨一來不還阿羅漢果清淨故一切菩薩摩訶薩行清淨何以故若一切智智清淨若一來不還阿羅漢果清淨若一切菩薩摩訶薩行清淨無二無二分無別無斷故善現一切智智清淨故獨覺菩提清淨獨覺菩提清淨故一切菩薩摩訶薩行清淨何以故若一切智智清淨若獨覺菩提清淨若一切菩薩摩訶薩行清淨無二無二分無別無斷故善現一切智智清淨故諸佛無上正等菩提清淨諸佛無上正等菩提清淨故一切菩薩摩訶薩行清淨何以故若一切智智清淨若諸佛無上正等菩提清淨若一切菩薩摩訶薩行清淨無二無二分無

别無斷故復次善現一切智智清淨故色清淨色清淨故諸佛無上正等菩提清淨何以故若一切智智清淨若色清淨若諸佛無上正等菩提清淨無二無二分無别無斷故一切智智清淨故受想行識清淨受想行識清淨故諸佛無上正等菩提清淨何以故若一切智智清淨若受想行識清淨若諸佛無上正等菩提清淨無二無二分無别無斷故善現一切智智清淨故眼處清淨眼處清淨故諸佛無上正等菩提清淨何以故若一切智智清淨若眼處清淨若諸佛無上正等菩提清淨無二無二分無别無斷故一切智智清淨故耳鼻舌身意處清淨耳鼻舌身意處清淨故諸佛無上正等菩提清淨何以故若一切智智清淨若耳鼻舌身意處清淨若諸佛無上正等菩提清淨無二無二分無别無斷故善現一切智智清淨故色處清淨色處清淨故諸佛無上正等菩提清淨何以故若一切智智清淨若色處清淨若諸佛無上正等菩提清淨無二無二分無别無斷故一切智智清淨故聲香味觸法處清淨聲香味觸法處清淨故諸佛無上正等菩提清淨何以故若一切智智清淨若聲香味觸法處清淨若諸佛無上正等菩提清淨無二無二分無别無斷故善現一切智智清淨故眼界清淨眼界清淨故諸佛無上正等菩提清淨何以故若一切智智清淨若眼界清淨若諸佛無上正等菩提清淨無二無二分無别無斷故一切智智清淨故色界眼識界及眼觸眼觸爲緣所生諸受清淨色界乃至眼觸爲緣所生

諸受清淨故諸佛無上正等菩提清淨何以故若一切智智清淨若色界乃至眼觸為緣所生諸受清淨若諸佛無上正等菩提清淨無二無二分無別無斷故善現一切智智清淨故耳界清淨耳界清淨故諸佛無上正等菩提清淨何以故若一切智智清淨若耳界清淨若諸佛無上正等菩提清淨無二無二分無別無斷故一切智智清淨故聲界耳識界及耳觸耳觸為緣所生諸受清淨聲界乃至耳觸為緣所生諸受清淨故諸佛無上正等菩提清淨何以故若一切智智清淨若聲界乃至耳觸為緣所生諸受清淨若諸佛無上正等菩提清淨無二無二分無別無斷故善現一切智智清淨故鼻界清淨鼻界清淨故諸佛無上正等菩提清淨何以故若一切

智智清淨若鼻界清淨若諸佛無上正等菩提清淨無二無二分無別無斷故一切智智清淨故香界鼻識界及鼻觸鼻觸為緣所生諸受清淨香界乃至鼻觸為緣所生諸受清淨故諸佛無上正等菩提清淨何以故若一切智智清淨若香界乃至鼻觸為緣所生諸受清淨若諸佛無上正等菩提清淨無二無二分無別無斷故善現一切智智清淨故舌界清淨舌界清淨故諸佛無上正等菩提清淨何以故若一切智智清淨若舌界清淨若諸佛無上正等菩提清淨無二無二分無別無斷故一切智智清淨故味界舌識界及舌觸舌觸為緣所生諸受清淨味界乃至舌觸為緣所生諸受清淨故諸佛無上正等菩提清淨何以故若一切智智清淨若味界乃至

舌觸爲緣所生諸受清淨若諸佛無上正等菩提清淨無二無二分無別無斷故善現一切智智清淨故身界清淨身界清淨故諸佛無上正等菩提清淨何以故若一切智智清淨若身界清淨若諸佛無上正等菩提清淨無二無二分無別無斷故一切智智清淨故觸界身識界及身觸身觸爲緣所生諸受清淨觸界乃至身觸爲緣所生諸受清淨故諸佛無上正等菩提清淨何以故若一切智智清淨若觸界乃至身觸爲緣所生諸受清淨若諸佛無上正等菩提清淨無二無二分無別無斷故善現一切智智清淨故意界清淨意界清淨故諸佛無上正等菩提清淨何以故若一切智智清淨若意界清淨若諸佛無上正等菩提清淨無二無二分無別無斷故

一切智智清淨故法界意識界及意觸意觸爲緣所生諸受清淨法界乃至意觸爲緣所生諸受清淨故諸佛無上正等菩提清淨何以故若一切智智清淨若法界乃至意觸爲緣所生諸受清淨若諸佛無上正等菩提清淨無二無二分無別無斷故善現一切智智清淨故地界清淨地界清淨故諸佛無上正等菩提清淨何以故若一切智智清淨若地界清淨若諸佛無上正等菩提清淨無二無二分無別無斷故一切智智清淨故水火風空識界清淨水火風空識界清淨故諸佛無上正等菩提清淨何以故若一切智智清淨若水火風空識界清淨若諸佛無上正等菩提清淨無二無二分無別無斷故善現一切智智清淨故無明清淨無明清淨故諸佛無

上正等菩提清淨何以故若一切智智清淨若無明清淨若諸佛無上正等菩提清淨無二無二分無別無斷故一切智智清淨故行識名色六處觸受愛取有生老死愁歎苦憂惱清淨行乃至老死愁歎苦憂惱清淨故諸佛無上正等菩提清淨何以故若一切智智清淨若行乃至老死愁歎苦憂惱清淨若諸佛無上正等菩提清淨無二無二分無別無斷故善現一切智智清淨故布施波羅蜜多清淨布施波羅蜜多清淨故諸佛無上正等菩提清淨何以故若一切智智清淨若布施波羅蜜多清淨若諸佛無上正等菩提清淨無二無二分無別無斷故一切智智清淨故淨戒安忍精進靜慮般若波羅蜜多清淨淨戒乃至般若波羅蜜多清淨故諸佛無上正等菩提清淨何以故若一切智智清淨若淨戒乃至般若波羅蜜多清淨若諸佛無上正等菩提清淨無二無二分無別無斷故善現一切智智清淨故内空清淨内空清淨故諸佛無上正等菩提清淨何以故若一切智智清淨若内空清淨若諸佛無上正等菩提清淨無二無二分無別無斷故一切智智清淨故外空内外空空空大空勝義空有爲空無爲空畢竟空無際空散空無變異空本性空自相空共相空一切法空不可得空無性空自性空無性自性空清淨外空乃至無性自性空清淨故諸佛無上正等菩提清淨何以故若一切智智清淨若外空乃至無性自性空清淨若諸佛無上正等菩提清淨無二無二分無別無斷故善現一切智智清淨故眞

如清淨眞如清淨故諸佛無上正等菩提清淨何以故若一切智智清淨若眞如清淨若諸佛無上正等菩提清淨無二無二分無別無斷故一切智智清淨故法界法性不虛妄性不變異性平等性離生性法定法住實際虛空界不思議界清淨法界乃至不思議界清淨故諸佛無上正等菩提清淨何以故若一切智智清淨若法界乃至不思議界清淨若諸佛無上正等菩提清淨無二無二分無別無斷故善現一切智智清淨故苦聖諦清淨苦聖諦清淨故諸佛無上正等菩提清淨何以故若一切智智清淨若苦聖諦清淨若諸佛無上正等菩提清淨無二無二分無別無斷故一切智智清淨故集滅道聖諦清淨集滅道聖諦清淨故諸佛無上正等菩提清淨何以故若一切智智清淨若集滅道聖諦清淨若諸佛無上正等菩提清淨無二無二分無別無斷故善現一切智智清淨故四靜慮清淨四靜慮清淨故諸佛無上正等菩提清淨何以故若一切智智清淨若四靜慮清淨若諸佛無上正等菩提清淨無二無二分無別無斷故一切智智清淨故四無量四無色定清淨四無量四無色定清淨故諸佛無上正等菩提清淨何以故若一切智智清淨若四無量四無色定清淨若諸佛無上正等菩提清淨無二無二分無別無斷故善現一切智智清淨故八解脫清淨八解脫清淨故諸佛無上正等菩提清淨何以故若一切智智清淨若八解脫清淨若諸佛無上正等菩提清淨無二無二分無別無斷故一切智智

清淨故八勝處九次第定十遍處清淨八勝處九次第定十遍處清淨故諸佛無上正等菩提清淨何以故若一切智智清淨若八勝處九次第定十遍處清淨若諸佛無上正等菩提清淨無二無二分無別無斷故善現一切智智清淨故四念住清淨四念住清淨故諸佛無上正等菩提清淨何以故若一切智智清淨若四念住清淨若諸佛無上正等菩提清淨無二無二分無別無斷故一切智智清淨故四正斷四神足五根五力七等覺支八聖道支清淨四正斷乃至八聖道支清淨故諸佛無上正等菩提清淨何以故若一切智智清淨若四正斷乃至八聖道支清淨若諸佛無上正等菩提清淨無二無二分無別無斷故善現一切智智清淨故空解脫門清淨空解脫門清淨故諸佛無上正等菩提清淨何以故若一切智智清淨若空解脫門清淨若諸佛無上正等菩提清淨無二無二分無別無斷故一切智智清淨故無相無願解脫門清淨無相無願解脫門清淨故諸佛無上正等菩提清淨何以故若一切智智清淨若無相無願解脫門清淨若諸佛無上正等菩提清淨無二無二分無別無斷故善現一切智智清淨故菩薩十地清淨菩薩十地清淨故諸佛無上正等菩提清淨何以故若一切智智清淨若菩薩十地清淨若諸佛無上正等菩提清淨無二無二分無別無斷故善現一切智智清淨故五眼清淨五眼清淨故諸佛無上正等菩提清淨何以故若一切智智清淨若五眼清淨若諸佛無上正等菩提

清淨無二無二分無別無斷故一切智智清淨故六神通清淨六神通清淨故諸佛無上正等菩提清淨何以故若一切智智清淨若六神通清淨若諸佛無上正等菩提清淨無二無二分無別無斷故善現一切智智清淨故佛十力清淨佛十力清淨故諸佛無上正等菩提清淨何以故若一切智智清淨若佛十力清淨若諸佛無上正等菩提清淨無二無二分無別無斷故一切智智清淨故四無所畏四無礙解大慈大悲大喜大捨十八佛不共法清淨四無所畏乃至十八佛不共法清淨故諸佛無上正等菩提清淨何以故若一切智智清淨若四無所畏乃至十八佛不共法清淨若諸佛無上正等菩提清淨無二無二分無別無斷故善現一切智智清淨故

無忘失法清淨無忘失法清淨故諸佛無上正等菩提清淨何以故若一切智智清淨若無忘失法清淨若諸佛無上正等菩提清淨無二無二分無別無斷故一切智智清淨故恒住捨性清淨恒住捨性清淨故諸佛無上正等菩提清淨何以故若一切智智清淨若恒住捨性清淨若諸佛無上正等菩提清淨無二無二分無別無斷故善現一切智智清淨故一切智清淨一切智清淨故諸佛無上正等菩提清淨何以故若一切智智清淨若一切智清淨若諸佛無上正等菩提清淨無二無二分無別無斷故一切智智清淨故道相智一切相智清淨道相智一切相智清淨故諸佛無上正等菩提清淨何以故若一切智智清淨若道相智一切相智清淨若諸佛

無上正等菩提清淨無二無二分無別無斷故善現一切智智清淨故一切陀羅尼門清淨一切陀羅尼門清淨故諸佛無上正等菩提清淨何以故若一切智智清淨若一切陀羅尼門清淨若諸佛無上正等菩提清淨無二無二分無別無斷故一切智智清淨故一切三摩地門清淨一切三摩地門清淨故諸佛無上正等菩提清淨何以故若一切智智清淨若一切三摩地門清淨若諸佛無上正等菩提清淨無二無二分無別無斷故善現一切智智清淨故預流果清淨預流果清淨故諸佛無上正等菩提清淨何以故若一切智智清淨若預流果清淨若諸佛無上正等菩提清淨無二無二分無別無斷故一切智智清淨故一來不還阿羅漢果清淨一來不還阿羅漢果清淨故諸佛無上正等菩提清淨何以故若一切智智清淨若一來不還阿羅漢果清淨若諸佛無上正等菩提清淨無二無二分無別無斷故善現一切智智清淨故獨覺菩提清淨獨覺菩提清淨故諸佛無上正等菩提清淨何以故若一切智智清淨若獨覺菩提清淨若諸佛無上正等菩提清淨無二無二分無別無斷故善現一切智智清淨故一切菩薩摩訶薩行清淨一切菩薩摩訶薩行清淨故諸佛無上正等菩提清淨何以故若一切智智清淨若一切菩薩摩訶薩行清淨若諸佛無上正等菩提清淨無二無二分無別無斷故復次善現有爲清淨故無爲清淨無爲清淨故有爲清淨何以故若有爲清淨若無爲清淨無二無二分無別無

斷故復次善現過去清淨故未來現在清淨
未來現在清淨故過去清淨何以故若過去
清淨若未來現在清淨無二無二分無別無
斷故善現未來清淨故過去現在清淨過去
現在清淨故未來清淨何以故若未來清淨
若過去現在清淨無二無二分無別無斷故
善現現在清淨故過去未來清淨過去未來
清淨故現在清淨何以故若現在清淨若過
去未來清淨無二無二分無別無斷故
大般若波羅蜜多經卷第二百八十四

大般若波羅蜜多經卷第二百八十五

唐三藏法師玄奘奉　詔譯

初分讃清淨品第三十五之一

爾時具壽舍利子白佛言世尊如是清淨最爲甚深佛言如是畢竟淨故舍利子言何法畢竟淨故說是清淨最爲甚深佛言舍利子色畢竟淨故說是清淨最爲甚深受想行識畢竟淨故說是清淨最爲甚深舍利子眼處畢竟淨故說是清淨最爲甚深耳鼻舌身意處畢竟淨故說是清淨最爲甚深舍利子色處畢竟淨故說是清淨最爲甚深聲香味觸法處畢竟淨故說是清淨最爲甚深舍利子眼界畢竟淨故說是清淨最爲甚深色界眼識界及眼觸眼觸爲緣所生諸受畢竟淨故說是清淨最爲甚深舍利子耳界畢竟淨故說是清淨最爲甚深聲界耳識界及耳觸耳觸爲緣所生諸受畢竟淨故說是清淨最爲甚深舍利子鼻界畢竟淨故說是清淨最爲甚深香界鼻識界及鼻觸鼻觸爲緣所生諸受畢竟淨故說是清淨最爲甚深舍利子舌界畢竟淨故說是清淨最爲甚深味界舌識界及舌觸舌觸爲緣所生諸受畢竟淨故說是清淨最爲甚深舍利子身界畢竟淨故說是清淨最爲甚深觸界身識界及身觸身觸爲緣所生諸受畢竟淨故說是清淨最爲甚深舍利子意界畢竟淨故說是清淨最爲甚深法界意識界及意觸意觸爲緣所生諸受畢竟淨故說是清淨最爲甚深舍利子地界畢竟淨故說是清淨最爲甚深水火風空識界畢竟淨故說是清淨最爲甚深舍利子無

明畢竟淨故說是清淨最爲甚深行識名色六處觸受愛取有生老死愁歎苦憂惱畢竟淨故說是清淨最爲甚深舍利子布施波羅蜜多畢竟淨故說是清淨最爲甚深淨戒安忍精進靜慮般若波羅蜜多畢竟淨故說是清淨最爲甚深舍利子內空畢竟淨故說是清淨最爲甚深外空內外空空空大空勝義空有爲空無爲空畢竟空無際空散空無變異空本性空自相空共相空一切法空不可得空無性空自性空無性自性空畢竟淨故說是清淨最爲甚深舍利子眞如畢竟淨故說是清淨最爲甚深法界法性不虛妄性不變異性平等性離生性法定法住實際虛空界不思議界畢竟淨故說是清淨最爲甚深舍利子苦聖諦畢竟淨故說是清淨最爲甚

深集滅道聖諦畢竟淨故說是清淨最爲甚深舍利子四靜慮畢竟淨故說是清淨最爲甚深四無量四無色定畢竟淨故說是清淨最爲甚深舍利子八解脫畢竟淨故說是清淨最爲甚深八勝處九次第定十遍處畢竟淨故說是清淨最爲甚深舍利子四念住畢竟淨故說是清淨最爲甚深四正斷四神足五根五力七等覺支八聖道支畢竟淨故說是清淨最爲甚深舍利子空解脫門畢竟淨故說是清淨最爲甚深無相無願解脫門畢竟淨故說是清淨最爲甚深舍利子菩薩十地畢竟淨故說是清淨最爲甚深舍利子五眼畢竟淨故說是清淨最爲甚深六神通畢竟淨故說是清淨最爲甚深舍利子佛十力畢竟淨故說是清淨最爲甚深四無所畏四

無礙解大慈大悲大喜大捨十八佛不共法畢竟淨故說是清淨最爲甚深舍利子無忘失法畢竟淨故說是清淨最爲甚深恒住捨性畢竟淨故說是清淨最爲甚深舍利子一切智畢竟淨故說是清淨最爲甚深道相智一切相智畢竟淨故說是清淨最爲甚深舍利子一切陀羅尼門畢竟淨故說是清淨最爲甚深一切三摩地門畢竟淨故說是清淨最爲甚深舍利子預流果畢竟淨故說是清淨最爲甚深一來不還阿羅漢果畢竟淨故說是清淨最爲甚深舍利子獨覺菩提畢竟淨故說是清淨最爲甚深舍利子一切菩薩摩訶薩行畢竟淨故說是清淨最爲甚深舍利子諸佛無上正等菩提畢竟淨故說是清淨最爲甚深時舍利子復白佛言世尊如是清淨極爲明了佛言如是畢竟淨故舍利子言何法畢竟淨故說是清淨極爲明了佛言舍利子般若波羅蜜多畢竟淨故說是清淨極爲明了靜慮精進安忍淨戒布施波羅蜜多畢竟淨故說是清淨極爲明了舍利子內空畢竟淨故說是清淨極爲明了外空內外空空空大空勝義空有爲空無爲空畢竟空無際空散空無變異空本性空自相空共相空一切法空不可得空無性空自性空無性自性空畢竟淨故說是清淨極爲明了舍利子眞如畢竟淨故說是清淨極爲明了法界法性不虛妄性不變異性平等性離生性法定法住實際虛空界不思議界畢竟淨故說是清淨極爲明了舍利子苦聖諦畢竟淨故說是清淨極爲明了集滅道聖諦畢竟淨故

說是清淨極爲明了舍利子四靜慮畢竟淨故說是清淨極爲明了四無量四無色定畢竟淨故說是清淨極爲明了舍利子八解脫畢竟淨故說是清淨極爲明了八勝處九次第定十遍處畢竟淨故說是清淨極爲明了舍利子四念住畢竟淨故說是清淨極爲明了四正斷四神足五根五力七等覺支八聖道支畢竟淨故說是清淨極爲明了舍利子空解脫門畢竟淨故說是清淨極爲明了無相無願解脫門畢竟淨故說是清淨極爲明了舍利子菩薩十地畢竟淨故說是清淨極爲明了舍利子五眼畢竟淨故說是清淨極爲明了六神通畢竟淨故說是清淨極爲明了舍利子佛十力畢竟淨故說是清淨極爲明了四無所畏四無礙解大慈大悲大喜大捨十八佛不共法畢竟淨故說是清淨極爲明了舍利子無忘失法畢竟淨故說是清淨極爲明了恒住捨性畢竟淨故說是清淨極爲明了舍利子一切智畢竟淨故說是清淨極爲明了道相智一切相智畢竟淨故說是清淨極爲明了舍利子一切陀羅尼門畢竟淨故說是清淨極爲明了一切三摩地門畢竟淨故說是清淨極爲明了舍利子預流果畢竟淨故說是清淨極爲明了一來不還阿羅漢果畢竟淨故說是清淨極爲明了舍利子獨覺菩提畢竟淨故說是清淨極爲明了舍利子一切菩薩摩訶薩行畢竟淨故說是清淨極爲明了舍利子諸佛無上正等菩提畢竟淨故說是清淨極爲明了時舍利子復白佛言世尊如是清淨不轉不續佛言如是

畢竟淨故舍利子言何法畢竟淨故說是清淨不轉不續佛言舍利子色畢竟淨故說是清淨不轉不續受想行識畢竟淨故說是清淨不轉不續舍利子眼處畢竟淨故說是清淨不轉不續耳鼻舌身意處畢竟淨故說是清淨不轉不續舍利子色處畢竟淨故說是清淨不轉不續聲香味觸法處畢竟淨故說是清淨不轉不續舍利子眼界畢竟淨故說是清淨不轉不續色界眼識界及眼觸眼觸爲緣所生諸受畢竟淨故說是清淨不轉不續舍利子耳界畢竟淨故說是清淨不轉不續聲界耳識界及耳觸耳觸爲緣所生諸受畢竟淨故說是清淨不轉不續舍利子鼻界畢竟淨故說是清淨不轉不續香界鼻識界及鼻觸鼻觸爲緣所生諸受畢竟淨故說是清淨不轉不續舍利子舌界畢竟淨故說是清淨不轉不續味界舌識界及舌觸舌觸爲緣所生諸受畢竟淨故說是清淨不轉不續舍利子身界畢竟淨故說是清淨不轉不續觸界身識界及身觸身觸爲緣所生諸受畢竟淨故說是清淨不轉不續舍利子意界畢竟淨故說是清淨不轉不續法界意識界及意觸意觸爲緣所生諸受畢竟淨故說是清淨不轉不續舍利子地界畢竟淨故說是清淨不轉不續水火風空識界畢竟淨故說是清淨不轉不續舍利子無明畢竟淨故說是清淨不轉不續行識名色六處觸受愛取有生老死愁歎苦憂惱畢竟淨故說是清淨不轉不續舍利子布施波羅蜜多畢竟淨故說是清淨不轉不續淨戒安忍精進靜慮般若

波羅蜜多畢竟淨故說是清淨不轉不續舍利子內空畢竟淨故說是清淨不轉不續外空內外空空空大空勝義空有爲空無爲空畢竟空無際空散空無變異空本性空自相空共相空一切法空不可得空無性空自性空無性自性空畢竟淨故說是清淨不轉不續舍利子眞如畢竟淨故說是清淨不轉不續法界法性不虛妄性不變異性平等性離生性法定法住實際虛空界不思議界畢竟淨故說是清淨不轉不續舍利子苦聖諦畢竟淨故說是清淨不轉不續集滅道聖諦畢竟淨故說是清淨不轉不續舍利子四靜慮畢竟淨故說是清淨不轉不續四無量四無色定畢竟淨故說是清淨不轉不續舍利子八解脫畢竟淨故說是清淨不轉不續八勝處九次第定十遍處畢竟淨故說是清淨不轉不續舍利子四念住畢竟淨故說是清淨不轉不續四正斷四神足五根五力七等覺支八聖道支畢竟淨故說是清淨不轉不續舍利子空解脫門畢竟淨故說是清淨不轉不續無相無願解脫門畢竟淨故說是清淨不轉不續舍利子菩薩十地畢竟淨故說是清淨不轉不續舍利子五眼畢竟淨故說是清淨不轉不續六神通畢竟淨故說是清淨不轉不續舍利子佛十力畢竟淨故說是清淨不轉不續四無所畏四無礙解大慈大悲大喜大捨十八佛不共法畢竟淨故說是清淨不轉不續舍利子無忘失法畢竟淨故說是清淨不轉不續恒住捨性畢竟淨故說是清淨不轉不續舍利子一切智畢竟淨故說

是清淨不轉不續道相智一切相智畢竟淨故說是清淨不轉不續舍利子一切陀羅尼門畢竟淨故說是清淨不轉不續一切三摩地門畢竟淨故說是清淨不轉不續舍利子預流果畢竟淨故說是清淨不轉不續一來不還阿羅漢果畢竟淨故說是清淨不轉不續舍利子獨覺菩提畢竟淨故說是清淨不轉不續舍利子一切菩薩摩訶薩行畢竟淨故說是清淨不轉不續舍利子諸佛無上正等菩提畢竟淨故說是清淨不轉不續時舍利子復白佛言世尊如是清淨本無雜染佛言如是畢竟淨故舍利子言何法畢竟淨故說是清淨本無雜染佛言舍利子色畢竟淨故說是清淨本無雜染受想行識畢竟淨故說是清淨本無雜染舍利子眼處畢竟淨故說是清淨本無雜染耳鼻舌身意處畢竟淨故說是清淨本無雜染舍利子色處畢竟淨故說是清淨本無雜染聲香味觸法處畢竟淨故說是清淨本無雜染舍利子眼界畢竟淨故說是清淨本無雜染色界眼識界及眼觸眼觸爲緣所生諸受畢竟淨故說是清淨本無雜染舍利子耳界畢竟淨故說是清淨本無雜染聲界耳識界及耳觸耳觸爲緣所生諸受畢竟淨故說是清淨本無雜染舍利子鼻界畢竟淨故說是清淨本無雜染香界鼻識界及鼻觸鼻觸爲緣所生諸受畢竟淨故說是清淨本無雜染舍利子舌界畢竟淨故說是清淨本無雜染味界舌識界及舌觸舌觸爲緣所生諸受畢竟淨故說是清淨本無雜染舍利子身界畢竟淨故說是清淨本

無雜染觸界身識界及身觸身觸爲緣所生諸受畢竟淨故說是清淨本無雜染舍利子意界畢竟淨故說是清淨本無雜染法界意識界及意觸意觸爲緣所生諸受畢竟淨故說是清淨本無雜染舍利子地界畢竟淨故說是清淨本無雜染水火風空識界畢竟淨故說是清淨本無雜染舍利子無明畢竟淨故說是清淨本無雜染行識名色六處觸受愛取有生老死愁歎苦憂惱畢竟淨故說是清淨本無雜染舍利子布施波羅蜜多畢竟淨故說是清淨本無雜染淨戒安忍精進靜慮般若波羅蜜多畢竟淨故說是清淨本無雜染舍利子內空畢竟淨故說是清淨本無雜染外空內外空空空大空勝義空有爲空無爲空畢竟空無際空散空無變異空本性空自相空共相空一切法空不可得空無性空自性空無性自性空畢竟淨故說是清淨本無雜染舍利子眞如畢竟淨故說是清淨本無雜染法界法性不虛妄性不變異性平等性離生性法定法住實際虛空界不思議界畢竟淨故說是清淨本無雜染舍利子苦聖諦畢竟淨故說是清淨本無雜染集滅道聖諦畢竟淨故說是清淨本無雜染舍利子四靜慮畢竟淨故說是清淨本無雜染四無量四無色定畢竟淨故說是清淨本無雜染舍利子八解脫畢竟淨故說是清淨本無雜染八勝處九次第定十遍處畢竟淨故說是清淨本無雜染舍利子四念住畢竟淨故說是清淨本無雜染四正斷四神足五根五力七等覺支八聖道支畢竟淨故說是清淨本

無雜染舍利子空解脫門畢竟淨故說是清淨本無雜染無相無願解脫門畢竟淨故說是清淨本無雜染舍利子菩薩十地畢竟淨故說是清淨本無雜染舍利子五眼畢竟淨故說是清淨本無雜染六神通畢竟淨故說是清淨本無雜染舍利子佛十力畢竟淨故說是清淨本無雜染四無所畏四無礙解大慈大悲大喜大捨十八佛不共法畢竟淨故說是清淨本無雜染舍利子無忘失法畢竟淨故說是清淨本無雜染恒住捨性畢竟淨故說是清淨本無雜染舍利子一切智畢竟淨故說是清淨本無雜染道相智一切相智畢竟淨故說是清淨本無雜染舍利子一切陀羅尼門畢竟淨故說是清淨本無雜染一切三摩地門畢竟淨故說是清淨本無雜染

舍利子預流果畢竟淨故說是清淨本無雜染一來不還阿羅漢果畢竟淨故說是清淨本無雜染舍利子獨覺菩提畢竟淨故說是清淨本無雜染舍利子一切菩薩摩訶薩行畢竟淨故說是清淨本無雜染舍利子諸佛無上正等菩提畢竟淨故說是清淨本無雜染時舍利子復白佛言世尊如是清淨本性光潔佛言如是畢竟淨故舍利子言何法畢竟淨故說是清淨本性光潔佛言舍利子色畢竟淨故說是清淨本性光潔受想行識畢竟淨故說是清淨本性光潔舍利子眼處畢竟淨故說是清淨本性光潔耳鼻舌身意處畢竟淨故說是清淨本性光潔舍利子色處畢竟淨故說是清淨本性光潔聲香味觸法處畢竟淨故說是清淨本性光潔舍利子眼

界畢竟淨故説是清淨本性光潔色界眼識界及眼觸眼觸爲緣所生諸受畢竟淨故説是清淨本性光潔舍利子耳界畢竟淨故説是清淨本性光潔聲界耳識界及耳觸耳觸爲緣所生諸受畢竟淨故説是清淨本性光潔舍利子鼻界畢竟淨故説是清淨本性光潔香界鼻識界及鼻觸鼻觸爲緣所生諸受畢竟淨故説是清淨本性光潔舍利子舌界畢竟淨故説是清淨本性光潔味界舌識界及舌觸舌觸爲緣所生諸受畢竟淨故説是清淨本性光潔舍利子身界畢竟淨故説是清淨本性光潔觸界身識界及身觸身觸爲緣所生諸受畢竟淨故説是清淨本性光潔舍利子意界畢竟淨故説是清淨本性光潔法界意識界及意觸意觸爲緣所生諸受畢

竟淨故説是清淨本性光潔舍利子地界畢竟淨故説是清淨本性光潔水火風空識界畢竟淨故説是清淨本性光潔舍利子無明畢竟淨故説是清淨本性光潔行識名色六處觸受愛取有生老死愁歎苦憂惱畢竟淨故説是清淨本性光潔舍利子布施波羅蜜多畢竟淨故説是清淨本性光潔淨戒安忍精進靜慮般若波羅蜜多畢竟淨故説是清淨本性光潔舍利子内空畢竟淨故説是清淨本性光潔外空内外空空空大空勝義空有爲空無爲空畢竟空無際空散空無變異空本性空自相空共相空一切法空不可得空無性空自性空無性自性空畢竟淨故説是清淨本性光潔舍利子眞如畢竟淨故説是清淨本性光潔法界法性不虚妄性不變

異性平等性離生性法定法住實際虛空界不思議界畢竟淨故說是清淨本性光潔舍利子苦聖諦畢竟淨故說是清淨本性光潔集滅道聖諦畢竟淨故說是清淨本性光潔舍利子四靜慮畢竟淨故說是清淨本性光潔四無量四無色定畢竟淨故說是清淨本性光潔舍利子八解脫畢竟淨故說是清淨本性光潔八勝處九次第定十遍處畢竟淨故說是清淨本性光潔舍利子四念住畢竟淨故說是清淨本性光潔四正斷四神足五根五力七等覺支八聖道支畢竟淨故說是清淨本性光潔舍利子空解脫門畢竟淨故說是清淨本性光潔無相無願解脫門畢竟淨故說是清淨本性光潔舍利子菩薩十地畢竟淨故說是清淨本性光潔舍利子五眼畢竟淨故說是清淨本性光潔六神通畢竟淨故說是清淨本性光潔舍利子佛十力畢竟淨故說是清淨本性光潔四無所畏四無礙解大慈大悲大喜大捨十八佛不共法畢竟淨故說是清淨本性光潔舍利子無忘失法畢竟淨故說是清淨本性光潔恒住捨性畢竟淨故說是清淨本性光潔舍利子一切智畢竟淨故說是清淨本性光潔道相智一切相智畢竟淨故說是清淨本性光潔舍利子一切陀羅尼門畢竟淨故說是清淨本性光潔一切三摩地門畢竟淨故說是清淨本性光潔舍利子預流果畢竟淨故說是清淨本性光潔一來不還阿羅漢果畢竟淨故說是清淨本性光潔舍利子獨覺菩提畢竟淨故說是清淨本性光潔舍利子一切菩薩摩

訶薩行畢竟淨故說是清淨本性光潔舍利子諸佛無上正等菩提畢竟淨故說是清淨本性光潔時舍利子復白佛言世尊如是清淨無得無觀佛言如是畢竟淨故舍利子言何法畢竟淨故說是清淨無得無觀佛言舍利子色畢竟淨故說是清淨無得無觀受想行識畢竟淨故說是清淨無得無觀舍利子眼處畢竟淨故說是清淨無得無觀耳鼻舌身意處畢竟淨故說是清淨無得無觀舍利子色處畢竟淨故說是清淨無得無觀聲香味觸法處畢竟淨故說是清淨無得無觀舍利子眼界畢竟淨故說是清淨無得無觀色界眼識界及眼觸眼觸爲緣所生諸受畢竟淨故說是清淨無得無觀舍利子耳界畢竟淨故說是清淨無得無觀聲界耳識界及耳觸耳觸爲緣所生諸受畢竟淨故說是清淨無得無觀舍利子鼻界畢竟淨故說是清淨無得無觀香界鼻識界及鼻觸鼻觸爲緣所生諸受畢竟淨故說是清淨無得無觀舍利子舌界畢竟淨故說是清淨無得無觀味界舌識界及舌觸舌觸爲緣所生諸受畢竟淨故說是清淨無得無觀舍利子身界畢竟淨故說是清淨無得無觀觸界身識界及身觸身觸爲緣所生諸受畢竟淨故說是清淨無得無觀舍利子意界畢竟淨故說是清淨無得無觀法界意識界及意觸意觸爲緣所生諸受畢竟淨故說是清淨無得無觀舍利子地界畢竟淨故說是清淨無得無觀水火風空識界畢竟淨故說是清淨無得無觀舍利子無明畢竟淨故說是清淨無得無觀行識

名色六處觸受愛取有生老死愁歎苦憂惱畢竟淨故說是清淨無得無觀舍利子布施波羅蜜多畢竟淨故說是清淨無得無觀淨戒安忍精進靜慮般若波羅蜜多畢竟淨故說是清淨無得無觀舍利子內空畢竟淨故說是清淨無得無觀外空內外空空空大空勝義空有爲空無爲空畢竟空無際空散空無變異空本性空自相空共相空一切法空不可得空無性空自性空無性自性空畢竟淨故說是清淨無得無觀舍利子眞如畢竟淨故說是清淨無得無觀法界法性不虛妄性不變異性平等性離生性法定法住實際虛空界不思議界畢竟淨故說是清淨無得無觀舍利子苦聖諦畢竟淨故說是清淨無得無觀集滅道聖諦畢竟淨故說是清淨無得無觀舍利子四靜慮畢竟淨故說是清淨無得無觀四無量四無色定畢竟淨故說是清淨無得無觀舍利子八解脫畢竟淨故說是清淨無得無觀八勝處九次第定十遍處畢竟淨故說是清淨無得無觀舍利子四念住畢竟淨故說是清淨無得無觀四正斷四神足五根五力七等覺支八聖道支畢竟淨故說是清淨無得無觀舍利子空解脫門畢竟淨故說是清淨無得無觀無相無願解脫門畢竟淨故說是清淨無得無觀舍利子菩薩十地畢竟淨故說是清淨無得無觀舍利子五眼畢竟淨故說是清淨無得無觀六神通畢竟淨故說是清淨無得無觀舍利子佛十力畢竟淨故說是清淨無得無觀四無所畏四無礙解大慈大悲大喜大捨十八佛不

共法畢竟淨故說是清淨無得無觀舍利子無忘失法畢竟淨故說是清淨無得無觀恒住捨性畢竟淨故說是清淨無得無觀舍利子一切智畢竟淨故說是清淨無得無觀道相智一切相智畢竟淨故說是清淨無得無觀舍利子一切陀羅尼門畢竟淨故說是清淨無得無觀一切三摩地門畢竟淨故說是清淨無得無觀舍利子預流果畢竟淨故說是清淨無得無觀一來不還阿羅漢果畢竟淨故說是清淨無得無觀舍利子獨覺菩提畢竟淨故說是清淨無得無觀舍利子一切菩薩摩訶薩行畢竟淨故說是清淨無得無觀舍利子諸佛無上正等菩提畢竟淨故說是清淨無得無觀時舍利子復白佛言世尊如是清淨無生無顯佛言如是畢竟淨故舍利子言何法畢竟淨故說是清淨無生無顯佛言舍利子色畢竟淨故說是清淨無生無顯受想行識畢竟淨故說是清淨無生無顯舍利子眼處畢竟淨故說是清淨無生無顯耳鼻舌身意處畢竟淨故說是清淨無生無顯舍利子色處畢竟淨故說是清淨無生無顯聲香味觸法處畢竟淨故說是清淨無生無顯舍利子眼界畢竟淨故說是清淨無生無顯色界眼識界及眼觸眼觸爲緣所生諸受畢竟淨故說是清淨無生無顯舍利子耳界畢竟淨故說是清淨無生無顯聲界耳識界及耳觸耳觸爲緣所生諸受畢竟淨故說是清淨無生無顯舍利子鼻界畢竟淨故說是清淨無生無顯香界鼻識界及鼻觸鼻觸爲緣所生諸受畢竟淨故說是清淨無生無

顯舍利子舌界畢竟淨故說是清淨無生無顯味界舌識界及舌觸舌觸爲緣所生諸受畢竟淨故說是清淨無生無顯舍利子身界畢竟淨故說是清淨無生無顯觸界身識界及身觸身觸爲緣所生諸受畢竟淨故說是清淨無生無顯舍利子意界畢竟淨故說是清淨無生無顯法界意識界及意觸意觸爲緣所生諸受畢竟淨故說是清淨無生無顯舍利子地界畢竟淨故說是清淨無生無顯水火風空識界畢竟淨故說是清淨無生無顯舍利子無明畢竟淨故說是清淨無生無顯行識名色六處觸受愛取有生老死愁歎苦憂惱畢竟淨故說是清淨無生無顯

大般若波羅蜜多經卷第二百八十五

大般若波羅蜜多經卷第二百八十六

唐三藏法師玄奘奉　詔譯

初分讚清淨品第三十五之二

舍利子布施波羅蜜多畢竟淨故說是清淨無生無顯淨戒安忍精進靜慮般若波羅蜜多畢竟淨故說是清淨無生無顯舍利子內空畢竟淨故說是清淨無生無顯外空內外空空空大空勝義空有爲空無爲空畢竟空無際空散空無變異空本性空自相空共相空一切法空不可得空無性空自性空無性自性空畢竟淨故說是清淨無生無顯舍利子眞如畢竟淨故說是清淨無生無顯法界法性不虛妄性不變異性平等性離生性法定法住實際虛空界不思議界畢竟淨故說是清淨無生無顯舍利子苦聖諦畢竟淨故說是清淨無生無顯集滅道聖諦畢竟淨故說是清淨無生無顯舍利子四靜慮畢竟淨故說是清淨無生無顯四無量四無色定畢竟淨故說是清淨無生無顯舍利子八解脫畢竟淨故說是清淨無生無顯八勝處九次第定十遍處畢竟淨故說是清淨無生無顯舍利子四念住畢竟淨故說是清淨無生無顯四正斷四神足五根五力七等覺支八聖道支畢竟淨故說是清淨無生無顯舍利子空解脫門畢竟淨故說是清淨無生無顯無相無願解脫門畢竟淨故說是清淨無生無顯舍利子菩薩十地畢竟淨故說是清淨無生無顯舍利子五眼畢竟淨故說是清淨無生無顯六神通畢竟淨故說是清淨無生無顯舍利子佛十力畢竟淨故說是清淨無生

無顯四無所畏四無礙解大慈大悲大喜大捨十八佛不共法畢竟淨故說是清淨無生無顯舍利子無忘失法畢竟淨故說是清淨無生無顯恒住捨性畢竟淨故說是清淨無生無顯舍利子一切智畢竟淨故說是清淨無生無顯道相智一切相智畢竟淨故說是清淨無生無顯舍利子一切陀羅尼門畢竟淨故說是清淨無生無顯一切三摩地門畢竟淨故說是清淨無生無顯舍利子預流果畢竟淨故說是清淨無生無顯一來不還阿羅漢果畢竟淨故說是清淨無生無顯舍利子獨覺菩提畢竟淨故說是清淨無生無顯舍利子一切菩薩摩訶薩行畢竟淨故說是清淨無生無顯舍利子諸佛無上正等菩提畢竟淨故說是清淨無生無顯時舍利子復白佛言世尊如是清淨不生欲界佛言如是畢竟淨故舍利子言云何如是清淨不生欲界佛言欲界自性不可得故如是清淨不生欲界舍利子言如是清淨不生色界佛言如是畢竟淨故舍利子言云何如是清淨不生色界佛言色界自性不可得故如是清淨不生色界舍利子言如是清淨不生無色界佛言如是畢竟淨故舍利子言云何如是清淨不生無色界佛言無色界自性不可得故如是清淨不生無色界時舍利子復白佛言世尊如是清淨本性無知佛言如是畢竟淨故舍利子言云何如是清淨本性無知佛言以一切法本性鈍故如是清淨本性無知舍利子言色性無知即是清淨佛言如是畢竟淨故舍利子言云何色性無知即是清淨佛言

自相空故色性無知即是清淨舍利子言受想行識性無知即是清淨佛言如是畢竟淨故舍利子言云何受想行識性無知即是清淨佛言自相空故受想行識性無知即是清淨舍利子言眼處性無知即是清淨佛言如是畢竟淨故舍利子言云何眼處性無知即是清淨佛言自相空故眼處性無知即是清淨舍利子言耳鼻舌身意處性無知即是清淨佛言如是畢竟淨故舍利子言云何耳鼻舌身意處性無知即是清淨佛言自相空故耳鼻舌身意處性無知即是清淨舍利子言色處性無知即是清淨佛言如是畢竟淨故舍利子言云何色處性無知即是清淨佛言自相空故色處性無知即是清淨舍利子言聲香味觸法處性無知即是清淨佛言如是畢竟淨故舍利子言云何聲香味觸法處性無知即是清淨佛言自相空故聲香味觸法處性無知即是清淨舍利子言眼界性無知即是清淨佛言如是畢竟淨故舍利子言云何眼界性無知即是清淨佛言自相空故眼界性無知即是清淨舍利子言色界眼識界及眼觸眼觸爲緣所生諸受性無知即是清淨佛言如是畢竟淨故舍利子言云何色界乃至眼觸爲緣所生諸受性無知即是清淨佛言自相空故色界乃至眼觸爲緣所生諸受性無知即是清淨舍利子言耳界性無知即是清淨佛言如是畢竟淨故舍利子言云何耳界性無知即是清淨佛言自相空故耳界性無知即是清淨舍利子言聲界耳識界及耳觸耳觸爲緣所生諸受性無知即是清

淨佛言如是畢竟淨故舍利子言云何聲界乃至耳觸爲緣所生諸受性無知即是清淨佛言自相空故聲界乃至耳觸爲緣所生諸受性無知即是清淨舍利子言鼻界性無知即是清淨佛言如是畢竟淨故舍利子言云何鼻界性無知即是清淨佛言自相空故鼻界性無知即是清淨舍利子言香界鼻識界及鼻觸鼻觸爲緣所生諸受性無知即是清淨佛言如是畢竟淨故舍利子言云何香界乃至鼻觸爲緣所生諸受性無知即是清淨佛言自相空故香界乃至鼻觸爲緣所生諸受性無知即是清淨舍利子言舌界性無知即是清淨佛言如是畢竟淨故舍利子言云何舌界性無知即是清淨佛言自相空故舌界性無知即是清淨舍利子言味界舌識界

及舌觸舌觸爲緣所生諸受性無知即是清淨佛言如是畢竟淨故舍利子言云何味界乃至舌觸爲緣所生諸受性無知即是清淨佛言自相空故味界乃至舌觸爲緣所生諸受性無知即是清淨舍利子言身界性無知即是清淨佛言如是畢竟淨故舍利子言云何身界性無知即是清淨佛言自相空故身界性無知即是清淨舍利子言觸界身識界及身觸身觸爲緣所生諸受性無知即是清淨佛言如是畢竟淨故舍利子言云何觸界乃至身觸爲緣所生諸受性無知即是清淨佛言自相空故觸界乃至身觸爲緣所生諸受性無知即是清淨舍利子言意界性無知即是清淨佛言如是畢竟淨故舍利子言云何意界性無知即是清淨佛言自相空故意

界性無知即是清淨舍利子言法界意識界及意觸意觸爲緣所生諸受性無知即是清淨佛言如是畢竟淨故舍利子言云何法界乃至意觸爲緣所生諸受性無知即是清淨佛言自相空故法界乃至意觸爲緣所生諸受性無知即是清淨舍利子言地界性無知即是清淨佛言如是畢竟淨故舍利子言云何地界性無知即是清淨佛言自相空故地界性無知即是清淨舍利子言水火風空識界性無知即是清淨佛言如是畢竟淨故舍利子言云何水火風空識界性無知即是清淨佛言自相空故水火風空識界性無知即是清淨舍利子言無明性無知即是清淨佛言如是畢竟淨故舍利子言云何無明性無知即是清淨佛言自相空故無明性無知即

是清淨舍利子言行識名色六處觸受愛取有生老死愁歎苦憂惱性無知即是清淨佛言如是畢竟淨故舍利子言云何行乃至老死愁歎苦憂惱性無知即是清淨佛言自相空故行乃至老死愁歎苦憂惱性無知即是清淨舍利子言布施波羅蜜多性無知即是清淨佛言如是畢竟淨故舍利子言云何布施波羅蜜多性無知即是清淨佛言自相空故布施波羅蜜多性無知即是清淨舍利子言淨戒安忍精進靜慮般若波羅蜜多性無知即是清淨佛言如是畢竟淨故舍利子言云何淨戒乃至般若波羅蜜多性無知即是清淨佛言自相空故淨戒乃至般若波羅蜜多性無知即是清淨舍利子言内空性無知即是清淨佛言如是畢竟淨故舍利子言云

何內空性無知即是清淨佛言自相空故內空性無知即是清淨舍利子言外空內外空空空大空勝義空有爲空無爲空畢竟空無際空散空無變異空本性空自相空共相空一切法空不可得空無性空自性空無性自性空性無知即是清淨佛言如是畢竟淨故舍利子言云何外空乃至無性自性空性無知即是清淨佛言自相空故外空乃至無性自性空性無知即是清淨舍利子言眞如性無知即是清淨佛言如是畢竟淨故舍利子言云何眞如性無知即是清淨佛言自相空故眞如性無知即是清淨舍利子言法界法性不虛妄性不變異性平等性離生性法定法住實際虛空界不思議界性無知即是清淨佛言如是畢竟淨故舍利子言云何法界乃至不思議界性無知即是清淨佛言自相空故法界乃至不思議界性無知即是清淨舍利子言苦聖諦性無知即是清淨佛言如是畢竟淨故舍利子言云何苦聖諦性無知即是清淨佛言自相空故苦聖諦性無知即是清淨舍利子言集滅道聖諦性無知即是清淨佛言如是畢竟淨故舍利子言云何集滅道聖諦性無知即是清淨佛言自相空故集滅道聖諦性無知即是清淨舍利子言四靜慮性無知即是清淨佛言如是畢竟淨故舍利子言云何四靜慮性無知即是清淨佛言自相空故四靜慮性無知即是清淨舍利子言四無量四無色定性無知即是清淨佛言如是畢竟淨故舍利子言云何四無量四無色定性無知即是清淨佛言自相空故四

無量四無色定性無知即是清淨舍利子言八解脫性無知即是清淨佛言如是畢竟淨故舍利子言云何八解脫性無知即是清淨佛言自相空故八解脫性無知即是清淨舍利子言八勝處九次第定十遍處性無知即是清淨佛言如是畢竟淨故舍利子言云何八勝處九次第定十遍處性無知即是清淨佛言自相空故八勝處九次第定十遍處性無知即是清淨舍利子言四念住性無知即是清淨佛言如是畢竟淨故舍利子言云何四念住性無知即是清淨佛言自相空故四念住性無知即是清淨舍利子言四正斷四神足五根五力七等覺支八聖道支性無知即是清淨佛言如是畢竟淨故舍利子言云何四正斷乃至八聖道支性無知即是清淨佛言自相空故四正斷乃至八聖道支性無知即是清淨舍利子言空解脫門性無知即是清淨佛言如是畢竟淨故舍利子言云何空解脫門性無知即是清淨佛言自相空故空解脫門性無知即是清淨舍利子言無相無願解脫門性無知即是清淨佛言如是畢竟淨故舍利子言云何無相無願解脫門性無知即是清淨佛言自相空故無相無願解脫門性無知即是清淨舍利子言菩薩十地性無知即是清淨佛言如是畢竟淨故舍利子言云何菩薩十地性無知即是清淨佛言自相空故菩薩十地性無知即是清淨舍利子言五眼性無知即是清淨佛言如是畢竟淨故舍利子言云何五眼性無知即是清淨佛言自相空故五眼性無知即是清淨舍利

子言六神通性無知即是清淨佛言如是畢竟淨故舍利子言云何六神通性無知即是清淨佛言自相空故六神通性無知即是清淨舍利子言佛十力性無知即是清淨佛言如是畢竟淨故舍利子言云何佛十力性無知即是清淨佛言自相空故佛十力性無知即是清淨舍利子言四無所畏四無礙解大慈大悲大喜大捨十八佛不共法性無知即是清淨佛言如是畢竟淨故舍利子言云何四無所畏乃至十八佛不共法性無知即是清淨佛言自相空故四無所畏乃至十八佛不共法性無知即是清淨舍利子言無忘失法性無知即是清淨佛言如是畢竟淨故舍利子言云何無忘失法性無知即是清淨佛言自相空故無忘失法性無知即是清淨舍

利子言恒住捨性性無知即是清淨佛言如是畢竟淨故舍利子言云何恒住捨性性無知即是清淨佛言自相空故恒住捨性性無知即是清淨舍利子言一切智性無知即是清淨佛言如是畢竟淨故舍利子言云何一切智性無知即是清淨佛言自相空故一切智性無知即是清淨舍利子言道相智一切相智性無知即是清淨佛言如是畢竟淨故舍利子言云何道相智一切相智性無知即是清淨佛言自相空故道相智一切相智性無知即是清淨舍利子言一切陀羅尼門性無知即是清淨佛言如是畢竟淨故舍利子言云何一切陀羅尼門性無知即是清淨佛言自相空故一切陀羅尼門性無知即是清淨舍利子言一切三摩地門性無知即是清

淨佛言如是畢竟淨故舍利子言云何一切三摩地門性無知即是清淨佛言自相空故一切三摩地門性無知即是清淨舍利子言預流果性無知即是清淨佛言如是畢竟淨故舍利子言云何預流果性無知即是清淨佛言自相空故預流果性無知即是清淨舍利子言一來不還阿羅漢果性無知即是清淨佛言如是畢竟淨故舍利子言云何一來不還阿羅漢果性無知即是清淨佛言自相空故一來不還阿羅漢果性無知即是清淨舍利子言獨覺菩提性無知即是清淨佛言如是畢竟淨故舍利子言云何獨覺菩提性無知即是清淨佛言自相空故獨覺菩提性無知即是清淨舍利子言一切菩薩摩訶薩行性無知即是清淨佛言如是畢竟淨故舍利子言云何一切菩薩摩訶薩行性無知即是清淨佛言自相空故一切菩薩摩訶薩行性無知即是清淨舍利子言諸佛無上正等菩提性無知即是清淨佛言如是畢竟淨故舍利子言云何諸佛無上正等菩提性無知即是清淨佛言自相空故諸佛無上正等菩提性無知即是清淨時舍利子復白佛言世尊般若波羅蜜多於一切智智無益無損佛言如是畢竟淨故舍利子言云何般若波羅蜜多於一切智智無益無損佛言舍利子法界常住故般若波羅蜜多於一切智智無益無損時舍利子復白佛言世尊清淨般若波羅蜜多於一切法無所執受佛言如是畢竟淨故舍利子言云何清淨般若波羅蜜多於一切法無所執受佛言舍利子法界不動故

清淨般若波羅蜜多於一切法無所執受爾時具壽善現白佛言世尊我清淨故色清淨佛言如是畢竟淨故世尊何緣而說我清淨故色清淨是畢竟淨善現我無所有故色無所有是畢竟淨世尊我清淨故受想行識清淨佛言如是畢竟淨故世尊何緣而說我清淨故受想行識清淨是畢竟淨善現我無所有故受想行識無所有是畢竟淨世尊我清淨故眼處清淨佛言如是畢竟淨故世尊何緣而說我清淨故眼處清淨是畢竟淨善現我無所有故眼處無所有是畢竟淨世尊我清淨故耳鼻舌身意處清淨佛言如是畢竟淨故世尊何緣而說我清淨故耳鼻舌身意處清淨是畢竟淨善現我無所有故耳鼻舌身意處無所有是畢竟淨世尊我清淨故色處清淨佛言如是畢竟淨故世尊何緣而說我清淨故色處清淨是畢竟淨善現我無所有故色處無所有是畢竟淨世尊我清淨故聲香味觸法處清淨佛言如是畢竟淨故世尊何緣而說我清淨故聲香味觸法處清淨是畢竟淨善現我無所有故聲香味觸法處無所有是畢竟淨世尊我清淨故眼界清淨佛言如是畢竟淨故世尊何緣而說我清淨故眼界清淨是畢竟淨善現我無所有故眼界無所有是畢竟淨世尊我清淨故色界眼識界及眼觸眼觸爲緣所生諸受清淨佛言如是畢竟淨故世尊何緣而說我清淨故色界乃至眼觸爲緣所生諸受是畢竟淨善現我無所有故色界乃至眼觸爲緣所生諸受無所有是畢竟淨世尊我清淨故耳界清淨

佛言如是畢竟淨故世尊何緣而説我清淨故耳界清淨是畢竟淨善現我無所有故耳界無所有是畢竟淨世尊我清淨故聲界耳識界及耳觸耳觸爲緣所生諸受清淨佛言如是畢竟淨故世尊何緣而説我清淨故聲界乃至耳觸爲緣所生諸受清淨是畢竟淨善現我無所有故聲界乃至耳觸爲緣所生諸受無所有是畢竟淨世尊我清淨故鼻界清淨佛言如是畢竟淨故世尊何緣而説我清淨故鼻界清淨是畢竟淨善現我無所有故鼻界無所有是畢竟淨世尊我清淨故香界鼻識界及鼻觸鼻觸爲緣所生諸受清淨佛言如是畢竟淨故世尊何緣而説我清淨故香界乃至鼻觸爲緣所生諸受清淨是畢竟淨善現我無所有故香界乃至鼻觸爲緣所生諸受無所有是畢竟淨世尊我清淨故舌界清淨佛言如是畢竟淨故世尊何緣而説我清淨故舌界清淨是畢竟淨善現我無所有故舌界無所有是畢竟淨世尊我清淨故味界舌識界及舌觸舌觸爲緣所生諸受清淨佛言如是畢竟淨故世尊何緣而説我清淨故味界乃至舌觸爲緣所生諸受清淨是畢竟淨善現我無所有故味界乃至舌觸爲緣所生諸受無所有是畢竟淨世尊我清淨故身界清淨佛言如是畢竟淨故世尊何緣而説我清淨故身界清淨是畢竟淨善現我無所有故身界無所有是畢竟淨世尊我清淨故觸界身識界及身觸身觸爲緣所生諸受清淨佛言如是畢竟淨故世尊何緣而説我清淨故觸界乃至身觸爲緣所生諸受

清淨是畢竟淨善現我無所有故觸界乃至身觸爲緣所生諸受無所有是畢竟淨世尊我清淨故意界清淨佛言如是畢竟淨故世尊何緣而說我清淨故意界清淨是畢竟淨善現我無所有故意界無所有是畢竟淨世尊我清淨故法界意識界及意觸意觸爲緣所生諸受清淨佛言如是畢竟淨故世尊何緣而說我清淨故法界乃至意觸爲緣所生諸受清淨是畢竟淨善現我無所有故法界乃至意觸爲緣所生諸受無所有是畢竟淨世尊我清淨故地界清淨佛言如是畢竟淨故世尊何緣而說我清淨故地界清淨是畢竟淨善現我無所有故地界無所有是畢竟淨世尊我清淨故水火風空識界清淨佛言如是畢竟淨故世尊何緣而說我清淨故水火風空識界清淨是畢竟淨善現我無所有故水火風空識界無所有是畢竟淨世尊我清淨故無明清淨佛言如是畢竟淨故世尊何緣而說我清淨故無明清淨是畢竟淨善現我無所有故無明無所有是畢竟淨世尊我清淨故行識名色六處觸受愛取有生老死愁歎苦憂惱清淨佛言如是畢竟淨故世尊何緣而說我清淨故行乃至老死愁歎苦憂惱清淨是畢竟淨善現我無所有故行乃至老死愁歎苦憂惱無所有是畢竟淨世尊我清淨故布施波羅蜜多清淨佛言如是畢竟淨故世尊何緣而說我清淨故布施波羅蜜多清淨是畢竟淨善現我無所有故布施波羅蜜多無所有是畢竟淨世尊我清淨故淨戒安忍精進靜慮般若波羅蜜多清淨佛

言如是畢竟淨故世尊何緣而說我清淨故淨戒乃至般若波羅蜜多清淨是畢竟淨善現我無所有故淨戒乃至般若波羅蜜多無所有是畢竟淨世尊我清淨故內空清淨佛言如是畢竟淨故世尊何緣而說我清淨故內空清淨是畢竟淨善現我無所有故內空無所有是畢竟淨世尊我清淨故外空內外空空空大空勝義空有爲空無爲空畢竟空無際空散空無變異空本性空自相空共相空一切法空不可得空無性空自性空無性自性空清淨佛言如是畢竟淨故世尊何緣而說我清淨故外空乃至無性自性空清淨是畢竟淨善現我無所有故外空乃至無性自性空無所有是畢竟淨世尊我清淨故眞如清淨佛言如是畢竟淨故世尊何緣而說我清淨故眞如清淨是畢竟淨善現我無所有故眞如無所有是畢竟淨世尊我清淨故法界法性不虛妄性不變異性平等性離生性法定法住實際虛空界不思議界清淨佛言如是畢竟淨故世尊何緣而說我清淨故法界乃至不思議界清淨是畢竟淨善現我無所有故法界乃至不思議界無所有是畢竟淨世尊我清淨故苦聖諦清淨佛言如是畢竟淨故世尊何緣而說我清淨故苦聖諦清淨是畢竟淨善現我無所有故苦聖諦無所有是畢竟淨世尊我清淨故集滅道聖諦清淨佛言如是畢竟淨故世尊何緣而說我清淨故集滅道聖諦清淨是畢竟淨善現我無所有故集滅道聖諦無所有是畢竟淨世尊我清淨故四靜慮清淨佛言如是畢竟淨

故世尊何緣而說我清淨故四靜慮清淨是畢竟淨善現我無所有故四靜慮無所有是畢竟淨世尊我清淨故四無量四無色定清淨佛言如是畢竟淨故世尊何緣而說我清淨故四無量四無色定清淨是畢竟淨善現我無所有故四無量四無色定無所有是畢竟淨世尊我清淨故八解脫清淨佛言如是畢竟淨故世尊何緣而說我清淨故八解脫清淨是畢竟淨善現我無所有故八解脫無所有是畢竟淨世尊我清淨故八勝處九次第定十遍處清淨佛言如是畢竟淨故世尊何緣而說我清淨故八勝處九次第定十遍處清淨是畢竟淨善現我無所有故八勝處九次第定十遍處無所有是畢竟淨世尊我清淨故四念住清淨佛言如是畢竟淨故世尊何緣而說我清淨故四念住清淨是畢竟淨善現我無所有故四念住無所有是畢竟淨世尊我清淨故四正斷四神足五根五力七等覺支八聖道支清淨佛言如是畢竟淨故世尊何緣而說我清淨故四正斷乃至八聖道支清淨是畢竟淨善現我無所有故四正斷乃至八聖道支無所有是畢竟淨世尊我清淨故空解脫門清淨佛言如是畢竟淨故世尊何緣而說我清淨故空解脫門清淨是畢竟淨善現我無所有故空解脫門無所有是畢竟淨世尊我清淨故無相無願解脫門清淨佛言如是畢竟淨故世尊何緣而說我清淨故無相無願解脫門清淨是畢竟淨善現我無所有故無相無願解脫門無所有是畢竟淨世尊我清淨故菩薩十地清淨佛

言如是畢竟淨故世尊何緣而說我清淨故菩薩十地清淨是畢竟淨善現我無所有故菩薩十地無所有是畢竟淨

大般若波羅蜜多經卷第二百八十六

大般若波羅蜜多經卷第二百八十七

唐三藏法師玄奘奉 詔譯

初分讚清淨品第三十五之三

世尊我清淨故五眼清淨佛言如是畢竟淨故世尊何緣而說我清淨故五眼清淨是畢竟淨善現我無所有故五眼無所有是畢竟淨世尊我清淨故六神通清淨佛言如是畢竟淨故世尊何緣而說我清淨故六神通清淨是畢竟淨善現我無所有故六神通無所有是畢竟淨世尊我清淨故佛十力清淨佛言如是畢竟淨故世尊何緣而說我清淨故佛十力清淨是畢竟淨善現我無所有故佛十力無所有是畢竟淨世尊我清淨故四無所畏四無礙解大慈大悲大喜大捨十八佛不共法清淨佛言如是畢竟淨故世尊何緣而說我清淨故四無所畏乃至十八佛不共法清淨是畢竟淨善現我無所有故四無所畏乃至十八佛不共法無所有是畢竟淨世尊我清淨故無忘失法清淨佛言如是畢竟淨故世尊何緣而說我清淨故無忘失法清淨是畢竟淨善現我無所有故無忘失法無所有是畢竟淨世尊我清淨故恒住捨性清淨佛言如是畢竟淨故世尊何緣而說我清淨故恒住捨性清淨是畢竟淨善現我無所有故恒住捨性無所有是畢竟淨世尊我清淨故一切智清淨佛言如是畢竟淨故世尊何緣而說我清淨故一切智清淨是畢竟淨善現我無所有故一切智無所有是畢竟淨世尊我清淨故道相智一切相智清淨佛言如是畢竟淨故世尊何緣而說我清淨故道

相智一切相智清淨是畢竟淨善現我無所有故道相智一切相智無所有是畢竟淨世尊我清淨故一切陀羅尼門清淨佛言如是畢竟淨故世尊何緣而說我清淨故一切陀羅尼門清淨是畢竟淨善現我無所有故一切陀羅尼門無所有是畢竟淨世尊我清淨故一切三摩地門清淨佛言如是畢竟淨故世尊何緣而說我清淨故一切三摩地門清淨是畢竟淨善現我無所有故一切三摩地門無所有是畢竟淨世尊我清淨故預流果清淨佛言如是畢竟淨故世尊何緣而說我清淨故預流果清淨是畢竟淨善現我自相空故預流果自相空是畢竟淨世尊我清淨故一來不還阿羅漢果清淨佛言如是畢竟淨故世尊何緣而說我清淨故一來不還阿羅漢果清淨是畢竟淨善現我自相空故一來不還阿羅漢果自相空是畢竟淨世尊我清淨故獨覺菩提清淨佛言如是畢竟淨故世尊何緣而說我清淨故獨覺菩提清淨是畢竟淨善現我自相空故獨覺菩提自相空是畢竟淨世尊我清淨故一切菩薩摩訶薩行清淨佛言如是畢竟淨故世尊何緣而說我清淨故一切菩薩摩訶薩行清淨是畢竟淨善現我自相空故一切菩薩摩訶薩行自相空是畢竟淨世尊我清淨故諸佛無上正等菩提清淨佛言如是畢竟淨故世尊何緣而說我清淨故諸佛無上正等菩提清淨是畢竟淨善現我自相空故諸佛無上正等菩提自相空是畢竟淨世尊我清淨故一切智智清淨佛言如是畢竟淨故世尊何緣而說

我清淨故一切智智清淨是畢竟淨善現我無相無得無念無知故一切智智無相無得無念無知是畢竟淨世尊無二清淨無得無觀佛言如是畢竟淨故世尊何緣而說無二清淨無得無觀是畢竟淨善現無染淨故是畢竟淨爾時具壽善現復白佛言世尊我無邊故色無邊佛言如是畢竟淨故世尊何緣而說我無邊故色無邊是畢竟淨善現以畢竟空無際空故是畢竟淨世尊我無邊故受想行識無邊佛言如是畢竟淨故世尊何緣而說我無邊故受想行識無邊是畢竟淨善現以畢竟空無際空故是畢竟淨世尊我無邊故眼處無邊佛言如是畢竟淨故世尊何緣而說我無邊故眼處無邊是畢竟淨善現以畢竟空無際空故是畢竟淨世尊我無邊故耳鼻舌身意處無邊佛言如是畢竟淨故世尊何緣而說我無邊故耳鼻舌身意處無邊是畢竟淨善現以畢竟空無際空故是畢竟淨世尊我無邊故色處無邊佛言如是畢竟淨故世尊何緣而說我無邊故色處無邊是畢竟淨善現以畢竟空無際空故是畢竟淨世尊我無邊故聲香味觸法處無邊佛言如是畢竟淨故世尊何緣而說我無邊故聲香味觸法處無邊是畢竟淨善現以畢竟空無際空故是畢竟淨世尊我無邊故眼界無邊佛言如是畢竟淨故世尊何緣而說我無邊故眼界無邊是畢竟淨善現以畢竟空無際空故是畢竟淨世尊我無邊故色界眼識界及眼觸眼觸爲緣所生諸受無邊佛言如是畢竟淨故世尊何緣而說我無邊故色界

乃至眼觸爲緣所生諸受無邊是畢竟淨善現以畢竟空無際空故是畢竟淨世尊我無邊故耳界無邊佛言如是畢竟淨故世尊何緣而說我無邊故耳界無邊是畢竟淨善現以畢竟空無際空故是畢竟淨世尊我無邊故聲界耳識界及耳觸耳觸爲緣所生諸受無邊佛言如是畢竟淨故世尊何緣而說我無邊故聲界乃至耳觸爲緣所生諸受無邊是畢竟淨善現以畢竟空無際空故是畢竟淨世尊我無邊故鼻界無邊佛言如是畢竟淨故世尊何緣而說我無邊故鼻界無邊是畢竟淨善現以畢竟空無際空故是畢竟淨世尊我無邊故香界鼻識界及鼻觸鼻觸爲緣所生諸受無邊佛言如是畢竟淨故世尊何緣而說我無邊故香界乃至鼻觸爲緣所生諸受無邊是畢竟淨善現以畢竟空無際空故是畢竟淨世尊我無邊故舌界無邊佛言如是畢竟淨故世尊何緣而說我無邊故舌界無邊是畢竟淨善現以畢竟空無際空故是畢竟淨世尊我無邊故味界舌識界及舌觸舌觸爲緣所生諸受無邊佛言如是畢竟淨故世尊何緣而說我無邊故味界乃至舌觸爲緣所生諸受無邊是畢竟淨善現以畢竟空無際空故是畢竟淨世尊我無邊故身界無邊佛言如是畢竟淨故世尊何緣而說我無邊故身界無邊是畢竟淨善現以畢竟空無際空故是畢竟淨世尊我無邊故觸界身識界及身觸身觸爲緣所生諸受無邊佛言如是畢竟淨故世尊何緣而說我無邊故觸界乃至身觸爲緣所生諸受無邊是畢

竟淨善現以畢竟空無際空故是畢竟淨世尊我無邊故意界無邊佛言如是畢竟淨故世尊何緣而說我無邊故意界無邊是畢竟淨善現以畢竟空無際空故是畢竟淨世尊我無邊故法界意識界及意觸意觸爲緣所生諸受無邊佛言如是畢竟淨故世尊何緣而說我無邊故法界乃至意觸爲緣所生諸受無邊是畢竟淨善現以畢竟空無際空故是畢竟淨世尊我無邊故地界無邊佛言如是畢竟淨故世尊何緣而說我無邊故地界無邊是畢竟淨善現以畢竟空無際空故是畢竟淨世尊我無邊故水火風空識界無邊佛言如是畢竟淨故世尊何緣而說我無邊故水火風空識界無邊是畢竟淨善現以畢竟空無際空故是畢竟淨世尊我無邊故無明無邊佛言如是畢竟淨故世尊何緣而說我無邊故無明無邊是畢竟淨善現以畢竟空無際空故是畢竟淨世尊我無邊故行識名色六處觸受愛取有生老死愁歎苦憂惱無邊佛言如是畢竟淨故世尊何緣而說我無邊故行乃至老死愁歎苦憂惱無邊是畢竟淨善現以畢竟空無際空故是畢竟淨世尊我無邊故布施波羅蜜多無邊佛言如是畢竟淨故世尊何緣而說我無邊故布施波羅蜜多無邊是畢竟淨善現以畢竟空無際空故是畢竟淨世尊我無邊故淨戒安忍精進靜慮般若波羅蜜多無邊佛言如是畢竟淨故世尊何緣而說我無邊故淨戒乃至般若波羅蜜多無邊是畢竟淨善現以畢竟空無際空故是畢竟淨世尊我無邊故內空無

邊佛言如是畢竟淨故世尊何緣而說我無邊故內空無邊是畢竟淨善現以畢竟空無際空故是畢竟淨世尊我無邊故外空內外空空空大空勝義空有爲空無爲空畢竟空無際空散空無變異空本性空自相空共相空一切法空不可得空無性空自性空無性自性空無邊佛言如是畢竟淨故世尊何緣而說我無邊故外空乃至無性自性空無邊是畢竟淨善現以畢竟空無際空故是畢竟淨世尊我無邊故眞如無邊佛言如是畢竟淨故世尊何緣而說我無邊故眞如無邊是畢竟淨善現以畢竟空無際空故是畢竟淨世尊我無邊故法界法性不虛妄性不變異性平等性離生性法定法住實際虛空界不思議界無邊佛言如是畢竟淨故世尊何緣而說我無邊故法界乃至不思議界無邊是畢竟淨善現以畢竟空無際空故是畢竟淨世尊我無邊故苦聖諦無邊佛言如是畢竟淨故世尊何緣而說我無邊故苦聖諦無邊是畢竟淨善現以畢竟空無際空故是畢竟淨世尊我無邊故集滅道聖諦無邊佛言如是畢竟淨故世尊何緣而說我無邊故集滅道聖諦無邊是畢竟淨善現以畢竟空無際空故是畢竟淨世尊我無邊故四靜慮無邊佛言如是畢竟淨故世尊何緣而說我無邊故四靜慮無邊是畢竟淨善現以畢竟空無際空故是畢竟淨世尊我無邊故四無量四無色定無邊佛言如是畢竟淨故世尊何緣而說我無邊故四無量四無色定無邊是畢竟淨善現以畢竟空無際空故是畢竟淨世

尊我無邊故八解脫無邊佛言如是畢竟淨故世尊何緣而說我無邊故八解脫無邊是畢竟淨善現以畢竟空無際空故是畢竟淨世尊我無邊故八勝處九次第定十遍處無邊佛言如是畢竟淨故世尊何緣而說我無邊故八勝處九次第定十遍處無邊是畢竟淨善現以畢竟空無際空故是畢竟淨世尊我無邊故四念住無邊佛言如是畢竟淨故世尊何緣而說我無邊故四念住無邊是畢竟淨善現以畢竟空無際空故是畢竟淨世尊我無邊故四正斷四神足五根五力七等覺支八聖道支無邊佛言如是畢竟淨故世尊何緣而說我無邊故四正斷乃至八聖道支無邊是畢竟淨善現以畢竟空無際空故是畢竟淨世尊我無邊故空解脫門無邊佛

言如是畢竟淨故世尊何緣而說我無邊故空解脫門無邊是畢竟淨善現以畢竟空無際空故是畢竟淨世尊我無邊故無相無願解脫門無邊佛言如是畢竟淨故世尊何緣而說我無邊故無相無願解脫門無邊是畢竟淨善現以畢竟空無際空故是畢竟淨世尊我無邊故菩薩十地無邊佛言如是畢竟淨故世尊何緣而說我無邊故菩薩十地無邊是畢竟淨善現以畢竟空無際空故是畢竟淨世尊我無邊故五眼無邊佛言如是畢竟淨故世尊何緣而說我無邊故五眼無邊是畢竟淨善現以畢竟空無際空故是畢竟淨世尊我無邊故六神通無邊佛言如是畢竟淨故世尊何緣而說我無邊故六神通無邊是畢竟淨善現以畢竟空無際空故是畢

竟淨世尊我無邊故佛十力無邊佛言如是
畢竟淨故世尊何緣而說我無邊故佛十力
無邊是畢竟淨善現以畢竟空無際空故是
畢竟淨世尊我無邊故四無所畏四無礙解
大慈大悲大喜大捨十八佛不共法無邊佛
言如是畢竟淨故世尊何緣而說我無邊故
四無所畏乃至十八佛不共法無邊是畢竟
淨善現以畢竟空無際空故是畢竟淨世尊
我無邊故無忘失法無邊佛言如是畢竟淨
故世尊何緣而說我無邊故無忘失法無邊
是畢竟淨善現以畢竟空無際空故是畢竟
淨世尊我無邊故恒住捨性無邊佛言如是
畢竟淨故世尊何緣而說我無邊故恒住捨
性無邊是畢竟淨善現以畢竟空無際空故
是畢竟淨世尊我無邊故一切智無邊佛言

如是畢竟淨故世尊何緣而說我無邊故一
切智無邊是畢竟淨善現以畢竟空無際空
故是畢竟淨世尊我無邊故道相智一切相
智無邊佛言如是畢竟淨故世尊何緣而說
我無邊故道相智一切相智無邊是畢竟淨
善現以畢竟空無際空故是畢竟淨世尊我
無邊故一切陀羅尼門無邊佛言如是畢竟
淨故世尊何緣而說我無邊故一切陀羅尼
門無邊是畢竟淨善現以畢竟空無際空故
是畢竟淨世尊我無邊故一切三摩地門無
邊佛言如是畢竟淨故世尊何緣而說我無
邊故一切三摩地門無邊是畢竟淨善現以
畢竟空無際空故是畢竟淨世尊我無邊故
預流果無邊佛言如是畢竟淨故世尊何緣
而說我無邊故預流果無邊是畢竟淨善現

以畢竟空無際空故是畢竟淨世尊我無邊故一來不還阿羅漢果無邊佛言如是畢竟淨故世尊何緣而説我無邊故一來不還阿羅漢果無邊是畢竟淨善現以畢竟空無際空故是畢竟淨世尊我無邊故獨覺菩提無邊佛言如是畢竟淨故世尊何緣而説我無邊故獨覺菩提無邊是畢竟淨善現以畢竟空無際空故是畢竟淨世尊我無邊故一切菩薩摩訶薩行無邊佛言如是畢竟淨故世尊何緣而説我無邊故一切菩薩摩訶薩行無邊是畢竟淨善現以畢竟空無際空故是畢竟淨世尊我無邊故諸佛無上正等菩提無邊佛言如是畢竟淨故世尊何緣而説我無邊故諸佛無上正等菩提無邊是畢竟淨善現以畢竟空無際空故是畢竟淨爾時善現復白佛言世尊若菩薩摩訶薩能如是覺知是爲菩薩摩訶薩般若波羅蜜多佛言如是畢竟淨故世尊何緣而説若菩薩摩訶薩能如是覺知是爲菩薩摩訶薩般若波羅蜜多即畢竟淨善現以畢竟空無際空故成道相智世尊若菩薩摩訶薩修行般若波羅蜜多不住此岸不住彼岸不住中流是爲菩薩摩訶薩般若波羅蜜多佛言如是畢竟淨故世尊何緣而説若菩薩摩訶薩修行般若波羅蜜多不住此岸不住彼岸不住中流是爲菩薩摩訶薩般若波羅蜜多即畢竟淨善現以三世法性平等故成道相智

初分著不著相品第三十六之一

爾時具壽善現白佛言世尊住菩薩乘諸善男子善女人等若無方便善巧於此般若波

羅蜜多起般若波羅蜜多想以有所得爲方便故棄捨遠離甚深般若波羅蜜多佛言善現善哉善哉如是如是如汝所說彼善男子善女人等於此般若波羅蜜多著名著相是故於此棄捨遠離具壽善現復白佛言世尊云何彼善男子善女人等於此般若波羅蜜多著名著相佛言善現彼善男子善女人等於此般若波羅蜜多取名取相取名相已躭著般若波羅蜜多不能證得實相般若是故彼類棄捨遠離甚深般若波羅蜜多復次善現住菩薩乘諸善男子善女人等若無方便善巧於此般若波羅蜜多取名取相取名相已恃此般若波羅蜜多而生憍慢不能證得實相般若由斯彼類棄捨遠離甚深般若波羅蜜多復次善現住菩薩乘諸善男子善女人等若有方便善巧以無所得爲方便於此般若波羅蜜多不取名相不起躭著不生憍慢便能證得實相般若當知此類名不棄捨遠離般若波羅蜜多具壽善現即白佛言甚奇世尊善爲菩薩摩訶薩衆於此般若波羅蜜多開示分別著不著相爾時具壽舍利子問具壽善現言菩薩摩訶薩行般若波羅蜜多時云何爲著及不著相善現答言舍利子住菩薩乘諸善男子善女人等若無方便善巧行般若波羅蜜多時於色謂空起空想著於受想行識謂空起空想著若於眼處謂空起空想著於耳鼻舌身意處謂空起空想著若於色處謂空起空想著於聲香味觸法處謂空起空想著若於眼界謂空起空想著於色界眼識界及眼觸眼觸爲緣所生諸受謂

空起空想著若於耳界謂空起空想著於聲
界耳識界及耳觸耳觸爲緣所生諸受謂空
起空想著若於鼻界謂空起空想著於香界
鼻識界及鼻觸鼻觸爲緣所生諸受謂空起
空想著若於舌界謂空起空想著於味界舌
識界及舌觸舌觸爲緣所生諸受謂空起空
想著若於身界謂空起空想著於觸界身識
界及身觸身觸爲緣所生諸受謂空起空想
著若於意界謂空起空想著於法界意識界
及意觸意觸爲緣所生諸受謂空起空想著
若於地界謂空起空想著於水火風空識界
謂空起空想著若於無明謂空起空想著於
行識名色六處觸受愛取有生老死愁歎苦
憂惱謂空起空想著若於布施波羅蜜多謂
空起空想著於淨戒安忍精進靜慮般若波
羅蜜多謂空起空想著若於內空謂空起空
想著於外空內外空空空大空勝義空有爲
空無爲空畢竟空無際空散空無變異空本
性空自相空共相空一切法空不可得空無
性空自性空無性自性空謂空起空想著若
於眞如謂空起空想著於法界法性不虛妄
性不變異性平等性離生性法定法住實際
虛空界不思議界謂空起空想著若於苦聖
諦謂空起空想著於集滅道聖諦謂空起空
想著若於四靜慮謂空起空想著於四無量
四無色定謂空起空想著若於八解脫謂空
起空想著於八勝處九次第定十遍處謂空
起空想著若於四念住謂空起空想著於四
正斷四神足五根五力七等覺支八聖道支
謂空起空想著若於空解脫門謂空起空想

著於無相無願解脱門謂空起空想著若於菩薩十地謂空起空想著若於五眼謂空起空想著於六神通謂空起空想著若於佛十力謂空起空想著於四無所畏四無礙解大慈大悲大喜大捨十八佛不共法謂空起空想著若於無忘失法謂空起空想著於恒住捨性謂空起空想著若於一切智謂空起空想著於道相智一切相智謂空起空想著若於一切陀羅尼門謂空起空想著於一切三摩地門謂空起空想著若於預流果謂空起空想著於一來不還阿羅漢果謂空起空想著若於獨覺菩提謂空起空想著若於一切菩薩摩訶薩行謂空起空想著若於諸佛無上正等菩提謂空起空想著若於過去法謂空起空想著於未來現在法謂空起空想著

復次舍利子住菩薩乘諸善男子善女人等若無方便善巧行般若波羅蜜多時於色謂色起色想著於受想行識謂受想行識起受想行識想著若於眼處謂眼處起眼處想著於耳鼻舌身意處謂耳鼻舌身意處起耳鼻舌身意處想著若於色處謂色處起色處想著於聲香味觸法處謂聲香味觸法處起聲香味觸法處想著若於眼界謂眼界起眼界想著於色界眼識界及眼觸眼觸爲緣所生諸受謂色界乃至眼觸爲緣所生諸受起色界乃至眼觸爲緣所生諸受想著若於耳界謂耳界起耳界想著於聲界耳識界及耳觸耳觸爲緣所生諸受謂聲界乃至耳觸爲緣所生諸受起聲界乃至耳觸爲緣所生諸受想著若於鼻界謂鼻界起鼻界想著於香界

鼻識界及鼻觸鼻觸爲緣所生諸受謂香界乃至鼻觸爲緣所生諸受起香界乃至鼻觸爲緣所生諸受想著若於舌界謂舌界起舌界想著於味界舌識界及舌觸舌觸爲緣所生諸受謂味界乃至舌觸爲緣所生諸受起味界乃至舌觸爲緣所生諸受想著若於身界謂身界起身界想著於觸界身識界及身觸身觸爲緣所生諸受謂觸界乃至身觸爲緣所生諸受起觸界乃至身觸爲緣所生諸受想著若於意界謂意界起意界想著於法界意識界及意觸意觸爲緣所生諸受謂法界乃至意觸爲緣所生諸受起法界乃至意觸爲緣所生諸受想著若於地界謂地界起地界想著於水火風空識界謂水火風空識界起水火風空識界想著若於無明謂無明

起無明想著於行識名色六處觸受愛取有生老死愁歎苦憂惱謂行乃至老死愁歎苦憂惱起行乃至老死愁歎苦憂惱想著若於布施波羅蜜多謂布施波羅蜜多起布施波羅蜜多想著於淨戒安忍精進靜慮般若波羅蜜多謂淨戒乃至般若波羅蜜多起淨戒乃至般若波羅蜜多想著若於內空謂內空起內空想著於外空內外空空空大空勝義空有爲空無爲空畢竟空無際空散空無變異空本性空自相空共相空一切法空不可得空無性空自性空無性自性空謂外空乃至無性自性空起外空乃至無性自性空想著若於眞如謂眞如起眞如想著於法界法性不虛妄性不變異性平等性離生性法定法住實際虛空界不思議界謂法界乃至不

思議界起法界乃至不思議界想著若於苦聖諦謂苦聖諦起苦聖諦想著於集滅道聖諦謂集滅道聖諦起集滅道聖諦想著若於四靜慮謂四靜慮起四靜慮想著於四無量四無色定謂四無量四無色定起四無量四無色定想著若於八解脱謂八解脱起八解脱想著於八勝處九次第定十遍處謂八勝處九次第定十遍處起八勝處九次第定十遍處想著若於四念住謂四念住起四念住想著於四正斷四神足五根五力七等覺支八聖道支謂四正斷乃至八聖道支起四正斷乃至八聖道支想著若於空解脱門謂空解脱門起空解脱門想著於無相無願解脱門謂無相無願解脱門起無相無願解脱門想著若於菩薩十地謂菩薩十地起菩薩十地想著若於五眼謂五眼起五眼想著於六神通謂六神通起六神通想著若於佛十力謂佛十力起佛十力想著於四無所畏四無礙解大慈大悲大喜大捨十八佛不共法謂四無所畏乃至十八佛不共法起四無所畏乃至十八佛不共法想著若於無忘失法謂無忘失法起無忘失法想著於恒住捨性謂恒住捨性起恒住捨性想著若於一切智謂一切智起一切智想著於道相智一切相智謂道相智一切相智起道相智一切相智想著若於一切陀羅尼門謂一切陀羅尼門起一切陀羅尼門想著於一切三摩地門謂一切三摩地門起一切三摩地門想著若於預流果謂預流果起預流果想著於一來不還阿羅漢果謂一來不還阿羅漢果起一來不

還阿羅漢果想著若於獨覺菩提謂獨覺菩提起獨覺菩提想著若於一切菩薩摩訶薩行謂一切菩薩摩訶薩行起一切菩薩摩訶薩行想著若於諸佛無上正等菩提謂諸佛無上正等菩提起諸佛無上正等菩提想著若於過去法謂過去法起過去法想著於未來現在法謂未來現在法起未來現在法想著

大般若波羅蜜多經卷第二百八十七

大般若波羅蜜多經卷第二百八十八

唐三藏法師玄奘奉　詔譯

初分著不著相品三十六之二

復次舍利子住菩薩乘諸善男子善女人等若以有所得為方便從初發心於布施波羅蜜多起行想著於淨戒安忍精進靜慮般若波羅蜜多起行想著若於內空起行想著於外空內外空空空大空勝義空有為空無為空畢竟空無際空散空無變異空本性空自相空共相空一切法空不可得空無性空自性空無性自性空起行想著若於真如起行想著於法界法性不虛妄性不變異性平等性離生性法定法住實際虛空界不思議界起行想著若於苦聖諦起行想著於集滅道聖諦起行想著若於四靜慮起行想著於四無量四無色定起行想著若於八解脫起行想著於八勝處九次第定十遍處起行想著若於四念住起行想著於四正斷四神足五根五力七等覺支八聖道支起行想著若於空解脫門起行想著於無相無願解脫門起行想著若於菩薩十地起行想著若於五眼起行想著於六神通起行想著若於佛十力起行想著於四無所畏四無礙解大慈大悲大喜大捨十八佛不共法起行想著若於無忘失法起行想著於恒住捨性起行想著若於一切智起行想著於道相智一切相智起行想著若於一切陀羅尼門起行想著於一切三摩地門起行想著若於預流果起行想著於一來不還阿羅漢果起行想著若於獨覺菩提起行想著若於一切菩薩摩訶薩行

起行想著若於諸佛無上正等菩提起行想著舍利子菩薩摩訶薩行般若波羅蜜多時若無方便善巧以有所得爲方便起如是等種種想著名爲著相復次舍利子先所問言云何菩薩摩訶薩行般若波羅蜜多時不著相者舍利子菩薩摩訶薩行般若波羅蜜多時有方便善巧於色不起空不空想於受想行識亦不起空不空想於眼處不起空不空想於耳鼻舌身意處亦不起空不空想於色處不起空不空想於聲香味觸法處亦不起空不空想於眼界不起空不空想於色界眼識界及眼觸眼觸爲緣所生諸受亦不起空不空想於耳界不起空不空想於聲界耳識界及耳觸耳觸爲緣所生諸受亦不起空不空想於鼻界不起空不空想於香界鼻識界

及鼻觸鼻觸爲緣所生諸受亦不起空不空想於舌界不起空不空想於味界舌識界及舌觸舌觸爲緣所生諸受亦不起空不空想於身界不起空不空想於觸界身識界及身觸身觸爲緣所生諸受亦不起空不空想於意界不起空不空想於法界意識界及意觸意觸爲緣所生諸受亦不起空不空想於地界不起空不空想於水火風空識界亦不起空不空想於無明不起空不空想於行識名色六處觸受愛取有生老死愁歎苦憂惱亦不起空不空想於布施波羅蜜多不起空不空想於淨戒安忍精進靜慮般若波羅蜜多亦不起空不空想於內空不起空不空想於外空內外空空空大空勝義空有爲空無爲空畢竟空無際空散空無變異空本性空自

相空共相空一切法空不可得空無性空自性空無性自性空亦不起空不空想於眞如不起空不空想於法界法性不虛妄性不變異性平等性離生性法定法住實際虛空界不思議界亦不起空不空想於苦聖諦不起空不空想於集滅道聖諦亦不起空不空想於四靜慮不起空不空想於四無量四無色定亦不起空不空想於八解脫不起空不空想於八勝處九次第定十遍處亦不起空不空想於四念住不起空不空想於四正斷四神足五根五力七等覺支八聖道支亦不起空不空想於空解脫門不起空不空想於無相無願解脫門亦不起空不空想於菩薩十地不起空不空想於五眼不起空不空想於六神通亦不起空不空想於佛十力不起空

不空想於四無所畏四無礙解大慈大悲大喜大捨十八佛不共法亦不起空不空想於無忘失法不起空不空想於恒住捨性亦不起空不空想於一切智不起空不空想於道相智一切相智亦不起空不空想於一切陀羅尼門不起空不空想於一切三摩地門亦不起空不空想於預流果不起空不空想於一來不還阿羅漢果亦不起空不空想於獨覺菩提不起空不空想於一切菩薩摩訶薩行不起空不空想於諸佛無上正等菩提不起空不空想於過去法不起空不空想於未來現在法不起空不空想復次舍利子菩薩摩訶薩行般若波羅蜜多時以無所得爲方便不作是念我能行施惠彼受者此所施物及惠施性不作是念我能護戒此所護戒不

作是念我能修忍此所修忍不作是念我能精進此所精進不作是念我能入定此所入定不作是念我能修慧此所修慧不作是念我能植福此所植福及所得果不作是念我能入菩薩正性離生不作是念我能成熟有情不作是念我能嚴淨佛土不作是念我能證得一切智智不作是念我能住空證法實性不作是念我能修習諸菩薩行不作是念我能具證諸佛功德舍利子若菩薩摩訶薩有方便善巧以無所得爲方便行般若波羅蜜多時無如是等一切分別妄想執著由善通達内空外空内外空空空大空勝義空有爲空無爲空畢竟空無際空散空無變異空本性空自相空共相空一切法空不可得空無性空自性空無性自性空故舍利子是名菩薩摩訶薩行般若波羅蜜多時有方便善巧無所得爲方便無執著相爾時天帝釋問具壽善現言大德住菩薩乘諸善男子善女人等修行般若波羅蜜多時云何著相善現答言憍尸迦住菩薩乘諸善男子善女人等修行般若波羅蜜多時無方便善巧有所得爲方便起心想著起布施波羅蜜多想著起淨戒安忍精進靜慮般若波羅蜜多想著起内空想著起外空内外空空空大空勝義空有爲空無爲空畢竟空無際空散空無變異空本性空自相空共相空一切法空不可得空無性空自性空無性自性空想著起眞如想著起法界法性不虚妄性不變異性平等性離生性法定法住實際虚空界不思議界想著起苦聖諦想著起集滅道聖諦想著起

四靜慮想著起四無量四無色定想著起八解脫想著起八勝處九次第定十遍處想著起四念住想著起四正斷四神足五根五力七等覺支八聖道支想著起空解脫門想著起無相無願解脫門想著起菩薩十地想著起五眼想著起六神通想著起佛十力想著起四無所畏四無礙解大慈大悲大喜大捨十八佛不共法想著起無忘失法想著起恒住捨性想著起一切智想著起道相智一切相智想著起一切陀羅尼門想著起一切三摩地門想著起預流果想著起一來不還阿羅漢果想著起獨覺菩提想著起一切菩薩摩訶薩行想著起諸佛無上正等菩提想著起諸菩薩摩訶薩想著起諸如來應正等覺想著起於佛所種諸善根想著起以如是所種善根和合迴向阿耨多羅三藐三菩提想著憍尸迦是名住菩薩乘諸善男子善女人等無方便善巧有所得爲方便修行般若波羅蜜多時所有著相憍尸迦住菩薩乘諸善男子善女人等由著想故不能修行無著般若波羅蜜多迴向無上正等菩提何以故憍尸迦非色本性可能迴向非受想行識本性可能迴向故非眼處本性可能迴向非耳鼻舌身意處本性可能迴向故非色處本性可能迴向非聲香味觸法處本性可能迴向故非眼界本性可能迴向非色界眼識界及眼觸眼觸爲緣所生諸受本性可能迴向故非耳界本性可能迴向非聲界耳識界及耳觸耳觸爲緣所生諸受本性可能迴向故非鼻界本性可能迴向非香界鼻識界及鼻觸鼻

觸爲緣所生諸受本性可能迴向故非舌界本性可能迴向非味界舌識界及舌觸舌觸爲緣所生諸受本性可能迴向故非身界本性可能迴向非觸界身識界及身觸身觸爲緣所生諸受本性可能迴向故非意界本性可能迴向非法界意識界及意觸意觸爲緣所生諸受本性可能迴向故非地界本性可能迴向非水火風空識界本性可能迴向故非無明本性可能迴向非行識名色六處觸受愛取有生老死愁歎苦憂惱本性可能迴向故憍尸迦非布施波羅蜜多本性可能迴向非淨戒安忍精進靜慮般若波羅蜜多本性可能迴向故非內空本性可能迴向非外空內外空空空大空勝義空有爲空無爲空畢竟空無際空散空無變異空本性空自相空共相空一切法空不可得空無性空自性空無性自性空本性可能迴向故非眞如本性可能迴向非法界法性不虛妄性不變異性平等性離生性法定法住實際虛空界不思議界本性可能迴向故非苦聖諦本性可能迴向非集滅道聖諦本性可能迴向故非四靜慮本性可能迴向非四無量四無色定本性可能迴向故非八解脫本性可能迴向非八勝處九次第定十遍處本性可能迴向故非四念住本性可能迴向非四正斷四神足五根五力七等覺支八聖道支本性可能迴向故非空解脫門本性可能迴向非無相無願解脫門本性可能迴向故非菩薩十地本性可能迴向故非五眼本性可能迴向非六神通本性可能迴向故非佛十力本性可

能迴向非四無所畏四無礙解大慈大悲大喜大捨十八佛不共法本性可能迴向故非無忘失法本性可能迴向非恒住捨性本性可能迴向故非一切智本性可能迴向非道相智一切相智本性可能迴向故非一切陀羅尼門本性可能迴向非一切三摩地門本性可能迴向故非預流果本性可能迴向非一來不還阿羅漢果本性可能迴向故非獨覺菩提本性可能迴向故非一切菩薩摩訶薩行本性可能迴向故非諸佛無上正等菩提本性可能迴向故復次憍尸迦若菩薩摩訶薩欲於無上正等菩提示現教導勸勵讃喜他有情者應以如實相意示現教導勸勵讃喜復應如是示現教導勸勵讃喜謂行布施波羅蜜多時不應分別我能惠捨若行淨戒波羅蜜多時不應分別我能護戒若行安忍波羅蜜多時不應分別我能修忍若行精進波羅蜜多時不應分別我能精進若行靜慮波羅蜜多時不應分別我能入定若行般若波羅蜜多時不應分別我能習慧若行内空時不應分別我能住内空若行外空内外空空空大空勝義空有爲空無爲空畢竟空無際空散空無變異空本性空自相空共相空一切法空不可得空無性空自性空無性自性空時不應分別我能住外空乃至無性自性空若行眞如時不應分別我能住眞如若行法界法性不虛妄性不變異性平等性離生性法定法住實際虛空界不思議界時不應分別我能住法界乃至不思議界若行苦聖諦時不應分別我能住苦聖諦若行集

滅道聖諦時不應分別我能住集滅道聖諦若行四靜慮時不應分別我能修四靜慮若行四無量四無色定時不應分別我能修四無量四無色定若行八解脫時不應分別我能修八解脫若行八勝處九次第定十遍處時不應分別我能修八勝處九次第定十遍處若行四念住時不應分別我能修四念住若行四正斷四神足五根五力七等覺支八聖道支時不應分別我能修四正斷乃至八聖道支若行空解脫門時不應分別我能修空解脫門若行無相無願解脫門時不應分別我能修無相無願解脫門若行菩薩十地時不應分別我能修菩薩十地若行五眼時不應分別我能修五眼若行六神通時不應分別我能修六神通若行佛十力時不應分別我能修佛十力若行四無所畏四無礙解大慈大悲大喜大捨十八佛不共法時不應分別我能修四無所畏乃至十八佛不共法若行無忘失法時不應分別我能修無忘失法若行恒住捨性時不應分別我能修恒住捨性若行一切智時不應分別我能修一切智若行道相智一切相智時不應分別我能修道相智一切相智若行一切陀羅尼門時不應分別我能修一切陀羅尼門若行一切三摩地門時不應分別我能修一切三摩地門若行預流果相似法時不應分別我能修預流果相似法若行一來不還阿羅漢果相似法時不應分別我能修一來不還阿羅漢果相似法若行獨覺菩提相似法時不應分別我能修獨覺菩提相似法若行一切菩薩

摩訶薩行時不應分別我能修一切菩薩摩訶薩行若行諸佛無上正等菩提時不應分別我能修諸佛無上正等菩提憍尸迦諸菩薩摩訶薩於無上正等菩提應如是示現教導勸勵讚喜他有情類若菩薩摩訶薩於無上正等菩提能如是示現教導勸勵讚喜他有情者於自無損亦不損他如諸如來所應許可示現教導勸勵讚喜諸有情故憍尸迦住菩薩乘諸善男子善女人等若能如是示現教導勸勵讚喜趣菩薩乘諸有情類便能遠離一切想著爾時世尊讚具壽善現言善哉善哉如汝所說汝今善能為諸菩薩說執著相善現復有此餘微細著相當為汝說汝應諦聽極善思惟善現白言唯然願說我等樂聞佛言善現住菩薩乘諸善男子善女人等欲趣無上正等菩提若於如來應正等覺取相憶念皆是執著若於過去未來現在一切如來應正等覺無著功德從初發心乃至法住所有善根取相憶念既憶念已迴向無上正等菩提如是一切取相憶念皆名執著若於一切如來弟子及餘有情所修善法取相憶念迴向無上正等菩提如是一切亦名執著所以者何一切如來應正等覺所有無著功德善根不應取相而憶念故於佛弟子及餘有情所有善法不應取相而憶念故諸取相者皆虛妄故爾時具壽善現白佛言世尊如是般若波羅蜜多最為甚深佛言如是以一切法本性離故具壽善現復白佛言世尊如是般若波羅蜜多皆應禮敬佛言如是功德多故然此般若波羅蜜多無造無作無

能覺者具壽善現復白佛言世尊一切法性皆難可覺佛言如是以一切法一性非二善現當知諸法一性即是無性諸法無性即是一性如是諸法一性無性無造無作若菩薩摩訶薩能如實知諸所有法一性無性無造無作則能遠離一切執著具壽善現復白佛言世尊如是般若波羅蜜多難可覺了佛言如是由此般若波羅蜜多無能見者無能聞者無能覺者無能知者離證相故具壽善現復白佛言世尊如是般若波羅蜜多不可思議佛言如是所以者何如是般若波羅蜜多不可以心知離心相故如是般若波羅蜜多不可以色知離色相故不可以受想行識知離受想行識相故如是般若波羅蜜多不可以眼處知離眼處相故不可以耳鼻舌身意處知離耳鼻舌身意處相故如是般若波羅蜜多不可以色處知離色處相故不可以聲香味觸法處知離聲香味觸法處相故如是般若波羅蜜多不可以眼界知離眼界相故不可以色界眼識界及眼觸眼觸為緣所生諸受知離色界乃至眼觸為緣所生諸受相故如是般若波羅蜜多不可以耳界知離耳界相故不可以聲界耳識界及耳觸耳觸為緣所生諸受知離聲界乃至耳觸為緣所生諸受相故如是般若波羅蜜多不可以鼻界知離鼻界相故不可以香界鼻識界及鼻觸鼻觸為緣所生諸受知離香界乃至鼻觸為緣所生諸受相故如是般若波羅蜜多不可以舌界知離舌界相故不可以味界舌識界及舌觸舌觸為緣所生諸受知離味界乃至

舌觸爲緣所生諸受相故如是般若波羅蜜多不可以身界知離身界相故不可以觸界身識界及身觸身觸爲緣所生諸受知離觸界乃至身觸爲緣所生諸受相故如是般若波羅蜜多不可以意界知離意界相故不可以法界意識界及意觸意觸爲緣所生諸受知離法界乃至意觸爲緣所生諸受相故如是般若波羅蜜多不可以地界知離地界相故不可以水火風空識界知離水火風空識界相故如是般若波羅蜜多不可以無明知離無明相故不可以行識名色六處觸受愛取有生老死愁歎苦憂惱知離行乃至老死愁歎苦憂惱相故如是般若波羅蜜多不可以布施波羅蜜多知離布施波羅蜜多相故不可以淨戒安忍精進靜慮般若波羅蜜多

知離淨戒乃至般若波羅蜜多相故如是般若波羅蜜多不可以內空知離內空相故不可以外空內外空空空大空勝義空有爲空無爲空畢竟空無際空散空無變異空本性空自相空共相空一切法空不可得空無性空自性空無性自性空知離外空乃至無性自性空相故如是般若波羅蜜多不可以眞如知離眞如相故不可以法界法性不虛妄性不變異性平等性離生性法定法住實際虛空界不思議界知離法界乃至不思議界相故如是般若波羅蜜多不可以苦聖諦知離苦聖諦相故不可以集滅道聖諦知離集滅道聖諦相故如是般若波羅蜜多不可以四靜慮知離四靜慮相故不可以四無量四無色定知離四無量四無色定相故如是般

若波羅蜜多不可以八解脫知離八解脫相故不可以八勝處九次第定十遍處知離八勝處九次第定十遍處相故如是般若波羅蜜多不可以四念住知離四念住相故不可以四正斷四神足五根五力七等覺支八聖道支知離四正斷乃至八聖道支相故如是般若波羅蜜多不可以空解脫門知離空解脫門相故不可以無相無願解脫門知離無相無願解脫門相故如是般若波羅蜜多不可以菩薩十地知離菩薩十地相故如是般若波羅蜜多不可以五眼知離五眼相故不可以六神通知離六神通相故如是般若波羅蜜多不可以佛十力知離佛十力相故不可以四無所畏四無礙解大慈大悲大喜大捨十八佛不共法知離四無所畏乃至十八佛不共法相故如是般若波羅蜜多不可以無忘失法知離無忘失法相故不可以恒住捨性知離恒住捨性相故如是般若波羅蜜多不可以一切智知離一切智相故不可以道相智一切相智知離道相智一切相智相故如是般若波羅蜜多不可以一切陀羅尼門知離一切陀羅尼門相故不可以一切三摩地門知離一切三摩地門相故如是般若波羅蜜多不可以預流果知離預流果相故不可以一來不還阿羅漢果知離一來不還阿羅漢果相故如是般若波羅蜜多不可以獨覺菩提知離獨覺菩提相故如是般若波羅蜜多不可以一切菩薩摩訶薩行知離一切菩薩摩訶薩行相故如是般若波羅蜜多不可以諸佛無上正等菩提知離諸佛無上

正等菩提相故爾時具壽善現復白佛言世尊如是般若波羅蜜多無所造作佛言如是以諸作者不可得故善現色不可得故作者不可得受想行識不可得故作者不可得善現眼處不可得故作者不可得耳鼻舌身意處不可得故作者不可得善現色處不可得故作者不可得聲香味觸法處不可得故作者不可得善現眼界不可得故作者不可得色界眼識界及眼觸眼觸爲緣所生諸受不可得故作者不可得善現耳界不可得故作者不可得聲界耳識界及耳觸耳觸爲緣所生諸受不可得故作者不可得善現鼻界不可得故作者不可得香界鼻識界及鼻觸鼻觸爲緣所生諸受不可得故作者不可得善現舌界不可得故作者不可得味界舌識界及舌觸舌觸爲緣所生諸受不可得故作者不可得善現身界不可得故作者不可得觸界身識界及身觸身觸爲緣所生諸受不可得故作者不可得善現意界不可得故作者不可得法界意識界及意觸意觸爲緣所生諸受不可得故作者不可得善現地界不可得故作者不可得水火風空識界不可得故作者不可得善現無明不可得故作者不可得行識名色六處觸受愛取有生老死愁歎苦憂惱不可得故作者不可得善現布施波羅蜜多不可得故作者不可得淨戒安忍精進靜慮般若波羅蜜多不可得故作者不可得善現内空不可得故作者不可得外空内外空空空大空勝義空有爲空無爲空畢竟空無際空散空無變異空本性空自相空共

相空一切法空不可得空無性空自性空無性自性空不可得故作者不可得善現眞如不可得故作者不可得法界法性不虛妄性不變異性平等性離生性法定法住實際虛空界不思議界不可得故作者不可得善現四靜慮不可得故作者不可得四無量四無色定不可得故作者不可得善現八解脫不可得故作者不可得八勝處九次第定十遍處不可得故作者不可得善現四念住不可得故作者不可得四正斷四神足五根五力七等覺支八聖道支不可得故作者不可得善現空解脫門不可得故作者不可得無相無願解脫門不可得故作者不可得善現菩薩十地不可得故作者不可得善現五眼不可得故作者不可得六神通不可得故作者不可得善現佛十力不可得故作者不可得四無所畏四無礙解大慈大悲大喜大捨十八佛不共法不可得故作者不可得善現無忘失法不可得故作者不可得恒住捨性不可得故作者不可得善現一切智不可得故作者不可得道相智一切相智不可得故作者不可得善現一切陀羅尼門不可得故作者不可得一切三摩地門不可得故作者不可得善現預流果不可得故作者不可得一來不還阿羅漢果不可得故作者不可得善現獨覺菩提不可得故作者不可得善現一切菩薩摩訶薩行不可得故作者不可得善現諸佛無上正等菩提不可得故作者不可得善現由諸作者及色等法不可得故如是般若波羅蜜多無所造作

大般若波羅蜜多經卷第二百八十八

大般若波羅蜜多經卷第二百八十九

唐三藏法師玄奘奉　詔譯

初分著不著相品第三十六之三

具壽善現復白佛言：世尊菩薩摩訶薩應云何行般若波羅蜜多佛言善現菩薩摩訶薩行般若波羅蜜多時若不行色是行般若波羅蜜多不行受想行識是行般若波羅蜜多不行色若常若無常是行般若波羅蜜多不行受想行識若常若無常是行般若波羅蜜多不行色若樂若苦是行般若波羅蜜多不行受想行識若樂若苦是行般若波羅蜜多不行色若我若無我是行般若波羅蜜多不行受想行識若我若無我是行般若波羅蜜多不行色若淨若不淨是行般若波羅蜜多不行受想行識若淨若不淨是行般若波羅蜜多何以故善現色性尚無所有況有色若常若無常若樂若苦若我若無我若淨若不淨受想行識性尚無所有況有受想行識若常若無常若樂若苦若我若無我若淨若不淨善現菩薩摩訶薩行般若波羅蜜多時若不行眼處是行般若波羅蜜多不行耳鼻舌身意處是行般若波羅蜜多不行眼處若常若無常是行般若波羅蜜多不行耳鼻舌身意處若常若無常是行般若波羅蜜多不行眼處若樂若苦是行般若波羅蜜多不行耳鼻舌身意處若樂若苦是行般若波羅蜜多不行眼處若我若無我是行般若波羅蜜多不行耳鼻舌身意處若我若無我是行般若波羅蜜多不行眼處若淨若不淨是行般若波羅蜜多不行耳鼻舌身意處若淨若不淨

是行般若波羅蜜多何以故善現眼處性尚無所有況有眼處若常若無常若樂若苦若我若無我若淨若不淨耳鼻舌身意處性尚無所有況有耳鼻舌身意處若常若無常若樂若苦若我若無我若淨若不淨善現菩薩摩訶薩行般若波羅蜜多時若不行色處是行般若波羅蜜多不行聲香味觸法處是行般若波羅蜜多不行色處若常若無常是行般若波羅蜜多不行聲香味觸法處若常若無常是行般若波羅蜜多不行色處若樂若苦是行般若波羅蜜多不行聲香味觸法處若樂若苦是行般若波羅蜜多不行色處若我若無我是行般若波羅蜜多不行聲香味觸法處若我若無我是行般若波羅蜜多不行色處若淨若不淨是行般若波羅蜜多不行聲香味觸法處若淨若不淨是行般若波羅蜜多何以故善現色處性尚無所有況有色處若常若無常若樂若苦若我若無我若淨若不淨聲香味觸法處性尚無所有況有聲香味觸法處若常若無常若樂若苦若我若無我若淨若不淨善現菩薩摩訶薩行般若波羅蜜多時若不行眼界是行般若波羅蜜多不行色界眼識界及眼觸眼觸爲緣所生諸受是行般若波羅蜜多不行眼界若常若無常是行般若波羅蜜多不行色界乃至眼觸爲緣所生諸受若常若無常是行般若波羅蜜多不行眼界若樂若苦是行般若波羅蜜多不行色界乃至眼觸爲緣所生諸受若樂若苦是行般若波羅蜜多不行眼界若我若無我是行般若波羅蜜多不行色界乃

至眼觸爲緣所生諸受若我若無我是行般若波羅蜜多不行眼界若淨若不淨是行般若波羅蜜多不行色界乃至眼觸爲緣所生諸受若淨若不淨是行般若波羅蜜多何以故善現眼界性尚無所有況有眼界若常若無常若樂若苦若我若無我若淨若不淨色界乃至眼觸爲緣所生諸受性尚無所有況有色界乃至眼觸爲緣所生諸受若常若無常若樂若苦若我若無我若淨若不淨善現菩薩摩訶薩行般若波羅蜜多時若不行耳界是行般若波羅蜜多不行聲界耳識界及耳觸耳觸爲緣所生諸受是行般若波羅蜜多不行耳界若常若無常是行般若波羅蜜多不行聲界乃至耳觸爲緣所生諸受若常若無常是行般若波羅蜜多不行耳界若樂若苦是行般若波羅蜜多不行聲界乃至耳觸爲緣所生諸受若樂若苦是行般若波羅蜜多不行耳界若我若無我是行般若波羅蜜多不行聲界乃至耳觸爲緣所生諸受若我若無我是行般若波羅蜜多不行耳界若淨若不淨是行般若波羅蜜多不行聲界乃至耳觸爲緣所生諸受若淨若不淨是行般若波羅蜜多何以故善現耳界性尚無所有況有耳界若常若無常若樂若苦若我若無我若淨若不淨聲界乃至耳觸爲緣所生諸受性尚無所有況有聲界乃至耳觸爲緣所生諸受若常若無常若樂若苦若我若無我若淨若不淨善現菩薩摩訶薩行般若波羅蜜多時若不行鼻界是行般若波羅蜜多不行香界鼻識界及鼻觸鼻觸爲緣所生諸受

是行般若波羅蜜多不行鼻界若常若無常是行般若波羅蜜多不行香界乃至鼻觸爲緣所生諸受若常若無常是行般若波羅蜜多不行鼻界若樂若苦是行般若波羅蜜多不行香界乃至鼻觸爲緣所生諸受若樂若苦是行般若波羅蜜多不行鼻界若我若無我是行般若波羅蜜多不行香界乃至鼻觸爲緣所生諸受若我若無我是行般若波羅蜜多不行鼻界若淨若不淨是行般若波羅蜜多不行香界乃至鼻觸爲緣所生諸受若淨若不淨是行般若波羅蜜多何以故善現鼻界性尚無所有況有鼻界若常若無常若樂若苦若我若無我若淨若不淨香界乃至鼻觸爲緣所生諸受性尚無所有況有香界乃至鼻觸爲緣所生諸受若常若無常若樂若苦若我若無我若淨若不淨善現菩薩摩訶薩行般若波羅蜜多時若不行舌界是行般若波羅蜜多不行味界舌識界及舌觸舌觸爲緣所生諸受是行般若波羅蜜多不行舌界若常若無常是行般若波羅蜜多不行味界乃至舌觸爲緣所生諸受若常若無常是行般若波羅蜜多不行舌界若樂若苦是行般若波羅蜜多不行味界乃至舌觸爲緣所生諸受若樂若苦是行般若波羅蜜多不行舌界若我若無我是行般若波羅蜜多不行味界乃至舌觸爲緣所生諸受若我若無我是行般若波羅蜜多不行舌界若淨若不淨是行般若波羅蜜多不行味界乃至舌觸爲緣所生諸受若淨若不淨是行般若波羅蜜多何以故善現舌界性尚無所有況有舌

界若常若無常若樂若苦若我若無我若淨若不淨味界乃至舌觸爲緣所生諸受性尚無所有況有味界乃至舌觸爲緣所生諸受若常若無常若樂若苦若我若無我若淨若不淨善現菩薩摩訶薩行般若波羅蜜多時若不行身界是行般若波羅蜜多不行觸界身識界及身觸身觸爲緣所生諸受是行般若波羅蜜多不行身界若常若無常是行般若波羅蜜多不行觸界乃至身觸爲緣所生諸受若常若無常是行般若波羅蜜多不行身界若樂若苦是行般若波羅蜜多不行觸界乃至身觸爲緣所生諸受若樂若苦是行般若波羅蜜多不行身界若我若無我是行般若波羅蜜多不行觸界乃至身觸爲緣所生諸受若我若無我是行般若波羅蜜多不行身界若淨若不淨是行般若波羅蜜多不行觸界乃至身觸爲緣所生諸受若淨若不淨是行般若波羅蜜多何以故善現身界性尚無所有況有身界若常若無常若樂若苦若我若無我若淨若不淨觸界乃至身觸爲緣所生諸受性尚無所有況有觸界乃至身觸爲緣所生諸受若常若無常若樂若苦若我若無我若淨若不淨善現菩薩摩訶薩行般若波羅蜜多時若不行意界是行般若波羅蜜多不行法界意識界及意觸意觸爲緣所生諸受是行般若波羅蜜多不行意界若常若無常是行般若波羅蜜多不行法界乃至意觸爲緣所生諸受若常若無常是行般若波羅蜜多不行意界若樂若苦是行般若波羅蜜多不行法界乃至意觸爲緣所生諸

受若樂若苦是行般若波羅蜜多不行意界若我若無我是行般若波羅蜜多不行法界乃至意觸爲緣所生諸受若我若無我是行般若波羅蜜多不行意界若淨若不淨是行般若波羅蜜多不行法界乃至意觸爲緣所生諸受若淨若不淨是行般若波羅蜜多何以故善現意界性尚無所有況有意界若常若無常若樂若苦若我若無我若淨若不淨法界乃至意觸爲緣所生諸受性尚無所有況有法界乃至意觸爲緣所生諸受若常若無常若樂若苦若我若無我若淨若不淨善現菩薩摩訶薩行般若波羅蜜多時若不行地界是行般若波羅蜜多不行水火風空識界是行般若波羅蜜多不行地界若常若無常是行般若波羅蜜多不行水火風空識界若常若無常是行般若波羅蜜多不行地界若樂若苦是行般若波羅蜜多不行水火風空識界若樂若苦是行般若波羅蜜多不行地界若我若無我是行般若波羅蜜多不行水火風空識界若我若無我是行般若波羅蜜多不行地界若淨若不淨是行般若波羅蜜多不行水火風空識界若淨若不淨是行般若波羅蜜多何以故善現地界性尚無所有況有地界若常若無常若樂若苦若我若無我若淨若不淨水火風空識界性尚無所有況有水火風空識界若常若無常若樂若苦若我若無我若淨若不淨善現菩薩摩訶薩行般若波羅蜜多時若不行無明是行般若波羅蜜多不行行識名色六處觸受愛取有生老死愁歎苦憂惱是行般若波羅蜜多

不行無明若常若無常是行般若波羅蜜多
不行行乃至老死愁歎苦憂惱若常若無常
是行般若波羅蜜多不行無明若樂若苦是
行般若波羅蜜多不行行乃至老死愁歎苦
憂惱若樂若苦是行般若波羅蜜多不行無
明若我若無我是行般若波羅蜜多不行行
乃至老死愁歎苦憂惱若我若無我是行般
若波羅蜜多不行無明若淨若不淨是行般
若波羅蜜多不行行乃至老死愁歎苦憂惱
若淨若不淨是行般若波羅蜜多何以故善
現無明性尚無所有況有無明若常若無常
若樂若苦若我若無我若淨若不淨行乃至
老死愁歎苦憂惱性尚無所有況有行乃至
老死愁歎苦憂惱若常若無常若樂若苦若
我若無我若淨若不淨善現菩薩摩訶薩行
般若波羅蜜多時若不行布施波羅蜜多是
行般若波羅蜜多不行淨戒安忍精進靜慮
般若波羅蜜多是行般若波羅蜜多不行布
施波羅蜜多若常若無常是行般若波羅蜜
多不行淨戒乃至般若波羅蜜多若常若無
常是行般若波羅蜜多不行布施波羅蜜多
若樂若苦是行般若波羅蜜多不行淨戒乃
至般若波羅蜜多若樂若苦是行般若波羅
蜜多不行布施波羅蜜多若我若無我是行
般若波羅蜜多不行淨戒乃至般若波羅蜜
多若我若無我是行般若波羅蜜多不行布
施波羅蜜多若淨若不淨是行般若波羅蜜
多不行淨戒乃至般若波羅蜜多若淨若不
淨是行般若波羅蜜多何以故善現布施波
羅蜜多性尚無所有況有布施波羅蜜多若

常若無常若樂若苦若我若無我若淨若不淨淨戒乃至般若波羅蜜多性尚無所有況有淨戒乃至般若波羅蜜多若常若無常若樂若苦若我若無我若淨若不淨善現菩薩摩訶薩行般若波羅蜜多時若不行內空是行般若波羅蜜多不行外空內外空空空大空勝義空有為空無為空畢竟空無際空散空無變異空本性空自相空共相空一切法空不可得空無性空自性空無性自性空是行般若波羅蜜多不行內空若常若無常是行般若波羅蜜多不行外空乃至無性自性空若常若無常是行般若波羅蜜多不行內空若樂若苦是行般若波羅蜜多不行外空乃至無性自性空若樂若苦是行般若波羅蜜多不行內空若我若無我是行般若波羅蜜多不行外空乃至無性自性空若我若無我是行般若波羅蜜多不行內空若淨若不淨是行般若波羅蜜多不行外空乃至無性自性空若淨若不淨是行般若波羅蜜多何以故善現內空性尚無所有況有內空若常若無常若樂若苦若我若無我若淨若不淨外空乃至無性自性空性尚無所有況有外空乃至無性自性空若常若無常若樂若苦若我若無我若淨若不淨善現菩薩摩訶薩行般若波羅蜜多時若不行眞如是行般若波羅蜜多不行法界法性不虛妄性不變異性平等性離生性法定法住實際虛空界不思議界是行般若波羅蜜多不行眞如若常若無常是行般若波羅蜜多不行法界乃至不思議界若常若無常是行般若波羅蜜多

不行眞如若樂若苦是行般若波羅蜜多不行法界乃至不思議界若樂若苦是行般若波羅蜜多不行眞如若我若無我是行般若波羅蜜多不行法界乃至不思議界若我若無我是行般若波羅蜜多不行眞如若淨若不淨是行般若波羅蜜多不行法界乃至不思議界若淨若不淨是行般若波羅蜜多何以故善現眞如性尚無所有況有眞如若常若無常若樂若苦若我若無我若淨若不淨法界乃至不思議界性尚無所有況有法界乃至不思議界若常若無常若樂若苦若我若無我若淨若不淨善現菩薩摩訶薩行般若波羅蜜多時若不行苦聖諦是行般若波羅蜜多不行集滅道聖諦是行般若波羅蜜多不行苦聖諦若常若無常是行般若波羅蜜多不行集滅道聖諦若常若無常是行般若波羅蜜多不行苦聖諦若樂若苦是行般若波羅蜜多不行集滅道聖諦若樂若苦是行般若波羅蜜多不行苦聖諦若我若無我是行般若波羅蜜多不行集滅道聖諦若我若無我是行般若波羅蜜多不行苦聖諦若淨若不淨是行般若波羅蜜多不行集滅道聖諦若淨若不淨是行般若波羅蜜多何以故善現苦聖諦性尚無所有況有苦聖諦若常若無常若樂若苦若我若無我若淨若不淨集滅道聖諦性尚無所有況有集滅道聖諦若常若無常若樂若苦若我若無我若淨若不淨善現菩薩摩訶薩行般若波羅蜜多時若不行四靜慮是行般若波羅蜜多不行四無量四無色定是行般若波羅蜜多不行

四靜慮若常若無常是行般若波羅蜜多不行四無量四無色定若常若無常是行般若波羅蜜多不行四靜慮若樂若苦是行般若波羅蜜多不行四無量四無色定若樂若苦是行般若波羅蜜多不行四靜慮若我若無我是行般若波羅蜜多不行四無量四無色定若我若無我是行般若波羅蜜多不行四靜慮若淨若不淨是行般若波羅蜜多不行四無量四無色定若淨若不淨是行般若波羅蜜多何以故善現四靜慮性尚無所有況有四靜慮若常若無常若樂若苦若我若無我若淨若不淨四無量四無色定性尚無所有況有四無量四無色定若常若無常若樂若苦若我若無我若淨若不淨善現菩薩摩訶薩行般若波羅蜜多時若不行八解脫是行般若波羅蜜多不行八勝處九次第定十遍處是行般若波羅蜜多不行八解脫若常若無常是行般若波羅蜜多不行八勝處九次第定十遍處若常若無常是行般若波羅蜜多不行八解脫若樂若苦是行般若波羅蜜多不行八勝處九次第定十遍處若樂若苦是行般若波羅蜜多不行八解脫若我若無我是行般若波羅蜜多不行八勝處九次第定十遍處若我若無我是行般若波羅蜜多不行八解脫若淨若不淨是行般若波羅蜜多不行八勝處九次第定十遍處若淨若不淨是行般若波羅蜜多何以故善現八解脫性尚無所有況有八解脫若常若無常若樂若苦若我若無我若淨若不淨八勝處九次第定十遍處性尚無所有況有八勝處九

次第定十遍處若常若無常若樂若苦若我若無我若淨若不淨善現菩薩摩訶薩行般若波羅蜜多時若不行四念住是行般若波羅蜜多不行四正斷四神足五根五力七等覺支八聖道支是行般若波羅蜜多不行四念住若常若無常是行般若波羅蜜多不行四正斷乃至八聖道支若常若無常是行般若波羅蜜多不行四念住若樂若苦是行般若波羅蜜多不行四正斷乃至八聖道支若樂若苦是行般若波羅蜜多不行四念住若我若無我是行般若波羅蜜多不行四正斷乃至八聖道支若我若無我是行般若波羅蜜多不行四念住若淨若不淨是行般若波羅蜜多不行四正斷乃至八聖道支若淨若不淨是行般若波羅蜜多何以故善現四念住性尚無所有況有四念住若常若無常若樂若苦若我若無我若淨若不淨四正斷乃至八聖道支性尚無所有況有四正斷乃至八聖道支若常若無常若樂若苦若我若無我若淨若不淨善現菩薩摩訶薩行般若波羅蜜多時若不行空解脫門是行般若波羅蜜多不行無相無願解脫門是行般若波羅蜜多不行空解脫門若常若無常是行般若波羅蜜多不行無相無願解脫門若常若無常是行般若波羅蜜多不行空解脫門若樂若苦是行般若波羅蜜多不行無相無願解脫門若樂若苦是行般若波羅蜜多不行空解脫門若我若無我是行般若波羅蜜多不行無相無願解脫門若我若無我是行般若波羅蜜多不行空解脫門若淨若不淨是行

般若波羅蜜多不行無相無願解脱門若淨若不淨是行般若波羅蜜多何以故善現空解脱門性尚無所有况有空解脱門若常若無常若樂若苦若我若無我若淨若不淨無相無願解脱門性尚無所有况有無相無願解脱門若常若無常若樂若苦若我若無我若淨若不淨善現菩薩摩訶薩行般若波羅蜜多時若不行菩薩十地是行般若波羅蜜多不行菩薩十地若常若無常是行般若波羅蜜多不行菩薩十地若樂若苦是行般若波羅蜜多不行菩薩十地若我若無我是行般若波羅蜜多不行菩薩十地若淨若不淨是行般若波羅蜜多何以故善現菩薩十地性尚無所有况有菩薩十地若常若無常若樂若苦若我若無我若淨若不淨善現菩薩

摩訶薩行般若波羅蜜多時若不行五眼是行般若波羅蜜多不行六神通是行般若波羅蜜多不行五眼若常若無常是行般若波羅蜜多不行六神通若常若無常是行般若波羅蜜多不行五眼若樂若苦是行般若波羅蜜多不行六神通若樂若苦是行般若波羅蜜多不行五眼若我若無我是行般若波羅蜜多不行六神通若我若無我是行般若波羅蜜多不行五眼若淨若不淨是行般若波羅蜜多不行六神通若淨若不淨是行般若波羅蜜多何以故善現五眼性尚無所有况有五眼若常若無常若樂若苦若我若無我若淨若不淨六神通性尚無所有况有六神通若常若無常若樂若苦若我若無我若淨若不淨善現菩薩摩訶薩行般若波羅蜜

多時若不行佛十力是行般若波羅蜜多不行四無所畏四無礙解大慈大悲大喜大捨十八佛不共法是行般若波羅蜜多不行佛十力若常若無常是行般若波羅蜜多不行四無所畏乃至十八佛不共法若常若無常是行般若波羅蜜多不行佛十力若樂若苦是行般若波羅蜜多不行四無所畏乃至十八佛不共法若樂若苦是行般若波羅蜜多不行佛十力若我若無我是行般若波羅蜜多不行四無所畏乃至十八佛不共法若我若無我是行般若波羅蜜多不行佛十力若淨若不淨是行般若波羅蜜多不行四無所畏乃至十八佛不共法若淨若不淨是行般若波羅蜜多何以故善現佛十力性尚無所有況有佛十力若常若無常若樂若苦若我若無我若淨若不淨四無所畏乃至十八佛不共法性尚無所有況有四無所畏乃至十八佛不共法若常若無常若樂若苦若我若無我若淨若不淨善現菩薩摩訶薩行般若波羅蜜多時若不行無忘失法是行般若波羅蜜多不行恒住捨性是行般若波羅蜜多不行無忘失法若常若無常是行般若波羅蜜多不行恒住捨性若常若無常是行般若波羅蜜多不行無忘失法若樂若苦是行般若波羅蜜多不行恒住捨性若樂若苦是行般若波羅蜜多不行無忘失法若我若無我是行般若波羅蜜多不行恒住捨性若我若無我是行般若波羅蜜多不行無忘失法若淨若不淨是行般若波羅蜜多不行恒住捨性若淨若不淨是行般若波羅蜜多何以故

善現無忘失法性尚無所有況有無忘失法若常若無常若樂若苦若我若無我若淨若不淨恒住捨性性尚無所有況有恒住捨性若常若無常若樂若苦若我若無我若淨若不淨

大般若波羅蜜多經卷第二百八十九

大般若波羅蜜多經卷第二百九十

唐三藏法師玄奘奉　詔譯

初分著不著相品第三十六之四

善現菩薩摩訶薩行般若波羅蜜多時若不行一切智是行般若波羅蜜多不行道相智一切相智是行般若波羅蜜多不行一切智若常若無常是行般若波羅蜜多不行道相智一切相智若常若無常是行般若波羅蜜多不行一切智若樂若苦是行般若波羅蜜多不行道相智一切相智若樂若苦是行般若波羅蜜多不行一切智若我若無我是行般若波羅蜜多不行道相智一切相智若我若無我是行般若波羅蜜多不行一切智若淨若不淨是行般若波羅蜜多不行道相智一切相智若淨若不淨是行般若波羅蜜多何以故善現一切智性尚無所有況有一切智若常若無常若樂若苦若我若無我若淨若不淨道相智一切相智性尚無所有況有道相智一切相智若常若無常若樂若苦若我若無我若淨若不淨善現菩薩摩訶薩行般若波羅蜜多時若不行一切陀羅尼門是行般若波羅蜜多不行一切三摩地門是行般若波羅蜜多不行一切陀羅尼門若常若無常是行般若波羅蜜多不行一切三摩地門若常若無常是行般若波羅蜜多不行一切陀羅尼門若樂若苦是行般若波羅蜜多不行一切三摩地門若樂若苦是行般若波羅蜜多不行一切陀羅尼門若我若無我是行般若波羅蜜多不行一切三摩地門若我若無我是行般若波羅蜜多不行一切陀羅

尼門若淨若不淨是行般若波羅蜜多不行一切三摩地門若淨若不淨是行般若波羅蜜多何以故善現一切陀羅尼門性尚無所有況有一切陀羅尼門若常若無常若樂若苦若我若無我若淨若不淨一切三摩地門性尚無所有況有一切三摩地門若常若無常若樂若苦若我若無我若淨若不淨善現菩薩摩訶薩行般若波羅蜜多時若不行預流果是行般若波羅蜜多不行　來不還阿羅漢果是行般若波羅蜜多不行預流果若常若無常是行般若波羅蜜多不行一來不還阿羅漢果若常若無常是行般若波羅蜜多不行預流果若樂若苦是行般若波羅蜜多不行一來不還阿羅漢果若樂若苦是行般若波羅蜜多不行預流果若我若無我是行般若波羅蜜多不行一來不還阿羅漢果若我若無我是行般若波羅蜜多不行預流果若淨若不淨是行般若波羅蜜多不行一來不還阿羅漢果若淨若不淨是行般若波羅蜜多何以故善現預流果性尚無所有況有預流果若常若無常若樂若苦若我若無我若淨若不淨一來不還阿羅漢果性尚無所有況有一來不還阿羅漢果若常若無常若樂若苦若我若無我若淨若不淨善現菩薩摩訶薩行般若波羅蜜多時若不行獨覺菩提是行般若波羅蜜多不行獨覺菩提若常若無常是行般若波羅蜜多不行獨覺菩提若樂若苦是行般若波羅蜜多不行獨覺菩提若我若無我是行般若波羅蜜多不行獨覺菩提若淨若不淨是行般若波羅蜜多

何以故善現獨覺菩提性尚無所有況有獨覺菩提若常若無常若樂若苦若我若無我若淨若不淨善現菩薩摩訶薩行般若波羅蜜多時若不行一切菩薩摩訶薩行是行般若波羅蜜多不行一切菩薩摩訶薩行若常若無常是行般若波羅蜜多不行一切菩薩摩訶薩行若樂若苦是行般若波羅蜜多不行一切菩薩摩訶薩行若我若無我是行般若波羅蜜多不行一切菩薩摩訶薩行若淨若不淨是行般若波羅蜜多何以故善現一切菩薩摩訶薩行性尚無所有況有一切菩薩摩訶薩行若常若無常若樂若苦若我若無我若淨若不淨善現菩薩摩訶薩行般若波羅蜜多時若不行諸佛無上正等菩提是行般若波羅蜜多不行諸佛無上正等菩提若常若無常是行般若波羅蜜多不行諸佛無上正等菩提若樂若苦是行般若波羅蜜多不行諸佛無上正等菩提若我若無我是行般若波羅蜜多不行諸佛無上正等菩提若淨若不淨是行般若波羅蜜多何以故善現諸佛無上正等菩提性尚無所有況有諸佛無上正等菩提若常若無常若樂若苦若我若無我若淨若不淨復次善現菩薩摩訶薩行般若波羅蜜多時若不行色圓滿及不圓滿是行般若波羅蜜多何以故善現若色圓滿及不圓滿俱不名色亦不如是行是行般若波羅蜜多若不行受想行識圓滿及不圓滿是行般若波羅蜜多何以故善現若受想行識圓滿及不圓滿俱不名受想行識亦不如是行是行般若波羅蜜多善現菩薩摩

訶薩行般若波羅蜜多時若不行眼處圓滿及不圓滿是行般若波羅蜜多何以故善現若眼處圓滿及不圓滿俱不名眼處亦不如是行是行般若波羅蜜多若不行耳鼻舌身意處圓滿及不圓滿是行般若波羅蜜多何以故善現若耳鼻舌身意處圓滿及不圓滿俱不名耳鼻舌身意處亦不如是行是行般若波羅蜜多善現菩薩摩訶薩行般若波羅蜜多時若不行色處圓滿及不圓滿是行般若波羅蜜多何以故善現若色處圓滿及不圓滿俱不名色處亦不如是行是行般若波羅蜜多若不行聲香味觸法處圓滿及不圓滿是行般若波羅蜜多何以故善現若聲香味觸法處圓滿及不圓滿俱不名聲香味觸法處亦不如是行是行般若波羅蜜多善現菩薩摩訶薩行般若波羅蜜多時若不行眼界圓滿及不圓滿是行般若波羅蜜多何以故善現若眼界圓滿及不圓滿俱不名眼界亦不如是行是行般若波羅蜜多若不行色界眼識界及眼觸眼觸爲緣所生諸受圓滿及不圓滿是行般若波羅蜜多何以故善現若色界乃至眼觸爲緣所生諸受圓滿及不圓滿俱不名色界乃至眼觸爲緣所生諸受亦不如是行是行般若波羅蜜多善現菩薩摩訶薩行般若波羅蜜多時若不行耳界圓滿及不圓滿是行般若波羅蜜多何以故善現若耳界圓滿及不圓滿俱不名耳界亦不如是行是行般若波羅蜜多若不行聲界耳識界及耳觸耳觸爲緣所生諸受圓滿及不圓滿是行般若波羅蜜多何以故善現若聲

界乃至耳觸爲緣所生諸受圓滿及不圓滿俱不名聲界乃至耳觸爲緣所生諸受亦不如是行是行般若波羅蜜多善現菩薩摩訶薩行般若波羅蜜多時若不行鼻界圓滿及不圓滿是行般若波羅蜜多何以故善現若鼻界圓滿及不圓滿俱不名鼻界亦不如是行是行般若波羅蜜多若不行香界鼻識界及鼻觸鼻觸爲緣所生諸受圓滿及不圓滿是行般若波羅蜜多何以故善現若香界乃至鼻觸爲緣所生諸受圓滿及不圓滿俱不名香界乃至鼻觸爲緣所生諸受亦不如是行是行般若波羅蜜多善現菩薩摩訶薩行般若波羅蜜多時若不行舌界圓滿及不圓滿是行般若波羅蜜多何以故善現若舌界圓滿及不圓滿俱不名舌界亦不如是行是行般若波羅蜜多若不行味界舌識界及舌觸舌觸爲緣所生諸受圓滿及不圓滿是行般若波羅蜜多何以故善現若味界乃至舌觸爲緣所生諸受圓滿及不圓滿俱不名味界乃至舌觸爲緣所生諸受亦不如是行是行般若波羅蜜多善現菩薩摩訶薩行般若波羅蜜多時若不行身界圓滿及不圓滿是行般若波羅蜜多何以故善現若身界圓滿及不圓滿俱不名身界亦不如是行是行般若波羅蜜多若不行觸界身識界及身觸身觸爲緣所生諸受圓滿及不圓滿是行般若波羅蜜多何以故善現若觸界乃至身觸爲緣所生諸受圓滿及不圓滿俱不名觸界乃至身觸爲緣所生諸受亦不如是行是行般若波羅蜜多善現菩薩摩訶薩行般若波羅

蜜多時若不行意界圓滿及不圓滿是行般若波羅蜜多何以故善現若意界圓滿及不圓滿俱不名意界亦不如是行是行般若波羅蜜多若不行法界意識界及意觸意觸爲緣所生諸受圓滿及不圓滿是行般若波羅蜜多何以故善現若法界乃至意觸爲緣所生諸受圓滿及不圓滿俱不名法界乃至意觸爲緣所生諸受亦不如是行是行般若波羅蜜多善現菩薩摩訶薩行般若波羅蜜多時若不行地界圓滿及不圓滿是行般若波羅蜜多何以故善現若地界圓滿及不圓滿俱不名地界亦不如是行是行般若波羅蜜多若不行水火風空識界圓滿及不圓滿是行般若波羅蜜多何以故善現若水火風空識界圓滿及不圓滿俱不名水火風空識界亦不如是行是行般若波羅蜜多善現菩薩摩訶薩行般若波羅蜜多時若不行無明圓滿及不圓滿是行般若波羅蜜多何以故善現若無明圓滿及不圓滿俱不名無明亦不如是行是行般若波羅蜜多若不行行識名色六處觸受愛取有生老死愁歎苦憂惱圓滿及不圓滿是行般若波羅蜜多何以故善現若行乃至老死愁歎苦憂惱圓滿及不圓滿俱不名行乃至老死愁歎苦憂惱亦不如是行是行般若波羅蜜多善現菩薩摩訶薩行般若波羅蜜多時若不行布施波羅蜜多圓滿及不圓滿是行般若波羅蜜多何以故善現若布施波羅蜜多圓滿及不圓滿俱不名布施波羅蜜多亦不如是行是行般若波羅蜜多若不行淨戒安忍精進靜慮般若波

羅蜜多圓滿及不圓滿是行般若波羅蜜多何以故善現若淨戒乃至般若波羅蜜多圓滿及不圓滿俱不名淨戒乃至般若波羅蜜多亦不如是行是行般若波羅蜜多善現菩薩摩訶薩行般若波羅蜜多時若不行內空圓滿及不圓滿是行般若波羅蜜多何以故善現若內空圓滿及不圓滿俱不名內空亦不如是行是行般若波羅蜜多若不行外空內外空空空大空勝義空有爲空無爲空畢竟空無際空散空無變異空本性空自相空共相空一切法空不可得空無性空自性空無性自性空圓滿及不圓滿是行般若波羅蜜多何以故善現若外空乃至無性自性空圓滿及不圓滿俱不名外空乃至無性自性空亦不如是行是行般若波羅蜜多善現菩薩摩訶薩行般若波羅蜜多時若不行眞如圓滿及不圓滿是行般若波羅蜜多何以故善現若眞如圓滿及不圓滿俱不名眞如亦不如是行是行般若波羅蜜多若不行法界法性不虛妄性不變異性平等性離生性法定法住實際虛空界不思議界圓滿及不圓滿是行般若波羅蜜多何以故善現若法界乃至不思議界圓滿及不圓滿俱不名法界乃至不思議界亦不如是行是行般若波羅蜜多善現菩薩摩訶薩行般若波羅蜜多時若不行苦聖諦圓滿及不圓滿是行般若波羅蜜多何以故善現若苦聖諦圓滿及不圓滿俱不名苦聖諦亦不如是行是行般若波羅蜜多若不行集滅道聖諦圓滿及不圓滿是行般若波羅蜜多何以故善現若集滅道

聖諦圓滿及不圓滿俱不名集滅道聖諦亦不如是行是行般若波羅蜜多善現菩薩摩訶薩行般若波羅蜜多時若不行四靜慮圓滿及不圓滿是行般若波羅蜜多何以故善現若四靜慮圓滿及不圓滿俱不名四靜慮亦不如是行是行般若波羅蜜多若不行四無量四無色定圓滿及不圓滿是行般若波羅蜜多何以故善現若四無量四無色定圓滿及不圓滿俱不名四無量四無色定亦不如是行是行般若波羅蜜多善現菩薩摩訶薩行般若波羅蜜多時若不行八解脫圓滿及不圓滿是行般若波羅蜜多何以故善現若八解脫圓滿及不圓滿俱不名八解脫亦不如是行是行般若波羅蜜多若不行八勝處九次第定十遍處圓滿及不圓滿是行般若波羅蜜多何以故善現若八勝處九次第定十遍處圓滿及不圓滿俱不名八勝處九次第定十遍處亦不如是行是行般若波羅蜜多善現菩薩摩訶薩行般若波羅蜜多時若不行四念住圓滿及不圓滿是行般若波羅蜜多何以故善現若四念住圓滿及不圓滿俱不名四念住亦不如是行是行般若波羅蜜多若不行四正斷四神足五根五力七等覺支八聖道支圓滿及不圓滿是行般若波羅蜜多何以故善現四正斷乃至八聖道支圓滿及不圓滿俱不名四正斷乃至八聖道支亦不如是行是行般若波羅蜜多善現菩薩摩訶薩行般若波羅蜜多時若不行空解脫門圓滿及不圓滿是行般若波羅蜜多何以故善現若空解脫門圓滿及不圓滿俱

不名空解脱門亦不如是行是行般若波羅蜜多若不行無相無願解脱門圓滿及不圓滿是行般若波羅蜜多何以故善現無相無願解脱門圓滿及不圓滿俱不名無相無願解脱門亦不如是行是行般若波羅蜜多善現菩薩摩訶薩行般若波羅蜜多時若不行菩薩摩訶薩十地圓滿及不圓滿是行般若波羅蜜多何以故善現若菩薩十地圓滿及不圓滿俱不名菩薩十地亦不如是行是行般若波羅蜜多善現菩薩摩訶薩行般若波羅蜜多時若不行五眼圓滿及不圓滿是行般若波羅蜜多何以故善現若五眼圓滿及不圓滿俱不名五眼亦不如是行是行般若波羅蜜多若不行六神通圓滿及不圓滿是行般若波羅蜜多何以故善現若六神通圓滿及不圓滿俱不名六神通亦不如是行是行般若波羅蜜多善現菩薩摩訶薩行般若波羅蜜多時若不行佛十力圓滿及不圓滿是行般若波羅蜜多何以故善現若佛十力圓滿及不圓滿俱不名佛十力亦不如是行是行般若波羅蜜多若不行四無所畏四無礙解大慈大悲大喜大捨十八佛不共法圓滿及不圓滿是行般若波羅蜜多何以故善現四無所畏乃至十八佛不共法圓滿及不圓滿俱不名四無所畏乃至十八佛不共法亦不如是行是行般若波羅蜜多善現菩薩摩訶薩行般若波羅蜜多時若不行無忘失法圓滿及不圓滿是行般若波羅蜜多何以故善現若無忘失法圓滿及不圓滿俱不名無忘失法亦不如是行是行般若波羅蜜多若不行

恒住捨性圓滿及不圓滿是行般若波羅蜜多何以故善現若恒住捨性圓滿及不圓滿俱不名恒住捨性亦不如是行是行般若波羅蜜多善現菩薩摩訶薩行般若波羅蜜多時若不行一切智圓滿及不圓滿是行般若波羅蜜多何以故善現若一切智圓滿及不圓滿俱不名一切智亦不如是行是行般若波羅蜜多若不行道相智一切相智圓滿及不圓滿是行般若波羅蜜多何以故善現若道相智一切相智圓滿及不圓滿俱不名道相智一切相智亦不如是行是行般若波羅蜜多善現菩薩摩訶薩行般若波羅蜜多時若不行一切陀羅尼門圓滿及不圓滿是行般若波羅蜜多何以故善現若一切陀羅尼門圓滿及不圓滿俱不名一切陀羅尼門亦不如是行是行般若波羅蜜多若不行一切三摩地門圓滿及不圓滿是行般若波羅蜜多何以故善現若一切三摩地門圓滿及不圓滿俱不名一切三摩地門亦不如是行是行般若波羅蜜多善現菩薩摩訶薩行般若波羅蜜多時若不行預流果圓滿及不圓滿是行般若波羅蜜多何以故善現若預流果圓滿及不圓滿俱不名預流果亦不如是行是行般若波羅蜜多若不行一來不還阿羅漢果圓滿及不圓滿是行般若波羅蜜多何以故善現若一來不還阿羅漢果圓滿及不圓滿俱不名一來不還阿羅漢果亦不如是行是行般若波羅蜜多善現菩薩摩訶薩行般若波羅蜜多時若不行獨覺菩提圓滿及不圓滿是行般若波羅蜜多何以故善現若

獨覺菩提圓滿及不圓滿俱不名獨覺菩提亦不如是行是行般若波羅蜜多善現菩薩摩訶薩行般若波羅蜜多時若不行一切菩薩摩訶薩行圓滿及不圓滿是行般若波羅蜜多何以故善現若一切菩薩摩訶薩行圓滿及不圓滿俱不名一切菩薩摩訶薩行亦不如是行是行般若波羅蜜多善現菩薩摩訶薩行般若波羅蜜多時若不行諸佛無上正等菩提圓滿及不圓滿是行般若波羅蜜多何以故善現若諸佛無上正等菩提圓滿及不圓滿俱不名諸佛無上正等菩提亦不如是行是行般若波羅蜜多爾時具壽善現白佛言世尊甚奇如來應正等覺善爲大乘諸善男子善女人等宣說種種著不著相佛言善現如是如是如汝所說一切如來應正等覺善爲大乘諸善男子善女人等宣說種種著不著相令學般若波羅蜜多離諸染著速得究竟復次善現菩薩摩訶薩行般若波羅蜜多時若不行色著不著相是行般若波羅蜜多不行受想行識著不著相是行般若波羅蜜多善現菩薩摩訶薩行般若波羅蜜多時若不行眼處著不著相是行般若波羅蜜多不行耳鼻舌身意處著不著相是行般若波羅蜜多善現菩薩摩訶薩行般若波羅蜜多時若不行色處著不著相是行般若波羅蜜多不行聲香味觸法處著不著相是行般若波羅蜜多善現菩薩摩訶薩行般若波羅蜜多時若不行眼界著不著相是行般若波羅蜜多不行色界眼識界及眼觸眼觸爲緣所生諸受著不著相是行般若波羅蜜多

善現菩薩摩訶薩行般若波羅蜜多時若不行耳界著不著相是行般若波羅蜜多不行聲界耳識界及耳觸耳觸爲緣所生諸受著不著相是行般若波羅蜜多善現菩薩摩訶薩行般若波羅蜜多時若不行鼻界著不著相是行般若波羅蜜多不行香界鼻識界及鼻觸鼻觸爲緣所生諸受著不著相是行般若波羅蜜多善現菩薩摩訶薩行般若波羅蜜多時若不行舌界著不著相是行般若波羅蜜多不行味界舌識界及舌觸舌觸爲緣所生諸受著不著相是行般若波羅蜜多善現菩薩摩訶薩行般若波羅蜜多時若不行身界著不著相是行般若波羅蜜多不行觸界身識界及身觸身觸爲緣所生諸受著不著相是行般若波羅蜜多善現菩薩摩訶薩行般若波羅蜜多時若不行意界著不著相是行般若波羅蜜多不行法界意識界及意觸意觸爲緣所生諸受著不著相是行般若波羅蜜多善現菩薩摩訶薩行般若波羅蜜多時若不行地界著不著相是行般若波羅蜜多不行水火風空識界著不著相是行般若波羅蜜多善現菩薩摩訶薩行般若波羅蜜多時若不行無明著不著相是行般若波羅蜜多不行行識名色六處觸受愛取有生老死愁歎苦憂惱著不著相是行般若波羅蜜多善現菩薩摩訶薩行般若波羅蜜多時若不行布施波羅蜜多著不著相是行般若波羅蜜多不行淨戒安忍精進靜慮般若波羅蜜多著不著相是行般若波羅蜜多善現菩薩摩訶薩行般若波羅蜜多時若不行內

空著不著相是行般若波羅蜜多不行外空內外空空空大空勝義空有爲空無爲空畢竟空無際空散空無變異空本性空自相空共相空一切法空不可得空無性空自性空無性自性空著不著相是行般若波羅蜜多善現菩薩摩訶薩行般若波羅蜜多時若不行眞如著不著相是行般若波羅蜜多不行法界法性不虛妄性不變異性平等性離生性法定法住實際虛空界不思議界著不著相是行般若波羅蜜多善現菩薩摩訶薩行般若波羅蜜多時若不行苦聖諦著不著相是行般若波羅蜜多不行集滅道聖諦著不著相是行般若波羅蜜多善現菩薩摩訶薩行般若波羅蜜多時若不行四靜慮著不著相是行般若波羅蜜多不行四無量四無色定著不著相是行般若波羅蜜多善現菩薩摩訶薩行般若波羅蜜多時若不行八解脫著不著相是行般若波羅蜜多不行八勝處九次第定十遍處著不著相是行般若波羅蜜多善現菩薩摩訶薩行般若波羅蜜多時若不行四念住著不著相是行般若波羅蜜多不行四正斷四神足五根五力七等覺支八聖道支著不著相是行般若波羅蜜多善現菩薩摩訶薩行般若波羅蜜多時若不行空解脫門著不著相是行般若波羅蜜多不行無相無願解脫門著不著相是行般若波羅蜜多善現菩薩摩訶薩行般若波羅蜜多時若不行菩薩十地著不著相是行般若波羅蜜多

大般若波羅蜜多經卷第二百九十

大般若波羅蜜多經卷第二百九十一

唐三藏法師玄奘奉　詔譯

初分著不著相品第三十六之五

善現菩薩摩訶薩行般若波羅蜜多時若不行五眼著不著相是行般若波羅蜜多不行六神通著不著相是行般若波羅蜜多善現菩薩摩訶薩行般若波羅蜜多時若不行佛十力著不著相是行般若波羅蜜多不行四無所畏四無礙解大慈大悲大喜大捨十八佛不共法著不著相是行般若波羅蜜多善現菩薩摩訶薩行般若波羅蜜多時若不行無忘失法著不著相是行般若波羅蜜多不行恒住捨性著不著相是行般若波羅蜜多善現菩薩摩訶薩行般若波羅蜜多時若不行一切智著不著相是行般若波羅蜜多不行道相智一切相智著不著相是行般若波羅蜜多善現菩薩摩訶薩行般若波羅蜜多時若不行一切陀羅尼門著不著相是行般若波羅蜜多不行一切三摩地門著不著相是行般若波羅蜜多善現菩薩摩訶薩行般若波羅蜜多時若不行預流果著不著相是行般若波羅蜜多不行一來不還阿羅漢果著不著相是行般若波羅蜜多善現菩薩摩訶薩行般若波羅蜜多時若不行獨覺菩提著不著相是行般若波羅蜜多善現菩薩摩訶薩行般若波羅蜜多時若不行一切菩薩摩訶薩行著不著相是行般若波羅蜜多善現菩薩摩訶薩行般若波羅蜜多時若不行諸佛無上正等菩提著不著相是行般若波羅蜜多善現菩薩摩訶薩如是行般若波羅

蜜多時於色不起著不著想於受想行識不起著不著想是行般若波羅蜜多善現菩薩摩訶薩如是行般若波羅蜜多時於眼處不起著不著想於耳鼻舌身意處不起著不著想是行般若波羅蜜多善現菩薩摩訶薩如是行般若波羅蜜多時於色處不起著不著想於聲香味觸法處不起著不著想是行般若波羅蜜多善現菩薩摩訶薩如是行般若波羅蜜多時於眼界不起著不著想於色界眼識界及眼觸眼觸爲緣所生諸受不起著不著想是行般若波羅蜜多善現菩薩摩訶薩如是行般若波羅蜜多時於耳界不起著不著想於聲界耳識界及耳觸耳觸爲緣所生諸受不起著不著想是行般若波羅蜜多時善現菩薩摩訶薩如是行般若波羅蜜多時

於鼻界不起著不著想於香界鼻識界及鼻觸鼻觸爲緣所生諸受不起著不著想是行般若波羅蜜多善現菩薩摩訶薩如是行般若波羅蜜多時於舌界不起著不著想於味界舌識界及舌觸舌觸爲緣所生諸受不起著不著想是行般若波羅蜜多善現菩薩摩訶薩如是行般若波羅蜜多時於身界不起著不著想於觸界身識界及身觸身觸爲緣所生諸受不起著不著想是行般若波羅蜜多善現菩薩摩訶薩如是行般若波羅蜜多時於意界不起著不著想於法界意識界及意觸意觸爲緣所生諸受不起著不著想是行般若波羅蜜多善現菩薩摩訶薩如是行般若波羅蜜多時於地界不起著不著想於水火風空識界不起著不著想是行般若波

羅蜜多善現菩薩摩訶薩如是行般若波羅蜜多時於無明不起著不著想於行識名色六處觸受愛取有生老死愁歎苦憂惱不起著不著想是行般若波羅蜜多善現菩薩摩訶薩如是行般若波羅蜜多時於布施波羅蜜多不起著不著想於淨戒安忍精進靜慮般若波羅蜜多不起著不著想是行般若波羅蜜多善現菩薩摩訶薩如是行般若波羅蜜多時於內空不起著不著想於外空內外空空空大空勝義空有爲空無爲空畢竟空無際空散空無變異空本性空自相空共相空一切法空不可得空無性空自性空無性自性空不起著不著想是行般若波羅蜜多善現菩薩摩訶薩如是行般若波羅蜜多時於眞如不起著不著想於法界法性不虛妄性不變異性平等性離生性法定法住實際虛空界不思議界不起著不著想是行般若波羅蜜多善現菩薩摩訶薩如是行般若波羅蜜多時於苦聖諦不起著不著想於集滅道聖諦不起著不著想是行般若波羅蜜多善現菩薩摩訶薩如是行般若波羅蜜多時於四靜慮不起著不著想於四無量四無色定不起著不著想是行般若波羅蜜多善現菩薩摩訶薩如是行般若波羅蜜多時於八解脫不起著不著想於八勝處九次第定十遍處不起著不著想是行般若波羅蜜多善現菩薩摩訶薩如是行般若波羅蜜多時於四念住不起著不著想於四正斷四神足五根五力七等覺支八聖道支不起著不著想是行般若波羅蜜多善現菩薩摩訶薩如是

行般若波羅蜜多時於空解脫門不起著不著想於無相無願解脫門不起著不著想是行般若波羅蜜多善現菩薩摩訶薩如是行般若波羅蜜多時於菩薩十地不起著不著想是行般若波羅蜜多善現菩薩摩訶薩如是行般若波羅蜜多時於五眼不起著不著想於六神通不起著不著想是行般若波羅蜜多善現菩薩摩訶薩如是行般若波羅蜜多時於佛十力不起著不著想於四無所畏四無礙解大慈大悲大喜大捨十八佛不共法不起著不著想是行般若波羅蜜多善現菩薩摩訶薩如是行般若波羅蜜多時於無忘失法不起著不著想於恒住捨性不起著不著想是行般若波羅蜜多善現菩薩摩訶薩如是行般若波羅蜜多時於一切智不起著不著想於道相智一切相智不起著不著想是行般若波羅蜜多善現菩薩摩訶薩如是行般若波羅蜜多時於一切陀羅尼門不起著不著想於一切三摩地門不起著不著想是行般若波羅蜜多善現菩薩摩訶薩如是行般若波羅蜜多時於預流果不起著不著想於一來不還阿羅漢果不起著不著想是行般若波羅蜜多善現菩薩摩訶薩如是行般若波羅蜜多時於獨覺菩提不起著不著想是行般若波羅蜜多善現菩薩摩訶薩如是行般若波羅蜜多時於一切菩薩摩訶薩行不起著不著想是行般若波羅蜜多善現菩薩摩訶薩如是行般若波羅蜜多時於諸佛無上正等菩提不起著不著想是行般若波羅蜜多爾時具壽善現白佛言甚奇世

尊如是般若波羅蜜多甚深法性若說若不說俱不增不減佛言善現如是如是如汝所說如是般若波羅蜜多甚深法性若說不說俱無增減善現假使如來應正等覺盡其壽住讃毀虛空而彼虛空無增無減如是般若波羅蜜多甚深法性亦復如是若讃若毀不增不減善現譬如幻士於毀讃時不減不增無憂無喜如是般若波羅蜜多甚深法性亦復如是若說不說如本無異具壽善現復白佛言世尊諸菩薩摩訶薩修行般若波羅蜜多甚爲難事謂此般若波羅蜜多若修不修無增無減亦無向背而勤修學如是般若波羅蜜多乃至無上正等菩提曾無退轉何以故世尊諸菩薩摩訶薩修行般若波羅蜜多如修虛空都無所有世尊如虛空中無色可

施設無受想行識可施設所修般若波羅蜜多亦復如是世尊如虛空中無眼處可施設無耳鼻舌身意處可施設所修般若波羅蜜多亦復如是世尊如虛空中無色處可施設無聲香味觸法處可施設所修般若波羅蜜多亦復如是世尊如虛空中無眼界可施設無色界眼識界及眼觸眼觸爲緣所生諸受可施設所修般若波羅蜜多亦復如是世尊如虛空中無耳界可施設無聲界耳識界及耳觸耳觸爲緣所生諸受可施設所修般若波羅蜜多亦復如是世尊如虛空中無鼻界可施設無香界鼻識界及鼻觸鼻觸爲緣所生諸受可施設所修般若波羅蜜多亦復如是世尊如虛空中無舌界可施設無味界舌識界及舌觸舌觸爲緣所生諸受可施設所

修般若波羅蜜多亦復如是世尊如虛空中無身界可施設無觸界身識界及身觸身觸爲緣所生諸受可施設所修般若波羅蜜多亦復如是世尊如虛空中無意界可施設無法界意識界及意觸意觸爲緣所生諸受可施設所修般若波羅蜜多亦復如是世尊如虛空中無地界可施設無水火風空識界可施設所修般若波羅蜜多亦復如是世尊如虛空中無無明可施設無行識名色六處觸受愛取有生老死愁歎苦憂惱可施設所修般若波羅蜜多亦復如是世尊如虛空中無布施波羅蜜多可施設無淨戒安忍精進靜慮般若波羅蜜多可施設所修般若波羅蜜多亦復如是世尊如虛空中無內空可施設無外空內外空空空大空勝義空有爲空無爲空畢竟空無際空散空無變異空本性空自相空共相空一切法空不可得空無性空自性空無性自性空可施設所修般若波羅蜜多亦復如是世尊如虛空中無眞如可施設無法界法性不虛妄性不變異性平等性離生性法定法住實際虛空界不思議界可施設所修般若波羅蜜多亦復如是世尊如虛空中無苦聖諦可施設無集滅道聖諦可施設所修般若波羅蜜多亦復如是世尊如虛空中無四靜慮可施設無四無量四無色定可施設所修般若波羅蜜多亦復如是世尊如虛空中無八解脫可施設無八勝處九次第定十遍處可施設所修般若波羅蜜多亦復如是世尊如虛空中無四念住可施設無四正斷四神足五根五力七等覺支八聖

道支可施設所修般若波羅蜜多亦復如是世尊如虚空中無空解脱門可施設無無相無願解脱門可施設所修般若波羅蜜多亦復如是世尊如虚空中無菩薩十地可施設所修般若波羅蜜多亦復如是世尊如虚空中無五眼可施設無六神通可施設所修般若波羅蜜多亦復如是世尊如虚空中無佛十力可施設無四無所畏四無礙解大慈大悲大喜大捨十八佛不共法可施設所修般若波羅蜜多亦復如是世尊如虚空中無無忘失法可施設無恒住捨性可施設所修般若波羅蜜多亦復如是世尊如虚空中無一切智可施設無道相智一切相智可施設所修般若波羅蜜多亦復如是世尊如虚空中無一切陀羅尼門可施設無一切三摩地門可施設所修般若波羅蜜多亦復如是世尊如虚空中無預流果可施設無一來不還阿羅漢果可施設所修般若波羅蜜多亦復如是世尊如虚空中無獨覺菩提可施設所修般若波羅蜜多亦復如是世尊如虚空中無一切菩薩摩訶薩行可施設所修般若波羅蜜多亦復如是世尊如虚空中無諸佛無上正等菩提可施設所修般若波羅蜜多亦復如是爾時具壽善現復白佛言世尊是菩薩摩訶薩能擐如是大功德鎧我等有情皆應敬禮世尊若菩薩摩訶薩為諸有情擐功德鎧勤精進者如為虚空擐功德鎧發勤精進世尊若菩薩摩訶薩為欲成熟解脱有情擐功德鎧勤精進者如為虚空成熟解脱擐功德鎧發勤精進世尊若菩薩摩訶薩為一切

法擐大功德鎧勤精進者如爲虛空擐大功德鎧發勤精進世尊若菩薩摩訶薩爲拔有情令出生死擐功德鎧勤精進者如爲舉虛空置高勝處擐大功德鎧發勤精進世尊菩薩摩訶薩得大精進波羅蜜多爲如虛空諸有情類速脫生死發趣無上正等菩提世尊菩薩摩訶薩得不思議無等神力爲如虛空諸法性海擐大功德鎧發趣無上正等菩提世尊菩薩摩訶薩最極勇健爲如虛空諸佛無上正等菩提擐功德鎧發勤精進世尊菩薩摩訶薩爲如虛空諸有情類勤修苦行欲證無上正等菩提甚爲希有何以故世尊假使三千大千世界滿中如來應正等覺如竹麻葦甘蔗等林若經一劫或一劫餘爲諸有情常說正法各度無量無邊有情令入涅槃究竟安樂而有情界不增不減所以者何以諸有情皆無所有性遠離故世尊假使十方各如殑伽沙數世界滿中如來應正等覺如竹麻葦甘蔗等林若經一劫或一劫餘爲諸有情常說正法各度無量無邊有情令入涅槃究竟安樂而有情界不增不減所以者何以諸有情皆無所有性遠離故世尊假使十方一切世界滿中如來應正等覺如竹麻葦甘蔗等林若經一劫或一劫餘爲諸有情常說正法各度無量無邊有情令入涅槃究竟安樂而有情界不增不減所以者何以諸有情皆無所有性遠離故世尊由是因緣我作是說菩薩摩訶薩爲如虛空諸有情類成熟解脫勤修苦行欲證無上正等菩提甚爲希有爾時會中有一苾芻竊作是念我應敬禮

甚深般若波羅蜜多此中雖無諸法生滅而有戒蘊定蘊慧蘊解脱蘊解脱智見蘊施設可得亦有預流果一來果不還果阿羅漢果施設可得亦有獨覺菩提施設可得亦有無上正等菩提施設可得亦有佛法僧寶施設可得亦有轉妙法輪度有情類施設可得佛知其念告言苾芻如是如是甚深般若波羅蜜多微妙難測爾時天帝釋問具壽善現言大德若菩薩摩訶薩欲學甚深般若波羅蜜多當如何學善現荅言憍尸迦若菩薩摩訶薩欲學甚深般若波羅蜜多當如虛空學時天帝釋復白佛至世尊若善男子善女人等於此所說甚深般若波羅蜜多受持讀誦如理思惟爲他演說我當云何而爲守護惟願世尊垂哀示教爾時具壽善現謂天帝釋言憍尸迦汝見有法可守護不天帝釋言不也大德我不見法是可守護善現言憍尸迦若善男子善女人等住如所說甚深般若波羅蜜多即爲守護若善男子善女人等住如所說甚深般若波羅蜜多常不遠離當知一切人非人等伺求其便欲爲損害終不能得憍尸迦若欲守護住如所說甚深般若波羅蜜多諸菩薩者無異爲欲守護虛空憍尸迦若欲守護修行般若波羅蜜多諸菩薩者唐設劬勞都無所益憍尸迦於意云何有能守護幻夢響像陽焰光影及變化事尋香城不天帝釋言不也大德善現言憍尸迦若欲守護修行般若波羅蜜多諸菩薩者亦復如是唐設劬勞都無所益憍尸迦於意云何有能守護一切如來應正等覺及佛所作變化事不

天帝釋言不也大德善現言憍尸迦若欲守護修行般若波羅蜜多諸菩薩者亦復如是唐設劬勞都無所益憍尸迦於意云何有能守護真如法界法性不虛妄性不變異性平等性離生性法定法住實際虛空界不思議界不天帝釋言不也大德善現言憍尸迦若欲守護修行般若波羅蜜多諸菩薩者亦復如是唐設劬勞都無所益爾時天帝釋問具壽善現言大德云何菩薩摩訶薩修行般若波羅蜜多雖知諸法如幻如夢如響如像如陽焰如光影如變化事如尋香城而是菩薩摩訶薩不執是幻是夢是響是像是陽焰是光影是變化事是尋香城亦不執由幻由夢由響由像由陽焰由光影由變化事由尋香城亦不執屬幻屬夢屬響屬像屬陽焰屬光影屬變化事屬尋香城亦不執依幻依夢依響依像依陽焰依光影依變化事依尋香城善現答言憍尸迦若菩薩摩訶薩修行般若波羅蜜多不執是色是受想行識亦不執由色由受想行識亦不執屬色屬受想行識亦不執依色依受想行識是菩薩摩訶薩修行般若波羅蜜多雖知諸法如幻乃至如尋香城而不執是幻乃至是尋香城亦不執由幻乃至由尋香城亦不執屬幻乃至屬尋香城亦不執依幻乃至依尋香城憍尸迦若菩薩摩訶薩修行般若波羅蜜多不執是眼處是耳鼻舌身意處亦不執由眼處由耳鼻舌身意處亦不執屬眼處屬耳鼻舌身意處亦不執依眼處依耳鼻舌身意處是菩薩摩訶薩修行般若波羅蜜多雖知諸法如幻乃至如

尋香城而不執是幻乃至是尋香城亦不執由幻乃至由尋香城亦不執屬幻乃至屬尋香城亦不執依幻乃至依尋香城憍尸迦若菩薩摩訶薩修行般若波羅蜜多不執是色處是聲香味觸法處亦不執由色處由聲香味觸法處亦不執屬色處屬聲香味觸法處亦不執依色處依聲香味觸法處是菩薩摩訶薩修行般若波羅蜜多雖知諸法如幻乃至如尋香城而不執是幻乃至是尋香城亦不執由幻乃至由尋香城亦不執屬幻乃至屬尋香城亦不執依幻乃至依尋香城憍尸迦若菩薩摩訶薩修行般若波羅蜜多不執是眼界是色界眼識界及眼觸眼觸爲緣所生諸受亦不執由眼界由色界乃至眼觸爲緣所生諸受亦不執屬眼界屬色界乃至眼觸爲緣所生諸受亦不執依眼界依色界乃至眼觸爲緣所生諸受是菩薩摩訶薩修行般若波羅蜜多雖知諸法如幻乃至如尋香城而不執是幻乃至是尋香城亦不執由幻乃至由尋香城亦不執屬幻乃至屬尋香城亦不執依幻乃至依尋香城憍尸迦若菩薩摩訶薩修行般若波羅蜜多不執是耳界是聲界耳識界及耳觸耳觸爲緣所生諸受亦不執由耳界由聲界乃至耳觸爲緣所生諸受亦不執屬耳界屬聲界乃至耳觸爲緣所生諸受亦不執依耳界依聲界乃至耳觸爲緣所生諸受是菩薩摩訶薩修行般若波羅蜜多雖知諸法如幻乃至如尋香城而不執是幻乃至是尋香城亦不執由幻乃至由尋香城亦不執屬幻乃至屬尋香城亦不執依

幻乃至依尋香城憍尸迦若菩薩摩訶薩修行般若波羅蜜多不執是鼻界是香界鼻識界及鼻觸鼻觸爲緣所生諸受亦不執由鼻界由香界乃至鼻觸爲緣所生諸受亦不執屬鼻界屬香界乃至鼻觸爲緣所生諸受亦不執依鼻界依香界乃至鼻觸爲緣所生諸受是菩薩摩訶薩修行般若波羅蜜多雖知諸法如幻乃至如尋香城而不執是幻乃至是尋香城亦不執由幻乃至由尋香城亦不執屬幻乃至屬尋香城亦不執依幻乃至依尋香城憍尸迦若菩薩摩訶薩修行般若波羅蜜多不執是舌界是味界舌識界及舌觸舌觸爲緣所生諸受亦不執由舌界由味界乃至舌觸爲緣所生諸受亦不執屬舌界屬味界乃至舌觸爲緣所生諸受亦不執依舌界依味界乃至舌觸爲緣所生諸受是菩薩摩訶薩修行般若波羅蜜多雖知諸法如幻乃至如尋香城而不執是幻乃至是尋香城亦不執由幻乃至由尋香城亦不執屬幻乃至屬尋香城亦不執依幻乃至依尋香城憍尸迦若菩薩摩訶薩修行般若波羅蜜多不執是身界是觸界身識界及身觸身觸爲緣所生諸受亦不執由身界由觸界乃至身觸爲緣所生諸受亦不執屬身界屬觸界乃至身觸爲緣所生諸受亦不執依身界依觸界乃至身觸爲緣所生諸受是菩薩摩訶薩修行般若波羅蜜多雖知諸法如幻乃至如尋香城而不執是幻乃至是尋香城亦不執由幻乃至由尋香城亦不執屬幻乃至屬尋香城亦不執依幻乃至依尋香城憍尸迦若菩

薩摩訶薩修行般若波羅蜜多不執是意界是法界意識界及意觸意觸爲緣所生諸受亦不執由意界由法界乃至意觸爲緣所生諸受亦不執屬意界屬法界乃至意觸爲緣所生諸受亦不執依意界依法界乃至意觸爲緣所生諸受是菩薩摩訶薩修行般若波羅蜜多雖知諸法如幻乃至如尋香城而不執是幻乃至是尋香城亦不執由幻乃至由尋香城亦不執屬幻乃至屬尋香城亦不執依幻乃至依尋香城憍尸迦若菩薩摩訶薩修行般若波羅蜜多不執是地界是水火風空識界亦不執由地界由水火風空識界亦不執屬地界屬水火風空識界亦不執依地界依水火風空識界是菩薩摩訶薩修行般若波羅蜜多雖知諸法如幻乃至如尋香城而不執是幻乃至是尋香城亦不執由幻乃至由尋香城亦不執屬幻乃至屬尋香城亦不執依幻乃至依尋香城憍尸迦若菩薩摩訶薩修行般若波羅蜜多不執是無明是行識名色六處觸受愛取有生老死愁歎苦憂惱亦不執由無明由行乃至老死愁歎苦憂惱亦不執屬無明屬行乃至老死愁歎苦憂惱亦不執依無明依行乃至老死愁歎苦憂惱是菩薩摩訶薩修行般若波羅蜜多雖知諸法如幻乃至如尋香城而不執是幻乃至是尋香城亦不執由幻乃至由尋香城亦不執屬幻乃至屬尋香城亦不執依幻乃至依尋香城憍尸迦若菩薩摩訶薩修行般若波羅蜜多不執是布施波羅蜜多是淨戒安忍精進靜慮般若波羅蜜多亦不執由布施波

羅蜜多由淨戒乃至般若波羅蜜多亦不執屬布施波羅蜜多屬淨戒乃至般若波羅蜜多亦不執依布施波羅蜜多依淨戒乃至般若波羅蜜多是菩薩摩訶薩修行般若波羅蜜多雖知諸法如幻乃至如尋香城而不執是幻乃至是尋香城亦不執由幻乃至由尋香城亦不執屬幻乃至屬尋香城亦不執依幻乃至依尋香城憍尸迦若菩薩摩訶薩修行般若波羅蜜多不執是內空是外空內外空空空大空勝義空有爲空無爲空畢竟空無際空散空無變異空本性空自相空共相空一切法空不可得空無性空自性空無性自性空亦不執由內空由外空乃至無性自性空亦不執屬內空屬外空乃至無性自性空亦不執依內空依外空乃至無性自性空是菩薩摩訶薩修行般若波羅蜜多雖知諸法如幻乃至如尋香城而不執是幻乃至是尋香城亦不執由幻乃至由尋香城亦不執屬幻乃至屬尋香城亦不執依幻乃至依尋香城憍尸迦若菩薩摩訶薩修行般若波羅蜜多不執是眞如是法界法性不虛妄性不變異性平等性離生性法定法住實際虛空界不思議界亦不執由眞如由法界乃至不思議界亦不執屬眞如屬法界乃至不思議界亦不執依眞如依法界乃至不思議界是菩薩摩訶薩修行般若波羅蜜多雖知諸法如幻乃至如尋香城而不執是幻乃至是尋香城亦不執由幻乃至由尋香城亦不執屬幻乃至屬尋香城亦不執依幻乃至依尋香城憍尸迦若菩薩摩訶薩修行般若波羅蜜

多不執是苦聖諦是集滅道聖諦亦不執由苦聖諦由集滅道聖諦亦不執屬苦聖諦屬集滅道聖諦亦不執依苦聖諦依集滅道聖諦是菩薩摩訶薩修行般若波羅蜜多雖知諸法如幻乃至如尋香城而不執是幻乃至是尋香城亦不執由幻乃至由尋香城亦不執屬幻乃至屬尋香城亦不執依幻乃至依尋香城憍尸迦若菩薩摩訶薩修行般若波羅蜜多不執是四靜慮是四無量四無色定亦不執由四靜慮由四無量四無色定亦不執屬四靜慮屬四無量四無色定亦不執依四靜慮依四無量四無色定是菩薩摩訶薩修行般若波羅蜜多雖知諸法如幻乃至如尋香城而不執是幻乃至是尋香城亦不執由幻乃至由尋香城亦不執屬幻乃至屬尋香城亦不執依幻乃至依尋香城

大般若波羅蜜多經卷第二百九十一

音釋

擐 音患貫也 鎧 可亥切甲也 葦 羽鬼切蘆葦也初生名葭稍大爲蘆長成爲葦 甘蔗 蔗之夜切 殑伽 梵語也此云天堂來河名也以從高處來故殑其陵其拯二切伽求迦切 苾芻 苾薄密切芻楚俱切草名含五義一體性柔軟二引蔓旁布三馨香遠聞四能療疼痛五不背日光以比丘之德似之故名比丘爲苾芻 劬勞 劬求於切勤也

大般若波羅蜜多經卷第二百九十二

唐三藏法師玄奘奉詔譯

初分著不著相品第三十六之六

憍尸迦若菩薩摩訶薩修行般若波羅蜜多不執是八解脫是八勝處九次第定十遍處亦不執由八解脫由八勝處九次第定十遍處亦不執屬八解脫屬八勝處九次第定十遍處亦不執依八解脫依八勝處九次第定十遍處是菩薩摩訶薩修行般若波羅蜜多雖知諸法如幻乃至如尋香城而不執是幻乃至是尋香城亦不執由幻乃至由尋香城亦不執屬幻乃至屬尋香城亦不執依幻乃至依尋香城憍尸迦若菩薩摩訶薩修行般若波羅蜜多不執是四念住是四正斷四神足五根五力七等覺支八聖道支亦不執由四念住由四正斷乃至八聖道支亦不執屬四念住屬四正斷乃至八聖道支亦不執依四念住依四正斷乃至八聖道支是菩薩摩訶薩修行般若波羅蜜多雖知諸法如幻乃至如尋香城而不執是幻乃至是尋香城亦不執由幻乃至由尋香城亦不執屬幻乃至屬尋香城亦不執依幻乃至依尋香城憍尸迦若菩薩摩訶薩修行般若波羅蜜多不執是空解脫門是無相無願解脫門亦不執由空解脫門由無相無願解脫門亦不執屬空解脫門屬無相無願解脫門亦不執依空解脫門依無相無願解脫門是菩薩摩訶薩修行般若波羅蜜多雖知諸法如幻乃至如尋香城而不執是幻乃至是尋香城亦不執由幻乃至由尋香城亦不執屬幻乃至屬尋香

城亦不執依幻乃至依尋香城憍尸迦若菩薩摩訶薩修行般若波羅蜜多不執是菩薩十地亦不執由菩薩十地亦不執屬菩薩十地亦不執依菩薩十地是菩薩摩訶薩修行般若波羅蜜多雖知諸法如幻乃至如尋香城而不執是幻乃至是尋香城亦不執由幻乃至由尋香城亦不執屬幻乃至屬尋香城亦不執依幻乃至依尋香城憍尸迦若菩薩摩訶薩修行般若波羅蜜多不執是五眼是六神通亦不執由五眼由六神通亦不執屬五眼屬六神通亦不執依五眼依六神通是菩薩摩訶薩修行般若波羅蜜多雖知諸法如幻乃至如尋香城而不執是幻乃至是尋香城亦不執由幻乃至由尋香城亦不執屬幻乃至屬尋香城亦不執依幻乃至依尋香城憍尸迦若菩薩摩訶薩修行般若波羅蜜多不執是佛十力是四無所畏四無礙解大慈大悲大喜大捨十八佛不共法亦不執由佛十力由四無所畏乃至十八佛不共法亦不執屬佛十力屬四無所畏乃至十八佛不共法亦不執依佛十力依四無所畏乃至十八佛不共法是菩薩摩訶薩修行般若波羅蜜多雖知諸法如幻乃至如尋香城而不執是幻乃至是尋香城亦不執由幻乃至由尋香城亦不執屬幻乃至屬尋香城亦不執依幻乃至依尋香城憍尸迦若菩薩摩訶薩修行般若波羅蜜多不執是無忘失法是恒住捨性亦不執由無忘失法由恒住捨性亦不執屬無忘失法屬恒住捨性亦不執依無忘失法依恒住捨性是菩薩摩訶薩修行般若

波羅蜜多雖知諸法如幻乃至如尋香城而不執是幻乃至是尋香城亦不執由幻乃至由尋香城亦不執屬幻乃至屬尋香城亦不執依幻乃至依尋香城憍尸迦若菩薩摩訶薩修行般若波羅蜜多不執是一切智是道相智一切相智亦不執由一切智由道相智一切相智亦不執屬一切智屬道相智一切相智亦不執依一切智依道相智一切相智是菩薩摩訶薩修行般若波羅蜜多雖知諸法如幻乃至如尋香城而不執是幻乃至是尋香城亦不執由幻乃至由尋香城亦不執屬幻乃至屬尋香城亦不執依幻乃至依尋香城憍尸迦若菩薩摩訶薩修行般若波羅蜜多不執是一切陀羅尼門是一切三摩地門亦不執由一切陀羅尼門由一切三摩地門亦不執屬一切陀羅尼門屬一切三摩地門亦不執依一切陀羅尼門依一切三摩地門是菩薩摩訶薩修行般若波羅蜜多雖知諸法如幻乃至如尋香城而不執是幻乃至是尋香城亦不執由幻乃至由尋香城亦不執屬幻乃至屬尋香城亦不執依幻乃至依尋香城憍尸迦若菩薩摩訶薩修行般若波羅蜜多不執是預流果是一來不還阿羅漢果亦不執由預流果由一來不還阿羅漢果亦不執屬預流果屬一來不還阿羅漢果亦不執依預流果依一來不還阿羅漢果是菩薩摩訶薩修行般若波羅蜜多雖知諸法如幻乃至如尋香城而不執是幻乃至是尋香城亦不執由幻乃至由尋香城亦不執屬幻乃至屬尋香城亦不執依幻乃至依尋香城

憍尸迦若菩薩摩訶薩修行般若波羅蜜多不執是獨覺菩提亦不執由獨覺菩提亦不執屬獨覺菩提亦不執依獨覺菩提是菩薩摩訶薩修行般若波羅蜜多雖知諸法如幻乃至如尋香城而不執是幻乃至是尋香城亦不執由幻乃至由尋香城亦不執屬幻乃至屬尋香城亦不執依幻乃至依尋香城憍尸迦若菩薩摩訶薩修行般若波羅蜜多不執是一切菩薩摩訶薩行亦不執由一切菩薩摩訶薩行亦不執屬一切菩薩摩訶薩行亦不執依一切菩薩摩訶薩行是菩薩摩訶薩修行般若波羅蜜多雖知諸法如幻乃至如尋香城而不執是幻乃至是尋香城亦不執由幻乃至由尋香城亦不執屬幻乃至屬尋香城亦不執依幻乃至依尋香城憍尸迦若菩薩摩訶薩修行般若波羅蜜多不執是諸佛無上正等菩提亦不執由諸佛無上正等菩提亦不執屬諸佛無上正等菩提亦不執依諸佛無上正等菩提是菩薩摩訶薩修行般若波羅蜜多雖知諸法如幻乃至如尋香城而不執是幻乃至是尋香城亦不執由幻乃至由尋香城亦不執屬幻乃至屬尋香城亦不執依幻乃至依尋香城憍尸迦如是菩薩摩訶薩修行般若波羅蜜多雖知諸法如幻如夢如響如像如陽焰如光影如變化事如尋香城而是菩薩摩訶薩不執是幻是夢是響是像是陽焰是光影是變化事是尋香城亦不執由幻由夢由響由像由陽焰由光影由變化事由尋香城亦不執屬幻屬夢屬響屬像屬陽焰屬光影屬變化事屬尋香

城亦不執依幻依夢依響依像依陽焰依光影依變化事依尋香城

初分說般若相品第三十七之一

爾時佛神力故於此三千大千世界所有四大王衆天三十三天夜摩天覩史多天樂變化天他化自在天梵衆天梵輔天梵會天大梵天光天少光天無量光天極光淨天淨天少淨天無量淨天遍淨天廣天少廣天無量廣天廣果天無煩天無熱天善現天善見天色究竟天如是諸天各以天妙栴檀香末遥散佛上來諸佛所頂禮雙足却住一面時四天王天主帝釋索訶界主大梵天王極光淨天遍淨天廣果天及淨居天等由善憶念佛神力故於十方面各見千佛宣說般若波羅蜜多義品名字皆同於此請說般若波羅蜜多苾芻上首皆名善現問難般若波羅蜜多天衆上首皆名帝釋爾時世尊告具壽善現言彌勒菩薩摩訶薩當得阿耨多羅三藐三菩提時亦於此處宣說如是甚深般若波羅蜜多此賢劫中當來諸佛亦於此處宣說如是甚深般若波羅蜜多爾時具壽善現白佛言世尊彌勒菩薩摩訶薩得阿耨多羅三藐三菩提時當以何法諸行相狀宣說如是甚深般若波羅蜜多佛言善現彌勒菩薩摩訶薩得阿耨多羅三藐三菩提時當以色非常非無常非樂非苦非我非無我非淨非不淨非寂靜非不寂靜非遠離非不遠離非縛非解非有非空非過去非未來非現在宣說如是甚深般若波羅蜜多當以受想行識非常非無常非樂非苦非我非無我非淨非不淨

非寂靜非不寂靜非遠離非不遠離非縛非解非有非空非過去非未來非現在宣說如是甚深般若波羅蜜多善現彌勒菩薩摩訶薩得阿耨多羅三藐三菩提時當以眼處非常非無常非樂非苦非我非無我非淨非不淨非寂靜非不寂靜非遠離非不遠離非縛非解非有非空非過去非未來非現在宣說如是甚深般若波羅蜜多當以耳鼻舌身意處非常非無常非樂非苦非我非無我非淨非不淨非寂靜非不寂靜非遠離非不遠離非縛非解非有非空非過去非未來非現在宣說如是甚深般若波羅蜜多善現彌勒菩薩摩訶薩得阿耨多羅三藐三菩提時當以色處非常非無常非樂非苦非我非無我非淨非不淨非寂靜非不寂靜非遠離非不遠離非縛非解非有非空非過去非未來非現在宣說如是甚深般若波羅蜜多當以聲香味觸法處非常非無常非樂非苦非我非無我非淨非不淨非寂靜非不寂靜非遠離非不遠離非縛非解非有非空非過去非未來非現在宣說如是甚深般若波羅蜜多善現彌勒菩薩摩訶薩得阿耨多羅三藐三菩提時當以眼界非常非無常非樂非苦非我非無我非淨非不淨非寂靜非不寂靜非遠離非不遠離非縛非解非有非空非過去非未來非現在宣說如是甚深般若波羅蜜多當以色界眼識界及眼觸眼觸爲緣所生諸受非常非無常非樂非苦非我非無我非淨非不淨非寂靜非不寂靜非遠離非不遠離非縛非解非有非空非過去非未來非現在宣

說如是甚深般若波羅蜜多善現彌勒菩薩摩訶薩得阿耨多羅三藐三菩提時當以耳界非常非無常非樂非苦非我非無我非淨非不淨非寂靜非不寂靜非遠離非不遠離非縛非解非有非空非過去非未來非現在宣說如是甚深般若波羅蜜多當以聲界耳識界及耳觸耳觸爲緣所生諸受非常非無常非樂非苦非我非無我非淨非不淨非寂靜非不寂靜非遠離非不遠離非縛非解非有非空非過去非未來非現在宣說如是甚深般若波羅蜜多善現彌勒菩薩摩訶薩得阿耨多羅三藐三菩提時當以鼻界非常非無常非樂非苦非我非無我非淨非不淨非寂靜非不寂靜非遠離非不遠離非縛非解非有非空非過去非未來非現在宣說如是

甚深般若波羅蜜多當以香界鼻識界及鼻觸鼻觸爲緣所生諸受非常非無常非樂非苦非我非無我非淨非不淨非寂靜非不寂靜非遠離非不遠離非縛非解非有非空非過去非未來非現在宣說如是甚深般若波羅蜜多善現彌勒菩薩摩訶薩得阿耨多羅三藐三菩提時當以舌界非常非無常非樂非苦非我非無我非淨非不淨非寂靜非不寂靜非遠離非不遠離非縛非解非有非空非過去非未來非現在宣說如是甚深般若波羅蜜多當以味界舌識界及舌觸舌觸爲緣所生諸受非常非無常非樂非苦非我非無我非淨非不淨非寂靜非不寂靜非遠離非不遠離非縛非解非有非空非過去非未來非現在宣說如是甚深般若波羅蜜多善

現彌勒菩薩摩訶薩得阿耨多羅三藐三菩提時當以身界非常非無常非樂非苦非我非無我非淨非不淨非寂靜非不寂靜非遠離非不遠離非縛非解非有非空非過去非未來非現在宣說如是甚深般若波羅蜜多當以觸界身識界及身觸身觸爲緣所生諸受非常非無常非樂非苦非我非無我非淨非不淨非寂靜非不寂靜非遠離非不遠離非縛非解非有非空非過去非未來非現在宣說如是甚深般若波羅蜜多善現彌勒菩薩摩訶薩得阿耨多羅三藐三菩提時當以意界非常非無常非樂非苦非我非無我非淨非不淨非寂靜非不寂靜非遠離非不遠離非縛非解非有非空非過去非未來非現在宣說如是甚深般若波羅蜜多當以法界意識界及意觸意觸爲緣所生諸受非常非無常非樂非苦非我非無我非淨非不淨非寂靜非不寂靜非遠離非不遠離非縛非解非有非空非過去非未來非現在宣說如是甚深般若波羅蜜多善現彌勒菩薩摩訶薩得阿耨多羅三藐三菩提時當以地界非常非無常非樂非苦非我非無我非淨非不淨非寂靜非不寂靜非遠離非不遠離非縛非解非有非空非過去非未來非現在宣說如是甚深般若波羅蜜多當以水火風空識界非常非無常非樂非苦非我非無我非淨非不淨非寂靜非不寂靜非遠離非不遠離非縛非解非有非空非過去非未來非現在宣說如是甚深般若波羅蜜多善現彌勒菩薩摩訶薩得阿耨多羅三藐三菩提時當以無

明非常非無常非樂非苦非我非無我非淨非不淨非寂靜非不寂靜非遠離非不遠離非縛非解非有非空非過去非未來非現在宣說如是甚深般若波羅蜜多當以行識名色六處觸受愛取有生老死愁歎苦憂惱非常非無常非樂非苦非我非無我非淨非不淨非寂靜非不寂靜非遠離非不遠離非縛非解非有非空非過去非未來非現在宣說如是甚深般若波羅蜜多善現彌勒菩薩摩訶薩得阿耨多羅三藐三菩提時當以布施波羅蜜多非常非無常非樂非苦非我非無我非淨非不淨非寂靜非不寂靜非遠離非不遠離非縛非解非有非空非過去非未來非現在宣說如是甚深般若波羅蜜多當以淨戒安忍精進靜慮般若波羅蜜多非常非無常非樂非苦非我非無我非淨非不淨非寂靜非不寂靜非遠離非不遠離非縛非解非有非空非過去非未來非現在宣說如是甚深般若波羅蜜多善現彌勒菩薩摩訶薩得阿耨多羅三藐三菩提時當以內空非常非無常非樂非苦非我非無我非淨非不淨非寂靜非不寂靜非遠離非不遠離非縛非解非有非空非過去非未來非現在宣說如是甚深般若波羅蜜多當以外空內外空空空大空勝義空有爲空無爲空畢竟空無際空散空無變異空本性空自相空共相空一切法空不可得空無性空自性空無性自性空非常非無常非樂非苦非我非無我非淨非不淨非寂靜非不寂靜非遠離非不遠離非縛非解非有非空非過去非未來非現在

宣說如是甚深般若波羅蜜多善現彌勒菩薩摩訶薩得阿耨多羅三藐三菩提時當以真如非常非無常非樂非苦非我非無我非淨非不淨非寂靜非不寂靜非遠離非不遠離非縛非解非有非空非過去非未來非現在宣說如是甚深般若波羅蜜多當以法界法性不虛妄性不變異性平等性離生性法定法住實際虛空界不思議界非常非無常非樂非苦非我非無我非淨非不淨非寂靜非不寂靜非遠離非不遠離非縛非解非有非空非過去非未來非現在宣說如是甚深般若波羅蜜多善現彌勒菩薩摩訶薩得阿耨多羅三藐三菩提時當以苦聖諦非常非無常非樂非苦非我非無我非淨非不淨非寂靜非不寂靜非遠離非不遠離非縛非解非有非空非過去非未來非現在宣說如是甚深般若波羅蜜多當以集滅道聖諦非常非無常非樂非苦非我非無我非淨非不淨非寂靜非不寂靜非遠離非不遠離非縛非解非有非空非過去非未來非現在宣說如是甚深般若波羅蜜多善現彌勒菩薩摩訶薩得阿耨多羅三藐三菩提時當以四靜慮非常非無常非樂非苦非我非無我非淨非不淨非寂靜非不寂靜非遠離非不遠離非縛非解非有非空非過去非未來非現在宣說如是甚深般若波羅蜜多當以四無量四無色定非常非無常非樂非苦非我非無我非淨非不淨非寂靜非不寂靜非遠離非不遠離非縛非解非有非空非過去非未來非現在宣說如是甚深般若波羅蜜多善現彌

勤菩薩摩訶薩得阿耨多羅三藐三菩提時當以八解脫非常非無常非樂非苦非我非無我非淨非不淨非寂靜非不寂靜非遠離非不遠離非縛非解非有非空非過去非未來非現在宣說如是甚深般若波羅蜜多當以八勝處九次第定十遍處非常非無常非樂非苦非我非無我非淨非不淨非寂靜非不寂靜非遠離非不遠離非縛非解非有非空非過去非未來非現在宣說如是甚深般若波羅蜜多善現彌勒菩薩摩訶薩得阿耨多羅三藐三菩提時當以四念住非常非無常非樂非苦非我非無我非淨非不淨非寂靜非不寂靜非遠離非不遠離非縛非解非有非空非過去非未來非現在宣說如是甚深般若波羅蜜多當以四正斷四神足五根五力七等覺支八聖道支非常非無常非樂非苦非我非無我非淨非不淨非寂靜非不寂靜非遠離非不遠離非縛非解非有非空非過去非未來非現在宣說如是甚深般若波羅蜜多善現彌勒菩薩摩訶薩得阿耨多羅三藐三菩提時當以空解脫門非常非無常非樂非苦非我非無我非淨非不淨非寂靜非不寂靜非遠離非不遠離非縛非解非有非空非過去非未來非現在宣說如是甚深般若波羅蜜多當以無相無願解脫門非常非無常非樂非苦非我非無我非淨非不淨非寂靜非不寂靜非遠離非不遠離非縛非解非有非空非過去非未來非現在宣說如是甚深般若波羅蜜多善現彌勒菩薩摩訶薩得阿耨多羅三藐三菩提時當以菩薩

十地非常非無常非樂非苦非我非無我非淨非不淨非寂靜非不寂靜非遠離非不遠離非縛非解非有非空非過去非未來非現在宣說如是甚深般若波羅蜜多善現彌勒菩薩摩訶薩得阿耨多羅三藐三菩提時當以五眼非常非無常非樂非苦非我非無我非淨非不淨非寂靜非不寂靜非遠離非不遠離非縛非解非有非空非過去非未來非現在宣說如是甚深般若波羅蜜多當以六神通非常非無常非樂非苦非我非無我非淨非不淨非寂靜非不寂靜非遠離非不遠離非縛非解非有非空非過去非未來非現在宣說如是甚深般若波羅蜜多善現彌勒菩薩摩訶薩得阿耨多羅三藐三菩提時當以佛十力非常非無常非樂非苦非我非無我非淨非不淨非寂靜非不寂靜非遠離非不遠離非縛非解非有非空非過去非未來非現在宣說如是甚深般若波羅蜜多當以四無所畏四無礙解大慈大悲大喜大捨十八佛不共法非常非無常非樂非苦非我非無我非淨非不淨非寂靜非不寂靜非遠離非不遠離非縛非解非有非空非過去非未來非現在宣說如是甚深般若波羅蜜多善現彌勒菩薩摩訶薩得阿耨多羅三藐三菩提時當以無忘失法非常非無常非樂非苦非我非無我非淨非不淨非寂靜非不寂靜非遠離非不遠離非縛非解非有非空非過去非未來非現在宣說如是甚深般若波羅蜜多當以恒住捨性非常非無常非樂非苦非我非無我非淨非不淨非寂靜非不寂靜

非遠離非不遠離非縛非解非有非空非過去非未來非現在宣說如是甚深般若波羅蜜多善現彌勒菩薩摩訶薩得阿耨多羅三藐三菩提時當以一切智非常非無常非樂非苦非我非無我非淨非不淨非寂靜非不寂靜非遠離非不遠離非縛非解非有非空非過去非未來非現在宣說如是甚深般若波羅蜜多當以道相智一切相智非常非無常非樂非苦非我非無我非淨非不淨非寂靜非不寂靜非遠離非不遠離非縛非解非有非空非過去非未來非現在宣說如是甚深般若波羅蜜多善現彌勒菩薩摩訶薩得阿耨多羅三藐三菩提時當以一切陀羅尼門非常非無常非樂非苦非我非無我非淨非不淨非寂靜非不寂靜非遠離非不遠離非縛非解非有非空非過去非未來非現在宣說如是甚深般若波羅蜜多當以一切三摩地門非常非無常非樂非苦非我非無我非淨非不淨非寂靜非不寂靜非遠離非不遠離非縛非解非有非空非過去非未來非現在宣說如是甚深般若波羅蜜多善現彌勒菩薩摩訶薩得阿耨多羅三藐三菩提時當以預流果非常非無常非樂非苦非我非無我非淨非不淨非寂靜非不寂靜非遠離非不遠離非縛非解非有非空非過去非未來非現在宣說如是甚深般若波羅蜜多當以一來不還阿羅漢果非常非無常非樂非苦非我非無我非淨非不淨非寂靜非不寂靜非遠離非不遠離非縛非解非有非空非過去非未來非現在宣說如是甚深般若波

羅蜜多善現彌勒菩薩摩訶薩得阿耨多羅三藐三菩提時當以獨覺菩提非常非無常非樂非苦非我非無我非淨非不淨非寂靜非不寂靜非遠離非不遠離非縛非解非有非空非過去非未來非現在宣說如是甚深般若波羅蜜多善現彌勒菩薩摩訶薩得阿耨多羅三藐三菩提時當以一切菩薩摩訶薩行非常非無常非樂非苦非我非無我非淨非不淨非寂靜非不寂靜非遠離非不遠離非縛非解非有非空非過去非未來非現在宣說如是甚深般若波羅蜜多善現彌勒菩薩摩訶薩得阿耨多羅三藐三菩提時當以諸佛無上正等菩提非常非無常非樂非苦非我非無我非淨非不淨非寂靜非不寂靜非遠離非不遠離非縛非解非有非空非過去非未來非現在宣說如是甚深般若波羅蜜多爾時具壽善現復白佛言世尊彌勒菩薩摩訶薩得阿耨多羅三藐三菩提時證何等法復說何法佛言善現彌勒菩薩摩訶薩得阿耨多羅三藐三菩提時證色畢竟淨法說色畢竟淨法證受想行識畢竟淨法說受想行識畢竟淨法證眼處畢竟淨法說眼處畢竟淨法證耳鼻舌身意處畢竟淨法說耳鼻舌身意處畢竟淨法證色處畢竟淨法說色處畢竟淨法證聲香味觸法處畢竟淨法說聲香味觸法處畢竟淨法證眼界畢竟淨法說眼界畢竟淨法證色界眼識界及眼觸眼觸為緣所生諸受畢竟淨法說色界眼識界及眼觸眼觸為緣所生諸受畢竟淨法證耳界畢竟淨法說耳界畢竟淨法證聲界

耳識界及耳觸耳觸爲緣所生諸受畢竟淨法說聲界耳識界及耳觸耳觸爲緣所生諸受畢竟淨法證鼻界畢竟淨法說鼻界畢竟淨法證香界鼻識界及鼻觸鼻觸爲緣所生諸受畢竟淨法說香界鼻識界及鼻觸鼻觸爲緣所生諸受畢竟淨法證舌界畢竟淨法說舌界畢竟淨法證味界舌識界及舌觸舌觸爲緣所生諸受畢竟淨法說味界舌識界及舌觸舌觸爲緣所生諸受畢竟淨法證身界畢竟淨法說身界畢竟淨法證觸界身識界及身觸身觸爲緣所生諸受畢竟淨法說觸界身識界及身觸身觸爲緣所生諸受畢竟淨法證意界畢竟淨法說意界畢竟淨法證法界意識界及意觸意觸爲緣所生諸受畢竟淨法說法界意識界及意觸意觸爲緣所生諸受畢竟淨法證地界畢竟淨法說地界畢竟淨法證水火風空識界畢竟淨法說水火風空識界畢竟淨法證無明畢竟淨法說無明畢竟淨法證行識名色六處觸受愛取有生老死愁歎苦憂惱畢竟淨法說行識名色六處觸受愛取有生老死愁歎苦憂惱畢竟淨法

大般若波羅蜜多經卷第二百九十二

大般若波羅蜜多經卷第二百九十三

唐三藏法師玄奘奉詔譯

初分說般若相品第三十七之二

證布施波羅蜜多畢竟淨法說布施波羅蜜多畢竟淨法證淨戒安忍精進靜慮般若波羅蜜多畢竟淨法說淨戒安忍精進靜慮般若波羅蜜多畢竟淨法證內空畢竟淨法說內空畢竟淨法證外空內外空空空大空勝義空有爲空無爲空畢竟空無際空散空無變異空本性空自相空共相空一切法空不可得空無性空自性空無性自性空畢竟淨法說外空內外空空空大空勝義空有爲空無爲空畢竟空無際空散空無變異空本性空自相空共相空一切法空不可得空無性空自性空無性自性空畢竟淨法證眞如畢竟淨法說眞如畢竟淨法證法界法性不虛妄性不變異性平等性離生性法定法住實際虛空界不思議界畢竟淨法說法界法性不虛妄性不變異性平等性離生性法定法住實際虛空界不思議界畢竟淨法證苦聖諦畢竟淨法說苦聖諦畢竟淨法證集滅道聖諦畢竟淨法說集滅道聖諦畢竟淨法證四靜慮畢竟淨法說四靜慮畢竟淨法證四無量四無色定畢竟淨法說四無量四無色定畢竟淨法證八解脫畢竟淨法說八解脫畢竟淨法證八勝處九次第定十遍處畢竟淨法說八勝處九次第定十遍處畢竟淨法證四念住畢竟淨法說四念住畢竟淨法證四正斷四神足五根五力七等覺支八聖道支畢竟淨法說四正斷四神足五根五力七

等覺支八聖道支畢竟淨法證空解脫門畢竟淨法說空解脫門畢竟淨法證無相無願解脫門畢竟淨法說無相無願解脫門畢竟淨法證菩薩十地畢竟淨法說菩薩十地畢竟淨法證五眼畢竟淨法說五眼畢竟淨法證六神通畢竟淨法說六神通畢竟淨法證佛十力畢竟淨法說佛十力畢竟淨法證四無所畏四無礙解大慈大悲大喜大捨十八佛不共法畢竟淨法說四無所畏四無礙解大慈大悲大喜大捨十八佛不共法畢竟淨法證無忘失法畢竟淨法說無忘失法畢竟淨法證恒住捨性畢竟淨法說恒住捨性畢竟淨法證一切智畢竟淨法說一切智畢竟淨法證道相智一切相智畢竟淨法說道相智一切相智畢竟淨法證一切陀羅尼門畢竟淨法說一切陀羅尼門畢竟淨法證一切三摩地門畢竟淨法說一切三摩地門畢竟淨法證預流果畢竟淨法說預流果畢竟淨法證一來不還阿羅漢果畢竟淨法說一來不還阿羅漢果畢竟淨法證獨覺菩提畢竟淨法說獨覺菩提畢竟淨法證一切菩薩摩訶薩行畢竟淨法說一切菩薩摩訶薩行畢竟淨法證諸佛無上正等菩提畢竟淨法說諸佛無上正等菩提畢竟淨法爾時具壽善現復白佛言世尊如是般若波羅蜜多云何清淨佛言善現色清淨故般若波羅蜜多清淨受想行識清淨故般若波羅蜜多清淨世尊云何色清淨故般若波羅蜜多清淨受想行識清淨故般若波羅蜜多清淨善現色無生無滅無染無淨故清淨色清淨故般若波

羅蜜多清淨受想行識無生無滅無染無淨故清淨受想行識清淨故般若波羅蜜多清淨佛言善現眼處清淨故般若波羅蜜多清淨耳鼻舌身意處清淨故般若波羅蜜多清淨世尊云何眼處清淨故般若波羅蜜多清淨耳鼻舌身意處清淨故般若波羅蜜多清淨善現眼處無生無滅無染無淨故清淨眼處清淨故般若波羅蜜多清淨耳鼻舌身意處無生無滅無染無淨故清淨耳鼻舌身意處清淨故般若波羅蜜多清淨佛言善現色處清淨故般若波羅蜜多清淨聲香味觸法處清淨故般若波羅蜜多清淨世尊云何色處清淨故般若波羅蜜多清淨聲香味觸法處清淨故般若波羅蜜多清淨善現色處無生無滅無染無淨故清淨色處清淨故般若

波羅蜜多清淨聲香味觸法處無生無滅無染無淨故清淨聲香味觸法處清淨故般若波羅蜜多清淨佛言善現眼界清淨故般若波羅蜜多清淨色界眼識界及眼觸眼觸爲緣所生諸受清淨故般若波羅蜜多清淨世尊云何眼界清淨故般若波羅蜜多清淨色界乃至眼觸爲緣所生諸受清淨故般若波羅蜜多清淨善現眼界無生無滅無染無淨故清淨眼界清淨故般若波羅蜜多清淨色界乃至眼觸爲緣所生諸受無生無滅無染無淨故清淨色界乃至眼觸爲緣所生諸受清淨故般若波羅蜜多清淨佛言善現耳界清淨故般若波羅蜜多清淨聲界耳識界及耳觸耳觸爲緣所生諸受清淨故般若波羅蜜多清淨世尊云何耳界清淨故般若波羅

蜜多清淨聲界乃至耳觸爲緣所生諸受清
淨故般若波羅蜜多清淨善現耳界無生無
滅無染無淨故清淨耳界清淨故般若波羅
蜜多清淨聲界乃至耳觸爲緣所生諸受無
生無滅無染無淨故清淨聲界乃至耳觸爲
緣所生諸受清淨故般若波羅蜜多清淨佛
言善現鼻界清淨故般若波羅蜜多清淨香
界鼻識界及鼻觸鼻觸爲緣所生諸受清淨
故般若波羅蜜多清淨世尊云何鼻界清淨
故般若波羅蜜多清淨香界乃至鼻觸爲緣
所生諸受清淨故般若波羅蜜多清淨善現
鼻界無生無滅無染無淨故清淨鼻界清淨
故般若波羅蜜多清淨香界乃至鼻觸爲緣
所生諸受無生無滅無染無淨故清淨香界
乃至鼻觸爲緣所生諸受清淨故般若波羅
蜜多清淨佛言善現舌界清淨故般若波羅
蜜多清淨味界舌識界及舌觸舌觸爲緣所
生諸受清淨故般若波羅蜜多清淨世尊云
何舌界清淨故般若波羅蜜多清淨味界乃
至舌觸爲緣所生諸受清淨故般若波羅蜜
多清淨善現舌界無生無滅無染無淨故清
淨舌界清淨故般若波羅蜜多清淨味界乃
至舌觸爲緣所生諸受無生無滅無染無淨
故清淨味界乃至舌觸爲緣所生諸受清淨
故般若波羅蜜多清淨佛言善現身界清淨
故般若波羅蜜多清淨觸界身識界及身觸
身觸爲緣所生諸受清淨故般若波羅蜜多
清淨世尊云何身界清淨故般若波羅蜜多
清淨觸界乃至身觸爲緣所生諸受清淨故
般若波羅蜜多清淨善現身界無生無滅無

染無淨故清淨身界清淨故般若波羅蜜多清淨觸界乃至身觸爲緣所生諸受無生無滅無染無淨故清淨觸界乃至身觸爲緣所生諸受清淨故般若波羅蜜多清淨佛言善現意界清淨故般若波羅蜜多清淨法界意識界及意觸意觸爲緣所生諸受清淨故般若波羅蜜多清淨世尊云何意界清淨故般若波羅蜜多清淨法界乃至意觸爲緣所生諸受清淨故般若波羅蜜多清淨善現意界無生無滅無染無淨故清淨意界清淨故般若波羅蜜多清淨法界乃至意觸爲緣所生諸受無生無滅無染無淨故清淨法界乃至意觸爲緣所生諸受清淨故般若波羅蜜多清淨佛言善現地界清淨故般若波羅蜜多清淨水火風空識界清淨故般若波羅蜜多

清淨世尊云何地界清淨故般若波羅蜜多清淨水火風空識界清淨故般若波羅蜜多清淨善現地界無生無滅無染無淨故清淨地界清淨故般若波羅蜜多清淨水火風空識界無生無滅無染無淨故清淨水火風空識界清淨故般若波羅蜜多清淨佛言善現無明清淨故般若波羅蜜多清淨行識名色六處觸受愛取有生老死愁歎苦憂惱清淨故般若波羅蜜多清淨世尊云何無明清淨故般若波羅蜜多清淨行乃至老死愁歎苦憂惱清淨故般若波羅蜜多清淨善現無明無生無滅無染無淨故清淨無明清淨故般若波羅蜜多清淨行乃至老死愁歎苦憂惱無生無滅無染無淨故清淨行乃至老死愁歎苦憂惱清淨故般若波羅蜜多清淨佛言

善現布施波羅蜜多清淨故般若波羅蜜多清淨淨戒安忍精進靜慮波羅蜜多清淨故般若波羅蜜多清淨世尊云何布施波羅蜜多清淨故般若波羅蜜多清淨淨戒安忍精進靜慮波羅蜜多清淨故般若波羅蜜多清淨善現布施波羅蜜多無生無滅無染無淨故清淨布施波羅蜜多清淨故般若波羅蜜多清淨淨戒安忍精進靜慮波羅蜜多無生無滅無染無淨故清淨淨戒安忍精進靜慮波羅蜜多清淨故般若波羅蜜多清淨佛言善現內空清淨故般若波羅蜜多清淨外空內外空空空大空勝義空有爲空無爲空畢竟空無際空散空無變異空本性空自相空共相空一切法空不可得空無性空自性空無性自性空清淨故般若波羅蜜多清淨世尊云何內空清淨故般若波羅蜜多清淨外空乃至無性自性空清淨故般若波羅蜜多清淨善現內空無生無滅無染無淨故清淨內空清淨故般若波羅蜜多清淨外空乃至無性自性空無生無滅無染無淨故清淨外空乃至無性自性空清淨故般若波羅蜜多清淨佛言善現真如清淨故般若波羅蜜多清淨法界法性不虛妄性不變異性平等性離生性法定法住實際虛空界不思議界清淨故般若波羅蜜多清淨世尊云何真如清淨故般若波羅蜜多清淨法界乃至不思議界清淨故般若波羅蜜多清淨善現真如無生無滅無染無淨故清淨真如清淨故般若波羅蜜多清淨法界乃至不思議界無生無滅無染無淨故清淨法界乃至不思議界清

淨故般若波羅蜜多清淨佛言善現苦聖諦清淨故般若波羅蜜多清淨集滅道聖諦清淨故般若波羅蜜多清淨世尊云何苦聖諦清淨故般若波羅蜜多清淨集滅道聖諦清淨故般若波羅蜜多清淨善現苦聖諦無生無滅無染無淨故清淨苦聖諦清淨故般若波羅蜜多清淨集滅道聖諦無生無滅無染無淨故清淨集滅道聖諦清淨故般若波羅蜜多清淨佛言善現四靜慮清淨故般若波羅蜜多清淨四無量四無色定清淨故般若波羅蜜多清淨世尊云何四靜慮清淨故般若波羅蜜多清淨四無量四無色定清淨故般若波羅蜜多清淨善現四靜慮無生無滅無染無淨故清淨四靜慮清淨故般若波羅蜜多清淨四無量四無色定無生無滅無染無淨故清淨四無量四無色定清淨故般若波羅蜜多清淨佛言善現八解脫清淨故般若波羅蜜多清淨八勝處九次第定十遍處清淨故般若波羅蜜多清淨世尊云何八解脫清淨故般若波羅蜜多清淨八勝處九次第定十遍處清淨故般若波羅蜜多清淨善現八解脫無生無滅無染無淨故清淨八解脫清淨故般若波羅蜜多清淨八勝處九次第定十遍處無生無滅無染無淨故清淨八勝處九次第定十遍處清淨故般若波羅蜜多清淨佛言善現四念住清淨故般若波羅蜜多清淨四正斷四神足五根五力七等覺支八聖道支清淨故般若波羅蜜多清淨世尊云何四念住清淨故般若波羅蜜多清淨四正斷四神足五根五力七等覺支八聖道

支清淨故般若波羅蜜多清淨善現四念住無生無滅無染無淨故清淨四念住清淨故般若波羅蜜多清淨四正斷乃至八聖道支無生無滅無染無淨故清淨四正斷乃至八聖道支清淨故般若波羅蜜多清淨佛言善現空解脫門清淨故般若波羅蜜多清淨無相無願解脫門清淨故般若波羅蜜多清淨世等云何空解脫門清淨故般若波羅蜜多清淨無相無願解脫門清淨故般若波羅蜜多清淨善現空解脫門無生無滅無染無淨故清淨空解脫門清淨故般若波羅蜜多清淨無相無願解脫門無生無滅無染無淨故清淨無相無願解脫門清淨故般若波羅蜜多清淨佛言善現菩薩十地清淨故般若波羅蜜多清淨世尊云何菩薩十地清淨故般若波羅蜜多清淨善現菩薩十地無生無滅無染無淨故清淨菩薩十地清淨故般若波羅蜜多清淨佛言善現五眼清淨故般若波羅蜜多清淨六神通清淨故般若波羅蜜多清淨世尊云何五眼清淨故般若波羅蜜多清淨六神通清淨故般若波羅蜜多清淨善現五眼無生無滅無染無淨故清淨五眼清淨故般若波羅蜜多清淨六神通無生無滅無染無淨故清淨六神通清淨故般若波羅蜜多清淨佛言善現佛十力清淨故般若波羅蜜多清淨四無所畏四無礙解大慈大悲大喜大捨十八佛不共法清淨故般若波羅蜜多清淨世尊云何佛十力清淨故般若波羅蜜多清淨四無所畏乃至十八佛不共法清淨故般若波羅蜜多清淨善現佛十力無

生無滅無染無淨故清淨佛十力清淨故般若波羅蜜多清淨四無所畏乃至十八佛不共法無生無滅無染無淨故清淨四無所畏乃至十八佛不共法清淨故般若波羅蜜多清淨佛言善現無忘失法清淨故般若波羅蜜多清淨恒住捨性清淨故般若波羅蜜多清淨世尊云何無忘失法清淨故般若波羅蜜多清淨恒住捨性清淨故般若波羅蜜多清淨善現無忘失法無生無滅無染無淨故清淨無忘失法清淨故般若波羅蜜多清淨恒住捨性無生無滅無染無淨故清淨恒住捨性清淨故般若波羅蜜多清淨佛言善現一切智清淨故般若波羅蜜多清淨道相智一切相智清淨故般若波羅蜜多清淨世尊云何一切智清淨故般若波羅蜜多清淨道相智一切相智清淨故般若波羅蜜多清淨善現一切智無生無滅無染無淨故清淨一切智清淨故般若波羅蜜多清淨道相智一切相智無生無滅無染無淨故清淨道相智一切相智清淨故般若波羅蜜多清淨佛言善現一切陀羅尼門清淨故般若波羅蜜多清淨一切三摩地門清淨故般若波羅蜜多清淨世尊云何一切陀羅尼門清淨故般若波羅蜜多清淨一切三摩地門清淨故般若波羅蜜多清淨善現一切陀羅尼門無生無滅無染無淨故清淨一切陀羅尼門清淨故般若波羅蜜多清淨一切三摩地門無生無滅無染無淨故清淨一切三摩地門清淨故般若波羅蜜多清淨佛言善現預流果清淨故般若波羅蜜多清淨一來不還阿羅漢果

清淨故般若波羅蜜多清淨世尊云何預流果清淨故般若波羅蜜多清淨一來不還阿羅漢果清淨故般若波羅蜜多清淨善現預流果無生無滅無染無淨故清淨預流果清淨故般若波羅蜜多清淨一來不還阿羅漢果無生無滅無染無淨故清淨一來不還阿羅漢果清淨故般若波羅蜜多清淨佛言善現獨覺菩提清淨故般若波羅蜜多清淨世尊云何獨覺菩提清淨故般若波羅蜜多清淨善現獨覺菩提無生無滅無染無淨故清淨獨覺菩提清淨故般若波羅蜜多清淨佛言善現一切菩薩摩訶薩行清淨故般若波羅蜜多清淨世尊云何一切菩薩摩訶薩行清淨故般若波羅蜜多清淨善現一切菩薩摩訶薩行無生無滅無染無淨故清淨一切菩薩摩訶薩行清淨故般若波羅蜜多清淨佛言善現諸佛無上正等菩提清淨故般若波羅蜜多清淨世尊云何諸佛無上正等菩提清淨故般若波羅蜜多清淨善現諸佛無上正等菩提無生無滅無染無淨故清淨諸佛無上正等菩提清淨故般若波羅蜜多清淨復次善現虛空清淨故般若波羅蜜多清淨世尊云何虛空清淨故般若波羅蜜多清淨善現虛空無生無滅無染無淨故清淨虛空清淨故般若波羅蜜多清淨復次善現色無染汙故般若波羅蜜多清淨受想行識無染汙故般若波羅蜜多清淨世尊云何色無染汙故般若波羅蜜多清淨受想行識無染汙故般若波羅蜜多清淨善現色不可取故無染汙色無染汙故般若波羅蜜多清淨受

想行識不可取故無染汙受想行識無染汙故般若波羅蜜多清淨佛言善現眼處無染汙故般若波羅蜜多清淨耳鼻舌身意處無染汙故般若波羅蜜多清淨世尊云何眼處無染汙故般若波羅蜜多清淨耳鼻舌身意處無染汙故般若波羅蜜多清淨善現眼處不可取故無染汙眼處無染汙故般若波羅蜜多清淨耳鼻舌身意處不可取故無染汙耳鼻舌身意處無染汙故般若波羅蜜多清淨佛言善現色處無染汙故般若波羅蜜多清淨聲香味觸法處無染汙故般若波羅蜜多清淨世尊云何色處無染汙故般若波羅蜜多清淨聲香味觸法處無染汙故般若波羅蜜多清淨善現色處不可取故無染汙色處無染汙故般若波羅蜜多清淨聲香味觸法處不可取故無染汙聲香味觸法處無染汙故般若波羅蜜多清淨佛言善現眼界無染汙故般若波羅蜜多清淨色界眼識界及眼觸眼觸爲緣所生諸受無染汙故般若波羅蜜多清淨世尊云何眼界無染汙故般若波羅蜜多清淨色界乃至眼觸爲緣所生諸受無染汙故般若波羅蜜多清淨善現眼界不可取故無染汙眼界無染汙故般若波羅蜜多清淨色界乃至眼觸爲緣所生諸受不可取故無染汙色界乃至眼觸爲緣所生諸受無染汙故般若波羅蜜多清淨佛言善現耳界無染汙故般若波羅蜜多清淨聲界耳識界及耳觸耳觸爲緣所生諸受無染汙故般若波羅蜜多清淨世尊云何耳界無染汙故般若波羅蜜多清淨聲界乃至耳觸爲緣

所生諸受無染汙故般若波羅蜜多清淨善現耳界不可取故無染汙耳界無染汙故般若波羅蜜多清淨聲界乃至耳觸爲緣所生諸受不可取故無染汙聲界乃至耳觸爲緣所生諸受無染汙故般若波羅蜜多清淨佛言善現鼻界無染汙故般若波羅蜜多清淨香界鼻識界及鼻觸鼻觸爲緣所生諸受無染汙故般若波羅蜜多清淨世尊云何鼻界無染汙故般若波羅蜜多清淨香界乃至鼻觸爲緣所生諸受無染汙故般若波羅蜜多清淨善現鼻界不可取故無染汙鼻界無染汙故般若波羅蜜多清淨香界乃至鼻觸爲緣所生諸受不可取故無染汙香界乃至鼻觸爲緣所生諸受無染汙故般若波羅蜜多清淨佛言善現舌界無染汙故般若波羅蜜多清淨味界舌識界及舌觸舌觸爲緣所生諸受無染汙故般若波羅蜜多清淨世尊云何舌界無染汙故般若波羅蜜多清淨味界乃至舌觸爲緣所生諸受無染汙故般若波羅蜜多清淨善現舌界不可取故無染汙舌界無染汙故般若波羅蜜多清淨味界乃至舌觸爲緣所生諸受不可取故無染汙味界乃至舌觸爲緣所生諸受無染汙故般若波羅蜜多清淨佛言善現身界無染汙故般若波羅蜜多清淨觸界身識界及身觸身觸爲緣所生諸受無染汙故般若波羅蜜多清淨世尊云何身界無染汙故般若波羅蜜多清淨觸界乃至身觸爲緣所生諸受無染汙故般若波羅蜜多清淨善現身界不可取故無染汙身界無染汙故般若波羅蜜多清淨觸

界乃至身觸爲緣所生諸受不可取故無染汙觸界乃至身觸爲緣所生諸受無染汙故般若波羅蜜多清淨佛言善現意界無染汙故般若波羅蜜多清淨法界意識界及意觸意觸爲緣所生諸受無染汙故般若波羅蜜多清淨世尊云何意界無染汙故般若波羅蜜多清淨法界乃至意觸爲緣所生諸受無染汙故般若波羅蜜多清淨善現意界不可取故無染汙意界無染汙故般若波羅蜜多清淨法界乃至意觸爲緣所生諸受不可取故無染汙法界乃至意觸爲緣所生諸受無染汙故般若波羅蜜多清淨佛言善現地界無染汙故般若波羅蜜多清淨水火風空識界無染汙故般若波羅蜜多清淨世尊云何地界無染汙故般若波羅蜜多清淨水火風

空識界無染汙故般若波羅蜜多清淨善現地界不可取故無染汙地界無染汙故般若波羅蜜多清淨水水風空識界不可取故無染汙水火風空識界無染汙故般若波羅蜜多清淨佛言善現無明無染汙故般若波羅蜜多清淨行識名色六處觸受愛取有生老死愁歎苦憂惱無染汙故般若波羅蜜多清淨世尊云何無明無染汙故般若波羅蜜多清淨行乃至老死愁歎苦憂惱無染汙故般若波羅蜜多清淨善現無明不可取故無染汙無明無染汙故般若波羅蜜多清淨行乃至老死愁歎苦憂惱不可取故無染汙行乃至老死愁歎苦憂惱無染汙故般若波羅蜜多清淨佛言善現布施波羅蜜多無染汙故般若波羅蜜多清淨淨戒安忍精進靜慮般

若波羅蜜多無染汙故般若波羅蜜多清淨世尊云何布施波羅蜜多無染汙故般若波羅蜜多清淨淨戒乃至般若波羅蜜多無染汙故般若波羅蜜多清淨善現布施波羅蜜多不可取故無染汙布施波羅蜜多無染汙故般若波羅蜜多清淨淨戒乃至般若波羅蜜多不可取故無染汙淨戒乃至般若波羅蜜多無染汙故般若波羅蜜多清淨佛言善現內空無染汙故般若波羅蜜多清淨外空內外空空空大空勝義空有爲空無爲空畢竟空無際空散空無變異空本性空自相空共相空一切法空不可得空無性空自性空無性自性空無染汙故般若波羅蜜多清淨世尊云何內空無染汙故般若波羅蜜多清淨外空乃至無性自性空無染汙故般若波

羅蜜多清淨善現內空不可取故無染汙內空無染汙故般若波羅蜜多清淨外空乃至無性自性空不可取故無染汙外空乃至無性自性空無染汙故般若波羅蜜多清淨佛言善現真如無染汙故般若波羅蜜多清淨法界法性不虛妄性不變異性平等性離生性法定法住實際虛空界不思議界無染汙故般若波羅蜜多清淨世尊云何真如無染汙故般若波羅蜜多清淨法界乃至不思議界無染汙故般若波羅蜜多清淨善現真如不可取故無染汙真如無染汙故般若波羅蜜多清淨法界乃至不思議界不可取故無染汙法界乃至不思議界無染汙故般若波羅蜜多清淨佛言善現苦聖諦無染汙故般若波羅蜜多清淨集滅道聖諦無染汙故般

若波羅蜜多清淨世尊云何苦聖諦無染汙故般若波羅蜜多清淨集滅道聖諦無染汙故般若波羅蜜多清淨善現苦聖諦不可取故無染汙苦聖諦無染汙故般若波羅蜜多清淨集滅道聖諦不可取故無染汙集滅道聖諦無染汙故般若波羅蜜多清淨佛言善現四靜慮無染汙故般若波羅蜜多清淨四無量四無色定無染汙故般若波羅蜜多清淨世尊云何四靜慮無染汙故般若波羅蜜多清淨四無量四無色定無染汙故般若波羅蜜多清淨善現四靜慮不可取故無染汙四靜慮無染汙故般若波羅蜜多清淨四無量四無色定不可取故無染汙四無量四無色定無染汙故般若波羅蜜多清淨

大般若波羅蜜多經卷第二百九十三

大般若波羅蜜多經卷第二百九十四

唐三藏法師玄奘奉　詔譯

初分說般若相品第三十七之三

佛言善現八解脫無染汙故般若波羅蜜多清淨八勝處九次第定十遍處無染汙故般若波羅蜜多清淨世尊云何八解脫無染汙故般若波羅蜜多清淨八勝處九次第定十遍處無染汙故般若波羅蜜多清淨善現八解脫不可取故無染汙八解脫無染汙故般若波羅蜜多清淨八勝處九次第定十遍處不可取故無染汙八勝處九次第定十遍處無染汙故般若波羅蜜多清淨佛言善現四念住無染汙故般若波羅蜜多清淨四正斷四神足五根五力七等覺支八聖道支無染汙故般若波羅蜜多清淨世尊云何四念住無染汙故般若波羅蜜多清淨四正斷乃至八聖道支無染汙故般若波羅蜜多清淨善現四念住不可取故無染汙四念住無染汙故般若波羅蜜多清淨四正斷乃至八聖道支不可取故無染汙四正斷乃至八聖道支無染汙故般若波羅蜜多清淨佛言善現空解脫門無染汙故般若波羅蜜多清淨無相無願解脫門無染汙故般若波羅蜜多清淨世尊云何空解脫門無染汙故般若波羅蜜多清淨無相無願解脫門無染汙故般若波羅蜜多清淨善現空解脫門不可取故無染汙空解脫門無染汙故般若波羅蜜多清淨無相無願解脫門不可取故無染汙無相無願解脫門無染汙故般若波羅蜜多清淨佛言善現菩薩十地無染汙故般若波羅蜜多

清淨世尊云何菩薩十地無染汙故般若波羅蜜多清淨善現菩薩十地不可取故無染汙菩薩十地無染汙故般若波羅蜜多清淨佛言善現五眼無染汙故般若波羅蜜多清淨六神通無染汙故般若波羅蜜多清淨世尊云何五眼無染汙故般若波羅蜜多清淨六神通無染汙故般若波羅蜜多清淨善現五眼不可取故無染汙五眼無染汙故般若波羅蜜多清淨六神通不可取故無染汙六神通無染汙故般若波羅蜜多清淨佛言善現佛十力無染汙故般若波羅蜜多清淨四無所畏四無礙解大慈大悲大喜大捨十八佛不共法無染汙故般若波羅蜜多清淨世尊云何佛十力無染汙故般若波羅蜜多清淨四無所畏乃至十八佛不共法無染汙故

般若波羅蜜多清淨善現佛十力不可取故無染汙佛十力無染汙故般若波羅蜜多清淨四無所畏乃至十八佛不共法不可取故無染汙四無所畏乃至十八佛不共法無染汙故般若波羅蜜多清淨佛言善現無忘失法無染汙故般若波羅蜜多清淨恒住捨性無染汙故般若波羅蜜多清淨世尊云何無忘失法無染汙故般若波羅蜜多清淨恒住捨性無染汙故般若波羅蜜多清淨善現無忘失法不可取故無染汙無忘失法無染汙故般若波羅蜜多清淨恒住捨不可取故無染汙恒住捨性無染汙故般若波羅蜜多清淨佛言善現一切智無染汙故般若波羅蜜多清淨道相智一切相智無染汙故般若波羅蜜多清淨世尊云何一切智無染汙故

般若波羅蜜多清淨道相智一切相智無染汙故般若波羅蜜多清淨善現一切智不可取故無染汙一切智無染汙故般若波羅蜜多清淨道相智一切相智不可取故無染汙道相智一切相智無染汙故般若波羅蜜多清淨佛言善現一切陀羅尼門無染汙故般若波羅蜜多清淨一切三摩地門無染汙故般若波羅蜜多清淨世尊云何一切陀羅尼門無染汙故般若波羅蜜多清淨一切三摩地門無染汙故般若波羅蜜多清淨善現一切陀羅尼門不可取故無染汙一切陀羅尼門無染汙故般若波羅蜜多清淨一切三摩地門不可取故無染汙一切三摩地門無染汙故般若波羅蜜多清淨佛言善現預流果無染汙故般若波羅蜜多清淨一來不還阿羅漢果無染汙故般若波羅蜜多清淨世尊云何預流果無染汙故般若波羅蜜多清淨一來不還阿羅漢果無染汙故般若波羅蜜多清淨善現預流果不可取故無染汙預流果無染汙故般若波羅蜜多清淨一來不還阿羅漢果不可取故無染汙一來不還阿羅漢果無染汙故般若波羅蜜多清淨佛言善現獨覺菩提無染汙故般若波羅蜜多清淨世尊云何獨覺菩提無染汙故般若波羅蜜多清淨善現獨覺菩提不可取故無染汙獨覺菩提無染汙故般若波羅蜜多清淨佛言善現一切菩薩摩訶薩行無染汙故般若波羅蜜多清淨世尊云何一切菩薩摩訶薩行無染汙故般若波羅蜜多清淨善現一切菩薩摩訶薩行不可取故無染汙一切菩薩摩

訶薩行無染汙故般若波羅蜜多清淨佛言善現諸佛無上正等菩提無染汙故般若波羅蜜多清淨世尊云何諸佛無上正等菩提無染汙故般若波羅蜜多清淨善現諸佛無上正等菩提不可取故無染汙諸佛無上正等菩提無染汙故般若波羅蜜多清淨復次善現虛空無染汙故般若波羅蜜多清淨世尊云何虛空無染汙故般若波羅蜜多清淨善現虛空不可取故無染汙虛空無染汙故般若波羅蜜多清淨復次善現色唯假說故般若波羅蜜多清淨受想行識唯假說故般若波羅蜜多清淨世尊云何色唯假說故般若波羅蜜多清淨受想行識唯假說故般若波羅蜜多清淨善現如依虛空二事響現色乃至識亦復如是唯有假說色乃至識唯假說故般若波羅蜜多清淨佛言善現眼處唯假說故般若波羅蜜多清淨耳鼻舌身意處唯假說故般若波羅蜜多清淨世尊云何眼處唯假說故般若波羅蜜多清淨耳鼻舌身意處唯假說故般若波羅蜜多清淨善現如依虛空二事響現眼處乃至意處亦復如是唯有假說眼處乃至意處唯假說故般若波羅蜜多清淨佛言善現色處唯假說故般若波羅蜜多清淨聲香味觸法處唯假說故般若波羅蜜多清淨世尊云何色處唯假說故般若波羅蜜多清淨聲香味觸法處唯假說故般若波羅蜜多清淨善現如依虛空二事響現色處乃至法處亦復如是唯有假說色處乃至法處唯假說故般若波羅蜜多清淨佛言善現眼界唯假說故般若波羅蜜多清

淨色界眼識界及眼觸眼觸爲緣所生諸受唯假說故般若波羅蜜多清淨世尊云何眼界唯假說故般若波羅蜜多清淨色界乃至眼觸爲緣所生諸受唯假說故般若波羅蜜多清淨善現如依虛空二事響現眼界乃至眼觸爲緣所生諸受亦復如是唯有假說眼界乃至眼觸爲緣所生諸受唯假說故般若波羅蜜多清淨佛言善現耳界唯假說故般若波羅蜜多清淨聲界耳識界及耳觸耳觸爲緣所生諸受唯假說故般若波羅蜜多清淨世尊云何耳界唯假說故般若波羅蜜多清淨聲界乃至耳觸爲緣所生諸受唯假說故般若波羅蜜多清淨善現如依虛空二事響現耳界乃至耳觸爲緣所生諸受亦復如是唯有假說耳界乃至耳觸爲緣所生諸受唯假說故般若波羅蜜多清淨佛言善現鼻界唯假說故般若波羅蜜多清淨香界鼻識界及鼻觸鼻觸爲緣所生諸受唯假說故般若波羅蜜多清淨世尊云何鼻界唯假說故般若波羅蜜多清淨香界乃至鼻觸爲緣所生諸受唯假說故般若波羅蜜多清淨善現如依虛空二事響現鼻界乃至鼻觸爲緣所生諸受亦復如是唯有假說鼻界乃至鼻觸爲緣所生諸受唯假說故般若波羅蜜多清淨佛言善現舌界唯假說故般若波羅蜜多清淨味界舌識界及舌觸舌觸爲緣所生諸受唯假說故般若波羅蜜多清淨世尊云何舌界唯假說故般若波羅蜜多清淨味界乃至舌觸爲緣所生諸受唯假說故般若波羅蜜多清淨善現如依虛空二事響現舌界乃

至舌觸爲緣所生諸受亦復如是唯有假說舌界乃至舌觸爲緣所生諸受唯假說故般若波羅蜜多清淨佛言善現身界唯假說故般若波羅蜜多清淨觸界身識界及身觸身觸爲緣所生諸受唯假說故般若波羅蜜多清淨世尊云何身界唯假說故般若波羅蜜多清淨觸界乃至身觸爲緣所生諸受唯假說故般若波羅蜜多清淨善現如依虛空二事響現身界乃至身觸爲緣所生諸受亦復如是唯有假說身界乃至身觸爲緣所生諸受唯假說故般若波羅蜜多清淨佛言善現意界唯假說故般若波羅蜜多清淨法界意識界及意觸意觸爲緣所生諸受唯假說故般若波羅蜜多清淨世尊云何意界唯假說故般若波羅蜜多清淨法界乃至意觸爲緣所生諸受唯假說故般若波羅蜜多清淨善現如依虛空二事響現意界乃至意觸爲緣所生諸受亦復如是唯有假說意界乃至意觸爲緣所生諸受唯假說故般若波羅蜜多清淨佛言善現地界唯假說故般若波羅蜜多清淨水火風空識界唯假說故般若波羅蜜多清淨世尊云何地界唯假說故般若波羅蜜多清淨水火風空識界唯假說故般若波羅蜜多清淨善現如依虛空二事響現地界乃至識界亦復如是唯有假說地界乃至識界唯假說故般若波羅蜜多清淨佛言善現無明唯假說故般若波羅蜜多清淨行識名色六處觸受愛取有生老死愁歎苦憂惱唯假說故般若波羅蜜多清淨世尊云何無明唯假說故般若波羅蜜多清淨行乃至老

死愁歎苦憂惱唯假說故般若波羅蜜多清淨善現如依虛空二事響現無明乃至老死愁歎苦憂惱亦復如是唯有假說無明乃至老死愁歎苦憂惱唯假說故般若波羅蜜多清淨佛言善現布施波羅蜜多唯假說故般若波羅蜜多清淨淨戒安忍精進靜慮般若波羅蜜多唯假說故般若波羅蜜多清淨世尊云何布施波羅蜜多唯假說故般若波羅蜜多清淨淨戒乃至般若波羅蜜多唯假說故般若波羅蜜多清淨善現如依虛空二事響現布施波羅蜜多乃至般若波羅蜜多亦復如是唯有假說布施波羅蜜多乃至般若波羅蜜多唯假說故般若波羅蜜多清淨佛言善現內空唯假說故般若波羅蜜多清淨外空內外空空空大空勝義空有爲空無爲空畢竟空無際空散空無變異空本性空自相空共相空一切法空不可得空無性空自性空無性自性空唯假說故般若波羅蜜多清淨世尊云何內空唯假說故般若波羅蜜多清淨外空乃至無性自性空唯假說故般若波羅蜜多清淨善現如依虛空二事響現內空乃至無性自性空亦復如是唯有假說內空乃至無性自性空唯假說故般若波羅蜜多清淨佛言善現真如唯假說故般若波羅蜜多清淨法界法性不虛妄性不變異性平等性離生性法定法住實際虛空界不思議界唯假說故般若波羅蜜多清淨世尊云何真如唯假說故般若波羅蜜多清淨法界乃至不思議界唯假說故般若波羅蜜多清淨善現如依虛空二事響現真如乃至不思

議界亦復如是唯有假說眞如乃至不思議界唯假說故般若波羅蜜多清淨佛言善現苦聖諦唯假說故般若波羅蜜多清淨集滅道聖諦唯假說故般若波羅蜜多清淨世尊云何苦聖諦唯假說故般若波羅蜜多清淨集滅道聖諦唯假說故般若波羅蜜多清淨善現如依虛空二事響現苦集滅道聖諦亦復如是唯有假說苦集滅道聖諦唯假說故般若波羅蜜多清淨佛言善現四靜慮唯假說故般若波羅蜜多清淨四無量四無色定唯假說故般若波羅蜜多清淨世尊云何四靜慮唯假說故般若波羅蜜多清淨四無量四無色定唯假說故般若波羅蜜多清淨善現如依虛空二事響現四靜慮四無量四無色定亦復如是唯有假說四靜慮四無量四無色定唯假說故般若波羅蜜多清淨佛言善現八解脫唯假說故般若波羅蜜多清淨八勝處九次第定十遍處唯假說故般若波羅蜜多清淨世尊云何八解脫唯假說故般若波羅蜜多清淨八勝處九次第定十遍處唯假說故般若波羅蜜多清淨善現如依虛空二事響現八解脫八勝處九次第定十遍處亦復如是唯有假說八解脫八勝處九次第定十遍處唯假說故般若波羅蜜多清淨佛言善現四念住唯假說故般若波羅蜜多清淨四正斷四神足五根五力七等覺支八聖道支唯假說故般若波羅蜜多清淨世尊云何四念住唯假說故般若波羅蜜多清淨四正斷乃至八聖道支唯假說故般若波羅蜜多清淨善現如依虛空二事響現四念住

乃至八聖道支亦復如是唯有假說四念住乃至八聖道支唯假說故般若波羅蜜多清淨佛言善現空解脫門唯假說故般若波羅蜜多清淨無相無願解脫門唯假說故般若波羅蜜多清淨世尊云何空解脫門唯假說故般若波羅蜜多清淨無相無願解脫門唯假說故般若波羅蜜多清淨善現如依虛空二事響現空無相無願解脫門亦復如是唯有假說空無相無願解脫門唯假說故般若波羅蜜多清淨佛言善現菩薩十地唯假說故般若波羅蜜多清淨世尊云何菩薩十地唯假說故般若波羅蜜多清淨善現如依虛空二事響現菩薩十地亦復如是唯有假說菩薩十地唯假說故般若波羅蜜多清淨佛言善現五眼唯假說故般若波羅蜜多清淨六神通唯假說故般若波羅蜜多清淨世尊云何五眼唯假說故般若波羅蜜多清淨六神通唯假說故般若波羅蜜多清淨善現如依虛空二事響現五眼六神通亦復如是唯有假說五眼六神通唯假說故般若波羅蜜多清淨佛言善現佛十力唯假說故般若波羅蜜多清淨四無所畏四無礙解大慈大悲大喜大捨十八佛不共法唯假說故般若波羅蜜多清淨世尊云何佛十力唯假說故般若波羅蜜多清淨四無所畏乃至十八佛不共法唯假說故般若波羅蜜多清淨善現如依虛空二事響現佛十力乃至十八佛不共法亦復如是唯有假說佛十力乃至十八佛不共法唯假說故般若波羅蜜多清淨佛言善現無忘失法唯假說故般若波羅蜜多清

淨恒住捨性唯假說故般若波羅蜜多清淨世尊云何無忘失法唯假說故般若波羅蜜多清淨恒住捨性唯假說故般若波羅蜜多清淨善現如依虛空二事響現無忘失法恒住捨性亦復如是唯有假說無忘失法恒住捨性唯假說故般若波羅蜜多清淨佛言善現一切智唯假說故般若波羅蜜多清淨道相智一切相智唯假說故般若波羅蜜多清淨世尊云何一切智唯假說故般若波羅蜜多清淨道相智一切相智唯假說故般若波羅蜜多清淨善現如依虛空二事響現一切智道相智一切相智亦復如是唯有假說一切智道相智一切相智唯假說故般若波羅蜜多清淨佛言善現一切陀羅尼門唯假說故般若波羅蜜多清淨一切三摩地門唯假說故般若波羅蜜多清淨世尊云何一切陀羅尼門唯假說故般若波羅蜜多清淨一切三摩地門唯假說故般若波羅蜜多清淨善現如依虛空二事響現一切陀羅尼門一切三摩地門亦復如是唯有假說一切陀羅尼門一切三摩地門唯假說故般若波羅蜜多清淨佛言善現預流果唯假說故般若波羅蜜多清淨一來不還阿羅漢果唯假說故般若波羅蜜多清淨世尊云何預流果唯假說故般若波羅蜜多清淨一來不還阿羅漢果唯假說故般若波羅蜜多清淨善現如依虛空二事響現預流乃至阿羅漢果亦復如是唯有假說預流乃至阿羅漢果唯假說故般若波羅蜜多清淨佛言善現獨覺菩提唯假說故般若波羅蜜多清淨世尊云何獨覺菩

提唯假說故般若波羅蜜多清淨善現如依虛空二事響現獨覺菩提亦復如是唯有假說獨覺菩提唯假說故般若波羅蜜多清淨佛言善現一切菩薩摩訶薩行唯假說故般若波羅蜜多清淨世尊云何一切菩薩摩訶薩行唯假說故般若波羅蜜多清淨善現如依虛空二事響現一切菩薩摩訶薩行亦復如是唯有假說一切菩薩摩訶薩行唯假說故般若波羅蜜多清淨佛言善現諸佛無上正等菩提唯假說故般若波羅蜜多清淨世尊云何諸佛無上正等菩提唯假說故般若波羅蜜多清淨善現如依虛空二事響現諸佛無上正等菩提亦復如是唯有假說諸佛無上正等菩提唯假說故般若波羅蜜多清淨復次善現虛空唯假說故般若波羅蜜多清淨世尊云何虛空唯假說故般若波羅蜜多清淨善現如依虛空二事響現唯有假說唯假說故般若波羅蜜多清淨復次善現色不可說故般若波羅蜜多清淨受想行識不可說故般若波羅蜜多清淨世尊云何色不可說故般若波羅蜜多清淨受想行識不可說故般若波羅蜜多清淨善現色無可說事故不可說受想行識無可說事故不可說由此般若波羅蜜多清淨佛言善現眼處不可說故般若波羅蜜多清淨耳鼻舌身意處不可說故般若波羅蜜多清淨世尊云何眼處不可說故般若波羅蜜多清淨耳鼻舌身意處不可說故般若波羅蜜多清淨善現眼處無可說事故不可說耳鼻舌身意處無可說事故不可說由此般若波羅蜜多清淨佛言

善現色處不可說故般若波羅蜜多清淨聲香味觸法處不可說故般若波羅蜜多清淨世尊云何色處不可說故般若波羅蜜多清淨聲香味觸法處不可說故般若波羅蜜多清淨善現色處無可說事故不可說聲香味觸法處無可說事故不可說由此般若波羅蜜多清淨佛言善現眼界不可說故般若波羅蜜多清淨色界眼識界及眼觸眼觸爲緣所生諸受不可說故般若波羅蜜多清淨世尊云何眼界不可說故般若波羅蜜多清淨色界乃至眼觸爲緣所生諸受不可說故般若波羅蜜多清淨善現眼界無可說事故不可說色界乃至眼觸爲緣所生諸受無可說事故不可說由此般若波羅蜜多清淨佛言善現耳界不可說故般若波羅蜜多清淨聲

界耳識界及耳觸耳觸爲緣所生諸受不可說故般若波羅蜜多清淨世尊云何耳界不可說故般若波羅蜜多清淨聲界乃至耳觸爲緣所生諸受不可說故般若波羅蜜多清淨善現耳界無可說事故不可說聲界乃至耳觸爲緣所生諸受無可說事故不可說由此般若波羅蜜多清淨佛言善現鼻界不可說故般若波羅蜜多清淨香界鼻識界及鼻觸鼻觸爲緣所生諸受不可說故般若波羅蜜多清淨世尊云何鼻界不可說故般若波羅蜜多清淨香界乃至鼻觸爲緣所生諸受不可說故般若波羅蜜多清淨善現鼻界無可說事故不可說香界乃至鼻觸爲緣所生諸受無可說事故不可說由此般若波羅蜜多清淨佛言善現舌界不可說故般若波羅

蜜多清淨味界舌識界及舌觸舌觸爲緣所生諸受不可說故般若波羅蜜多清淨世尊云何舌界不可說故般若波羅蜜多清淨味界乃至舌觸爲緣所生諸受不可說故般若波羅蜜多清淨善現舌界無可說事故不可說味界乃至舌觸爲緣所生諸受無可說事故不可說由此般若波羅蜜多清淨佛言善現身界不可說故般若波羅蜜多清淨觸界身識界及身觸身觸爲緣所生諸受不可說故般若波羅蜜多清淨世尊云何身界不可說故般若波羅蜜多清淨觸界乃至身觸爲緣所生諸受不可說故般若波羅蜜多清淨善現身界無可說事故不可說觸界乃至身觸爲緣所生諸受無可說事故不可說由此般若波羅蜜多清淨佛言善現意界不可說

故般若波羅蜜多清淨法界意識界及意觸意觸爲緣所生諸受不可說故般若波羅蜜多清淨世尊云何意界不可說故般若波羅蜜多清淨法界乃至意觸爲緣所生諸受不可說故般若波羅蜜多清淨善現意界無可說故般若波羅蜜多清淨善現意界無可說事故不可說法界乃至意觸爲緣所生諸受無可說事故不可說由此般若波羅蜜多清淨佛言善現地界不可說故般若波羅蜜多清淨水火風空識界不可說故般若波羅蜜多清淨世尊云何地界不可說故般若波羅蜜多清淨水火風空識界不可說故般若波羅蜜多清淨善現地界無可說事故不可說水火風空識界無可說事故不可說由此般若波羅蜜多清淨佛言善現無明不可說故般若波羅蜜多清淨行識名色六處觸受

愛取有生老死愁歎苦憂惱不可說故般若波羅蜜多清淨世尊云何無明不可說故般若波羅蜜多清淨行乃至老死愁歎苦憂惱不可說故般若波羅蜜多清淨善現無明無可說事故不可說行乃至老死愁歎苦憂惱無可說事故不可說由此般若波羅蜜多清淨佛言善現布施波羅蜜多不可說故般若波羅蜜多清淨淨戒安忍精進靜慮般若波羅蜜多不可說故般若波羅蜜多清淨世尊云何布施波羅蜜多不可說故般若波羅蜜多清淨淨戒乃至般若波羅蜜多不可說故般若波羅蜜多清淨善現布施波羅蜜多無可說事故不可說淨戒乃至般若波羅蜜多無可說事故不可說由此般若波羅蜜多清淨佛言善現內空不可說故般若波羅蜜多清淨外空內外空空空大空勝義空有爲空無爲空畢竟空無際空散空無變異空本性空自相空共相空一切法空不可得空無性空自性空無性自性空不可說故般若波羅蜜多清淨世尊云何內空不可說故般若波羅蜜多清淨外空乃至無性自性空不可說故般若波羅蜜多清淨善現內空無可說事故不可說外空乃至無性自性空無可說事故不可說由此般若波羅蜜多清淨佛言善現眞如不可說故般若波羅蜜多清淨法界法性不虛妄性不變異性平等性離生性法定法住實際虛空界不思議界不可說故般若波羅蜜多清淨世尊云何眞如不可說故般若波羅蜜多清淨法界乃至不思議界不可說故般若波羅蜜多清淨善現眞如無可

說事故不可說法界乃至不思議界無可說事故不可說由此般若波羅蜜多清淨佛言善現苦聖諦不可說故般若波羅蜜多清淨集滅道聖諦不可說故般若波羅蜜多清淨世尊云何苦聖諦不可說故般若波羅蜜多清淨集滅道聖諦不可說故般若波羅蜜多清淨善現苦聖諦無可說事故不可說集滅道聖諦無可說事故不可說由此般若波羅蜜多清淨佛言善現四靜慮不可說故般若波羅蜜多清淨四無量四無色定不可說故般若波羅蜜多清淨世尊云何四靜慮不可說故般若波羅蜜多清淨四無量四無色定不可說故般若波羅蜜多清淨善現四靜慮無可說事故不可說四無量四無色定無可說事故不可說由此般若波羅蜜多清淨佛言善現八解脫不可說故般若波羅蜜多清淨八勝處九次第定十遍處不可說故般若波羅蜜多清淨世尊云何八解脫不可說故般若波羅蜜多清淨八勝處九次第定十遍處不可說故般若波羅蜜多清淨善現八解脫無可說事故不可說八勝處九次第定十遍處無可說事故不可說由此般若波羅蜜多清淨佛言善現四念住不可說故般若波羅蜜多清淨四正斷四神足五根五力七等覺支八聖道支不可說故般若波羅蜜多清淨世尊云何四念住不可說故般若波羅蜜多清淨四正斷乃至八聖道支不可說故般若波羅蜜多清淨善現四念住無可說事故不可說四正斷乃至八聖道支無可說事故不可說由此般若波羅蜜多清淨佛言善現

空解脱門不可說故般若波羅蜜多清淨無相無願解脱門不可說故般若波羅蜜多清淨世尊云何空解脱門不可說故般若波羅蜜多清淨無相無願解脱門不可說故般若波羅蜜多清淨善現空解脱門無可說事故不可說無相無願解脱門無可說事故不可說由此般若波羅蜜多清淨佛言善現菩薩十地不可說故般若波羅蜜多清淨世尊云何菩薩十地不可說故般若波羅蜜多清淨善現菩薩十地無可說事故不可說由此般若波羅蜜多清淨

大般若波羅蜜多經卷第二百九十四

大般若波羅蜜多經卷第二百九十五

唐三藏法師玄奘奉　詔譯

初分説般若相品第三十七之四

佛言善現五眼不可説故般若波羅蜜多清淨六神通不可説故般若波羅蜜多清淨世尊云何五眼不可説故般若波羅蜜多清淨六神通不可説故般若波羅蜜多清淨善現五眼無可説事故不可説六神通無可説事故不可説由此般若波羅蜜多清淨佛言善現佛十力不可説故般若波羅蜜多清淨四無所畏四無礙解大慈大悲大喜大捨十八佛不共法不可説故般若波羅蜜多清淨世尊云何佛十力不可説故般若波羅蜜多清淨四無所畏乃至十八佛不共法不可説故般若波羅蜜多清淨善現佛十力無可説事故不可説四無所畏乃至十八佛不共法無可説事故不可説由此般若波羅蜜多清淨佛言善現無忘失法不可説故般若波羅蜜多清淨恒住捨性不可説故般若波羅蜜多清淨世尊云何無忘失法不可説故般若波羅蜜多清淨恒住捨性不可説故般若波羅蜜多清淨善現無忘失法無可説事故不可説恒住捨性無可説事故不可説由此般若波羅蜜多清淨佛言善現一切智不可説故般若波羅蜜多清淨道相智一切相智不可説故般若波羅蜜多清淨世尊云何一切智不可説故般若波羅蜜多清淨道相智一切相智不可説故般若波羅蜜多清淨善現一切智無可説事故不可説道相智一切相智無可説事故不可説由此般若波羅蜜多清

淨佛言善現一切陀羅尼門不可說故般若波羅蜜多清淨一切三摩地門不可說故般若波羅蜜多清淨世尊云何一切陀羅尼門不可說故般若波羅蜜多清淨一切三摩地門不可說故般若波羅蜜多清淨善現一切陀羅尼門無可說事故不可說一切三摩地門無可說事故不可說由此般若波羅蜜多清淨佛言善現預流果不可說故般若波羅蜜多清淨一來不還阿羅漢果不可說故般若波羅蜜多清淨世尊云何預流果不可說故般若波羅蜜多清淨一來不還阿羅漢果不可說故般若波羅蜜多清淨善現預流果無可說事故不可說一來不還阿羅漢果無可說事故不可說由此般若波羅蜜多清淨佛言善現獨覺菩提不可說故般若波羅蜜多清淨世尊云何獨覺菩提不可說故般若波羅蜜多清淨善現獨覺菩提無可說事故不可說由此般若波羅蜜多清淨佛言善現一切菩薩摩訶薩行不可說故般若波羅蜜多清淨世尊云何一切菩薩摩訶薩行不可說故般若波羅蜜多清淨善現一切菩薩摩訶薩行無可說事故不可說由此般若波羅蜜多清淨佛言善現諸佛無上正等菩提不可說故般若波羅蜜多清淨世尊云何諸佛無上正等菩提不可說故般若波羅蜜多清淨善現諸佛無上正等菩提無可說事故不可說由此般若波羅蜜多清淨復次善現虛空不可說故般若波羅蜜多清淨世尊云何虛空不可說故般若波羅蜜多清淨善現虛空無可說事故不可說由此般若波羅蜜多

清淨復次善現色不可得故般若波羅蜜多清淨受想行識不可得故般若波羅蜜多清淨世尊云何色不可得故般若波羅蜜多清淨受想行識不可得故般若波羅蜜多清淨善現色無可得事故不可得受想行識無可得事故不可得由此般若波羅蜜多清淨佛言善現眼處不可得故般若波羅蜜多清淨耳鼻舌身意處不可得故般若波羅蜜多清淨世尊云何眼處不可得故般若波羅蜜多清淨耳鼻舌身意處不可得故般若波羅蜜多清淨善現眼處無可得事故不可得耳鼻舌身意處無可得事故不可得由此般若波羅蜜多清淨佛言善現色處不可得故般若波羅蜜多清淨聲香味觸法處不可得故般若波羅蜜多清淨世尊云何色處不可得故般若波羅蜜多清淨聲香味觸法處不可得故般若波羅蜜多清淨善現色處無可得事故不可得聲香味觸法處無可得事故不可得由此般若波羅蜜多清淨佛言善現眼界不可得故般若波羅蜜多清淨色界眼識界及眼觸眼觸爲緣所生諸受不可得故般若波羅蜜多清淨世尊云何眼界不可得故般若波羅蜜多清淨色界乃至眼觸爲緣所生諸受不可得故般若波羅蜜多清淨善現眼界無可得事故不可得色界乃至眼觸爲緣所生諸受無可得事故不可得由此般若波羅蜜多清淨佛言善現耳界不可得故般若波羅蜜多清淨聲界耳識界及耳觸耳觸爲緣所生諸受不可得故般若波羅蜜多清淨世尊云何耳界不可得故般若波羅蜜多清

淨聲界乃至耳觸爲緣所生諸受不可得故般若波羅蜜多清淨善現耳界無可得事故不可得聲界乃至耳觸爲緣所生諸受無可得事故不可得由此般若波羅蜜多清淨佛言善現鼻界不可得故般若波羅蜜多清淨香界鼻識界及鼻觸鼻觸爲緣所生諸受不可得故般若波羅蜜多清淨世尊云何鼻界不可得故般若波羅蜜多清淨香界乃至鼻觸爲緣所生諸受不可得故般若波羅蜜多清淨善現鼻界無可得事故不可得香界乃至鼻觸爲緣所生諸受無可得事故不可得由此般若波羅蜜多清淨佛言善現舌界不可得故般若波羅蜜多清淨味界舌識界及舌觸舌觸爲緣所生諸受不可得故般若波羅蜜多清淨世尊云何舌界不可得故般若波羅蜜多清淨味界乃至舌觸爲緣所生諸受不可得故般若波羅蜜多清淨善現舌界無可得事故不可得味界乃至舌觸爲緣所生諸受無可得事故不可得由此般若波羅蜜多清淨佛言善現身界不可得故般若波羅蜜多清淨觸界身識界及身觸身觸爲緣所生諸受不可得故般若波羅蜜多清淨世尊云何身界不可得故般若波羅蜜多清淨觸界乃至身觸爲緣所生諸受不可得故般若波羅蜜多清淨善現身界無可得事故不可得觸界乃至身觸爲緣所生諸受無可得事故不可得由此般若波羅蜜多清淨佛言善現意界不可得故般若波羅蜜多清淨法界意識界及意觸意觸爲緣所生諸受不可得故般若波羅蜜多清淨世尊云何意界不

可得故般若波羅蜜多清淨法界乃至意觸爲緣所生諸受不可得故般若波羅蜜多清淨善現意界無可得事故不可得法界乃至意觸爲緣所生諸受無可得事故不可得由此般若波羅蜜多清淨佛言善現地界不可得故般若波羅蜜多清淨水火風空識界不可得故般若波羅蜜多清淨世尊云何地界不可得故般若波羅蜜多清淨水火風空識界不可得故般若波羅蜜多清淨善現地界無可得事故不可得水火風空識界無可得事故不可得由此般若波羅蜜多清淨佛言善現無明不可得故般若波羅蜜多清淨行識名色六處觸受愛取有生老死愁歎苦憂惱不可得故般若波羅蜜多清淨世尊云何無明不可得故般若波羅蜜多清淨行乃至老死愁歎苦憂惱不可得故般若波羅蜜多清淨善現無明無可得事故不可得行乃至老死愁歎苦憂惱無可得事故不可得由此般若波羅蜜多清淨佛言善現布施波羅蜜多不可得故般若波羅蜜多清淨淨戒安忍精進靜慮般若波羅蜜多不可得故般若波羅蜜多清淨世尊云何布施波羅蜜多不可得故般若波羅蜜多清淨淨戒乃至般若波羅蜜多不可得故般若波羅蜜多清淨善現布施波羅蜜多無可得事故不可得淨戒乃至般若波羅蜜多無可得事故不可得由此般若波羅蜜多清淨佛言善現内空不可得故般若波羅蜜多清淨外空内外空空空大空勝義空有爲空無爲空畢竟空無際空散空無變異空本性空自相空共相空一切法

空不可得空無性空自性空無性自性空不可得故般若波羅蜜多清淨世尊云何内空不可得故般若波羅蜜多清淨外空乃至無性自性空不可得故般若波羅蜜多清淨善現内空無可得事故不可得外空乃至無性自性空無可得事故不可得由此般若波羅蜜多清淨佛言善現真如不可得故般若波羅蜜多清淨法界法性不虚妄性不變異性平等性離生性法定法住實際虚空界不思議界不可得故般若波羅蜜多清淨世尊云何真如不可得故般若波羅蜜多清淨法界乃至不思議界不可得故般若波羅蜜多清淨善現真如無可得事故不可得法界乃至不思議界無可得事故不可得由此般若波羅蜜多清淨佛言善現苦聖諦不可得故般若波羅蜜多清淨集滅道聖諦不可得故般若波羅蜜多清淨世尊云何苦聖諦不可得故般若波羅蜜多清淨集滅道聖諦不可得故般若波羅蜜多清淨善現苦聖諦無可得事故不可得集滅道聖諦無可得事故不可得由此般若波羅蜜多清淨佛言善現四靜慮不可得故般若波羅蜜多清淨四無量四無色定不可得故般若波羅蜜多清淨世尊云何四靜慮不可得故般若波羅蜜多清淨四無量四無色定不可得故般若波羅蜜多清淨善現四靜慮無可得事故不可得四無量四無色定無可得事故不可得由此般若波羅蜜多清淨佛言善現八解脫不可得故般若波羅蜜多清淨八勝處九次第定十遍處不可得故般若波羅蜜多清淨世尊云何

八解脱不可得故般若波羅蜜多清淨八勝處九次第定十遍處不可得故般若波羅蜜多清淨善現八解脱無可得事故不可得八勝處九次第定十遍處無可得事故不可得由此般若波羅蜜多清淨佛言善現四念住不可得故般若波羅蜜多清淨四正斷四神足五根五力七等覺支八聖道支不可得故般若波羅蜜多清淨世尊云何四念住不可得故般若波羅蜜多清淨四正斷乃至八聖道支不可得故般若波羅蜜多清淨善現四念住無可得事故不可得四正斷乃至八聖道支無可得事故不可得由此般若波羅蜜多清淨佛言善現空解脱門不可得故般若波羅蜜多清淨無相無願解脱門不可得故般若波羅蜜多清淨世尊云何空解脱門不可得故般若波羅蜜多清淨無相無願解脱門不可得故般若波羅蜜多清淨善現空解脱門無可得事故不可得無相無願解脱門無可得事故不可得由此般若波羅蜜多清淨佛言善現菩薩十地不可得故般若波羅蜜多清淨世尊云何菩薩十地不可得故般若波羅蜜多清淨善現菩薩十地無可得事故不可得由此般若波羅蜜多清淨佛言善現五眼不可得故般若波羅蜜多清淨六神通不可得故般若波羅蜜多清淨世尊云何五眼不可得故般若波羅蜜多清淨六神通不可得故般若波羅蜜多清淨善現五眼無可得事故不可得六神通無可得事故不可得由此般若波羅蜜多清淨佛言善現佛十力不可得故般若波羅蜜多清淨四無所畏

四無礙解大慈大悲大喜大捨十八佛不共法不可得故般若波羅蜜多清淨世尊云何佛十力不可得故般若波羅蜜多清淨四無所畏乃至十八佛不共法不可得故般若波羅蜜多清淨善現佛十力無可得事故不可得四無所畏乃至十八佛不共法無可得事故不可得由此般若波羅蜜多清淨佛言善現無忘失法不可得故般若波羅蜜多清淨恒住捨性不可得故般若波羅蜜多清淨世尊云何無忘失法不可得故般若波羅蜜多清淨恒住捨性不可得故般若波羅蜜多清淨善現無忘失法無可得事故不可得恒住捨性無可得事故不可得由此般若波羅蜜多清淨佛言善現一切智不可得故般若波羅蜜多清淨道相智一切相智不可得故般若波羅蜜多清淨世尊云何一切智不可得故般若波羅蜜多清淨道相智一切相智不可得故般若波羅蜜多清淨善現一切智無可得事故不可得道相智一切相智無可得事故不可得由此般若波羅蜜多清淨佛言善現一切陀羅尼門不可得故般若波羅蜜多清淨一切三摩地門不可得故般若波羅蜜多清淨世尊云何一切陀羅尼門不可得故般若波羅蜜多清淨一切三摩地門不可得故般若波羅蜜多清淨善現一切陀羅尼門無可得事故不可得一切三摩地門無可得事故不可得由此般若波羅蜜多清淨佛言善現預流果不可得故般若波羅蜜多清淨一來不還阿羅漢果不可得故般若波羅蜜多清淨世尊云何預流果不可得故般若

波羅蜜多清淨一來不還阿羅漢果不可得故般若波羅蜜多清淨善現預流果無可得事故不可得一來不還阿羅漢果無可得事故不可得由此般若波羅蜜多清淨佛言善現獨覺菩提不可得故般若波羅蜜多清淨世尊云何獨覺菩提不可得故般若波羅蜜多清淨善現獨覺菩提無可得事故不可得由此般若波羅蜜多清淨佛言善現一切菩薩摩訶薩行不可得故般若波羅蜜多清淨世尊云何一切菩薩摩訶薩行不可得故般若波羅蜜多清淨善現一切菩薩摩訶薩行無可得事故不可得由此般若波羅蜜多清淨佛言善現諸佛無上正等菩提不可得故般若波羅蜜多清淨世尊云何諸佛無上正等菩提不可得故般若波羅蜜多清淨善現諸佛無上正等菩提無可得事故不可得由此般若波羅蜜多清淨復次善現虛空不可得故般若波羅蜜多清淨世尊云何虛空不可得故般若波羅蜜多清淨善現虛空無可得事故不可得由此般若波羅蜜多清淨

復次善現色不生不滅不染不淨故般若波羅蜜多清淨受想行識不生不滅不染不淨故般若波羅蜜多清淨世尊云何色不生不滅不染不淨故般若波羅蜜多清淨受想行識不生不滅不染不淨故般若波羅蜜多清淨善現色畢竟空故不生不滅不染不淨受想行識畢竟空故不生不滅不染不淨由此般若波羅蜜多清淨佛言善現眼處不生不滅不染不淨故般若波羅蜜多清淨耳鼻舌身意處不生不滅不染不淨故般若波羅蜜

多清淨世尊云何眼處不生不滅不染不淨故般若波羅蜜多清淨耳鼻舌身意處不生不滅不染不淨故般若波羅蜜多清淨善現眼處畢竟空故不生不滅不染不淨耳鼻舌身意處畢竟空故不生不滅不染不淨由此般若波羅蜜多清淨佛言善現色處不生不滅不染不淨故般若波羅蜜多清淨聲香味觸法處不生不滅不染不淨故般若波羅蜜多清淨世尊云何色處不生不滅不染不淨故般若波羅蜜多清淨聲香味觸法處不生不滅不染不淨故般若波羅蜜多清淨善現色處畢竟空故不生不滅不染不淨聲香味觸法處畢竟空故不生不滅不染不淨由此般若波羅蜜多清淨佛言善現眼界不生不滅不染不淨故般若波羅蜜多清淨色界眼識界及眼觸眼觸爲緣所生諸受不生不滅不染不淨故般若波羅蜜多清淨世尊云何眼界不生不滅不染不淨故般若波羅蜜多清淨色界乃至眼觸爲緣所生諸受不生不滅不染不淨故般若波羅蜜多清淨善現眼界畢竟空故不生不滅不染不淨色界乃至眼觸爲緣所生諸受畢竟空故不生不滅不染不淨由此般若波羅蜜多清淨佛言善現耳界不生不滅不染不淨故般若波羅蜜多清淨聲界耳識界及耳觸耳觸爲緣所生諸受不生不滅不染不淨故般若波羅蜜多清淨世尊云何耳界不生不滅不染不淨故般若波羅蜜多清淨聲界乃至耳觸爲緣所生諸受不生不滅不染不淨故般若波羅蜜多清淨善現耳界畢竟空故不生不滅不染不

淨聲界乃至耳觸爲緣所生諸受畢竟空故
不生不滅不染不淨由此般若波羅蜜多清
淨佛言善現鼻界不生不滅不染不淨故般
若波羅蜜多清淨香界鼻識界及鼻觸鼻觸
爲緣所生諸受不生不滅不染不淨故般若
波羅蜜多清淨世尊云何鼻界不生不滅不
染不淨故般若波羅蜜多清淨香界乃至鼻
觸爲緣所生諸受不生不滅不染不淨故般
若波羅蜜多清淨善現鼻界畢竟空故不生
不滅不染不淨香界乃至鼻觸爲緣所生諸
受畢竟空故不生不滅不染不淨由此般若
波羅蜜多清淨佛言善現舌界不生不滅不
染不淨故般若波羅蜜多清淨味界舌識界
及舌觸舌觸爲緣所生諸受不生不滅不染
不淨故般若波羅蜜多清淨世尊云何舌界
不生不滅不染不淨故般若波羅蜜多清淨
味界乃至舌觸爲緣所生諸受不生不滅不
染不淨故般若波羅蜜多清淨善現舌界畢
竟空故不生不滅不染不淨味界乃至舌觸
爲緣所生諸受畢竟空故不生不滅不染不
淨由此般若波羅蜜多清淨佛言善現身界
不生不滅不染不淨故般若波羅蜜多清淨
觸界身識界及身觸身觸爲緣所生諸受不
生不滅不染不淨故般若波羅蜜多清淨世
尊云何身界不生不滅不染不淨故般若波
羅蜜多清淨觸界乃至身觸爲緣所生諸受
不生不滅不染不淨故般若波羅蜜多清淨
善現身界畢竟空故不生不滅不染不淨觸
界乃至身觸爲緣所生諸受畢竟空故不生
不滅不染不淨由此般若波羅蜜多清淨佛

言善現意界不生不滅不染不淨故般若波羅蜜多清淨法界意識界及意觸意觸爲緣所生諸受不生不滅不染不淨故般若波羅蜜多清淨世尊云何意界不生不滅不染不淨故般若波羅蜜多清淨法界乃至意觸爲緣所生諸受不生不滅不染不淨故般若波羅蜜多清淨善現意界畢竟空故不生不滅不染不淨法界乃至意觸爲緣所生諸受畢竟空故不生不滅不染不淨由此般若波羅蜜多清淨佛言善現地界不生不滅不染不淨故般若波羅蜜多清淨水火風空識界不生不滅不染不淨故般若波羅蜜多清淨世尊云何地界不生不滅不染不淨故般若波羅蜜多清淨水火風空識界不生不滅不染不淨故般若波羅蜜多清淨善現地界畢竟空故不生不滅不染不淨水火風空識界畢竟空故不生不滅不染不淨由此般若波羅蜜多清淨佛言善現無明不生不滅不染不淨故般若波羅蜜多清淨行識名色六處觸受愛取有生老死愁歎苦憂惱不生不滅不染不淨故般若波羅蜜多清淨世尊云何無明不生不滅不染不淨故般若波羅蜜多清淨行乃至老死愁歎苦憂惱不生不滅不染不淨故般若波羅蜜多清淨善現無明畢竟空故不生不滅不染不淨行乃至老死愁歎苦憂惱畢竟空故不生不滅不染不淨由此般若波羅蜜多清淨佛言善現布施波羅蜜多不生不滅不染不淨故般若波羅蜜多清淨淨戒安忍精進靜慮般若波羅蜜多不生不滅不染不淨故般若波羅蜜多清淨世尊

云何布施波羅蜜多不生不滅不染不淨故般若波羅蜜多清淨淨戒乃至般若波羅蜜多不生不滅不染不淨故般若波羅蜜多清淨善現布施波羅蜜多畢竟空故不生不滅不染不淨淨戒乃至般若波羅蜜多畢竟空故不生不滅不染不淨由此般若波羅蜜多清淨佛言善現内空不生不滅不染不淨故般若波羅蜜多清淨外空内外空空空大空勝義空有爲空無爲空畢竟空無際空散空無變異空本性空自相空共相空一切法空不可得空無性空自性空無性自性空不生不滅不染不淨故般若波羅蜜多清淨世尊云何内空不生不滅不染不淨故般若波羅蜜多清淨外空乃至無性自性空不生不滅不染不淨故般若波羅蜜多清淨善現内空畢竟空故不生不滅不染不淨外空乃至無性自性空畢竟空故不生不滅不染不淨由此般若波羅蜜多清淨佛言善現真如不生不滅不染不淨故般若波羅蜜多清淨法界法性不虛妄性不變異性平等性離生性法定法住實際虛空界不思議界不生不滅不染不淨故般若波羅蜜多清淨世尊云何真如不生不滅不染不淨故般若波羅蜜多清淨法界乃至不思議界不生不滅不染不淨故般若波羅蜜多清淨善現真如畢竟空故不生不滅不染不淨法界乃至不思議界畢竟空故不生不滅不染不淨由此般若波羅蜜多清淨佛言善現苦聖諦不生不滅不染不淨故般若波羅蜜多清淨集滅道聖諦不生不滅不染不淨故般若波羅蜜多清淨世

尊云何苦聖諦不生不滅不染不淨故般若波羅蜜多清淨集滅道聖諦不生不滅不染不淨故般若波羅蜜多清淨善現苦聖諦畢竟空故不生不滅不染不淨集滅道聖諦畢竟空故不生不滅不染不淨由此般若波羅蜜多清淨佛言善現四靜慮不生不滅不染不淨故般若波羅蜜多清淨四無量四無色定不生不滅不染不淨故般若波羅蜜多清淨世尊云何四靜慮不生不滅不染不淨故般若波羅蜜多清淨四無量四無色定不生不滅不染不淨故般若波羅蜜多清淨善現四靜慮畢竟空故不生不滅不染不淨四無量四無色定畢竟空故不生不滅不染不淨由此般若波羅蜜多清淨佛言善現八解脫不生不滅不染不淨故般若波羅蜜多清淨八勝處九次第定十遍處不生不滅不染不淨故般若波羅蜜多清淨世尊云何八解脫不生不滅不染不淨故般若波羅蜜多清淨八勝處九次第定十遍處不生不滅不染不淨故般若波羅蜜多清淨善現八解脫畢竟空故不生不滅不染不淨八勝處九次第定十遍處畢竟空故不生不滅不染不淨由此般若波羅蜜多清淨佛言善現四念住不生不滅不染不淨故般若波羅蜜多清淨四正斷四神足五根五力七等覺支八聖道支不生不滅不染不淨故般若波羅蜜多清淨世尊云何四念住不生不滅不染不淨故般若波羅蜜多清淨四正斷乃至八聖道支不生不滅不染不淨故般若波羅蜜多清淨善現四念住畢竟空故不生不滅不染不淨四正

斷乃至八聖道支畢竟空故不生不滅不染不淨由此般若波羅蜜多清淨佛言善現空解脱門不生不滅不染不淨故般若波羅蜜多清淨無相無願解脱門不生不滅不染不淨故般若波羅蜜多清淨世尊云何空解脱門不生不滅不染不淨故般若波羅蜜多清淨無相無願解脱門不生不滅不染不淨故般若波羅蜜多清淨善現空解脱門畢竟空故不生不滅不染不淨無相無願解脱門畢竟空故不生不滅不染不淨由此般若波羅蜜多清淨佛言善現菩薩十地不生不滅不染不淨故般若波羅蜜多清淨世尊云何菩薩十地不生不滅不染不淨故般若波羅蜜多清淨善現菩薩十地畢竟空故不生不滅不染不淨由此般若波羅蜜多清淨

大般若波羅蜜多經卷第二百九十五

大般若波羅蜜多經卷第二百九十六

唐三藏法師玄奘奉　詔譯

初分說般若相品第三十七之五

佛言善現五眼不生不滅不染不淨故般若波羅蜜多清淨六神通不生不滅不染不淨故般若波羅蜜多清淨世尊云何五眼不生不滅不染不淨故般若波羅蜜多清淨六神通不生不滅不染不淨故般若波羅蜜多清淨善現五眼畢竟空故不生不滅不染不淨六神通畢竟空故不生不滅不染不淨由此般若波羅蜜多清淨佛言善現佛十力不生不滅不染不淨故般若波羅蜜多清淨四無所畏四無礙解大慈大悲大喜大捨十八佛不共法不生不滅不染不淨故般若波羅蜜多清淨世尊云何佛十力不生不滅不染不淨故般若波羅蜜多清淨四無所畏乃至十八佛不共法不生不滅不染不淨故般若波羅蜜多清淨善現佛十力畢竟空故不生不滅不染不淨四無所畏乃至十八佛不共法畢竟空故不生不滅不染不淨由此般若波羅蜜多清淨佛言善現無忘失法不生不滅不染不淨故般若波羅蜜多清淨恒住捨性不生不滅不染不淨故般若波羅蜜多清淨世尊云何無忘失法不生不滅不染不淨故般若波羅蜜多清淨恒住捨性不生不滅不染不淨故般若波羅蜜多清淨善現無忘失法畢竟空故不生不滅不染不淨恒住捨性畢竟空故不生不滅不染不淨由此般若波羅蜜多清淨佛言善現一切智不生不滅不染不淨故般若波羅蜜多清淨道相智一切

相智不生不滅不染不淨故般若波羅蜜多清淨世尊云何一切智不生不滅不染不淨故般若波羅蜜多清淨道相智一切相智不生不滅不染不淨故般若波羅蜜多清淨善現一切智畢竟空故不生不滅不染不淨道相智一切相智畢竟空故不生不滅不染不淨由此般若波羅蜜多清淨佛言善現一切陀羅尼門不生不滅不染不淨故般若波羅蜜多清淨一切三摩地門不生不滅不染不淨故般若波羅蜜多清淨世尊云何一切陀羅尼門不生不滅不染不淨故般若波羅蜜多清淨一切三摩地門不生不滅不染不淨故般若波羅蜜多清淨善現一切陀羅尼門畢竟空故不生不滅不染不淨一切三摩地門畢竟空故不生不滅不染不淨由此般若波羅蜜多清淨佛言善現預流果不生不滅不染不淨故般若波羅蜜多清淨一來不還阿羅漢果不生不滅不染不淨故般若波羅蜜多清淨世尊云何預流果不生不滅不染不淨故般若波羅蜜多清淨一來不還阿羅漢果不生不滅不染不淨故般若波羅蜜多清淨善現預流果畢竟空故不生不滅不染不淨一來不還阿羅漢果畢竟空故不生不滅不染不淨由此般若波羅蜜多清淨佛言善現獨覺菩提不生不滅不染不淨故般若波羅蜜多清淨世尊云何獨覺菩提不生不滅不染不淨故般若波羅蜜多清淨善現獨覺菩提畢竟空故不生不滅不染不淨由此般若波羅蜜多清淨佛言善現一切菩薩摩訶薩行不生不滅不染不淨故般若波羅蜜

多清淨世尊云何一切菩薩摩訶薩行不生不滅不染不淨故般若波羅蜜多清淨善現一切菩薩摩訶薩行畢竟空故不生不滅不染不淨由此般若波羅蜜多清淨佛言善現諸佛無上正等菩提不生不滅不染不淨故般若波羅蜜多清淨世尊云何諸佛無上正等菩提不生不滅不染不淨故般若波羅蜜多清淨善現諸佛無上正等菩提畢竟空故不生不滅不染不淨由此般若波羅蜜多清淨復次善現虛空不生不滅不染不淨故般若波羅蜜多清淨世尊云何虛空不生不滅不染不淨故般若波羅蜜多清淨善現虛空畢竟空故不生不滅不染不淨由此般若波羅蜜多清淨爾時具壽善現白佛言世尊若善男子善女人等於此般若波羅蜜多受持讀誦如理思惟爲他演說是善男子善女人等六根無患支體具足身不衰朽亦無夭壽常爲無量百千天神恭敬圍遶隨逐護念是善男子善女人等於黑白月各第八日第十四日第十五日讀誦宣說如是般若波羅蜜多是時四大王衆天三十三天夜摩天覩史多天樂變化天他化自在天梵衆天梵輔天梵會天大梵天光天少光天無量光天極光淨天淨天少淨天無量淨天遍淨天廣天少廣天無量廣天廣果天無煩天無熱天善現天善見天色究竟天是諸天衆俱來集會此法師所聽受般若波羅蜜多是善男子善女人等由於無量大集會中讀誦宣說甚深般若波羅蜜多便獲無量無數無邊不可思議不可稱量殊勝功德佛言善現如是如是如

汝所說若善男子善女人等於此般若波羅蜜多受持讀誦如理思惟爲他演說是善男子善女人等六根無患支體具足身不衰朽亦無夭壽常爲無量百千天神恭敬圍逩隨逐護念是善男子善女人等於黑白月各第八日第十四日第十五日讀誦宣說如是般若波羅蜜多是時四大王衆天乃至色究竟天俱來集會此法師所聽受般若波羅蜜多是善男子善女人等由於無量大集會中讀誦宣說甚深般若波羅蜜多便獲無量無數無邊不可思議不可稱量殊勝功德何以故善現如是般若波羅蜜多是大寶藏由此般若波羅蜜多大寶藏故能脫無量無邊有情地獄傍生鬼界人天等趣貧窮大苦能與無量無邊有情剎帝利大族婆羅門大族長者

大族居士大族富貴快樂能與無量無邊有情四大王衆天三十三天夜摩天覩史多天樂變化天他化自在天富貴快樂能與無量無邊有情梵衆天梵輔天梵會天大梵天光天少光天無量光天極光淨天淨天少淨天無量淨天遍淨天廣天少廣天無量廣天廣果天無煩天無熱天善現天善見天色究竟天富貴快樂能與無量無邊有情空無邊處天識無邊處天無所有處天非想非非想處天富貴快樂能與無量無邊有情預流果一來果不還果阿羅漢果獨覺菩提富貴安樂能與無量無邊有情無上正等菩提富貴安樂所以者何如是般若波羅蜜多大寶藏中廣說開示十善業道四靜慮四無量四無色定廣說開示四念住四正斷四神足五根五

力七等覺支八聖道支三解脫門八解脫八勝處九次第定十遍處四聖諦佛法僧寶廣說開示布施淨戒安忍精進靜慮般若巧願力智波羅蜜多菩薩十地一切菩薩摩訶薩行內空外空內外空空空大空勝義空有爲空無爲空畢竟空無際空散空無變異空本性空自相空共相空一切法空不可得空無性空自性空無性自性空眞如法界法性不虛妄性不變異性平等性離生性法定法住實際虛空界不思議界廣說開示五眼六神通佛十力四無所畏四無礙解大慈大悲大喜大捨十八佛不共法無忘失法恒住捨性一切智道相智一切相智一切陀羅尼門一切三摩地門如是無量大法珍寶無數有情於中修學生刹帝利大族婆羅門大族長者大族居士大族無數有情於中修學生四大王衆天乃至他化自在天無數有情於中修學生梵衆天乃至色究竟天無數有情於中修學生空無邊處天乃至非想非非想處天無數有情於中修學得預流果一來果不還果阿羅漢果無數有情於中修學得獨覺菩提無數有情於中修學得入菩薩正性離生無數有情於中修學證得無上正等菩提善現由此因緣如是般若波羅蜜多名大寶藏善現如是般若波羅蜜多大寶藏中不說少法有生有滅有染有淨有取有捨所以者何以無少法可生可滅可染可淨可取可捨善現如是般若波羅蜜多大寶藏中不說有法是善是非善是世間是出世間是有漏是無漏是有罪是無罪是雜染是清淨是有爲是

無爲善現由此因緣如是般若波羅蜜多名無所得大法寶藏善現如是般若波羅蜜多大寶藏中不說少法是能染汙所以者何以無少法可染汙故善現由此因緣如是般若波羅蜜多名無染汙大法寶藏善現若菩薩摩訶薩修行般若波羅蜜多時無如是想無如是分別無如是得無如是戲論我行般若波羅蜜多我修般若波羅蜜多是菩薩摩訶薩能如實修行般若波羅蜜多亦能親近禮事諸佛從一佛國至一佛國供養恭敬尊重讚歎諸佛世尊遊諸佛國成熟有情嚴淨佛土修諸菩薩摩訶薩行速證無上正等菩提善現如是般若波羅蜜多於一切法不向不背不引不賔不取不捨不生不滅不染不淨不常不斷不一不異不來不去不入不出不增不減善現如是般若波羅蜜多非過去非未來非現在善現如是般若波羅蜜多不超欲界不住欲界不超色界不住色界不超無色界不住無色界善現如是般若波羅蜜多於布施波羅蜜多不與不捨於淨戒安忍精進靜慮般若巧便願力智波羅蜜多不與不捨善現如是般若波羅蜜多於內空不與不捨於外空內外空空空大空勝義空有爲空無爲空畢竟空無際空散空無變異空本性空自相空共相空一切法空不可得空無性空自性空無性自性空不與不捨善現如是般若波羅蜜多於眞如不與不捨於法界法性不虛妄性不變異性平等性離生性法定法住實際虛空界不思議界不與不捨善現如是般若波羅蜜多於苦聖諦不與不捨於集

滅道聖諦不與不捨善現如是般若波羅蜜
多於四靜慮不與不捨於四無量四無色定
不與不捨善現如是般若波羅蜜多於八解
脱不與不捨於八勝處九次第定十遍處不
與不捨善現如是般若波羅蜜多於四念住
不與不捨於四正斷四神足五根五力七等
覺支八聖道支不與不捨善現如是般若波
羅蜜多於空解脱門不與不捨於無相無願
解脱門不與不捨善現如是般若波羅蜜多
於菩薩十地不與不捨善現如是般若波羅
蜜多於五眼不與不捨於六神通不與不捨
善現如是般若波羅蜜多於佛十力不與不
捨於四無所畏四無礙解大慈大悲大喜大
捨十八佛不共法不與不捨善現如是般若
波羅蜜多於無忘失法不與不捨於恒住捨
性不與不捨善現如是般若波羅蜜多於一
切智不與不捨於道相智一切相智不與不
捨善現如是般若波羅蜜多於一切陀羅尼
門不與不捨於一切三摩地門不與不捨善
現如是般若波羅蜜多於預流果不與不捨
於一來不還阿羅漢果不與不捨善現如是
般若波羅蜜多於獨覺菩提不與不捨善現
如是般若波羅蜜多於一切菩薩摩訶薩行
不與不捨善現如是般若波羅蜜多於諸佛
無上正等菩提不與不捨善現如是般若波
羅蜜多不與聲聞法不捨異生法不與獨覺
法不捨聲聞法不與諸佛法不捨獨覺法不
與無爲法不捨有爲法所以者何善現若佛
出世若不出世如是諸法常無變易法性法
界法定法住一切如來等覺現觀既自等覺

自現覲已爲諸有情宣說開示分別顯了令同悟入離諸妄想分別顛倒爾時無量百千天子住虛空中歡喜踊躍以天所有嗢鉢羅華鉢特摩華拘母陀花奔荼利華微妙香華及諸香末而散佛上互相慶慰同聲唱言我等今者於贍部洲見佛第二轉妙法輪此中無量百千天子聞說般若波羅蜜多俱時證得無生法忍爾時佛告具壽善現言如是法輪非第一轉非第二轉所以者何善現如是般若波羅蜜多於一切法不爲轉故不爲還故出現於世何以故以無性自性空故具壽善現白佛言世尊以何等法無性自性空故如是般若波羅蜜多於一切法不爲轉故不爲還故出現於世佛言善現以般若波羅蜜多般若波羅蜜多性空故靜慮精進安忍淨戒布施波羅蜜多靜慮乃至布施波羅蜜多性空故善現以內空內空性空故外空內外空空空大空勝義空有爲空無爲空畢竟空無際空散空無變異空本性空自相空共相空一切法空不可得空無性空自性空無性自性空外空乃至無性自性空性空故善現以眞如眞如性空故法界法性不虛妄性不變異性平等性離生性法定法住實際虛空界不思議界法界乃至不思議界性空故善現苦聖諦苦聖諦性空故集滅道聖諦集滅道聖諦性空故善現以四靜慮四靜慮性空故四無量四無色定四無量四無色定性空故善現以八解脫八解脫性空故八勝處九次第定十遍處八勝處九次第定十遍處性空故善現以四念住四念住性空故四正斷

四神足五根五力七等覺支八聖道支四正斷乃至八聖道支性空故善現以空解脱門空解脱門性空故無相無願解脱門無相無願解脱門性空故善現以菩薩十地菩薩十地性空故善現以佛十力佛十力性空故四無所畏四無礙解大慈大悲大喜大捨十八佛不共法四無所畏乃至十八佛不共法性空故善現以無忘失法無忘失法性空故恒住捨性恒住捨性性空故善現以一切智一切智性空故道相智一切相智道相智一切相智性空故善現以一切陀羅尼門一切陀羅尼門性空故一切三摩地門一切三摩地門性空故善現以預流果預流果性空故一來不還阿羅漢果一來不還阿羅漢果性空故善現以獨覺菩提獨覺菩提性空故善現

以一切菩薩摩訶薩行一切菩薩摩訶薩行性空故善現以諸佛無上正等菩提諸佛無上正等菩提性空故善現以如是等法無性自性空故如是般若波羅蜜多於一切法不爲轉故不爲還故出現於世具壽善現復白佛言世尊菩薩摩訶薩般若波羅蜜多是大波羅蜜多達一切法自性空故雖達一切法自性皆空而諸菩薩摩訶薩因此般若波羅蜜多證得無上正等菩提轉妙法輪度無量衆雖證菩提而無所證證不證法不可得故雖轉法輪而無所轉轉法還法不可得故雖度有情而無所度見不見法不可得故世尊如是大般若波羅蜜多中轉法輪事畢竟不可得以一切法皆永不生故所以者何非空無相無願法中可有能轉及能還事世尊於

此般若波羅蜜多若能如是宣說開示分別顯了令易悟入是名善淨宣說般若波羅蜜多此中都無說者受者既無說者及受者故諸能證者亦不可得無證者故亦無有能得涅槃者於此般若波羅蜜多善說法中亦無福田施受施物皆性空故

初分波羅蜜多品第三十八之一

爾時具壽善現白佛言世尊如是般若波羅蜜多是無邊波羅蜜多佛言如是猶如虛空無邊際故世尊如是般若波羅蜜多是平等波羅蜜多佛言如是以一切法性平等故世尊如是般若波羅蜜多是遠離波羅蜜多佛言如是畢竟空故世尊如是般若波羅蜜多是難屈伏波羅蜜多佛言如是一切法性不可得故世尊如是般若波羅蜜多是無足迹波羅蜜多佛言如是無名體故世尊如是般若波羅蜜多是虛空波羅蜜多佛言如是入息出息不可得故世尊如是般若波羅蜜多是不可說波羅蜜多佛言如是此中尋伺不可得故世尊如是般若波羅蜜多是無名波羅蜜多佛言如是受想行識不可得故世尊如是般若波羅蜜多是無行波羅蜜多佛言如是以一切法無去來故世尊如是般若波羅蜜多是不可奪波羅蜜多佛言如是以一切法不可取故世尊如是般若波羅蜜多是盡波羅蜜多佛言如是以一切法畢竟盡故世尊如是般若波羅蜜多是不生滅波羅蜜多佛言如是以一切法無生滅故世尊如是般若波羅蜜多是無作波羅蜜多佛言如是以諸作者不可得故世尊如是般若波羅蜜

多是無知波羅蜜多佛言如是以諸知者不可得故世尊如是般若波羅蜜多是無移轉波羅蜜多佛言如是以死生者不可得故世尊如是般若波羅蜜多是無失壞波羅蜜多佛言如是以一切法無失壞故世尊如是般若波羅蜜多是如夢波羅蜜多佛言如是以一切法如夢所見不可得故世尊如是般若波羅蜜多是如響波羅蜜多佛言如是能所聞說不可得故世尊如是般若波羅蜜多是如影像波羅蜜多佛言如是諸法皆如光鏡所現不可得故世尊如是般若波羅蜜多是如焰幻波羅蜜多佛言如是以一切法如流變相不可得故世尊如是般若波羅蜜多是如變化事波羅蜜多佛言如是諸法皆如所變化故世尊如是般若波羅蜜多是如尋香城波羅蜜多佛言如是諸法皆如尋香城故世尊如是般若波羅蜜多是無染淨波羅蜜多佛言如是諸染淨因不可得故世尊如是般若波羅蜜多是無所得波羅蜜多佛言如是諸法所依不可得故世尊如是般若波羅蜜多是無戲論波羅蜜多佛言如是破壞一切戲論事故世尊如是般若波羅蜜多是無慢執波羅蜜多佛言如是破壞一切慢執事故世尊如是般若波羅蜜多是無動轉波羅蜜多佛言如是住法界故世尊如是般若波羅蜜多是離染著波羅蜜多佛言如是覺一切法不虛妄故世尊如是般若波羅蜜多是無等起波羅蜜多佛言如是於一切法無分別故世尊如是般若波羅蜜多是極寂靜波羅蜜多佛言如是於諸法相無所得故世尊

如是般若波羅蜜多是無貪欲波羅蜜多佛言如是諸貪欲事不可得故世尊如是般若波羅蜜多是無瞋恚波羅蜜多佛言如是破壞一切瞋恚事故世尊如是般若波羅蜜多是無愚癡波羅蜜多佛言如是滅諸無知黒闇事故世尊如是般若波羅蜜多是無煩惱波羅蜜多佛言如是離分別故世尊如是般若波羅蜜多是離有情波羅蜜多佛言如是達諸有情無所有故世尊如是般若波羅蜜多是無斷壞波羅蜜多佛言如是以一切法無等起故世尊如是般若波羅蜜多是無二邊波羅蜜多佛言如是離二邊故世尊如是般若波羅蜜多是無雜壞波羅蜜多佛言如是知一切法無雜壞故世尊如是般若波羅蜜多是無取著波羅蜜多佛言如是超過聲聞獨覺地故世尊如是般若波羅蜜多是無分別波羅蜜多佛言如是一切分別不可得故世尊如是般若波羅蜜多是無分量波羅蜜多佛言如是諸法分限不可得故世尊如是般若波羅蜜多是如虛空波羅蜜多佛言如是達一切法無滯礙故世尊如是般若波羅蜜多是無常波羅蜜多佛言如是能永壞滅一切法故世尊如是般若波羅蜜多是苦波羅蜜多佛言如是能永驅遣一切法故世尊如是般若波羅蜜多是無我波羅蜜多佛言如是於一切法無執著故世尊如是般若波羅蜜多是空波羅蜜多佛言如是達一切法無所得故世尊如是般若波羅蜜多是無相波羅蜜多佛言如是證一切法無生相故世尊如是般若波羅蜜多是內空波羅蜜多

佛言如是了達內法不可得故世尊如是般若波羅蜜多是外空波羅蜜多佛言如是了達外法不可得故世尊如是般若波羅蜜多是內外空波羅蜜多佛言如是知內外法不可得故世尊如是般若波羅蜜多是空空波羅蜜多佛言如是了空空法不可得故世尊如是般若波羅蜜多是大空波羅蜜多佛言如是了大空法不可得故世尊如是般若波羅蜜多是勝義空波羅蜜多佛言如是勝義空法不可得故世尊如是般若波羅蜜多是有爲空波羅蜜多佛言如是諸有爲法不可得故世尊如是般若波羅蜜多是無爲空波羅蜜多佛言如是諸無爲法不可得故世尊如是般若波羅蜜多是畢竟空波羅蜜多佛言如是畢竟空法不可得故世尊如是般若波羅蜜多是無際空波羅蜜多佛言如是無際空法不可得故世尊如是般若波羅蜜多是散空波羅蜜多佛言如是諸散空法不可得故世尊如是般若波羅蜜多是無變異空波羅蜜多佛言如是無變異空法不可得故世尊如是般若波羅蜜多是本性空波羅蜜多佛言如是有爲無爲法不可得故世尊如是般若波羅蜜多是自相空波羅蜜多佛言如是達一切法離自相故世尊如是般若波羅蜜多是共相空波羅蜜多佛言如是達一切法離共相故世尊如是般若波羅蜜多是一切法空波羅蜜多佛言如是知內外法不可得故世尊如是般若波羅蜜多是不可得空波羅蜜多佛言如是一切法性不可得故世尊如是般若波羅蜜多是無性空波羅蜜

多佛言如是無性空法不可得故世尊如是般若波羅蜜多是自性空波羅蜜多佛言如是自性空法不可得故世尊如是般若波羅蜜多是無性自性空波羅蜜多佛言如是無性自性空法不可得故世尊如是般若波羅蜜多是眞如波羅蜜多佛言如是知眞如性不可得故世尊如是般若波羅蜜多是法界波羅蜜多佛言如是達諸法界不可得故世尊如是般若波羅蜜多是法性波羅蜜多佛言如是達諸法性不可得故世尊如是般若波羅蜜多是不虛妄性波羅蜜多佛言如是不虛妄性不可得故世尊如是般若波羅蜜多是不變異性波羅蜜多佛言如是不變異性不可得故世尊如是般若波羅蜜多是平等性波羅蜜多佛言如是達平等性不可得故世尊如是般若波羅蜜多是離生性波羅蜜多佛言如是知離生性不可得故世尊如是般若波羅蜜多是法定波羅蜜多佛言如是了達法定不可得故世尊如是般若波羅蜜多是法住波羅蜜多佛言如是了達法住不可得故世尊如是般若波羅蜜多是實際波羅蜜多佛言如是了實際性不可得故世尊如是般若波羅蜜多是虛空界波羅蜜多佛言如是了虛空界不可得故世尊如是般若波羅蜜多是不思議界波羅蜜多佛言如是不思議界不可得故世尊如是般若波羅蜜多是四聖諦波羅蜜多佛言如是了四聖諦不可得故世尊如是般若波羅蜜多是四念住波羅蜜多佛言如是身受心法不可得故世尊如是般若波羅蜜多是四正斷波羅

蜜多佛言如是善不善法不可得故世尊如是般若波羅蜜多是四神足波羅蜜多佛言如是四神足性不可得故世尊如是般若波羅蜜多是五根波羅蜜多佛言如是五根自性不可得故世尊如是般若波羅蜜多是五力波羅蜜多佛言如是五力自性不可得故世尊如是般若波羅蜜多是七等覺支波羅蜜多佛言如是七等覺支性不可得故世尊如是般若波羅蜜多是八聖道支波羅蜜多佛言如是八聖道支性不可得故世尊如是般若波羅蜜多是空解脫門波羅蜜多佛言如是空離行相不可得故世尊如是般若波羅蜜多是無相解脫門波羅蜜多佛言如是寂靜行相不可得故世尊如是般若波羅蜜多是無願解脫門波羅蜜多佛言如是無願行相不可得故世尊如是般若波羅蜜多是八解脫波羅蜜多佛言如是八解脫性不可得故世尊如是般若波羅蜜多是八勝處波羅蜜多佛言如是八勝處性不可得故世尊如是般若波羅蜜多是九次第定波羅蜜多佛言如是九次第定性不可得故世尊如是般若波羅蜜多是十遍處波羅蜜多佛言如是十遍處性不可得故世尊如是般若波羅蜜多是布施波羅蜜多佛言如是布施慳悋不可得故世尊如是般若波羅蜜多是淨戒波羅蜜多佛言如是持戒犯戒不可得故世尊如是般若波羅蜜多是安忍波羅蜜多佛言如是忍辱瞋恚不可得故世尊如是般若波羅蜜多是精進波羅蜜多佛言如是精進懈怠不可得故世尊如是般若波羅蜜多是

靜慮波羅蜜多佛言如是靜慮散亂不可得故世尊如是般若波羅蜜多是般若波羅蜜多佛言如是善慧惡慧不可得故世尊如是般若波羅蜜多是方便善巧波羅蜜多佛言如是方便善巧無方便善巧不可得故世尊如是般若波羅蜜多是願波羅蜜多佛言如是願不願事不可得故世尊如是般若波羅蜜多是力波羅蜜多佛言如是力無力事不可得故世尊如是般若波羅蜜多是智波羅蜜多佛言如是智無智事不可得故世尊如是般若波羅蜜多是菩薩十地波羅蜜多佛言如是十地十障不可得故世尊如是般若波羅蜜多是四靜慮波羅蜜多佛言如是四靜慮事不可得故世尊如是般若波羅蜜多是四無量波羅蜜多佛言如是四無量事不可得故世尊如是般若波羅蜜多是四無色定波羅蜜多佛言如是四無色定事不可得故世尊如是般若波羅蜜多是五眼波羅蜜多佛言如是五眼境事不可得故世尊如是般若波羅蜜多是六神通波羅蜜多佛言如是六神通事不可得故

大般若波羅蜜多經卷第二百九十六

音釋

戲論（戲許意切謔也論去聲論議也）嗢鉢羅（梵語也此云青蓮花嗢烏沒切）伺（相吏切偵候也）驅遣（驅音區逐也）慳悋（慳丘閑切亦悋也悋良刃切鄙也又恨惜也）

大般若波羅蜜多經卷第二百九十七

唐三藏法師玄奘奉　詔譯

初分波羅蜜多品第三十八之二

世尊如是般若波羅蜜多是佛十力波羅蜜多佛言如是達一切法難屈伏故世尊如是般若波羅蜜多是四無所畏波羅蜜多佛言如是得道相智無退沒故世尊如是般若波羅蜜多是四無礙解波羅蜜多佛言如是得一切相智無滯礙故世尊如是般若波羅蜜多是大慈波羅蜜多佛言如是安樂一切有情故世尊如是般若波羅蜜多是大悲波羅蜜多佛言如是利益一切有情故世尊如是般若波羅蜜多是大喜波羅蜜多佛言如是不捨一切有情故世尊如是般若波羅蜜多是大捨波羅蜜多佛言如是於諸有情心平等故世尊如是般若波羅蜜多是十八佛不共法波羅蜜多佛言如是超過一切聲聞獨覺法故世尊如是般若波羅蜜多是無忘失法波羅蜜多佛言如是無忘失事不可得故世尊如是般若波羅蜜多是恒住捨性波羅蜜多佛言如是恒住捨事不可得故世尊如是般若波羅蜜多是一切陁羅尼門波羅蜜多佛言如是諸總持事不可得故世尊如是般若波羅蜜多是一切三摩地門波羅蜜多佛言如是諸等持事不可得故世尊如是般若波羅蜜多是一切智波羅蜜多佛言如是一切智事不可得故世尊如是般若波羅蜜多是道相智波羅蜜多佛言如是道相智事不可得故世尊如是般若波羅蜜多是一切相智波羅蜜多佛言如是一切相智事不可

得故世尊如是般若波羅蜜多是一切菩薩摩訶薩行波羅蜜多佛言如是一切菩薩摩訶薩行事不可得故世尊如是般若波羅蜜多是諸佛無上正等菩提波羅蜜多佛言如是諸佛無上正等菩提事不可得故世尊如是般若波羅蜜多是如來波羅蜜多佛言如是能如實說一切法故世尊如是般若波羅蜜多是自然波羅蜜多佛言如是於一切法得自在故世尊如是般若波羅蜜多是正等覺波羅蜜多佛言如是於一切法能正等覺一切相故

初分難聞功德品第三十九之一

時天帝釋作是念言若善男子善女人等曾於過去無量如來應正等覺親近供養發弘誓願種諸善根多善知識之所攝受今乃得聞如是般若波羅蜜多功德名字況能書寫讀誦受持如理思惟爲他演說或能隨力如說修行當知是人已於過去無量佛所親近承事供養恭敬尊重讚歎植衆德本曾聞般若波羅蜜多聞已受持思惟讀誦爲他演說如教而行或於此經能問能荅由斯福力今辦是事若善男子善女人等已曾供養無量如來應正等覺功德純淨聞此般若波羅蜜多其心不驚不恐不怖聞已信樂如說修行當知是人多俱胝劫已曾修習布施淨戒安忍精進靜慮般若波羅蜜多故於今生能成此事爾時具壽舍利子白佛言世尊若善男子善女人等聞此般若波羅蜜多甚深義趣其心不驚不恐不怖聞已書寫讀誦受持如理思惟爲他演說或復隨力如教修行當知

是人如不退位諸菩薩摩訶薩何以故世尊如是般若波羅蜜多義趣甚深極難信解若於先世不久修習布施淨戒安忍精進靜慮般若波羅蜜多豈暫得聞即能信解世尊若善男子善女人等聞說般若波羅蜜多毀呰誹謗當知是人先世於此甚深般若波羅蜜多亦曾毀謗何以故世尊是善男子善女人等聞說如是甚深般若波羅蜜多由宿習力不信不樂心不清淨世尊是善男子善女人等未曾親近諸佛菩薩及弟子衆未曾請問云何應行布施波羅蜜多云何應行淨戒安忍精進靜慮般若波羅蜜多云何應住內空云何應住外空內外空空空大空勝義空有爲空無爲空畢竟空無際空散空無變異空本性空自相空共相空一切法空不可得空無性空自性空無性自性空云何應住眞如云何應住法界法性不虛妄性不變異性平等性離生性法定法住實際虛空界不思議界云何應住苦聖諦云何應住集滅道聖諦云何應修四靜慮云何應修四無量四無色定云何應修八解脫云何應修八勝處九次第定十遍處云何應修四念住云何應修四正斷四神足五根五力七等覺支八聖道支云何應修空解脫門云何應修無相無願解脫門云何應修五眼云何應修六神通云何應修佛十力云何應修四無所畏四無礙解大慈大悲大喜大捨十八佛不共法云何應修無忘失法云何應修恒住捨性云何應修一切智云何應修道相智一切相智云何應修一切陀羅尼門云何應修一切三摩地門

云何應修一切菩薩摩訶薩行云何應修諸佛無上正等菩提故今聞說甚深般若波羅蜜多毀呰誹謗不信不樂心不清淨爾時天帝釋謂舍利子言大德如是般若波羅蜜多義趣甚深極難信解若善男子善女人等於布施淨戒安忍精進靜慮般若波羅蜜多未久信解不久修行聞說般若波羅蜜多不能信解或生毀謗未爲希有若善男子善女人等於內空外空內外空空空大空勝義空有爲空無爲空畢竟空無際空散空無變異空本性空自相空共相空一切法空不可得空無性空自性空無性自性空未久信解不久安住聞說般若波羅蜜多不能信解或生毀謗未爲希有若善男子善女人等於眞如法界法性不虛妄性不變異性平等性離生性法定法住實際虛空界不思議界未久信解不久安住聞說般若波羅蜜多不能信解或生毀謗未爲希有若善男子善女人等於四聖諦未久信解不久安住聞說般若波羅蜜多不能信解或生毀謗未爲希有若善男子善女人等於四靜慮四無量四無色定或八解脫八勝處九次第定十遍處或四念住四正斷四神足五根五力七等覺支八聖道支或空無相無願解脫門或菩薩十地未久信解不久修習聞說般若波羅蜜多不能信解或生毀謗未爲希有若善男子善女人等於五眼六神通或佛十力四無所畏四無礙解大慈大悲大喜大捨十八佛不共法或無忘失法恒住捨性或一切智道相智一切相智或一切陀羅尼門一切三摩地門未久信解

不久修習聞說般若波羅蜜多不能信解或生毀謗未爲希有若善男子善女人等於諸菩薩摩訶薩行或佛無上正等菩提未久信解不久修習聞說般若波羅蜜多不能信解或生毀謗未爲希有大德我今敬禮甚深般若波羅蜜多敬禮般若波羅蜜多即爲敬禮一切智智爾時佛告天帝釋言憍尸迦如是如是如汝所說敬禮般若波羅蜜多即爲敬禮一切智智何以故憍尸迦諸佛世尊一切智智皆從般若波羅蜜多而得生故憍尸迦若善男子善女人等欲住諸佛一切智智當住般若波羅蜜多欲起一切智道相智一切相智當學般若波羅蜜多欲斷一切煩惱習氣當學般若波羅蜜多欲證無上正等菩提轉妙法輪度無量衆當學般若波羅蜜多若

善男子善女人等欲方便善巧安立有情於預流果或一來果或不還果或阿羅漢果或獨覺菩提或自欲學當學般若波羅蜜多若善男子善女人等欲方便善巧安立有情於佛無上正等菩提當學般若波羅蜜多若善男子善女人等欲方便善巧安立有情於諸菩薩摩訶薩行令不退轉或自欲行當學般若波羅蜜多若菩薩摩訶薩欲伏衆魔摧諸外道當學般若波羅蜜多若菩薩摩訶薩欲善攝受諸苾芻僧當學般若波羅蜜多爾時天帝釋白佛言世尊諸菩薩摩訶薩修行般若波羅蜜多時云何住色云何住受想行識云何習色云何習受想行識云何住眼處云何住耳鼻舌身意處云何習眼處云何習耳鼻舌身意處云何住色處云何住聲香味觸

法處云何習色處云何習聲香味觸法處云何住眼界云何住色界眼識界及眼觸眼觸爲緣所生諸受云何習眼界云何習色界乃至眼觸爲緣所生諸受云何住耳界云何住聲界耳識界及耳觸耳觸爲緣所生諸受云何習耳界云何習聲界乃至耳觸爲緣所生諸受云何住鼻界云何住香界鼻識界及鼻觸鼻觸爲緣所生諸受云何習鼻界云何習香界乃至鼻觸爲緣所生諸受云何住舌界云何住味界舌識界及舌觸舌觸爲緣所生諸受云何習舌界云何習味界乃至舌觸爲緣所生諸受云何住身界云何住觸界身識界及身觸身觸爲緣所生諸受云何習身界云何習觸界乃至身觸爲緣所生諸受云何住意界云何住法界意識界及意觸意觸爲緣所生諸受云何習意界云何習法界乃至意觸爲緣所生諸受云何住地界云何住水火風空識界云何習地界云何習水火風空識界云何住無明云何住行識名色六處觸受愛取有生老死愁歎苦憂惱云何習無明云何習行乃至老死愁歎苦憂惱云何住布施波羅蜜多云何住淨戒安忍精進靜慮般若波羅蜜多云何習布施波羅蜜多云何習淨戒乃至般若波羅蜜多云何住內空云何住外空內外空空空大空勝義空有爲空無爲空畢竟空無際空散空無變異空本性空自相空共相空一切法空不可得空無性空自性空無性自性空云何習內空云何習外空乃至無性自性空云何住眞如云何住法界法性不虛妄性不變異性平等性離生性

法定法住實際虛空界不思議界云何習眞如云何習法界乃至不思議界云何住苦聖諦云何住集滅道聖諦云何習苦聖諦云何習集滅道聖諦云何住四靜慮云何住四無量四無色定云何習四靜慮云何習四無量四無色定云何住八解脫云何住八勝處九次第定十遍處云何習八解脫云何習八勝處九次第定十遍處云何住四念住云何住四正斷四神足五根五力七等覺支八聖道支云何習四念住云何習四正斷乃至八聖道支云何住空解脫門云何住無相無願解脫門云何習空解脫門云何習無相無願解脫門云何住菩薩十地云何習菩薩十地云何住五眼云何住六神通云何習五眼云何習六神通云何住佛十力云何住四無所畏四無礙解大慈大悲大喜大捨十八佛不共法云何習佛十力云何習四無所畏乃至十八佛不共法云何住無忘失法云何住恒住捨性云何習無忘失法云何習恒住捨性云何住一切智云何住道相智一切相智云何習一切智云何習道相智一切相智云何住一切陀羅尼門云何住一切三摩地門云何習一切陀羅尼門云何習一切三摩地門云何住預流果云何住一來不還阿羅漢果云何習預流果云何習一來不還阿羅漢果云何住獨覺菩提云何習獨覺菩提云何住一切菩薩摩訶薩行云何習一切菩薩摩訶薩行云何住諸佛無上正等菩提云何習諸佛無上正等菩提爾時佛告天帝釋言憍尸迦善哉善哉汝於今者承佛神力能問如來如

是深義諦聽諦聽善思念之當爲汝說憍尸迦菩薩摩訶薩行般若波羅蜜多時若於色不住不習是爲住習色若於受想行識不住不習是爲住習受想行識何以故憍尸迦以所住習色乃至識不可得故憍尸迦菩薩摩訶薩行般若波羅蜜多時若於眼處不住不習是爲住習眼處若於耳鼻舌身意處不住不習是爲住習耳鼻舌身意處何以故憍尸迦以所住習眼處乃至意處不可得故憍尸迦菩薩摩訶薩行般若波羅蜜多時若於色處不住不習是爲住習色處若於聲香味觸法處不住不習是爲住習聲香味觸法處何以故憍尸迦以所住習色處乃至法處不可得故憍尸迦菩薩摩訶薩行般若波羅蜜多時若於眼界不住不習是爲住習眼界若於色界眼識界及眼觸眼觸爲緣所生諸受不住不習是爲住習色界乃至眼觸爲緣所生諸受何以故憍尸迦以所住習眼界乃至眼觸爲緣所生諸受不可得故憍尸迦菩薩摩訶薩行般若波羅蜜多時若於耳界不住不習是爲住習耳界若於聲界耳識界及耳觸耳觸爲緣所生諸受不住不習是爲住習聲界乃至耳觸爲緣所生諸受何以故憍尸迦以所住習耳界乃至耳觸爲緣所生諸受不可得故憍尸迦菩薩摩訶薩行般若波羅蜜多時若於鼻界不住不習是爲住習鼻界若於香界鼻識界及鼻觸鼻觸爲緣所生諸受不住不習是爲住習香界乃至鼻觸爲緣所生諸受何以故憍尸迦以所住習鼻界乃至鼻觸爲緣所生諸受不可得故憍尸迦菩薩

摩訶薩行般若波羅蜜多時若於舌界不住不習是爲住習舌界若於味界舌識界及舌觸舌觸爲緣所生諸受不住不習是爲住習味界乃至舌觸爲緣所生諸受何以故憍尸迦以所住習舌界乃至舌觸爲緣所生諸受不可得故憍尸迦菩薩摩訶薩行般若波羅蜜多時若於身界不住不習是爲住習身界若於觸界身識界及身觸身觸爲緣所生諸受不住不習是爲住習觸界乃至身觸爲緣所生諸受何以故憍尸迦以所住習身界乃至身觸爲緣所生諸受不可得故憍尸迦菩薩摩訶薩行般若波羅蜜多時若於意界不住不習是爲住習意界若於法界意識界及意觸意觸爲緣所生諸受不住不習是爲住習法界乃至意觸爲緣所生諸受何以故憍尸迦以所住習意界乃至意觸爲緣所生諸受不可得故憍尸迦菩薩摩訶薩行般若波羅蜜多時若於地界不住不習是爲住習地界若於水火風空識界不住不習是爲住習水火風空識界何以故憍尸迦以所住習地界乃至識界不可得故憍尸迦菩薩摩訶薩行般若波羅蜜多時若於無明不住不習是爲住習無明若於行識名色六處觸受愛取有生老死愁歎苦憂惱不住不習是爲住習行乃至老死愁歎苦憂惱何以故憍尸迦以所住習無明乃至老死愁歎苦憂惱不可得故憍尸迦菩薩摩訶薩行般若波羅蜜多時若於布施波羅蜜多不住不習是爲住習布施波羅蜜多若於淨戒安忍精進靜慮般若波羅蜜多不住不習是爲住習淨戒乃至般

若波羅蜜多何以故憍尸迦以所住習布施波羅蜜多乃至般若波羅蜜多不可得故憍尸迦菩薩摩訶薩行般若波羅蜜多時若於内空不住不習是爲住習内空若於外空内外空空空大空勝義空有爲空無爲空畢竟空無際空散空無變異空本性空自相空共相空一切法空不可得空無性空自性空無性自性空不住不習是爲住習外空乃至無性自性空何以故憍尸迦以所住習内空乃至無性自性空不可得故憍尸迦菩薩摩訶薩行般若波羅蜜多時若於真如不住不習是爲住習真如若於法界法性不虛妄性不變異性平等性離生性法定法住實際虛空界不思議界不住不習是爲住習法界乃至不思議界何以故憍尸迦以所住習真如乃至不思議界不可得故憍尸迦菩薩摩訶薩行般若波羅蜜多時若於苦聖諦不住不習是爲住習苦聖諦若於集滅道聖諦不住不習是爲住習集滅道聖諦何以故憍尸迦以所住習苦聖諦集滅道聖諦不可得故憍尸迦菩薩摩訶薩行般若波羅蜜多時若於四靜慮不住不習是爲住習四靜慮若於四無量四無色定不住不習是爲住習四無量四無色定何以故憍尸迦以所住習四靜慮四無量四無色定不可得故憍尸迦菩薩摩訶薩行般若波羅蜜多時若於八解脱不住不習是爲住習八解脱若於八勝處九次第定十遍處不住不習是爲住習八勝處九次第定十遍處何以故憍尸迦以所住習八解脱乃至十遍處不可得故憍尸迦菩薩摩訶薩

行般若波羅蜜多時若於四念住不住不習是爲住習四念住若於四正斷四神足五根五力七等覺支八聖道支不住不習是爲住習四正斷乃至八聖道支何以故憍尸迦以所住習四念住乃至八聖道支不可得故憍尸迦菩薩摩訶薩行般若波羅蜜多時若於空解脫門不住不習是爲住習空解脫門若於無相無願解脫門不住不習是爲住習無相無願解脫門何以故憍尸迦以所住習空解脫門無相無願解脫門不可得故憍尸迦菩薩摩訶薩行般若波羅蜜多時若於菩薩十地不住不習是爲住習菩薩十地何以故憍尸迦以所住習菩薩十地不可得故憍尸迦菩薩摩訶薩行般若波羅蜜多時若於五眼不住不習是爲住習五眼若於六神通不住不習是爲住習六神通何以故憍尸迦以所住習五眼六神通不可得故憍尸迦菩薩摩訶薩行般若波羅蜜多時若於佛十力不住不習是爲住習佛十力若於四無所畏四無礙解大慈大悲大喜大捨十八佛不共法不住不習是爲住習四無所畏乃至十八佛不共法何以故憍尸迦以所住習佛十力乃至十八佛不共法不可得故憍尸迦菩薩摩訶薩行般若波羅蜜多時若於無忘失法不住不習是爲住習無忘失法若於恒住捨性不住不習是爲住習恒住捨性何以故憍尸迦以所住習無忘失法恒住捨性不可得故憍尸迦菩薩摩訶薩行般若波羅蜜多時若於一切智不住不習是爲住習一切智若於道相智一切相智不住不習是爲住習道相

智一切相智何以故憍尸迦以所住習一切智道相智一切相智不可得故憍尸迦菩薩摩訶薩行般若波羅蜜多時若於一切陁羅尼門不住不習是爲住習一切陁羅尼門若於一切三摩地門不住不習是爲住習一切三摩地門何以故憍尸迦以所住習一切陁羅尼門一切三摩地門不可得故憍尸迦菩薩摩訶薩行般若波羅蜜多時若於預流果不住不習是爲住習預流果若於一來不還阿羅漢果不住不習是爲住習一來不還阿羅漢果何以故憍尸迦以所住習預流一來不還阿羅漢果不可得故憍尸迦菩薩摩訶薩行般若波羅蜜多時若於獨覺菩提不住不習是爲住習獨覺菩提何以故憍尸迦以所住習獨覺菩提不可得故憍尸迦菩薩摩訶薩行般若波羅蜜多時若於一切菩薩摩訶薩行不住不習是爲住習一切菩薩摩訶薩行何以故憍尸迦以所住習一切菩薩摩訶薩行不可得故憍尸迦菩薩摩訶薩行般若波羅蜜多時若於諸佛無上正等菩提不住不習是爲住習諸佛無上正等菩提何以故憍尸迦以所住習諸佛無上正等菩提不可得故復次憍尸迦菩薩摩訶薩行般若波羅蜜多時若於色非住非不住非習非不習是爲住習色若於受想行識非住非不住非習非不習是爲住習受想行識何以故憍尸迦是菩薩摩訶薩觀色乃至識前後中際不可得故憍尸迦菩薩摩訶薩行般若波羅蜜多時若於眼處非住非不住非習非不習是爲住習眼處若於耳鼻舌身意處非住非不

住非習非不習是爲住習耳鼻舌身意處何以故憍尸迦是菩薩摩訶薩觀眼處乃至意處前後中際不可得故憍尸迦菩薩摩訶薩行般若波羅蜜多時若於色處非住非不住非習非不習是爲住習色處若於聲香味觸法處非住非不住非習非不習是爲住習聲香味觸法處何以故憍尸迦是菩薩摩訶薩觀色處乃至法處前後中際不可得故憍尸迦菩薩摩訶薩行般若波羅蜜多時若於眼界非住非不住非習非不習是爲住習眼界若於色界眼識界及眼觸眼觸爲緣所生諸受非住非不住非習非不習是爲住習色界乃至眼觸爲緣所生諸受何以故憍尸迦是菩薩摩訶薩觀眼界乃至眼觸爲緣所生諸受前後中際不可得故憍尸迦菩薩摩訶薩行般若波羅蜜多時若於耳界非住非不住非習非不習是爲住習耳界若於聲界耳識界及耳觸耳觸爲緣所生諸受非住非不住非習非不習是爲住習聲界乃至耳觸爲緣所生諸受何以故憍尸迦是菩薩摩訶薩觀耳界乃至耳觸爲緣所生諸受前後中際不可得故憍尸迦菩薩摩訶薩行般若波羅蜜多時若於鼻界非住非不住非習非不習是爲住習鼻界若於香界鼻識界及鼻觸鼻觸爲緣所生諸受非住非不住非習非不習是爲住習香界乃至鼻觸爲緣所生諸受何以故憍尸迦是菩薩摩訶薩觀鼻界乃至鼻觸爲緣所生諸受前後中際不可得故憍尸迦菩薩摩訶薩行般若波羅蜜多時若於舌界非住非不住非習非不習是爲住習舌界若

於味界舌識界及舌觸舌觸爲縁所生諸受非住非不住非習非不習是爲住習味界乃至舌觸爲縁所生諸受何以故憍尸迦是菩薩摩訶薩觀舌界乃至舌觸爲縁所生諸受前後中際不可得故憍尸迦菩薩摩訶薩行般若波羅蜜多時若於身界非住非不住非習非不習是爲住習身界若於觸界身識界及身觸身觸爲縁所生諸受非住非不住非習非不習是爲住習觸界乃至身觸爲縁所生諸受何以故憍尸迦是菩薩摩訶薩觀身界乃至身觸爲縁所生諸受前後中際不可得故憍尸迦菩薩摩訶薩行般若波羅蜜多時若於意界非住非不住非習非不習是爲住習意界若於法界意識界及意觸意觸爲縁所生諸受非住非不住非習非不習是爲住習法界乃至意觸爲縁所生諸受何以故憍尸迦是菩薩摩訶薩觀意界乃至意觸爲縁所生諸受前後中際不可得故憍尸迦菩薩摩訶薩行般若波羅蜜多時若於地界非住非不住非習非不習是爲住習地界若於水火風空識界非住非不住非習非不習是爲住習水火風空識界何以故憍尸迦是菩薩摩訶薩觀地界乃至識界前後中際不可得故憍尸迦菩薩摩訶薩行般若波羅蜜多時若於無明非住非不住非習非不習是爲住習無明若於行識名色六處觸受愛取有生老死愁歎苦憂惱非住非不住非習非不習是爲住習行乃至老死愁歎苦憂惱何以故憍尸迦是菩薩摩訶薩觀無明乃至老死愁歎苦憂惱前後中際不可得故憍尸迦菩

薩摩訶薩行般若波羅蜜多時若於布施波羅蜜多非住非不住非習非不習是爲住習布施波羅蜜多若於淨戒安忍精進靜慮般若波羅蜜多非住非不住非習非不習是爲住習淨戒乃至般若波羅蜜多何以故憍尸迦是菩薩摩訶薩觀布施波羅蜜多乃至般若波羅蜜多前後中際不可得故憍尸迦菩薩摩訶薩行般若波羅蜜多時若於內空非住非不住非習非不習是爲住習內空若於外空內外空空空大空勝義空有爲空無爲空畢竟空無際空散空無變異空本性空自相空共相空一切法空不可得空無性空自性空無性自性空非住非不住非習非不習是爲住習外空乃至無性自性空何以故憍尸迦是菩薩摩訶薩觀內空乃至無性自性空前後中際不可得故

大般若波羅蜜多經卷第二百九十七

音釋

植丞職切種植也　俱胝梵語也此云百億胝張尼切　毀呰毀虎委切呰音子口毀也　誹謗誹敷尾切誹議也謗補曠切毀也訕也

大般若波羅蜜多經卷第二百九十八

唐三藏法師玄奘奉　詔譯

初分難聞功德品第三十九之二

憍尸迦菩薩摩訶薩行般若波羅蜜多時若於真如非住非不住非習非不習是爲住習真如若於法界法性不虛妄性不變異性平等性離生性法定法住實際虛空界不思議界非住非不住非習非不習是爲住習法界乃至不思議界何以故憍尸迦是菩薩摩訶薩觀真如乃至不思議界前後中際不可得故憍尸迦菩薩摩訶薩行般若波羅蜜多時若於苦聖諦非住非不住非習非不習是爲住習苦聖諦若於集滅道聖諦非住非不住非習非不習是爲住習集滅道聖諦何以故憍尸迦是菩薩摩訶薩觀苦聖諦集滅道聖諦前後中際不可得故憍尸迦菩薩摩訶薩行般若波羅蜜多時若於四靜慮非住非不住非習非不習是爲住習四靜慮若於四無量四無色定非住非不住非習非不習是爲住習四無量四無色定何以故憍尸迦是菩薩摩訶薩觀四靜慮四無量四無色定前後中際不可得故憍尸迦菩薩摩訶薩行般若波羅蜜多時若於八解脫非住非不住非習非不習是爲住習八解脫若於八勝處九次第定十遍處非住非不住非習非不習是爲住習八勝處九次第定十遍處何以故憍尸迦是菩薩摩訶薩觀八解脫乃至十遍處前後中際不可得故憍尸迦菩薩摩訶薩行般若波羅蜜多時若於四念住非住非不住非習非不習是爲住習四念住若於四正斷四

神足五根五力七等覺支八聖道支非住非不住非習非不習是爲住習四正斷乃至八聖道支何以故憍尸迦是菩薩摩訶薩觀四念住乃至八聖道支前後中際不可得故憍尸迦菩薩摩訶薩行般若波羅蜜多時若於空解脫門非住非不住非習非不習是爲住習空解脫門若於無相無願解脫門非住非不住非習非不習是爲住習無相無願解脫門何以故憍尸迦是菩薩摩訶薩觀空解脫門無相無願解脫門前後中際不可得故憍尸迦菩薩摩訶薩行般若波羅蜜多時若於菩薩十地非住非不住非習非不習是爲住習菩薩十地何以故憍尸迦是菩薩摩訶薩觀菩薩十地前後中際不可得故憍尸迦菩薩摩訶薩行般若波羅蜜多時若於五眼非住非不住非習非不習是爲住習五眼若於六神通非住非不住非習非不習是爲住習六神通何以故憍尸迦是菩薩摩訶薩觀五眼六神通前後中際不可得故憍尸迦菩薩摩訶薩行般若波羅蜜多時若於佛十力非住非不住非習非不習是爲住習佛十力若於四無所畏四無礙解大慈大悲大喜大捨十八佛不共法非住非不住非習非不習是爲住習四無所畏乃至十八佛不共法何以故憍尸迦是菩薩摩訶薩觀佛十力乃至十八佛不共法前後中際不可得故憍尸迦菩薩摩訶薩行般若波羅蜜多時若於無忘失法非住非不住非習非不習是爲住習無忘失法若於恒住捨性非住非不住非習非不習是爲住習恒住捨性何以故憍尸迦是菩

薩摩訶薩觀無忘失法恒住捨性前後中際不可得故憍尸迦菩薩摩訶薩行般若波羅蜜多時若於一切智非住非不住非習非不習是爲住習一切智若於道相智一切相智非住非不住非習非不習是爲住習道相智一切相智何以故憍尸迦是菩薩摩訶薩觀一切智道相智一切相智前後中際不可得故憍尸迦菩薩摩訶薩行般若波羅蜜多時若於一切陀羅尼門非住非不住非習非不習是爲住習一切陀羅尼門若於一切三摩地門非住非不住非習非不習是爲住習一切三摩地門何以故憍尸迦是菩薩摩訶薩觀一切陀羅尼門一切三摩地門前後中際不可得故憍尸迦菩薩摩訶薩行般若波羅蜜多時若於預流果非住非不住非習非不習是爲住習預流果若於一來不還阿羅漢果非住非不住非習非不習是爲住習一來不還阿羅漢果何以故憍尸迦是菩薩摩訶薩觀預流果一來不還阿羅漢果前後中際不可得故憍尸迦菩薩摩訶薩行般若波羅蜜多時若於獨覺菩提非住非不住非習非不習是爲住習獨覺菩提何以故憍尸迦是菩薩摩訶薩觀獨覺菩提前後中際不可得故憍尸迦菩薩摩訶薩行般若波羅蜜多時若於一切菩薩摩訶薩行非住非不住非習非不習是爲住習一切菩薩摩訶薩行何以故憍尸迦是菩薩摩訶薩觀一切菩薩摩訶薩行前後中際不可得故憍尸迦菩薩摩訶薩行般若波羅蜜多時若於諸佛無上正等菩提非住非不住非習非不習是爲住習諸

佛無上正等菩提何以故憍尸迦是菩薩摩訶薩觀諸佛無上正等菩提前後中際不可得故爾時舍利子白佛言世尊如是般若波羅蜜多最爲甚深佛言如是舍利子色眞如甚深故般若波羅蜜多甚深受想行識眞如甚深故般若波羅蜜多甚深舍利子眼處眞如甚深故般若波羅蜜多甚深耳鼻舌身意處眞如甚深故般若波羅蜜多甚深舍利子色處眞如甚深故般若波羅蜜多甚深聲香味觸法處眞如甚深故般若波羅蜜多甚深舍利子眼界眞如甚深故般若波羅蜜多甚深色界眼識界及眼觸眼觸爲緣所生諸受眞如甚深故般若波羅蜜多甚深舍利子耳界眞如甚深故般若波羅蜜多甚深聲界耳識界及耳觸耳觸爲緣所生諸受眞如甚深故般若波羅蜜多甚深舍利子鼻界眞如甚深故般若波羅蜜多甚深香界鼻識界及鼻觸鼻觸爲緣所生諸受眞如甚深故般若波羅蜜多甚深舍利子舌界眞如甚深故般若波羅蜜多甚深味界舌識界及舌觸舌觸爲緣所生諸受眞如甚深故般若波羅蜜多甚深舍利子身界眞如甚深故般若波羅蜜多甚深觸界身識界及身觸身觸爲緣所生諸受眞如甚深故般若波羅蜜多甚深舍利子意界眞如甚深故般若波羅蜜多甚深法界意識界及意觸意觸爲緣所生諸受眞如甚深故般若波羅蜜多甚深舍利子地界眞如甚深故般若波羅蜜多甚深水火風空識界眞如甚深故般若波羅蜜多甚深舍利子無明眞如甚深故般若波羅蜜多甚深行識名

色六處觸受愛取有生老死愁歎苦憂惱眞如甚深故般若波羅蜜多甚深舍利子布施波羅蜜多眞如甚深故般若波羅蜜多甚深淨戒安忍精進靜慮般若波羅蜜多眞如甚深故般若波羅蜜多甚深舍利子内空眞如甚深故般若波羅蜜多甚深外空内外空空空大空勝義空有爲空無爲空畢竟空無際空散空無變異空本性空自相空共相空一切法空不可得空無性空自性空無性自性空眞如甚深故般若波羅蜜多甚深舍利子眞如眞如甚深故般若波羅蜜多甚深法界法性不虛妄性不變異性平等性離生性法定法住實際虛空界不思議界眞如甚深故般若波羅蜜多甚深舍利子苦聖諦眞如甚深故般若波羅蜜多甚深集滅道聖諦眞如甚深故般若波羅蜜多甚深舍利子四靜慮眞如甚深故般若波羅蜜多甚深四無量四無色定眞如甚深故般若波羅蜜多甚深舍利子八解脫眞如甚深故般若波羅蜜多甚深八勝處九次第定十遍處眞如甚深故般若波羅蜜多甚深舍利子四念住眞如甚深故般若波羅蜜多甚深四正斷四神足五根五力七等覺支八聖道支眞如甚深故般若波羅蜜多甚深舍利子空解脫門眞如甚深故般若波羅蜜多甚深無相無願解脫門眞如甚深故般若波羅蜜多甚深舍利子菩薩十地眞如甚深故般若波羅蜜多甚深舍利子五眼眞如甚深故般若波羅蜜多甚深六神通眞如甚深故般若波羅蜜多甚深舍利子佛十力眞如甚深故般若波羅蜜多甚深

四無所畏四無礙解大慈大悲大喜大捨十八佛不共法眞如甚深故般若波羅蜜多甚深舍利子無忘失法眞如甚深故般若波羅蜜多甚深恒住捨性眞如甚深故般若波羅蜜多甚深舍利子一切智眞如甚深故般若波羅蜜多甚深道相智一切相智眞如甚深故般若波羅蜜多甚深舍利子一切陀羅尼門眞如甚深故般若波羅蜜多甚深一切三摩地門眞如甚深故般若波羅蜜多甚深舍利子預流果眞如甚深故般若波羅蜜多甚深一來不還阿羅漢果眞如甚深故般若波羅蜜多甚深舍利子獨覺菩提眞如甚深故般若波羅蜜多甚深舍利子一切菩薩摩訶薩行眞如甚深故般若波羅蜜多甚深舍利子諸佛無上正等菩提眞如甚深故般若波羅蜜多甚深時舍利子復白佛言世尊如是般若波羅蜜多難可測量佛言如是舍利子色眞如難測量故般若波羅蜜多難可測量受想行識眞如難測量故般若波羅蜜多難可測量舍利子眼處眞如難測量故般若波羅蜜多難可測量耳鼻舌身意處眞如難測量故般若波羅蜜多難可測量舍利子色處眞如難測量故般若波羅蜜多難可測量聲香味觸法處眞如難測量故般若波羅蜜多難可測量舍利子眼界眞如難測量故般若波羅蜜多難可測量色界眼識界及眼觸眼觸爲緣所生諸受眞如難測量故般若波羅蜜多難可測量舍利子耳界眞如難測量故般若波羅蜜多難可測量聲界耳識界及耳觸耳觸爲緣所生諸受眞如難測量故般若

波羅蜜多難可測量舍利子鼻界真如難測量故般若波羅蜜多難可測量香界鼻識界及鼻觸鼻觸爲緣所生諸受真如難測量故般若波羅蜜多難可測量舍利子舌界真如難測量故般若波羅蜜多難可測量味界舌識界及舌觸舌觸爲緣所生諸受真如難測量故般若波羅蜜多難可測量舍利子身界真如難測量故般若波羅蜜多難可測量觸界身識界及身觸身觸爲緣所生諸受真如難測量故般若波羅蜜多難可測量舍利子意界真如難測量故般若波羅蜜多難可測量法界意識界及意觸意觸爲緣所生諸受真如難測量故般若波羅蜜多難可測量舍利子地界真如難測量故般若波羅蜜多難可測量水火風空識界真如難測量故般若

波羅蜜多難可測量舍利子無明真如難測量故般若波羅蜜多難可測量行識名色六處觸受愛取有生老死愁歎苦憂惱真如難測量故般若波羅蜜多難可測量舍利子布施波羅蜜多真如難測量故般若波羅蜜多難可測量淨戒安忍精進靜慮般若波羅蜜多真如難測量故般若波羅蜜多難可測量舍利子內空真如難測量故般若波羅蜜多難可測量外空內外空空空大空勝義空有爲空無爲空畢竟空無際空散空無變異空本性空自相空共相空一切法空不可得空無性空自性空無性自性空真如難測量故般若波羅蜜多難可測量舍利子真如真如難測量故般若波羅蜜多難可測量法界法性不虛妄性不變異性平等性離生性法定

法住實際虛空界不思議界真如難測量故般若波羅蜜多難可測量舍利子若聖諦真如難測量故般若波羅蜜多難可測量集滅道聖諦真如難測量故般若波羅蜜多難可測量舍利子四靜慮真如難測量故般若波羅蜜多難可測量四無量四無色定真如難測量故般若波羅蜜多難可測量舍利子八解脫真如難測量故般若波羅蜜多難可測量八勝處九次第定十遍處真如難測量故般若波羅蜜多難可測量舍利子四念住真如難測量故般若波羅蜜多難可測量四正斷四神足五根五力七等覺支八聖道支真如難測量故般若波羅蜜多難可測量舍利子空解脫門真如難測量故般若波羅蜜多難可測量無相無願解脫門真如難測量故

般若波羅蜜多難可測量舍利子菩薩十地真如難測量故般若波羅蜜多難可測量舍利子五眼真如難測量故般若波羅蜜多難可測量六神通真如難測量故般若波羅蜜多難可測量舍利子佛十力真如難測量故般若波羅蜜多難可測量四無所畏四無礙解大慈大悲大喜大捨十八佛不共法真如難測量故般若波羅蜜多難可測量舍利子無忘失法真如難測量故般若波羅蜜多難可測量恒住捨性真如難測量故般若波羅蜜多難可測量舍利子一切智真如難測量故般若波羅蜜多難可測量道相智一切相智真如難測量故般若波羅蜜多難可測量舍利子一切陀羅尼門真如難測量故般若波羅蜜多難可測量一切三摩地門真如難

測量故般若波羅蜜多難可測量舍利子預流果眞如難測量故般若波羅蜜多難可測量一來不還阿羅漢果眞如難測量故般若波羅蜜多難可測量舍利子獨覺菩提眞如難測量故般若波羅蜜多難可測量舍利子一切菩薩摩訶薩行眞如難測量故般若波羅蜜多難可測量舍利子諸佛無上正等菩提眞如難測量故般若波羅蜜多難可測量

時舍利子復白佛言世尊如是般若波羅蜜多最爲無量佛言如是舍利子色眞如無量故般若波羅蜜多無量受想行識眞如無量故般若波羅蜜多無量舍利子眼處眞如無量故般若波羅蜜多無量耳鼻舌身意處眞如無量故般若波羅蜜多無量舍利子色處眞如無量故般若波羅蜜多無量聲香味觸法處眞如無量故般若波羅蜜多無量舍利子眼界眞如無量故般若波羅蜜多無量色界眼識界及眼觸眼觸爲緣所生諸受眞如無量故般若波羅蜜多無量舍利子耳界眞如無量故般若波羅蜜多無量聲界耳識界及耳觸耳觸爲緣所生諸受眞如無量故般若波羅蜜多無量舍利子鼻界眞如無量故般若波羅蜜多無量香界鼻識界及鼻觸鼻觸爲緣所生諸受眞如無量故般若波羅蜜多無量舍利子舌界眞如無量故般若波羅蜜多無量味界舌識界及舌觸舌觸爲緣所生諸受眞如無量故般若波羅蜜多無量舍利子身界眞如無量故般若波羅蜜多無量觸界身識界及身觸身觸爲緣所生諸受眞如無量故般若波羅蜜多無量舍利子意界

眞如無量故般若波羅蜜多無量法界意識界及意觸意觸爲緣所生諸受眞如無量故般若波羅蜜多無量舍利子地界眞如無量故般若波羅蜜多無量水火風空識界眞如無量故般若波羅蜜多無量舍利子無明眞如無量故般若波羅蜜多無量行識名色六處觸受愛取有生老死愁歎苦憂惱眞如無量故般若波羅蜜多無量舍利子布施波羅蜜多眞如無量故般若波羅蜜多無量淨戒安忍精進靜慮般若波羅蜜多眞如無量故般若波羅蜜多無量舍利子内空眞如無量故般若波羅蜜多無量外空内外空空空大空勝義空有爲空無爲空畢竟空無際空散空無變異空本性空自相空共相空一切法空不可得空無性空自性空無性自性空眞

如無量故般若波羅蜜多無量舍利子眞如眞如無量故般若波羅蜜多無量法界法性不虛妄性不變異性平等性離生性法定法住實際虛空界不思議界眞如無量故般若波羅蜜多無量舍利子苦聖諦眞如無量故般若波羅蜜多無量集滅道聖諦眞如無量故般若波羅蜜多無量舍利子四靜慮眞如無量故般若波羅蜜多無量四無量四無色定眞如無量故般若波羅蜜多無量舍利子八解脫眞如無量故般若波羅蜜多無量八勝處九次第定十遍處眞如無量故般若波羅蜜多無量舍利子四念住眞如無量故般若波羅蜜多無量四正斷四神足五根五力七等覺支八聖道支眞如無量故般若波羅蜜多無量舍利子空解脫門眞如無量故般

若波羅蜜多無量無相無願解脫門眞如無量故般若波羅蜜多無量舍利子菩薩十地眞如無量故般若波羅蜜多無量舍利子五眼眞如無量故般若波羅蜜多無量六神通眞如無量故般若波羅蜜多無量舍利子佛十力眞如無量故般若波羅蜜多無量四無所畏四無礙解大慈大悲大喜大捨十八佛不共法眞如無量故般若波羅蜜多無量舍利子無忘失法眞如無量故般若波羅蜜多無量恒住捨性眞如無量故般若波羅蜜多無量舍利子一切智眞如無量故般若波羅蜜多無量道相智一切相智眞如無量故般若波羅蜜多無量舍利子一切陀羅尼門眞如無量故般若波羅蜜多無量一切三摩地門眞如無量故般若波羅蜜多無量舍利子預流果眞如無量故般若波羅蜜多無量一來不還阿羅漢果眞如無量故般若波羅蜜多無量舍利子獨覺菩提眞如無量故般若波羅蜜多無量舍利子一切菩薩摩訶薩行眞如無量故般若波羅蜜多無量舍利子諸佛無上正等菩提眞如無量故般若波羅蜜多無量爾時舍利子白佛言世尊云何菩薩摩訶薩行般若波羅蜜多佛言舍利子若菩薩摩訶薩行般若波羅蜜多時不行色甚深性是行般若波羅蜜多不行受想行識甚深性是行般若波羅蜜多何以故舍利子色甚深性則非色受想行識甚深性則非受想行識故舍利子若菩薩摩訶薩行般若波羅蜜多時不行眼處甚深性是行般若波羅蜜多不行耳鼻舌身意處甚深性是行般若波羅

蜜多何以故舍利子眼處甚深性則非眼處耳鼻舌身意處甚深性則非耳鼻舌身意處故舍利子若菩薩摩訶薩行般若波羅蜜多時不行色處甚深性是行般若波羅蜜多不行聲香味觸法處甚深性是行般若波羅蜜多何以故舍利子色處甚深性則非色處聲香味觸法處甚深性則非聲香味觸法處故舍利子若菩薩摩訶薩行般若波羅蜜多時不行眼界甚深性是行般若波羅蜜多不行色界眼識界及眼觸眼觸爲緣所生諸受甚深性是行般若波羅蜜多何以故舍利子眼界甚深性則非眼界色界乃至眼觸爲緣所生諸受甚深性則非色界乃至眼觸爲緣所生諸受故舍利子若菩薩摩訶薩行般若波羅蜜多時不行耳界甚深性是行般若波羅蜜多不行聲界耳識界及耳觸耳觸爲緣所生諸受甚深性是行般若波羅蜜多何以故舍利子耳界甚深性則非耳界聲界乃至耳觸爲緣所生諸受甚深性則非聲界乃至耳觸爲緣所生諸受故舍利子若菩薩摩訶薩行般若波羅蜜多時不行鼻界甚深性是行般若波羅蜜多不行香界鼻識界及鼻觸鼻觸爲緣所生諸受甚深性是行般若波羅蜜多何以故舍利子鼻界甚深性則非鼻界香界乃至鼻觸爲緣所生諸受甚深性則非香界乃至鼻觸爲緣所生諸受故舍利子若菩薩摩訶薩行般若波羅蜜多時不行舌界甚深性是行般若波羅蜜多不行味界舌識界及舌觸舌觸爲緣所生諸受甚深性是行般若波羅蜜多何以故舍利子舌界甚深性則

非舌界味界乃至舌觸爲緣所生諸受甚深性則非味界乃至舌觸爲緣所生諸受故舍利子若菩薩摩訶薩行般若波羅蜜多時不行身界甚深性是行般若波羅蜜多不行觸界身識界及身觸身觸爲緣所生諸受甚深性是行般若波羅蜜多何以故舍利子身界甚深性則非身界觸界乃至身觸爲緣所生諸受甚深性則非觸界乃至身觸爲緣所生諸受故舍利子若菩薩摩訶薩行般若波羅蜜多時不行意界甚深性是行般若波羅蜜多不行法界意識界及意觸意觸爲緣所生諸受甚深性是行般若波羅蜜多何以故舍利子意界甚深性則非意界法界乃至意觸爲緣所生諸受甚深性則非法界乃至意觸爲緣所生諸受故舍利子若菩薩摩訶薩行般若波羅蜜多時不行地界甚深性是行般若波羅蜜多不行水火風空識界甚深性是行般若波羅蜜多何以故舍利子地界甚深性則非地界水火風空識界甚深性則非水火風空識界故舍利子若菩薩摩訶薩行般若波羅蜜多時不行無明甚深性是行般若波羅蜜多不行行識名色六處觸受愛取有生老死愁歎苦憂惱甚深性是行般若波羅蜜多何以故舍利子無明甚深性則非無明行乃至老死愁歎苦憂惱甚深性則非行乃至老死愁歎苦憂惱故舍利子若菩薩摩訶薩行般若波羅蜜多時不行布施波羅蜜多甚深性是行般若波羅蜜多不行淨戒安忍精進靜慮般若波羅蜜多甚深性是行般若波羅蜜多何以故舍利子布施波羅蜜多甚

深性則非布施波羅蜜多淨戒乃至般若波羅蜜多甚深性則非淨戒乃至般若波羅蜜多故舍利子若菩薩摩訶薩行般若波羅蜜多時不行內空甚深性是行般若波羅蜜多不行外空內外空空空大空勝義空有為空無為空畢竟空無際空散空無變異空本性空自相空共相空一切法空不可得空無性空自性空無性自性空甚深性是行般若波羅蜜多何以故舍利子內空甚深性則非內空外空乃至無性自性空甚深性則非外空乃至無性自性空故舍利子若菩薩摩訶薩行般若波羅蜜多時不行眞如甚深性是行般若波羅蜜多不行法界法性不虛妄性不變異性平等性離生性法定法住實際虛空界不思議界甚深性是行般若波羅蜜多何以故舍利子眞如甚深性則非眞如法界乃至不思議界甚深性則非法界乃至不思議界故舍利子若菩薩摩訶薩行般若波羅蜜多時不行苦聖諦甚深性是行般若波羅蜜多不行集滅道聖諦甚深性是行般若波羅蜜多何以故舍利子苦聖諦甚深性則非苦聖諦集滅道聖諦甚深性則非集滅道聖諦故舍利子若菩薩摩訶薩行般若波羅蜜多時不行四靜慮甚深性是行般若波羅蜜多不行四無量四無色定甚深性是行般若波羅蜜多何以故舍利子四靜慮甚深性則非四靜慮四無量四無色定甚深性則非四無量四無色定故舍利子若菩薩摩訶薩行般若波羅蜜多時不行八解脫甚深性是行般若波羅蜜多不行八勝處九次第定十遍處

甚深性是行般若波羅蜜多何以故舍利子八解脫甚深性則非八解脫八勝處九次第定十遍處甚深性則非八勝處九次第定十遍處故舍利子若菩薩摩訶薩行般若波羅蜜多時不行四念住甚深性是行般若波羅蜜多不行四正斷四神足五根五力七等覺支八聖道支甚深性是行般若波羅蜜多何以故舍利子四念住甚深性則非四念住四正斷乃至八聖道支甚深性則非四正斷乃至八聖道支故舍利子若菩薩摩訶薩行般若波羅蜜多時不行空解脫門甚深性是行般若波羅蜜多不行無相無願解脫門甚深性是行般若波羅蜜多何以故舍利子空解脫門甚深性則非空解脫門無相無願解脫門甚深性則非無相無願解脫門故舍利子若菩薩摩訶薩行般若波羅蜜多時不行菩薩十地甚深性是行般若波羅蜜多何以故舍利子菩薩十地甚深性則非菩薩十地故舍利子若菩薩摩訶薩行般若波羅蜜多時不行五眼甚深性是行般若波羅蜜多不行六神通甚深性是行般若波羅蜜多何以故舍利子五眼甚深性則非五眼六神通甚深性則非六神通故

大般若波羅蜜多經卷第二百九十八

大般若波羅蜜多經卷第二百九十九

唐三藏法師玄奘奉　詔譯

初分難聞功德品第三十九之三

舍利子若菩薩摩訶薩行般若波羅蜜多時不行佛十力甚深性是行般若波羅蜜多不行四無所畏四無礙解大慈大悲大喜大捨十八佛不共法甚深性是行般若波羅蜜多何以故舍利子佛十力甚深性則非佛十力四無所畏乃至十八佛不共法甚深性則非四無所畏乃至十八佛不共法故舍利子若菩薩摩訶薩行般若波羅蜜多時不行無忘失法甚深性是行般若波羅蜜多不行恒住捨性甚深性是行般若波羅蜜多何以故舍利子無忘失法甚深性則非無忘失法恒住捨性甚深性則非恒住捨性故舍利子若菩薩摩訶薩行般若波羅蜜多時不行一切智甚深性是行般若波羅蜜多不行道相智一切相智甚深性是行般若波羅蜜多何以故舍利子一切智甚深性則非一切智道相智一切相智甚深性則非道相智一切相智故舍利子若菩薩摩訶薩行般若波羅蜜多時不行一切陀羅尼門甚深性是行般若波羅蜜多不行一切三摩地門甚深性是行般若波羅蜜多何以故舍利子一切陀羅尼門甚深性則非一切陀羅尼門一切三摩地門甚深性則非一切三摩地門故舍利子若菩薩摩訶薩行般若波羅蜜多時不行預流果甚深性是行般若波羅蜜多不行一來不還阿羅漢果甚深性是行般若波羅蜜多何以故舍利子預流果甚深性則非預流果一來不

還阿羅漢果甚深性則非一來不還阿羅漢果故舍利子若菩薩摩訶薩行般若波羅蜜多時不行獨覺菩提甚深性是行般若波羅蜜多何以故舍利子獨覺菩提甚深性則非獨覺菩提故舍利子若菩薩摩訶薩行般若波羅蜜多時不行一切菩薩摩訶薩行甚深性是行般若波羅蜜多何以故舍利子一切菩薩摩訶薩行甚深性則非一切菩薩摩訶薩行故舍利子若菩薩摩訶薩行般若波羅蜜多時不行諸佛無上正等菩提甚深性是行般若波羅蜜多何以故舍利子諸佛無上正等菩提甚深性則非諸佛無上正等菩提故復次舍利子若菩薩摩訶薩行般若波羅蜜多時不行色難測量性是行般若波羅蜜多不行受想行識難測量性是行般若波羅蜜多何以故舍利子色難測量性則非色受想行識難測量性則非受想行識故舍利子若菩薩摩訶薩行般若波羅蜜多時不行眼處難測量性是行般若波羅蜜多不行耳鼻舌身意處難測量性是行般若波羅蜜多何以故舍利子眼處難測量性則非眼處耳鼻舌身意處難測量性則非耳鼻舌身意處故舍利子若菩薩摩訶薩行般若波羅蜜多時不行色處難測量性是行般若波羅蜜多不行聲香味觸法處難測量性是行般若波羅蜜多何以故舍利子色處難測量性則非色處聲香味觸法處難測量性則非聲香味觸法處故舍利子若菩薩摩訶薩行般若波羅蜜多時不行眼界難測量性是行般若波羅蜜多不行色界眼識界及眼觸眼觸爲緣所

生諸受難測量性是行般若波羅蜜多何以故舍利子眼界難測量性則非眼界色界乃至眼觸爲緣所生諸受難測量性則非色界乃至眼觸爲緣所生諸受故舍利子若菩薩摩訶薩行般若波羅蜜多時不行耳界難測量性是行般若波羅蜜多不行聲界耳識界及耳觸耳觸爲緣所生諸受難測量性是行般若波羅蜜多何以故舍利子耳界難測量性則非耳界聲界乃至耳觸爲緣所生諸受難測量性則非聲界乃至耳觸爲緣所生諸受故舍利子若菩薩摩訶薩行般若波羅蜜多時不行鼻界難測量性是行般若波羅蜜多不行香界鼻識界及鼻觸鼻觸爲緣所生諸受難測量性是行般若波羅蜜多何以故舍利子鼻界難測量性則非鼻界香界乃至鼻觸爲緣所生諸受難測量性則非香界乃至鼻觸爲緣所生諸受故舍利子若菩薩摩訶薩行般若波羅蜜多時不行舌界難測量性是行般若波羅蜜多不行味界舌識界及舌觸舌觸爲緣所生諸受難測量性是行般若波羅蜜多何以故舍利子舌界難測量性則非舌界味界乃至舌觸爲緣所生諸受難測量性則非味界乃至舌觸爲緣所生諸受故舍利子若菩薩摩訶薩行般若波羅蜜多時不行身界難測量性是行般若波羅蜜多不行觸界身識界及身觸身觸爲緣所生諸受難測量性是行般若波羅蜜多何以故舍利子身界難測量性則非身界觸界乃至身觸爲緣所生諸受難測量性則非觸界乃至身觸爲緣所生諸受故舍利子若菩薩摩訶

薩行般若波羅蜜多時不行意界難測量性是行般若波羅蜜多不行法界意識界及意觸意觸爲緣所生諸受難測量性是行般若波羅蜜多何以故舍利子意界難測量性則非意界法界乃至意觸爲緣所生諸受難測量性則非法界乃至意觸爲緣所生諸受故舍利子若菩薩摩訶薩行般若波羅蜜多時不行地界難測量性是行般若波羅蜜多不行水火風空識界難測量性是行般若波羅蜜多何以故舍利子地界難測量性則非地界水火風空識界難測量性則非水火風空識界故舍利子若菩薩摩訶薩行般若波羅蜜多時不行無明難測量性是行般若波羅蜜多不行行識名色六處觸受愛取有生老死愁歎苦憂惱難測量性是行般若波羅蜜多何以故舍利子無明難測量性則非無明行乃至老死愁歎苦憂惱難測量性則非行乃至老死愁歎苦憂惱故舍利子若菩薩摩訶薩行般若波羅蜜多時不行布施波羅蜜多難測量性是行般若波羅蜜多不行淨戒安忍精進靜慮般若波羅蜜多難測量性是行般若波羅蜜多何以故舍利子布施波羅蜜多難測量性則非布施波羅蜜多淨戒乃至般若波羅蜜多難測量性則非淨戒乃至般若波羅蜜多故舍利子若菩薩摩訶薩行般若波羅蜜多時不行內空難測量性是行般若波羅蜜多不行外空內外空空空大空勝義空有爲空無爲空畢竟空無際空散空無變異空本性空自相空共相空一切法空不可得空無性空自性空無性自性空難測

量性是行般若波羅蜜多何以故舍利子內空難測量性則非內空外空乃至無性自性空難測量性則非外空乃至無性自性空故舍利子若菩薩摩訶薩行般若波羅蜜多時不行真如難測量性是行般若波羅蜜多不行法界法性不虛妄性不變異性平等性離生性法定法住實際虛空界不思議界難測量性是行般若波羅蜜多何以故舍利子真如難測量性則非真如法界乃至不思議界難測量性則非法界乃至不思議界故舍利子若菩薩摩訶薩行般若波羅蜜多時不行苦聖諦難測量性是行般若波羅蜜多不行集滅道聖諦難測量生是行般若波羅蜜多何以故舍利子苦聖諦難測量性則非苦聖諦集滅道聖諦難測量性則非集滅道聖諦

故舍利子若菩薩摩訶薩行般若波羅蜜多時不行四靜慮難測量性是行般若波羅蜜多不行四無量四無色定難測量性是行般若波羅蜜多何以故舍利子四靜慮難測量性則非四靜慮四無量四無色定難測量性則非四無量四無色定故舍利子若菩薩摩訶薩行般若波羅蜜多時不行八解脫難測量性是行般若波羅蜜多不行八勝處九次第定十遍處難測量性是行般若波羅蜜多何以故舍利子八解脫難測量性則非八解脫八勝處九次第定十遍處難測量性則非八勝處九次第定十遍處故舍利子若菩薩摩訶薩行般若波羅蜜多時不行四念住難測量性是行般若波羅蜜多不行四正斷四神足五根五力七等覺支八聖道支難測量

性是行般若波羅蜜多何以故舍利子四念住難測量性則非四念住四正斷乃至八聖道支難測量性則非四正斷乃至八聖道支故舍利子若菩薩摩訶薩行般若波羅蜜多時不行空解脫門難測量性是行般若波羅蜜多不行無相無願解脫門難測量性是行般若波羅蜜多何以故舍利子空解脫門難測量性則非空解脫門無相無願解脫門難測量性則非無相無願解脫門故舍利子若菩薩摩訶薩行般若波羅蜜多時不行菩薩十地難測量性是行般若波羅蜜多何以故舍利子菩薩十地難測量性則非菩薩十地故舍利子若菩薩摩訶薩行般若波羅蜜多時不行五眼難測量性是行般若波羅蜜多不行六神通難測量性是行般若波羅蜜多何以故舍利子五眼難測量性則非五眼六神通難測量性則非六神通故舍利子若菩薩摩訶薩行般若波羅蜜多時不行佛十力難測量性是行般若波羅蜜多不行四無所畏四無礙解大慈大悲大喜大捨十八佛不共法難測量性是行般若波羅蜜多何以故舍利子佛十力難測量性則非佛十力四無所畏乃至十八佛不共法難測量性則非四無所畏乃至十八佛不共法故舍利子若菩薩摩訶薩行般若波羅蜜多時不行無忘失法難測量性是行般若波羅蜜多不行恒住捨性難測量性是行般若波羅蜜多何以故舍利子無忘失法難測量性則非無忘失法恒住捨性難測量性則非恒住捨性故舍利子若菩薩摩訶薩行般若波羅蜜多時不行

一切智難測量性是行般若波羅蜜多不行道相智一切相智難測量性是行般若波羅蜜多何以故舍利子一切智難測量性則非一切智道相智一切相智難測量性則非道相智一切相智故舍利子若菩薩摩訶薩行般若波羅蜜多時不行一切陀羅尼門難測量性是行般若波羅蜜多不行一切三摩地門難測量性是行般若波羅蜜多何以故舍利子一切陀羅尼門難測量性則非一切陀羅尼門一切三摩地門難測量性則非一切三摩地門故舍利子若菩薩摩訶薩行般若波羅蜜多時不行預流果難測量性是行般若波羅蜜多不行一來不還阿羅漢果難測量性是行般若波羅蜜多何以故舍利子預流果難測量性則非預流果一來不還阿羅漢果難測量性則非一來不還阿羅漢果故舍利子若菩薩摩訶薩行般若波羅蜜多時不行獨覺菩提難測量性是行般若波羅蜜多何以故舍利子獨覺菩提難測量性則非獨覺菩提故舍利子若菩薩摩訶薩行般若波羅蜜多時不行一切菩薩摩訶薩行難測量性是行般若波羅蜜多何以故舍利子一切菩薩摩訶薩行難測量性則非一切菩薩摩訶薩行故舍利子若菩薩摩訶薩行般若波羅蜜多時不行諸佛無上正等菩提難測量性是行般若波羅蜜多何以故舍利子諸佛無上正等菩提難測量性則非諸佛無上正等菩提故復次舍利子若菩薩摩訶薩行般若波羅蜜多時不行色無量性是行般若波羅蜜多不行受想行識無量性是行般若

波羅蜜多何以故舍利子色無量性則非色受想行識無量性則非受想行識故舍利子若菩薩摩訶薩行般若波羅蜜多時不行眼處無量性是行般若波羅蜜多不行耳鼻舌身意處無量性是行般若波羅蜜多何以故舍利子眼處無量性則非眼處耳鼻舌身意處無量性則非耳鼻舌身意處故舍利子若菩薩摩訶薩行般若波羅蜜多時不行色處無量性是行般若波羅蜜多不行聲香味觸法處無量性是行般若波羅蜜多何以故舍利子色處無量性則非色處聲香味觸法處無量性則非聲香味觸法處故舍利子若菩薩摩訶薩行般若波羅蜜多時不行眼界無量性是行般若波羅蜜多不行色界眼識界及眼觸眼觸爲緣所生諸受無量性是行般若波羅蜜多何以故舍利子眼界無量性則非眼界色界乃至眼觸爲緣所生諸受無量性則非色界乃至眼觸爲緣所生諸受故舍利子若菩薩摩訶薩行般若波羅蜜多時不行耳界無量性是行般若波羅蜜多不行聲界耳識界及耳觸耳觸爲緣所生諸受無量性是行般若波羅蜜多何以故舍利子耳界無量性則非耳界聲界乃至耳觸爲緣所生諸受無量性則非聲界乃至耳觸爲緣所生諸受故舍利子若菩薩摩訶薩行般若波羅蜜多時不行鼻界無量性是行般若波羅蜜多不行香界鼻識界及鼻觸鼻觸爲緣所生諸受無量性是行般若波羅蜜多何以故舍利子鼻界無量性則非鼻界香界乃至鼻觸爲緣所生諸受無量性則非香界乃至鼻觸

爲緣所生諸受故舍利子若菩薩摩訶薩行般若波羅蜜多時不行舌界無量性是行般若波羅蜜多不行味界舌識界及舌觸舌觸爲緣所生諸受無量性是行般若波羅蜜多何以故舍利子舌界無量性則非舌界味界乃至舌觸爲緣所生諸受無量性則非味界乃至舌觸爲緣所生諸受故舍利子若菩薩摩訶薩行般若波羅蜜多時不行身界無量性是行般若波羅蜜多不行觸界身識界及身觸身觸爲緣所生諸受無量性是行般若波羅蜜多何以故舍利子身界無量性則非身界觸界乃至身觸爲緣所生諸受無量性則非觸界乃至身觸爲緣所生諸受故舍利子若菩薩摩訶薩行般若波羅蜜多時不行意界無量性是行般若波羅蜜多不行法界意識界及意觸意觸爲緣所生諸受無量性是行般若波羅蜜多何以故舍利子意界無量性則非意界法界乃至意觸爲緣所生諸受無量性則非法界乃至意觸爲緣所生諸受故舍利子若菩薩摩訶薩行般若波羅蜜多時不行地界無量性是行般若波羅蜜多不行水火風空識界無量性是行般若波羅蜜多何以故舍利子地界無量性則非地界水火風空識界無量性則非水火風空識界故舍利子若菩薩摩訶薩行般若波羅蜜多時不行無明無量性是行般若波羅蜜多不行行識名色六處觸受愛取有生老死愁歎苦憂惱無量性是行般若波羅蜜多何以故舍利子無明無量性則非無明行乃至老死愁歎苦憂惱無量性則非行乃至老死愁歎

苦憂惱故舍利子若菩薩摩訶薩行般若波羅蜜多時不行布施波羅蜜多無量性是行般若波羅蜜多不行淨戒安忍精進靜慮般若波羅蜜多無量性是行般若波羅蜜多何以故舍利子布施波羅蜜多無量性則非布施波羅蜜多淨戒乃至般若波羅蜜多無量性則非淨戒乃至般若波羅蜜多故舍利子若菩薩摩訶薩行般若波羅蜜多時不行內空無量性是行般若波羅蜜多不行外空內外空空空大空勝義空有爲空無爲空畢竟空無際空散空無變異空本性空自相空共相空一切法空不可得空無性空自性空無性自性空無量性是行般若波羅蜜多何以故舍利子內空無量性則非內空外空乃至無性自性空無量性則非外空乃至無性自性空故舍利子若菩薩摩訶薩行般若波羅蜜多時不行眞如無量性是行般若波羅蜜多不行法界法性不虛妄性不變異性平等性離生性法定法住實際虛空界不思議界無量性是行般若波羅蜜多何以故舍利子眞如無量性則非眞如法界乃至不思議界無量性則非法界乃至不思議界故舍利子若菩薩摩訶薩行般若波羅蜜多時不行苦聖諦無量性是行般若波羅蜜多不行集滅道聖諦無量性是行般若波羅蜜多何以故舍利子苦聖諦無量性則非苦聖諦集滅道聖諦無量性則非集滅道聖諦故舍利子若菩薩摩訶薩行般若波羅蜜多時不行四靜慮無量性是行般若波羅蜜多不行四無量四無色定無量性是行般若波羅蜜多何以

故舍利子四靜慮無量性則非四靜慮四無量四無色定無量性則非四無量四無色定故舍利子若菩薩摩訶薩行般若波羅蜜多時不行八解脱無量性是行般若波羅蜜多不行八勝處九次第定十遍處無量性是行般若波羅蜜多何以故舍利子八解脱無量性則非八解脱八勝處九次第定十遍處無量性則非八勝處九次第定十遍處故舍利子若菩薩摩訶薩行般若波羅蜜多時不行四念住無量性是行般若波羅蜜多不行四正斷四神足五根五力七等覺支八聖道支無量性是行般若波羅蜜多何以故舍利子四念住無量性則非四念住四正斷乃至八聖道支無量性則非四正斷乃至八聖道支故舍利子若菩薩摩訶薩行般若波羅蜜多

時不行空解脱門無量性是行般若波羅蜜多不行無相無願解脱門無量性是行般若波羅蜜多何以故舍利子空解脱門無量性則非空解脱門無相無願解脱門無量性則非無相無願解脱門故舍利子若菩薩摩訶薩行般若波羅蜜多時不行菩薩十地無量性是行般若波羅蜜多何以故舍利子菩薩十地無量性則非菩薩十地故舍利子若菩薩摩訶薩行般若波羅蜜多時不行五眼無量性是行般若波羅蜜多不行六神通無量性是行般若波羅蜜多何以故舍利子五眼無量性則非五眼六神通無量性則非六神通故舍利子若菩薩摩訶薩行般若波羅蜜多時不行佛十力無量性是行般若波羅蜜多不行四無所畏四無礙解大慈大悲大喜

大捨十八佛不共法無量性是行般若波羅蜜多何以故舍利子佛十力無量性則非佛十力四無所畏乃至十八佛不共法無量性則非四無所畏乃至十八佛不共法故舍利子若菩薩摩訶薩行般若波羅蜜多時不行無忘失法無量性是行般若波羅蜜多不行恒住捨性無量性是行般若波羅蜜多何以故舍利子無忘失法無量性則非無忘失法恒住捨性無量性則非恒住捨性故舍利子若菩薩摩訶薩行般若波羅蜜多時不行一切智無量性是行般若波羅蜜多不行道相智一切相智無量性是行般若波羅蜜多何以故舍利子一切智無量性則非一切智道相智一切相智無量性則非道相智一切相智故舍利子若菩薩摩訶薩行般若波羅蜜多時不行一切陀羅尼門無量性是行般若波羅蜜多不行一切三摩地門無量性是行般若波羅蜜多何以故舍利子一切陀羅尼門無量性則非一切陀羅尼門一切三摩地門無量性則非一切三摩地門故舍利子若菩薩摩訶薩行般若波羅蜜多時不行預流果無量性是行般若波羅蜜多不行一來不還阿羅漢果無量性是行般若波羅蜜多何以故舍利子預流果無量性則非預流果一來不還阿羅漢果無量性則非一來不還阿羅漢果故舍利子若菩薩摩訶薩行般若波羅蜜多時不行獨覺菩提無量性是行般若波羅蜜多何以故舍利子獨覺菩提無量性則非獨覺菩提故舍利子若菩薩摩訶薩行般若波羅蜜多時不行一切菩薩摩訶薩行

無量性是行般若波羅蜜多何以故舍利子一切菩薩摩訶薩行無量性則非一切菩薩摩訶薩行故舍利子若菩薩摩訶薩行般若波羅蜜多時不行諸佛無上正等菩提無量性是行般若波羅蜜多何以故舍利子諸佛無上正等菩提無量性則非諸佛無上正等菩提故爾時舍利子白佛言世尊如是般若波羅蜜多既最甚深難測無量難可信解不應在彼新學大乘菩薩前說忽彼聞此甚深般若波羅蜜多其心驚惶恐怖疑惑不能信解但應在彼不退轉位菩薩前說彼聞如是甚深般若波羅蜜多心不驚惶不恐不怖亦無疑惑聞已信解受持讀誦如理思惟爲他演說時天帝釋問舍利子言大德若在新學大乘菩薩前說如是甚深般若波羅蜜多有何過失舍利子言憍尸迦若在新學大乘菩薩前說如是甚深般若波羅蜜多彼聞驚惶恐怖疑惑不能信解或生毀謗由斯造作增長能感墮惡趣業沒三惡趣久處生死難得無上正等菩提是故不應在彼新學菩薩前說甚深般若波羅蜜多爾時天帝釋復問具壽舍利子言大德頗有未受記菩薩摩訶薩聞說如是甚深般若波羅蜜多不驚不恐不怖者不舍利子言有憍尸迦是菩薩摩訶薩不久當受大菩提記憍尸迦若菩薩摩訶薩聞說如是甚深般若波羅蜜多其心不驚不恐不怖當知是菩薩摩訶薩已受無上大菩提記設未受者不過一佛或二佛所定當得受大菩提記爾時佛告舍利子言如是如是如汝所說舍利子若菩薩摩訶薩久學大乘

久發大願久修六種波羅蜜多久供養諸佛久事諸善友聞說如是甚深般若波羅蜜多其心不驚不恐不怖聞已信解受持讀誦如理思惟爲他演說或如所說隨力修行

大般若波羅蜜多經卷第二百九十九

大般若波羅蜜多經卷第三百

唐三藏法師玄奘奉　詔譯

初分難聞功德品第三十九之四

爾時舍利子白佛言世尊我今樂說菩薩譬喻佛言舍利子隨汝意說舍利子言世尊如住大乘諸善男子善女人等夢中修行般若靜慮精進安忍淨戒布施波羅蜜多坐於道場證無上覺當知是善男子善女人等尚近無上正等菩提何況菩薩摩訶薩爲求無上正等菩提覺時修行般若靜慮精進安忍淨戒布施波羅蜜多而不速成無上正覺世尊是菩薩摩訶薩不乆當坐菩提樹下證得無上正等菩提轉妙法輪度無量衆世尊若善男子善女人等得聞如是甚深般若波羅蜜多受持讀誦如教修行當知是善男子善女人等乆學大乘善根成熟多供養諸佛多事諸善友植衆德本能成是事世尊若善男子善女人等得聞如是甚深般若波羅蜜多信解受持讀誦修習如理思惟爲他演說是善男子善女人等或已得受大菩提記或近當受大菩提記世尊是善男子善女人等如住不退位菩薩摩訶薩疾得無上正等菩提由此得聞甚深般若波羅蜜多能深信解受持讀誦如理思惟隨教修行爲他演說世尊譬如有人遊涉曠野經過險路百踰繕那或二或三或四五百見諸城邑王都前相謂放牧人園林田等見諸相已便作是念城邑王都去此非遠作是念已身意泰然不畏惡獸惡賊飢渴世尊諸菩薩摩訶薩亦復如是若得聞此甚深般若波羅蜜多受持讀誦如理思

惟深生信解應知不久當得受記或已得受
速證無上正等菩提是菩薩摩訶薩無墮聲
聞獨覺地畏何以故是菩薩摩訶薩已得見
聞恭敬供養甚深般若波羅蜜多無上菩提
之前相故爾時佛告舍利子言如是如是如
汝所說汝承佛力當復說之時舍利子復白
佛言世尊譬如有人欲觀大海漸次往趣經
於多時不見山林便作是念今覩此相大海
非遠所以者何夫近海岸地必漸下定無山
林彼人爾時雖未見海而見近相歡喜踊躍
世尊諸菩薩摩訶薩亦復如是若得聞此甚
深般若波羅蜜多受持讀誦如理思惟深生
信解是菩薩摩訶薩雖未得佛現前授記汝
於來世經爾所劫若經百劫若經千劫若經
百千劫乃至若經百千俱胝那庾多劫當得

無上正等菩提而應自知受記非遠何以故
是菩薩摩訶薩已得見聞恭敬供養受持讀
誦如理思惟甚深般若波羅蜜多無上菩提
之前相故世尊譬如春時花果樹等陳葉已
落枝條滋潤衆人見已咸作是言新花果葉
當出不久所以者何此諸樹等新花果葉先
相現故贍部洲人男女大小見此相已歡喜
踊躍皆作是言我等不久當得見此花果茂
盛世尊諸菩薩摩訶薩亦復如是若得聞此
甚深般若波羅蜜多受持讀誦如理思惟深
生信解當知宿世善根成熟多供養佛多事
善友不久當受大菩提記世尊是菩薩摩訶
薩應作是念我先定有勝善根力能引無上
正等菩提故今見聞恭敬供養甚深般若波
羅蜜多讀誦受持深生信解如理思惟隨力

修習世尊此會中有諸天子衆見過去佛説是法者皆生歡喜咸共議言昔諸菩薩聞説般若波羅蜜多便得受記今諸菩薩既聞説此甚深般若波羅蜜多不久定當受菩提記世尊譬如女人懷孕漸久其身轉重動止不安飲食睡眠悉皆減少不喜多語猒常所作受苦痛故衆事頓息有異母人見是相已即知此女不久産生世尊諸菩薩摩訶薩亦復如是宿種善根多供養佛久事善友善根熟故今得聞此甚深般若波羅蜜多受持讀誦如理思惟深生信解隨力修習世尊當知是菩薩摩訶薩由此因緣不久得受阿耨多羅三藐三菩提記爾時佛讃舍利子言善哉善哉汝善能説得聞如是甚深般若波羅蜜多菩薩譬喻當知皆是佛威神力爾時具壽善現白佛言世尊一切如來應正等覺甚奇希有善能付囑諸菩薩摩訶薩善能攝受諸菩薩摩訶薩佛言善現如是如是何以故善現諸菩薩摩訶薩求趣無上正等菩提爲多有情得利樂故憐愍饒益諸天人故是諸菩薩摩訶薩行菩薩道時爲欲饒益無量百千俱胝那庾多諸有情類故以四攝事而攝受之何等爲四一者布施二者愛語三者利行四者同事亦安立彼令勤修習十善業道善現是諸菩薩摩訶薩自行四靜慮亦教他行四靜慮自行四無量亦教他行四無量自行四無色定亦教他行四無色定自行六波羅蜜多亦教他行六波羅蜜多善現是諸菩薩摩訶薩依止般若波羅蜜多巧方便力雖教有情證預流果而自不證雖教有情證一來不

還阿羅漢果而自不證雖教有情證獨覺菩提而自不證善現是諸菩薩摩訶薩自修布施淨戒安忍精進靜慮般若波羅蜜多亦勸無量百千俱胝那庾多菩薩摩訶薩修布施淨戒安忍精進靜慮般若波羅蜜多自住不退轉地亦勸彼住不退轉地自嚴淨佛土亦勸彼嚴淨佛土自成熟有情亦勸彼成熟有情自起菩薩神通亦勸彼起菩薩神通自修陀羅尼門亦勸彼修陀羅尼門自修三摩地門亦勸彼修三摩地門自具無礙辯亦勸彼具無礙辯自具妙色身亦勸彼具妙色身自具諸相好亦勸彼具諸相好自具童真行亦勸彼具童真行自修四念住亦教彼修四念住自修四正斷亦教彼修四正斷自修四神足亦教彼修四神足自修五根亦教彼修五根自修五力亦教彼修五力自修七等覺支亦教彼修七等覺支自修八聖道支亦教彼修八聖道支自住內空亦教彼住內空自住外空內外空空空大空勝義空有爲空無爲空畢竟空無際空散空無變異空本性空自相空共相空一切法空不可得空無性空自性空無性自性空亦教彼住外空乃至無性自性空自住真如亦教彼住真如自住法界法性不虛妄性不變異性平等性離生性法定法住實際虛空界不思議界亦教彼住法界乃至不思議界自住苦聖諦亦教彼住苦聖諦自住集滅道聖諦亦教彼住集滅道聖諦自修四靜慮亦教彼修四靜慮自修四無量亦教彼修四無量自修四無色定亦教彼修四無色定自修八解脫亦教彼修八解脫

自修八勝處亦教彼修八勝處自修九次第定亦教彼修九次第定自修十遍處亦教彼修十遍處自修三解脫門亦教彼修三解脫門自修菩薩十地亦教彼修菩薩十地自修五眼亦教彼修五眼自修六神通亦教彼修六神通自修一切陀羅尼門亦教彼修一切陀羅尼門自修一切三摩地門亦教彼修一切三摩地門自修佛十力亦教彼修佛十力自修四無礙解亦教彼修四無礙解自修大慈大悲大喜大捨亦教彼修大慈大悲大喜大捨自修十八佛不共法亦教彼修十八佛不共法自修一切智亦教彼修一切智自修道相智一切相智亦教彼修道相智一切相智自修無忘失法恒住捨性亦教彼修無忘失法恒住捨性自斷一切煩惱習氣亦教彼斷一切煩惱習氣自證無上正等菩提轉妙法輪度無量衆亦教彼證無上正等菩提轉妙法輪度無量衆具壽善現復白佛言甚奇世尊希有善逝是諸菩薩摩訶薩衆成就如是大功德聚爲欲饒益一切有情修行般若波羅蜜多求證無上正等菩提世尊云何菩薩摩訶薩修行般若波羅蜜多速得圓滿佛言善現若菩薩摩訶薩行般若波羅蜜多時不見色若增若減不見受想行識若增若減是菩薩摩訶薩修行般若波羅蜜多速得圓滿善現若菩薩摩訶薩行般若波羅蜜多時不見眼處若增若減不見耳鼻舌身意處若增若減是菩薩摩訶薩修行般若波羅蜜多速得圓滿善現若菩薩摩訶薩行般若波羅蜜多時不見色處若增若減不見聲香味觸

法處若增若減是菩薩摩訶薩修行般若波羅蜜多速得圓滿善現若菩薩摩訶薩行般若波羅蜜多時不見眼界若增若減不見色界眼識界及眼觸眼觸爲緣所生諸受若增若減是菩薩摩訶薩修行般若波羅蜜多速得圓滿善現若菩薩摩訶薩行般若波羅蜜多時不見耳界若增若減不見聲界耳識界及耳觸耳觸爲緣所生諸受若增若減是菩薩摩訶薩修行般若波羅蜜多速得圓滿善現若菩薩摩訶薩行般若波羅蜜多時不見鼻界若增若減不見香界鼻識界及鼻觸鼻觸爲緣所生諸受若增若減是菩薩摩訶薩修行般若波羅蜜多速得圓滿善現若菩薩摩訶薩行般若波羅蜜多時不見舌界若增若減不見味界舌識界及舌觸舌觸爲緣所生諸受若增若減是菩薩摩訶薩修行般若波羅蜜多速得圓滿善現若菩薩摩訶薩行般若波羅蜜多時不見身界若增若減不見觸界身識界及身觸身觸爲緣所生諸受若增若減是菩薩摩訶薩修行般若波羅蜜多速得圓滿善現若菩薩摩訶薩行般若波羅蜜多時不見意界若增若減不見法界意識界及意觸意觸爲緣所生諸受若增若減是菩薩摩訶薩修行般若波羅蜜多速得圓滿善現若菩薩摩訶薩行般若波羅蜜多時不見地界若增若減不見水火風空識界若增若減是菩薩摩訶薩修行般若波羅蜜多速得圓滿善現若菩薩摩訶薩行般若波羅蜜多時不見無明若增若減不見行識名色六處觸受愛取有生老死愁歎苦憂惱若增若

減是菩薩摩訶薩修行般若波羅蜜多速得圓滿善現若菩薩摩訶薩行般若波羅蜜多時不見布施波羅蜜多若增若減不見淨戒安忍精進靜慮般若波羅蜜多若增若減是菩薩摩訶薩修行般若波羅蜜多速得圓滿善現若菩薩摩訶薩行般若波羅蜜多時不見內空若增若減不見外空內外空空空大空勝義空有爲空無爲空畢竟空無際空散空無變異空本性空自相空共相空一切法空不可得空無性空自性空無性自性空若增若減是菩薩摩訶薩修行般若波羅蜜多速得圓滿善現若菩薩摩訶薩行般若波羅蜜多時不見真如若增若減不見法界法性不虛妄性不變異性平等性離生性法定法住實際虛空界不思議界若增若減是菩薩

摩訶薩修行般若波羅蜜多速得圓滿善現若菩薩摩訶薩行般若波羅蜜多時不見苦聖諦若增若減不見集滅道聖諦若增若減是菩薩摩訶薩修行般若波羅蜜多速得圓滿善現若菩薩摩訶薩行般若波羅蜜多時不見四靜慮若增若減不見四無量四無色定若增若減是菩薩摩訶薩修行般若波羅蜜多速得圓滿善現若菩薩摩訶薩行般若波羅蜜多時不見八解脫若增若減不見八勝處九次第定十遍處若增若減是菩薩摩訶薩修行般若波羅蜜多速得圓滿善現若菩薩摩訶薩行般若波羅蜜多時不見四念住若增若減不見四正斷四神足五根五力七等覺支八聖道支若增若減是菩薩摩訶薩修行般若波羅蜜多速得圓滿善現若菩

薩摩訶薩行般若波羅蜜多時不見空解脫門若增若減不見無相無願解脫門若增若減是菩薩摩訶薩修行般若波羅蜜多速得圓滿善現若菩薩摩訶薩行般若波羅蜜多時不見菩薩十地若增若減是菩薩摩訶薩修行般若波羅蜜多速得圓滿善現若菩薩摩訶薩行般若波羅蜜多時不見五眼若增若減不見六神通若增若減是菩薩摩訶薩修行般若波羅蜜多速得圓滿善現若菩薩摩訶薩行般若波羅蜜多時不見佛十力若增若減不見四無所畏四無礙解大慈大悲大喜大捨十八佛不共法若增若減是菩薩摩訶薩修行般若波羅蜜多速得圓滿善現若菩薩摩訶薩行般若波羅蜜多時不見無忘失法若增若減不見恒住捨性若增若減是菩薩摩訶薩修行般若波羅蜜多速得圓滿善現若菩薩摩訶薩行般若波羅蜜多時不見一切智若增若減不見道相智一切相智若增若減是菩薩摩訶薩修行般若波羅蜜多速得圓滿善現若菩薩摩訶薩行般若波羅蜜多時不見一切陀羅尼門若增若減不見一切三摩地門若增若減是菩薩摩訶薩修行般若波羅蜜多速得圓滿善現若菩薩摩訶薩行般若波羅蜜多時不見預流果若增若減不見一來不還阿羅漢果若增若減是菩薩摩訶薩修行般若波羅蜜多速得圓滿善現若菩薩摩訶薩行般若波羅蜜多時不見獨覺菩提若增若減是菩薩摩訶薩修行般若波羅蜜多速得圓滿善現若菩薩摩訶薩行般若波羅蜜多時不見一切菩薩

摩訶薩行若增若減是菩薩摩訶薩修行般若波羅蜜多速得圓滿善現若菩薩摩訶薩行般若波羅蜜多時不見諸佛無上正等菩提若增若減是菩薩摩訶薩修行般若波羅蜜多速得圓滿復次善現若菩薩摩訶薩行般若波羅蜜多時不見是法不見非法不見有漏不見無漏不見有爲不見無爲是菩薩摩訶薩修行般若波羅蜜多速得圓滿善現若菩薩摩訶薩行般若波羅蜜多時不見過去不見未來不見現在不見善不見不善不見無記不見欲界不見色界不見無色界是菩薩摩訶薩修行般若波羅蜜多速得圓滿善現若菩薩摩訶薩行般若波羅蜜多時不見布施波羅蜜多不見淨戒安忍精進靜慮般若波羅蜜多是菩薩摩訶薩修行般若波羅蜜多速得圓滿善現若菩薩摩訶薩行般若波羅蜜多時不見内空不見外空内外空空空大空勝義空有爲空無爲空畢竟空無際空散空無變異空本性空自相空共相空一切法空不可得空無性空自性空無性自性空是菩薩摩訶薩修行般若波羅蜜多速得圓滿善現若菩薩摩訶薩行般若波羅蜜多時不見眞如不見法界法性不虛妄性不變異性平等性離生性法定法住實際虛空界不思議界是菩薩摩訶薩修行般若波羅蜜多速得圓滿善現若菩薩摩訶薩行般若波羅蜜多時不見苦聖諦不見集滅道聖諦是菩薩摩訶薩修行般若波羅蜜多速得圓滿善現若菩薩摩訶薩行般若波羅蜜多時不見四念住不見四正斷四神足五根五力

七等覺支八聖道支是菩薩摩訶薩修行般若波羅蜜多速得圓滿善現若菩薩摩訶薩行般若波羅蜜多時不見四靜慮不見四無量四無色定是菩薩摩訶薩修行般若波羅蜜多速得圓滿善現若菩薩摩訶薩行般若波羅蜜多時不見八解脫不見八勝處九次第定十遍處是菩薩摩訶薩修行般若波羅蜜多速得圓滿善現若菩薩摩訶薩行般若波羅蜜多時不見空解脫門不見無相無願解脫門是菩薩摩訶薩修行般若波羅蜜多速得圓滿善現若菩薩摩訶薩行般若波羅蜜多時不見五眼不見六神通是菩薩摩訶薩修行般若波羅蜜多速得圓滿善現若菩薩摩訶薩行般若波羅蜜多時不見一切陀羅尼門不見一切三摩地門是菩薩摩訶薩修行般若波羅蜜多速得圓滿善現若菩薩摩訶薩行般若波羅蜜多時不見無忘失法不見恒住捨性是菩薩摩訶薩修行般若波羅蜜多速得圓滿善現若菩薩摩訶薩行般若波羅蜜多時不見佛十力不見四無所畏四無礙解大慈大悲大喜大捨十八佛不共法是菩薩摩訶薩修行般若波羅蜜多速得圓滿善現若菩薩摩訶薩行般若波羅蜜多時不見一切智不見道相智一切相智是菩薩摩訶薩修行般若波羅蜜多速得圓滿何以故善現以一切法無性相故無作用故不可轉故虛妄誑詐性不堅實不自在故無覺受故離我有情命者生者廣說乃至知見者故爾時具壽善現白佛言世尊如來所說不可思議佛告善現如是如是如來所說不可

思議善現色不可思議故如來所說不可思議受想行識不可思議故如來所說不可思議善現眼處不可思議故如來所說不可思議耳鼻舌身意處不可思議故如來所說不可思議善現色處不可思議故如來所說不可思議聲香味觸法處不可思議故如來所說不可思議善現眼界不可思議故如來所說不可思議色界眼識界及眼觸眼觸爲緣所生諸受不可思議故如來所說不可思議善現耳界不可思議故如來所說不可思議聲界耳識界及耳觸耳觸爲緣所生諸受不可思議故如來所說不可思議善現鼻界不可思議故如來所說不可思議香界鼻識界及鼻觸鼻觸爲緣所生諸受不可思議故如來所說不可思議善現舌界不可思議故如來所說不可思議味界舌識界及舌觸舌觸爲緣所生諸受不可思議故如來所說不可思議善現身界不可思議故如來所說不可思議觸界身識界及身觸身觸爲緣所生諸受不可思議故如來所說不可思議善現意界不可思議故如來所說不可思議法界意識界及意觸意觸爲緣所生諸受不可思議故如來所說不可思議善現地界不可思議故如來所說不可思議水火風空識界不可思議故如來所說不可思議善現無明不可思議故如來所說不可思議行識名色六處觸受愛取有生老死愁歎苦憂惱不可思議故如來所說不可思議善現布施波羅蜜多不可思議故如來所說不可思議淨戒安忍精進靜慮般若波羅蜜多不可思議故如來

所説不可思議善現内空不可思議故如來所説不可思議外空内外空空空大空勝義空有爲空無爲空畢竟空無際空散空無變異空本性空自相空共相空一切法空不可得空無性空自性空無性自性空不可思議故如來所説不可思議善現眞如不可思議故如來所説不可思議法界法性不虚妄性不變異性平等性離生性法定法住實際虚空界不思議界不可思議故如來所説不可思議善現苦聖諦不可思議故如來所説不可思議集滅道聖諦不可思議故如來所説不可思議善現四靜慮不可思議故如來所説不可思議四無量四無色定不可思議故如來所説不可思議善現八解脱不可思議故如來所説不可思議八勝處九次第定十遍處不可思議故如來所説不可思議善現四念住不可思議故如來所説不可思議四正斷四神足五根五力七等覺支八聖道支不可思議故如來所説不可思議善現空解脱門不可思議故如來所説不可思議無相無願解脱門不可思議故如來所説不可思議善現菩薩十地不可思議故如來所説不可思議善現五眼不可思議故如來所説不可思議六神通不可思議故如來所説不可思議善現佛十力不可思議故如來所説不可思議四無所畏四無礙解大慈大悲大喜大捨十八佛不共法不可思議故如來所説不可思議善現無忘失法不可思議故如來所説不可思議恒住捨性不可思議故如來所説不可思議善現一切智不可思議故如

來所說不可思議道相智一切相智不可思議故如來所說不可思議善現一切陀羅尼門不可思議故如來所說不可思議一切三摩地門不可思議故如來所說不可思議善現預流果不可思議故如來所說不可思議一來不還阿羅漢果不可思議故如來所說不可思議善現獨覺菩提不可思議故如來所說不可思議善現一切菩薩摩訶薩行不可思議故如來所說不可思議善現諸佛無上正等菩提不可思議故如來所說不可思議善現若菩薩摩訶薩行般若波羅蜜多時於色不起不思議想於受想行識不起不思議想是菩薩摩訶薩修行般若波羅蜜多速得圓滿善現若菩薩摩訶薩行般若波羅蜜多時於眼處不起不思議想於耳鼻舌身意處不起不思議想是菩薩摩訶薩修行般若波羅蜜多速得圓滿善現若菩薩摩訶薩行般若波羅蜜多時於色處不起不思議想於聲香味觸法處不起不思議想是菩薩摩訶薩修行般若波羅蜜多速得圓滿善現若菩薩摩訶薩行般若波羅蜜多時於眼界不起不思議想於色界眼識界及眼觸眼觸爲緣所生諸受不起不思議想是菩薩摩訶薩修行般若波羅蜜多速得圓滿善現若菩薩摩訶薩行般若波羅蜜多時於耳界不起不思議想於聲界耳識界及耳觸耳觸爲緣所生諸受不起不思議想是菩薩摩訶薩修行般若波羅蜜多速得圓滿善現若菩薩摩訶薩行般若波羅蜜多時於鼻界不起不思議想於香界鼻識界及鼻觸鼻觸爲緣所生諸受

不起不思議想是菩薩摩訶薩修行般若波羅蜜多速得圓滿善現若菩薩摩訶薩行般若波羅蜜多時於舌界不起不思議想於味界舌識界及舌觸舌觸爲緣所生諸受不起不思議想是菩薩摩訶薩修行般若波羅蜜多速得圓滿善現若菩薩摩訶薩行般若波羅蜜多時於身界不起不思議想於觸界身識界及身觸身觸爲緣所生諸受不起不思議想是菩薩摩訶薩修行般若波羅蜜多速得圓滿善現若菩薩摩訶薩行般若波羅蜜多時於意界不起不思議想於法界意識界及意觸意觸爲緣所生諸受不起不思議想是菩薩摩訶薩修行般若波羅蜜多速得圓滿善現若菩薩摩訶薩行般若波羅蜜多時於地界不起不思議想於水火風空識界不起不思議想是菩薩摩訶薩修行般若波羅蜜多速得圓滿善現若菩薩摩訶薩行般若波羅蜜多時於無明不起不思議想於行識名色六處觸受愛取有生老死愁歎苦憂惱不起不思議想是菩薩摩訶薩修行般若波羅蜜多速得圓滿

大般若波羅蜜多經卷第三百

音釋

踰繕那 梵語也此云限量如此方一驛地或四十里六十里八十里也踰音俞繕時扇切

踴躍 踊音勇跳也躍弋灼切上也進也

懷孕 孕以證切懷妊也

憐愍 愍音敏恤也

大般若波羅蜜多經卷第三百一

唐三藏法師玄奘奉　詔譯

初分難聞功德品第三十九之五

善現若菩薩摩訶薩行般若波羅蜜多時於布施波羅蜜多不起不思議想於淨戒安忍精進靜慮般若波羅蜜多不起不思議想是菩薩摩訶薩修行般若波羅蜜多速得圓滿善現若菩薩摩訶薩行般若波羅蜜多時於內空不起不思議想於外空內外空空空大空勝義空有爲空無爲空畢竟空無際空散空無變異空本性空自相空共相空一切法空不可得空無性空自性空無性自性空不起不思議想是菩薩摩訶薩修行般若波羅蜜多速得圓滿善現若菩薩摩訶薩行般若波羅蜜多時於真如不起不思議想於法界法性不虛妄性不變異性平等性離生性法定法住實際虛空界不思議界不起不思議想是菩薩摩訶薩修行般若波羅蜜多速得圓滿善現若菩薩摩訶薩行般若波羅蜜多時於苦聖諦不起不思議想於集滅道聖諦不起不思議想是菩薩摩訶薩修行般若波羅蜜多速得圓滿善現若菩薩摩訶薩行般若波羅蜜多時於四靜慮不起不思議想於四無量四無色定不起不思議想是菩薩摩訶薩修行般若波羅蜜多速得圓滿善現若菩薩摩訶薩行般若波羅蜜多時於八解脫不起不思議想於八勝處九次第定十遍處不起不思議想是菩薩摩訶薩修行般若波羅蜜多速得圓滿善現若菩薩摩訶薩行般若波羅蜜多時於四念住不起不思議想於

四正斷四神足五根五力七等覺支八聖道支不起不思議想是菩薩摩訶薩修行般若波羅蜜多速得圓滿善現若菩薩摩訶薩行般若波羅蜜多時於空解脫門不起不思議想於無相無願解脫門不起不思議想是菩薩摩訶薩修行般若波羅蜜多速得圓滿善現若菩薩摩訶薩行般若波羅蜜多時於菩薩十地不起不思議想是菩薩摩訶薩修行般若波羅蜜多速得圓滿善現若菩薩摩訶薩行般若波羅蜜多時於五眼不起不思議想於六神通不起不思議想是菩薩摩訶薩修行般若波羅蜜多速得圓滿善現若菩薩摩訶薩行般若波羅蜜多時於佛十力不起不思議想於四無所畏四無礙解大慈大悲大喜大捨十八佛不共法不起不思議想是菩薩摩訶薩修行般若波羅蜜多速得圓滿善現若菩薩摩訶薩行般若波羅蜜多時於無忘失法不起不思議想於恒住捨性不起不思議想是菩薩摩訶薩修行般若波羅蜜多速得圓滿善現若菩薩摩訶薩行般若波羅蜜多時於一切智不起不思議想於道相智一切相智不起不思議想是菩薩摩訶薩修行般若波羅蜜多速得圓滿善現若菩薩摩訶薩行般若波羅蜜多時於一切陀羅尼門不起不思議想於一切三摩地門不起不思議想是菩薩摩訶薩修行般若波羅蜜多速得圓滿善現若菩薩摩訶薩行般若波羅蜜多時於預流果不起不思議想於一來不還阿羅漢果不起不思議想是菩薩摩訶薩修行般若波羅蜜多速得圓滿善現若菩薩

摩訶薩行般若波羅蜜多時於獨覺菩提不起不思議想是菩薩摩訶薩修行般若波羅蜜多速得圓滿善現若菩薩摩訶薩行般若波羅蜜多時於一切菩薩摩訶薩行不起不思議想是菩薩摩訶薩修行般若波羅蜜多速得圓滿善現若菩薩摩訶薩行般若波羅蜜多時於諸佛無上正等菩提不起不思議想是菩薩摩訶薩修行般若波羅蜜多速得圓滿爾時具壽善現白佛言世尊如是般若波羅蜜多理趣甚深誰能信解佛言善現若菩薩摩訶薩已久修六波羅蜜多已久種善根已供養多佛已事多善友是菩薩摩訶薩能信解此甚深般若波羅蜜多具壽善現復白佛言世尊齊此應知是菩薩摩訶薩已久修六波羅蜜多已久種善根已供養多佛已事多善友佛言善現若菩薩摩訶薩行般若波羅蜜多時不思惟分別色不思惟分別受想行識不思惟分別色相不思惟分別受想行識相不思惟分別色性不思惟分別受想行識性何以故色乃至識不可思議故善現齊此應知是菩薩摩訶薩已久修六波羅蜜多已久種善根已供養多佛已事多善友善現若菩薩摩訶薩行般若波羅蜜多時不思惟分別眼處不思惟分別耳鼻舌身意處不思惟分別眼處相不思惟分別耳鼻舌身意處相不思惟分別眼處性不思惟分別耳鼻舌身意處性何以故眼處乃至意處不可思議故善現齊此應知是菩薩摩訶薩已久修六波羅蜜多已久種善根已供養多佛已事多善友善現若菩薩摩訶薩行般若波羅蜜

多時不思惟分别色處不思惟分别聲香味觸法處不思惟分别色處相不思惟分别聲香味觸法處相不思惟分别色處性不思惟分别聲香味觸法處性何以故色處乃至法處不可思議故善現齊此應知是菩薩摩訶薩已久修六波羅蜜多已久種善根已供養多佛已事多善友善現若菩薩摩訶薩行般若波羅蜜多時不思惟分别眼界不思惟分别色界眼識界及眼觸眼觸爲緣所生諸受不思惟分别眼界相不思惟分别色界乃至眼觸爲緣所生諸受相不思惟分别眼界惟不思惟分别色界乃至眼觸爲緣所生諸受性何以故眼界乃至眼觸爲緣所生諸受不可思議故善現齊此應知是菩薩摩訶薩已久修六波羅蜜多已久種善根已供養多佛已事多善友善現若菩薩摩訶薩行般若波羅蜜多時不思惟分别耳界不思惟分别聲界耳識界及耳觸耳觸爲緣所生諸受不思惟分别耳界相不思惟分别聲界乃至耳觸爲緣所生諸受相不思惟分别耳界性不思惟分别聲界乃至耳觸爲緣所生諸受性何以故耳界乃至耳觸爲緣所生諸受不可思議故善現齊此應知是菩薩摩訶薩已久修六波羅蜜多已久種善根已供養多佛已事多善友善現若菩薩摩訶薩行般若波羅蜜多時不思惟分别鼻界不思惟分别香界鼻識界及鼻觸鼻觸爲緣所生諸受不思惟分别鼻界相不思惟分别香界乃至鼻觸爲緣所生諸受相不思惟分别鼻界性不思惟分别香界乃至鼻觸爲緣所生諸受性何以故

鼻界乃至鼻觸爲緣所生諸受不可思議故善現齊此應知是菩薩摩訶薩已久修六波羅蜜多已久種善根已供養多佛已事多善友善現若菩薩摩訶薩行般若波羅蜜多時不思惟分別舌界不思惟分別味界舌識界及舌觸舌觸爲緣所生諸受不思惟分別舌界相不思惟分別味界乃至舌觸爲緣所生諸受相不思惟分別舌界性不思惟分別味界乃至舌觸爲緣所生諸受性何以故舌界乃至舌觸爲緣所生諸受不可思議故善現齊此應知是菩薩摩訶薩已久修六波羅蜜多已久種善根已供養多佛已事多善友善現若菩薩摩訶薩行般若波羅蜜多時不思惟分別身界不思惟分別觸界身識界及身觸身觸爲緣所生諸受不思惟分別身界相不思惟分別身界相不思惟分別觸界乃至身觸爲緣所生諸受相不思惟分別身界性不思惟分別觸界乃至身觸爲緣所生諸受性何以故身界乃至身觸爲緣所生諸受不可思議故善現齊此應知是菩薩摩訶薩已久修六波羅蜜多已久種善根已供養多佛已事多善友善現若菩薩摩訶薩行般若波羅蜜多時不思惟分別意界不思惟分別法界意識界及意觸意觸爲緣所生諸受不思惟分別意界相不思惟分別法界乃至意觸爲緣所生諸受相不思惟分別意界性不思惟分別法界乃至意觸爲緣所生諸受性何以故意界乃至意觸爲緣所生諸受不可思議故善現齊此應知是菩薩摩訶薩已久修六波羅蜜多已久種善根已供養多佛已事多善友善現若菩薩

摩訶薩行般若波羅蜜多時不思惟分別地界不思惟分別水火風空識界不思惟分別地界相不思惟分別水火風空識界相不思惟分別地界性不思惟分別水火風空識界性何以故地界乃至識界不可思議故善現齊此應知是菩薩摩訶薩已久修六波羅蜜多已久種善根已供養多佛已事多善友善現若菩薩摩訶薩行般若波羅蜜多時不思惟分別無明不思惟分別行識名色六處觸受愛取有生老死愁歎苦憂惱不思惟分別無明相不思惟分別行乃至老死愁歎苦憂惱相不思惟分別無明性不思惟分別行乃至老死愁歎苦憂惱性何以故無明乃至老死愁歎苦憂惱不可思議故善現齊此應知是菩薩摩訶薩已久修六波羅蜜多已久種善根已供養多佛已事多善友善現若菩薩摩訶薩行般若波羅蜜多時不思惟分別欲界不思惟分別色無色界不思惟分別欲界相不思惟分別色無色界相不思惟分別欲界性不思惟分別色無色界性何以故欲界色無色界不可思議故善現齊此應知是菩薩摩訶薩已久修六波羅蜜多已久種善根已供養多佛已事多善友善現若菩薩摩訶薩行般若波羅蜜多時不思惟分別布施波羅蜜多不思惟分別淨戒安忍精進靜慮般若波羅蜜多不思惟分別布施波羅蜜多相不思惟分別淨戒乃至般若波羅蜜多相不思惟分別布施波羅蜜多性不思惟分別淨戒乃至般若波羅蜜多性何以故布施波羅蜜多乃至般若波羅蜜多不可思議故善現

齊此應知是菩薩摩訶薩已久修六波羅蜜多已久種善根已供養多佛已事多善友善現若菩薩摩訶薩行般若波羅蜜多時不思惟分別内空不思惟分別外空内外空空空大空勝義空有爲空無爲空畢竟空無際空散空無變異空本性空自相空共相空一切法空不可得空無性空自性空無性自性空不思惟分別内空相不思惟分別外空乃至無性自性空相不思惟分別内空性不思惟分別外空乃至無性自性空性何以故内空乃至無性自性空不可思議故善現齊此應知是菩薩摩訶薩已久修六波羅蜜多已久種善根已供養多佛已事多善友善現若菩薩摩訶薩行般若波羅蜜多時不思惟分別眞如不思惟分別法界法性不虛妄性不變異性平等性離生性法定法住實際虛空界不思議界不思惟分別眞如相不思惟分別法界乃至不思議界相不思惟分別眞如性不思惟分別法界乃至不思議界性何以故眞如乃至不思議界不可思議故善現齊此應知是菩薩摩訶薩已久修六波羅蜜多已久種善根已供養多佛已事多善友善現若菩薩摩訶薩行般若波羅蜜多時不思惟分別苦聖諦不思惟分別集滅道聖諦不思惟分別苦聖諦相不思惟分別集滅道聖諦相不思惟分別苦聖諦性不思惟分別集滅道聖諦性何以故苦聖諦集滅道聖諦不可思議故善現齊此應知是菩薩摩訶薩已久修六波羅蜜多已久種善根已供養多佛已事多善友善現若菩薩摩訶薩行般若波羅蜜

多時不思惟分別四靜慮不思惟分別四無量四無色定不思惟分別四靜慮相不思惟分別四無量四無色定相不思惟分別四靜慮性不思惟分別四無量四無色定性何以故四靜慮四無量四無色定不可思議故善現齊此應知是菩薩摩訶薩已久修六波羅蜜多已久種善根已供養多佛已事多善友善現若菩薩摩訶薩行般若波羅蜜多時不思惟分別八解脫不思惟分別八勝處九次第定十遍處不思惟分別八解脫相不思惟分別八勝處九次第定十遍處相不思惟分別八解脫性不思惟分別八勝處九次第定十遍處性何以故八解脫八勝處九次第定十遍處不可思議故善現齊此應知是菩薩摩訶薩已久修六波羅蜜多已久種善根已供養多佛已事多善友善現若菩薩摩訶薩行般若波羅蜜多時不思惟分別四念住不思惟分別四正斷四神足五根五力七等覺支八聖道支不思惟分別四念住相不思惟分別四正斷乃至八聖道支相不思惟分別四念住性不思惟分別四正斷乃至八聖道支性何以故四念住乃至八聖道支不可思議故善現齊此應知是菩薩摩訶薩已久修六波羅蜜多已久種善根已供養多佛已事多善友善現若菩薩摩訶薩行般若波羅蜜多時不思惟分別空解脫門不思惟分別無相無願解脫門不思惟分別空解脫門相不思惟分別無相無願解脫門相不思惟分別空解脫門性不思惟分別無相無願解脫門性何以故空解脫門無相無願解脫門不可

思議故善現齊此應知是菩薩摩訶薩已久修六波羅蜜多已久種善根已供養多佛已事多善友善現若菩薩摩訶薩行般若波羅蜜多時不思惟分別菩薩十地不思惟分別菩薩十地相不思惟分別菩薩十地性何以故菩薩十地不可思議故善現齊此應知是菩薩摩訶薩已久修六波羅蜜多已久種善根已供養多佛已事多善友善現若菩薩摩訶薩行般若波羅蜜多時不思惟分別五眼不思惟分別六神通不思惟分別五眼相不思惟分別六神通相不思惟分別五眼性不思惟分別六神通性何以故五眼六神通不可思議故善現齊此應知是菩薩摩訶薩已久修六波羅蜜多已久種善根已供養多佛已事多善友善現若菩薩摩訶薩行般若波羅蜜多時不思惟分別佛十力不思惟分別四無所畏四無礙解大慈大悲大喜大捨十八佛不共法不思惟分別佛十力相不思惟分別四無所畏乃至十八佛不共法相不思惟分別佛十力性不思惟分別四無所畏乃至十八佛不共法性何以故佛十力乃至十八佛不共法不可思議故善現齊此應知是菩薩摩訶薩已久修六波羅蜜多已久種善根已供養多佛已事多善友善現若菩薩摩訶薩行般若波羅蜜多時不思惟分別無忘失法不思惟分別恒住捨性不思惟分別無忘失法相不思惟分別恒住捨性相不思惟分別無忘失法性不思惟分別恒住捨性性何以故無忘失法恒住捨性不可思議故善現齊此應知是菩薩摩訶薩已久修六波羅

蜜多已久種善根已供養多佛已事多善友善現若菩薩摩訶薩行般若波羅蜜多時不思惟分別一切智不思惟分別道相智一切相智不思惟分別一切智相不思惟分別道相智一切相智相不思惟分別一切智性不思惟分別道相智一切相智性何以故一切智道相智一切相智不可思議故善現齊此應知是菩薩摩訶薩已久修六波羅蜜多已久種善根已供養多佛已事多善友善現若菩薩摩訶薩行般若波羅蜜多時不思惟分別一切陀羅尼門不思惟分別一切三摩地門不思惟分別一切陀羅尼門相不思惟分別一切三摩地門相不思惟分別一切陀羅尼門性不思惟分別一切三摩地門性何以故一切陀羅尼門一切三摩地門不可思議故善現齊此應知是菩薩摩訶薩已久修六波羅蜜多已久種善根已供養多佛已事多善友善現若菩薩摩訶薩行般若波羅蜜多時不思惟分別預流果不思惟分別一來不還阿羅漢果不思惟分別預流果相不思惟分別一來不還阿羅漢果相不思惟分別預流果性不思惟分別一來不還阿羅漢果性何以故預流果一來不還阿羅漢果不可思議故善現齊此應知是菩薩摩訶薩已久修六波羅蜜多已久種善根已供養多佛已事多善友善現若菩薩摩訶薩行般若波羅蜜多時不思惟分別獨覺菩提不思惟分別獨覺菩提相不思惟分別獨覺菩提性何以故獨覺菩提不可思議故善現齊此應知是菩薩摩訶薩已久修六波羅蜜多已久種善根

已供養多佛已事多善友善現若菩薩摩訶薩行般若波羅蜜多時不思惟分別一切菩薩摩訶薩行不思惟分別一切菩薩摩訶薩行相不思惟分別一切菩薩摩訶薩行性何以故一切菩薩摩訶薩行不可思議故善現齊此應知是菩薩摩訶薩已久修六波羅蜜多已久種善根已供養多佛已事多善友善現若菩薩摩訶薩行般若波羅蜜多時不思惟分別諸佛無上正等菩提不思惟分別諸佛無上正等菩提相不思惟分別諸佛無上正等菩提性何以故諸佛無上正等菩提不可思議故善現齊此應知是菩薩摩訶薩已久修六波羅蜜多已久種善根已供養多佛已事多善友具壽善現白佛言世尊如是般若波羅蜜多極爲甚深佛言如是善現色甚深故般若波羅蜜多甚深受想行識甚深故般若波羅蜜多甚深善現眼處甚深故般若波羅蜜多甚深耳鼻舌身意處甚深故般若波羅蜜多甚深善現色處甚深故般若波羅蜜多甚深聲香味觸法處甚深故般若波羅蜜多甚深善現眼界甚深故般若波羅蜜多甚深色界眼識界及眼觸眼觸爲緣所生諸受甚深故般若波羅蜜多甚深善現耳界甚深故般若波羅蜜多甚深聲界耳識界及耳觸耳觸爲緣所生諸受甚深故般若波羅蜜多甚深善現鼻界甚深故般若波羅蜜多甚深香界鼻識界及鼻觸鼻觸爲緣所生諸受甚深故般若波羅蜜多甚深善現舌界甚深故般若波羅蜜多甚深味界舌識界及舌觸舌觸爲緣所生諸受甚深故般若波羅蜜多

甚深善現身界甚深故般若波羅蜜多甚深觸界身識界及身觸身觸爲緣所生諸受甚深故般若波羅蜜多甚深善現意界甚深故般若波羅蜜多甚深法界意識界及意觸意觸爲緣所生諸受甚深故般若波羅蜜多甚深善現地界甚深故般若波羅蜜多甚深水火風空識界甚深故般若波羅蜜多甚深善現無明甚深故般若波羅蜜多甚深行識名色六處觸受愛取有生老死愁歎苦憂惱甚深故般若波羅蜜多甚深善現布施波羅蜜多甚深故般若波羅蜜多甚深淨戒安忍精進靜慮波羅蜜多甚深故般若波羅蜜多甚深善現內空甚深故般若波羅蜜多甚深外空內外空空空大空勝義空有爲空無爲空畢竟空無際空散空無變異空本性空自相空共相空一切法空不可得空無性空自性空無性自性空甚深故般若波羅蜜多甚深善現眞如甚深故般若波羅蜜多甚深法界法性不虛妄性不變異性平等性離生性法定法住實際虛空界不思議界甚深故般若波羅蜜多甚深善現苦聖諦甚深故般若波羅蜜多甚深集滅道聖諦甚深故般若波羅蜜多甚深善現四靜慮甚深故般若波羅蜜多甚深四無量四無色定甚深故般若波羅蜜多甚深善現八解脫甚深故般若波羅蜜多甚深八勝處九次第定十遍處甚深故般若波羅蜜多甚深善現四念住甚深故般若波羅蜜多甚深四正斷四神足五根五力七等覺支八聖道支甚深故般若波羅蜜多甚深善現空解脫門甚深故般若波羅蜜多甚

深無相無願解脫門甚深故般若波羅蜜多
甚深善現菩薩十地甚深故般若波羅蜜多
甚深善現五眼甚深故般若波羅蜜多甚深
六神通甚深故般若波羅蜜多甚深善現佛
十力甚深故般若波羅蜜多甚深四無所畏
四無礙解大慈大悲大喜大捨十八佛不共
法甚深故般若波羅蜜多甚深善現無忘失
法甚深故般若波羅蜜多甚深恒住捨性甚
深故般若波羅蜜多甚深善現一切智甚深
故般若波羅蜜多甚深道相智一切相智甚
深故般若波羅蜜多甚深善現一切陀羅尼
門甚深故般若波羅蜜多甚深一切三摩地
門甚深故般若波羅蜜多甚深善現預流果
甚深故般若波羅蜜多甚深一來不還阿羅
漢果甚深故般若波羅蜜多甚深善現獨覺
菩提甚深故般若波羅蜜多甚深善現一切
菩薩摩訶薩行甚深故般若波羅蜜多甚深
善現諸佛無上正等菩提甚深故般若波羅
蜜多甚深是故般若波羅蜜多名極甚深具
壽善現白佛言世尊如是般若波羅蜜多是
大寶聚佛言如是能與有情功德寶故善現
如是般若波羅蜜多大珎寶聚能與有情十
善業道四靜慮四無量四無色定五神通寶
善現如是般若波羅蜜多大珎寶聚能與有
情布施淨戒安忍精進靜慮般若波羅蜜多
寶善現如是般若波羅蜜多大珎寶聚能與
有情內空外空內外空空空大空勝義空有
爲空無爲空畢竟空無際空散空無變異空
本性空自相空共相空一切法空不可得空
無性空自性空無性自性空寶善現如是般

若波羅蜜多大珍寶聚能與有情眞如法界法性不虛妄性不變異性平等性離生性法定法住實際虛空界不思議界諸聖諦寶善現如是般若波羅蜜多大珍寶聚能與有情八解脫八勝處九次第定十遍處寶善現如是般若波羅蜜多大珍寶聚能與有情四念住四正斷四神足五根五力七等覺支八聖道支寶善現如是般若波羅蜜多大珍寶聚能與有情空無相無願解脫門寶善現如是般若波羅蜜多大珍寶聚能與有情菩薩十地寶善現如是般若波羅蜜多大珍寶聚能與有情五眼六神通寶善現如是般若波羅蜜多大珍寶聚能與有情佛十力四無所畏四無礙解大慈大悲大喜大捨十八佛不共法寶善現如是般若波羅蜜多大珍寶聚能與有情無忘失法恒住捨性寶善現如是般若波羅蜜多大珍寶聚能與有情一切智道相智一切相智寶善現如是般若波羅蜜多大珎寶聚能與有情一切陀羅尼門一切三摩地門寶善現如是般若波羅蜜多大珍寶聚能與有情預流一來不還阿羅漢果寶善現如是般若波羅蜜多大珍寶聚能與有情獨覺菩提寶善現如是般若波羅蜜多大珍寶聚能與有情一切菩薩摩訶薩行寶善現如是般若波羅蜜多大珍寶聚能與有情諸佛無上正等菩提轉法輪寶是故般若波羅蜜多名大寶聚

大般若波羅蜜多經卷第三百一

大般若波羅蜜多經卷第三百二

唐三藏法師玄奘奉　詔譯

初分難聞功德品第三十九之六

具壽善現復白佛言世尊如是般若波羅蜜多是清淨聚佛言如是善現色清淨故般若波羅蜜多清淨受想行識清淨故般若波羅蜜多清淨善現眼處清淨故般若波羅蜜多清淨耳鼻舌身意處清淨故般若波羅蜜多清淨善現色處清淨故般若波羅蜜多清淨聲香味觸法處清淨故般若波羅蜜多清淨善現眼界清淨故般若波羅蜜多清淨色界眼識界及眼觸眼觸爲緣所生諸受清淨故般若波羅蜜多清淨善現耳界清淨故般若波羅蜜多清淨聲界耳識界及耳觸耳觸爲緣所生諸受清淨故般若波羅蜜多清淨善現鼻界清淨故般若波羅蜜多清淨香界鼻識界及鼻觸鼻觸爲緣所生諸受清淨故般若波羅蜜多清淨善現舌界清淨故般若波羅蜜多清淨味界舌識界及舌觸舌觸爲緣所生諸受清淨故般若波羅蜜多清淨善現身界清淨故般若波羅蜜多清淨觸界身識界及身觸身觸爲緣所生諸受清淨故般若波羅蜜多清淨善現意界清淨故般若波羅蜜多清淨法界意識界及意觸意觸爲緣所生諸受清淨故般若波羅蜜多清淨善現地界清淨故般若波羅蜜多清淨水火風空識界清淨故般若波羅蜜多清淨善現無明清淨故般若波羅蜜多清淨行識名色六處觸受愛取有生老死愁歎苦憂惱清淨故般若波羅蜜多清淨善現布施波羅蜜多清淨故

般若波羅蜜多清淨淨戒安忍精進靜慮波羅蜜多清淨故般若波羅蜜多清淨善現內空清淨故般若波羅蜜多清淨外空內外空空空大空勝義空有爲空無爲空畢竟空無際空散空無變異空本性空自相空共相空一切法空不可得空無性空自性空無性自性空清淨故般若波羅蜜多清淨善現真如清淨故般若波羅蜜多清淨法界法性不虛妄性不變異性平等性離生性法定法住實際虛空界不思議界清淨故般若波羅蜜多清淨善現苦聖諦清淨故般若波羅蜜多清淨集滅道聖諦清淨故般若波羅蜜多清淨善現四靜慮清淨故般若波羅蜜多清淨四無量四無色定清淨故般若波羅蜜多清淨善現八解脫清淨故般若波羅蜜多清淨八勝處九次第定十遍處清淨故般若波羅蜜多清淨善現四念住清淨故般若波羅蜜多清淨四正斷四神足五根五力七等覺支八聖道支清淨故般若波羅蜜多清淨善現空解脫門清淨故般若波羅蜜多清淨無相無願解脫門清淨故般若波羅蜜多清淨善現菩薩十地清淨故般若波羅蜜多清淨善現五眼清淨故般若波羅蜜多清淨六神通清淨故般若波羅蜜多清淨善現佛十力清淨故般若波羅蜜多清淨四無所畏四無礙解大慈大悲大喜大捨十八佛不共法清淨故般若波羅蜜多清淨善現無忘失法清淨故般若波羅蜜多清淨恒住捨性清淨故般若波羅蜜多清淨善現一切智清淨故般若波羅蜜多清淨道相智一切相智清淨故般若

波羅蜜多清淨善現一切陀羅尼門清淨故般若波羅蜜多清淨一切三摩地門清淨故般若波羅蜜多清淨善現預流果清淨故般若波羅蜜多清淨一来不還阿羅漢果清淨故般若波羅蜜多清淨善現獨覺菩提清淨故般若波羅蜜多清淨善現一切菩薩摩訶薩行清淨故般若波羅蜜多清淨善現諸佛無上正等菩提清淨故般若波羅蜜多清淨是故般若波羅蜜多名清淨聚具壽善現復白佛言甚奇世尊希有善逝如是般若波羅蜜多以極甚深多諸留難而今廣說留難不生佛言善現如是如是甚深般若波羅蜜多多諸留難佛神力故今雖廣說留難不生是故大乘諸善男子善女人等於此般若波羅蜜多若欲書寫應疾書寫若欲讀誦應疾讀誦若欲受持應疾受持若欲修習應疾修習若欲思惟應疾思惟若欲宣說應疾宣說何以故善現甚深般若波羅蜜多多諸留難勿令書寫讀誦受持修習思惟爲他說者留難事起不究竟故善現是善男子善女人等若欲一月或二或三或四或五或六或七乃至一歲書寫如是甚深般若波羅蜜多能究竟者應勤精進繫念書寫經爾所時令得究竟善現是善男子善女人等若欲一月或二或三或四或五或六或七乃至一歲於此般若波羅蜜多受持讀誦修習思惟爲他宣說能究竟者應勤精進繫念受持乃至宣說經爾所時令得究竟何以故善現甚深般若波羅蜜多無價寶珠多留難故爾時善現復白佛言甚奇世尊希有善逝甚深般若波羅蜜多

無價寶珠多諸留難而有書寫受持讀誦修習思惟爲他說者惡魔於彼欲作留難令不書寫乃至演說佛言善現惡魔於此甚深般若波羅蜜多雖欲留難令不書寫受持讀誦修習思惟爲他演說而彼無力可能留難是菩薩摩訶薩書寫受持般若等事爾時舍利子白佛言世尊是誰神力令彼惡魔不能留難諸菩薩摩訶薩書寫受持讀誦修習思惟廣說甚深般若波羅蜜多佛言舍利子是佛神力令彼惡魔不能留難諸菩薩摩訶薩書寫受持讀誦修習思惟廣說甚深般若波羅蜜多又舍利子亦是十方一切世界諸佛神力令彼惡魔不能留難諸菩薩摩訶薩書寫受持讀誦修習思惟廣說甚深般若波羅蜜多又舍利子諸佛世尊皆共護念修行般若波羅蜜多諸菩薩故令彼惡魔不能留難一切菩薩摩訶薩衆令不書寫受持讀誦修習思惟廣爲他說甚深般若波羅蜜多何以故舍利子諸佛世尊皆共護念修行般若波羅蜜多諸菩薩衆所作善業令彼惡魔不能留難舍利子若菩薩摩訶薩能於如是甚深般若波羅蜜多書寫受持讀誦修習思惟廣說法爾應爲十方世界無量無數無邊如來應正等覺現說法者之所護念若蒙諸佛所護念者法爾惡魔不能留難舍利子若善男子善女人等能於如是甚深般若波羅蜜多書寫受持讀誦修習思惟廣說應作是念我今書寫受持讀誦修習思惟廣爲他說甚深般若波羅蜜多皆是十方無量無數無邊如來應正等覺現說法者神力護念時舍利子復

白佛言世尊若善男子善女人等能於如是甚深般若波羅蜜多書寫受持讀誦修習思惟廣説一切皆是十方世界諸佛如来神力護念令彼所作殊勝善業一切惡魔不能留難佛言舍利子如是如是如汝所説舍利子若善男子善女人等能於如是甚深般若波羅蜜多書寫受持讀誦修習思惟廣説當知皆是一切如来應正等覺神力護念時舍利子復白佛言世尊若善男子善女人等能於如是甚深般若波羅蜜多書寫受持讀誦修習思惟廣説十方世界無量無數無邊如来應正等覺現説法者皆共識知是善男子善女人等書寫受持讀誦修習思惟廣説甚深般若波羅蜜多由此因緣歡喜護念世尊若善男子善女人等能於如是甚深般若波羅蜜多書寫受持讀誦修習思惟廣説是善男子善女人等恒爲十方無量無數無邊世界一切如来應正等覺現説法者佛眼觀見由此因緣慈悲護念佛言舍利子如是如是如汝所説舍利子若善男子善女人等書寫受持讀誦修習思惟廣説甚深般若波羅蜜多是善男子善女人等恒爲十方無量無數無邊世界一切如来應正等覺現説法者佛眼觀見識知護念令諸惡魔不能嬈惱所修善業速得成辦舍利子住菩薩乘諸善男子善女人等若能於此甚深般若波羅蜜多書寫受持讀誦修習思惟廣説當知是善男子善女人等已近無上正等菩提諸惡魔怨不能留難復次舍利子住菩薩乘諸善男子善女人等若能書寫甚深般若波羅蜜多種種莊

嚴受持讀誦當知是善男子善女人等於此般若波羅蜜多深生信解若復於此甚深般若波羅蜜多以諸華香寶幢幡蓋衣服瓔珞妓樂燈明供養恭敬尊重讚歎當知是善男子善女人等常爲如來應正等覺佛眼觀見識知護念由是因緣定當獲得大財大勝利大果大異熟舍利子是善男子善女人等以能書寫受持讀誦供養恭敬尊重讚歎甚深般若波羅蜜多由此善根乃至獲得不退轉地於其中間常不離佛恒聞正法不墮惡趣舍利子是善男子善女人等由此善根乃至無上正等菩提常不遠離布施波羅蜜多常不遠離淨戒安忍精進靜慮般若波羅蜜多舍利子是善男子善女人等由此善根乃至無上正等菩提常不遠離內空常不遠離外

空內外空空空大空勝義空有爲空無爲空畢竟空無際空散空無變異空本性空自相空共相空一切法空不可得空無性空自性空無性自性空舍利子是善男子善女人等由此善根乃至無上正等菩提常不遠離真如常不遠離法界法性不虛妄性不變異性平等性離生性法定法住實際虛空界不思議界舍利子是善男子善女人等由此善根乃至無上正等菩提常不遠離苦聖諦常不遠離集滅道聖諦舍利子是善男子善女人等由此善根乃至無上正等菩提常不遠離四靜慮常不遠離四無量四無色定舍利子是善男子善女人等由此善根乃至無上正等菩提常不遠離八解脫常不遠離八勝處九次第定十遍處舍利子是善男子善女人

等由此善根乃至無上正等菩提常不遠離四念住常不遠離四正斷四神足五根五力七等覺支八聖道支舍利子是善男子善女人等由此善根乃至無上正等菩提常不遠離空解脫門常不遠離無相無願解脫門舍利子是善男子善女人等由此善根乃至無上正等菩提常不遠離修五眼常不遠離修六神通舍利子是善男子善女人等由此善根乃至無上正等菩提常不遠離修佛十力常不遠離修四無所畏四無礙解大慈大悲大喜大捨十八佛不共法舍利子是善男子善女人等由此善根乃至無上正等菩提常不遠離修無忘失法常不遠離修恒住捨性舍利子是善男子善女人等由此善根乃至無上正等菩提常不遠離修一切智常不遠

離修道相智一切相智舍利子是善男子善女人等由此善根乃至無上正等菩提常不遠離修一切陀羅尼門常不遠離修一切三摩地門舍利子是善男子善女人等由此善根乃至無上正等菩提常不遠離方便善巧教諸有情得預流果而自不證常不遠離方便善巧教諸有情得一來不還阿羅漢果而自不證舍利子是善男子善女人等由此善根乃至無上正等菩提常不遠離方便善巧教諸有情得獨覺菩提而自不證舍利子是善男子善女人等由此善根乃至無上正等菩提常不遠離遊戲菩薩自在神通從一佛國至一佛國供養恭敬尊重讃歎諸佛世尊及諸菩薩摩訶薩衆舍利子是善男子善女人等由此善根乃至無上正等菩提常不遠

離嚴淨佛土成熟有情舍利子是善男子善女人等由此善根乃至無上正等菩提常不遠離自在神通遊諸佛土勸請諸佛轉妙法輪度無量衆舍利子是善男子善女人等由此善根乃至無上正等菩提常不遠離一切菩薩摩訶薩行舍利子由此因緣住菩薩乘諸善男子善女人等於此般若波羅蜜多應勤書寫受持讀誦修習思惟爲他廣説爾時舍利子白佛言世尊甚深般若波羅蜜多佛滅度後何方興盛佛言舍利子甚深般若波羅蜜多我滅度後至東南方當漸興盛彼方當有住菩薩乘苾芻苾芻尼鄔波索迦鄔波斯迦國王大臣長者居士能於如是甚深般若波羅蜜多深生信解書寫受持讀誦修習思惟廣説復以種種上妙華鬘塗散等香衣服瓔珞寶幢幡蓋伎樂燈明供養恭敬尊重讃歎如是般若波羅蜜多彼由如是勝善根故畢竟不墮諸險惡趣常生天人中受富貴妙樂由斯勢力增益六種波羅蜜多令速圓滿因此復能供養恭敬尊重讃歎諸佛世尊後隨所應依三乘法漸次修習而趣出離舍利子甚深般若波羅蜜多我滅度後從東南方轉至南方漸當興盛彼方當有住菩薩乘苾芻苾芻尼鄔波索迦鄔波斯迦國王大臣長者居士能於如是甚深般若波羅蜜多深生信解書寫受持讀誦修習思惟廣説復以種種上妙華鬘塗散等香衣服瓔珞寶幢幡蓋伎樂燈明供養恭敬尊重讃歎如是般若波羅蜜多彼由如是勝善根故畢竟不墮諸險惡趣常生天人中受富貴妙樂由斯勢力

增益六種波羅蜜多令速圓滿因此復能供養恭敬尊重讚歎諸佛世尊後隨所應依三乘法漸次修習而趣出離舍利子甚深般若波羅蜜多我滅度後復從南方至西南方當漸興盛彼方當有住菩薩乘苾芻苾芻尼鄔波索迦鄔波斯迦國王大臣長者居士能於如是甚深般若波羅蜜多深生信解書寫受持讀誦修習思惟廣說復以種種上妙華鬘塗散等香衣服瓔珞寶幢幡蓋妓樂燈明供養恭敬尊重讚歎如是般若波羅蜜多彼由如是勝善根故畢竟不墮諸險惡趣常生天人中受富貴妙樂由斯勢力增益六種波羅蜜多令速圓滿因此復能供養恭敬尊重讚歎諸佛世尊後隨所應依三乘法漸次修習而趣出離舍利子甚深般若波羅蜜多我滅度後從西南方至西北方當漸興盛彼方當有住菩薩乘苾芻苾芻尼鄔波索迦鄔波斯迦國王大臣長者居士能於如是甚深般若波羅蜜多深生信解書寫受持讀誦修習思惟廣說復以種種上妙華鬘塗散等香衣服瓔珞寶幢幡蓋妓樂燈明供養恭敬尊重讚歎如是般若波羅蜜多彼由如是勝善根故畢竟不墮諸險惡趣常生天人中受富貴妙樂由斯勢力增益六種波羅蜜多令速圓滿因此復能供養恭敬尊重讚歎諸佛世尊後隨所應依三乘法漸次修習而趣出離舍利子甚深般若波羅蜜多我滅度後從西北方轉至北方當漸興盛彼方當有住菩薩乘苾芻苾芻尼鄔波索迦鄔波斯迦國王大臣長者居士能於如是甚深般若波羅蜜多深生

信解書寫受持讀誦修習思惟廣說復以種種上妙華鬘塗散等香衣服瓔珞寶幢幡蓋妓樂燈明供養恭敬尊重讚歎如是般若波羅蜜多彼由如是勝善根故畢竟不墮諸險惡趣常生天人中受富貴妙樂由斯勢力增益六種波羅蜜多令速圓滿因此復能供養恭敬尊重讚歎諸佛世尊後隨所應依三乘法漸次修習而趣出離舍利子甚深般若波羅蜜多我滅度後復從北方至東北方當漸興盛彼方當有住菩薩乘苾芻苾芻尼鄔波索迦鄔波斯迦國王大臣長者居士能於如是甚深般若波羅蜜多深生信解書寫受持讀誦修習思惟廣說復以種種上妙華鬘塗散等香衣服瓔珞寶幢幡蓋妓樂燈明供養恭敬尊重讚歎如是般若波羅蜜多彼由如是勝善根故畢竟不墮諸險惡趣常生天人中受富貴妙樂由斯勢力增益六種波羅蜜多令速圓滿因此復能供養恭敬尊重讚歎諸佛世尊後隨所應依三乘法漸次修習而趣出離舍利子我滅度已後時後分後五百歲甚深般若波羅蜜多於東北方大作佛事何以故舍利子一切如來應正等覺所尊重法即是般若波羅蜜多如是般若波羅蜜多一切如來應正等覺共所護念舍利子非佛所得法毗奈耶無上正法有滅沒相諸佛所得法毗奈耶無上正法即是般若波羅蜜多舍利子彼東北方諸善男子善女人等若能於此甚深般若波羅蜜多信解受持讀誦修習思惟廣說我常護念是善男子善女人等令無惱害舍利子彼東北方諸善男子善女

人等若能書寫甚深般若波羅蜜多復以種種上妙華鬘塗散等香衣服瓔珞寶幢幡蓋妓樂燈明供養恭敬尊重讃歎甚深般若波羅蜜多我定說彼諸善男子善女人等由此善根畢竟不墮諸險惡趣生天人中常受妙樂由斯勢力增益六種波羅蜜多因此復能供養恭敬尊重讃歎諸佛世尊後隨所應依三乘法漸深修習而般涅槃何以故舍利子我以佛眼觀見證知稱譽讃歎是善男子善女人等所獲功德東西南北四維上下無量無數無邊世界一切如來應正等覺安隱住持現說法者亦以佛眼觀見證知稱譽讃歎是善男子善女人等所獲功德爾時舍利子白佛言世尊甚深般若波羅蜜多佛滅度已後時後分後五百歲於東北方廣流布耶佛言舍利子如是如是甚深般若波羅蜜多我滅度已後時後分後五百歲於東北方當廣流布舍利子我滅度已後時後分後五百歲彼東北方諸善男子善女人等若得聞此甚深般若波羅蜜多深生信解書寫受持讀誦修習思惟廣說當知彼善男子善女人等久發無上正等覺心久修菩薩摩訶薩行多供養諸佛多事諸善友所種善根皆已成熟由斯福力得聞如是甚深般若波羅蜜多深生信解復能書寫受持讀誦修習思惟爲他廣說時舍利子復白佛言世尊佛滅度已後時後分後五百歲於東北方當有幾許住菩薩乘諸善男子善女人等得聞如是甚深般若波羅蜜多深生信解復能書寫受持讀誦修習思惟爲他廣說佛言舍利子我滅度已後

時後分後五百歲於東北方雖有無量住菩薩乘諸善男子善女人等而少得聞甚深般若波羅蜜多深生信解其心不驚不恐不怖亦無憂悔復能書寫受持讀誦修習思惟爲他廣說舍利子彼善男子善女人等聞此般若波羅蜜多其心不驚不恐不怖亦無憂悔深生信解書寫受持讀誦修習思惟廣說甚爲希有何以故舍利子是善男子善女人等已曾親近供養恭敬尊重讚歎無量如來應正等覺及諸菩薩摩訶薩衆請問如是甚深般若波羅蜜多相應義趣舍利子是善男子善女人等不久定當圓滿布施波羅蜜多不久定當圓滿淨戒安忍精進靜慮般若波羅蜜多舍利子是善男子善女人等不久定當圓滿內空不久定當圓滿外空內外空空空大空勝義空有爲空無爲空畢竟空無際空散空無變異空本性空自相空共相空一切法空不可得空無性空自性空無性自性空舍利子是善男子善女人等不久定當圓滿真如不久定當圓滿法界法性不虛妄性不變異性平等性離生性法定法住實際虛空界不思議界舍利子是善男子善女人等不久定當圓滿苦聖諦不久定當圓滿集滅道聖諦舍利子是善男子善女人等不久定當圓滿四靜慮不久定當圓滿四無量四無色定舍利子是善男子善女人等不久定當圓滿八解脫不久定當圓滿八勝處九次第定十遍處舍利子是善男子善女人等不久定當圓滿四念住不久定當圓滿四正斷四神足五根五力七等覺支八聖道支舍利子是

善男子善女人等不久定當圓滿空解脫門不久定當圓滿無相無願解脫門舍利子是善男子善女人等不久定當圓滿菩薩十地舍利子是善男子善女人等不久定當圓滿五眼不久定當圓滿六神通舍利子是善男子善女人等不久定當圓滿佛十力不久定當圓滿四無所畏四無礙解大慈大悲大喜大捨十八佛不共法舍利子是善男子善女人等不久定當圓滿無忘失法不久定當圓滿恒住捨性舍利子是善男子善女人等不久定當圓滿一切智不久定當圓滿道相智一切相智舍利子是善男子善女人等不久定當圓滿一切陀羅尼門不久定當圓滿一切三摩地門舍利子是善男子善女人等不久定當圓滿一切菩薩摩訶薩行舍利子是善男子善女人等不久定當圓滿阿耨多羅三藐三菩提復次舍利子彼善男子善女人等一切如来所護念故無量善友所攝受故殊勝善根所住持故爲欲饒益多衆生故求趣無上正等菩提何以故舍利子我常爲彼諸善男子善女人等說一切智智相應之法過去如来應正等覺亦常爲彼諸善男子善女人等說一切智智相應之法由此因緣彼善男子善女人等後生復能求趣無上正等菩提亦能爲他如應說法令趣無上正等菩提舍利子彼善男子善女人等身心安定諸惡魔王及彼眷屬尚不能壞求趣無上正等覺心何況其餘樂行惡者毀謗般若波羅蜜多能阻其心不令求趣無上正覺舍利子如是大乘諸善男子善女人等聞我說此甚深

般若波羅蜜多心得廣大妙法喜樂亦能安立無量衆生於勝善法令趣無上正等菩提舍利子是善男子善女人等今於我前發弘誓願我當安立無量百千俱胝那庾多諸有情類令發無上正等覺心修諸菩薩摩訶薩行示現勸導讚勵慶喜令於無上正等菩提乃至得受不退轉記舍利子我於彼願深生隨喜何以故舍利子我觀如是住菩薩乘諸善男子善女人等所發弘願心語相應彼善男子善女人等於當來世定能安立無量百千俱胝那庾多諸有情類令發無上正等覺心修諸菩薩摩訶薩行示現勸導讚勵慶喜令於無上正等菩提乃至得受不退轉記舍利子是善男子善女人等亦於過去無量佛前發弘誓願我當安立無量百千俱胝那庾多諸有情類令發無上正等覺心修諸菩薩摩訶薩行示現勸導讚勵慶喜令於無上正等菩提乃至得受不退轉記舍利子過去諸佛亦於彼願深生隨喜何以故舍利子過去諸佛亦觀如是住菩薩乘諸善男子善女人等所發弘願心語相應彼善男子善女人等於當來世定能安立無量百千俱胝那庾多諸有情類令發無上正等覺心修諸菩薩摩訶薩行示現勸導讚勵慶喜令於無上正等菩提乃至得受不退轉記舍利子是善男子善女人等信解廣大能依妙色聲香味觸修廣大施修此施已復能種殖廣大善根因此善根復能攝受廣大果報攝受如是廣大果報專爲利樂一切有情於諸有情能捨内外一切所有彼迴如是所種善根願生他方諸

佛國土現有如来應正等覺宣說如是甚深般若波羅蜜多無上法處彼聞如是甚深般若波羅蜜多無上法已復能安立彼佛土中無量百千俱胝那庾多諸有情類令發無上正等覺心修諸菩薩摩訶薩行示現勸導讚勵慶喜令於無上正等菩提得不退轉時舍利子復白佛言甚奇世尊希有善逝佛於過去未来現在諸所有法無不證知於一切法真如法界及法性等無不證知於諸法教無不證知於諸有情心行差別無不證知於過去佛菩薩聲聞及佛土等無不證知於未来佛菩薩聲聞及佛土等無不證知於現在佛菩薩聲聞及佛土等無不證知於十方界一切如来應正等覺及所說法菩薩聲聞佛土等事無不證知世尊若菩薩摩訶薩於六波羅蜜多勇猛精進恒求不息彼於此六波羅蜜多爲有得時不得時不佛言舍利子彼善男子善女人等恒於此六波羅蜜多勇猛精進欣求不息一切時得無不得時何以故舍利子彼善男子善女人等恒於此六波羅蜜多勇猛精進欣求不息諸佛菩薩常護念故舍利子言世尊彼善男子善女人等若不得六波羅蜜多相應經時如何可說彼得此六波羅蜜多佛言舍利子彼善男子善女人等恒於此六波羅蜜多勇猛信求不顧身命有時不得此相應經無有是處何以故舍利子彼善男子善女人等爲求無上正等菩提示現勸導讚勵慶喜諸有情類令於此六波羅蜜多相應經典受持讀誦思惟修學由此善根隨所生處常得此六波羅蜜多相應契經

受持讀誦勇猛精進如教修行成熟有情嚴淨佛土速證無上正等菩提

大般若波羅蜜多經卷第三百二

音釋

鄔波索迦（梵語也此云近事男鄔安古切）鄔波斯迦（梵語也此云近事女）華鬘（鬘莫班切）俱胝（梵語也此云百億胝張尼切）那庚多（梵語也此云萬億庚弋渚切）

大般若波羅蜜多經卷第三百三

唐三藏法師玄奘奉　詔譯

初分魔事品第四十之一

爾時具壽善現白佛言世尊佛已讚說爲證無上正等菩提修行六種波羅蜜多成熟有情嚴淨佛國諸善男子善女人等所有功德世尊云何是善男子善女人等爲證無上正等菩提修諸行時留難魔事佛言善現若菩薩摩訶薩樂說法要辯不即生當知是爲菩薩魔事世尊何故是菩薩摩訶薩樂說法要辯不即生是爲魔事善現是菩薩摩訶薩修行般若波羅蜜多時所修般若波羅蜜多難得圓滿所修靜慮精進安忍淨戒布施波羅蜜多難得圓滿由此緣故是菩薩摩訶薩樂說法要辯不即生當知是爲菩薩魔事復次善現若菩薩摩訶薩樂修勝行辯乃卒生當知是爲菩薩魔事世尊何故是菩薩摩訶薩樂修勝行辯乃卒生是爲魔事善現是菩薩摩訶薩修行布施波羅蜜多修行淨戒安忍精進靜慮般若波羅蜜多無巧便故辯乃卒生由此緣故是菩薩摩訶薩樂修勝行辯乃卒生當知是爲菩薩魔事復次善現書寫般若波羅蜜多甚深經時頻申欠呿當知是爲菩薩魔事復次善現書寫般若波羅蜜多甚深經時忽然戲笑當知是爲菩薩魔事復次善現書寫般若波羅蜜多甚深經時互相輕蔑當知是爲菩薩魔事復次善現書寫般若波羅蜜多甚深經時身心擾亂當知是爲菩薩魔事復次善現書寫般若波羅蜜多甚深經時心生異解文句倒錯當知是爲菩薩魔

事復次善現書寫般若波羅蜜多甚深經時欻有事起令不究竟當知是爲菩薩魔事復次善現書寫般若波羅蜜多甚深經時忽作是念我於此經不得滋味何用書寫便棄捨去當知是爲菩薩魔事復次善現受持讀誦思惟修習說聽般若波羅蜜多甚深經時頻申欠呿當知是爲菩薩魔事復次善現受持讀誦思惟修習說聽般若波羅蜜多甚深經時忽然戲笑當知是爲菩薩魔事復次善現受持讀誦思惟修習說聽般若波羅蜜多甚深經時互相輕蔑當知是爲菩薩魔事復次善現受持讀誦思惟修習說聽般若波羅蜜多甚深經時身心擾亂當知是爲菩薩魔事復次善現受持讀誦思惟修習說聽般若波羅蜜多甚深經時心生異解文句倒錯當知是爲菩薩魔事復次善現受持讀誦思惟修習說聽般若波羅蜜多甚深經時欻有事起令不究竟當知是爲菩薩魔事復次善現受持讀誦思惟修習說聽般若波羅蜜多甚深經時忽作是念我於此經不得滋味何用勤苦便棄捨去當知是爲菩薩魔事

時具壽善現白佛言世尊何因緣故是善男子善女人等於此深經不得滋味便棄捨去佛言善現是善男子善女人等於過去世未久修行般若靜慮精進安忍淨戒布施波羅蜜多是故於此甚深般若波羅蜜多不得滋味便棄捨去復次善現若善男子善女人等聞說如是甚深般若波羅蜜多便作是念我等於此不得受記何用聽爲心不清淨便從座起棄捨而去當知是爲菩薩魔事時具壽

善現白佛言世尊何因緣故於此般若波羅蜜多甚深經中不授彼記而令捨去佛言善現菩薩未入正性離生不應授彼大菩提記復次善現若善男子善女人等聞說如是甚深般若波羅蜜多便作是念此中不說我等名字何用聽爲心不清淨便從座起棄捨而去當知是爲菩薩魔事時具壽善現白佛言世尊何因緣故於此般若波羅蜜多甚深經中不記說彼菩薩名字佛言善現菩薩未受大菩提記法爾不應記說名字復次善現若善男子善女人等聞說般若波羅蜜多甚深經時生如是念此中不說我等生處城邑聚落何用聽爲心不清淨便從座起棄捨而去當知是爲菩薩魔事時具壽善現白佛言世尊何因緣故於此般若波羅蜜多甚深經中不記說彼菩薩生處城邑聚落佛言善現若未記彼菩薩名字不應說其生處差別復次善現若菩薩摩訶薩聞說般若波羅蜜多心不清淨而捨去者隨彼所起不清淨心猒捨此經舉步多少便減爾所劫數功德獲爾所劫障菩提罪受彼罪已更爾所時發勤精進求趣無上正等菩提方可復本是故菩薩若欲速證無上菩提不應猒捨甚深般若波羅蜜多復次善現住菩薩乘諸善男子善女人等棄捨般若波羅蜜多甚深經典求學餘經當知是爲菩薩魔事何以故善現是善男子善女人等棄捨一切智智根本甚深般若波羅蜜多而攀枝葉諸餘經典終不能得大菩提故時具壽善現白佛言世尊何等餘經猶如枝葉不能引發一切智智佛言善現若說

二乘相應之法謂四念住四正斷四神足五根五力七等覺支八聖道支及空無相無願解脫門等所有諸經若善男子善女人等於中修學得預流果得一來果得不還果得阿羅漢果得獨覺菩提不得無上正等菩提是名餘經猶如枝葉不能引發一切智智甚深般若波羅蜜多定能引發一切智智有大勢力猶如樹根是善男子善女人等棄捨般若波羅蜜多甚深經典求學餘經定不能得一切智智何以故善現如是般若波羅蜜多甚深經典出生一切菩薩摩訶薩世間出世間功德法故善現若菩薩摩訶薩修學般若波羅蜜多則爲修學一切世間出世間法復次善現譬如餓狗捨其主食返從僕使而求覔之於當來世有菩薩乘諸善男子善女人等棄捨一切佛法根本甚深般若波羅蜜多求學二乘相應經典亦復如是當知是爲菩薩魔事復次善現譬如有人欲求香象得此象已捨而求跡於汝意云何是人有智不善現荅言是人無智佛言善現於當來世有菩薩乘諸善男子善女人等棄捨一切佛法根本甚深般若波羅蜜多求學二乘相應經典亦復如是當知是爲菩薩魔事復次善現譬如有人欲見大海既至海岸返觀牛跡作是念言大海中水淺深多少豈及此耶於汝意云何是人有智不善現荅言是人無智佛言善現於當來世有菩薩乘諸善男子善女人等棄捨一切佛法根本甚深般若波羅蜜多求學二乘相應經典亦復如是當知是爲菩薩魔事復次善現如有工匠或彼弟子欲造大

殿如天帝釋殊勝殿量見彼殿已而返揆模日月宮殿於意云何如是工匠或彼弟子能造大殿量如帝釋殊勝殿不善現荅言不也世尊佛言善現於汝意云何是人有智不善現荅言是人無智是愚癡類佛言善現於當来世有菩薩乘諸善男子善女人等欲求無上正等菩提棄捨如是甚深般若波羅蜜多求學二乘相應經典亦復如是於意云何是善男子善女人等能得無上佛菩提不善現荅言不也世尊佛言善現於意云何是善男子善女人等是黠慧不善現荅言是愚癡類佛言善現如是如是當知是為菩薩魔事復次善現如人求見轉輪聖王見已不識捨至餘處見凢小王取其形相作如是念轉輪聖王形相威德與此何異於汝意云何是人有智不善現荅言是人無智佛言善現於當来世有菩薩乘諸善男子善女人等欲求無上正等菩提棄捨如是甚深般若波羅蜜多求學二乘相應經典亦復如是於意云何是善男子善女人等為能證得大菩提不善現荅言不也世尊佛言善現於意云何是善男子善女人等是黠慧不善現荅言是愚癡類佛言善現如是如是當知是為菩薩魔事復次善現如有飢人得百味食棄而求敢兩月穀飯於汝意云何是人有智不善現荅言是人無智佛言善現於當来世有菩薩乘諸善男子善女人等棄大般若波羅蜜多甚深經典求學二乘相應經典於中欲求一切智智亦復如是於意云何是善男子善女人等是黠慧不善現荅言是愚癡類佛言善現如是如

是當知是爲菩薩魔事復次善現如有貧人得無價寶棄而求取迦遮末尼於汝意云何是人有智不善現荅言是人無智佛言善現於當來世有菩薩乘諸善男子善女人等棄大般若波羅蜜多甚深經典求學二乘相應經典於中欲求一切智智亦復如是於意云何是善男子善女人等是黠慧不善現荅言是愚癡類佛言善現如是如是當知是爲菩薩魔事復次善現住菩薩乘諸善男子善女人等書大般若波羅蜜多甚深經時衆辯競起樂說種種差別法門令所書寫甚深般若波羅蜜多不得究竟當知是爲菩薩魔事所謂樂說布施淨戒安忍精進靜慮般若樂說欲界色無色界樂說受持讀誦宣說樂說有病修餘福業樂說色樂說受想行識樂說眼處樂說耳鼻舌身意處樂說色處樂說聲香味觸法處樂說眼界樂說色界眼識界及眼觸眼觸爲緣所生諸受樂說耳界樂說聲界耳識界及耳觸耳觸爲緣所生諸受樂說鼻界樂說香界鼻識界及鼻觸鼻觸爲緣所生諸受樂說舌界樂說味界舌識界及舌觸舌觸爲緣所生諸受樂說身界樂說觸界身識界及身觸身觸爲緣所生諸受樂說意界樂說法界意識界及意觸意觸爲緣所生諸受樂說地界樂說水火風空識界樂說無明樂說行識名色六處觸受愛取有生老死愁歎苦憂惱樂說布施波羅蜜多樂說淨戒安忍精進靜慮般若波羅蜜多樂說內空樂說外空內外空空空大空勝義空有爲空無爲空畢竟空無際空散空無變異空本性空自相

空共相空一切法空不可得空無性空自性空無性自性空樂說真如樂說法界法性不虚妄性不變異性平等性離生性法定法住實際虚空界不思議界樂說苦聖諦樂說集滅道聖諦樂說四靜慮樂說四無量四無色定樂說八解脫樂說八勝處九次第定十遍處樂說四念住樂說四正斷四神足五根五力七等覺支八聖道支樂說空解脫門樂說無相無願解脫門樂說菩薩十地樂說五眼樂說六神通樂說佛十力樂說四無所畏四無礙解大慈大悲大喜大捨十八佛不共法樂說無忘失法樂說恒住捨性樂說一切智樂說道相智一切相智樂說一切陀羅尼門樂說一切三摩地門樂說預流果樂說一來不還阿羅漢果樂說獨覺菩提樂說一切菩薩摩訶薩行樂說諸佛阿耨多羅三藐三菩提何以故善現甚深般若波羅蜜多中無樂說相故甚深般若波羅蜜多難思議故甚深般若波羅蜜多無思慮故甚深般若波羅蜜多無生滅故甚深般若波羅蜜多無染淨故甚深般若波羅蜜多無定亂故甚深般若波羅蜜多離名言故甚深般若波羅蜜多不可說故甚深般若波羅蜜多不可得故所以者何善現甚深般若波羅蜜多中如前所說諸法皆無所有都不可得住菩薩乘諸善男子善女人等書寫般若波羅蜜多甚深經時如是諸法擾亂其心令不究竟當知是爲菩薩魔事爾時具壽善現白佛言世尊甚深般若波羅蜜多可書寫不佛言善現甚深般若波羅蜜多不可書寫何以故善現於此般若波

羅蜜多甚深經中色自性無所有不可得受想行識自性無所有不可得眼處自性無所有不可得耳鼻舌身意處自性無所有不可得色處自性無所有不可得聲香味觸法處自性無所有不可得眼界自性無所有不可得色界眼識界及眼觸眼觸爲緣所生諸受自性無所有不可得耳界自性無所有不可得聲界耳識界及耳觸耳觸爲緣所生諸受自性無所有不可得鼻界自性無所有不可得香界鼻識界及鼻觸鼻觸爲緣所生諸受自性無所有不可得舌界自性無所有不可得味界舌識界及舌觸舌觸爲緣所生諸受自性無所有不可得身界自性無所有不可得觸界身識界及身觸身觸爲緣所生諸受自性無所有不可得意界自性無所有不可得法界意識界及意觸意觸爲緣所生諸受自性無所有不可得地界自性無所有不可得水火風空識界自性無所有不可得無明自性無所有不可得行識名色六處觸受愛取有生老死愁歎苦憂惱自性無所有不可得布施波羅蜜多自性無所有不可得淨戒安忍精進靜慮般若波羅蜜多自性無所有不可得內空自性無所有不可得外空內外空空空大空勝義空有爲空無爲空畢竟空無際空散空無變異空本性空自相空共相空一切法空不可得空無性空自性空無性自性空自性無所有不可得真如自性無所有不可得法界法性不虛妄性不變異性平等性離生性法定法住實際虛空界不思議界自性無所有不可得苦聖諦自性無所有

不可得集滅道聖諦自性無所有不可得四靜慮自性無所有不可得四無量四無色定自性無所有不可得八解脱自性無所有不可得八勝處九次第定十遍處自性無所有不可得四念住自性無所有不可得四正斷四神足五根五力七等覺支八聖道支自性無所有不可得空解脱門自性無所有不可得無相無願解脱門自性無所有不可得菩薩十地自性無所有不可得五眼自性無所有不可得六神通自性無所有不可得佛十力自性無所有不可得四無所畏四無礙解大慈大悲大喜大捨十八佛不共法自性無所有不可得無忘失法自性無所有不可得恒住捨性自性無所有不可得一切智自性無所有不可得道相智一切相智自性無所有不可得一切陀羅尼門自性無所有不可得一切三摩地門自性無所有不可得預流果自性無所有不可得一來不還阿羅漢果自性無所有不可得獨覺菩提自性無所有不可得一切菩薩摩訶薩行自性無所有不可得諸佛無上正等菩提自性無所有不可得善現諸法自性皆無所有不可得故即是無性如是無性即是般若波羅蜜多非無性法能書無性是故般若波羅蜜多不可書寫善現若菩薩乘諸善男子善女人等作如是念於此般若波羅蜜多甚深經中無性是色無性是受想行識無性是眼處無性是耳鼻舌身意處無性是色處無性是聲香味觸法處無性是眼界無性是色界眼識界及眼觸眼觸爲緣所生諸受無性是耳界無性是聲

界耳識界及耳觸耳觸爲緣所生諸受無性是鼻界無性是香界鼻識界及鼻觸鼻觸爲緣所生諸受無性是舌界無性是味界舌識界及舌觸舌觸爲緣所生諸受無性是身界無性是觸界身識界及身觸身觸爲緣所生諸受無性是意界無性是法界意識界及意觸意觸爲緣所生諸受無性是地界無性是水火風空識界無性是無明無性是行識名色六處觸受愛取有生老死愁歎苦憂惱無性是布施波羅蜜多無性是淨戒安忍精進靜慮般若波羅蜜多無性是內空無性是外空內外空空空大空勝義空有爲空無爲空畢竟空無際空散空無變異空本性空自相空共相空一切法空不可得空無性空自性空無性自性空無性是真如無性是法界法性不虛妄性不變異性平等性離生性法定法住實際虛空界不思議界無性是苦聖諦無性是集滅道聖諦無性是四靜慮無性是四無量四無色定無性是八解脫無性是八勝處九次第定十遍處無性是四念住無性是四正斷四神足五根五力七等覺支八聖道支無性是空解脫門無性是無相無願解脫門無性是菩薩十地無性是五眼無性是六神通無性是佛十力無性是四無所畏四無礙解大慈大悲大喜大捨十八佛不共法無性是無忘失法無性是恒住捨性無性是一切智無性是道相智一切相智無性是一切陀羅尼門無性是一切三摩地門無性是預流果無性是一來不還阿羅漢果無性是獨覺菩提無性是一切菩薩摩訶薩行無性

是諸佛無上正等菩提當知是為菩薩魔事

爾時具壽善現白佛言世尊若菩薩乘諸善男子善女人等書寫如是甚深般若波羅蜜多作如是念我以文字書寫般若波羅蜜多彼執文字能書般若波羅蜜多當知是為菩薩魔事何以故世尊於此般若波羅蜜多甚深經中色無文字受想行識無文字眼處無文字耳鼻舌身意處無文字色處無文字聲香味觸法處無文字眼界無文字色界眼識界及眼觸眼觸為緣所生諸受無文字耳界無文字聲界耳識界及耳觸耳觸為緣所生諸受無文字鼻界無文字香界鼻識界及鼻觸鼻觸為緣所生諸受無文字舌界無文字味界舌識界及舌觸舌觸為緣所生諸受無文字身界無文字觸界身識界及身觸身觸為緣所生諸受無文字意界無文字法界意識界及意觸意觸為緣所生諸受無文字地界無文字水火風空識界無文字無明無文字行識名色六處觸受愛取有生老死愁歎苦憂惱無文字布施波羅蜜多無文字淨戒安忍精進靜慮般若波羅蜜多無文字內空無文字外空內外空空空大空勝義空有為空無為空畢竟空無際空散空無變異空本性空自相空共相空一切法空不可得空無性空自性空無性自性空無文字真如無文字法界法性不虛妄性不變異性平等性離生性法定法住實際虛空界不思議界無文字苦聖諦無文字集滅道聖諦無文字四靜慮無文字四無量四無色定無文字八解脫無文字八勝處九次第定十遍處無文字四

念住無文字四正斷四神足五根五力七等覺支八聖道支無文字空解脫門無文字無相無願解脫門無文字菩薩十地無文字五眼無文字六神通無文字佛十力無文字四無所畏四無礙解大慈大悲大喜大捨十八佛不共法無文字無忘失法無文字恒住捨性無文字一切智無文字道相智一切相智無文字一切陁羅尼門無文字一切三摩地門無文字預流果無文字一來不還阿羅漢果無文字獨覺菩提無文字一切菩薩摩訶薩行無文字諸佛無上正等菩提無文字是故不應執有文字能書般若波羅蜜多世尊若菩薩乘諸善男子善女人等作如是執於此般若波羅蜜多甚深經中無文字是色無文字是受想行識無文字是眼處無文字是耳鼻舌身意處無文字是色處無文字是聲香味觸法處無文字是眼界無文字是色界眼識界及眼觸眼觸爲緣所生諸受無文字是耳界無文字是聲界耳識界及耳觸耳觸爲緣所生諸受無文字是鼻界無文字是香界鼻識界及鼻觸鼻觸爲緣所生諸受無文字是舌界無文字是味界舌識界及舌觸舌觸爲緣所生諸受無文字是身界無文字是觸界身識界及身觸身觸爲緣所生諸受無文字是意界無文字是法界意識界及意觸意觸爲緣所生諸受無文字是地界無文字是水火風空識界無文字是無明無文字是行識名色六處觸受愛取有生老死愁歎苦憂惱無文字是布施波羅蜜多無文字是淨戒安忍精進靜慮般若波羅蜜多無文字是

内空無文字是外空内外空空空大空勝義空有爲空無爲空畢竟空無際空散空無變異空本性空自相空共相空一切法空不可得空無性空自性空無性自性空無文字是真如無文字是法界法性不虚妄性不變異性平等性離生性法定法住實際虚空界不思議界無文字是苦聖諦無文字是集滅道聖諦無文字是四静慮無文字是四無量四無色定無文字是八解脱無文字是八勝處九次第定十遍處無文字是四念住無文字是四正斷四神足五根五力七等覺支八聖道支無文字是空解脱門無文字是無相無願解脱門無文字是菩薩十地無文字是五眼無文字是六神通無文字是佛十力無文字是四無所畏四無礙解大慈大悲大喜大捨十八佛不共法無文字是無忘失法無文字是恒住捨性無文字是一切智無文字是道相智一切相智無文字是一切陀羅尼門無文字是一切三摩地門無文字是預流果無文字是一来不還阿羅漢果無文字是獨覺菩提無文字是一切菩薩摩訶薩行無文字是諸佛無上正等菩提當知是爲菩薩魔事佛言善現如是如是如汝所説復次善現住菩薩乘諸善男子善女人等書寫受持讀誦修習思惟演説如是般若波羅蜜多甚深經時若起國土念若起城邑念若起王都念若起方處念當知是爲菩薩魔事復次善現住菩薩乘諸善男子善女人等書寫受持讀誦修習思惟演説如是般若波羅蜜多甚深經時若起親教軌範念若起同學善友念若

起父母妻子念若起兄弟姊妹念若起親戚朋侶念當知是爲菩薩魔事復次善現住菩薩乘諸善男子善女人等書寫受持讀誦修習思惟演說如是般若波羅蜜多甚深經時若起惡賊惡獸念若起惡人惡鬼念若起衆會遊戲念若起婬女歡娛念若起報恩報怨念若起諸餘無量異念皆是惡魔之所引發爲障般若波羅蜜多當知是爲菩薩魔事復次善現住菩薩乘諸善男子善女人等書寫受持讀誦修習思惟演說如是般若波羅蜜多甚深經時得大名譽恭敬供養所謂衣服飲食卧具醫藥資財是善男子善女人等受著是事廢所作業當知是爲菩薩魔事復次善現住菩薩乘諸善男子善女人等書寫受持讀誦修習思惟演說如是般若波羅蜜多甚深經時有諸惡魔執持種種世俗書論或復二乘相應經典詐現親友授與菩薩此中廣說世俗勝事或復廣說諸蘊界處諦實緣起三十七種菩提分法三解脫門四靜慮等言是經典義趣深奧應勤修學捨所習經是菩薩乘諸善男子善女人等善巧方便不應受著惡魔所與世俗書論或二乘經所以者何世俗書論二乘經典不能引發一切智智非趣無上正等菩提巧方便故善現我此般若波羅蜜多甚深經中廣說菩薩摩訶薩道善巧方便若於此中精勤修學速證無上正等菩提若菩薩乘諸善男子善女人等棄捨般若波羅蜜多甚深經典受學惡魔世俗書論或二乘經當知是爲菩薩魔事復次善現能聽法者愛樂聽聞書寫受持讀誦修習甚

深般若波羅蜜多能說法者著樂懈怠不欲爲說當知是爲菩薩魔事復次善現能說法者心不著樂亦不懈怠樂爲他說甚深般若波羅蜜多方便勸勵書寫受持讀誦修習能聽法者懈怠著樂不欲聽受當知是爲菩薩魔事復次善現能聽法者愛樂聽聞書寫受持讀誦修習甚深般若波羅蜜多能說法者欲適他方不獲爲說當知是爲菩薩魔事復次善現能說法者樂爲他說甚深般若波羅蜜多方便勸勵書寫受持讀誦修習能聽法者欲適他方不獲聽受當知是爲菩薩魔事復次善現能說法者具大惡欲愛重名利衣服飲食卧具醫藥供養資財能聽法者少欲喜足修遠離行勇猛正勤具念定慧猒怖利養恭敬名譽兩不和合不獲說聽書寫受持讀誦修習甚深般若波羅蜜多當知是爲菩薩魔事復次善現能說法者少欲喜足修遠離行勇猛正勤具念定慧猒怖利養恭敬名譽能聽法者具大惡欲愛重名利衣服飲食卧具醫藥供養資財兩不和合不獲說聽書寫受持讀誦修習甚深般若波羅蜜多當知是爲菩薩魔事復次善現能說法者受行十二杜多功德一住阿練若處二常乞食三糞掃衣四一受食五一坐食六隨得食七塚間住八露地住九樹下住十常坐不卧十一隨得敷具十二但三衣能聽法者不受十二杜多功德謂不住阿練若處乃至不受但三衣兩不和合不獲說聽書寫受持讀誦修習甚深般若波羅蜜多當知是爲菩薩魔事復次善現能聽法者受行十二杜多功德謂住阿

練若處乃至受但三衣能說法者不受十二杜多功德謂不住阿練若處乃至不受但三衣兩不和合不獲說聽書寫受持讀誦修習甚深般若波羅蜜多當知是爲菩薩魔事復次善現能說法者有信有戒有善意樂欲爲他說甚深般若波羅蜜多方便勸勵書寫受持讀誦修習能聽法者無信無戒無善意樂不樂聽受兩不和合不獲說聽書寫受持讀誦修習甚深般若波羅蜜多當知是爲菩薩魔事復次善現能聽法者有信有戒有善意樂求欲聽問書寫受持讀誦修習甚深般若波羅蜜多能說法者無信無戒無善意樂不欲爲說兩不和合不獲說聽書寫受持讀誦修習甚深般若波羅蜜多當知是爲菩薩魔事復次善現能說法者心無慳悋一切能捨能聽法者心有慳悋不能棄捨兩不和合不獲說聽書寫受持讀誦修習甚深般若波羅蜜多當知是爲菩薩魔事復次善現能聽法者心無慳悋一切能捨能說法者心有慳悋不能棄捨兩不和合不獲說聽書寫受持讀誦修習甚深般若波羅蜜多當知是爲菩薩魔事復次善現能聽法者欲求供養能說法者衣服飲食卧具醫藥及餘資財能說法者不樂受用兩不和合不獲說聽書寫受持讀誦修習甚深般若波羅蜜多當知是爲菩薩魔事復次善現能說法者欲求供給能聽法者衣服飲食卧具醫藥及餘資財能聽法者不樂受用兩不和合不獲說聽書寫受持讀誦修習甚深般若波羅蜜多當知是爲菩薩魔事復次善現能說法者成就開智不樂廣

說能聽法者成就演智不樂略說兩不和合不獲說聽書寫受持讀誦修習甚深般若波羅蜜多當知是爲菩薩魔事復次善現能聽法者成就開智唯樂略說能說法者成就演智唯樂廣說兩不和合不獲說聽書寫受持讀誦修習甚深般若波羅蜜多當知是爲菩薩魔事復次善現能說法者專樂廣知十二分教次第法義所謂契經應頌記別諷頌自說因緣譬喻本事本生方廣希法論義能聽法者不樂廣知十二分教次第法義所謂契經乃至論義兩不和合不獲說聽書寫受持讀誦修習甚深般若波羅蜜多當知是爲菩薩魔事復次善現能聽法者專樂廣知十二分教次第法義所謂契經乃至論義能說法者不樂廣知十二分教次第法義所謂契經乃至論義兩不和合不獲說聽書寫受持讀誦修習甚深般若波羅蜜多當知是爲菩薩魔事復次善現能說法者已成就六波羅蜜多能聽法者未成就六波羅蜜多兩不和合不獲說聽書寫受持讀誦修習甚深般若波羅蜜多當知是爲菩薩魔事復次善現能聽法者已成就六波羅蜜多能說法者未成就六波羅蜜多兩不和合不獲說聽書寫受持讀誦修習甚深般若波羅蜜多當知是爲菩薩魔事

大般若波羅蜜多經卷第三百三

音釋

欠呿欠去劍切呿丘加切謂氣擁滯欠呿而解也輕蔑蔑莫結切輕蔑
謂輕易陵蔑也擾而沼切煩也亂也欸許勿切卒起貌揆模揆衢癸切
度也模莫胡切規也揆模謂有所揆度規倣也不俯九切否也不也不音
弗不可也黠慧黠胡戛切亦慧也噉徒濫切食噉也軌範軌居洧切
範音犯謂軌則範模也姊蔣兒切杜多梵語也亦云頭陀此云修治謂
修治淨行杜徒古切阿練若梵語也此云寂靜處若尔者切塚間塚知
隴切高墳也慳悋慳丘閑切亦悋也悋良刃切鄙也又恨惜也

大般若波羅蜜多經卷第三百四

唐三藏法師玄奘奉　詔譯

初分魔事品第四十之二

復次善現能說法者於六波羅蜜多有方便善巧能聽法者於六波羅蜜多無方便善巧兩不和合不獲說聽書寫受持讀誦修習甚深般若波羅蜜多當知是爲菩薩魔事復次善現能聽法者於六波羅蜜多有方便善巧能說法者於六波羅蜜多無方便善巧兩不和合不獲說聽書寫受持讀誦修習甚深般若波羅蜜多當知是爲菩薩魔事復次善現能說法者已得陀羅尼能聽法者未得陀羅尼兩不和合不獲說聽書寫受持讀誦修習甚深般若波羅蜜多當知是爲菩薩魔事復次善現能聽法者已得陀羅尼能說法者未得陀羅尼兩不和合不獲說聽書寫受持讀誦修習甚深般若波羅蜜多當知是爲菩薩魔事復次善現能說法者欲令恭敬書寫受持讀誦修習甚深般若波羅蜜多能聽法者不欲恭敬書寫受持讀誦修習甚深般若波羅蜜多兩不和合不獲說聽書寫受持讀誦修習甚深般若波羅蜜多當知是爲菩薩魔事復次善現能聽法者欲得恭敬書寫受持讀誦修習甚深般若波羅蜜多能說法者不欲恭敬書寫受持讀誦修習甚深般若波羅蜜多兩不和合不獲說聽書寫受持讀誦修習甚深般若波羅蜜多當知是爲菩薩魔事復次善現能說法者已離貪欲瞋恚惛沉睡眠掉舉惡作疑蓋能聽法者未離貪欲瞋恚惛沉睡眠掉舉惡作疑蓋兩不和合不獲說

聽書寫受持讀誦修習甚深般若波羅蜜多當知是爲菩薩魔事復次善現能聽法者已離貪欲瞋恚惛沉睡眠掉舉惡作疑蓋能說法者未離貪欲瞋恚惛沉睡眠掉舉惡作疑蓋兩不和合不獲說聽書寫受持讀誦修習甚深般若波羅蜜多當知是爲菩薩魔事復次善現若有書寫受持讀誦修習思惟演說般若波羅蜜多甚深經時或有人来說三惡趣種種苦事因復告言汝於是身應勤精進速盡苦際而般涅槃何因稽留生死大海受百千種難忍苦事求趣無上正等菩提彼由此言於所書寫受持讀誦修習思惟演說般若波羅蜜多甚深經事不得究竟當知是爲菩薩魔事復次善現若有書寫受持讀誦修習思惟演說般若波羅蜜多甚深經時或有人来讚說人趣種種勝事讚說四大王衆天三十三天夜摩天覩史多天樂變化天他化自在天諸勝妙事讚說梵衆天梵輔天梵會天大梵天諸勝妙事讚說光天少光天無量光天極光淨天諸勝妙事讚說淨天少淨天無量淨天遍淨天諸勝妙事讚說廣天少廣天無量廣天廣果天諸勝妙事讚說無煩天無熱天善現天善見天色究竟天諸勝妙事讚說空無邊處識無邊處無所有處非想非非想處諸勝妙事因復告言雖於欲界受諸欲樂於色界中受靜慮樂在無色界受寂定樂而彼皆是無常苦空無我不淨變壞之法盡法謝法離法滅法汝於此身何不精進取預流果若一来果若不還果若阿羅漢果若獨覺菩提而般涅槃畢竟安樂何用久處生

死輪迴無事爲他受諸苦惱求趣無上正等菩提彼由此言於所書寫受持讀誦修習思惟演說般若波羅蜜多甚深經事不得究竟當知是爲菩薩魔事復次善現能說法者一身無累無礙自在能聽法者多将人衆纏擾繫縛兩不和合不獲說聽書寫受持讀誦修習甚深般若波羅蜜多當知是爲菩薩魔事復次善現能聽法者一身無累無礙自在能說法者多将人衆纏擾繫縛兩不和合不獲說聽書寫受持讀誦修習甚深般若波羅蜜多當知是爲菩薩魔事復次善現能說法者不樂衆雜能聽法者樂處衆雜兩不和合不獲說聽書寫受持讀誦修習甚深般若波羅蜜多當知是爲菩薩魔事復次善現能聽法者不樂衆雜能說法者樂處衆雜兩不和合不獲說聽書寫受持讀誦修習甚深般若波羅蜜多當知是爲菩薩魔事復次善現能說法者欲令聽者於我所作悉皆隨助能聽法者不隨其欲兩不和合不獲說聽書寫受持讀誦修習甚深般若波羅蜜多當知是爲菩薩魔事復次善現能聽法者欲於說者諸所作事悉皆隨助能說法者不隨其欲兩不和合不獲說聽書寫受持讀誦修習甚深般若波羅蜜多當知是爲菩薩魔事復次善現能說法者爲財利故欲爲他說甚深般若波羅蜜多復欲令彼書寫受持讀誦修習能聽法者知其所爲不欲從受兩不和合不獲說聽書寫受持讀誦修習甚深般若波羅蜜多當知是爲菩薩魔事復次善現能聽法者爲財利故欲請他說甚深般若波羅蜜多復欲方

便書寫受持讀誦修習能説法者知其所爲而不隨請兩不和合不獲説聽書寫受持讀誦修習甚深般若波羅蜜多當知是爲菩薩魔事復次善現能説法者欲適他方危身命處能聽法者恐失身命不欲隨往兩不和合不獲説聽書寫受持讀誦修習甚深般若波羅蜜多當知是爲菩薩魔事復次善現能聽法者欲適他方危身命處能説法者恐失身命不欲共往兩不和合不獲説聽書寫受持讀誦修習甚深般若波羅蜜多當知是爲菩薩魔事復次善現能説法者欲適他方儉食水處能聽法者慮彼艱辛不欲隨往兩不和合不獲説聽書寫受持讀誦修習甚深般若波羅蜜多當知是爲菩薩魔事復次善現能聽法者欲適他方儉食水處能説法者慮彼艱辛而不共往兩不和合不獲説聽書寫受持讀誦修習甚深般若波羅蜜多當知是爲菩薩魔事復次善現能説法者欲適他方豐樂之所能聽法者欲隨其去時説法者方便誡言汝雖爲利欲隨我往而汝至彼豈必遂心宜善審思勿後憂悔時聽法者聞已念言是彼不欲令我去相設固隨往豈必聞法由此因緣不隨其去兩不和合不獲説聽書寫受持讀誦修習甚深般若波羅蜜多當知是爲菩薩魔事復次善現能説法者欲往他方所經道路曠野險難多有賊怖旃荼羅怖獵師惡獸毒蛇等怖能聽法者欲隨其往時説法者方便誡言汝今何故無事隨我欲經如是諸險難處可善審思勿後致悔時聽法者聞已念言此應不欲令我隨往設固隨往豈

必聞法由此因緣不隨其去兩不和合不獲説聽書寫受持讀誦修習甚深般若波羅蜜多當知是爲菩薩魔事復次善現能説法者多有施主數相追隨聽法者來請説般若波羅蜜多緣礙無暇即説聽者起嫌後説不受兩不和合不獲説聽書寫受持讀誦修習甚深般若波羅蜜多當知是爲菩薩魔事

復次善現有諸惡魔作苾芻像至菩薩所方便破壞令於般若波羅蜜多甚深經典不得書寫受持讀誦修習思惟爲他演説時具壽善現白佛言世尊云何惡魔作苾芻像至菩薩所方便破壞令於般若波羅蜜多甚深經典不得書寫受持讀誦修習思惟爲他演説佛言善現有諸惡魔作苾芻像至菩薩所方便破壞令其毀猒甚深般若波羅蜜多謂作是言汝所習誦無相經典非真般若波羅蜜多我所習誦有相經典是真般若波羅蜜多作是語時有諸菩薩未得受記便於般若波羅蜜多而生疑惑由疑惑故便於般若波羅蜜多而生毀猒由毀猒故遂闕書寫受持讀誦修習思惟爲他演説甚深般若波羅蜜多當知是爲菩薩魔事復次善現有諸惡魔作苾芻像至菩薩所謂菩薩言若諸菩薩行此般若波羅蜜多唯證實際得預流果若一來果若不還果若阿羅漢果若獨覺菩提終不能得無上佛果何緣於此唐設劬勞菩薩既聞便不書寫受持讀誦修習思惟爲他演説甚深般若波羅蜜多當知是爲菩薩魔事

復次善現甚深般若波羅蜜多説聽等時多諸魔事而爲留難菩薩應覺當遠離之時具

壽善現白佛言世尊何等名爲魔事留難菩薩當覺而遠離之佛言善現甚深般若波羅蜜多說聽等時多有相似般若靜慮精進安忍淨戒布施波羅蜜多魔事留難菩薩應覺而遠離之復次善現甚深般若波羅蜜多說聽等時多有相似內空外空內外空空空大空勝義空有爲空無爲空畢竟空無際空散空無變異空本性空自相空共相空一切法空不可得空無性空自性空無性自性空魔事留難菩薩應覺當遠離之復次善現甚深般若波羅蜜多說聽等時多有相似眞如法界法性不虛妄性不變異性平等性離生性法定法住實際虛空界不思議界魔事留難菩薩應覺當遠離之復次善現甚深般若波羅蜜多說聽等時有諸惡魔作苾芻像至菩薩所宣說二乘相應之法謂四聖諦四靜慮四無量四無色定八解脫八勝處九次第定十遍處四念住四正斷四神足五根五力七等覺支八聖道支三解脫門六神通等說是法已謂菩薩言大士當知且依此法精勤修學取預流果若一來果若不還果若阿羅漢果若獨覺菩提遠離一切生老病死何用無上正等菩提是爲般若魔事留難菩薩應覺當遠離之復次善現有諸惡魔作苾芻像威儀庠序形貌端嚴菩薩見之深生愛著由斯損減一切智智不獲聽問書寫受持讀誦修習思惟演說甚深般若波羅蜜多當知是爲菩薩魔事復次善現有諸惡魔作佛形像身純金色常光一尋具三十二大丈夫相八十隨好以自莊嚴菩薩見之深生愛著由斯損

滅一切智智不獲聽問書寫受持讀誦修習思惟演説甚深般若波羅蜜多當知是爲菩薩魔事復次善現有諸惡魔化作佛像苾芻圍遶宣説法要菩薩見之深生愛著便作是念願我未來亦當如是由斯損減一切智智不獲聽問書寫受持讀誦修習思惟演説甚深般若波羅蜜多當知是爲菩薩魔事復次善現有諸惡魔化作菩薩摩訶薩像若百若千乃至無量或行布施波羅蜜多或行淨戒安忍精進靜慮般若波羅蜜多菩薩見之深生愛著由斯損減一切智智不獲聽問書寫受持讀誦修習思惟演説甚深般若波羅蜜多當知是爲菩薩魔事所以者何善現於甚深般若波羅蜜多中色無所有受想行識無所有若於是處色無所有受想行識無所有

則於是處佛無所有菩薩聲聞及諸獨覺亦無所有何以故以一切法自性空故善現於甚深般若波羅蜜多中眼處無所有耳鼻舌身意處無所有若於是處眼處無所有耳鼻舌身意處無所有則於是處佛無所有菩薩聲聞及諸獨覺亦無所有何以故以一切法自性空故善現於甚深般若波羅蜜多中色處無所有聲香味觸法處無所有若於是處色處無所有聲香味觸法處無所有則於是處佛無所有菩薩聲聞及諸獨覺亦無所有何以故以一切法自性空故善現於甚深般若波羅蜜多中眼界無所有色界眼識界及眼觸眼觸爲緣所生諸受無所有若於是處眼界無所有色界乃至眼觸爲緣所生諸受無所有則於是處佛無所有菩薩聲聞及諸

獨覺亦無所有何以故以一切法自性空故善現於甚深般若波羅蜜多中耳界無所有聲界耳識界及耳觸耳觸爲緣所生諸受無所有若於是處耳界無所有聲界乃至耳觸爲緣所生諸受無所有則於是處佛無所有菩薩聲聞及諸獨覺亦無所有何以故以一切法自性空故善現於甚深般若波羅蜜多中鼻界無所有香界鼻識界及鼻觸鼻觸爲緣所生諸受無所有若於是處鼻界無所有香界乃至鼻觸爲緣所生諸受無所有則於是處佛無所有菩薩聲聞及諸獨覺亦無所有何以故以一切法自性空故善現於甚深般若波羅蜜多中舌界無所有味界舌識界及舌觸舌觸爲緣所生諸受無所有若於是處舌界無所有味界乃至舌觸爲緣所生諸受無所有則於是處佛無所有菩薩聲聞及諸獨覺亦無所有何以故以一切法自性空故善現於甚深般若波羅蜜多中身界無所有觸界身識界及身觸身觸爲緣所生諸受無所有若於是處身界無所有觸界乃至身觸爲緣所生諸受無所有則於是處佛無所有菩薩聲聞及諸獨覺亦無所有何以故以一切法自性空故善現於甚深般若波羅蜜多中意界無所有法界意識界及意觸意觸爲緣所生諸受無所有若於是處意界無所有法界乃至意觸爲緣所生諸受無所有則於是處佛無所有菩薩聲聞及諸獨覺亦無所有何以故以一切法自性空故善現於甚深般若波羅蜜多中地界無所有水火風空識界無所有若於是處地界無所有水火風

空識界無所有則於是處佛無所有菩薩聲聞及諸獨覺亦無所有何以故以一切法自性空故善現於甚深般若波羅蜜多中無明無所有行識名色六處觸受愛取有生老死愁歎苦憂惱無所有若於是處無明無所有行乃至老死愁歎苦憂惱無所有則於是處佛無所有菩薩聲聞及諸獨覺亦無所有何以故以一切法自性空故善現於甚深般若波羅蜜多中布施波羅蜜多無所有淨戒安忍精進靜慮般若波羅蜜多無所有若於是處布施波羅蜜多無所有淨戒乃至般若波羅蜜多無所有則於是處佛無所有菩薩聲聞及諸獨覺亦無所有何以故以一切法自性空故善現於甚深般若波羅蜜多中內空無所有外空內外空空空大空勝義空有為空無為空畢竟空無際空散空無變異空本性空自相空共相空一切法空不可得空無性空自性空無性自性空無所有若於是處內空無所有外空乃至無性自性空無所有則於是處佛無所有菩薩聲聞及諸獨覺亦無所有何以故以一切法自性空故善現於甚深般若波羅蜜多中真如無所有法界法性不虛妄性不變異性平等性離生性法定法住實際虛空界不思議界無所有若於是處真如無所有法界乃至不思議界無所有則於是處佛無所有菩薩聲聞及諸獨覺亦無所有何以故以一切法自性空故善現於甚深般若波羅蜜多中苦聖諦無所有集滅道聖諦無所有若於是處苦聖諦無所有集滅道聖諦無所有則於是處佛無所有菩薩

聲聞及諸獨覺亦無所有何以故以一切法自性空故善現於甚深般若波羅蜜多中四靜慮無所有四無量四無色定無所有若於是處四靜慮無所有四無量四無色定無所有則於是處佛無所有菩薩聲聞及諸獨覺亦無所有何以故以一切法自性空故善現於甚深般若波羅蜜多中八解脫無所有八勝處九次第定十遍處無所有若於是處八解脫無所有八勝處九次第定十遍處無所有則於是處佛無所有菩薩聲聞及諸獨覺亦無所有何以故以一切法自性空故善現於甚深般若波羅蜜多中四念住無所有四正斷四神足五根五力七等覺支八聖道支無所有若於是處四念住無所有四正斷乃至八聖道支無所有則於是處佛無所有菩薩聲聞及諸獨覺亦無所有何以故以一切法自性空故善現於甚深般若波羅蜜多中空解脫門無所有無相無願解脫門無所有若於是處空解脫門無所有無相無願解脫門無所有則於是處佛無所有菩薩聲聞及諸獨覺亦無所有何以故以一切法自性空故善現於甚深般若波羅蜜多中菩薩十地無所有若於是處菩薩十地無所有則於是處佛無所有菩薩聲聞及諸獨覺亦無所有何以故以一切法自性空故善現於甚深般若波羅蜜多中五眼無所有六神通無所有若於是處五眼無所有六神通無所有則於是處佛無所有菩薩聲聞及諸獨覺亦無所有何以故以一切法自性空故善現於甚深般若波羅蜜多中佛十力無所有四無所畏

四無礙解大慈大悲大喜大捨十八佛不共法無所有若於是處佛十力無所有四無所畏乃至十八佛不共法無所有則於是處佛無所有菩薩聲聞及諸獨覺亦無所有何以故以一切法自性空故善現於甚深般若波羅蜜多中無忘失法無所有恒住捨性無所有若於是處無忘失法無所有恒住捨性無所有則於是處佛無所有菩薩聲聞及諸獨覺亦無所有何以故以一切法自性空故善現於甚深般若波羅蜜多中一切智無所有道相智一切相智無所有若於是處一切智無所有道相智一切相智無所有則於是處佛無所有菩薩聲聞及諸獨覺亦無所有何以故以一切法自性空故善現於甚深般若波羅蜜多中一切陀羅尼門無所有一切三摩地門無所有若於是處一切陀羅尼門無所有一切三摩地門無所有則於是處佛無所有菩薩聲聞及諸獨覺亦無所有何以故以一切法自性空故善現於甚深般若波羅蜜多中預流果無所有一来不還阿羅漢果無所有若於是處預流果無所有一来不還阿羅漢果無所有則於是處佛無所有菩薩聲聞及諸獨覺亦無所有何以故以一切法自性空故善現於甚深般若波羅蜜多中獨覺菩提無所有若於是處獨覺菩提無所有則於是處佛無所有菩薩聲聞及諸獨覺亦無所有何以故以一切法自性空故善現於甚深般若波羅蜜多中一切菩薩摩訶薩行無所有若於是處一切菩薩摩訶薩行無所有則於是處佛無所有菩薩聲聞及諸獨覺

亦無所有何以故以一切法自性空故善現於甚深般若波羅蜜多中諸佛無上正等菩提無所有若於是處諸佛無上正等菩提無所有則於是處佛無所有菩薩聲聞及諸獨覺亦無所有何以故以一切法自性空故

復次善現住菩薩乘諸善男子善女人等聽聞書寫受持讀誦修習思惟爲他演說如是般若波羅蜜多甚深經時多有留難違害事起令少福者事不成就如贍部洲有諸珍寶謂吠琉璃螺貝璧玉珊瑚石藏末尼真珠帝青大青金銀等寶多有盜賊違害留難諸薄福人求不能得甚深般若波羅蜜多無價寶珠亦復如是諸少福者聽問等時多諸惡魔爲作留難具壽善現即白佛言如是世尊如是善逝甚深般若波羅蜜多如贍部洲吠琉璃等種種珍寶多有留難諸薄福人求不能得住菩薩乘諸善男子善女人等少福德故聽問等時多諸留難雖有樂欲而不能成所以者何有愚癡者爲魔所使住菩薩乘諸善男子善女人等聽問書寫受持讀誦修習思惟爲他演說如是般若波羅蜜多甚深經時爲作留難世尊彼愚癡者覺慧薄劣自不聽問書寫受持讀誦修習思惟演說甚深般若波羅蜜多復樂障他聽問書寫受持讀誦修習思惟爲他演說甚深般若波羅蜜多世尊彼愚癡者不樂大法自於般若波羅蜜多甚深經典不樂聽問書寫受持讀誦修習思惟演說於他聽問書寫受持讀誦修習思惟演說如是般若波羅蜜多甚深經時復爲障礙佛言善現如是如是有愚癡人爲魔所使未

種善根福慧薄劣未於佛所發弘誓願未爲善友之所攝受自於般若波羅蜜多甚深經典不能聽聞書寫受持讀誦修習思惟演説新學大乘諸善男子善女人等聽聞書寫受持讀誦修習思惟爲他演説如是般若波羅蜜多甚深經時爲作留難善現於當来世有善男子善女人等覺慧薄劣善根微少於諸如来廣大功德心不欣樂自於般若波羅蜜多甚深經典不能聽聞書寫受持讀誦修習思惟廣説復樂障他聽聞書寫受持讀誦修習思惟爲他演説甚深般若波羅蜜多

復次善現住菩薩乘諸善男子善女人等聽問書寫受持讀誦修習思惟爲他演説如是般若波羅蜜多甚深經時多有魔事善現若善男子善女人等聽聞書寫受持讀誦修習思惟爲他演説如是般若波羅蜜多甚深經時無諸魔事復能圓滿般若靜慮精進安忍淨戒布施波羅蜜多復能圓滿内空外空内外空空空大空勝義空有爲空無爲空畢竟空無際空散空無變異空本性空自相空共相空一切法空不可得空無性空自性空無性自性空復能圓滿真如法界法性不虚妄性不變異性平等性離生性法定法住實際虚空界不思議界復能圓滿苦聖諦集滅道聖諦復能圓滿四靜慮四無量四無色定復能圓滿八解脱八勝處九次第定十遍處復能圓滿四念住四正斷四神足五根五力七等覺支八聖道支復能圓滿空解脱門無相無願解脱門復能圓滿菩薩十地復能圓滿五眼六神通復能圓滿佛十力四無所畏四

無礙解大慈大悲大喜大捨十八佛不共法復能圓滿無忘失法恒住捨性復能圓滿一切智道相智一切相智復能圓滿一切陀羅尼門一切三摩地門復能圓滿一切菩薩摩訶薩行復能圓滿諸佛無上正等菩提善現當知皆是佛威神力加祐如是諸善男子善女人等令其聽問書寫受持讀誦修習思惟演說如是般若波羅蜜多甚深經時魔事不起復令圓滿般若靜慮精進安忍淨戒布施波羅蜜多復令圓滿內空外空內外空空空大空勝義空有為空無為空畢竟空無際空散空無變異空本性空自相空共相空一切法空不可得空無性空自性空無性自性空復令圓滿真如法界法性不虛妄性不變異性平等性離生性法定法住實際虛空界不思議界復令圓滿苦聖諦集滅道聖諦復令圓滿四靜慮四無量四無色定復令圓滿八解脫八勝處九次第定十遍處復令圓滿四念住四正斷四神足五根五力七等覺支八聖道支復令圓滿空解脫門無相無願解脫門復令圓滿菩薩十地復令圓滿五眼六神通復令圓滿佛十力四無所畏四無礙解大慈大悲大喜大捨十八佛不共法復令圓滿無忘失法恒住捨性復令圓滿一切智道相智一切相智復令圓滿一切陀羅尼門一切三摩地門復令圓滿一切菩薩摩訶薩行復令圓滿諸佛無上正等菩提復次善現十方世界一切如來應正等覺為諸有情現說法者亦以神力加祐如是諸善男子善女人等令其聽問書寫受持讀誦修習思惟演說如

是般若波羅蜜多甚深經時無諸魔事善現十方世界不退轉位一切菩薩摩訶薩衆亦以神力加祐如是諸善男子善女人等令其聽問書寫受持讀誦修習思惟演說如是般若波羅蜜多甚深經時無諸魔事

大般若波羅蜜多經卷第三百四

音釋

惛沉惛音昏不明也　掉舉掉徒吊切搖也舉動也謂身心安搖動也　稽留稽音雞止也　旃荼羅梵語也亦云旃陀羅此云屠者旃諸延切荼同都切　獵師獵良輒切獵師捕獵禽獸之人也　數相數音朔頻數也　劬勞劬音衢勤也　庠序庠音祥庠序謂安詳次序也　吠琉璃梵語也此云青色寶吠符廢切

大般若波羅蜜多經卷第三百五

唐三藏法師玄奘奉　詔譯

初分佛母品第四十一之一

佛言善現譬如女人生育諸子若五若十二十三十四十五十或百或千其母得病諸子各各勤求醫療作是念言云何我母當得無病長壽安樂身無衆苦心離愁憂諸子爾時名作方便求安樂具覆護母身勿爲蚊蝱蛇蝎寒熱飢渴等觸之所侵惱又以種種上妙樂具恭敬供養而作是言我母慈悲生育我等教示種種世間事務我等豈得不報母恩善現如來應正等覺亦復如是常以佛眼觀視護念甚深般若波羅蜜多何以故善現甚深般若波羅蜜多能生我等一切佛法能示世間諸法實相十方世界一切如來應正等覺現說法者亦以佛眼常觀護念甚深般若波羅蜜多何以故善現甚深般若波羅蜜多能生諸佛一切功德能示世間諸法實相由此因緣我等諸佛常以佛眼觀視護念甚深般若波羅蜜多爲報彼恩不應暫捨何以故善現一切如來應正等覺般若靜慮精進安忍淨戒布施波羅蜜多皆由如是甚深般若波羅蜜多而得生故一切內空外空內外空空空大空勝義空有爲空無爲空畢竟空無際空散空無變異空本性空自相空共相空一切法空不可得空無性空自性空無性自性空皆由如是甚深般若波羅蜜多而得現故一切真如法界法性不虛妄性不變異性平等性離生性法定法住實際虛空界不思議界皆由如是甚深般若波羅蜜多而得現

故一切苦聖諦集滅道聖諦皆由如是甚深般若波羅蜜多而得現故一切四靜慮四無量四無色定皆由如是甚深般若波羅蜜多而得生故一切八解脫八勝處九次第定十遍處皆由如是甚深般若波羅蜜多而得生故一切四念住四正斷四神足五根五力七等覺支八聖道支皆由如是甚深般若波羅蜜多而得生故一切空解脫門無相無願解脫門皆由如是甚深般若波羅蜜多而得生故一切菩薩十地皆由如是甚深般若波羅蜜多而得生故一切五眼六神通皆由如是甚深般若波羅蜜多而得生故一切佛十力四無所畏四無礙解大慈大悲大喜大捨十八佛不共法皆由如是甚深般若波羅蜜多而得生故一切無忘失法恒住捨性皆由如是甚深般若波羅蜜多而得生故一切智道相智一切相智皆由如是甚深般若波羅蜜多而得生故一切陀羅尼門一切三摩地門皆由如是甚深般若波羅蜜多而得生故一切預流預流果一来一来果不還不還果阿羅漢阿羅漢果皆由如是甚深般若波羅蜜多而得生故一切獨覺獨覺菩提皆由如是甚深般若波羅蜜多而得生故一切菩薩摩訶薩及諸菩薩摩訶薩行皆由如是甚深般若波羅蜜多而得生故一切如来應正等覺諸佛無上正等菩提皆由如是甚深般若波羅蜜多而得生故善現一切如来應正等覺已得無上正等菩提今得無上正等菩提當得無上正等菩提皆因如是甚深般若波羅蜜多由此因縁甚深般若波羅蜜多於諸如

来有大恩德是故諸佛常以佛眼觀視護念甚深般若波羅蜜多善現住菩薩乘諸善男子善女人等若能聽問書寫受持讀誦修習思惟廣說甚深般若波羅蜜多一切如来應正等覺常以佛眼觀視護念令其身心常得安樂所修善業無諸留難善現住菩薩乘諸善男子善女人等若能於此甚深般若波羅蜜多聽問書寫受持讀誦修習思惟爲他演說十方世界一切如来應正等覺皆共護念令於無上正等菩提得不退轉爾時具壽善現白佛言如世尊說甚深般若波羅蜜多能生諸佛甚深般若波羅蜜多能示世間諸法實相世尊云何甚深般若波羅蜜多能生諸佛云何甚深般若波羅蜜多能示世間諸法實相云何諸佛從甚深般若波羅蜜多生云何諸佛說世間相佛言善現甚深般若波羅蜜多能生一切如来應正等覺所有五眼六神通若佛十力四無所畏四無礙解大慈大悲大喜大捨十八佛不共法若無忘失法恒住捨性若一切智道相智一切相智善現如是等無量無邊諸佛功德皆從甚深般若波羅蜜多生由得如是諸佛功德故名爲佛甚深般若波羅蜜多能生如是諸佛功德由此故說能生諸佛亦說諸佛從甚深般若波羅蜜多生善現甚深般若波羅蜜多能示世間諸法實相者謂能示世間五蘊實相一切如来應正等覺亦說世間五蘊實相世尊云何諸佛甚深般若波羅蜜多說示世間五蘊實相善現諸佛般若波羅蜜多俱不說示五蘊有成有壞有生有滅有染有淨有增有減有

入有出俱不說示五蘊有過去有未来有現在有善有不善有無記有欲界繫有色界繫有無色界繫所以者何善現非諸空法有成有壞非無相法有成有壞非無願法有成有壞非無作法有成有壞非無生滅法有成有壞非無體性法有成有壞善現諸佛般若波羅蜜多如是說示五蘊實相此五蘊相即是世間是故世間亦無成壞生滅等相復次善現一切如来應正等覺皆依般若波羅蜜多皆能證知諸有情類無量無數心行差別然此般若波羅蜜多甚深理中無有情無有情施設可得無色無色施設可得無受想行識施設可得無受想行識施設可得無眼處無眼處施設可得無耳鼻舌身意處無耳鼻舌身意處施設可得無色處無色處施設可得無聲香味觸法處無聲香味觸法處施設可得無眼界無眼界施設可得無色界眼識界及眼觸眼觸爲緣所生諸受無色界乃至眼觸爲緣所生諸受施設可得無耳界無耳界施設可得無聲界耳識界及耳觸耳觸爲緣所生諸受無聲界乃至耳觸爲緣所生諸受施設可得無鼻界無鼻界施設可得無香界鼻識界及鼻觸鼻觸爲緣所生諸受無香界乃至鼻觸爲緣所生諸受施設可得無舌界無舌界施設可得無味界舌識界及舌觸舌觸爲緣所生諸受無味界乃至舌觸爲緣所生諸受施設可得無身界無身界施設可得無觸界身識界及身觸身觸爲緣所生諸受無觸界乃至身觸爲緣所生諸受施設可得無意界無意界施設可得無法界意識界及意觸意觸

爲緣所生諸受無法界乃至意觸爲緣所生
諸受施設可得無地界無地界施設可得無
水火風空識界無水火風空識界施設可得
無無明無無明施設可得無行識名色六處
觸受愛取有生老死愁歎苦憂惱無行乃至
老死愁歎苦憂惱施設可得無布施波羅蜜
多無布施波羅蜜多施設可得無淨戒安忍
精進靜慮般若波羅蜜多無淨戒乃至般若
波羅蜜多施設可得無內空無內空施設可
得無外空內外空空空大空勝義空有爲空
無爲空畢竟空無際空散空無變異空本性
空自相空共相空一切法空不可得空無性
空自性空無性自性空無外空乃至無性自
性空施設可得無真如無真如施設可得無
法界法性不虛妄性不變異性平等性離生
性法定法住實際虛空界不思議界無法界
乃至不思議界施設可得無苦聖諦無苦聖
諦施設可得無集滅道聖諦無集滅道聖諦
施設可得無四靜慮無四靜慮施設可得無
四無量四無色定無四無量四無色定施設
可得無八解脫無八解脫施設可得無八勝
處九次第定十遍處無八勝處九次第定十
遍處施設可得無四念住無四念住施設可
得無四正斷四神足五根五力七等覺支八
聖道支無四正斷乃至八聖道支施設可得
無空解脫門無空解脫門施設可得無無相
無願解脫門無無相無願解脫門施設可得
無菩薩十地無菩薩十地施設可得無五眼
無五眼施設可得無六神通無六神通施設
可得無佛十力無佛十力施設可得無四無

所畏四無礙解大慈大悲大喜大捨十八佛不共法無四無所畏乃至十八佛不共法施設可得無無忘失法無無忘失法施設可得無恒住捨性無恒住捨性施設可得無一切智無一切智施設可得無道相智一切相智無道相智一切相智施設可得無一切陀羅尼門無一切陀羅尼門施設可得無一切三摩地門無一切三摩地門施設可得無預流果無預流果施設可得無一來不還阿羅漢果無一來不還阿羅漢果施設可得無獨覺菩提無獨覺菩提施設可得無一切菩薩摩訶薩行無一切菩薩摩訶薩行施設可得無諸佛無上正等菩提無諸佛無上正等菩提施設可得善現諸佛般若波羅蜜多如是說示世間實相善現然此般若波羅蜜多甚深理中不示現色不示現受想行識何以故善現如是般若波羅蜜多甚深理中甚深般若波羅蜜多尚無所有不可得况有色受想行識可得示現如是般若波羅蜜多甚深理中不示現眼處不示現耳鼻舌身意處何以故善現如是般若波羅蜜多甚深理中甚深般若波羅蜜多尚無所有不可得况有眼處耳鼻舌身意處可得示現如是般若波羅蜜多甚深理中不示現色處不示現聲香味觸法處何以故善現如是般若波羅蜜多甚深理中甚深般若波羅蜜多尚無所有不可得况有色處聲香味觸法處可得示現如是般若波羅蜜多甚深理中不示現眼界不示現色界眼識界及眼觸眼觸爲緣所生諸受何以故善現如是般若波羅蜜多甚深理中甚深

般若波羅蜜多尚無所有不可得況有眼界乃至眼觸爲緣所生諸受可得示現如是般若波羅蜜多甚深理中不示現耳界不示現聲界耳識界及耳觸耳觸爲緣所生諸受何以故善現如是般若波羅蜜多甚深理中甚深般若波羅蜜多尚無所有不可得況有耳界乃至耳觸爲緣所生諸受可得示現如是般若波羅蜜多甚深理中不示現鼻界不示現香界鼻識界及鼻觸鼻觸爲緣所生諸受何以故善現如是般若波羅蜜多甚深理中甚深般若波羅蜜多尚無所有不可得況有鼻界乃至鼻觸爲緣所生諸受可得示現如是般若波羅蜜多甚深理中不示現舌界不示現味界舌識界及舌觸舌觸爲緣所生諸受何以故善現如是般若波羅蜜多甚深理

中甚深般若波羅蜜多尚無所有不可得況有舌界乃至舌觸爲緣所生諸受可得示現如是般若波羅蜜多甚深理中不示現身界不示現觸界身識界及身觸身觸爲緣所生諸受何以故善現如是般若波羅蜜多甚深理中甚深般若波羅蜜多尚無所有不可得況有身界乃至身觸爲緣所生諸受可得示現如是般若波羅蜜多甚深理中不示現意界不示現法界意識界及意觸意觸爲緣所生諸受何以故善現如是般若波羅蜜多甚深理中甚深般若波羅蜜多尚無所有不可得況有意界乃至意觸爲緣所生諸受可得示現如是般若波羅蜜多甚深理中不示現地界不示現水火風空識界何以故善現如是般若波羅蜜多甚深理中甚深般若波羅

蜜多尚無所有不可得況有地界水火風空識界可得示現如是般若波羅蜜多甚深理中不示現無明不示現行識名色六處觸受愛取有生老死愁歎苦憂惱何以故善現如是般若波羅蜜多甚深理中甚深般若波羅蜜多尚無所有不可得況有無明乃至老死愁歎苦憂惱可得示現如是般若波羅蜜多甚深理中不示現布施波羅蜜多不示現淨戒安忍精進靜慮般若波羅蜜多何以故善現如是般若波羅蜜多甚深理中甚深般若波羅蜜多尚無所有不可得況有布施波羅蜜多乃至般若波羅蜜多可得示現如是般若波羅蜜多甚深理中不示現內空不示現外空內外空空空大空勝義空有爲空無爲空畢竟空無際空散空無變異空本性空自相空共相空一切法空不可得空無性空自性空無性自性空何以故善現如是般若波羅蜜多甚深理中甚深般若波羅蜜多尚無所有不可得況有內空乃至無性自性空可得示現如是般若波羅蜜多甚深理中不示現真如不示現法界法性不虛妄性不變異性平等性離生性法定法住實際虛空界不思議界何以故善現如是般若波羅蜜多甚深理中甚深般若波羅蜜多尚無所有不可得況有真如乃至不思議界可得示現如是般若波羅蜜多甚深理中不示現苦聖諦不示現集滅道聖諦何以故善現如是般若波羅蜜多甚深理中甚深般若波羅蜜多尚無所有不可得況有苦聖諦集滅道聖諦可得示現如是般若波羅蜜多甚深理中不示現

四靜慮不示現四無量四無色定何以故善現如是般若波羅蜜多甚深理中甚深般若波羅蜜多尚無所有不可得況有四靜慮四無量四無色定可得示現如是般若波羅蜜多甚深理中不示現八解脫不示現八勝處九次第定十遍處何以故善現如是般若波羅蜜多甚深理中甚深般若波羅蜜多尚無所有不可得況有八解脫八勝處九次第定十遍處可得示現如是般若波羅蜜多甚深理中不示現四念住不示現四正斷四神足五根五力七等覺支八聖道支何以故善現如是般若波羅蜜多甚深理中甚深般若波羅蜜多尚無所有不可得況有四念住乃至八聖道支可得示現如是般若波羅蜜多甚深理中不示現空解脫門不示現無相無願解脫門何以故善現如是般若波羅蜜多甚深理中甚深般若波羅蜜多尚無所有不可得況有空解脫門無相無願解脫門可得示現如是般若波羅蜜多甚深理中不示現菩薩十地何以故善現如是般若波羅蜜多甚深理中甚深般若波羅蜜多尚無所有不可得況有菩薩十地可得示現如是般若波羅蜜多甚深理中不示現五眼不示現六神通何以故善現如是般若波羅蜜多甚深理中甚深般若波羅蜜多尚無所有不可得況有五眼六神通可得示現如是般若波羅蜜多甚深理中不示現佛十力不示現四無所畏四無礙解大慈大悲大喜大捨十八佛不共法何以故善現如是般若波羅蜜多甚深理中甚深般若波羅蜜多尚無所有不可得況

有佛十力乃至十八佛不共法可得示現如是般若波羅蜜多甚深理中不示現無忘失法不示現恒住捨性何以故善現如是般若波羅蜜多甚深理中甚深般若波羅蜜多尚無所有不可得況有無忘失法恒住捨性可得示現如是般若波羅蜜多甚深理中不示現一切智不示現道相智一切相智何以故善現如是般若波羅蜜多甚深理中甚深般若波羅蜜多尚無所有不可得況有一切智道相智一切相智可得示現如是般若波羅蜜多甚深理中不示現一切陀羅尼門不示現一切三摩地門何以故如是般若波羅蜜多甚深理中甚深般若波羅蜜多尚無所有不可得況有一切陀羅尼門一切三摩地門可得示現如是般若波羅蜜多甚深理中不

示現預流果不示現一来不還阿羅漢果何以故善現如是般若波羅蜜多甚深理中甚深般若波羅蜜多尚無所有不可得況有預流果一来不還阿羅漢果可得示現如是般若波羅蜜多甚深理中不示現獨覺菩提何以故善現如是般若波羅蜜多甚深理中甚深般若波羅蜜多尚無所有不可得況有獨覺菩提可得示現如是般若波羅蜜多甚深理中不示現一切菩薩摩訶薩行何以故善現如是般若波羅蜜多甚深理中甚深般若波羅蜜多尚無所有不可得況有一切菩薩摩訶薩行可得示現如是般若波羅蜜多甚深理中不示現諸佛無上正等菩提何以故善現如是般若波羅蜜多甚深理中甚深般若波羅蜜多尚無所有不可得況有諸佛無

上正等菩提可得示現復次善現一切有情施設言說若有色若無色若有想若無想若非有想非無想若此世界若餘十方一切世界是諸有情若略心若散心一切如来應正等覺依甚深般若波羅蜜多皆如實知世尊云何如来應正等覺如實知彼諸有情類略心散心善現一切如来應正等覺由法性故如實知彼諸有情類略心散心世尊云何如来應正等覺由法性故如實知彼諸有情類略心散心善現一切如来應正等覺如實知法性中法性尚不可得况有略心散心善現如是如来應正等覺由法性故如實知彼諸有情類略心散心復次善現一切如来應正等覺由盡故離染故滅故斷故寂靜故遠離故如實知彼諸有情類略心散心世尊云何如来應正等覺由盡故離染故滅故斷故寂靜故遠離故如實知彼諸有情類略心散心善現一切如来應正等覺如實知盡離染滅斷寂靜遠離由盡等性尚不可得况有略心散心善現如是如来應正等覺依甚深般若波羅蜜多由盡等故如實知彼諸有情類略心散心復次善現一切如来應正等覺依甚深般若波羅蜜多如實知彼諸有情類有貪心離貪心有瞋心離瞋心有癡心離癡心世尊云何如来應正等覺如實知彼諸有情類有貪心離貪心有瞋心離瞋心有癡心離癡心善現一切如来應正等覺如實知彼諸有情類有貪瞋癡心如實性非有貪瞋癡心非離貪瞋癡心何以故如實性中心心所法尚不可得况有有貪瞋癡心離貪瞋癡心善現

一切如来應正等覺如實知彼諸有情類離貪瞋癡心如實性非有貪瞋癡心非離貪瞋癡心何以故如實性中心心所法尚不可得況有有貪瞋癡心離貪瞋癡心善現如是如来應正等覺依甚深般若波羅蜜多如實知彼諸有情類有貪心離貪心有瞋心離瞋心有癡心離癡心復次善現一切如来應正等覺如實知彼諸有情類有貪瞋癡心非有貪瞋癡心非離貪瞋癡心何以故如是二心不和合故善現一切如来應正等覺如實知彼諸有情類離貪瞋癡心非有貪瞋癡心非離貪瞋癡心何以故如是二心不和合故善現如是如来應正等覺依甚深般若波羅蜜多如實知彼諸有情類有貪心離貪心有瞋心離瞋心有癡心離癡心復次善現一切如来應正等覺依甚深般若波羅蜜多如實知彼諸有情類所有廣心世尊云何如来應正等覺如實知彼諸有情類所有廣心善現一切如来應正等覺如實知彼諸有情類所有廣心無廣無狹無增無減無去無来心性離故非廣非狹非增非減非去非来何以故心之自性無所有故誰廣誰狹誰增誰減誰去誰来善現如是如来應正等覺依甚深般若波羅蜜多如實知彼諸有情類所有廣心復次善現一切如来應正等覺依甚深般若波羅蜜多如實知彼諸有情類所有大心世尊云何如来應正等覺如實知彼諸有情類所有大心善現一切如来應正等覺如實知彼諸有情類所有大心無去無来無生無滅無住無異無大無小何以故心之自性無所有故

非去非来非生非滅非住非異非大非小善現如是如来應正等覺依甚深般若波羅蜜多如實知彼諸有情類所有大心復次善現一切如来應正等覺依甚深般若波羅蜜多如實知彼諸有情類所有無量心世尊云何如来應正等覺如實知彼諸有情類所有無量心善現一切如来應正等覺如實知彼諸有情類所有無量心非住非不住非去非不去何以故無量心性無漏無依如何可說有住不住有去不去善現如是如来應正等覺依甚深般若波羅蜜多如實知彼諸有情類所有無量心復次善現一切如来應正等覺依甚深般若波羅蜜多如實知彼諸有情類所有無見無對心世尊云何如来應正等覺如實知彼諸有情類所有無見無對心善現

一切如来應正等覺如實知彼諸有情類所有無見無對心皆無心相何以故以一切心自相空故善現如是如来應正等覺依甚深般若波羅蜜多如實知彼諸有情類所有無見無對心復次善現一切如来應正等覺依甚深般若波羅蜜多如實知彼諸有情類所有無色不可見心世尊云何如来應正等覺如實知彼諸有情類所有無色不可見心善現一切如来應正等覺如實知彼諸有情類所有無色不可見心諸佛五眼皆不能見何以故以一切心自性空故善現如是如来應正等覺依甚深般若波羅蜜多如實知彼諸有情類所有無色不可見心復次善現一切如来應正等覺依甚深般若波羅蜜多如實知他諸有情類心心所法若出若沒若屈若

伸世尊云何如來應正等覺如實知他諸有情類心心所法若出若没若屈若伸善現一切如來應正等覺如實知他諸有情類出没屈伸心心所法皆依色受想行識生善現如是如來應正等覺依甚深般若波羅蜜多如實知他諸有情類心心所法若出若没若屈若伸謂諸如來應正等覺如實知他諸有情類出没屈伸心心所法或依色或依受想行識執我及世間常此是諦實餘皆癡妄或依色或依受想行識執我及世間無常此是諦實餘皆癡妄或依色或依受想行識執我及世間亦常亦無常此是諦實餘皆癡妄或依色或依受想行識執我及世間非常非無常此是諦實餘皆癡妄或依色或依受想行識執我及世間有邊此是諦實餘皆癡妄或依色或依受想行識執我及世間無邊此是諦實餘皆癡妄或依色或依受想行識執我及世間亦有邊亦無邊此是諦實餘皆癡妄或依色或依受想行識執我及世間非有邊非無邊此是諦實餘皆癡妄或依色或依受想行識執命者即身此是諦實餘皆癡妄或依色或依受想行識執命者異身此是諦實餘皆癡妄或依色或依受想行識執如來死後有此是諦實餘皆癡妄或依色或依受想行識執如來死後非有此是諦實餘皆癡妄或依色或依受想行識執如來死後亦有亦非有此是諦實餘皆癡妄或依色或依受想行識執如來死後非有非非有此是諦實餘皆癡妄善現如是如來應正等覺依甚深般若波羅蜜多如實知他諸有情類心心所法若

出若沒若屈若伸

大般若波羅蜜多經卷第三百五

音釋

翳瘵翳於基切瘵力邵切治也 蚊蝱上音文下莫庚切並嚙人之飛蟲也 蛇蝎蝎許謁切無蟲尾有刺能螫人 狹候夾切窒也

大般若波羅蜜多經卷第三百六

唐三藏法師玄奘奉　詔譯

初分佛母品第四十一之二

復次善現一切如來應正等覺依甚深般若波羅蜜多如實知色如實知受想行識世尊云何如來應正等覺如實知色如實知受想行識善現一切如來應正等覺如實知色如真如如法界如法性不虛妄不變異無分別無相狀無作用無戲論無所得如實知受想行識如真如如法界如法性不虛妄不變異無分別無相狀無作用無戲論無所得善現如是如來應正等覺依甚深般若波羅蜜多如實知色如實知受想行識

如實知他諸有情類出沒屈伸心心所法亦如真如如法界如法性不虛妄不變異無分別無相狀無作用無戲論無所得善現諸有情類出沒屈伸心心所法真如即五蘊真如五蘊真如即十二處真如十二處真如即十八界真如十八界真如即六界真如六界真如即十二緣起真如十二緣起真如即一切法真如一切法真如即六波羅蜜多真如六波羅蜜多真如即內空外空內外空空空大空勝義空有為空無為空畢竟空無際空散空無變異空本性空自相空共相空一切法空不可得空無性空自性空無性自性空真如內空乃至無性自性空真如即真如法界法性不虛妄性不變異性平等性離生性法定法住實際虛空界不思議界真如真如乃至不思議界真如即苦集滅道聖諦真如苦集滅道聖諦真如即四念住真如四念住真如即四正斷真如四正斷真如即四神足真

如四神足真如即五根真如五根真如即五力真如五力真如即七等覺支真如七等覺支真如即八聖道支真如八聖道支真如即四靜慮真如四靜慮真如即四無量真如四無量真如即四無色定真如四無色定真如即八解脫真如八解脫真如即八勝處真如八勝處真如即九次第定真如九次第定真如即十遍處真如十遍處真如即三解脫門真如三解脫門真如即菩薩十地真如菩薩十地真如即五眼真如五眼真如即六神通真如六神通真如即一切陀羅尼門真如一切陀羅尼門真如即一切三摩地門真如一切三摩地門真如即佛十力真如佛十力真如即四無所畏真如四無所畏真如即四無礙解真如四無礙解真如即大慈大悲大喜大捨真如大慈大悲大喜大捨真如即十八佛不共法真如十八佛不共法真如即無忘失法真如無忘失法真如即恒住捨性真如恒住捨性真如即一切智真如一切智真如即道相智真如道相智真如即一切相智真如一切相智真如即善法真如善法真如即不善法真如不善法真如即無記法真如無記法真如即世間法真如世間法真如即出世間法真如出世間法真如即有漏法真如有漏法真如即無漏法真如無漏法真如即有罪法真如有罪法真如即無罪法真如無罪法真如即雜染法真如雜染法真如即清淨法真如清淨法真如即過去法真如過去法真如即未來法真如未來法真如即現在法真如現在法真如即欲界法真如欲界法

真如即色界法真如色界法真如即無色界法真如無色界法真如即有爲法真如有爲法真如即無爲法真如無爲法真如即預流果真如預流果真如即一来果真如一来果真如即不還果真如不還果真如即阿羅漢果真如阿羅漢果真如即獨覺菩提真如獨覺菩提真如即一切菩薩摩訶薩行真如一切菩薩摩訶薩行真如即諸佛無上正等菩提真如諸佛無上正等菩提真如即一切如来應正等覺真如一切如来應正等覺真如即一切有情真如善現若一切如来應正等覺真如若一切有情真如若一切法真如無二無別是一真如如是真如無別異故無壞無盡不可分別善現一切如来應正等覺依甚深般若波羅蜜多證一切法真如究竟乃得無上正等菩提由此故說甚深般若波羅蜜多能生諸佛是諸佛毋能示諸佛世間實相善現如是如来應正等覺依甚深般若波羅蜜多如實覺一切法真如不虛妄不變異由如實覺真如相故說名如来應正等覺時具壽善現白佛言世尊甚深般若波羅蜜多所證一切法真如不虛妄不變異極爲甚深難見難覺世尊一切如来應正等覺皆用一切法真如不虛妄不變異顯示分別諸佛無上正等菩提世尊一切法真如甚深誰能信解唯有不退位菩薩摩訶薩及具足正見漏盡阿羅漢聞佛說此甚深真如能生信解如来爲彼依自所證真如之相顯示分別佛言善現如是如是如汝所說所以者何善現真如無盡是故甚深世尊何故真如無盡善現

以一切法皆無盡故真如無盡善現一切如来應正等覺證真如故獲得無上正等菩提爲諸有情顯示分別一切法真如相由此故名真實說者爾時三千大千世界所有欲界色界天子各以種種天妙華香遥散供養来至佛所頂禮雙足却住一面合掌恭敬俱白佛言世尊所說甚深般若波羅蜜多以何爲相爾時佛告諸天子言天子當知甚深般若波羅蜜多以空爲相甚深般若波羅蜜多以無相爲相甚深般若波羅蜜多以無願爲相甚深般若波羅蜜多以無作爲相甚深般若波羅蜜多以無生無滅爲相甚深般若波羅蜜多以無染無淨爲相甚深般若波羅蜜多以無性爲相甚深般若波羅蜜多以無自性爲相甚深般若波羅蜜多以無性自性爲相甚深般若波羅蜜多以無所依止爲相甚深般若波羅蜜多以非斷非常爲相甚深般若波羅蜜多以非一非異爲相甚深般若波羅蜜多以無来無去爲相甚深般若波羅蜜多以虛空爲相甚深般若波羅蜜多有如是等無量諸相天子當知如是諸相一切如来應正等覺依世俗說不依勝義天子當知甚深般若波羅蜜多如是諸相世間天人阿素洛等皆不能壞何以故世間天人阿素洛等亦是相故天子當知諸相不能破壞諸相諸相不能了知諸相諸相不能破壞無相諸相不能了知無相無相不能破壞諸相無相不能了知諸相無相不能破壞無相無相不能了知無相何以故若相若無相若相無相皆無所有能破能知所破所知及破知者不可得

故天子當知如是諸相非色所作非受想行識所作非眼處所作非耳鼻舌身意處所作非色處所作非聲香味觸法處所作非眼界所作非色界眼識界及眼觸眼觸爲緣所生諸受所作非耳界所作非聲界耳識界及耳觸耳觸爲緣所生諸受所作非鼻界所作非香界鼻識界及鼻觸鼻觸爲緣所生諸受所作非舌界所作非味界舌識界及舌觸舌觸爲緣所生諸受所作非身界所作非觸界身識界及身觸身觸爲緣所生諸受所作非意界所作非法界意識界及意觸意觸爲緣所生諸受所作非地界所作非水火風空識界所作非無明所作非行識名色六處觸受愛取有生老死愁歎苦憂惱所作非布施波羅蜜多所作非淨戒安忍精進靜慮般若波羅蜜多所作非內空所作非外空內外空空空大空勝義空有爲空無爲空畢竟空無際空散空無變異空本性空自相空共相空一切法空不可得空無性空自性空無性自性空所作非真如所作非法界法性不虛妄性不變異性平等性離生性法定法住實際虛空界不思議界所作非苦聖諦所作非集滅道聖諦所作非四靜慮所作非四無量四無色定所作非八解脫所作非八勝處九次第定十遍處所作非四念住所作非四正斷四神足五根五力七等覺支八聖道支所作非空解脫門所作非無相無願解脫門所作非菩薩十地所作非五眼所作非六神通所作非佛十力所作非四無所畏四無礙解大慈大悲大喜大捨十八佛不共法所作非無忘失

法所作非恒住捨性所作非一切智所作非道相智一切相智所作非一切陀羅尼門所作非一切三摩地門所作非預流果所作非一来不還阿羅漢果所作非獨覺菩提所作非一切菩薩摩訶薩行所作非諸佛無上正等菩提所作天子當知如是諸相非天所作非非天所作非人所作非非人所作非有漏非無漏非世間非出世間非有爲非無爲無所繫屬不可宣說天子當知甚深般若波羅蜜多遠離衆相不應致問甚深般若波羅蜜多以何爲相佛告諸天子於汝意云何如有問言虛空何相如是發問爲正問不諸天子曰不也世尊何以故虛空無體無相無爲不應問故佛告天子甚深般若波羅蜜多亦復如是不應爲問然諸法相有佛無佛法界法爾佛於此相如實現覺故名如来時諸天子復白佛言如来所覺如是諸相極爲甚深難見難覺如来現覺如是相故於一切法無礙智轉一切如来應正等覺住如是相分別開示甚深般若波羅蜜多爲諸有情集諸法相方便開示令於般若波羅蜜多得無礙智希有世尊甚深般若波羅蜜多是諸如来應正等覺常所行處一切如来應正等覺行是處故證得無上正等菩提爲諸有情分別開示一切法相所謂分別開示色相分別開示受想行識相分別開示眼處相分別開示耳鼻舌身意處相分別開示色處相分別開示聲香味觸法處相分別開示眼界相分別開示色界眼識界及眼觸眼觸爲緣所生諸受相分別開示耳界相分別開示聲界耳識界及

耳觸耳觸爲緣所生諸受相分别開示鼻界相分别開示香界鼻識界及鼻觸鼻觸爲緣所生諸受相分别開示舌界相分别開示味界舌識界及舌觸舌觸爲緣所生諸受相分别開示身界相分别開示觸界身識界及身觸身觸爲緣所生諸受相分别開示意界相分别開示法界意識界及意觸意觸爲緣所生諸受相分别開示地界相分别開示水火風空識界相分别開示無明相分别開示行識名色六處觸受愛取有生老死愁歎苦憂惱相分别開示布施波羅蜜多相分别開示淨戒安忍精進靜慮般若波羅蜜多相分别開示内空相分别開示外空内外空空空大空勝義空有爲空無爲空畢竟空無際空散空無變異空本性空自相空共相空一切法空不可得空無性空自性空無性自性空相分别開示真如相分别開示法界法性不虚妄性不變異性平等性離生性法定法住實際虚空界不思議界相分别開示苦聖諦相分别開示集滅道聖諦相分别開示四靜慮相分别開示四無量四無色定相分别開示八解脱相分别開示八勝處九次第定十遍處相分别開示四念住相分别開示四正斷四神足五根五力七等覺支八聖道支相分别開示空解脱門相分别開示無相無願解脱門相分别開示菩薩十地相分别開示五眼相分别開示六神通相分别開示佛十力相分别開示四無所畏四無礙解大慈大悲大喜大捨十八佛不共法相分别開示無忘失法相分别開示恒住捨性相分别開示一

切智相分別開示道相智一切相智相分別開示一切陀羅尼門相分別開示一切三摩地門相分別開示預流果相分別開示一来不還阿羅漢果相分別開示獨覺菩提相分別開示一切菩薩摩訶薩行相分別開示諸佛無上正等菩提相爾時世尊告諸天子如是如是如汝所說天子當知一切法相如来如實覺爲無相所謂變礙是色相如来如實覺爲無相領納是受相如来如實覺爲無相取像是想相如来如實覺爲無相造作是行相如来如實覺爲無相了別是識相如来如實覺爲無相苦惱聚是蘊相如来如實覺爲無相生長門是處相如来如實覺爲無相多毒害是界相如来如實覺爲無相和合起是緣起相如来如實覺爲無相能惠捨是布施波羅蜜多相如来如實覺爲無相無熱惱是淨戒波羅蜜多相如来如實覺爲無相不忿恚是安忍波羅蜜多相如来如實覺爲無相不可伏是精進波羅蜜多相如来如實覺爲無相攝持心是靜慮波羅蜜多相如来如實覺爲無相無罣礙是般若波羅蜜多相如来如實覺爲無相無所有是內空等相如来如實覺爲無相不顛倒是真如等相如来如實覺爲無相不虛妄是四聖諦相如来如實覺爲無相無擾惱是四靜慮相如来如實覺爲無相無限礙是四無量相如来如實覺爲無相無諠雜是四無色定相如来如實覺爲無相無繫縛是八解脫相如来如實覺爲無相能制伏是八勝處相如来如實覺爲無相不散亂是九次第定相如来如實覺爲無相無

邊際是十遍處相如来如實覺爲無相能出離是三十七菩提分法相如来如實覺爲無相極遠離是空解脫門相如来如實覺爲無相最寂靜是無相解脫門相如来如實覺爲無相猒衆苦是無願解脫門相如来如實覺爲無相趣大覺是菩薩十地相如来如實覺爲無相能觀照是五眼相如来如實覺爲無相無壅滯是六神通相如来如實覺爲無相善決定是佛十力相如来如實覺爲無相善安立是四無所畏相如来如實覺爲無相無斷絶是四無礙解相如来如實覺爲無相與利樂是大慈相如来如實覺爲無相拔衰苦是大悲相如来如實覺爲無相慶善事是大喜相如来如實覺爲無相棄諠雜是大捨相如来如實覺爲無相不可奪是十八佛不共法相如来如實覺爲無相善憶念是無忘失法相如来如實覺爲無相無取著是恒住捨性相如来如實覺爲無相現等覺是一切智相如来如實覺爲無相善通達是道相智相如来如實覺爲無相現別覺是一切相智相如来如實覺爲無相遍攝持是一切陀羅尼門相如来如實覺爲無相遍攝受是一切三摩地門相如来如實覺爲無相善受教是聲聞果相如来如實覺爲無相自開悟是獨覺菩提相如来如實覺爲無相趣大果是一切菩薩摩訶薩行相如来如實覺爲無相無與等是諸佛無上正等菩提相如来如實覺爲無相天子當知一切如来應正等覺於如是等一切法相皆能如實覺爲無相由是因縁我說諸佛得無礙智無與等者爾時佛告具

壽善現言善現當知甚深般若波羅蜜多是諸佛母甚深般若波羅蜜多能示世間諸法實相是故如来應正等覺依法而住供養恭敬尊重讃歎攝受護持所依住法此法即是甚深般若波羅蜜多何以故善現甚深般若波羅蜜多能生諸佛能與諸佛作所依處能示世間諸法實相善現一切如来應正等覺是知恩者能報恩者善現若有問言誰是知恩能報恩者應正荅言佛是知恩能報恩者何以故善現一切世間知恩報恩無過佛故世尊云何如来應正等覺知恩報恩善現一切如来應正等覺乘如是乘行如是道来至無上正等菩提得菩提已於一切時供養恭敬尊重讃歎攝受護持是乘是道曾無蹔廢此乘此道當知即是甚深般若波羅蜜多善現是名如来應正等覺知恩報恩復次善現一切如来應正等覺無不皆依甚深般若波羅蜜多於諸有相及無相法皆現等覺無實作用以能作者無所有故一切如来應正等覺無不皆依甚深般若波羅蜜多於諸有相及無相法皆現等覺無所成辦以諸形質不可得故善現以諸如来應正等覺知依如是甚深般若波羅蜜多能現等覺相無相法皆無作用無所成辦於一切時供養恭敬尊重讃歎攝受護持無有間斷故名真實知恩報恩復次善現一切如来應正等覺無不皆依甚深般若波羅蜜多於一切法無作無成無生轉智復能知此無轉因緣是故應知甚深般若波羅蜜多能生諸佛亦能如實示世間相爾時具壽善現白佛言世尊一切法性無

生無起無知無見如何可説甚深般若波羅蜜多能生諸佛是諸佛母亦能如實示世間相佛言善現如是如是如汝所説一切法性生無起無無知無見依世俗説甚深般若波羅蜜多能生諸佛是諸佛母亦能如實示世間相世尊云何諸法無生無起無知無見善現以一切法空無所有皆不自在虛誑不堅故一切法無生無起無知無見復次善現一切法性無所依止無所繫屬由是因縁無生無起無知無見善現甚深般若波羅蜜多雖能生諸佛能示世間相而無所生亦無所示善現甚深般若波羅蜜多不見色故名示色相不見受想行識故名示受想行識相善現甚深般若波羅蜜多不見眼處故名示眼處相不見耳鼻舌身意處故名示耳鼻舌身意處相善現甚深般若波羅蜜多不見色處故名示色處相不見聲香味觸法處故名示聲香味觸法處相善現甚深般若波羅蜜多不見眼界故名示眼界相不見色界眼識界及眼觸眼觸爲縁所生諸受故名示色界乃至眼觸爲縁所生諸受相善現甚深般若波羅蜜多不見耳界故名示耳界相不見聲界耳識界及耳觸耳觸爲縁所生諸受故名示聲界乃至耳觸爲縁所生諸受相善現甚深般若波羅蜜多不見鼻界故名示鼻界相不見香界鼻識界及鼻觸鼻觸爲縁所生諸受故名示香界乃至鼻觸爲縁所生諸受相善現甚深般若波羅蜜多不見舌界故名示舌界相不見味界舌識界及舌觸舌觸爲縁所生諸受故名示味界乃至舌觸爲縁所生諸受

相善現甚深般若波羅蜜多不見身界故名示身界相不見觸界身識界及身觸身觸爲緣所生諸受故名示觸界乃至身觸爲緣所生諸受相善現甚深般若波羅蜜多不見意界故名示意界相不見法界意識界及意觸意觸爲緣所生諸受故名示法界乃至意觸爲緣所生諸受相善現甚深般若波羅蜜多不見地界故名示地界相不見水火風空識界故名示水火風空識界相善現甚深般若波羅蜜多不見無明故名示無明相不見行識名色六處觸受愛取有生老死愁歎苦憂惱故名示行乃至老死愁歎苦憂惱相善現甚深般若波羅蜜多不見布施波羅蜜多故名示布施波羅蜜多相不見淨戒安忍精進靜慮般若波羅蜜多故名示淨戒乃至般若

波羅蜜多相善現甚深般若波羅蜜多不見内空故名示内空相不見外空内外空空空大空勝義空有爲空無爲空畢竟空無際空散空無變異空本性空自相空共相空一切法空不可得空無性空自性空無性自性空故名示外空乃至無性自性空相善現甚深般若波羅蜜多不見真如故名示真如相不見法界法性不虛妄性不變異性平等性離生性法定法住實際虛空界不思議界故名示法界乃至不思議界相善現甚深般若波羅蜜多不見苦聖諦故名示苦聖諦相不見集滅道聖諦故名示集滅道聖諦相善現甚深般若波羅蜜多不見四靜慮故名示四靜慮相不見四無量四無色定故名示四無量四無色定相善現甚深般若波羅蜜多不見

八解脫故名示八解脫相不見八勝處九次第定十遍處故名示八勝處九次第定十遍處相善現甚深般若波羅蜜多不見四念住故名示四念住相不見四正斷四神足五根五力七等覺支八聖道支故名示四正斷乃至八聖道支相善現甚深般若波羅蜜多不見空解脫門故名示空解脫門相不見無相無願解脫門故名示無相無願解脫門相善現甚深般若波羅蜜多不見菩薩十地故名示菩薩十地相善現甚深般若波羅蜜多不見五眼故名示五眼相不見六神通故名示六神通相善現甚深般若波羅蜜多不見佛十力故名示佛十力相不見四無所畏四無礙解大慈大悲大喜大捨十八佛不共法故名示四無所畏乃至十八佛不共法相善現甚深般若波羅蜜多不見無忘失法故名示無忘失法相不見恒住捨性故名示恒住捨性相善現甚深般若波羅蜜多不見一切智故名示一切智相不見道相智一切相智故名示道相智一切相智相善現甚深般若波羅蜜多不見一切陀羅尼門故名示一切陀羅尼門相不見一切三摩地門故名示一切三摩地門相善現甚深般若波羅蜜多不見預流果故名示預流果相不見一來不還阿羅漢果故名示一來不還阿羅漢果相善現甚深般若波羅蜜多不見獨覺菩提故名示獨覺菩提相善現甚深般若波羅蜜多不見一切菩薩摩訶薩行故名示一切菩薩摩訶薩行相善現甚深般若波羅蜜多不見諸佛無上正等菩提故名示諸佛無上正等菩提

相善現由如是義甚深般若波羅蜜多能示諸佛世間實相名諸佛母具壽善現白佛言世尊甚深般若波羅蜜多云何不見色故名示色相不見受想行識故名示受想行識相云何不見眼處故名示眼處相不見耳鼻舌身意處故名示耳鼻舌身意處相云何不見色處故名示色處相不見聲香味觸法處故名示聲香味觸法處相云何不見眼界故名示眼界相不見色界眼識界及眼觸眼觸爲緣所生諸受故名示色界乃至眼觸爲緣所生諸受相云何不見耳界故名示耳界相不見聲界耳識界及耳觸耳觸爲緣所生諸受故名示聲界乃至耳觸爲緣所生諸受相云何不見鼻界故名示鼻界相不見香界鼻識界及鼻觸鼻觸爲緣所生諸受故名示香界乃至鼻觸爲緣所生諸受相云何不見舌界故名示舌界相不見味界舌識界及舌觸舌觸爲緣所生諸受故名示味界乃至舌觸爲緣所生諸受相云何不見身界故名示身界相不見觸界身識界及身觸身觸爲緣所生諸受故名示觸界乃至身觸爲緣所生諸受相云何不見意界故名示意界相不見法界意識界及意觸意觸爲緣所生諸受故名示法界乃至意觸爲緣所生諸受相云何不見地界故名示地界相不見水火風空識界故名示水火風空識界相云何不見無明故名示無明相不見行識名色六處觸受愛取有生老死愁歎苦憂惱故名示行乃至老死愁歎苦憂惱相云何不見布施波羅蜜多故名示布施波羅蜜多相不見淨戒安忍精進靜

慮般若波羅蜜多故名示淨戒乃至般若波羅蜜多相云何不見內空故名示內空相不見外空內外空空空大空勝義空有爲空無爲空畢竟空無際空散空無變異空本性空自相空共相空一切法空不可得空無性空自性空無性自性空故名示外空乃至無性自性空相云何不見真如故名示真如相不見法界法性不虛妄性不變異性平等性離生性法定法住實際虛空界不思議界故名示法界乃至不思議界相云何不見苦聖諦故名示苦聖諦相不見集滅道聖諦故名示集滅道聖諦相云何不見四靜慮故名示四靜慮相不見四無量四無色定故名示四無量四無色定相云何不見八解脫故名示八解脫相不見八勝處九次第定十遍處故名示八勝處九次第定十遍處相云何不見四念住故名示四念住相不見四正斷四神足五根五力七等覺支八聖道支故名示四正斷乃至八聖道支相云何不見空解脫門故名示空解脫門相不見無相無願解脫門故名示無相無願解脫門相云何不見菩薩十地故名示菩薩十地相云何不見五眼故名示五眼相不見六神通故名示六神通相云何不見佛十力故名示佛十力相不見四無所畏四無礙解大慈大悲大喜大捨十八佛不共法故名示四無所畏乃至十八佛不共法相云何不見無忘失法故名示無忘失法相不見恒住捨性故名示恒住捨性相云何不見一切智故名示一切智相不見道相智一切相智故名示道相智一切相智相云何

不見一切陀羅尼門故名示一切陀羅尼門相不見一切三摩地門故名示一切三摩地門相云何不見預流果故名示預流果相不見一来不還阿羅漢果故名示一来不還阿羅漢果相云何不見獨覺菩提故名示獨覺菩提相云何不見一切菩薩摩訶薩行故名示一切菩薩摩訶薩行相云何不見諸佛無上正等菩提故名示諸佛無上正等菩提相

大般若波羅蜜多經卷第三百六

音釋

忿恚 忿房粉切恚於避切嗔怒也

罣礙 罣音卦罥也礙牛蓋切阻限也

諠雜 上音喧閙也

壅滯 上於恭於勇二切

大般若波羅蜜多經卷第三百七

唐三藏法師玄奘奉　詔譯

初分佛母品第四十一之三

佛言善現甚深般若波羅蜜多由不緣色而生於識是爲不見色故名示色相不緣受想行識而生於識是爲不見受想行識故名示受想行識相由不緣眼處而生於識是爲不見眼處故名示眼處相不緣耳鼻舌身意處而生於識是爲不見耳鼻舌身意處故名示耳鼻舌身意處相由不緣色處而生於識是爲不見色處故名示色處相不緣聲香味觸法處而生於識是爲不見聲香味觸法處故名示聲香味觸法處相由不緣眼界而生於識是爲不見眼界故名示眼界相不緣色界眼識界及眼觸眼觸爲緣所生諸受而生於識是爲不見色界乃至眼觸爲緣所生諸受故名示色界乃至眼觸爲緣所生諸受相由不緣耳界而生於識是爲不見耳界故名示耳界相不緣聲界耳識界及耳觸耳觸爲緣所生諸受而生於識是爲不見聲界乃至耳觸爲緣所生諸受故名示聲界乃至耳觸爲緣所生諸受相由不緣鼻界而生於識是爲不見鼻界故名示鼻界相不緣香界鼻識界及鼻觸鼻觸爲緣所生諸受而生於識是爲不見香界乃至鼻觸爲緣所生諸受故名示香界乃至鼻觸爲緣所生諸受相由不緣舌界而生於識是爲不見舌界故名示舌界相不緣味界舌識界及舌觸舌觸爲緣所生諸受而生於識是爲不見味界乃至舌觸爲緣所生諸受故名示味界乃至舌觸爲緣所生

諸受相由不緣身界而生於識是爲不見身界故名示身界相不緣觸界身識界及身觸身觸爲緣所生諸受而生於識是爲不見觸界乃至身觸爲緣所生諸受故名示觸界乃至身觸爲緣所生諸受相由不緣意界而生於識是爲不見意界故名示意界相不緣法界意識界及意觸意觸爲緣所生諸受而生於識是爲不見法界乃至意觸爲緣所生諸受故名示法界乃至意觸爲緣所生諸受相由不緣地界而生於識是爲不見地界故名示地界相不緣水火風空識界而生於識是爲不見水火風空識界故名示水火風空識界相由不緣無明而生於識是爲不見無明故名示無明相不緣行識名色六處觸受愛取有生老死愁歎苦憂惱而生於識是爲不見行乃至老死愁歎苦憂惱故名示行乃至老死愁歎苦憂惱相由不緣布施波羅蜜多而生於識是爲不見布施波羅蜜多故名示布施波羅蜜多相不緣淨戒安忍精進靜慮般若波羅蜜多而生於識是爲不見淨戒乃至般若波羅蜜多故名示淨戒乃至般若波羅蜜多相由不緣內空而生於識是爲不見內空故名示內空相不緣外空內外空空空大空勝義空有爲空無爲空畢竟空無際空散空無變異空本性空自相空共相空一切法空不可得空無性空自性空無性自性空而生於識是爲不見外空乃至無性自性空故名示外空乃至無性自性空相由不緣真如而生於識是爲不見真如故名示真如相不緣法界法性不虛妄性不變異性平等性

離生性法定法住實際虛空界不思議界而生於識是爲不見法界乃至不思議界故名示法界乃至不思議界相由不緣苦聖諦而生於識是爲不見苦聖諦故名示苦聖諦相不緣集滅道聖諦而生於識是爲不見集滅道聖諦故名示集滅道聖諦相由不緣四靜慮而生於識是爲不見四靜慮故名示四靜慮相不緣四無量四無色定而生於識是爲不見四無量四無色定故名示四無量四無色定相由不緣八解脫而生於識是爲不見八解脫故名示八解脫相不緣八勝處九次第定十遍處而生於識是爲不見八勝處九次第定十遍處故名示八勝處九次第定十遍處相由不緣四念住而生於識是爲不見四念住故名示四念住相不緣四正斷四神足五根五力七等覺支八聖道支而生於識是爲不見四正斷乃至八聖道支故名示四正斷乃至八聖道支相由不緣空解脫門而生於識是爲不見空解脫門故名示空解脫門相不緣無相無願解脫門而生於識是爲不見無相無願解脫門故名示無相無願解脫門相由不緣菩薩十地而生於識是爲不見菩薩十地故名示菩薩十地相由不緣五眼而生於識是爲不見五眼故名示五眼相不緣六神通而生於識是爲不見六神通故名示六神通相由不緣佛十力而生於識是爲不見佛十力故名示佛十力相不緣四無所畏四無礙解大慈大悲大喜大捨十八佛不共法而生於識是爲不見四無所畏乃至十八佛不共法故名示四無所畏乃至十八

佛不共法相由不緣無忘失法而生於識是爲不見無忘失法故名示無忘失法相不緣恒住捨性而生於識是爲不見恒住捨性故名示恒住捨性相由不緣一切智而生於識是爲不見一切智故名示一切智相不緣道相智一切相智而生於識是爲不見道相智一切相智故名示道相智一切相智相由不緣一切陀羅尼門而生於識是爲不見一切陀羅尼門故名示一切陀羅尼門相不緣一切三摩地門而生於識是爲不見一切三摩地門故名示一切三摩地門相由不緣預流果而生於識是爲不見預流果故名示預流果相不緣一來不還阿羅漢果而生於識是爲不見一來不還阿羅漢果故名示一來不還阿羅漢果相由不緣獨覺菩提而生於識是爲不見獨覺菩提故名示獨覺菩提相由不緣一切菩薩摩訶薩行而生於識是爲不見一切菩薩摩訶薩行故名示一切菩薩摩訶薩行相由不緣諸佛無上正等菩提而生於識是爲不見諸佛無上正等菩提故名示諸佛無上正等菩提相善現由如是義甚深般若波羅蜜多能示諸佛世間實相名諸佛母復次善現甚深般若波羅蜜多能爲諸佛顯世間空故名佛母能示諸佛世間實相世尊云何般若波羅蜜多能爲諸佛顯世間空善現甚深般若波羅蜜多能爲諸佛顯色世間空顯受想行識世間空顯眼處世間空顯耳鼻舌身意處世間空顯色處世間空顯聲香味觸法處世間空顯眼界世間空顯色界眼識界及眼觸眼觸爲緣所生諸受世間空

顯耳界世間空顯聲界耳識界及耳觸耳觸爲緣所生諸受世間空顯鼻界世間空顯香界鼻識界及鼻觸鼻觸爲緣所生諸受世間空顯舌界世間空顯味界舌識界及舌觸舌觸爲緣所生諸受世間空顯身界世間空顯觸界身識界及身觸身觸爲緣所生諸受世間空顯意界世間空顯法界意識界及意觸意觸爲緣所生諸受世間空顯地界世間空顯水火風空識界世間空顯無明世間空顯行識名色六處觸受愛取有生老死愁歎苦憂惱世間空顯布施波羅蜜多世間空顯淨戒安忍精進靜慮般若波羅蜜多世間空顯內空世間空顯外空內外空空空大空勝義空有爲空無爲空畢竟空無際空散空無變異空本性空自相空共相空一切法空不可得空無性空自性空無性自性空世間空顯真如世間空顯法界法性不虛妄性不變異性平等性離生性法定法住實際虛空界不思議界世間空顯苦聖諦世間空顯集滅道聖諦世間空顯四靜慮世間空顯四無量四無色定世間空顯八解脫世間空顯八勝處九次第定十遍處世間空顯四念住世間空顯四正斷四神足五根五力七等覺支八聖道支世間空顯空解脫門世間空顯無相無願解脫門世間空顯菩薩十地世間空顯五眼世間空顯六神通世間空顯佛十力世間空顯四無所畏四無礙解大慈大悲大喜大捨十八佛不共法世間空顯無忘失法世間空顯恒住捨性世間空顯一切智世間空顯道相智一切相智世間空顯一切陀羅尼門

世間空顯一切三摩地門世間空顯預流果世間空顯一来不還阿羅漢果世間空顯獨覺菩提世間空顯一切菩薩摩訶薩行世間空顯諸佛無上正等菩提世間空善現由如是義甚深般若波羅蜜多能示諸佛世間實相名諸佛母復次善現甚深般若波羅蜜多能使如来應正等覺令諸世間受世間空想世間空思世間空了世間空善現由如是義甚深般若波羅蜜多能示諸佛世間實相名諸佛母復次善現甚深般若波羅蜜多能示諸佛世間空相名諸佛母能示諸佛世間實相世尊云何般若波羅蜜多能示諸佛世間空相善現甚深般若波羅蜜多能示諸佛色世間空相受想行識世間空相能示諸佛眼處世間空相耳鼻舌身意處世間空相能示諸佛色處世間空相聲香味觸法處世間空相能示諸佛眼界世間空相色界眼識界及眼觸眼觸爲緣所生諸受世間空相能示諸佛耳界世間空相聲界耳識界及耳觸耳觸爲緣所生諸受世間空相能示諸佛鼻界世間空相香界鼻識界及鼻觸鼻觸爲緣所生諸受世間空相能示諸佛舌界世間空相味界舌識界及舌觸舌觸爲緣所生諸受世間空相能示諸佛身界世間空相觸界身識界及身觸身觸爲緣所生諸受世間空相能示諸佛意界世間空相法界意識界及意觸意觸爲緣所生諸受世間空相能示諸佛地界世間空相水火風空識界世間空相能示諸佛無明世間空相行識名色六處觸受愛取有生老死愁歎苦憂惱世間空相能示諸佛

布施波羅蜜多世間空相淨戒安忍精進靜慮般若波羅蜜多世間空相能示諸佛内空世間空相外空内外空空空大空勝義空有爲空無爲空畢竟空無際空散空無變異空本性空自相空共相空一切法空不可得空無性空自性空無性自性空世間空相能示諸佛真如世間空相法界法性不虚妄性不變異性平等性離生性法定法住實際虚空界不思議界世間空相能示諸佛苦聖諦世間空相集滅道聖諦世間空相能示諸佛四靜慮世間空相四無量四無色定世間空相能示諸佛八解脱世間空相八勝處九次第定十遍處世間空相能示諸佛四念住世間空相四正斷四神足五根五力七等覺支八聖道支世間空相能示諸佛空解脱門世間空相無相無願解脱門世間空相能示諸佛菩薩十地世間空相能示諸佛五眼世間空相六神通世間空相能示諸佛佛十力世間空相四無所畏四無礙解大慈大悲大喜大捨十八佛不共法世間空相能示諸佛無忘失法世間空相恒住捨性世間空相能示諸佛一切智世間空相道相智一切相智世間空相能示諸佛一切陀羅尼門世間空相一切三摩地門世間空相能示諸佛預流果世間空相一來不還阿羅漢果世間空相能示諸佛獨覺菩提世間空相能示諸佛一切菩薩摩訶薩行世間空相能示諸佛無上正等菩提世間空相善現由如是義甚深般若波羅蜜多能示諸佛世間實相名諸佛母復次善現甚深般若波羅蜜多能示諸佛世間不

可思議相名諸佛毋能示諸佛世間實相世尊云何般若波羅蜜多能示諸佛世間不可思議相善現甚深般若波羅蜜多能示諸佛色世間不可思議相受想行識世間不可思議相能示諸佛眼處世間不可思議相耳鼻舌身意處世間不可思議相能示諸佛色處世間不可思議相聲香味觸法處世間不可思議相能示諸佛眼界世間不可思議相色界眼識界及眼觸眼觸爲緣所生諸受世間不可思議相能示諸佛耳界世間不可思議相聲界耳識界及耳觸耳觸爲緣所生諸受世間不可思議相能示諸佛鼻界世間不可思議相香界鼻識界及鼻觸鼻觸爲緣所生諸受世間不可思議相能示諸佛舌界世間不可思議相味界舌識界及舌觸舌觸爲緣所生諸受世間不可思議相能示諸佛身界世間不可思議相觸界身識界及身觸身觸爲緣所生諸受世間不可思議相能示諸佛意界世間不可思議相法界意識界及意觸意觸爲緣所生諸受世間不可思議相能示諸佛地界世間不可思議相水火風空識界世間不可思議相能示諸佛無明世間不可思議相行識名色六處觸受愛取有生老死愁歎苦憂惱世間不可思議相能示諸佛布施波羅蜜多世間不可思議相淨戒安忍精進靜慮般若波羅蜜多世間不可思議相能示諸佛內空世間不可思議相外空內外空空空大空勝義空有爲空無爲空畢竟空無際空散空無變異空本性空自相空共相空一切法空不可得空無性空自性空無性自

性空世間不可思議相能示諸佛真如世間不可思議相法界法性不虛妄性不變異性平等性離生性法定法住實際虛空界不思議界世間不可思議相能示諸佛苦聖諦世間不可思議相集滅道聖諦世間不可思議相能示諸佛四靜慮世間不可思議相四無量四無色定世間不可思議相能示諸佛八解脫世間不可思議相八勝處九次第定十遍處世間不可思議相能示諸佛四念住世間不可思議相四正斷四神足五根五力七等覺支八聖道支世間不可思議相能示諸佛空解脫門世間不可思議相無相無願解脫門世間不可思議相能示諸佛菩薩十地世間不可思議相能示諸佛五眼世間不可思議相六神通世間不可思議相能示諸佛佛十力世間不可思議相四無所畏四無礙解大慈大悲大喜大捨十八佛不共法世間不可思議相能示諸佛無忘失法世間不可思議相恒住捨性世間不可思議相能示諸佛一切智世間不可思議相道相智一切相智世間不可思議相能示諸佛一切陀羅尼門世間不可思議相一切三摩地門世間不可思議相能示諸佛預流果世間不可思議相一來不還阿羅漢果世間不可思議相能示諸佛獨覺菩提世間不可思議相能示諸佛一切菩薩摩訶薩行世間不可思議相能示諸佛無上正等菩提世間不可思議相善現由如是義甚深般若波羅蜜多能示諸佛世間實相名諸佛母復次善現甚深般若波羅蜜多能示諸佛世間遠離相名諸佛母能

示諸佛世間實相世尊云何般若波羅蜜多能示諸佛世間遠離相善現甚深般若波羅蜜多能示諸佛色世間遠離相受想行識世間遠離相能示諸佛眼處世間遠離相耳鼻舌身意處世間遠離相能示諸佛色處世間遠離相聲香味觸法處世間遠離相能示諸佛眼界世間遠離相色界眼識界及眼觸眼觸爲緣所生諸受世間遠離相能示諸佛耳界世間遠離相聲界耳識界及耳觸耳觸爲緣所生諸受世間遠離相能示諸佛鼻界世間遠離相香界鼻識界及鼻觸鼻觸爲緣所生諸受世間遠離相能示諸佛舌界世間遠離相味界舌識界及舌觸舌觸爲緣所生諸受世間遠離相能示諸佛身界世間遠離相觸界身識界及身觸身觸爲緣所生諸受世間遠離相能示諸佛意界世間遠離相法界意識界及意觸意觸爲緣所生諸受世間遠離相能示諸佛地界世間遠離相水火風空識界世間遠離相能示諸佛無明世間遠離相行識名色六處觸受愛取有生老死愁歎苦憂惱世間遠離相能示諸佛布施波羅蜜多世間遠離相淨戒安忍精進靜慮般若波羅蜜多世間遠離相能示諸佛内空世間遠離相外空内外空空空大空勝義空有爲空無爲空畢竟空無際空散空無變異空本性空自相空共相空一切法空不可得空無性空自性空無性自性空世間遠離相能示諸佛真如世間遠離相法界法性不虚妄性不變異性平等性離生性法定法住實際虚空界不思議界世間遠離相能示諸佛苦聖諦

世間遠離相集滅道聖諦世間遠離相能示諸佛四靜慮世間遠離相四無量四無色定世間遠離相能示諸佛八解脫世間遠離相八勝處九次第定十遍處世間遠離相能示諸佛四念住世間遠離相四正斷四神足五根五力七等覺支八聖道支世間遠離相能示諸佛空解脫門世間遠離相無相無願解脫門世間遠離相能示諸佛菩薩十地世間遠離相能示諸佛五眼世間遠離相六神通世間遠離相能示諸佛佛十力世間遠離相四無所畏四無礙解大慈大悲大喜大捨十八佛不共法世間遠離相能示諸佛無忘失法世間遠離相恒住捨性世間遠離相能示諸佛一切智世間遠離相道相智一切相智世間遠離相能示諸佛一切陀羅尼門世間遠離相一切三摩地門世間遠離相能示諸佛預流果世間遠離相一來不還阿羅漢果世間遠離相能示諸佛獨覺菩提世間遠離相能示諸佛一切菩薩摩訶薩行世間遠離相能示諸佛無上正等菩提世間遠離相善現由如是義甚深般若波羅蜜多能示諸佛世間實相名諸佛母復次善現甚深般若波羅蜜多能示諸佛世間寂靜相名諸佛母能示諸佛世間實相世尊云何般若波羅蜜多能示諸佛世間寂靜相善現甚深般若波羅蜜多能示諸佛色世間寂靜相受想行識世間寂靜相能示諸佛眼處世間寂靜相耳鼻舌身意處世間寂靜相能示諸佛色處世間寂靜相聲香味觸法處世間寂靜相能示諸佛眼界世間寂靜相色界眼識界及眼觸眼

觸爲緣所生諸受世間寂靜相能示諸佛耳界世間寂靜相聲界耳識界及耳觸耳觸爲緣所生諸受世間寂靜相能示諸佛鼻界世間寂靜相香界鼻識界及鼻觸鼻觸爲緣所生諸受世間寂靜相能示諸佛舌界世間寂靜相味界舌識界及舌觸舌觸爲緣所生諸受世間寂靜相能示諸佛身界世間寂靜相觸界身識界及身觸身觸爲緣所生諸受世間寂靜相能示諸佛意界世間寂靜相法界意識界及意觸意觸爲緣所生諸受世間寂靜相能示諸佛地界世間寂靜相水火風空識界世間寂靜相能示諸佛無明世間寂靜相行識名色六處觸受愛取有生老死愁歎苦憂惱世間寂靜相能示諸佛布施波羅蜜多世間寂靜相淨戒安忍精進靜慮般若波羅蜜多世間寂靜相能示諸佛內空世間寂靜相外空內外空空空大空勝義空有爲空無爲空畢竟空無際空散空無變異空本性空自相空共相空一切法空不可得空無性空自性空無性自性空世間寂靜相能示諸佛真如世間寂靜相法界法性不虛妄性不變異性平等性離生性法定法住實際虛空界不思議界世間寂靜相能示諸佛苦聖諦世間寂靜相集滅道聖諦世間寂靜相能示諸佛四靜慮世間寂靜相四無量四無色定世間寂靜相能示諸佛八解脫世間寂靜相八勝處九次第定十遍處世間寂靜相能示諸佛四念住世間寂靜相四正斷四神足五根五力七等覺支八聖道支世間寂靜相能示諸佛空解脫門世間寂靜相無相無願解

脱門世間寂靜相能示諸佛菩薩十地世間寂靜相能示諸佛五眼世間寂靜相六神通世間寂靜相能示諸佛佛十力世間寂靜相四無所畏四無礙解大慈大悲大喜大捨十八佛不共法世間寂靜相能示諸佛無忘失法世間寂靜相恒住捨性世間寂靜相能示諸佛一切智世間寂靜相道相智一切相智世間寂靜相能示諸佛一切陀羅尼門世間寂靜相一切三摩地門世間寂靜相能示諸佛預流果世間寂靜相一来不還阿羅漢果世間寂靜相能示諸佛獨覺菩提世間寂靜相能示諸佛一切菩薩摩訶薩行世間寂靜相能示諸佛諸佛無上正等菩提世間寂靜相善現由如是義甚深般若波羅蜜多能示諸佛世間實相名諸佛母復次善現甚深般若波羅蜜多能示諸佛世間畢竟空相名諸佛母能示諸佛世間實相世尊云何般若波羅蜜多能示諸佛世間畢竟空相善現甚深般若波羅蜜多能示諸佛色世間畢竟空相受想行識世間畢竟空相能示諸佛眼處世間畢竟空相耳鼻舌身意處世間畢竟空相能示諸佛色處世間畢竟空相聲香味觸法處世間畢竟空相能示諸佛眼界世間畢竟空相色界眼識界及眼觸眼觸爲緣所生諸受世間畢竟空相能示諸佛耳界世間畢竟空相聲界耳識界及耳觸耳觸爲緣所生諸受世間畢竟空相能示諸佛鼻界世間畢竟空相香界鼻識界及鼻觸鼻觸爲緣所生諸受世間畢竟空相能示諸佛舌界世間畢竟空相味界舌識界及舌觸舌觸爲緣所生諸

受世間畢竟空相能示諸佛身界世間畢竟空相觸界身識界及身觸身觸爲緣所生諸受世間畢竟空相能示諸佛意界世間畢竟空相法界意識界及意觸意觸爲緣所生諸受世間畢竟空相能示諸佛地界世間畢竟空相水火風空識界世間畢竟空相能示諸佛無明世間畢竟空相行識名色六處觸受愛取有生老死愁歎苦憂惱世間畢竟空相能示諸佛布施波羅蜜多世間畢竟空相淨戒安忍精進靜慮般若波羅蜜多世間畢竟空相能示諸佛內空世間畢竟空相外空內外空空空大空勝義空有爲空無爲空畢竟空無際空散空無變異空本性空自相空共相空一切法空不可得空無性空自性空無性自性空世間畢竟空相能示諸佛真如世

間畢竟空相法界法性不虛妄性不變異性平等性離生性法定法住實際虛空界不思議界世間畢竟空相能示諸佛苦聖諦世間畢竟空相集滅道聖諦世間畢竟空相能示諸佛四靜慮世間畢竟空相四無量四無色定世間畢竟空相能示諸佛八解脫世間畢竟空相八勝處九次第定十遍處世間畢竟空相能示諸佛四念住世間畢竟空相四正斷四神足五根五力七等覺支八聖道支世間畢竟空相能示諸佛空解脫門世間畢竟空相無相無願解脫門世間畢竟空相能示諸佛菩薩十地世間畢竟空相能示諸佛五眼世間畢竟空相六神通世間畢竟空相能示諸佛佛十力世間畢竟空相四無所畏四無礙解大慈大悲大喜大捨十八佛不共法

世間畢竟空相能示諸佛無忘失法世間畢竟空相恒住捨性世間畢竟空相能示諸佛一切智世間畢竟空相道相智一切相智世間畢竟空相能示諸佛一切陁羅尼門世間畢竟空相一切三摩地門世間畢竟空相能示諸佛預流果世間畢竟空相一來不還阿羅漢果世間畢竟空相能示諸佛獨覺菩提世間畢竟空相能示諸佛一切菩薩摩訶薩行世間畢竟空相能示諸佛諸佛無上正等菩提世間畢竟空相善現由如是義甚深般若波羅蜜多能示諸佛世間實相名諸佛母復次善現甚深般若波羅蜜多能示諸佛世間無性空相名諸佛母能示諸佛世間實相世尊云何般若波羅蜜多能示諸佛世間無性空相善現甚深般若波羅蜜多能示諸佛色世間無性空相受想行識世間無性空相能示諸佛眼處世間無性空相耳鼻舌身意處世間無性空相能示諸佛色處世間無性空相聲香味觸法處世間無性空相能示諸佛眼界世間無性空相色界眼識界及眼觸眼觸爲緣所生諸受世間無性空相能示諸佛耳界世間無性空相聲界耳識界及耳觸耳觸爲緣所生諸受世間無性空相能示諸佛鼻界世間無性空相香界鼻識界及鼻觸鼻觸爲緣所生諸受世間無性空相能示諸佛舌界世間無性空相味界舌識界及舌觸舌觸爲緣所生諸受世間無性空相能示諸佛身界世間無性空相觸界身識界及身觸身觸爲緣所生諸受世間無性空相能示諸佛意界世間無性空相法界意識界及意觸

意觸爲緣所生諸受世間無性空相能示諸佛地界世間無性空相水火風空識界世間無性空相能示諸佛無明世間無性空相行識名色六處觸受愛取有生老死愁歎苦憂惱世間無性空相能示諸佛布施波羅蜜多世間無性空相淨戒安忍精進靜慮般若波羅蜜多世間無性空相能示諸佛内空世間無性空相外空内外空空空大空勝義空有爲空無爲空畢竟空無際空散空無變異空本性空自相空共相空一切法空不可得空無性空自性空無性自性空世間無性空相能示諸佛真如世間無性空相法界法性不虚妄性不變異性平等性離生性法定法住實際虚空界不思議界世間無性空相能示諸佛苦聖諦世間無性空相集滅道聖諦世間無性空相能示諸佛四靜慮世間無性空相四無量四無色定世間無性空相能示諸佛八解脱世間無性空相八勝處九次第定十遍處世間無性空相能示諸佛四念住世間無性空相四正斷四神足五根五力七等覺支八聖道支世間無性空相能示諸佛空解脱門世間無性空相無相無願解脱門世間無性空相能示諸佛菩薩十地世間無性空相能示諸佛五眼世間無性空相六神通世間無性空相能示諸佛佛十力世間無性空相四無所畏四無礙解大慈大悲大喜大捨十八佛不共法世間無性空相能示諸佛無忘失法世間無性空相恒住捨性世間無性空相能示諸佛一切智世間無性空相道相智一切相智世間無性空相能示諸佛一

切陀羅尼門世間無性空相一切三摩地門世間無性空相能示諸佛預流果世間無性空相一来不還阿羅漢果世間無性空相能示諸佛獨覺菩提世間無性空相能示諸佛一切菩薩摩訶薩行世間無性空相能示諸佛諸佛無上正等菩提世間無性空相善現由如是義甚深般若波羅蜜多能示諸佛世間實相名諸佛母

大般若波羅蜜多經卷第三百七

大般若波羅蜜多經卷第三百八

唐三藏法師玄奘奉詔譯

初分佛母品第四十一之四

復次善現甚深般若波羅蜜多能示諸佛世間自性空相名諸佛母能示諸佛世間實相世尊云何般若波羅蜜多能示諸佛世間自性空相善現甚深般若波羅蜜多能示諸佛色世間自性空相受想行識世間自性空相能示諸佛眼處世間自性空相耳鼻舌身意處世間自性空相能示諸佛色處世間自性空相聲香味觸法處世間自性空相能示諸佛眼界世間自性空相色界眼識界及眼觸眼觸爲緣所生諸受世間自性空相能示諸佛耳界世間自性空相聲界耳識界及耳觸耳觸爲緣所生諸受世間自性空相能示諸佛鼻界世間自性空相香界鼻識界及鼻觸鼻觸爲緣所生諸受世間自性空相能示諸佛舌界世間自性空相味界舌識界及舌觸舌觸爲緣所生諸受世間自性空相能示諸佛身界世間自性空相觸界身識界及身觸身觸爲緣所生諸受世間自性空相能示諸佛意界世間自性空相法界意識界及意觸意觸爲緣所生諸受世間自性空相能示諸佛地界世間自性空相水火風空識界世間自性空相能示諸佛無明世間自性空相行識名色六處觸受愛取有生老死愁歎苦憂惱世間自性空相能示諸佛布施波羅蜜多世間自性空相淨戒安忍精進靜慮般若波羅蜜多世間自性空相能示諸佛內空世間自性空相外空內外空空空大空勝義空有

爲空無爲空畢竟空無際空散空無變異空本性空自相空共相空一切法空不可得空無性空自性空無性自性空世間自性空相能示諸佛真如世間自性空相法界法性不虛妄性不變異性平等性離生性法定法住實際虛空界不思議界世間自性空相能示諸佛苦聖諦世間自性空相集滅道聖諦世間自性空相能示諸佛四靜慮世間自性空相四無量四無色定世間自性空相能示諸佛八解脫世間自性空相八勝處九次第定十遍處世間自性空相能示諸佛四念住世間自性空相四正斷四神足五根五力七等覺支八聖道支世間自性空相能示諸佛空解脫門世間自性空相無相無願解脫門世間自性空相能示諸佛菩薩十地世間自性

空相能示諸佛五眼世間自性空相六神通世間自性空相能示諸佛佛十力世間自性空相四無所畏四無礙解大慈大悲大喜大捨十八佛不共法世間自性空相能示諸佛無忘失法世間自性空相恒住捨性世間自性空相能示諸佛一切智世間自性空相道相智一切相智世間自性空相能示諸佛一切陀羅尼門世間自性空相一切三摩地門世間自性空相能示諸佛預流果世間自性空相一來不還阿羅漢果世間自性空相能示諸佛獨覺菩提世間自性空相能示諸佛一切菩薩摩訶薩行世間自性空相能示諸佛諸佛無上正等菩提世間自性空相善現由如是義甚深般若波羅蜜多能示諸佛世間實相名諸佛母復次善現甚深般若波羅

蜜多能示諸佛世間無性自性空相名諸佛母能示諸佛世間實相世尊云何般若波羅蜜多能示諸佛世間無性自性空相善現甚深般若波羅蜜多能示諸佛色世間無性自性空相受想行識世間無性自性空相能示諸佛眼處世間無性自性空相耳鼻舌身意處世間無性自性空相能示諸佛色處世間無性自性空相聲香味觸法處世間無性自性空相能示諸佛眼界世間無性自性空相色界眼識界及眼觸眼觸爲緣所生諸受世間無性自性空相能示諸佛耳界世間無性自性空相聲界耳識界及耳觸耳觸爲緣所生諸受世間無性自性空相能示諸佛鼻界世間無性自性空相香界鼻識界及鼻觸鼻觸爲緣所生諸受世間無性自性空相能示諸佛舌界世間無性自性空相味界舌識界及舌觸舌觸爲緣所生諸受世間無性自性空相能示諸佛身界世間無性自性空相觸界身識界及身觸身觸爲緣所生諸受世間無性自性空相能示諸佛意界世間無性自性空相法界意識界及意觸意觸爲緣所生諸受世間無性自性空相能示諸佛地界世間無性自性空相水火風空識界世間無性自性空相能示諸佛無明世間無性自性空相行識名色六處觸受愛取有生老死愁歎苦憂惱世間無性自性空相能示諸佛布施波羅蜜多世間無性自性空相淨戒安忍精進靜慮般若波羅蜜多世間無性自性空相能示諸佛內空世間無性自性空相外空內外空空空大空勝義空有爲空無爲空畢竟

空無際空散空無變異空本性空自相空共相空一切法空不可得空無性空自性空無性自性空世間無性自性空相能示諸佛真如世間無性自性空相法界法性不虛妄性不變異性平等性離生性法定法住實際虛空界不思議界世間無性自性空相能示諸佛苦聖諦世間無性自性空相集滅道聖諦世間無性自性空相能示諸佛四靜慮世間無性自性空相四無量四無色定世間無性自性空相能示諸佛八解脫世間無性自性空相八勝處九次第定十遍處世間無性自性空相能示諸佛四念住世間無性自性空相四正斷四神足五根五力七等覺支八聖道支世間無性自性空相能示諸佛空解脫門世間無性自性空相無相無願解脫門世間無性自性空相能示諸佛菩薩十地世間無性自性空相能示諸佛五眼世間無性自性空相六神通世間無性自性空相能示諸佛佛十力世間無性自性空相四無所畏四無礙解大慈大悲大喜大捨十八佛不共法世間無性自性空相能示諸佛無忘失法世間無性自性空相恒住捨性世間無性自性空相能示諸佛一切智世間無性自性空相道相智一切相智世間無性自性空相能示諸佛一切陀羅尼門世間無性自性空相一切三摩地門世間無性自性空相能示諸佛預流果世間無性自性空相一來不還阿羅漢果世間無性自性空相能示諸佛獨覺菩提世間無性自性空相能示諸佛一切菩薩摩訶薩行世間無性自性空相能示諸佛諸

佛無上正等菩提世間無性自性空相善現由如是義甚深般若波羅蜜多能示諸佛世間實相名諸佛母復次善現甚深般若波羅蜜多能示諸佛世間純空相名諸佛母能示諸佛世間實相世尊云何般若波羅蜜多能示諸佛世間純空相善現甚深般若波羅蜜多能示諸佛色世間純空相受想行識世間純空相能示諸佛眼處世間純空相耳鼻舌身意處世間純空相能示諸佛色處世間純空相聲香味觸法處世間純空相能示諸佛眼界世間純空相色界眼識界及眼觸眼觸爲緣所生諸受世間純空相能示諸佛耳界世間純空相聲界耳識界及耳觸耳觸爲緣所生諸受世間純空相能示諸佛鼻界世間純空相香界鼻識界及鼻觸鼻觸爲緣所生

諸受世間純空相能示諸佛舌界世間純空相味界舌識界及舌觸舌觸爲緣所生諸受世間純空相能示諸佛身界世間純空相觸界身識界及身觸身觸爲緣所生諸受世間純空相能示諸佛意界世間純空相法界意識界及意觸意觸爲緣所生諸受世間純空相能示諸佛地界世間純空相水火風空識界世間純空相能示諸佛無明世間純空相行識名色六處觸受愛取有生老死愁歎苦憂惱世間純空相能示諸佛布施波羅蜜多世間純空相淨戒安忍精進靜慮般若波羅蜜多世間純空相能示諸佛內空世間純空相外空內外空空空大空勝義空有爲空無爲空畢竟空無際空散空無變異空本性空自相空共相空一切法空不可得空無性空

自性空無性自性空世間純空相能示諸佛真如世間純空相法界法性不虚妄性不變異性平等性離生性法定法住實際虚空界不思議界世間純空相能示諸佛苦聖諦世間純空相集滅道聖諦世間純空相能示諸佛四靜慮世間純空相四無量四無色定世間純空相能示諸佛八解脱世間純空相八勝處九次第定十遍處世間純空相能示諸佛四念住世間純空相四正斷四神足五根五力七等覺支八聖道支世間純空相能示諸佛空解脱門世間純空相無相無願解脱門世間純空相能示諸佛菩薩十地世間純空相能示諸佛五眼世間純空相六神通世間純空相能示諸佛佛十力世間純空相四無所畏四無礙解大慈大悲大喜大捨十八佛不共法世間純空相能示諸佛無忘失法世間純空相恒住捨性世間純空相能示諸佛一切智世間純空相道相智一切相智世間純空相能示諸佛一切陀羅尼門世間純空相一切三摩地門世間純空相能示諸佛預流果世間純空相一來不還阿羅漢果世間純空相能示諸佛獨覺菩提世間純空相能示諸佛一切菩薩摩訶薩行世間純空相能示諸佛諸佛無上正等菩提世間純空相能示諸佛世間純空相

善現由如是義甚深般若波羅蜜多能示諸佛世間實相名諸佛母復次善現甚深般若波羅蜜多能示諸佛世間純無相無願相名諸佛母能示諸佛世間實相世尊云何般若波羅蜜多能示諸佛世間純無相無願相善現甚深般若波羅蜜多能示諸佛色世間純

無相無願相受想行識世間純無相無願相能示諸佛眼處世間純無相無願相耳鼻舌身意處世間純無相無願相能示諸佛色處世間純無相無願相聲香味觸法處世間純無相無願相能示諸佛眼界世間純無相無願相色界眼識界及眼觸眼觸爲縁所生諸受世間純無相無願相能示諸佛耳界世間純無相無願相聲界耳識界及耳觸耳觸爲縁所生諸受世間純無相無願相能示諸佛鼻界世間純無相無願相香界鼻識界及鼻觸鼻觸爲縁所生諸受世間純無相無願相能示諸佛舌界世間純無相無願相味界舌識界及舌觸舌觸爲縁所生諸受世間純無相無願相能示諸佛身界世間純無相無願相觸界身識界及身觸身觸爲縁所生諸受世間純無相無願相能示諸佛意界世間純無相無願相法界意識界及意觸意觸爲縁所生諸受世間純無相無願相能示諸佛地界世間純無相無願相水火風空識界世間純無相無願相能示諸佛無明世間純無相無願相行識名色六處觸受愛取有生老死愁歎苦憂惱世間純無相無願相能示諸佛布施波羅蜜多世間純無相無願相淨戒安忍精進靜慮般若波羅蜜多世間純無相無願相能示諸佛內空世間純無相無願相外空內外空空空大空勝義空有爲空無爲空畢竟空無際空散空無變異空本性空自相空共相空一切法空不可得空無性空自性空無性自性空世間純無相無願相能示諸佛真如世間純無相無願相法界法性不虛

妄性不變異性平等性離生性法定法住實際虛空界不思議界世間純無相無願相能示諸佛苦聖諦世間純無相無願相集滅道聖諦世間純無相無願相能示諸佛四靜慮世間純無相無願相四無量四無色定世間純無相無願相能示諸佛八解脫世間純無相無願相八勝處九次第定十遍處世間純無相無願相能示諸佛四念住世間純無相無願相四正斷四神足五根五力七等覺支八聖道支世間純無相無願相能示諸佛空解脫門世間純無相無願相無相無願解脫門世間純無相無願相能示諸佛菩薩十地世間純無相無願相能示諸佛五眼世間純無相無願相六神通世間純無相無願相能示諸佛佛十力世間純無相無願相四無所畏四無礙解大慈大悲大喜大捨十八佛不共法世間純無相無願相能示諸佛無忘失法世間純無相無願相恒住捨性世間純無相無願相能示諸佛一切智世間純無相無願相道相智一切相智世間純無相無願相能示諸佛一切陀羅尼門世間純無相無願相一切三摩地門世間純無相無願相能示諸佛預流果世間純無相無願相一來不還阿羅漢果世間純無相無願相能示諸佛獨覺菩提世間純無相無願相能示諸佛一切菩薩摩訶薩行世間純無相無願相能示諸佛諸佛無上正等菩提世間純無相無願相善現由如是義甚深般若波羅蜜多能示諸佛世間實相名諸佛母復次善現甚深般若波羅蜜多能示諸佛世間相者謂令不起此

世間想他世間想所以者何以實無法可起此世他世想故

初分不思議等品第四十二之一

爾時具壽善現白佛言世尊甚深般若波羅蜜多爲大事故而現於世世尊甚深般若波羅蜜多爲不可思議事故而現於世世尊甚深般若波羅蜜多爲不可稱量事故而現於世世尊甚深般若波羅蜜多爲無數量事故而現於世世尊甚深般若波羅蜜多爲無等等事故而現於世佛言善現如是如是如汝所說甚深般若波羅蜜多爲大事故而現於世甚深般若波羅蜜多爲不可思議事故而現於世甚深般若波羅蜜多爲不可稱量事故而現於世甚深般若波羅蜜多爲無數量事故而現於世甚深般若波羅蜜多爲無等等事故而現於世世尊云何甚深般若波羅蜜多爲大事故而現於世善現一切如来應正等覺以普救拔一切有情無時暫捨而爲大事甚深般若波羅蜜多爲此大事故而現於世世尊云何甚深般若波羅蜜多爲不可思議事故而現於世善現一切如来應正等覺所有佛性如来性自然法性一切智智性皆是不可思議事甚深般若波羅蜜多爲此不可思議事故而現於世世尊云何甚深般若波羅蜜多爲不可稱量事故而現於世善現一切如来應正等覺所有佛性如来性自然法性一切智智性無有情類而能稱量甚深般若波羅蜜多爲此不可稱量事故而現於世世尊云何甚深般若波羅蜜多爲無數量事故而現於世善現一切如来應正等覺

所有佛性如来性自然法性一切智智性無有如實知其數量甚深般若波羅蜜多爲此無數量事故而現於世世尊云何甚深般若波羅蜜多爲無等等事故而現於世善現一切如来應正等覺所有佛性如来性自然法性一切智智性無與等者況有能過甚深般若波羅蜜多爲此無等等事故而現於世具壽善現復白佛言世尊爲但如来應正等覺所有佛性如来性自然法性一切智智性不可思議不可稱量無數量無等等爲更有餘法耶佛言善現非但如来應正等覺所有佛性如来性自然法性一切智智性不可思議不可稱量無數量無等等善現色亦不可思議不可稱量無數量無等等受想行識亦不可思議不可稱量無數量無等等善現眼處亦不可思議不可稱量無數量無等等耳鼻舌身意處亦不可思議不可稱量無數量無等等善現色處亦不可思議不可稱量無數量無等等聲香味觸法處亦不可思議不可稱量無數量無等等善現眼界亦不可思議不可稱量無數量無等等色界眼識界及眼觸眼觸爲緣所生諸受亦不可思議不可稱量無數量無等等善現耳界亦不可思議不可稱量無數量無等等聲界耳識界及耳觸耳觸爲緣所生諸受亦不可思議不可稱量無數量無等等善現鼻界亦不可思議不可稱量無數量無等等香界鼻識界及鼻觸鼻觸爲緣所生諸受亦不可思議不可稱量無數量無等等善現舌界亦不可思議不可稱量無數量無等等味界舌識界及舌觸舌觸

爲緣所生諸受亦不可思議不可稱量無數量無等等善現身界亦不可思議不可稱量無數量無等等觸界身識界及身觸身觸爲緣所生諸受亦不可思議不可稱量無數量無等等善現意界亦不可思議不可稱量無數量無等等法界意識界及意觸意觸爲緣所生諸受亦不可思議不可稱量無數量無等等善現地界亦不可思議不可稱量無數量無等等水火風空識界亦不可思議不可稱量無數量無等等善現無明亦不可思議不可稱量無數量無等等行識名色六處觸受愛取有生老死愁歎苦憂惱亦不可思議不可稱量無數量無等等善現布施波羅蜜多亦不可思議不可稱量無數量無等等淨戒安忍精進靜慮般若波羅蜜多亦不可思議不可稱量無數量無等等善現內空亦不可思議不可稱量無數量無等等外空內外空空空大空勝義空有爲空無爲空畢竟空無際空散空無變異空本性空自相空共相空一切法空不可得空無性空自性空無性自性空亦不可思議不可稱量無數量無等等善現真如亦不可思議不可稱量無數量無等等法界法性不虛妄性不變異性平等性離生性法定法住實際虛空界不思議界亦不可思議不可稱量無數量無等等善現苦聖諦亦不可思議不可稱量無數量無等等集滅道聖諦亦不可思議不可稱量無數量無等等善現四靜慮亦不可思議不可稱量無數量無等等四無量四無色定亦不可思議不可稱量無數量無等等善現八解脱

亦不可思議不可稱量無數量無等等八勝處九次第定十遍處亦不可思議不可稱量無數量無等等善現四念住亦不可思議不可稱量無數量無等等四正斷四神足五根五力七等覺支八聖道支亦不可思議不可稱量無數量無等等善現空解脫門亦不可思議不可稱量無數量無等等無相無願解脫門亦不可思議不可稱量無數量無等等善現菩薩十地亦不可思議不可稱量無數量無等等善現五眼亦不可思議不可稱量無數量無等等六神通亦不可思議不可稱量無數量無等等善現佛十力亦不可思議不可稱量無數量無等等四無所畏四無礙解大慈大悲大喜大捨十八佛不共法亦不可思議不可稱量無數量無等等善現無忘失法亦不可思議不可稱量無數量無等等恒住捨性亦不可思議不可稱量無數量無等等善現一切智亦不可思議不可稱量無數量無等等道相智一切相智亦不可思議不可稱量無數量無等等善現一切陀羅尼門亦不可思議不可稱量無數量無等等一切三摩地門亦不可思議不可稱量無數量無等等善現預流果亦不可思議不可稱量無數量無等等一來不還阿羅漢果亦不可思議不可稱量無數量無等等善現獨覺菩提亦不可思議不可稱量無數量無等等善現一切菩薩摩訶薩行亦不可思議不可稱量無數量無等等善現諸佛無上正等菩提亦不可思議不可稱量無數量無等等善現一切法亦不可思議不可稱量無數量無等

等善現於一切法真法性中心及心所皆不可得復次善現色不可施設不可思議不可稱量無數量無等等性受想行識亦不可施設不可思議不可稱量無數量無等等性善現眼處不可施設不可思議不可稱量無數量無等等性耳鼻舌身意處亦不可施設不可思議不可稱量無數量無等等性善現色處不可施設不可思議不可稱量無數量無等等性聲香味觸法處亦不可施設不可思議不可稱量無數量無等等性善現眼界不可施設不可思議不可稱量無數量無等等性色界眼識界及眼觸眼觸爲緣所生諸受亦不可施設不可思議不可稱量無數量無等等性善現耳界不可施設不可思議不可稱量無數量無等等性聲界耳識界及耳觸耳觸爲緣所生諸受亦不可施設不可思議不可稱量無數量無等等性善現鼻界不可施設不可思議不可稱量無數量無等等性香界鼻識界及鼻觸鼻觸爲緣所生諸受亦不可施設不可思議不可稱量無數量無等等性善現舌界不可施設不可思議不可稱量無數量無等等性味界舌識界及舌觸舌觸爲緣所生諸受亦不可施設不可思議不可稱量無數量無等等性善現身界不可施設不可思議不可稱量無數量無等等性觸界身識界及身觸身觸爲緣所生諸受亦不可施設不可思議不可稱量無數量無等等性善現意界不可施設不可思議不可稱量無數量無等等性法界意識界及意觸意觸爲緣所生諸受亦不可施設不可思議不可

稱量無數量無等等性善現地界不可施設不可思議不可稱量無數量無等等性水火風空識界亦不可施設不可思議不可稱量無數量無等等性善現無明不可施設不可思議不可稱量無數量無等等性行識名色六處觸受愛取有生老死愁歎苦憂惱亦不可施設不可思議不可稱量無數量無等等性善現布施波羅蜜多不可施設不可思議不可稱量無數量無等等性淨戒安忍精進靜慮般若波羅蜜多亦不可施設不可思議不可稱量無數量無等等性善現內空不可施設不可思議不可稱量無數量無等等性外空內外空空空大空勝義空有爲空無爲空畢竟空無際空散空無變異空本性空自相空共相空一切法空不可得空無性空自性空無性自性空亦不可施設不可思議不可稱量無數量無等等性善現真如不可施設不可思議不可稱量無數量無等等性法界法性不虛妄性不變異性平等性離生性法定法住實際虛空界不思議界亦不可施設不可思議不可稱量無數量無等等性善現苦聖諦不可施設不可思議不可稱量無數量無等等性集滅道聖諦亦不可施設不可思議不可稱量無數量無等等性善現四靜慮不可施設不可思議不可稱量無數量無等等性四無量四無色定亦不可施設不可思議不可稱量無數量無等等性善現八解脫不可施設不可思議不可稱量無數量無等等性八勝處九次第定十遍處亦不可施設不可思議不可稱量無數量無等等性

善現四念住不可施設不可思議不可稱量無數量無等等性四正斷四神足五根五力七等覺支八聖道支亦不可施設不可思議不可稱量無數量無等等性善現空解脫門不可施設不可思議不可稱量無數量無等等性無相無願解脫門亦不可施設不可思議不可稱量無數量無等等性善現菩薩十地不可施設不可思議不可稱量無數量無等等性善現五眼不可施設不可思議不可稱量無數量無等等性六神通亦不可施設不可思議不可稱量無數量無等等性善現佛十力不可施設不可思議不可稱量無數量無等等性四無所畏四無礙解大慈大悲大喜大捨十八佛不共法亦不可施設不可思議不可稱量無數量無等等性善現無忘失法不可施設不可思議不可稱量無數量無等等性恒住捨性亦不可施設不可思議不可稱量無數量無等等性善現一切智不可施設不可思議不可稱量無數量無等等性道相智一切相智亦不可施設不可思議不可稱量無數量無等等性善現一切陀羅尼門不可施設不可思議不可稱量無數量無等等性一切三摩地門亦不可施設不可思議不可稱量無數量無等等性善現預流果不可施設不可思議不可稱量無數量無等等性一來不還阿羅漢果亦不可施設不可思議不可稱量無數量無等等性善現獨覺菩提不可施設不可思議不可稱量無數量無等等性善現一切菩薩摩訶薩行不可施設不可思議不可稱量無數量無等等性

善現諸佛無上正等菩提不可施設不可思議不可稱量無數量無等等性

大般若波羅蜜多經卷第三百八

大般若波羅蜜多經卷第三百九

唐三藏法師玄奘奉詔譯

初分不思議等品第四十二之二

具壽善現白佛言世尊何因緣故色不可施設不可思議不可稱量無數量無等等性受想行識亦不可施設不可思議不可稱量無數量無等等性世尊何因緣故眼處不可施設不可思議不可稱量無數量無等等性耳鼻舌身意處亦不可施設不可思議不可稱量無數量無等等性世尊何因緣故色處不可施設不可思議不可稱量無數量無等等性聲香味觸法處亦不可施設不可思議不可稱量無數量無等等性世尊何因緣故眼界不可施設不可思議不可稱量無數量無等等性色界眼識界及眼觸眼觸爲緣所生諸受亦不可施設不可思議不可稱量無數量無等等性世尊何因緣故耳界不可施設不可思議不可稱量無數量無等等性聲界耳識界及耳觸耳觸爲緣所生諸受亦不可施設不可思議不可稱量無數量無等等性世尊何因緣故鼻界不可施設不可思議不可稱量無數量無等等性香界鼻識界及鼻觸鼻觸爲緣所生諸受亦不可施設不可思議不可稱量無數量無等等性世尊何因緣故舌界不可施設不可思議不可稱量無數量無等等性味界舌識界及舌觸舌觸爲緣所生諸受亦不可施設不可思議不可稱量無數量無等等性世尊何因緣故身界不可施設不可思議不可稱量無數量無等等性觸界身識界及身觸身觸爲緣所生諸受亦

不可施設不可思議不可稱量無數量無等等性世尊何因緣故意界不可施設不可思議不可稱量無數量無等等性法界意識界及意觸意觸爲緣所生諸受亦不可施設不可思議不可稱量無數量無等等性世尊何因緣故地界不可施設不可思議不可稱量無數量無等等性水火風空識界亦不可施設不可思議不可稱量無數量無等等性世尊何因緣故無明不可施設不可思議不可稱量無數量無等等性行識名色六處觸受愛取有生老死愁歎苦憂惱亦不可施設不可思議不可稱量無數量無等等性世尊何因緣故布施波羅蜜多不可施設不可思議不可稱量無數量無等等性淨戒安忍精進靜慮般若波羅蜜多亦不可施設不可思議

不可稱量無數量無等等性世尊何因緣故內空不可施設不可思議不可稱量無數量無等等性外空內外空空空大空勝義空有爲空無爲空畢竟空無際空散空無變異空本性空自相空共相空一切法空不可得空無性空自性空無性自性空亦不可施設不可思議不可稱量無數量無等等性世尊何因緣故眞如不可施設不可思議不可稱量無數量無等等性法界法性不虛妄性不變異性平等性離生性法定法住實際虛空界不思議界亦不可施設不可思議不可稱量無數量無等等性世尊何因緣故苦聖諦不可施設不可思議不可稱量無數量無等等性集滅道聖諦亦不可施設不可思議不可稱量無數量無等等性世尊何因緣故四靜

慮不可施設不可思議不可稱量無數量無等等性四無量四無色定亦不可施設不可思議不可稱量無數量無等等性世尊何因緣故八解脫不可施設不可思議不可稱量無數量無等等性八勝處九次第定十遍處亦不可施設不可思議不可稱量無數量無等等性世尊何因緣故四念住不可施設不可思議不可稱量無數量無等等性四正斷四神足五根五力七等覺支八聖道支亦不可施設不可思議不可稱量無數量無等等性世尊何因緣故空解脫門不可施設不可思議不可稱量無數量無等等性無相無願解脫門亦不可施設不可思議不可稱量無數量無等等性世尊何因緣故菩薩十地不可施設不可思議不可稱量無數量無等等性世尊何因緣故五眼不可施設不可思議不可稱量無數量無等等性六神通亦不可施設不可思議不可稱量無數量無等等性世尊何因緣故佛十力不可施設不可思議不可稱量無數量無等等性四無所畏四無礙解大慈大悲大喜大捨十八佛不共法亦不可施設不可思議不可稱量無數量無等等性世尊何因緣故無忘失法不可施設不可思議不可稱量無數量無等等性恒住捨性亦不可施設不可思議不可稱量無數量無等等性世尊何因緣故一切智不可施設不可思議不可稱量無數量無等等性道相智一切相智亦不可施設不可思議不可稱量無數量無等等性世尊何因緣故一切陀羅尼門不可施設不可思議不可稱量無數

量無等等性一切三摩地門亦不可施設不可思議不可稱量無數量無等等性世尊何因緣故預流果不可施設不可思議不可稱量無數量無等等性一來不還阿羅漢果亦不可施設不可思議不可稱量無數量無等等性世尊何因緣故獨覺菩提不可施設不可思議不可稱量無數量無等等性世尊何因緣故一切菩薩摩訶薩行不可施設不可思議不可稱量無數量無等等性世尊何因緣故諸佛無上正等菩提不可施設不可思議不可稱量無數量無等等性佛言善現色不可施設思議稱量數量平等不平等性故受想行識亦不可施設思議稱量數量平等不平等性故善現眼處不可施設思議稱量數量平等不平等性故耳鼻舌身意處亦不可施設思議稱量數量平等不平等性故善現色處不可施設思議稱量數量平等不平等性故聲香味觸法處亦不可施設思議稱量數量平等不平等性故善現眼界不可施設思議稱量數量平等不平等性故色界眼識界及眼觸眼觸爲緣所生諸受亦不可施設思議稱量數量平等不平等性故善現耳界不可施設思議稱量數量平等不平等性故聲界耳識界及耳觸耳觸爲緣所生諸受亦不可施設思議稱量數量平等不平等性故善現鼻界不可施設思議稱量數量平等不平等性故香界鼻識界及鼻觸鼻觸爲緣所生諸受亦不可施設思議稱量數量平等不平等性故善現舌界不可施設思議稱量數量平等不平等性故味界舌識界及舌觸

舌觸爲緣所生諸受亦不可施設思議稱量數量平等不平等性故善現身界不可施設思議稱量數量平等不平等性故觸界身識界及身觸身觸爲緣所生諸受亦不可施設思議稱量數量平等不平等性故善現意界不可施設思議稱量數量平等不平等性故法界意識界及意觸意觸爲緣所生諸受亦不可施設思議稱量數量平等不平等性故善現地界不可施設思議稱量數量平等不平等性故水火風空識界亦不可施設思議稱量數量平等不平等性故善現無明不可施設思議稱量數量平等不平等性故行識名色六處觸受愛取有生老死愁歎苦憂惱亦不可施設思議稱量數量平等不平等性故善現布施波羅蜜多不可施設思議稱量數量平等不平等性故淨戒安忍精進靜慮般若波羅蜜多亦不可施設思議稱量數量平等不平等性故善現內空不可施設思議稱量數量平等不平等性故外空內外空空空大空勝義空有爲空無爲空畢竟空無際空散空無變異空本性空自相空共相空一切法空不可得空無性空自性空無性自性空亦不可施設思議稱量數量平等不平等性故善現真如不可施設思議稱量數量平等不平等性故法界法性不虛妄性不變異性平等性離生性法定法住實際虛空界不思議界亦不可施設思議稱量數量平等不平等性故善現苦聖諦不可施設思議稱量數量平等不平等性故集滅道聖諦亦不可施設思議稱量數量平等不平等性故善現

四靜慮不可施設思議稱量數量平等不平等性故四無量四無色定亦不可施設思議稱量數量平等不平等性故善現八解脫不可施設思議稱量數量平等不平等性故八勝處九次第定十遍處亦不可施設思議稱量數量平等不平等性故善現四念住不可施設思議稱量數量平等不平等性故四正斷四神足五根五力七等覺支八聖道支亦不可施設思議稱量數量平等不平等性故善現空解脫門不可施設思議稱量數量平等不平等性故無相無願解脫門亦不可施設思議稱量數量平等不平等性故善現菩薩十地不可施設思議稱量數量平等不平等性故善現五眼不可施設思議稱量數量平等不平等性故六神通亦不可施設思議稱量數量平等不平等性故善現佛十力不可施設思議稱量數量平等不平等性故四無所畏四無礙解大慈大悲大喜大捨十八佛不共法亦不可施設思議稱量數量平等不平等性故善現無忘失法不可施設思議稱量數量平等不平等性故恒住捨性亦不可施設思議稱量數量平等不平等性故善現一切智不可施設思議稱量數量平等不平等性故道相智一切相智亦不可施設思議稱量數量平等不平等性故善現一切陀羅尼門不可施設思議稱量數量平等不平等性故一切三摩地門亦不可施設思議稱量數量平等不平等性故善現預流果不可施設思議稱量數量平等不平等性故一來不還阿羅漢果亦不可施設思議稱量數量

平等不平等性故善現獨覺菩提不可施設思議稱量數量平等不平等性故善現一切菩薩摩訶薩行不可施設思議稱量數量平等不平等性故善現諸佛無上正等菩提不可施設思議稱量數量平等不平等性故具壽善現白佛言世尊何因緣故色不可施設思議稱量數量平等不平等性受想行識亦不可施設思議稱量數量平等不平等性世尊何因緣故眼處不可施設思議稱量數量平等不平等性耳鼻舌身意處亦不可施設思議稱量數量平等不平等性世尊何因緣故色處不可施設思議稱量數量平等不平等性聲香味觸法處亦不可施設思議稱量數量平等不平等性世尊何因緣故眼界不可施設思議稱量數量平等不平等性色界眼識界及眼觸眼觸爲緣所生諸受亦不可施設思議稱量數量平等不平等性世尊何因緣故耳界不可施設思議稱量數量平等不平等性聲界耳識界及耳觸耳觸爲緣所生諸受亦不可施設思議稱量數量平等不平等性世尊何因緣故鼻界不可施設思議稱量數量平等不平等性香界鼻識界及鼻觸鼻觸爲緣所生諸受亦不可施設思議稱量數量平等不平等性世尊何因緣故舌界不可施設思議稱量數量平等不平等性味界舌識界及舌觸舌觸爲緣所生諸受亦不可施設思議稱量數量平等不平等性世尊何因緣故身界不可施設思議稱量數量平等不平等性觸界身識界及身觸身觸爲緣所生諸受亦不可施設思議稱量數量平等

不平等性世尊何因緣故意界不可施設思議稱量數量平等不平等性法界意識界及意觸意觸爲緣所生諸受亦不可施設思議稱量數量平等不平等性世尊何因緣故地界不可施設思議稱量數量平等不平等性水火風空識界亦不可施設思議稱量數量平等不平等性世尊何因緣故無明不可施設思議稱量數量平等不平等性行識名色六處觸受愛取有生老死愁歎苦憂惱亦不可施設思議稱量數量平等不平等性世尊何因緣故布施波羅蜜多不可施設思議稱量數量平等不平等性淨戒安忍精進靜慮般若波羅蜜多亦不可施設思議稱量數量平等不平等性世尊何因緣故内空不可施設思議稱量數量平等不平等性外空内外空空空大空勝義空有爲空無爲空畢竟空無際空散空無變異空本性空自相空共相空一切法空不可得空無性空自性空無性自性空亦不可施設思議稱量數量平等不平等性世尊何因緣故真如不可施設思議稱量數量平等不平等性法界法性不虚妄性不變異性平等性離生性法定法住實際虚空界不思議界亦不可施設思議稱量數量平等不平等性世尊何因緣故苦聖諦不可施設思議稱量數量平等不平等性集滅道聖諦亦不可施設思議稱量數量平等不平等性世尊何因緣故四靜慮不可施設思議稱量數量平等不平等性四無量四無色定亦不可施設思議稱量數量平等不平等性世尊何因緣故八解脱不可施設思議稱

量數量平等不平等性八勝處九次第定十遍處亦不可施設思議稱量數量平等不平等性世尊何因緣故四念住不可施設思議稱量數量平等不平等性四正斷四神足五根五力七等覺支八聖道支亦不可施設思議稱量數量平等不平等性世尊何因緣故空解脫門不可施設思議稱量數量平等不平等性無相無願解脫門亦不可施設思議稱量數量平等不平等性世尊何因緣故菩薩十地不可施設思議稱量數量平等不平等性世尊何因緣故五眼不可施設思議稱量數量平等不平等性六神通亦不可施設思議稱量數量平等不平等性世尊何因緣故佛十力不可施設思議稱量數量平等不平等性四無所畏四無礙解大慈大悲大喜大捨十八佛不共法亦不可施設思議稱量數量平等不平等性世尊何因緣故無忘失法不可施設思議稱量數量平等不平等性恒住捨性亦不可施設思議稱量數量平等不平等性世尊何因緣故一切智不可施設思議稱量數量平等不平等性道相智一切相智亦不可施設思議稱量數量平等不平等性世尊何因緣故一切陀羅尼門不可施設思議稱量數量平等不平等性一切三摩地門亦不可施設思議稱量數量平等不平等性世尊何因緣故預流果不可施設思議稱量數量平等不平等性一来不還阿羅漢果亦不可施設思議稱量數量平等不平等性世尊何因緣故獨覺菩提不可施設思議稱量數量平等不平等性世尊何因緣故一

切菩薩摩訶薩行不可施設思議稱量數量平等不平等性世尊何因緣故諸佛無上正等菩提不可施設思議稱量數量平等不平等性佛言善現色自性不可思議不可稱量無數量無等等無自性故色不可施設思議稱量數量平等不平等性受想行識自性亦不可思議不可稱量無數量無等等無自性故受想行識亦不可施設思議稱量數量平等不平等性善現眼處自性不可思議不可稱量無數量無等等無自性故眼處不可施設思議稱量數量平等不平等性耳鼻舌身意處自性亦不可思議不可稱量無數量無等等無自性故耳鼻舌身意處亦不可施設思議稱量數量平等不平等性善現色處自性不可思議不可稱量無數量無等等無自性故色處不可施設思議稱量數量平等不平等性聲香味觸法處自性亦不可思議不可稱量無數量無等等無自性故聲香味觸法處亦不可施設思議稱量數量平等不平等性善現眼界自性不可思議不可稱量無數量無等等無自性故眼界不可施設思議稱量數量平等不平等性色界眼識界及眼觸眼觸爲緣所生諸受自性亦不可思議不可稱量無數量無等等無自性故色界乃至眼觸爲緣所生諸受亦不可施設思議稱量數量平等不平等性善現耳界自性不可思議不可稱量無數量無等等無自性故耳界不可施設思議稱量數量平等不平等性聲界耳識界及耳觸耳觸爲緣所生諸受自性亦不可思議不可稱量無數量無等等無自

性故聲界乃至耳觸爲緣所生諸受亦不可施設思議稱量數量平等不平等性善現鼻界自性不可思議不可稱量無數量無等等無自性故鼻界不可施設思議稱量數量平等不平等性香界鼻識界及鼻觸鼻觸爲緣所生諸受自性亦不可思議不可稱量無數量無等等無自性故香界乃至鼻觸爲緣所生諸受亦不可施設思議稱量數量平等不平等性善現舌界自性不可思議不可稱量無數量無等等無自性故舌界不可施設思議稱量數量平等不平等性味界舌識界及舌觸舌觸爲緣所生諸受自性亦不可思議不可稱量無數量無等等無自性故味界乃至舌觸爲緣所生諸受亦不可施設思議稱量數量平等不平等性善現身界自性不可思議不可稱量無數量無等等無自性故身界不可施設思議稱量數量平等不平等性觸界身識界及身觸身觸爲緣所生諸受自性亦不可思議不可稱量無數量無等等無自性故觸界乃至身觸爲緣所生諸受亦不可施設思議稱量數量平等不平等性善現意界自性不可思議不可稱量無數量無等等無自性故意界不可施設思議稱量數量平等不平等性法界意識界及意觸意觸爲緣所生諸受自性亦不可思議不可稱量無數量無等等無自性故法界乃至意觸爲緣所生諸受亦不可施設思議稱量數量平等不平等性善現地界自性不可思議不可稱量無數量無等等無自性故地界不可施設思議稱量數量平等不平等性水火風空識

界自性亦不可思議不可稱量無數量無等等無自性故水火風空識界亦不可施設思議稱量數量平等不平等性善現無明自性不可思議不可稱量無數量無等等無自性故無明不可施設思議稱量數量平等不平等性行識名色六處觸受愛取有生老死愁歎苦憂惱自性亦不可思議不可稱量無數量無等等無自性故行乃至老死愁歎苦憂惱亦不可施設思議稱量數量平等不平等性善現布施波羅蜜多自性不可思議不可稱量無數量無等等無自性故布施波羅蜜多不可施設思議稱量數量平等不平等性淨戒安忍精進靜慮般若波羅蜜多自性亦不可思議不可稱量無數量無等等無自性故淨戒乃至般若波羅蜜多亦不可施設思議稱量數量平等不平等性善現內空自性不可思議不可稱量無數量無等等無自性故內空不可施設思議稱量數量平等不平等性外空內外空空空大空勝義空有爲空無爲空畢竟空無際空散空無變異空本性空自相空共相空一切法空不可得空無性空自性空無性自性空自性亦不可思議不可稱量無數量無等等無自性故外空乃至無性自性空亦不可施設思議稱量數量平等不平等性善現真如自性不可思議不可稱量無數量無等等無自性故真如不可施設思議稱量數量平等不平等性法界法性不虛妄性不變異性平等性離生性法定法住實際虛空界不思議界自性亦不可思議不可稱量無數量無等等無自性故法界乃

至不思議界亦不可施設思議稱量數量平等不平等性善現苦聖諦自性不可思議不可稱量無數量無等等無自性故苦聖諦不可施設思議稱量數量平等不平等性集滅道聖諦自性亦不可思議不可稱量無數量無等等無自性故集滅道聖諦亦不可施設思議稱量數量平等不平等性善現四靜慮自性不可思議不可稱量無數量無等等無自性故四靜慮不可施設思議稱量數量平等不平等性四無量四無色定自性亦不可思議不可稱量無數量無等等無自性故四無量四無色定亦不可施設思議稱量數量平等不平等性善現八解脱自性不可思議不可稱量無數量無等等無自性故八解脱不可施設思議稱量數量平等不平等性八勝處九次第定十遍處自性亦不可思議不可稱量無數量無等等無自性故八勝處九次第定十遍處亦不可施設思議稱量數量平等不平等性善現四念住自性不可思議不可稱量無數量無等等無自性故四念住不可施設思議稱量數量平等不平等性四正斷四神足五根五力七等覺支八聖道支自性亦不可思議不可稱量無數量無等等無自性故四正斷乃至八聖道支亦不可施設思議稱量數量平等不平等性善現空解脱門自性不可思議不可稱量無數量無等等無自性故空解脱門不可施設思議稱量數量平等不平等性無相無願解脱門自性亦不可思議不可稱量無數量無等等無自性故無相無願解脱門亦不可施設思議稱

量數量平等不平等性善現菩薩十地自性不可思議不可稱量無數量無等等無自性故菩薩十地亦不可施設思議稱量數量平等不平等性善現五眼自性不可思議不可稱量無數量無等等無自性故五眼不可施設思議稱量數量平等不平等性六神通自性亦不可思議不可稱量無數量無等等無自性故六神通亦不可施設思議稱量數量平等不平等性善現佛十力自性不可思議不可稱量無數量無等等無自性故佛十力不可施設思議稱量數量平等不平等性四無所畏四無礙解大慈大悲大喜大捨十八佛不共法自性亦不可思議不可稱量無數量無等等無自性故四無所畏乃至十八佛不共法亦不可施設思議稱量數量平等不

平等性善現無忘失法自性不可思議不可稱量無數量無等等無自性故無忘失法不可施設思議稱量數量平等不平等性恒住捨性自性亦不可思議不可稱量無數量無等等無自性故恒住捨性亦不可施設思議稱量數量平等不平等性善現一切智自性不可思議不可稱量無數量無等等無自性故一切智不可施設思議稱量數量平等不平等性道相智一切相智自性亦不可思議不可稱量無數量無等等無自性故道相智一切相智亦不可施設思議稱量數量平等不平等性善現一切陀羅尼門自性不可思議不可稱量無數量無等等無自性故一切陀羅尼門不可施設思議稱量數量平等不平等性一切三摩地門自性亦不可思議不

可稱量無數量無等等無自性故一切三摩地門亦不可施設思議稱量數量平等不平等性善現預流果自性不可思議不可稱量無數量無等等無自性故預流果不可施設思議稱量數量平等不平等性一來不還阿羅漢果自性亦不可思議不可稱量無數量無等等無自性故一来不還阿羅漢果亦不可施設思議稱量數量平等不平等性善現獨覺菩提自性不可思議不可稱量無數量無等等無自性故獨覺菩提不可施設思議稱量數量平等不平等性善現一切菩薩摩訶薩行自性不可思議不可稱量無數量無等等無自性故一切菩薩摩訶薩行不可施設思議稱量數量平等不平等性善現諸佛無上正等菩提自性不可思議不可稱量無數量無等等無自性故諸佛無上正等菩提不可施設思議稱量數量平等不平等性

大般若波羅蜜多經卷第三百九

大般若波羅蜜多經卷第三百一十

唐三藏法師玄奘奉　詔譯

初分不思議等品第四十二之三

善現於意云何色不可思議不可稱量無數量無等等無自性中色可得不受想行識不可思議不可稱量無數量無等等無自性中受想行識可得不善現於意云何眼處不可思議不可稱量無數量無等等無自性中眼處可得不耳鼻舌身意處不可思議不可稱量無數量無等等無自性中耳鼻舌身意處可得不善現於意云何色處不可思議不可稱量無數量無等等無自性中色處可得不聲香味觸法處不可思議不可稱量無數量無等等無自性中聲香味觸法處可得不善現於意云何眼界不可思議不可稱量無數量無等等無自性中眼界可得不色界眼識界及眼觸眼觸爲緣所生諸受不可思議不可稱量無數量無等等無自性中色界乃至眼觸爲緣所生諸受可得不善現於意云何耳界不可思議不可稱量無數量無等等無自性中耳界可得不聲界耳識界及耳觸耳觸爲緣所生諸受不可思議不可稱量無數量無等等無自性中聲界乃至耳觸爲緣所生諸受可得不善現於意云何鼻界不可思議不可稱量無數量無等等無自性中鼻界可得不香界鼻識界及鼻觸鼻觸爲緣所生諸受不可思議不可稱量無數量無等等無自性中香界乃至鼻觸爲緣所生諸受可得不善現於意云何舌界不可思議不可稱量無數量無等等無自性中舌界可得不味界

舌識界及舌觸舌觸爲緣所生諸受不可思議不可稱量無數量無等等無自性中味界乃至舌觸爲緣所生諸受可得不善現於意云何身界不可思議不可稱量無數量無等等無自性中身界可得不觸界身識界及身觸身觸爲緣所生諸受不可思議不可稱量無數量無等等無自性中觸界乃至身觸爲緣所生諸受可得不善現於意云何意界不可思議不可稱量無數量無等等無自性中意界可得不法界意識界及意觸意觸爲緣所生諸受不可思議不可稱量無數量無等等無自性中法界乃至意觸爲緣所生諸受可得不善現於意云何地界不可思議不可稱量無數量無等等無自性中地界可得不水火風空識界不可思議不可稱量無數量無等等無自性中水火風空識界可得不善現於意云何無明不可思議不可稱量無數量無等等無自性中無明可得不行識名色六處觸受愛取有生老死愁歎苦憂惱不可思議不可稱量無數量無等等無自性中行乃至老死愁歎苦憂惱可得不善現於意云何布施波羅蜜多不可思議不可稱量無數量無等等無自性中布施波羅蜜多可得不淨戒安忍精進靜慮般若波羅蜜多不可思議不可稱量無數量無等等無自性中淨戒乃至般若波羅蜜多可得不善現於意云何內空不可思議不可稱量無數量無等等無自性中內空可得不外空內外空空空大空勝義空有爲空無爲空畢竟空無際空散空無變異空本性空自相空共相空一切法空

不可得空無性空自性空無性自性空不可思議不可稱量無數量無等等無自性中外空乃至無性自性空可得不善現於意云何真如不可思議不可稱量無數量無等等無自性中真如可得不法界法性不虛妄性不變異性平等性離生性法定法住實際虛空界不思議界不可思議不可稱量無數量無等等無自性中法界乃至不思議界可得不善現於意云何苦聖諦不可思議不可稱量無數量無等等無自性中苦聖諦可得不集滅道聖諦不可思議不可稱量無數量無等等無自性中集滅道聖諦可得不善現於意云何四靜慮不可思議不可稱量無數量無等等無自性中四靜慮可得不四無量四無色定不可思議不可稱量無數量無等等無自性中四無量四無色定可得不善現於意云何八解脫不可思議不可稱量無數量無等等無自性中八解脫可得不八勝處九次第定十遍處不可思議不可稱量無數量無等等無自性中八勝處九次第定十遍處可得不善現於意云何四念住不可思議不可稱量無數量無等等無自性中四念住可得不四正斷四神足五根五力七等覺支八聖道支不可思議不可稱量無數量無等等無自性中四正斷乃至八聖道支可得不善現於意云何空解脫門不可思議不可稱量無數量無等等無自性中空解脫門可得不無相無願解脫門不可思議不可稱量無數量無等等無自性中無相無願解脫門可得不善現於意云何菩薩十地不可思議不可稱

量無數量無等等無自性中菩薩十地可得不善現於意云何五眼不可思議不可稱量無數量無等等無自性中五眼可得不六神通不可思議不可稱量無數量無等等無自性中六神通可得不善現於意云何佛十力不可思議不可稱量無數量無等等無自性中佛十力可得不四無所畏四無礙解大慈大悲大喜大捨十八佛不共法不可思議不可稱量無數量無等等無自性中四無所畏乃至十八佛不共法可得不善現於意云何無忘失法不可思議不可稱量無數量無等等無自性中無忘失法可得不恒住捨性不可思議不可稱量無數量無等等無自性中恒住捨性可得不善現於意云何一切智不可思議不可稱量無數量無等等無自性中一切智可得不道相智一切相智不可思議不可稱量無數量無等等無自性中道相智一切相智可得不善現於意云何一切陀羅尼門不可思議不可稱量無數量無等等無自性中一切陀羅尼門可得不一切三摩地門不可思議不可稱量無數量無等等無自性中一切三摩地門可得不善現於意云何預流果不可思議不可稱量無數量無等等無自性中預流果可得不一來不還阿羅漢果不可思議不可稱量無數量無等等無自性中一來不還阿羅漢果可得不善現於意云何獨覺菩提不可思議不可稱量無數量無等等無自性中獨覺菩提可得不善現於意云何一切菩薩摩訶薩行不可思議不可稱量無數量無等等無自性中一切菩薩摩

訶薩行可得不善現於意云何諸佛無上正等菩提不可思議不可稱量無數量無等等無自性中諸佛無上正等菩提可得不善現荅言不也世尊佛言善現如是如是由此因緣一切法皆不可思議不可稱量無數量無等等善現以一切法皆不可思議不可稱量無數量無等等故一切如來應正等覺所有佛法如来法自然法一切智智法亦不可思議不可稱量無數量無等等善現一切如来應正等覺所有佛法如来法自然法一切智智法皆不可思議思議滅故不可稱量稱量滅故無數量數量滅故無等等等等滅故善現由此因緣一切法亦不可思議不可稱量無數量無等等善現一切如来應正等覺所有佛法如来法自然法一切智智法皆不可

思議過思議故不可稱量過稱量故無數量過數量故無等等過等等故善現由此因緣一切法亦不可思議不可稱量無數量無等等善現不可思議者但有不可思議增語不可稱量者但有不可稱量增語無數量者但有無數量增語無等等者但有無等等增語善現由此因緣一切如來應正等覺所有佛法如来法自然法一切智智法皆不可思議不可稱量無數量無等等善現不可思議者如虛空不可思議故不可稱量者如虛空不可稱量故無數量者如虛空無數量故無等等者如虛空無等等故善現由此因緣一切如來應正等覺所有佛法如来法自然法一切智智法皆不可思議不可稱量無數量無等等善現一切如來應正等覺所有佛法如

來法自然法一切智智法聲聞獨覺世間天人阿素洛等皆悉不能思議稱量數量等等善現由此因緣一切如來應正等覺所有佛法如來法自然法一切智智法皆不可思議不可稱量無數量無等等佛說如是不可思議不可稱量無數量無等等法時衆中有五百苾芻不受諸漏心得解脫復有二千苾芻尼亦不受諸漏心得解脫復有六萬鄔波索迦於諸法中遠塵離垢淨法眼生復有三萬七千鄔波斯迦亦於諸法中遠塵離垢淨法眼生復有二萬菩薩摩訶薩得無生法忍於賢劫中受記作佛

初分辦事品第四十三之一

爾時具壽善現白佛言世尊甚深般若波羅蜜多爲大事故出現世間甚深般若波羅蜜多爲不可思議事故出現世間甚深般若波羅蜜多爲不可稱量事故出現世間甚深般若波羅蜜多爲無數量事故出現世間甚深般若波羅蜜多爲無等等事故出現世間佛言善現如是如是如汝所說甚深般若波羅蜜多爲大事故出現世間爲不可思議事故出現世間爲不可稱量事故出現世間爲無數量事故出現世間爲無等等事故出現世間何以故善現甚深般若波羅蜜多能成辦布施淨戒安忍精進靜慮般若波羅蜜多故善現甚深般若波羅蜜多能成辦內空外空內外空空空大空勝義空有爲空無爲空畢竟空無際空散空無變異空本性空自相空共相空一切法空不可得空無性空自性空無性自性空故善現甚深般若波羅蜜多能

成辦真如法界法性不虚妄性不變異性平等性離生性法定法住實際虚空界不思議界故善現甚深般若波羅蜜多能成辦苦聖諦集聖諦滅聖諦道聖諦故善現甚深般若波羅蜜多能成辦四静慮四無量四無色定故善現甚深般若波羅蜜多能成辦八解脱八勝處九次第定十遍處故善現甚深般若波羅蜜多能成辦四念住四正斷四神足五根五力七等覺支八聖道支故善現甚深般若波羅蜜多能成辦空解脱門無相解脱門無願解脱門故善現甚深般若波羅蜜多能成辦菩薩十地故善現甚深般若波羅蜜多能成辦五眼六神通故善現甚深般若波羅蜜多能成辦佛十力四無所畏四無礙解大慈大悲大喜大捨十八佛不共法故善現甚深般若波羅蜜多能成辦無忘失法恒住捨性故善現甚深般若波羅蜜多能成辦一切智道相智一切相智故善現甚深般若波羅蜜多能成辦一切陀羅尼門一切三摩地門故善現甚深般若波羅蜜多能成辦預流果一来果不還果阿羅漢果故善現甚深般若波羅蜜多能成辦獨覺菩提故善現甚深般若波羅蜜多能成辦一切菩薩摩訶薩行故善現甚深般若波羅蜜多能成辦諸佛無上正等菩提故善現如刹帝利灌頂大王威德自在降伏一切以諸國事付囑大臣端拱無爲安隱快樂善現如来亦爾爲大法王以聲聞法若獨覺法若菩薩法若諸佛法皆悉付囑甚深般若波羅蜜多由此般若波羅蜜多皆能成辦一切事業是故善現甚深般若波

羅蜜多爲大事故出現世間爲不可思議事故出現世間爲不可稱量事故出現世間爲無數量事故出現世間爲無等等事故出現世間所以者何善現甚深般若波羅蜜多不取著色故出現世間能成辦事不取著受想行識故出現世間能成辦事善現甚深般若波羅蜜多不取著眼處故出現世間能成辦事不取著耳鼻舌身意處故出現世間能成辦事善現甚深般若波羅蜜多不取著色處故出現世間能成辦事不取著聲香味觸法處故出現世間能成辦事善現甚深般若波羅蜜多不取著眼界故出現世間能成辦事不取著色界眼識界及眼觸眼觸爲緣所生諸受故出現世間能成辦事善現甚深般若波羅蜜多不取著耳界故出現世間能成辦事不取著聲界耳識界及耳觸耳觸爲緣所生諸受故出現世間能成辦事善現甚深般若波羅蜜多不取著鼻界故出現世間能成辦事不取著香界鼻識界及鼻觸鼻觸爲緣所生諸受故出現世間能成辦事善現甚深般若波羅蜜多不取著舌界故出現世間能成辦事不取著味界舌識界及舌觸舌觸爲緣所生諸受故出現世間能成辦事善現甚深般若波羅蜜多不取著身界故出現世間能成辦事不取著觸界身識界及身觸身觸爲緣所生諸受故出現世間能成辦事善現甚深般若波羅蜜多不取著意界故出現世間能成辦事不取著法界意識界及意觸意觸爲緣所生諸受故出現世間能成辦事善現甚深般若波羅蜜多不取著地界故出現

世間能成辦事不取著水火風空識界故出現世間能成辦事善現甚深般若波羅蜜多不取著無明故出現世間能成辦事不取著行識名色六處觸受愛取有生老死愁歎苦憂惱故出現世間能成辦事善現甚深般若波羅蜜多不取著布施波羅蜜多故出現世間能成辦事不取著淨戒安忍精進靜慮般若波羅蜜多故出現世間能成辦事善現甚深般若波羅蜜多不取著內空故出現世間能成辦事不取著外空內外空空空大空勝義空有爲空無爲空畢竟空無際空散空無變異空本性空自相空共相空一切法空不可得空無性空自性空無性自性空故出現世間能成辦事善現甚深般若波羅蜜多不取著真如故出現世間能成辦事不取著法界法性不虛妄性不變異性平等性離生性法定法住實際虛空界不思議界故出現世間能成辦事善現甚深般若波羅蜜多不取著苦聖諦故出現世間能成辦事不取著集滅道聖諦故出現世間能成辦事善現甚深般若波羅蜜多不取著四靜慮故出現世間能成辦事不取著四無量四無色定故出現世間能成辦事善現甚深般若波羅蜜多不取著八解脫故出現世間能成辦事不取著八勝處九次第定十遍處故出現世間能成辦事善現甚深般若波羅蜜多不取著四念住故出現世間能成辦事不取著四正斷四神足五根五力七等覺支八聖道支故出現世間能成辦事善現甚深般若波羅蜜多不取著空解脫門故出現世間能成辦事不取

著無相無願解脫門故出現世間能成辦事善現甚深般若波羅蜜多不取著菩薩十地故出現世間能成辦事善現甚深般若波羅蜜多不取著五眼故出現世間能成辦事不取著六神通故出現世間能成辦事善現甚深般若波羅蜜多不取著佛十力故出現世間能成辦事不取著四無所畏四無礙解大慈大悲大喜大捨十八佛不共法故出現世間能成辦事善現甚深般若波羅蜜多不取著無忘失法故出現世間能成辦事不取著恒住捨性故出現世間能成辦事善現甚深般若波羅蜜多不取著一切智故出現世間能成辦事不取著道相智一切相智故出現世間能成辦事善現甚深般若波羅蜜多不取著一切陀羅尼門故出現世間能成辦事不取著一切三摩地門故出現世間能成辦事善現甚深般若波羅蜜多不取著預流果故出現世間能成辦事不取著一來不還阿羅漢果故出現世間能成辦事善現甚深般若波羅蜜多不取著獨覺菩提故出現世間能成辦事善現甚深般若波羅蜜多不取著一切菩薩摩訶薩行故出現世間能成辦事善現甚深般若波羅蜜多不取著諸佛無上正等菩提故出現世間能成辦事爾時具壽善現白佛言世尊云何甚深般若波羅蜜多出現世間不取著色不取著受想行識世尊云何甚深般若波羅蜜多出現世間不取著眼處不取著耳鼻舌身意處世尊云何甚深般若波羅蜜多出現世間不取著色處不取著聲香味觸法處世尊云何甚深般若波羅

蜜多出現世間不取著眼界不取著色界眼識界及眼觸眼觸爲緣所生諸受世尊云何甚深般若波羅蜜多出現世間不取著耳界不取著聲界耳識界及耳觸耳觸爲緣所生諸受世尊云何甚深般若波羅蜜多出現世間不取著鼻界不取著香界鼻識界及鼻觸鼻觸爲緣所生諸受世尊云何甚深般若波羅蜜多出現世間不取著舌界不取著味界舌識界及舌觸舌觸爲緣所生諸受世尊云何甚深般若波羅蜜多出現世間不取著身界不取著觸界身識界及身觸身觸爲緣所生諸受世尊云何甚深般若波羅蜜多出現世間不取著意界不取著法界意識界及意觸意觸爲緣所生諸受世尊云何甚深般若波羅蜜多出現世間不取著地界不取著水

火風空識界世尊云何甚深般若波羅蜜多出現世間不取著無明不取著行識名色六處觸受愛取有生老死愁歎苦憂惱世尊云何甚深般若波羅蜜多出現世間不取著布施波羅蜜多不取著淨戒安忍精進靜慮般若波羅蜜多世尊云何甚深般若波羅蜜多出現世間不取著內空不取著外空內外空空空大空勝義空有爲空無爲空畢竟空無際空散空無變異空本性空自相空共相空一切法空不可得空無性空自性空無性自性空世尊云何甚深般若波羅蜜多出現世間不取著眞如不取著法界法性不虛妄性不變異性平等性離生性法定法住實際虛空界不思議界世尊云何甚深般若波羅蜜多出現世間不取著苦聖諦不取著集滅道

聖諦世尊云何甚深般若波羅蜜多出現世間不取著四靜慮不取著四無量四無色定世尊云何甚深般若波羅蜜多出現世間不取著八解脫不取著八勝處九次第定十遍處世尊云何甚深般若波羅蜜多出現世間不取著四念住不取著四正斷四神足五根五力七等覺支八聖道支世尊云何甚深般若波羅蜜多出現世間不取著空解脫門不取著無相無願解脫門世尊云何甚深般若波羅蜜多出現世間不取著菩薩十地世尊云何甚深般若波羅蜜多出現世間不取著五眼不取著六神通世尊云何甚深般若波羅蜜多出現世間不取著佛十力不取著四無所畏四無礙解大慈大悲大喜大捨十八佛不共法世尊云何甚深般若波羅蜜多出現世間不取著無忘失法不取著恒住捨性世尊云何甚深般若波羅蜜多出現世間不取著一切智不取著道相智一切相智世尊云何甚深般若波羅蜜多出現世間不取著一切陀羅尼門不取著一切三摩地門世尊云何甚深般若波羅蜜多出現世間不取著預流果不取著一來不還阿羅漢果世尊云何甚深般若波羅蜜多出現世間不取著獨覺菩提世尊云何甚深般若波羅蜜多出現世間不取著一切菩薩摩訶薩行世尊云何甚深般若波羅蜜多出現世間不取著諸佛無上正等菩提佛言善現於意云何汝頗見色可取可著不頗見受想行識可取可著不汝頗見有法能取能著不頗見由是法有取有著不善現荅言不也世尊善現於意云何

汝頗見眼處可取可著不頗見耳鼻舌身意處可取可著不汝頗見有法能取能著不頗見由是法有取有著不不也世尊善現於意云何汝頗見色處可取可著不頗見聲香味觸法處可取可著不汝頗見有法能取能著不頗見由是法有取有著不不也世尊善現於意云何汝頗見眼界可取可著不頗見色界眼識界及眼觸眼觸爲緣所生諸受可取可著不汝頗見有法能取能著不頗見由是法有取有著不不也世尊善現於意云何汝頗見耳界可取可著不頗見聲界耳識界及耳觸耳觸爲緣所生諸受可取可著不汝頗見有法能取能著不頗見由是法有取有著不不也世尊善現於意云何汝頗見鼻界可取可著不頗見香界鼻識界及鼻觸鼻觸爲緣所生諸受可取可著不汝頗見有法能取能著不頗見由是法有取有著不不也世尊善現於意云何汝頗見舌界可取可著不頗見味界舌識界及舌觸舌觸爲緣所生諸受可取可著不汝頗見有法能取能著不頗見由是法有取有著不不也世尊善現於意云何汝頗見身界可取可著不頗見觸界身識界及身觸身觸爲緣所生諸受可取可著不汝頗見有法能取能著不頗見由是法有取有著不不也世尊善現於意云何汝頗見意界可取可著不頗見法界意識界及意觸意觸爲緣所生諸受可取可著不汝頗見有法能取能著不頗見由是法有取有著不不也世尊善現於意云何汝頗見地界可取可著不頗見水火風空識界可取可著不汝頗見

有法能取能著不頗見由是法有取有著不不也世尊善現於意云何汝頗見無明可取可著不頗見行識名色六處觸受愛取有生老死愁歎苦憂惱可取可著不汝頗見有法能取能著不頗見由是法有取有著不不也世尊善現於意云何汝頗見布施波羅蜜多可取可著不頗見淨戒安忍精進靜慮般若波羅蜜多可取可著不汝頗見有法能取能著不頗見由是法有取有著不不也世尊善現於意云何汝頗見內空可取可著不頗見外空內外空空空大空勝義空有爲空無爲空畢竟空無際空散空無變異空本性空自相空共相空一切法空不可得空無性空自性空無性自性空可取可著不汝頗見有法能取能著不頗見由是法有取有著不不也世尊善現於意云何汝頗見真如可取可著不頗見法界法性不虛妄性不變異性平等性離生性法定法住實際虛空界不思議界可取可著不汝頗見有法能取能著不頗見由是法有取有著不不也世尊善現於意云何汝頗見苦聖諦可取可著不頗見集滅道聖諦可取可著不汝頗見有法能取能著不頗見由是法有取有著不不也世尊善現於意云何汝頗見四靜慮可取可著不頗見四無量四無色定可取可著不汝頗見有法能取能著不頗見由是法有取有著不不也世尊善現於意云何汝頗見八解脫可取可著不頗見八勝處九次第定十遍處可取可著不汝頗見有法能取能著不頗見由是法有取有著不不也世尊善現於意云何汝頗見

四念住可取可著不頗見四正斷四神足五根五力七等覺支八聖道支可取可著不汝頗見有法能取能著不頗見由是法有取有著不不也世尊善現於意云何汝頗見空解脫門可取可著不頗見無相無願解脫門可取可著不汝頗見有法能取能著不頗見由是法有取有著不不也世尊善現於意云何汝頗見菩薩十地可取可著不汝頗見有法能取能著不頗見由是法有取有著不不也世尊善現於意云何汝頗見五眼可取可著不頗見六神通可取可著不汝頗見有法能取能著不頗見由是法有取有著不不也世尊善現於意云何汝頗見佛十力可取可著不頗見四無所畏四無礙解大慈大悲大喜大捨十八佛不共法可取可著不汝頗見有法能取能著不頗見由是法有取有著不不也世尊善現於意云何汝頗見無忘失法可取可著不頗見恒住捨性可取可著不汝頗見有法能取能著不頗見由是法有取有著不不也世尊善現於意云何汝頗見一切智可取可著不頗見道相智一切相智可取可著不汝頗見有法能取能著不頗見由是法有取有著不不也世尊善現於意云何汝頗見一切陀羅尼門可取可著不頗見一切三摩地門可取可著不汝頗見有法能取能著不頗見由是法有取有著不不也世尊善現於意云何汝頗見預流果可取可著不頗見一来不還阿羅漢果可取可著不汝頗見有法能取能著不頗見由是法有取有著不不也世尊善現於意云何汝頗見獨覺菩提可

取可著不汝頗見有法能取能著不頗見由是法有取有著不不也世尊善現於意云何汝頗見一切菩薩摩訶薩行可取可著不汝頗見有法能取能著不頗見由是法有取有著不不也世尊善現於意云何汝頗見諸佛無上正等菩提可取可著不汝頗見有法能取能著不頗見由是法有取有著不不也世尊

大般若波羅蜜多經卷第三百一十

大般若波羅蜜多經卷第三百一十一

唐三藏法師玄奘奉　詔譯

初分辨事品第四十三之二

佛言善現善哉善哉如是如是如汝所說善現我亦不見色可取可著不見受想行識可取可著我亦不見有法能取能著亦不見由是法有取有著由不見故不取不取故不著善現我亦不見眼處可取可著不見耳鼻舌身意處可取可著我亦不見有法能取能著亦不見由是法有取有著由不見故不取不取故不著善現我亦不見色處可取可著不見聲香味觸法處可取可著我亦不見有法能取能著亦不見由是法有取有著由不見故不取不取故不著善現我亦不見眼界可取可著不見色界眼識界及眼觸眼觸爲緣所生諸受可取可著我亦不見有法能取能著亦不見由是法有取有著由不見故不取不取故不著善現我亦不見耳界可取可著不見聲界耳識界及耳觸耳觸爲緣所生諸受可取可著我亦不見有法能取能著亦不見由是法有取有著由不見故不取不取故不著善現我亦不見鼻界可取可著不見香界鼻識界及鼻觸鼻觸爲緣所生諸受可取可著我亦不見有法能取能著亦不見由是法有取有著由不見故不取不取故不著善現我亦不見舌界可取可著不見味界舌識界及舌觸舌觸爲緣所生諸受可取可著我亦不見有法能取能著亦不見由是法有取有著由不見故不取不取故不著善現我亦不見身界可取可著不見觸界身識界及身

觸身觸爲緣所生諸受可取可著我亦不見有法能取能著亦不見由是法有取有著由不見故不取不取故不著善現我亦不見意界可取可著不見法界意識界及意觸意觸爲緣所生諸受可取可著我亦不見有法能取能著亦不見由是法有取有著由不見故不取不取故不著善現我亦不見地界可取可著不見水火風空識界可取可著我亦不見有法能取能著亦不見由是法有取有著由不見故不取不取故不著善現我亦不見無明可取可著不見行識名色六處觸受愛取有生老死愁歎苦憂惱可取可著我亦不見有法能取能著亦不見由是法有取有著由不見故不取不取故不著善現我亦不見布施波羅蜜多可取可著不見淨戒安忍精進靜慮般若波羅蜜多可取可著我亦不見有法能取能著亦不見由是法有取有著由不見故不取不取故不著善現我亦不見內空可取可著不見外空內外空空空大空勝義空有爲空無爲空畢竟空無際空散空無變異空本性空自相空共相空一切法空不可得空無性空自性空無性自性空可取可著我亦不見有法能取能著亦不見由是法有取有著由不見故不取不取故不著善現我亦不見眞如可取可著不見法界法性不虛妄性不變異性平等性離生性法定法住實際虛空界不思議界可取可著我亦不見有法能取能著亦不見由是法有取有著由不見故不取不取故不著善現我亦不見苦聖諦可取可著不見集滅道聖諦可取可著

我亦不見有法能取能著亦不見由是法有取有著由不見故不取不取故不著善現我亦不見四靜慮可取可著不見四無量四無色定可取可著我亦不見有法能取能著亦不見由是法有取有著由不見故不取不取故不著善現我亦不見八解脫可取可著不見八勝處九次第定十徧處可取可著我亦不見有法能取能著亦不見由是法有取有著由不見故不取不取故不著善現我亦不見四念住可取可著不見四正斷四神足五根五力七等覺支八聖道支可取可著我亦不見有法能取能著亦不見由是法有取有著由不見故不取不取故不著善現我亦不見空解脫門可取可著不見無相無願解脫門可取可著我亦不見有法能取能著亦不

見由是法有取有著由不見故不取不取故不著善現我亦不見菩薩十地可取可著我亦不見有法能取能著亦不見由是法有取有著由不見故不取不取故不著善現我亦不見五眼可取可著不見六神通可取可著我亦不見有法能取能著亦不見由是法有取有著由不見故不取不取故不著善現我亦不見佛十力可取可著不見四無所畏四無礙解大慈大悲大喜大捨十八佛不共法可取可著我亦不見有法能取能著亦不見由是法有取有著由不見故不取不取故不著善現我亦不見無忘失法可取可著不見恒住捨性可取可著我亦不見有法能取能著亦不見由是法有取有著由不見故不取不取故不著善現我亦不見一切智可取可

著不見道相智一切相智可取可著我亦不見有法能取能著亦不見由是法有取有著由不見故不取不取故不著善現我亦不見一切陀羅尼門可取可著不見一切三摩地門可取可著我亦不見有法能取能著亦不見由是法有取有著由不見故不取不取故不著善現我亦不見預流果可取可著不見一來不還阿羅漢果可取可著我亦不見有法能取能著亦不見由是法有取有著由不見故不取不取故不著善現我亦不見獨覺菩提可取可著我亦不見有法能取能著亦不見由是法有取有著由不見故不取不取故不著善現我亦不見一切菩薩摩訶薩行可取可著我亦不見有法能取能著亦不見由是法有取有著由不見故不取不取故不著善現我亦不見諸佛無上正等菩提可取可著我亦不見有法能取能著亦不見由是法有取有著由不見故不取不取故不著善現我亦不見一切如來應正等覺所有佛性如來性自然法性一切智智性可取可著我亦不見有法能取能著亦不見由是法有取有著由不見故不取不取故不著是故善現菩薩摩訶薩亦不應取著色不應取著受想行識菩薩摩訶薩亦不應取著眼處不應取著耳鼻舌身意處菩薩摩訶薩亦不應取著色處不應取著聲香味觸法處菩薩摩訶薩亦不應取著眼界不應取著色界眼識界及眼觸眼觸爲緣所生諸受菩薩摩訶薩亦不應取著耳界不應取著聲界耳識界及耳觸耳觸爲緣所生諸受菩薩摩訶薩亦不應取

著鼻界不應取著香界鼻識界及鼻觸鼻觸爲緣所生諸受菩薩摩訶薩亦不應取著舌界不應取著味界舌識界及舌觸舌觸爲緣所生諸受菩薩摩訶薩亦不應取著身界不應取著觸界身識界及身觸身觸爲緣所生諸受菩薩摩訶薩亦不應取著意界不應取著法界意識界及意觸意觸爲緣所生諸受菩薩摩訶薩亦不應取著地界不應取著水火風空識界菩薩摩訶薩亦不應取著無明不應取著行識名色六處觸受愛取有生老死愁歎苦憂惱菩薩摩訶薩亦不應取著布施波羅蜜多不應取著淨戒安忍精進靜慮般若波羅蜜多菩薩摩訶薩亦不應取著内空不應取著外空内外空空空大空勝義空有爲空無爲空畢竟空無際空散空無變異空本性空自相空共相空一切法空不可得空無性空自性空無性自性空菩薩摩訶薩亦不應取著眞如不應取著法界法性不虛妄性不變異性平等性離生性法定法住實際虛空界不思議界菩薩摩訶薩亦不應取著苦聖諦不應取著集滅道聖諦菩薩摩訶薩亦不應取著四靜慮不應取著四無量四無色定菩薩摩訶薩亦不應取著八解脫不應取著八勝處九次第定十徧處菩薩摩訶薩亦不應取著四念住不應取著四正斷四神足五根五力七等覺支八聖道支菩薩摩訶薩亦不應取著空解脫門不應取著無相無願解脫門菩薩摩訶薩亦不應取著菩薩十地菩薩摩訶薩亦不應取著五眼不應取著六神通菩薩摩訶薩亦不應取著佛十力

不應取著四無所畏四無礙解大慈大悲大喜大捨十八佛不共法菩薩摩訶薩亦不應取著無忘失法不應取著恒住捨性菩薩摩訶薩亦不應取著一切智不應取著道相智一切相智菩薩摩訶薩亦不應取著一切陀羅尼門不應取著一切三摩地門菩薩摩訶薩亦不應取著預流果不應取著一來不還阿羅漢果菩薩摩訶薩亦不應取著獨覺菩提菩薩摩訶薩亦不應取著一切菩薩摩訶薩行菩薩摩訶薩亦不應取著諸佛無上正等菩提菩薩摩訶薩亦不應取著一切如來應正等覺所有佛性如來性自然法性一切智智性爾時欲色界諸天子白佛言世尊如是般若波羅蜜多最爲甚深難見難覺不可尋思超尋思境寂靜微妙審諦沉密聰叡智者乃能了知世尊若諸有情能深信解如是般若波羅蜜多當知已曾供養過去無量諸佛於諸佛所發弘誓願多種善根已爲無量諸善知識之所攝受乃能信解甚深般若波羅蜜多世尊假使三千大千世界諸有情類一切皆成隨信行隨法行第八預流一來不還阿羅漢獨覺彼所成就若智若斷不如有人一日於此甚深般若波羅蜜多忍樂思惟稱量觀察是人於此甚深般若波羅蜜多所成就忍勝彼智斷無量無邊何以故世尊諸隨信行所有智斷皆是已得無生法忍菩薩摩訶薩忍少分故世尊諸隨法行第八預流一來不還阿羅漢獨覺所有智斷皆是已得無生法忍菩薩摩訶薩忍少分故爾時佛告諸天子言如是如是如汝所說諸隨信行若

隨法行第八預流一來不還阿羅漢獨覺所有智斷皆是已得無生法忍菩薩摩訶薩忍之少分天子當知若善男子善女人等暫聽如是甚深般若波羅蜜多聞已書寫讀誦受持思惟修習是善男子善女人等速出生死證得涅槃勝餘欣求聲聞獨覺諸善男子善女人等遠離般若波羅蜜多學餘經典若經一劫若一劫餘何以故諸天子於此般若波羅蜜多甚深經中廣說一切微妙勝法諸隨信行若隨法行第八預流一來不還阿羅漢獨覺菩薩摩訶薩皆應於此精勤修學一切如來應正等覺皆依此學已證當證現證無上正等菩提時諸天子俱發聲言世尊如是般若波羅蜜多是大波羅蜜多世尊如是般若波羅蜜多是不可思議波羅蜜多世尊如是般若波羅蜜多是不可稱量波羅蜜多世尊如是般若波羅蜜多是無數量波羅蜜多世尊如是般若波羅蜜多是無等等波羅蜜多世尊諸隨信行若隨法行第八預流一來不還阿羅漢獨覺皆於如是甚深般若波羅蜜多精勤修學速出生死證得涅槃一切菩薩摩訶薩皆於如是甚深般若波羅蜜多精勤修學速證無上正等菩提世尊雖諸聲聞獨覺菩薩皆依如是甚深般若波羅蜜多精勤修學各得究竟而是般若波羅蜜多不增不減時欲色界諸天子衆說是語已頂禮佛足右遶三匝辭佛還宮去會不遠忽然不現

初分衆喻品第四十四之一

爾時具壽善現白佛言世尊若菩薩摩訶薩聞說如是甚深般若波羅蜜多深生信解復

能書寫讀誦受持思惟修習是菩薩摩訶薩從何處没來生此間佛言善現若菩薩摩訶薩聞說如是甚深般若波羅蜜多深生信解不怯不弱不忌不憚不疑不惑歡喜愛樂繫念思惟甚深般若波羅蜜多所有義趣若行若立若坐若卧曾無暫捨常隨法師恭敬請問如新生犢不離其母善現是菩薩摩訶薩爲求般若波羅蜜多甚深義趣終不遠離般若法師乃至未得甚深般若波羅蜜多經典在手受持讀誦思惟修習究竟通利常隨法師未曾暫捨善現當知是菩薩摩訶薩從人趣没來生人中何以故善現此菩薩乘諸善男子善女人等先世樂聽甚深般若波羅蜜多聞已受持讀誦思惟精進修習復能書寫衆寶粧飾又以種種上妙花鬘塗散等香衣服瓔珞寶幢幡蓋妓樂燈明供養恭敬尊重讃歎由此善根從人趣没還生人中聞是般若波羅蜜多深生信解復能書寫讀誦受持思惟修習具壽善現復白佛言世尊頗有菩薩摩訶薩成就如是殊勝功德供養承事他方諸佛從彼處没來生此間聞說如是甚深般若波羅蜜多深生信解復能書寫讀誦受持思惟修習無懈倦不佛言善現如是如是有菩薩摩訶薩成就如是殊勝功德供養承事他方諸佛從彼處没來生此間聞說如是甚深般若波羅蜜多深生信解復能書寫讀誦受持思惟修習無有懈倦所以者何是菩薩摩訶薩先從他方無量佛所聞說如是甚深般若波羅蜜多深生信解復能書寫讀誦受持思惟修習無有懈倦彼乘如是善根力

故從彼處没來生此間復次善現亦有菩薩摩訶薩從覩史多天衆同分没來生人中當知彼亦成就如是殊勝功德所以者何是菩薩摩訶薩先世已於覩史多天彌勒菩薩摩訶薩所請問般若波羅蜜多甚深義趣彼乗如是善根力故從彼處没來生此間聞說如是甚深般若波羅蜜多深生信解復能書寫讀誦受持思惟修習無有懈倦復次善現有菩薩乗補特伽羅雖於先世得聞般若波羅蜜多而不請問甚深義趣今生人中聞說如是甚深般若波羅蜜多其心迷悶猶豫怯弱或生異解復次善現有菩薩乗補特伽羅雖於先世得聞靜慮波羅蜜多而不請問甚深義趣今生人中聞說如是甚深般若波羅蜜多其心迷悶猶豫怯弱或生異解復次善現有菩薩乗補特伽羅雖於先世得聞精進波羅蜜多而不請問甚深義趣今生人中聞說如是甚深般若波羅蜜多其心迷悶猶豫怯弱或生異解復次善現有菩薩乗補特伽羅雖於先世得聞安忍波羅蜜多而不請問甚深義趣今生人中聞說如是甚深般若波羅蜜多其心迷悶猶豫怯弱或生異解復次善現有菩薩乗補特伽羅雖於先世得聞淨戒波羅蜜多而不請問甚深義趣今生人中聞說如是甚深般若波羅蜜多其心迷悶猶豫怯弱或生異解復次善現有菩薩乗補特伽羅雖於先世得聞布施波羅蜜多而不請問甚深義趣今生人中聞說如是甚深般若波羅蜜多其心迷悶猶豫怯弱或生異解復次善現有菩薩乗補特伽羅雖於先世得聞內

空外空内外空空空大空勝義空有爲空無爲空畢竟空無際空散空無變異空本性空自相空共相空一切法空不可得空無性空自性空無性自性空而不請問甚深義趣今生人中聞說如是甚深般若波羅蜜多其心迷悶猶豫怯弱或生異解復次善現有菩薩乘補特伽羅雖於先世得聞真如法界法性不虛妄性不變異性平等性離生性法定法住實際虛空界不思議界而不請問甚深義趣今生人中聞說如是甚深般若波羅蜜多其心迷悶猶豫怯弱或生異解復次善現有菩薩乘補特伽羅雖於先世得聞苦集滅道聖諦而不請問甚深義趣今生人中聞說如是甚深般若波羅蜜多其心迷悶猶豫怯弱或生異解復次善現有菩薩乘補特伽羅雖於先世得聞四靜慮而不請問甚深義趣今生人中聞說如是甚深般若波羅蜜多其心迷悶猶豫怯弱或生異解復次善現有菩薩乘補特伽羅雖於先世得聞四無量而不請問甚深義趣今生人中聞說如是甚深般若波羅蜜多其心迷悶猶豫怯弱或生異解復次善現有菩薩乘補特伽羅雖於先世得聞四無色定而不請問甚深義趣今生人中聞說如是甚深般若波羅蜜多其心迷悶猶豫怯弱或生異解復次善現有菩薩乘補特伽羅雖於先世得聞八解脫八勝處而不請問甚深義趣今生人中聞說如是甚深般若波羅蜜多其心迷悶猶豫怯弱或生異解復次善現有菩薩乘補特伽羅雖於先世得聞九次第定而不請問甚深義趣今生人中聞說

如是甚深般若波羅蜜多其心迷悶猶豫怯弱或生異解復次善現有菩薩乘補特伽羅雖於先世得聞十徧處而不請問甚深義趣今生人中聞說如是甚深般若波羅蜜多其心迷悶猶豫怯弱或生異解復次善現有菩薩乘補特伽羅雖於先世得聞四念住而不請問甚深義趣今生人中聞說如是甚深般若波羅蜜多其心迷悶猶豫怯弱或生異解復次善現有菩薩乘補特伽羅雖於先世得聞四正斷而不請問甚深義趣今生人中聞說如是甚深般若波羅蜜多其心迷悶猶豫怯弱或生異解復次善現有菩薩乘補特伽羅雖於先世得聞四神足而不請問甚深義趣今生人中聞說如是甚深般若波羅蜜多其心迷悶猶豫怯弱或生異解復次善現有菩薩乘補特伽羅雖於先世得聞五根而不請問甚深義趣今生人中聞說如是甚深般若波羅蜜多其心迷悶猶豫怯弱或生異解復次善現有菩薩乘補特伽羅雖於先世得聞五力而不請問甚深義趣今生人中聞說如是甚深般若波羅蜜多其心迷悶猶豫怯弱或生異解復次善現有菩薩乘補特伽羅雖於先世得聞七等覺支而不請問甚深義趣今生人中聞說如是甚深般若波羅蜜多其心迷悶猶豫怯弱或生異解復次善現有菩薩乘補特伽羅雖於先世得聞八聖道支而不請問甚深義趣今生人中聞說如是甚深般若波羅蜜多其心迷悶猶豫怯弱或生異解復次善現有菩薩乘補特伽羅雖於先世得聞空解脫門無相解脫門無願解脫門

而不請問甚深義趣今生人中聞說如是甚深般若波羅蜜多其心迷悶猶豫怯弱或生異解復次善現有菩薩乘補特伽羅雖於先世得聞菩薩十地而不請問甚深義趣今生人中聞說如是甚深般若波羅蜜多其心迷悶猶豫怯弱或生異解復次善現有菩薩乘補特伽羅雖於先世得聞五眼而不請問甚深義趣今生人中聞說如是甚深般若波羅蜜多其心迷悶猶豫怯弱或生異解復次善現有菩薩乘補特伽羅雖於先世得聞六神通而不請問甚深義趣今生人中聞說如是甚深般若波羅蜜多其心迷悶猶豫怯弱或生異解復次善現有菩薩乘補特伽羅雖於先世得聞佛十力而不請問甚深義趣今生人中聞說如是甚深般若波羅蜜多其心迷

悶猶豫怯弱或生異解復次善現有菩薩乘補特伽羅雖於先世得聞四無所畏而不請問甚深義趣今生人中聞說如是甚深般若波羅蜜多其心迷悶猶豫怯弱或生異解復次善現有菩薩乘補特伽羅雖於先世得聞四無礙解而不請問甚深義趣今生人中聞說如是甚深般若波羅蜜多其心迷悶猶豫怯弱或生異解復次善現有菩薩乘補特伽羅雖於先世得聞大慈大悲大喜大捨而不請問甚深義趣今生人中聞說如是甚深般若波羅蜜多其心迷悶猶豫怯弱或生異解復次善現有菩薩乘補特伽羅雖於先世得問十八佛不共法而不請問甚深義趣今生人中問說如是甚深般若波羅蜜多其心迷悶猶豫怯弱或生異解復次善現有菩薩乘

補特伽羅雖於先世得聞無忘失法而不請問甚深義趣今生人中聞說如是甚深般若波羅蜜多其心迷悶猶豫怯弱或生異解復次善現有菩薩乘補特伽羅雖於先世得聞恒住捨性而不請問甚深義趣今生人中聞說如是甚深般若波羅蜜多其心迷悶猶豫怯弱或生異解復次善現有菩薩乘補特伽羅雖於先世得聞一切智而不請問甚深義趣今生人中聞說如是甚深般若波羅蜜多其心迷悶猶豫怯弱或生異解復次善現有菩薩乘補特伽羅雖於先世得聞道相智而不請問甚深義趣今生人中聞說如是甚深般若波羅蜜多其心迷悶猶豫怯弱或生異解復次善現有菩薩乘補特伽羅雖於先世得聞一切相智而不請問甚深義趣今生人

中聞說如是甚深般若波羅蜜多其心迷悶猶豫怯弱或生異解復次善現有菩薩乘補特伽羅雖於先世得聞一切陀羅尼門而不請問甚深義趣今生人中聞說如是甚深般若波羅蜜多其心迷悶猶豫怯弱或生異解復次善現有菩薩乘補特伽羅雖於先世得聞一切三摩地門而不請問甚深義趣今生人中聞說如是甚深般若波羅蜜多其心迷悶猶豫怯弱或生異解復次善現有菩薩乘補特伽羅雖於先世得聞一切菩薩摩訶薩行而不請問甚深義趣今生人中聞說如是甚深般若波羅蜜多其心迷悶猶豫怯弱或生異解復次善現有菩薩乘補特伽羅雖於先世得聞諸佛無上正等菩提而不請問甚深義趣今生人中聞說如是甚深般若波羅

蜜多其心迷悶猶豫怯弱或生異解
復次善現有菩薩乘補特伽羅雖於先世得聞般若波羅蜜多亦曾請問甚深義趣而不能經一日二日三四五日隨順修行令生人中聞說如是甚深般若波羅蜜多設經一日乃至五日其心堅固無能壞者若離所聞尋便退失何以故善現是菩薩乘補特伽羅由於先世得聞般若波羅蜜多雖復請問甚深義趣而不如說隨順修行故於今生若遇善友慇懃勸勵便樂聽受甚深般若波羅蜜多若無善友慇懃勸勵便於此經不樂聽受彼於般若波羅蜜多或時樂聞或時不樂或時堅固或時退失其心輕動進退非恒如堵羅綿隨風飄颺善現當知如是補特伽羅發趣大乘經時未久未多親近真善知識未曾供養諸佛世尊未曾受持讀誦書寫思惟演說甚深般若波羅蜜多善現當知如是補特伽羅未曾修學甚深般若波羅蜜多未曾修學靜慮精進安忍淨戒布施波羅蜜多未曾修學內空未曾修學外空內外空空空大空勝義空有為空無為空畢竟空無際空散空無變異空本性空自相空共相空一切法空不可得空無性空自性空無性自性空未曾修學真如未曾修學法界法性不虛妄性不變異性平等性離生性法定法住實際虛空界不思議界未曾修學苦聖諦未曾修學集滅道聖諦未曾修學四靜慮未曾修學四無量四無色定未曾修學八解脫未曾修學八勝處九次第定十徧處未曾修學四念住未曾修學四正斷四神足五根五力七等覺支八

聖道支未曾修學空解脫門未曾修學無相無願解脫門未曾修學菩薩十地未曾修學五眼未曾修學六神通未曾修學佛十力未曾修學四無所畏四無礙解大慈大悲大喜大捨十八佛不共法未曾修學無忘失法未曾修學恒住捨性未曾修學一切智未曾修學道相智一切相智未曾修學一切陀羅尼門未曾修學一切三摩地門未曾修學預流果法未曾修學一來不還阿羅漢果法未曾修學獨覺菩提法未曾修學一切菩薩摩訶薩行未曾修學諸佛無上正等菩提善現當知如是補特伽羅新趣大乘於大乘法成就少分信敬愛樂未能書寫受持讀誦思惟修習爲他演說甚深般若波羅蜜多

大般若波羅蜜多經卷第三百一十一

音釋

聰叡 聰倉紅切徹也叡俞芮切深明通達也 怯 乞愶切畏懦也 憚 杜案切畏也忌難也 犢 音讀牛子也 鬘 莫班切 堵羅綿 堵羅梵語也亦云兜羅此云細香莰樹名也綿從樹生因而立稱堵音覩 飄颺 飄匹招切回風也颺音羊飛舉也

大般若波羅蜜多經卷第三百一十二

唐三藏法師玄奘奉　詔譯

初分衆喻品第四十四之二

復次善現住菩薩乘諸善男子善女人等若不書寫受持讀誦思惟修習爲他演說甚深般若波羅蜜多若不以甚深般若波羅蜜多攝他有情若不以靜慮精進安忍淨戒布施波羅蜜多攝他有情若不以内空攝他有情若不以外空内外空空空大空勝義空有爲空無爲空畢竟空無際空散空無變異空本性空自相空共相空一切法空不可得空無性空自性空無性自性空攝他有情若不以眞如攝他有情若不以法界法性不虛妄性不變異性平等性離生性法定法住實際虛空界不思議界攝他有情若不以苦聖諦攝他有情若不以集滅道聖諦攝他有情若不以四靜慮攝他有情若不以四無量四無色定攝他有情若不以八解脫攝他有情若不以八勝處九次第定十徧處攝他有情若不以四念住攝他有情若不以四正斷四神足五根五力七等覺支八聖道支攝他有情若不以空解脫門攝他有情若不以無相無願解脫門攝他有情若不以菩薩十地攝他有情若不以五眼攝他有情若不以六神通攝他有情若不以佛十力攝他有情若不以四無所畏四無礙解大慈大悲大喜大捨十八佛不共法攝他有情若不以無忘失法攝他有情若不以恒住捨性攝他有情若不以一切智攝他有情若不以道相智一切相智攝他有情若不以一切陀羅尼門攝他有情若

不以一切三摩地門攝他有情若不以預流果法攝他有情若不以一來不還阿羅漢果法攝他有情若不以獨覺菩提法攝他有情若不以一切菩薩摩訶薩行攝他有情若不以諸佛無上正等菩提攝他有情善現住菩薩乘諸善男子善女人等若不隨順修行甚深般若波羅蜜多若不隨順修行靜慮精進安忍淨戒布施波羅蜜多若不隨順修行內空若不隨順修行外空內外空空空大空勝義空有為空無為空畢竟空無際空散空無變異空本性空自相空共相空一切法空不可得空無性空自性空無性自性空若不隨順修行眞如若不隨順修行法界法性不虛妄性不變異性平等性離生性法定法住實際虛空界不思議界若不隨順修行苦聖諦若不隨順修行集滅道聖諦若不隨順修行四靜慮若不隨順修行四無量四無色定若不隨順修行八解脫若不隨順修行八勝處九次第定十徧處若不隨順修行四念住若不隨順修行四正斷四神足五根五力七等覺支八聖道支若不隨順修行空解脫門若不隨順修行無相無願解脫門若不隨順修行菩薩十地若不隨順修行五眼若不隨順修行六神通若不隨順修行佛十力若不隨順修行四無所畏四無礙解大慈大悲大喜大捨十八佛不共法若不隨順修行無忘失法若不隨順修行恒住捨性若不隨順修行一切智若不隨順修行道相智一切相智若不隨順修行一切陀羅尼門若不隨順修行一切三摩地門若不隨順修行預流果法若

不隨順修行一來不還阿羅漢果法若不隨順修行獨覺菩提法若不隨順修行一切菩薩摩訶薩行若不隨順修行無上正等菩提善現當知如是住菩薩乘諸善男子善女人等由此因縁或墮二處二地隨一謂聲聞地或獨覺地所以者何是善男子善女人等不能書寫受持讀誦思惟修習甚深般若波羅蜜多亦不能以甚深般若波羅蜜多攝他有情復不能隨順修行甚深般若波羅蜜多由此因縁是善男子善女人等或墮二處二地隨一謂聲聞地或獨覺地復次善現如泛大海所乘船破其中諸人若不取木不取器物不取浮囊不取板片不取死屍爲依附者定知溺死不至彼岸善現有泛大海其船雖破而中諸人若能取木器物浮囊板片死屍以爲依附當知是類終不没死得至安隱大海彼岸無損無害受諸妙樂如是善現住菩薩乘諸善男子善女人等雖於大乘成就少分信敬愛樂若不書寫受持讀誦思惟修習甚深般若波羅蜜多以爲依附若不書寫受持讀誦思惟修習靜慮精進安忍淨戒布施波羅蜜多以爲依附若不書寫受持讀誦思惟修習内空以爲依附若不書寫受持讀誦思惟修習外空内外空空空大空勝義空有爲空無爲空畢竟空無際空散空無變異空本性空自相空共相空一切法空不可得空無性空自性空無性自性空以爲依附若不書寫受持讀誦思惟修習眞如以爲依附若不書寫受持讀誦思惟修習法界法性不虚妄性不變異性平等性離生性法定法住實際

虚空界不思議界以爲依附若不書寫受持讀誦思惟修習苦聖諦以爲依附若不書寫受持讀誦思惟修習集滅道聖諦以爲依附若不書寫受持讀誦思惟修習四靜慮以爲依附若不書寫受持讀誦思惟修習四無量四無色定以爲依附若不書寫受持讀誦思惟修習八解脱以爲依附若不書寫受持讀誦思惟修習八勝處九次第定十徧處以爲依附若不書寫受持讀誦思惟修習四念住以爲依附若不書寫受持讀誦思惟修習四正斷四神足五根五力七等覺支八聖道支以爲依附若不書寫受持讀誦思惟修習空解脱門以爲依附若不書寫受持讀誦思惟修習無相無願解脱門以爲依附若不書寫受持讀誦思惟修習菩薩十地以爲依附若

不書寫受持讀誦思惟修習五眼以爲依附若不書寫受持讀誦思惟修習六神通以爲依附若不書寫受持讀誦思惟修習佛十力以爲依附若不書寫受持讀誦思惟修習四無所畏四無礙解大慈大悲大喜大捨十八佛不共法以爲依附若不書寫受持讀誦思惟修習無忘失法以爲依附若不書寫受持讀誦思惟修習恒住捨性以爲依附若不書寫受持讀誦思惟修習一切智以爲依附若不書寫受持讀誦思惟修習道相智一切相智以爲依附若不書寫受持讀誦思惟修習一切陀羅尼門以爲依附若不書寫受持讀誦思惟修習一切三摩地門以爲依附若不書寫受持讀誦思惟修習一切菩薩摩訶薩行以爲依附若不書寫受持讀誦思惟修習

諸佛無上正等菩提以爲依附善現當知如是住菩薩乘諸善男子善女人等中道衰敗不證無上正等菩提退入聲聞或獨覺地善現住菩薩乘諸善男子善女人等有於大乘成就圓滿信敬愛樂若能書寫受持讀誦思惟修習甚深般若波羅蜜多以爲依附若能書寫受持讀誦思惟修習靜慮精進安忍淨戒布施波羅蜜多以爲依附若能書寫受持讀誦思惟修習內空以爲依附若能書寫受持讀誦思惟修習外空內外空空空大空勝義空有爲空無爲空畢竟空無際空散空無變異空本性空自相空共相空一切法空不可得空無性空自性空無性自性空以爲依附若能書寫受持讀誦思惟修習眞如以爲依附若能書寫受持讀誦思惟修習法界法性不虛妄性不變異性平等性離生性法定法住實際虛空界不思議界以爲依附若能書寫受持讀誦思惟修習苦聖諦以爲依附若能書寫受持讀誦思惟修習集滅道聖諦以爲依附若能書寫受持讀誦思惟修習四靜慮以爲依附若能書寫受持讀誦思惟修習四無量四無色定以爲依附若能書寫受持讀誦思惟修習八解脫以爲依附若能書寫受持讀誦思惟修習八勝處九次第定十徧處以爲依附若能書寫受持讀誦思惟修習四念住以爲依附若能書寫受持讀誦思惟修習四正斷四神足五根五力七等覺支八聖道支以爲依附若能書寫受持讀誦思惟修習空解脫門以爲依附若能書寫受持讀誦思惟修習無相無願解脫門以爲依附

若能書寫受持讀誦思惟修習菩薩十地以爲依附若能書寫受持讀誦思惟修習五眼以爲依附若能書寫受持讀誦思惟修習六神通以爲依附若能書寫受持讀誦思惟修習佛十力以爲依附若能書寫受持讀誦思惟修習四無所畏四無礙解大慈大悲大喜大捨十八佛不共法以爲依附若能書寫受持讀誦思惟修習無忘失法以爲依附若能書寫受持讀誦思惟修習恒住捨性以爲依附若能書寫受持讀誦思惟修習一切智以爲依附若能書寫受持讀誦思惟修習道相智一切相智以爲依附若能書寫受持讀誦思惟修習一切陀羅尼門以爲依附若能書寫受持讀誦思惟修習一切三摩地門以爲依附若能書寫受持讀誦思惟修習一切菩薩摩訶薩行以爲依附若能書寫受持讀誦思惟修習諸佛無上正等菩提以爲依附善現當知如是住菩薩乘諸善男子善女人等終不中道退入聲聞或獨覺地定證無上正等菩提善現如人欲度險惡曠野若不攝受資糧器具不能達到安樂國土於其中道遭苦失命如是善現住菩薩乘諸善男子善女人等設於無上正等菩提有信有忍有淨心有深心有樂欲有勝解有捨有精進若不攝受甚深般若波羅蜜多若不攝受靜慮精進安忍淨戒布施波羅蜜多若不攝受內空若不攝受外空內外空空空大空勝義空有爲空無爲空畢竟空無際空散空無變異空本性空自相空共相空一切法空不可得空無性空自性空無性自性空若不攝受真如若

不攝受法界法性不虛妄性不變異性平等性離生性法定法住實際虛空界不思議界若不攝受苦聖諦若不攝受集滅道聖諦若不攝受四靜慮若不攝受四無量四無色定若不攝受八解脫若不攝受八勝處九次第定十徧處若不攝受四念住若不攝受四正斷四神足五根五力七等覺支八聖道支若不攝受空解脫門若不攝受無相無願解脫門若不攝受菩薩十地若不攝受五眼若不攝受六神通若不攝受佛十力若不攝受四無所畏四無礙解大慈大悲大喜大捨十八佛不共法若不攝受無忘失法若不攝受恒住捨性若不攝受一切智若不攝受道相智一切相智若不攝受一切陀羅尼門若不攝受一切三摩地門若不攝受一切菩薩摩訶薩行若不攝受諸佛無上正等菩提善現當知如是住菩薩乘諸善男子善女人等中道衰敗不證無上正等菩提退入聲聞或獨覺地善現如人欲度險惡曠野若能攝受資糧器具必當達到安樂國土終不中道遭苦捨命如是善現住菩薩乘諸善男子善女人等若於無上正等菩提有信有忍有淨心有深心有樂欲有勝解有捨有精進復能攝受甚深般若波羅蜜多復能攝受靜慮精進安忍淨戒布施波羅蜜多復能攝受內空復能攝受外空內外空空空大空勝義空有爲空無爲空畢竟空無際空散空無變異空本性空自相空共相空一切法空不可得空無性空自性空無性自性空復能攝受真如復能攝受法界法性不虛妄性不變異性平等性離

生性法定法住實際虛空界不思議界復能攝受苦聖諦復能攝受集滅道聖諦復能攝受四靜慮復能攝受四無量四無色定復能攝受八解脫復能攝受八勝處九次第定十徧處復能攝受四念住復能攝受四正斷四神足五根五力七等覺支八聖道支復能攝受空解脫門復能攝受無相無願解脫門復能攝受菩薩十地復能攝受五眼復能攝受六神通復能攝受佛十力復能攝受四無所畏四無礙解大慈大悲大喜大捨十八佛不共法復能攝受無忘失法復能攝受恒住捨性復能攝受一切智復能攝受道相智一切相智復能攝受一切陀羅尼門復能攝受一切三摩地門復能攝受一切菩薩摩訶薩行復能攝受諸佛無上正等菩提善現當知如是住菩薩乘諸善男子善女人等終不中道衰耗退敗超聲聞地及獨覺地成熟有情嚴淨佛土證得無上正等菩提善現譬如男子或諸女人執持坏缾詣河取水若池若井若泉若渠當知此缾不久爛壞何以故是缾未熟不堪盛水終歸壞故如是善現有菩薩乘諸善男子善女人等設於無上正等菩提有信有忍有淨心有深心有樂欲有勝解有捨有精進若不攝受甚深般若波羅蜜多方便善巧若不攝受靜慮精進安忍淨戒布施波羅蜜多若不攝受內空若不攝受外空內外空空空大空勝義空有爲空無爲空畢竟空無際空散空無變異空本性空自相空共相空一切法空不可得空無性空自性空無性自性空若不攝受真如若不攝受法界法性

不虛妄性不變異性平等性離生性法定法住實際虛空界不思議界若不攝受苦聖諦若不攝受集滅道聖諦若不攝受四靜慮若不攝受四無量四無色定若不攝受八解脫若不攝受八勝處九次第定十徧處若不攝受四念住若不攝受四正斷四神足五根五力七等覺支八聖道支若不攝受空解脫門若不攝受無相無願解脫門若不攝受菩薩十地若不攝受五眼若不攝受六神通若不攝受佛十力若不攝受四無所畏四無礙解大慈大悲大喜大捨十八佛不共法若不攝受無忘失法若不攝受恒住捨性若不攝受一切智若不攝受道相智一切相智若不攝受一切陀羅尼門若不攝受一切三摩地門若不攝受一切菩薩摩訶薩行若不攝受諸佛無上正等菩提善現當知如是住菩薩乘諸善男子善女人等中道衰敗不證無上正等菩提退入聲聞或獨覺地善現譬如男子或諸女人持燒熟缾詣河取水若池若井若泉若渠當知此缾終不爛壞何以故是缾善熟堪任盛水極堅牢故如是善現有菩薩乘諸善男子善女人等若於無上正等菩提有信有忍有淨心有深心有樂欲有勝解有捨有精進復能攝受甚深般若波羅蜜多方便善巧復能攝受靜慮精進安忍淨戒布施波羅蜜多復能攝受內空復能攝受外空內外空空空大空勝義空有爲空無爲空畢竟空無際空散空無變異空本性空自相空共相空一切法空不可得空無性空自性空無性自性空復能攝受真如復能攝受法界法性

不虛妄性不變異性平等性離生性法定法住實際虛空界不思議界復能攝受苦聖諦復能攝受集滅道聖諦復能攝受四靜慮復能攝受四無量四無色定復能攝受八解脫復能攝受八勝處九次第定十徧處復能攝受四念住復能攝受四正斷四神足五根五力七等覺支八聖道支復能攝受空解脫門復能攝受無相無願解脫門復能攝受菩薩十地復能攝受五眼復能攝受六神通復能攝受佛十力復能攝受四無所畏四無礙解大慈大悲大喜大捨十八佛不共法復能攝受無忘失法復能攝受恒住捨性復能攝受一切智復能攝受道相智一切相智復能攝受一切陀羅尼門復能攝受一切三摩地門復能攝受一切菩薩摩訶薩行復能攝受諸佛無上正等菩提善現當知如是住菩薩乘諸善男子善女人等終不中道衰耗退敗超聲聞地及獨覺地成熟有情嚴淨佛土證得無上正等菩提善現如有商人無巧便智船在海岸未具裝治即持財物安置其上推著水中速便進發善現當知是船中道壞沒人船財物各散異處如是商人無巧便智喪失身命及大財寶如是善現有菩薩乘諸善男子善女人等設於無上正等菩提有信有忍有淨心有深心有樂欲有勝解有捨有精進若不攝受甚深般若波羅蜜多方便善巧若不攝受靜慮精進安忍淨戒布施波羅蜜多若不攝受內空若不攝受外空內外空空空大空勝義空有爲空無爲空畢竟空無際空散空無變異空本性空自相空共相空一切

法空不可得空無性空自性空無性自性空若不攝受眞如若不攝受法界法性不虛妄性不變異性平等性離生性法定法住實際虛空界不思議界若不攝受苦聖諦若不攝受集滅道聖諦若不攝受四靜慮若不攝受四無量四無色定若不攝受八解脫若不攝受八勝處九次第定十徧處若不攝受四念住若不攝受四正斷四神足五根五力七等覺支八聖道支若不攝受空解脫門若不攝受無相無願解脫門若不攝受菩薩十地若不攝受五眼若不攝受六神通若不攝受佛十力若不攝受四無所畏四無礙解大慈大悲大喜大捨十八佛不共法若不攝受無忘失法若不攝受恒住捨性若不攝受一切智若不攝受道相智一切相智若不攝受一切陀羅尼門若不攝受一切三摩地門若不攝受一切菩薩摩訶薩行若不攝受諸佛無上正等菩提善現當知如是住菩薩乘諸善男子善女人等中道衰敗喪失身命及大財寶喪身命者謂墮聲聞或獨覺地失財寶者謂失無上正等菩提善現譬如商人有巧便智先在海岸裝治船已方牽入水知無穿穴後持財物置上而去善現當知是船必不壞沒人物安隱達所至處如是善現有菩薩乘諸善男子善女人等若於無上正等菩提有信有忍有淨心有深心有樂欲有勝解有捨有精進復能攝受甚深般若波羅蜜多方便善巧復能攝受靜慮精進安忍淨戒布施波羅蜜多復能攝受內空復能攝受外空內外空空空大空勝義空有爲空無爲空畢竟空無

際空散空無變異空本性空自相空共相空一切法空不可得空無性空自性空無性自性空復能攝受眞如復能攝受法界法性不虛妄性不變異性平等性離生性法定法住實際虛空界不思議界復能攝受苦聖諦復能攝受集滅道聖諦復能攝受四靜慮復能攝受四無量四無色定復能攝受八解脱復能攝受八勝處九次第定十徧處復能攝受四念住復能攝受四正斷四神足五根五力七等覺支八聖道支復能攝受空解脱門復能攝受無相無願解脱門復能攝受菩薩十地復能攝受五眼復能攝受六神通復能攝受佛十力復能攝受四無所畏四無礙解大慈大悲大喜大捨十八佛不共法復能攝受無忘失法復能攝受恒住捨性復能攝受一切智復能攝受道相智一切相智復能攝受一切陀羅尼門復能攝受一切三摩地門復能攝受一切菩薩摩訶薩行復能攝受諸佛無上正等菩提善現當知如是住菩薩乘諸善男子善女人等終不中道衰耗退敗超聲聞地及獨覺地成熟有情嚴淨佛土證得無上正等菩提善現譬如有人年百二十老耄衰朽又加衆病所謂風病熱病痰病或三雜病善現於意云何是老病人頗從牀座能自起不善現荅言不也世尊佛言善現是人設有扶令起立亦無力行一俱盧舍二俱盧舍三俱盧舍所以者何老病甚故如是善現有菩薩乘諸善男子善女人等設於無上正等菩提有信有忍有淨心有深心有樂欲有勝解有捨有精進若不攝受甚深般若波羅蜜

多方便善巧若不攝受靜慮精進安忍淨戒布施波羅蜜多若不攝受內空若不攝受外空內外空空空大空勝義空有爲空無爲空畢竟空無際空散空無變異空本性空自相空共相空一切法空不可得空無性空自性空無性自性空若不攝受眞如若不攝受法界法性不虛妄性不變異性平等性離生性法定法住實際虛空界不思議界若不攝受苦聖諦若不攝受集滅道聖諦若不攝受四靜慮若不攝受四無量四無色定若不攝受八解脫若不攝受八勝處九次第定十徧處若不攝受四念住若不攝受四正斷四神足五根五力七等覺支八聖道支若不攝受空解脫門若不攝受無相無願解脫門若不攝受菩薩十地若不攝受五眼若不攝受六神通若不攝受佛十力若不攝受四無所畏四無礙解大慈大悲大喜大捨十八佛不共法若不攝受無忘失法若不攝受恒住捨性若不攝受一切智若不攝受道相智一切相智若不攝受一切陀羅尼門若不攝受一切三摩地門若不攝受一切菩薩摩訶薩行若不攝受諸佛無上正等菩提善現當知如是住菩薩乘諸善男子善女人等中道衰敗不證無上正等菩提退入聲聞或獨覺地何以故以不攝受甚深般若波羅蜜多乃至諸佛無上正等菩提無善巧方便故善現譬如有人年百二十老耄衰朽又加衆病所謂風病熱病痰病或三雜病是老病人欲從牀座起往他處而自不能有兩健人各扶一腋徐策令起而告之言莫有所難隨意欲往我等二人

終不相棄必達所趣安隱無損如是善現有菩薩乘諸善男子善女人等若於無上正等菩提有信有忍有淨心有深心有樂欲有勝解有捨有精進復能攝受甚深般若波羅蜜多方便善巧復能攝受靜慮精進安忍淨戒布施波羅蜜多復能攝受内空復能攝受外空内外空空空大空勝義空有爲空無爲空畢竟空無際空散空無變異空本性空自相空共相空一切法空不可得空無性空自性空無性自性空復能攝受眞如復能攝受法界法性不虚妄性不變異性平等性離生性法定法住實際虚空界不思議界復能攝受苦聖諦復能攝受集滅道聖諦復能攝受四靜慮復能攝受四無量四無色定復能攝受八解脱復能攝受八勝處九次第定十徧處復能攝受四念住復能攝受四正斷四神足五根五力七等覺支八聖道支復能攝受空解脱門復能攝受無相無願解脱門復能攝受菩薩十地復能攝受五眼復能攝受六神通復能攝受佛十力復能攝受四無所畏四無礙解大慈大悲大喜大捨十八佛不共法復能攝受無忘失法復能攝受恒住捨性復能攝受一切智復能攝受道相智一切相智復能攝受一切陀羅尼門復能攝受一切三摩地門復能攝受一切菩薩摩訶薩行復能攝受諸佛無上正等菩提善現當知如是住菩薩乘諸善男子善女人等終不中道衰耗退敗超聲聞地及獨覺地成熟有情嚴淨佛土證得無上正等菩提何以故以能攝受甚深般若波羅蜜多乃至諸佛無上正等菩提

有善巧方便故爾時具壽善現白佛言世尊云何住菩薩乘諸善男子善女人等由不攝受甚深般若波羅蜜多亦不攝受方便善巧故退墮聲聞及獨覺地佛言善現善哉善哉汝爲利樂住菩薩乘諸善男子善女人等請問如來如是要事汝今諦聽當爲汝說善現有菩薩乘諸善男子善女人等從初發心住我我所執修行布施波羅蜜多住我我所執修行淨戒波羅蜜多住我我所執修行安忍波羅蜜多住我我所執修行精進波羅蜜多住我我所執修行靜慮波羅蜜多住我我所執修行般若波羅蜜多善現此善男子善女人等修布施時作如是念我能行施彼受我所施我施如是物修淨戒時作如是念我能持戒戒是我所持我成就是戒修安忍時作如是念我能修忍彼是我所忍我成就是忍修精進時作如是念我能精進我爲此精進我具是精進修靜慮時作如是念我能修定我爲此修定我成就是定修般若時作如是念我能修慧我爲此修慧我成就是慧復次善現此菩薩乘諸善男子善女人等修布施時執有是布施執由此布施執布施爲我所修淨戒時執有是淨戒執由此淨戒執淨戒爲我所修安忍時執有是安忍執由此安忍執安忍爲我所修精進時執有是精進執由此精進執精進爲我所修靜慮時執有是靜慮執由此靜慮執靜慮爲我所修般若時執有是般若執由此般若執般若爲我所所以者何布施波羅蜜多中無如是分別何以故遠離此彼岸是布施波羅蜜多相故淨戒波

羅蜜多中無如是分别何以故遠離此彼岸是淨戒波羅蜜多相故安忍波羅蜜多中無如是分别何以故遠離此彼岸是安忍波羅蜜多相故精進波羅蜜多中無如是分别何以故遠離此彼岸是精進波羅蜜多相故靜慮波羅蜜多中無如是分别何以故遠離此彼岸是靜慮波羅蜜多相故般若波羅蜜多中無如是分别何以故遠離此彼岸是般若波羅蜜多相故善現此菩薩乘諸善男子善女人等不知此岸彼岸相故不能攝受布施波羅蜜多不能攝受淨戒安忍精進靜慮般若波羅蜜多不能攝受内空不能攝受外空内外空空空大空勝義空有爲空無爲空畢竟空無際空散空無變異空本性空自相空共相空一切法空不可得空無性空自性空無性自性空不能攝受真如不能攝受法界法性不虚妄性不變異性平等性離生性法定法住實際虚空界不思議界不能攝受苦聖諦不能攝受集滅道聖諦不能攝受四靜慮不能攝受四無量四無色定不能攝受八解脱不能攝受八勝處九次第定十徧處不能攝受四念住不能攝受四正斷四神足五根五力七等覺支八聖道支不能攝受空解脱門不能攝受無相無願解脱門不能攝受菩薩十地不能攝受五眼不能攝受六神通不能攝受佛十力不能攝受四無所畏四無礙解大慈大悲大喜大捨十八佛不共法不能攝受無忘失法不能攝受恒住捨性不能攝受一切智不能攝受道相智一切相智不能攝受一切陀羅尼門不能攝受一切三摩

地門不能攝受一切菩薩摩訶薩行不能攝受諸佛無上正等菩提善現由是因緣此菩薩乘諸善男子善女人等墮聲聞地或獨覺地不證無上正等菩提

大般若波羅蜜多經卷第三百一十二

音釋

泛孚梵切浮也　浮囊囊奴當切浮囊渡海具也或以牛羊皮爲袋或以巨牛脬皆吹氣令滿以防漂溺　坏鉼坏鋪杯切土器未燒者　盛水盛音成也　受　老耄耄音帽人年八十曰耄　俱盧舍梵語也此云五百弓　腋音亦左右肘脅之間曰腋　徐策徐祥余切緩也策音冊扶持也

大般若波羅蜜多經卷第三百一十三

唐三藏法師玄奘奉　詔譯

初分衆喻品第四十四之三

具壽善現復白佛言世尊云何住菩薩乘補特伽羅無方便善巧佛言善現若菩薩乘補特伽羅從初發心無方便善巧修行布施波羅蜜多無方便善巧修行淨戒波羅蜜多無方便善巧修行安忍波羅蜜多無方便善巧修行精進波羅蜜多無方便善巧修行靜慮波羅蜜多無方便善巧修行般若波羅蜜多善現此菩薩乘補特伽羅修布施時作如是念我能行施彼受我所施我施如是物修淨戒時作如是念我能持戒戒是我所持我成就是戒修安忍時作如是念我能修忍彼是我所忍我成就是忍修精進時作如是念我能精進我爲此精進我具是精進修靜慮時作如是念我能修定我爲此修定我成就是定修般若時作如是念我能修慧我爲此修慧我成就是慧復次善現此菩薩乘補特伽羅修布施時執有是布施執由此布施執布施爲我所而生憍慢修淨戒時執有是淨戒執由此淨戒執淨戒爲我所而生憍慢修安忍時執有是安忍執由此安忍執安忍爲我所而生憍慢修精進時執有是精進執由此精進執精進爲我所而生憍慢修靜慮時執有是靜慮執由此靜慮執靜慮爲我所而生憍慢修般若時執有是般若執由此般若執般若爲我所而生憍慢所以者何布施波羅蜜多中無如是分別亦不如彼所分別何以故非至此彼岸是布施波羅蜜多相故淨戒

波羅蜜多中無如是分别亦不如彼所分别
何以故非至此彼岸是淨戒波羅蜜多相故
安忍波羅蜜多中無如是分别亦不如彼所
分别何以故非至此彼岸是安忍波羅蜜多
相故精進波羅蜜多中無如是分别亦不如
彼所分别何以故非至此彼岸是精進波羅
蜜多相故靜慮波羅蜜多中無如是分别亦
不如彼所分别何以故非至此彼岸是靜慮
波羅蜜多相故般若波羅蜜多中無如是分
别亦不如彼所分别何以故非至此彼岸是
般若波羅蜜多相故善現此菩薩乘補特伽
羅不知此岸彼岸相故不能攝受布施波羅
蜜多不能攝受淨戒安忍精進靜慮般若波
羅蜜多不能攝受方便善巧不能攝受内空
不能攝受外空内外空空空大空勝義空有
爲空無爲空畢竟空無際空散空無變異空
本性空自相空共相空一切法空不可得空
無性空自性空無性自性空不能攝受眞如
不能攝受法界法性不虚妄性不變異性平
等性離生性法定法住實際虚空界不思議
界不能攝受苦聖諦不能攝受集滅道聖諦
不能攝受四靜慮不能攝受四無量四無色
定不能攝受八解脫不能攝受八勝處九次
第定十徧處不能攝受四念住不能攝受四
正斷四神足五根五力七等覺支八聖道支
不能攝受空解脫門不能攝受無相無願解
脫門不能攝受菩薩十地不能攝受五眼不
能攝受六神通不能攝受佛十力不能攝受
四無所畏四無礙解大慈大悲大喜大捨十
八佛不共法不能攝受無忘失法不能攝受

恒住捨性不能攝受一切智不能攝受道相智一切相智不能攝受一切陀羅尼門不能攝受一切三摩地門不能攝受一切菩薩摩訶薩行不能攝受諸佛無上正等菩提善現由是因緣此菩薩乘補特伽羅墮聲聞地或獨覺地不證無上正等菩提如是善現住菩薩乘諸善男子善女人等由不攝受甚深般若波羅蜜多亦不攝受方便善巧故退墮聲聞及獨覺地不證無上正等菩提爾時具壽善現白佛言世尊云何住菩薩乘諸善男子善女人等以能攝受甚深般若波羅蜜多亦能攝受方便善巧故不墮聲聞及獨覺地疾證無上正等菩提佛言善現有菩薩乘諸善男子善女人等從初發心離我我所執修行布施波羅蜜多離我我所執修行淨戒波羅蜜多離我我所執修行安忍波羅蜜多離我我所執修行精進波羅蜜多離我我所執修行靜慮波羅蜜多離我我所執修行般若波羅蜜多善現此善男子善女人等修布施時不作是念我能行施彼受我所施我施如是物修淨戒時不作是念我能持戒戒是我所持我成就是戒修安忍時不作是念我能修忍彼是我所忍我成就是忍修精進時不作是念我能修精進我爲此精進我具是精進修靜慮時不作是念我能修定我爲此修定我成就是定修般若時不作是念我能修慧我爲此修慧我成就是慧復次善現此菩薩乘諸善男子善女人等修布施時不執有布施不執由此布施不執布施爲我所修淨戒時不執有淨戒不執由此淨戒不執淨戒爲

我所修安忍時不執有安忍不執由此安忍不執安忍爲我所修精進時不執有精進不執由此精進不執精進爲我所修靜慮時不執有靜慮不執由此靜慮不執靜慮爲我所修般若時不執有般若不執由此般若不執般若爲我所所以者何布施波羅蜜多中無如是分別可起此執何以故遠離此彼岸是布施波羅蜜多相故淨戒波羅蜜多中無如是分別可起此執何以故遠離此彼岸是淨戒波羅蜜多相故安忍波羅蜜多中無如是分別可起此執何以故遠離 此彼岸是安忍波羅蜜多相故精進波羅蜜多中無如是分別可起此執何以故遠離此彼岸是精進波羅蜜多相故靜慮波羅蜜多中無如是分別可起此執何以故遠離此彼岸是靜慮波羅蜜多相故般若波羅蜜多中無如是分別可起此執何以故遠離此彼岸是般若波羅蜜多相故善現此菩薩乘諸善男子善女人等了知此岸彼岸相故便能攝受布施淨戒安忍精進靜慮般若波羅蜜多不墮聲聞及獨覺地疾證無上正等菩提復能攝受內空外空內外空空空大空勝義空有爲空無爲空畢竟空無際空散空無變異空本性空自相空共相空一切法空不可得空無性空自性空無性自性空不墮聲聞及獨覺地疾證無上正等菩提復能攝受眞如法界法性不虛妄性不變異性平等性離生性法定法住實際虛空界不思議界不墮聲聞及獨覺地疾證無上正等菩提復能攝受苦聖諦集聖諦滅聖諦道聖諦不墮聲聞及獨覺地疾證無

上正等菩提復能攝受四靜慮四無量四無色定不墮聲聞及獨覺地疾證無上正等菩提復能攝受八解脱八勝處九次第定十徧處不墮聲聞及獨覺地疾證無上正等菩提復能攝受四念住四正斷四神足五根五力七等覺支八聖道支不墮聲聞及獨覺地疾證無上正等菩提復能攝受空解脱門無相解脱門無願解脱門不墮聲聞及獨覺地疾證無上正等菩提復能攝受菩薩十地不墮聲聞及獨覺地疾證無上正等菩提復能攝受五眼六神通不墮聲聞及獨覺地疾證無上正等菩提復能攝受佛十力四無所畏四無礙解大慈大悲大喜大捨十八佛不共法不墮聲聞及獨覺地疾證無上正等菩提復能攝受無忘失法恒住捨性不墮聲聞及獨覺地疾證無上正等菩提復能攝受一切智道相智一切相智不墮聲聞及獨覺地疾證無上正等菩提復能攝受一切陀羅尼門一切三摩地門不墮聲聞及獨覺地疾證無上正等菩提復能攝受一切菩薩摩訶薩行不墮聲聞及獨覺地疾證無上正等菩提復能攝受諸佛無上正等菩提不墮聲聞及獨覺地疾證無上正等菩提具壽善現復白佛言世尊云何住菩薩乘補特伽羅有方便善巧佛言善現若菩薩乘補特伽羅從初發心有方便善巧修行布施波羅蜜多有方便善巧修行淨戒波羅蜜多有方便善巧修行安忍波羅蜜多有方便善巧修行精進波羅蜜多有方便善巧修行靜慮波羅蜜多有方便善巧修行般若波羅蜜多善現此菩薩乘補特

伽羅修布施時不作是念我能行施彼受我所施我施如是物修淨戒時不作是念我能持戒戒是我所持我成就是戒修安忍時不作是念我能修忍彼是我所忍我成就是忍修精進時不作是念我能精進我爲此精進我具是精進修靜慮時不作是念我能修定我爲此修定我成就是定修般若時不作是念我能修慧我爲此修慧我成就是慧復次善現此菩薩乘補特伽羅修布施時不執有布施不執由此布施不執布施爲我所亦不憍慢修淨戒時不執有淨戒不執由此淨戒不執淨戒爲我所亦不憍慢修安忍時不執有安忍不執由此安忍不執安忍爲我所亦不憍慢修精進時不執有精進不執由此精進不執精進爲我所亦不憍慢修靜慮時不執有靜慮不執由此靜慮不執靜慮爲我所亦不憍慢修般若時不執有般若不執由此般若不執般若爲我所亦不憍慢所以者何布施波羅蜜多中無如是分別亦不如彼所分別何以故非至此彼岸是布施波羅蜜多相故淨戒波羅蜜多中無如是分別亦不如彼所分別何以故非至此彼岸是淨戒波羅蜜多相故安忍波羅蜜多中無如是分別亦不如彼所分別何以故非至此彼岸是安忍波羅蜜多相故精進波羅蜜多中無如是分別亦不如彼所分別何以故非至此彼岸是精進波羅蜜多相故靜慮波羅蜜多中無如是分別亦不如彼所分別何以故非至此彼岸是靜慮波羅蜜多相故般若波羅蜜多中無如是分別亦不如彼所分別何以故非至

此彼岸是般若波羅蜜多相故善現此菩薩乘補特伽羅了知此岸彼岸相故便能攝受布施淨戒安忍精進靜慮般若波羅蜜多不墮聲聞及獨覺地疾證無上正等菩提復能攝受方便善巧不墮聲聞及獨覺地疾證無上正等菩提復能攝受内空外空内外空空空大空勝義空有爲空無爲空畢竟空無際空散空無變異空本性空自相空共相空一切法空不可得空無性空自性空無性自性空不墮聲聞及獨覺地疾證無上正等菩提復能攝受眞如法界法性不虚妄性不變異性平等性離生性法定法住實際虚空界不思議界不墮聲聞及獨覺地疾證無上正等菩提復能攝受苦聖諦集聖諦滅聖諦道聖諦不墮聲聞及獨覺地疾證無上正等菩提

復能攝受四靜慮四無量四無色定不墮聲聞及獨覺地疾證無上正等菩提復能攝受八解脱八勝處九次第定十徧處不墮聲聞及獨覺地疾證無上正等菩提復能攝受四念住四正斷四神足五根五力七等覺支八聖道支不墮聲聞及獨覺地疾證無上正等菩提復能攝受空解脱門無相解脱門無願解脱門不墮聲聞及獨覺地疾證無上正等菩提復能攝受菩薩十地不墮聲聞及獨覺地疾證無上正等菩提復能攝受五眼六神通不墮聲聞及獨覺地疾證無上正等菩提復能攝受佛十力四無所畏四無礙解大慈大悲大喜大捨十八佛不共法不墮聲聞及獨覺地疾證無上正等菩提復能攝受無忘失法恒住捨性不墮聲聞及獨覺地疾證無

上正等菩提復能攝受一切智道相智一切相智不墮聲聞及獨覺地疾證無上正等菩提復能攝受一切陀羅尼門一切三摩地門不墮聲聞及獨覺地疾證無上正等菩提復能攝受一切菩薩摩訶薩行不墮聲聞及獨覺地疾證無上正等菩提復能攝受諸佛無上正等菩提不墮聲聞及獨覺地疾證無上正等菩提如是善現住菩薩乘諸善男子善女人等以能攝受甚深般若波羅蜜多亦能攝受方便善巧故不墮聲聞及獨覺地疾證無上正等菩提

初分眞善友品第四十五之一

爾時具壽善現白佛言世尊初業菩薩摩訶薩應云何學般若波羅蜜多應云何學靜慮波羅蜜多應云何學精進波羅蜜多應云何學安忍波羅蜜多應云何學淨戒波羅蜜多應云何學布施波羅蜜多佛言善現初業菩薩摩訶薩若欲修學般若靜慮精進安忍淨戒布施波羅蜜多應先親近供養恭敬能善宣說般若靜慮精進安忍淨戒布施波羅蜜多眞善知識謂說般若波羅蜜多甚深經時作如是言來善男子汝布施時應作是念所修布施普施一切有情同共迴向無上正等菩提汝持戒時應作是念所修淨戒普施一切有情同共迴向無上正等菩提汝修忍時應作是念所修安忍普施一切有情同共迴向無上正等菩提汝精進時應作是念所修精進普施一切有情同共迴向無上正等菩提汝修定時應作是念所修靜慮普施一切有情同共迴向無上正等菩提汝修慧時應

作是念所修般若普施一切有情同共迴向無上正等菩提善男子汝不應以色而取無上正等菩提亦不應以受想行識而取無上正等菩提所以者何若不取色便得無上正等菩提不取受想行識便得無上正等菩提故善男子汝不應以眼處而取無上正等菩提亦不應以耳鼻舌身意處而取無上正等菩提所以者何若不取眼處便得無上正等菩提不取耳鼻舌身意處便得無上正等菩提故善男子汝不應以色處而取無上正等菩提亦不應以聲香味觸法處而取無上正等菩提所以者何若不取色處便得無上正等菩提不取聲香味觸法處便得無上正等菩提故善男子汝不應以眼界而取無上正等菩提亦不應以色界眼識界及眼觸眼觸爲緣所生諸受而取無上正等菩提所以者何若不取眼界便得無上正等菩提不取色界乃至眼觸爲緣所生諸受便得無上正等菩提故善男子汝不應以耳界而取無上正等菩提亦不應以聲界耳識界及耳觸耳觸爲緣所生諸受而取無上正等菩提所以者何若不取耳界便得無上正等菩提不取聲界乃至耳觸爲緣所生諸受便得無上正等菩提故善男子汝不應以鼻界而取無上正等菩提亦不應以香界鼻識界及鼻觸鼻觸爲緣所生諸受而取無上正等菩提所以者何若不取鼻界便得無上正等菩提不取香界乃至鼻觸爲緣所生諸受便得無上正等菩提故善男子汝不應以舌界而取無上正等菩提亦不應以味界舌識界及舌觸舌觸

爲緣所生諸受而取無上正等菩提所以者何若不取舌界便得無上正等菩提不取味界乃至舌觸爲緣所生諸受便得無上正等菩提故善男子汝不應以身界而取無上正等菩提亦不應以觸界身識界及身觸身觸爲緣所生諸受而取無上正等菩提所以者何若不取身界便得無上正等菩提不取觸界乃至身觸爲緣所生諸受便得無上正等菩提故善男子汝不應以意界而取無上正等菩提亦不應以法界意識界及意觸意觸爲緣所生諸受而取無上正等菩提所以者何若不取意界便得無上正等菩提不取法界乃至意觸爲緣所生諸受便得無上正等菩提故善男子汝不應以地界而取無上正等菩提亦不應以水火風空識界而取無上正等菩提所以者何若不取地界便得無上正等菩提不取水火風空識界便得無上正等菩提故善男子汝不應以無明而取無上正等菩提亦不應以行識名色六處觸受愛取有生老死愁歎苦憂惱而取無上正等菩提所以者何若不取無明便得無上正等菩提不取行乃至老死愁歎苦憂惱便得無上正等菩提故善男子汝不應以布施波羅蜜多而取無上正等菩提亦不應以淨戒安忍精進靜慮般若波羅蜜多而取無上正等菩提所以者何若不取布施波羅蜜多便得無上正等菩提不取淨戒乃至般若波羅蜜多便得無上正等菩提故善男子汝不應以內空而取無上正等菩提亦不應以外空內外空空空大空勝義空有爲空無爲空畢竟空

無際空散空無變異空本性空自相空共相空一切法空不可得空無性空自性空無性自性空而取無上正等菩提所以者何若不取內空便得無上正等菩提不取外空乃至無性自性空便得無上正等菩提故善男子汝不應以眞如而取無上正等菩提亦不應以法界法性不虛妄性不變異性平等性離生性法定法住實際虛空界不思議界而取無上正等菩提所以者何若不取眞如便得無上正等菩提不取法界乃至不思議界便得無上正等菩提故善男子汝不應以苦聖諦而取無上正等菩提亦不應以集滅道聖諦而取無上正等菩提所以者何若不取苦聖諦便得無上正等菩提不取集滅道聖諦便得無上正等菩提故善男子汝不應以四靜慮而取無上正等菩提亦不應以四無量四無色定而取無上正等菩提所以者何若不取四靜慮便得無上正等菩提不取四無量四無色定便得無上正等菩提故善男子汝不應以八解脫而取無上正等菩提亦不應以八勝處九次第定十徧處而取無上正等菩提所以者何若不取八解脫便得無上正等菩提不取八勝處九次第定十徧處便得無上正等菩提故善男子汝不應以四念住而取無上正等菩提亦不應以四正斷四神足五根五力七等覺支八聖道支而取無上正等菩提所以者何若不取四念住便得無上正等菩提不取四正斷乃至八聖道支便得無上正等菩提故善男子汝不應以空解脫門而取無上正等菩提亦不應以無相

無願解脫門而取無上正等菩提所以者何若不取空解脫門便得無上正等菩提不取無相無願解脫門便得無上正等菩提故善男子汝不應以菩薩十地而取無上正等菩提所以者何若不取菩薩十地便得無上正等菩提故善男子汝不應以五眼而取無上正等菩提亦不應以六神通而取無上正等菩提所以者何若不取五眼便得無上正等菩提不取六神通便得無上正等菩提故善男子汝不應以佛十力而取無上正等菩提亦不應以四無所畏四無礙解大慈大悲大喜大捨十八佛不共法而取無上正等菩提所以者何若不取佛十力便得無上正等菩提不取四無所畏乃至十八佛不共法便得無上正等菩提故善男子汝不應以無忘失法而取無上正等菩提亦不應以恒住捨性而取無上正等菩提所以者何若不取無忘失法便得無上正等菩提不取恒住捨性便得無上正等菩提故善男子汝不應以一切智而取無上正等菩提亦不應以道相智一切相智而取無上正等菩提所以者何若不取一切智便得無上正等菩提不取道相智一切相智便得無上正等菩提故善男子汝不應以一切陀羅尼門而取無上正等菩提亦不應以一切三摩地門而取無上正等菩提所以者何若不取一切陀羅尼門便得無上正等菩提不取一切三摩地門便得無上正等菩提故善男子汝不應以預流果而取無上正等菩提亦不應以一來不還阿羅漢果而取無上正等菩提所以者何若不取預

流果便得無上正等菩提不取一來不還阿羅漢果便得無上正等菩提故善男子汝不應以獨覺菩提而取無上正等菩提所以者何若不取獨覺菩提便得無上正等菩提故善男子汝不應以一切菩薩摩訶薩行而取無上正等菩提所以者何若不取一切菩薩摩訶薩行便得無上正等菩提故善男子汝不應以諸佛無上正等菩提而取無上正等菩提所以者何若不取諸佛無上正等菩提便得無上正等菩提故善男子汝勿於色而生貪愛亦勿於受想行識而生貪愛所以者何以色受想行識非可貪愛何以故以一切法自性空故善男子汝勿於眼處而生貪愛亦勿於耳鼻舌身意處而生貪愛所以者何以眼耳鼻舌身意處非可貪愛何以故以一切法自性空故善男子汝勿於色處而生貪愛亦勿於聲香味觸法處而生貪愛所以者何以色聲香味觸法處非可貪愛何以故以一切法自性空故善男子汝勿於眼界而生貪愛亦勿於色界眼識界及眼觸眼觸爲緣所生諸受而生貪愛所以者何以眼界乃至眼觸爲緣所生諸受非可貪愛何以故以一切法自性空故善男子汝勿於耳界而生貪愛亦勿於聲界耳識界及耳觸耳觸爲緣所生諸受而生貪愛所以者何以耳界乃至耳觸爲緣所生諸受非可貪愛何以故以一切法自性空故善男子汝勿於鼻界而生貪愛亦勿於香界鼻識界及鼻觸鼻觸爲緣所生諸受而生貪愛所以者何以鼻界乃至鼻觸爲緣所生諸受非可貪愛何以故以一切法

自性空故善男子汝勿於舌界而生貪愛亦勿於味界舌識界及舌觸舌觸爲緣所生諸受而生貪愛所以者何以舌界乃至舌觸爲緣所生諸受非可貪愛何以故以一切法自性空故善男子汝勿於身界而生貪愛亦勿於觸界身識界及身觸身觸爲緣所生諸受而生貪愛所以者何以身界乃至身觸爲緣所生諸受非可貪愛何以故以一切法自性空故善男子汝勿於意界而生貪愛亦勿於法界意識界及意觸意觸爲緣所生諸受而生貪愛所以者何以意界乃至意觸爲緣所生諸受非可貪愛何以故以一切法自性空故善男子汝勿於地界而生貪愛亦勿於水火風空識界而生貪愛所以者何以地水火風空識界非可貪愛何以故以一切法自性空故善男子汝勿於無明而生貪愛亦勿於行識名色六處觸受愛取有生老死愁歎苦憂惱而生貪愛所以者何以無明乃至老死愁歎苦憂惱非可貪愛何以故以一切法自性空故善男子汝勿於布施波羅蜜多而生貪愛亦勿於淨戒安忍精進靜慮般若波羅蜜多而生貪愛所以者何以布施乃至般若波羅蜜多非可貪愛何以故以一切法自性空故善男子汝勿於內空而生貪愛亦勿於外空內外空空空大空勝義空有爲空無爲空畢竟空無際空散空無變異空本性空自相空共相空一切法空不可得空無性空自性空無性自性空而生貪愛所以者何以內空乃至無性自性空非可貪愛何以故以一切法自性空故善男子汝勿於真如而生貪

愛亦勿於法界法性不虛妄性不變異性平等性離生性法定法住實際虛空界不思議界而生貪愛所以者何以眞如乃至不思議界非可貪愛何以故以一切法自性空故善男子汝勿於苦聖諦而生貪愛亦勿於集滅道聖諦而生貪愛所以者何以苦集滅道聖諦非可貪愛何以故以一切法自性空故善男子汝勿於四靜慮而生貪愛亦勿於四無量四無色定而生貪愛所以者何以四靜慮四無量四無色定非可貪愛何以故以一切法自性空故善男子汝勿於八解脫而生貪愛亦勿於八勝處九次第定十徧處而生貪愛所以者何以八解脫八勝處九次第定十徧處非可貪愛何以故以一切法自性空故善男子汝勿於四念住而生貪愛亦勿於四正斷四神足五根五力七等覺支八聖道支而生貪愛所以者何以四念住乃至八聖道支非可貪愛何以故以一切法自性空故善男子汝勿於空解脫門而生貪愛亦勿於無相無願解脫門而生貪愛所以者何以空無相無願解脫門非可貪愛何以故以一切法自性空故善男子汝勿於菩薩十地而生貪愛所以者何以菩薩十地非可貪愛何以故以一切法自性空故善男子汝勿於五眼而生貪愛亦勿於六神通而生貪愛所以者何以五眼六神通非可貪愛何以故以一切法自性空故善男子汝勿於佛十力而生貪愛亦勿於四無所畏四無礙解大慈大悲大喜大捨十八佛不共法而生貪愛所以者何以佛十力乃至十八佛不共法非可貪愛何以

故以一切法自性空故善男子汝勿於無忘失法而生貪愛亦勿於恒住捨性而生貪愛所以者何以無忘失法恒住捨性非可貪愛何以故以一切法自性空故善男子汝勿於一切智而生貪愛亦勿於道相智一切相智而生貪愛所以者何以一切智道相智一切相智非可貪愛何以故以一切法自性空故善男子汝勿於一切陀羅尼門而生貪愛亦勿於一切三摩地門而生貪愛所以者何以一切陀羅尼門一切三摩地門非可貪愛何以故以一切法自性空故善男子汝勿於預流果而生貪愛亦勿於一來不還阿羅漢果而生貪愛所以者何以預流一來不還阿羅漢果非可貪愛何以故以一切法自性空故善男子汝勿於獨覺菩提而生貪愛所以者何以獨覺菩提非可貪愛何以故以一切法自性空故善男子汝勿於一切菩薩摩訶薩行而生貪愛所以者何以一切菩薩摩訶薩行非可貪愛何以故以一切法自性空故善男子汝勿於諸佛無上正等菩提而生貪愛所以者何以諸佛無上正等菩提非可貪愛何以故以一切法自性空故

大般若波羅蜜多經卷第三百一十三

音釋

憍慢　憍堅堯切慢莫晏切　憍慢謂憍恣倨慢也

大般若波羅蜜多經卷第三百一十四

唐三藏法師玄奘奉　詔譯

初分眞善友品第四十五之二

爾時具壽善現復白佛言世尊諸菩薩摩訶薩能爲難事於一切法自性空中希求無上正等菩提欲證無上正等菩提佛言善現如是如是如汝所說諸菩薩摩訶薩能爲難事於一切法自性空中希求無上正等菩提欲證無上正等菩提善現諸菩薩摩訶薩雖知一切法如幻如夢如響如像如光影如陽焰如變化事如尋香城自性皆空而爲世間得義利故發趣無上正等菩提爲令世間得利益故發趣無上正等菩提爲令世間得安樂故發趣無上正等菩提爲欲救拔諸世間故發趣無上正等菩提爲與世間作歸依故發趣無上正等菩提爲與世間作舍宅故發趣無上正等菩提欲作世間究竟道故發趣無上正等菩提爲與世間作洲渚故發趣無上正等菩提爲與世間作光明故發趣無上正等菩提爲與世間作焰炬故發趣無上正等菩提爲與世間作導師故發趣無上正等菩提爲與世間作將帥故發趣無上正等菩提爲與世間作所趣故發趣無上正等菩提具壽善現白佛言世尊云何菩薩摩訶薩爲令世間得義利故發趣無上正等菩提佛言善現菩薩摩訶薩爲欲解脱一切有情衆苦惱事修行布施發趣無上正等菩提爲欲解脱一切有情衆苦惱事修行淨戒發趣無上正等菩提爲欲解脱一切有情衆苦惱事修行安忍發趣無上正等菩提爲欲解脱一切有

情衆苦惱事修行精進發趣無上正等菩提
爲欲解脫一切有情衆苦惱事修行靜慮發
趣無上正等菩提爲欲解脫一切有情衆苦
惱事修行般若發趣無上正等菩提善現是
爲菩薩摩訶薩爲令世間得義利故發趣無
上正等菩提具壽善現白佛言世尊云何菩
薩摩訶薩爲令世間得利益故發趣無上正
等菩提佛言善現菩薩摩訶薩爲拔五趣怖
畏有情置於涅槃無畏彼岸發趣無上正等
菩提善現是爲菩薩摩訶薩爲令世間得利
益故發趣無上正等菩提具壽善現白佛言
世尊云何菩薩摩訶薩爲令世間得安樂故
發趣無上正等菩提佛言善現菩薩摩訶薩
爲拔憂苦愁惱有情置於涅槃安隱彼岸發
趣無上正等菩提善現是爲菩薩摩訶薩爲
令世間得安樂故發趣無上正等菩提具壽
善現白佛言世尊云何菩薩摩訶薩爲欲救
拔諸世間故發趣無上正等菩提佛言善現
菩薩摩訶薩爲拔有情生死衆苦發趣無上
正等菩提得菩提時乃能如實說斷苦法有
情聞已依三乘教漸次修行而得解脫善現
是爲菩薩摩訶薩爲欲救拔諸世間故發趣
無上正等菩提具壽善現白佛言世尊云何
菩薩摩訶薩爲與世間作歸依故發趣無上
正等菩提佛言善現菩薩摩訶薩爲令一切
生法老法病法死法愁法歎法苦法憂法惱
法有情解脫生老病死愁歎苦憂惱法住無
餘依般涅槃界發趣無上正等菩提善現是
爲菩薩摩訶薩爲與世間作歸依故發趣無
上正等菩提具壽善現白佛言世尊云何菩

薩摩訶薩爲與世間作舍宅故發趣無上正等菩提佛言善現菩薩摩訶薩欲爲有情說一切法皆不和合發趣無上正等菩提善現是爲菩薩摩訶薩爲與世間作舍宅故發趣無上正等菩提善現復言世尊云何一切法皆不和合佛言善現色不和合即色不相屬色不相屬即色無生色無生即色無滅色無滅即色不和合受想行識不和合即受想行識不相屬受想行識不相屬即受想行識無生受想行識無生即受想行識無滅受想行識無滅即受想行識不和合善現眼處不和合即眼處不相屬眼處不相屬即眼處無生眼處無生即眼處無滅眼處無滅即眼處不和合耳鼻舌身意處不和合即耳鼻舌身意處不相屬耳鼻舌身意處不相屬即耳鼻舌身意處無生耳鼻舌身意處無生即耳鼻舌身意處無滅耳鼻舌身意處無滅即耳鼻舌身意處不和合善現色處不和合即色處不相屬色處不相屬即色處無生色處無生即色處無滅色處無滅即色處不和合聲香味觸法處不和合即聲香味觸法處不相屬聲香味觸法處不相屬即聲香味觸法處無生聲香味觸法處無生即聲香味觸法處無滅聲香味觸法處無滅即聲香味觸法處不和合善現眼界不和合即眼界不相屬眼界不相屬即眼界無生眼界無生即眼界無滅眼界無滅即眼界不和合色界眼識界及眼觸眼觸爲緣所生諸受不和合即色界乃至眼觸爲緣所生諸受不相屬色界乃至眼觸爲緣所生諸受不相屬即色界乃至眼觸爲緣

所生諸受無生色界乃至眼觸爲緣所生諸受無生即色界乃至眼觸爲緣所生諸受無滅色界乃至眼觸爲緣所生諸受無滅即色界乃至眼觸爲緣所生諸受不和合善現耳界不和合即耳界不相屬耳界不相屬即耳界無生耳界無生即耳界無滅耳界無滅即耳界不和合聲界耳識界及耳觸耳觸爲緣所生諸受不和合即聲界乃至耳觸爲緣所生諸受不相屬聲界乃至耳觸爲緣所生諸受不相屬即聲界乃至耳觸爲緣所生諸受無生聲界乃至耳觸爲緣所生諸受無生即聲界乃至耳觸爲緣所生諸受無滅聲界乃至耳觸爲緣所生諸受無滅即聲界乃至耳觸爲緣所生諸受不和合善現鼻界不和合即鼻界不相屬鼻界不相屬即鼻界無生鼻界無生即鼻界無滅鼻界無滅即鼻界不和合香界鼻識界及鼻觸鼻觸爲緣所生諸受不和合即香界乃至鼻觸爲緣所生諸受不相屬香界乃至鼻觸爲緣所生諸受不相屬即香界乃至鼻觸爲緣所生諸受無生香界乃至鼻觸爲緣所生諸受無生即香界乃至鼻觸爲緣所生諸受無滅香界乃至鼻觸爲緣所生諸受無滅即香界乃至鼻觸爲緣所生諸受不和合善現舌界不和合即舌界不相屬舌界不相屬即舌界無生舌界無生即舌界無滅舌界無滅即舌界不和合味界舌識界及舌觸舌觸爲緣所生諸受不和合即味界乃至舌觸爲緣所生諸受不相屬味界乃至舌觸爲緣所生諸受不相屬即味界乃至舌觸爲緣所生諸受無生味界乃至舌觸

爲緣所生諸受無生即味界乃至舌觸爲緣
所生諸受無滅味界乃至舌觸爲緣所生諸
受無滅即味界乃至舌觸爲緣所生諸受不
和合善現身界不和合即身界不相屬身界
不相屬即身界無生身界無生即身界無滅
身界無滅即身界不和合觸界身識界及身
觸身觸爲緣所生諸受不和合即觸界乃至
身觸爲緣所生諸受不相屬觸界乃至身觸
爲緣所生諸受不相屬即觸界乃至身觸爲
緣所生諸受無生觸界乃至身觸爲緣所生
諸受無生即觸界乃至身觸爲緣所生諸受
無滅觸界乃至身觸爲緣所生諸受無滅即
觸界乃至身觸爲緣所生諸受不和合善現
意界不和合即意界不相屬意界不相屬即
意界無生意界無生即意界無滅意界無滅
即意界不和合法界意識界及意觸意觸爲
緣所生諸受不和合即法界乃至意觸爲緣
所生諸受不相屬法界乃至意觸爲緣所生
諸受不相屬即法界乃至意觸爲緣所生諸
受無生法界乃至意觸爲緣所生諸受無生
即法界乃至意觸爲緣所生諸受無滅法界
乃至意觸爲緣所生諸受無滅即法界乃至
意觸爲緣所生諸受不和合善現地界不和
合即地界不相屬地界不相屬即地界無生
地界無生即地界無滅地界無滅即地界不
和合水火風空識界不和合即水火風空識
界不相屬水火風空識界不相屬即水火風
空識界無生水火風空識界無生即水火風
空識界無滅水火風空識界無滅即水火風
空識界不和合善現無明不和合即無明不

相屬無明不相屬即無明無生無明無生即無明無滅無明無滅即無明不和合行識名色六處觸受愛取有生老死愁歎苦憂惱不和合即行乃至老死愁歎苦憂惱不相屬行乃至老死愁歎苦憂惱不相屬即行乃至老死愁歎苦憂惱無生行乃至老死愁歎苦憂惱無生即行乃至老死愁歎苦憂惱無滅行乃至老死愁歎苦憂惱無滅即行乃至老死愁歎苦憂惱不和合善現布施波羅蜜多不和合即布施波羅蜜多不相屬布施波羅蜜多不相屬即布施波羅蜜多無生布施波羅蜜多無生即布施波羅蜜多無滅布施波羅蜜多無滅即布施波羅蜜多不和合淨戒安忍精進靜慮般若波羅蜜多不和合即淨戒乃至般若波羅蜜多不相屬淨戒乃至般若波羅蜜多不相屬即淨戒乃至般若波羅蜜多無生淨戒乃至般若波羅蜜多無生即淨戒乃至般若波羅蜜多無滅淨戒乃至般若波羅蜜多無滅即淨戒乃至般若波羅蜜多不和合善現内空不和合即内空不相屬内空不相屬即内空無生内空無生即内空無滅内空無滅即内空不和合外空内外空空空大空勝義空有爲空無爲空畢竟空無際空散空無變異空本性空自相空共相空一切法空不可得空無性空自性空無性自性空不和合即外空乃至無性自性空不相屬外空乃至無性自性空不相屬即外空乃至無性自性空無生外空乃至無性自性空無生即外空乃至無性自性空無滅外空乃至無性自性空無滅即外空乃至無性自性空

不和合善現眞如不和合即眞如不相屬眞如不相屬即眞如無生眞如無生即眞如無滅眞如無滅即眞如不和合法界法性不虛妄性不變異性平等性離生性法定法住實際虛空界不思議界不和合即法界乃至不思議界不相屬法界乃至不思議界不相屬即法界乃至不思議界無生法界乃至不思議界無生即法界乃至不思議界無滅法界乃至不思議界無滅即法界乃至不思議界不和合善現苦聖諦不和合即苦聖諦不相屬苦聖諦不相屬即苦聖諦無生苦聖諦無生即苦聖諦無滅苦聖諦無滅即苦聖諦不和合集滅道聖諦不和合即集滅道聖諦不相屬集滅道聖諦不相屬即集滅道聖諦無生集滅道聖諦無生即集滅道聖諦無滅集滅道聖諦無滅即集滅道聖諦不和合善現四靜慮不和合即四靜慮不相屬四靜慮不相屬即四靜慮無生四靜慮無生即四靜慮無滅四靜慮無滅即四靜慮不和合四無量四無色定不和合即四無量四無色定不相屬四無量四無色定不相屬即四無量四無色定無生四無量四無色定無生即四無量四無色定無滅四無量四無色定無滅即四無量四無色定不和合善現八解脫不和合即八解脫不相屬八解脫不相屬即八解脫無生八解脫無生即八解脫無滅八解脫無滅即八解脫不和合八勝處九次第定十徧處不和合即八勝處九次第定十徧處不相屬八勝處九次第定十徧處不相屬即八勝處九次第定十徧處無生八勝處九次第定

十徧處無生即八勝處九次第定十徧處無滅八勝處九次第定十徧處無滅即八勝處九次第定十徧處不和合善現四念住不和合即四念住不相屬四念住不相屬即四念住無生四念住無生即四念住無滅四念住無滅即四念住不和合四正斷四神足五根五力七等覺支八聖道支不和合即四正斷乃至八聖道支不相屬四正斷乃至八聖道支不相屬即四正斷乃至八聖道支無生四正斷乃至八聖道支無生即四正斷乃至八聖道支無滅四正斷乃至八聖道支無滅即四正斷乃至八聖道支不和合善現空解脱門不和合即空解脱門不相屬空解脱門不相屬即空解脱門無生空解脱門無生即空解脱門無滅空解脱門無滅即空解脱門不和合無相無願解脱門不和合即無相無願解脱門不相屬無相無願解脱門不相屬即無相無願解脱門無生無相無願解脱門無生即無相無願解脱門無滅無相無願解脱門無滅即無相無願解脱門不和合善現菩薩十地不和合即菩薩十地不相屬菩薩十地不相屬即菩薩十地無生菩薩十地無生即菩薩十地無滅菩薩十地無滅即菩薩十地不和合善現五眼不和合即五眼不相屬五眼不相屬即五眼無生五眼無生即五眼無滅五眼無滅即五眼不和合六神通不和合即六神通不相屬六神通不相屬即六神通無生六神通無生即六神通無滅六神通無滅即六神通不和合善現佛十力不和合即佛十力不相屬佛十力不相屬即佛十力

無生佛十力無生即佛十力無滅佛十力無滅即佛十力不和合四無所畏四無礙解大慈大悲大喜大捨十八佛不共法不和合即四無所畏乃至十八佛不共法不相屬四無所畏乃至十八佛不共法不相屬即四無所畏乃至十八佛不共法無生四無所畏乃至十八佛不共法無生即四無所畏乃至十八佛不共法無滅四無所畏乃至十八佛不共法無滅即四無所畏乃至十八佛不共法不和合善現無忘失法不和合即無忘失法不相屬無忘失法不相屬即無忘失法無生無忘失法無生即無忘失法無滅無忘失法無滅即無忘失法不和合恒住捨性不和合即恒住捨性不相屬恒住捨性不相屬即恒住捨性無生恒住捨性無生即恒住捨性無滅恒住捨性無滅即恒住捨性不和合善現一切智不和合即一切智不相屬一切智不相屬即一切智無生一切智無生即一切智無滅一切智無滅即一切智不和合道相智一切相智不和合即道相智一切相智不相屬道相智一切相智不相屬即道相智一切相智無生道相智一切相智無生即道相智一切相智無滅道相智一切相智無滅即道相智一切相智不和合善現一切陀羅尼門不和合即一切陀羅尼門不相屬一切陀羅尼門不相屬即一切陀羅尼門無生一切陀羅尼門無生即一切陀羅尼門無滅一切陀羅尼門無滅即一切陀羅尼門不和合一切三摩地門不和合即一切三摩地門不相屬一切三摩地門不相屬即一切三摩地門無生

一切三摩地門無生即一切三摩地門無滅一切三摩地門無滅即一切三摩地門不和合善現預流果不和合即預流果不相屬預流果不相屬即預流果無生預流果無生即預流果無滅預流果無滅即預流果不和合一來不還阿羅漢果不和合即一來不還阿羅漢果不相屬一來不還阿羅漢果不相屬即一來不還阿羅漢果無生一來不還阿羅漢果無生即一來不還阿羅漢果無滅一來不還阿羅漢果無滅即一來不還阿羅漢果不和合善現獨覺菩提不和合即獨覺菩提不相屬獨覺菩提不相屬即獨覺菩提無生獨覺菩提無生即獨覺菩提無滅獨覺菩提無滅即獨覺菩提不和合善現一切菩薩摩訶薩行不和合即一切菩薩摩訶薩行不相屬一切菩薩摩訶薩行不相屬即一切菩薩摩訶薩行無生一切菩薩摩訶薩行無生即一切菩薩摩訶薩行無滅一切菩薩摩訶薩行無滅即一切菩薩摩訶薩行不和合善現諸佛無上正等菩提不和合即諸佛無上正等菩提不相屬諸佛無上正等菩提不相屬即諸佛無上正等菩提無生諸佛無上正等菩提無生即諸佛無上正等菩提無滅諸佛無上正等菩提無滅即諸佛無上正等菩提不和合善現菩薩摩訶薩欲爲有情說一切法皆有如是不和合相發趣無上正等菩提具壽善現白佛言世尊云何菩薩摩訶薩欲作世間究竟道故發趣無上正等菩提佛言善現菩薩摩訶薩發趣無上正等菩提欲爲有情說如是法色究竟即非色受想行識究

竟即非受想行識眼處究竟即非眼處耳鼻舌身意處究竟即非耳鼻舌身意處色處究竟即非色處聲香味觸法處究竟即非聲香味觸法處眼界究竟即非眼界色界眼識界及眼觸眼觸爲緣所生諸受究竟即非色界乃至眼觸爲緣所生諸受耳界究竟即非耳界聲界耳識界及耳觸耳觸爲緣所生諸受究竟即非聲界乃至耳觸爲緣所生諸受鼻界究竟即非鼻界香界鼻識界及鼻觸鼻觸爲緣所生諸受究竟即非香界乃至鼻觸爲緣所生諸受舌界究竟即非舌界味界舌識界及舌觸舌觸爲緣所生諸受究竟即非味界乃至舌觸爲緣所生諸受身界究竟即非身界觸界身識界及身觸身觸爲緣所生諸受究竟即非觸界乃至身觸爲緣所生諸受

意界究竟即非意界法界意識界及意觸意觸爲緣所生諸受究竟即非法界乃至意觸爲緣所生諸受地界究竟即非地界水火風空識界究竟即非水火風空識界無明究竟即非無明行識名色六處觸受愛取有生老死愁歎苦憂惱究竟即非行乃至老死愁歎苦憂惱布施波羅蜜多究竟即非布施波羅蜜多淨戒安忍精進靜慮般若波羅蜜多究竟即非淨戒乃至般若波羅蜜多內空究竟即非內空外空內外空空空大空勝義空有爲空無爲空畢竟空無際空散空無變異空本性空自相空共相空一切法空不可得空無性空自性空無性自性空究竟即非外空乃至無性自性空眞如究竟即非眞如法界法性不虛妄性不變異性平等性離生性法

定法住實際虛空界不思議界究竟即非法界乃至不思議界苦聖諦究竟即非苦聖諦集滅道聖諦究竟即非集滅道聖諦四靜慮究竟即非四靜慮四無量四無色定究竟即非四無量四無色定八解脫究竟即非八解脫八勝處九次第定十徧處究竟即非八勝處九次第定十徧處四念住究竟即非四念住四正斷四神足五根五力七等覺支八聖道支究竟即非四正斷乃至八聖道支空解脫門究竟即非空解脫門無相無願解脫門究竟即非無相無願解脫門菩薩十地究竟即非菩薩十地五眼究竟即非五眼六神通究竟即非六神通佛十力究竟即非佛十力四無所畏四無礙解大慈大悲大喜大捨十八佛不共法究竟即非四無所畏乃至十八佛不共法無忘失法究竟即非無忘失法恒住捨性究竟即非恒住捨性一切智究竟即非一切智道相智一切相智究竟即非道相智一切相智一切陀羅尼門究竟即非一切陀羅尼門一切三摩地門究竟即非一切三摩地門預流果究竟即非預流果一來不還阿羅漢果究竟即非一來不還阿羅漢果獨覺菩提究竟即非獨覺菩提一切菩薩摩訶薩行究竟即非一切菩薩摩訶薩行諸佛無上正等菩提究竟即非諸佛無上正等菩提

復次善現如此諸法究竟相一切法相亦如是具壽善現白佛言世尊若一切法相如究竟相者云何菩薩摩訶薩於一切法應現等覺所以者何世尊非色究竟中有如是分別謂此是色亦非受想行識究竟中有如是分

別謂此是受想行識世尊非眼處究竟中有如是分別謂此是眼處亦非耳鼻舌身意處究竟中有如是分別謂此是耳鼻舌身意處世尊非色處究竟中有如是分別謂此是色處亦非聲香味觸法處究竟中有如是分別謂此是聲香味觸法處世尊非眼界究竟中有如是分別謂此是眼界亦非色界眼識界及眼觸眼觸爲緣所生諸受究竟中有如是分別謂此是色界乃至眼觸爲緣所生諸受世尊非耳界究竟中有如是分別謂此是耳界亦非聲界耳識界及耳觸耳觸爲緣所生諸受究竟中有如是分別謂此是聲界乃至耳觸爲緣所生諸受世尊非鼻界究竟中有如是分別謂此是鼻界亦非香界鼻識界及鼻觸鼻觸爲緣所生諸受究竟中有如是分

別謂此是香界乃至鼻觸爲緣所生諸受世尊非舌界究竟中有如是分別謂此是舌界亦非味界舌識界及舌觸舌觸爲緣所生諸受究竟中有如是分別謂此是味界乃至舌觸爲緣所生諸受世尊非身界究竟中有如是分別謂此是身界亦非觸界身識界及身觸身觸爲緣所生諸受究竟中有如是分別謂此是觸界乃至身觸爲緣所生諸受世尊非意界究竟中有如是分別謂此是意界亦非法界意識界及意觸意觸爲緣所生諸受究竟中有如是分別謂此是法界乃至意觸爲緣所生諸受世尊非地界究竟中有如是分別謂此是地界亦非水火風空識界究竟中有如是分別謂此是水火風空識界世尊非無明究竟中有如是分別謂此是無明亦

非行識名色六處觸受愛取有生老死愁歎苦憂惱究竟中有如是分別謂此是行乃至老死愁歎苦憂惱世尊非布施波羅蜜多究竟中有如是分別謂此是布施波羅蜜多亦非淨戒安忍精進靜慮般若波羅蜜多究竟中有如是分別謂此是淨戒乃至般若波羅蜜多世尊非內空究竟中有如是分別謂此是內空亦非外空內外空空空大空勝義空有爲空無爲空畢竟空無際空散空無變異空本性空自相空共相空一切法空不可得空無性空自性空無性自性空究竟中有如是分別謂此是外空乃至無性自性空世尊非真如究竟中有如是分別謂此是真如亦非法界法性不虛妄性不變異性平等性離生性法定法住實際虛空界不思議界究竟中有如是分別謂此是法界乃至不思議界世尊非苦聖諦究竟中有如是分別謂此是苦聖諦亦非集滅道聖諦究竟中有如是分別謂此是集滅道聖諦世尊非四靜慮究竟中有如是分別謂此是四靜慮亦非四無量四無色定究竟中有如是分別謂此是四無量四無色定世尊非八解脫究竟中有如是分別謂此是八解脫亦非八勝處九次第定十徧處究竟中有如是分別謂此是八勝處九次第定十徧處世尊非四念住究竟中有如是分別謂此是四念住亦非四正斷四神足五根五力七等覺支八聖道支究竟中有如是分別謂此是四正斷乃至八聖道支世尊非空解脫門究竟中有如是分別謂此是空解脫門亦非無相無願解脫門究竟中有

如是分別謂此是無相無願解脫門世尊非菩薩十地究竟中有如是分別謂此是菩薩十地世尊非五眼究竟中有如是分別謂此是五眼亦非六神通究竟中有如是分別謂此是六神通世尊非佛十力究竟中有如是分別謂此是佛十力亦非四無所畏四無礙解大慈大悲大喜大捨十八佛不共法究竟中有如是分別謂此是四無所畏乃至十八佛不共法世尊非無忘失法究竟中有如是分別謂此是無忘失法亦非恒住捨性究竟中有如是分別謂此是恒住捨性世尊非一切智究竟中有如是分別謂此是一切智亦非道相智一切相智究竟中有如是分別謂此是道相智一切相智世尊非一切陀羅尼門究竟中有如是分別謂此是一切陀羅尼門亦非一切三摩地門究竟中有如是分別謂此是一切三摩地門世尊非預流果究竟中有如是分別謂此是預流果亦非一來不還阿羅漢果究竟中有如是分別謂此是一來不還阿羅漢果世尊非獨覺菩提究竟中有如是分別謂此是獨覺菩提世尊非一切菩薩摩訶薩行究竟中有如是分別謂此是一切菩薩摩訶薩行世尊非諸佛無上正等菩提究竟中有如是分別謂此是諸佛無上正等菩提

大般若波羅蜜多經卷第三百一十四

音釋

焰以贍切光焰也　炬音巨火炬也　將帥將子亮切帥所類切

大般若波羅蜜多經卷第三百一十五

唐三藏法師玄奘奉　詔譯

初分眞善友品第四十五之三

佛言善現如是如是如汝所說善現色究竟中無如是分別謂此是色受想行識究竟中亦無如是分別謂此是受想行識善現眼處究竟中無如是分別謂此是眼處耳鼻舌身意處究竟中亦無如是分別謂此是耳鼻舌身意處善現色處究竟中無如是分別謂此是色處聲香味觸法處究竟中亦無如是分別謂此是聲香味觸法處善現眼界究竟中無如是分別謂此是眼界色界眼識界及眼觸眼觸爲緣所生諸受究竟中亦無如是分別謂此是色界乃至眼觸爲緣所生諸受善現耳界究竟中無如是分別謂此是耳界聲界耳識界及耳觸耳觸爲緣所生諸受究竟中亦無如是分別謂此是聲界乃至耳觸爲緣所生諸受善現鼻界究竟中無如是分別謂此是鼻界香界鼻識界及鼻觸鼻觸爲緣所生諸受究竟中亦無如是分別謂此是香界乃至鼻觸爲緣所生諸受善現舌界究竟中無如是分別謂此是舌界味界舌識界及舌觸舌觸爲緣所生諸受究竟中亦無如是分別謂此是味界乃至舌觸爲緣所生諸受善現身界究竟中無如是分別謂此是身界觸界身識界及身觸身觸爲緣所生諸受究竟中亦無如是分別謂此是觸界乃至身觸爲緣所生諸受善現意界究竟中無如是分別謂此是意界法界意識界及意觸意觸爲緣所生諸受究竟中亦無如是分別謂此是

法界乃至意觸爲緣所生諸受善現地界究竟中無如是分別謂此是地界水火風空識界究竟中亦無如是分別謂此是水火風空識界善現無明究竟中無如是分別謂此是無明行識名色六處觸受愛取有生老死愁歎苦憂惱究竟中亦無如是分別謂此是行乃至老死愁歎苦憂惱善現布施波羅蜜多究竟中無如是分別謂此是布施波羅蜜多淨戒安忍精進靜慮般若波羅蜜多究竟中亦無如是分別謂此是淨戒乃至般若波羅蜜多善現内空究竟中無如是分別謂此是内空外空内外空空空大空勝義空有爲空無爲空畢竟空無際空散空無變異空本性空自相空共相空一切法空不可得空無性空自性空無性自性空究竟中亦無如是分別謂此是外空乃至無性自性空善現眞如究竟中無如是分別謂此是眞如法界法性不虚妄性不變異性平等性離生性法定法住實際虚空界不思議界究竟中亦無如是分別謂此是法界乃至不思議界善現苦聖諦究竟中無如是分別謂此是苦聖諦集滅道聖諦究竟中亦無如是分別謂此是集滅道聖諦善現四靜慮究竟中無如是分別謂此是四靜慮四無量四無色定究竟中亦無如是分別謂此是四無量四無色定善現八解脱究竟中無如是分別謂此是八解脱八勝處九次第定十徧處究竟中亦無如是分別謂此是八勝處九次第定十徧處善現四念住究竟中無如是分別謂此是四念住四正斷四神足五根五力七等覺支八聖道支

究竟中亦無如是分别謂此是四正斷乃至八聖道支善現空解脱門究竟中無如是分别謂此是空解脱門無相無願解脱門究竟中亦無如是分别謂此是無相無願解脱門善現菩薩十地究竟中無如是分别謂此是菩薩十地善現五眼究竟中無如是分别謂此是五眼六神通究竟中亦無如是分别謂此是六神通善現佛十力究竟中無如是分别謂此是佛十力四無所畏四無礙解大慈大悲大喜大捨十八佛不共法究竟中亦無如是分别謂此是四無所畏乃至十八佛不共法善現無忘失法究竟中無如是分别謂此是無忘失法恒住捨性究竟中亦無如是分别謂此是恒住捨性善現一切智究竟中無如是分别謂此是一切智道相智一切相智究竟中亦無如是分别謂此是道相智一切相智善現一切陀羅尼門究竟中無如是分别謂此是一切陀羅尼門一切三摩地門究竟中亦無如是分别謂此是一切三摩地門善現預流果究竟中無如是分别謂此是預流果一來不還阿羅漢果究竟中亦無如是分别謂此是一來不還阿羅漢果善現獨覺菩提究竟中無如是分别謂此是獨覺菩提善現一切菩薩摩訶薩行究竟中無如是分别謂此是一切菩薩摩訶薩行善現諸佛無上正等菩提究竟中無如是分别謂此是諸佛無上正等菩提善現是爲菩薩摩訶薩難事謂雖觀一切法皆寂滅相而心不沉没作是念言我於是法現等覺已證得無上正等菩提爲諸有情宣說開示如是寂滅微妙

之法善現是爲菩薩摩訶薩欲作世間究竟道故發趣無上正等菩提具壽善現白佛言世尊云何菩薩摩訶薩爲與世間作洲渚故發趣無上正等菩提佛言善現譬如巨海大小河中高顯可居周迴水斷說名洲渚如是善現色前後際斷受想行識前後際斷眼處前後際斷耳鼻舌身意處前後際斷色處前後際斷聲香味觸法處前後際斷眼界前後際斷色界眼識界及眼觸眼觸爲緣所生諸受前後際斷耳界前後際斷聲界耳識界及耳觸耳觸爲緣所生諸受前後際斷鼻界前後際斷香界鼻識界及鼻觸鼻觸爲緣所生諸受前後際斷舌界前後際斷味界舌識界及舌觸舌觸爲緣所生諸受前後際斷身界前後際斷觸界身識界及身觸身觸爲緣所生諸受前後際斷意界前後際斷法界意識界及意觸意觸爲緣所生諸受前後際斷地界前後際斷水火風空識界前後際斷無明前後際斷行識名色六處觸受愛取有生老死愁歎苦憂惱前後際斷布施波羅蜜多前後際斷淨戒安忍精進靜慮般若波羅蜜多前後際斷內空前後際斷外空內外空空空大空勝義空有爲空無爲空畢竟空無際空散空無變異空本性空自相空共相空一切法空不可得空無性空自性空無性自性空前後際斷真如前後際斷法界法性不虛妄性不變異性平等性離生性法定法住實際虛空界不思議界前後際斷苦聖諦前後際斷集滅道聖諦前後際斷四靜慮前後際斷四無量四無色定前後際斷八解脫前後際

斷八勝處九次第定十徧處前後際斷四念住前後際斷四正斷四神足五根五力七等覺支八聖道支前後際斷空解脫門前後際斷無相無願解脫門前後際斷菩薩十地前後際斷五眼前後際斷六神通前後際斷佛十力前後際斷四無所畏四無礙解大慈大悲大喜大捨十八佛不共法前後際斷無忘失法前後際斷恒住捨性前後際斷一切智前後際斷道相智一切相智前後際斷一切陀羅尼門前後際斷一切三摩地門前後際斷預流果前後際斷一來不還阿羅漢果前後際斷獨覺菩提前後際斷一切菩薩摩訶薩行前後際斷諸佛無上正等菩提前後際斷善現由此前際後際斷故一切法斷善現此一切法前後際斷即是寂滅即是微妙即是如實謂空無所得道斷愛盡無餘離染永滅涅槃善現菩薩摩訶薩求證無上正等菩提欲爲有情宣說開示如是寂滅微妙之法善現是爲菩薩摩訶薩爲與世間作洲渚故發趣無上正等菩提具壽善現白佛言世尊云何菩薩摩訶薩爲與世間作光明故發趣無上正等菩提佛言善現菩薩摩訶薩爲破長夜無明㲉卵所覆有情重黑暗故爲療有情無知瞖目令清朗故爲與一切愚冥有情作照明故發趣無上正等菩提善現是爲菩薩摩訶薩爲與世間作光明故發趣無上正等菩提具壽善現白佛言世尊云何菩薩摩訶薩爲與世間作燈炬故發趣無上正等菩提佛言善現菩薩摩訶薩欲爲有情宣說六種波羅蜜多及四攝事相應經典眞實義趣

方便教導勸令修學發趣無上正等菩提善現是爲菩薩摩訶薩爲與世間作燈炬故發趣無上正等菩提具壽善現白佛言世尊云何菩薩摩訶薩爲與世間作導師故發趣無上正等菩提佛言善現菩薩摩訶薩欲令趣向邪道有情離行四種不應行處爲說一道令歸正故爲雜染者得清淨故爲愁惱者得歡悅故爲憂苦者得喜樂故爲非理有情證如理法故爲流轉有情得般涅槃故發趣無上正等菩提善現是爲菩薩摩訶薩爲與世間作導師故發趣無上正等菩提具壽善現白佛言世尊云何菩薩摩訶薩爲與世間作將帥故發趣無上正等菩提佛言善現菩薩摩訶薩希求無上正等菩提欲爲有情宣說開示色無生無滅無染無淨受想行識無生無滅無染無淨欲爲有情宣說開示眼處無生無滅無染無淨耳鼻舌身意處無生無滅無染無淨欲爲有情宣說開示色處無生無滅無染無淨聲香味觸法處無生無滅無染無淨欲爲有情宣說開示眼界無生無滅無染無淨色界眼識界及眼觸眼觸爲緣所生諸受無生無滅無染無淨欲爲有情宣說開示耳界無生無滅無染無淨聲界耳識界及耳觸耳觸爲緣所生諸受無生無滅無染無淨欲爲有情宣說開示鼻界無生無滅無染無淨香界鼻識界及鼻觸鼻觸爲緣所生諸受無生無滅無染無淨欲爲有情宣說開示舌界無生無滅無染無淨味界舌識界及舌觸舌觸爲緣所生諸受無生無滅無染無淨欲爲有情宣說開示身界無生無滅無染無

淨觸界身識界及身觸身觸爲縁所生諸受無生無滅無染無淨欲爲有情宣說開示意界無生無滅無染無淨法界意識界及意觸意觸爲縁所生諸受無生無滅無染無淨欲爲有情宣說開示地界無生無滅無染無淨水火風空識界無生無滅無染無淨欲爲有情宣說開示無明無生無滅無染無淨行識名色六處觸受愛取有生老死愁歎苦憂惱無生無滅無染無淨欲爲有情宣說開示布施波羅蜜多無生無滅無染無淨欲爲有情宣說開示淨戒波羅蜜多無生無滅無染無淨欲爲有情宣說開示安忍波羅蜜多無生無滅無染無淨欲爲有情宣說開示精進波羅蜜多無生無滅無染無淨欲爲有情宣說開示靜慮波羅蜜多無生無滅無染無淨欲爲有情宣說開示般若波羅蜜多無生無滅無染無淨欲爲有情宣說開示方便善巧波羅蜜多無生無滅無染無淨欲爲有情宣說開示願波羅蜜多無生無滅無染無淨欲爲有清宣說開示力波羅蜜多無生無滅無染無淨欲爲有情宣說開示智波羅蜜多無生無滅無染無淨欲爲有情宣說開示内空無生無滅無染無淨外空内外空空空大空勝義空有爲空無爲空畢竟空無際空散空無變異空本性空自相空共相空一切法空不可得空無性空自性空無性自性空無生無滅無染無淨欲爲有情宣說開示眞如無生無滅無染無淨法界法性不虛妄性不變異性平等性離生性法定法住實際虛空界不思議界無生無滅無染無淨欲爲有情宣說

開示苦聖諦無生無滅無染無淨集滅道聖諦無生無滅無染無淨欲爲有情宣說開示四靜慮無生無滅無染無淨四無量四無色定無生無滅無染無淨欲爲有情宣說開示八解脫無生無滅無染無淨八勝處九次第定十徧處無生無滅無染無淨欲爲有情宣說開示四念住無生無滅無染無淨四正斷四神足五根五力七等覺支八聖道支無生無滅無染無淨欲爲有情宣說開示空解脫門無生無滅無染無淨無相無願解脫門無生無滅無染無淨欲爲有情宣說開示菩薩十地無生無滅無染無淨欲爲有情宣說開示五眼無生無滅無染無淨六神通無生無滅無染無淨欲爲有情宣說開示佛十力無生無滅無染無淨四無所畏四無礙解大慈大悲大喜大捨十八佛不共法無生無滅無染無淨欲爲有情宣說開示無忘失法無生無滅無染無淨恒住捨性無生無滅無染無淨欲爲有情宣說開示一切智無生無滅無染無淨道相智一切相智無生無滅無染無淨欲爲有情宣說開示一切陁羅尼門無生無滅無染無淨一切三摩地門無生無滅無染無淨欲爲有情宣說開示預流果無生無滅無染無淨一來果不還果阿羅漢果無生無滅無染無淨欲爲有情宣說開示獨覺菩提無生無滅無染無淨欲爲有情宣說開示一切菩薩摩訶薩行無生無滅無染無淨欲爲有情宣說開示諸佛無上正等菩提無生無滅無染無淨善現是爲菩薩摩訶薩爲與世間作將帥故發趣無上正等菩提具壽善

現白佛言世尊云何菩薩摩訶薩爲與世間作所趣故發趣無上正等菩提佛言善現菩薩摩訶薩希求無上正等菩提欲爲有情宣說開示色以虛空爲所趣受想行識亦以虛空爲所趣欲爲有情宣說開示眼處以虛空爲所趣耳鼻舌身意處亦以虛空爲所趣欲爲有情宣說開示色處以虛空爲所趣聲香味觸法處亦以虛空爲所趣欲爲有情宣說開示眼界以虛空爲所趣色界眼識界及眼觸眼觸爲緣所生諸受亦以虛空爲所趣欲爲有情宣說開示耳界以虛空爲所趣聲界耳識界及耳觸耳觸爲緣所生諸受亦以虛空爲所趣欲爲有情宣說開示鼻界以虛空爲所趣香界鼻識界及鼻觸鼻觸爲緣所生諸受亦以虛空爲所趣欲爲有情宣說開示舌界以虛空爲所趣味界舌識界及舌觸舌觸爲緣所生諸受亦以虛空爲所趣欲爲有情宣說開示身界以虛空爲所趣觸界身識界及身觸身觸爲緣所生諸受亦以虛空爲所趣欲爲有情宣說開示意界以虛空爲所趣法界意識界及意觸意觸爲緣所生諸受亦以虛空爲所趣欲爲有情宣說開示地界以虛空爲所趣水火風空識界亦以虛空爲所趣欲爲有情宣說開示無明以虛空爲所趣行識名色六處觸受愛取有生老死愁歎苦憂惱亦以虛空爲所趣欲爲有情宣說開示布施波羅蜜多以虛空爲所趣欲爲有情宣說開示淨戒波羅蜜多以虛空爲所趣欲爲有情宣說開示安忍波羅蜜多以虛空爲所趣欲爲有情宣說開示精進波羅蜜多以

虛空爲所趣欲爲有情宣說開示靜慮波羅蜜多以虛空爲所趣欲爲有情宣說開示般若波羅蜜多以虛空爲所趣欲爲有情宣說開示方便善巧波羅蜜多以虛空爲所趣欲爲有情宣說開示願波羅蜜多以虛空爲所趣欲爲有情宣說開示力波羅蜜多以虛空爲所趣欲爲有情宣說開示智波羅蜜多以虛空爲所趣欲爲有情宣說開示內空以虛空爲所趣外空內外空空空大空勝義空有爲空無爲空畢竟空無際空散空無變異空本性空自相空共相空一切法空不可得空無性空自性空無性自性空亦以虛空爲所趣欲爲有情宣說開示眞如以虛空爲所趣法界法性不虛妄性不變異性平等性離生性法定法住實際虛空界不思議界亦以虛空爲所趣欲爲有情宣說開示苦聖諦以虛空爲所趣集滅道聖諦亦以虛空爲所趣欲爲有情宣說開示四靜慮以虛空爲所趣四無量四無色定亦以虛空爲所趣欲爲有情宣說開示八解脫以虛空爲所趣八勝處九次第定十徧處亦以虛空爲所趣欲爲有情宣說開示四念住以虛空爲所趣四正斷四神足五根五力七等覺支八聖道支亦以虛空爲所趣欲爲有情宣說開示空解脫門以虛空爲所趣無相無願解脫門亦以虛空爲所趣欲爲有情宣說開示菩薩十地以虛空爲所趣欲爲有情宣說開示五眼以虛空爲所趣六神通亦以虛空爲所趣欲爲有情宣說開示佛十力以虛空爲所趣四無所畏四無礙解大慈大悲大喜大捨十八佛不共法

亦以虛空爲所趣欲爲有情宣說開示無忘失法以虛空爲所趣恒住捨性亦以虛空爲所趣欲爲有情宣說開示一切智以虛空爲所趣道相智一切相智亦以虛空爲所趣欲爲有情宣說開示一切陀羅尼門以虛空爲所趣一切三摩地門亦以虛空爲所趣欲爲有情宣說開示預流果以虛空爲所趣一來不還阿羅漢果亦以虛空爲所趣欲爲有情宣說開示獨覺菩提以虛空爲所趣欲爲有情宣說開示一切菩薩摩訶薩行以虛空爲所趣欲爲有情宣說開示諸佛無上正等菩提以處空爲所趣爲諸有情宣說開示色非趣非不趣何以故以色性空空中無趣無不趣故受想行識亦非趣非不趣何以故以受想行識性空空中無趣無不趣故爲諸有情宣說開示眼處非趣非不趣何以故以眼處性空空中無趣無不趣故耳鼻舌身意處亦非趣非不趣何以故以耳鼻舌身意處性空空中無趣無不趣故爲諸有情宣說開示色處非趣非不趣何以故以色處性空空中無趣無不趣故聲香味觸法處亦非趣非不趣何以故以聲香味觸法處性空空中無趣無不趣故爲諸有情宣說開示眼界非趣非不趣何以故以眼界性空空中無趣無不趣故色界眼識界及眼觸眼觸爲緣所生諸受亦非趣非不趣何以故以色界乃至眼觸爲緣所生諸受性空空中無趣無不趣故爲諸有情宣說開示耳界非趣非不趣何以故以耳界性空空中無趣無不趣故聲界耳識界及耳觸耳觸爲緣所生諸受亦非趣非不趣何

以故以聲界乃至耳觸爲緣所生諸受性空
空中無趣無不趣故爲諸有情宣說開示鼻
界非趣非不趣何以故以鼻界性空空中無
趣無不趣故香界鼻識界及鼻觸鼻觸爲緣
所生諸受亦非趣非不趣何以故以香界乃
至鼻觸爲緣所生諸受性空空中無趣無不
趣故爲諸有情宣說開示舌界非趣非不趣
何以故以舌界性空空中無趣無不趣故味
界舌識界及舌觸舌觸爲緣所生諸受亦非
趣非不趣何以故以味界乃至舌觸爲緣所
生諸受性空空中無趣無不趣故爲諸有情
宣說開示身界非趣非不趣何以故以身界
性空空中無趣無不趣故觸界身識界及身
觸身觸爲緣所生諸受亦非趣非不趣何以
故以觸界乃至身觸爲緣所生諸受性空空
中無趣無不趣故爲諸有情宣說開示意界
非趣非不趣何以故以意界性空空中無趣
無不趣故法界意識界及意觸意觸爲緣所
生諸受亦非趣非不趣何以故以法界乃至
意觸爲緣所生諸受性空空中無趣無不趣
故爲諸有情宣說開示地界非趣非不趣何
以故以地界性空空中無趣無不趣故水火
風空識界亦非趣非不趣何以故以水火風
空識界性空空中無趣無不趣故爲諸有情
宣說開示無明非趣非不趣何以故以無明
性空空中無趣無不趣故行識名色六處觸
受愛取有生老死愁歎苦憂惱亦非趣非不
趣何以故以行乃至老死愁歎苦憂惱性空
空中無趣無不趣故爲諸有情宣說開示布
施波羅蜜多非趣非不趣何以故以布施波

羅蜜多性空空中無趣無不趣故爲諸有情
宣說開示淨戒波羅蜜多非趣非不趣何以
故以淨戒波羅蜜多性空空中無趣無不趣
故爲諸有情宣說開示安忍波羅蜜多非趣
非不趣何以故以安忍波羅蜜多性空空中
無趣無不趣故爲諸有情宣說開示精進波
羅蜜多非趣非不趣何以故以精進波羅蜜
多性空空中無趣無不趣故爲諸有情宣說
開示靜慮波羅蜜多非趣非不趣何以故以
靜慮波羅蜜多性空空中無趣無不趣故爲
諸有情宣說開示般若波羅蜜多非趣非不
趣何以故以般若波羅蜜多性空空中無趣
無不趣故爲諸有情宣說開示方便善巧波
羅蜜多非趣非不趣何以故以方便善巧波
羅蜜多性空空中無趣無不趣故爲諸有情
宣說開示願波羅蜜多非趣非不趣何以故
以願波羅蜜多性空空中無趣無不趣故爲
諸有情宣說開示力波羅蜜多非趣非不趣
何以故以力波羅蜜多性空空中無趣無不
趣故爲諸有情宣說開示智波羅蜜多非趣
非不趣何以故以智波羅蜜多性空空中無
趣無不趣故爲諸有情宣說開示內空非趣
非不趣何以故以內空性空空中無趣無不
趣故外空內外空空空大空勝義空有爲空
無爲空畢竟空無際空散空無變異空本性
空自相空共相空一切法空不可得空無性
空自性空無性自性空亦非趣非不趣何以
故以外空乃至無性自性空性空空中無趣
無不趣故爲諸有情宣說開示真如非趣非
不趣何以故以真如性空空中無趣無不趣

故法界法性不虛妄性不變異性平等性離生性法定法住實際虛空界不思議界亦非趣非不趣何以故以法界乃至不思議界性空空中無趣無不趣故爲諸有情宣說開示苦聖諦非趣非不趣何以故以苦聖諦性空空中無趣無不趣故集滅道聖諦亦非趣非不趣何以故以集滅道聖諦性空空中無趣無不趣故爲諸有情宣說開示四靜慮非趣非不趣何以故以四靜慮性空空中無趣無不趣故四無量四無色定亦非趣非不趣何以故以四無量四無色定性空空中無趣無不趣故爲諸有情宣說開示八解脫非趣非不趣何以故以八解脫性空空中無趣無不趣故八勝處九次第定十徧處亦非趣非不趣何以故以八勝處九次第定十徧處性空空中無趣無不趣故爲諸有情宣說開示四念住非趣非不趣何以故以四念住性空空中無趣無不趣故四正斷四神足五根五力七等覺支八聖道支亦非趣非不趣何以故以四正斷乃至八聖道支性空空中無趣無不趣故爲諸有情宣說開示空解脫門非趣非不趣何以故以空解脫門性空空中無趣無不趣故無相無願解脫門亦非趣非不趣何以故以無相無願解脫門性空空中無趣無不趣故爲諸有情宣說開示菩薩十地非趣非不趣何以故以菩薩十地性空空中無趣無不趣故爲諸有情宣說開示五眼非趣非不趣何以故以五眼性空空中無趣無不趣故六神通亦非趣非不趣何以故以六神通性空空中無趣無不趣故爲諸有情宣說

開示佛十力非趣非不趣何以故以佛十力性空空中無趣無不趣故四無所畏四無礙解大慈大悲大喜大捨十八佛不共法亦非趣非不趣何以故以四無所畏乃至十八佛不共法性空空中無趣無不趣故爲諸有情宣說開示無忘失法非趣非不趣何以故以無忘失法性空空中無趣無不趣故恒住捨性亦非趣非不趣何以故以恒住捨性性空空中無趣無不趣故爲諸有情宣說開示一切智非趣非不趣何以故以一切智性空空中無趣無不趣故道相智一切相智亦非趣非不趣何以故以道相智一切相智性空空中無趣無不趣故爲諸有情宣說開示一切陀羅尼門非趣非不趣何以故以一切陀羅尼門性空空中無趣無不趣故一切三摩地門亦非趣非不趣何以故以一切三摩地門性空空中無趣無不趣故爲諸有情宣說開示預流果非趣非不趣何以故以預流果性空空中無趣無不趣故一來不還阿羅漢果亦非趣非不趣何以故以一來不還阿羅漢果性空空中無趣無不趣故爲諸有情宣說開示獨覺菩提非趣非不趣何以故以獨覺菩提性空空中無趣無不趣故爲諸有情宣說開示一切菩薩摩訶薩行非趣非不趣何以故以一切菩薩摩訶薩行性空空中無趣無不趣故爲諸有情宣說開示諸佛無上正等菩提非趣非不趣何以故以諸佛無上正等菩提性空空中無趣無不趣故善現是爲菩薩摩訶薩爲與世間作所趣故發趣無上正等菩提

大般若波羅蜜多經卷第三百一十五

音釋

𣪊卵 𣪊口角切鳥卵也卵魯管切凡物無乳者曰卵生

爲療 爲去聲療力照切治也

瞖目 瞖一計切目疾也

大般若波羅蜜多經卷第三百一十六

唐三藏法師玄奘奉　詔譯

初分眞善友品第四十五之四

所以者何善現一切法皆以空爲趣彼於是趣不可超越何以故空中趣非趣不可得故善現一切法皆以無相爲趣彼於是趣不可超越何以故無相中趣非趣不可得故善現一切法皆以無願爲趣彼於是趣不可超越何以故無願中趣非趣不可得故善現一切法皆以無起無作爲趣彼於是趣不可超越何以故無起無作中趣非趣不可得故善現一切法皆以無生無滅爲趣彼於是趣不可超越何以故無生無滅中趣非趣不可得故善現一切法皆以無染無淨爲趣彼於是趣不可超越何以故無染無淨中趣非趣不可得故善現一切法皆以無所有爲趣彼於是趣不可超越何以故無所有中趣非趣不可得故善現一切法皆以幻爲趣彼於是趣不可超越何以故幻中趣非趣不可得故善現一切法皆以夢爲趣彼於是趣不可超越何以故夢中趣非趣不可得故善現一切法皆以響爲趣彼於是趣不可超越何以故響中趣非趣不可得故善現一切法皆以像爲趣彼於是趣不可超越何以故像中趣非趣不可得故善現一切法皆以光影爲趣彼於是趣不可超越何以故光影中趣非趣不可得故善現一切法皆以陽焰爲趣彼於是趣不可超越何以故陽焰中趣非趣不可得故善現一切法皆以變化事爲趣彼於是趣不可超越何以故變化事中趣非趣不可得故善

現一切法皆以尋香城爲趣彼於是趣不可超越何以故尋香城中趣非趣不可得故善現一切法皆以無量無邊爲趣彼於是趣不可超越何以故無量無邊中趣非趣不可得故善現一切法皆以不與不取爲趣彼於是趣不可超越何以故不與不取中趣非趣不可得故善現一切法皆以不舉不下爲趣彼於是趣不可超越何以故不舉不下中趣非趣不可得故善現一切法皆以無去無來爲趣彼於是趣不可超越何以故無去無來中趣非趣不可得故善現一切法皆以無增無減爲趣彼於是趣不可超越何以故無增無減中趣非趣不可得故善現一切法皆以不入不出爲趣彼於是趣不可超越何以故不入不出中趣非趣不可得故善現一切法皆以不集不散爲趣彼於是趣不可超越何以故不集不散中趣非趣不可得故善現一切法皆以不合不離爲趣彼於是趣不可超越何以故不合不離中趣非趣不可得故善現一切法皆以我爲趣彼於是趣不可超越何以故我尚畢竟無所有況有趣非趣可得善現一切法皆以有情爲趣彼於是趣不可超越何以故有情尚畢竟無所有況有趣非趣可得善現一切法皆以命者爲趣彼於是趣不可超越何以故命者尚畢竟無所有況有趣非趣可得善現一切法皆以生者爲趣彼於是趣不可超趣何以故生者尚畢竟無所有況有趣非趣可得善現一切法皆以養者爲趣彼於是趣不可超越何以故養者尚畢竟無所有況有趣非趣可得善現一切法皆

以士夫爲趣彼於是趣不可超越何以故士夫尚畢竟無所有況有趣非趣可得善現一切法皆以補特伽羅爲趣彼於是趣不可超越何以故補特伽羅尚畢竟無所有況有趣非趣可得善現一切法皆以意生爲趣彼於是趣不可超越何以故意生尚畢竟無所有況有趣非趣可得善現一切法皆以儒童爲趣彼於是趣不可超越何以故儒童尚畢竟無所有況有趣非趣可得善現一切法皆以作者爲趣彼於是趣不可超越何以故作者尚畢竟無所有況有趣非趣可得善現一切法皆以使作者爲趣彼於是趣不可超越何以故使作者尚畢竟無所有況有趣非趣可得善現一切法皆以受者爲趣彼於是趣不可超越何以故受者尚畢竟無所有況有趣非趣可得善現一切法皆以使受者爲趣彼於是趣不可超越何以故使受者尚畢竟無所有況有趣非趣可得善現一切法皆以起者爲趣彼於是趣不可超越何以故起者尚畢竟無所有況有趣非趣可得善現一切法皆以使起者爲趣彼於是趣不可超越何以故使起者尚畢竟無所有況有趣非趣可得善現一切法皆以知者爲趣彼於是趣不可超越何以故知者尚畢竟無所有況有趣非趣可得善現一切法皆以見者爲趣彼於是趣不可超越何以故見者尚畢竟無所有況有趣非趣可得善現一切法皆以常爲趣彼於是趣不可超越何以故常尚畢竟無所有況有趣非趣可得善現一切法皆以樂爲趣彼於是趣不可超越何以故樂尚畢竟無所

有況有趣非趣可得善現一切法皆以我爲趣彼於是趣不可超越何以故我尚畢竟無所有況有趣非趣可得善現一切法皆以淨爲趣彼於是趣不可超越何以故淨尚畢竟無所有況有趣非趣可得善現一切法皆以無常爲趣彼於是趣不可超越何以故無常尚畢竟無所有況有趣非趣可得善現一切法皆以苦爲趣彼於是趣不可超越何以故苦尚畢竟無所有況有趣非趣可得善現一切法皆以無我爲趣彼於是趣不可超越何以故無我尚畢竟無所有況有趣非趣可得善現一切法皆以不淨爲趣彼於是趣不可超越何以故不淨尚畢竟無所有況有趣非趣可得善現一切法皆以貪事爲趣彼於是趣不可超越何以故貪事尚畢竟無所有況

有趣非趣可得善現一切法皆以瞋事爲趣彼於是趣不可超越何以故瞋事尚畢竟無所有況有趣非趣可得善現一切法皆以癡事爲趣彼於是趣不可超越何以故癡事尚畢竟無所有況有趣非趣可得善現一切法皆以見所作事爲趣彼於是趣不可超越何以故見所作事尚畢竟無所有況有趣非趣可得善現一切法皆以眞如爲趣彼於是趣不可超越何以故眞如中趣非趣畢竟不可得故善現一切法皆以法界爲趣彼於是趣不可超越何以故法界中趣非趣畢竟不可得故善現一切法皆以法性爲趣彼於是趣不可超越何以故法性中趣非趣畢竟不可得故善現一切法皆以不虛妄性爲趣彼於是趣不可超越何以故不虛妄性中趣非趣

畢竟不可得故善現一切法皆以不變異性爲趣彼於是趣不可超越何以故不變異性中趣非趣畢竟不可得故善現一切法皆以平等性爲趣彼於是趣不可超越何以故平等性中趣非趣畢竟不可得故善現一切法皆以離生性爲趣彼於是趣不可超越何以故離生性中趣非趣畢竟不可得故善現一切法皆以法定爲趣彼於是趣不可超越何以故法定中趣非趣畢竟不可得故善現一切法皆以法住爲趣彼於是趣不可超越何以故法住中趣非趣畢竟不可得故善現一切法皆以實際爲趣彼於是趣不可超越何以故實際中趣非趣畢竟不可得故善現一切法皆以虛空界爲趣彼於是趣不可超越何以故虛空界中趣非趣畢竟不可得故善現一切法皆以不思議界爲趣彼於是趣不可超越何以故不思議界中趣非趣畢竟不可得故善現一切法皆以不動爲趣彼於是趣不可超越何以故不動中趣非趣畢竟不可得故善現一切法皆以色爲趣彼於是趣不可超越何以故色尚畢竟不可得況有趣非趣善現一切法皆以受想行識爲趣彼於是趣不可超越何以故受想行識尚畢竟不可得況有趣非趣善現一切法皆以眼處爲趣彼於是趣不可超越何以故眼處尚畢竟不可得況有趣非趣善現一切法皆以耳鼻舌身意處爲趣彼於是趣不可超越何以故耳鼻舌身意處尚畢竟不可得況有趣非趣善現一切法皆以色處爲趣彼於是趣不可超越何以故色處尚畢竟不可得況有趣非

趣善現一切法皆以聲香味觸法處爲趣彼於是趣不可超越何以故聲香味觸法處尚畢竟不可得況有趣非趣善現一切法皆以眼界爲趣彼於是趣不可超越何以故眼界尚畢竟不可得況有趣非趣善現一切法皆以耳鼻舌身意界爲趣彼於是趣不可超越何以故耳鼻舌身意界尚畢竟不可得況有趣非趣善現一切法皆以色界爲趣彼於是趣不可超越何以故色界尚畢竟不可得況有趣非趣善現一切法皆以聲香味觸法界爲趣彼於是趣不可超越何以故聲香味觸法界尚畢竟不可得況有趣非趣善現一切法皆以眼識界爲趣彼於是趣不可超越何以故眼識界尚畢竟不可得況有趣非趣善現一切法皆以耳鼻舌身意識界爲趣彼於是趣不可超越何以故耳鼻舌身意識界尚畢竟不可得況有趣非趣善現一切法皆以眼觸爲趣彼於是趣不可超越何以故眼觸尚畢竟不可得況有趣非趣善現一切法皆以耳鼻舌身意觸爲趣彼於是趣不可超越何以故耳鼻舌身意觸尚畢竟不可得況有趣非趣善現一切法皆以眼觸爲緣所生諸受爲趣彼於是趣不可超越何以故眼觸爲緣所生諸受尚畢竟不可得況有趣非趣善現一切法皆以耳鼻舌身意觸爲緣所生諸受爲趣彼於是趣不可超越何以故耳鼻舌身意觸爲緣所生諸受尚畢竟不可得況有趣非趣善現一切法皆以地界爲趣彼於是趣不可超越何以故地界尚畢竟不可得況有趣非趣善現一切法皆以水火風空識界

爲趣彼於是趣不可超越何以故水火風空識界尚畢竟不可得況有趣非趣善現一切法皆以無明爲趣彼於是趣不可超越何以故無明尚畢竟不可得況有趣非趣善現一切法皆以行識名色六處觸受愛取有生老死爲趣彼於是趣不可超越何以故行乃至老死尚畢竟不可得況有趣非趣善現一切法皆以布施波羅蜜多爲趣彼於是趣不可超越何以故布施波羅蜜多尚畢竟不可得況有趣非趣善現一切法皆以淨戒波羅蜜多爲趣彼於是趣不可超越何以故淨戒波羅蜜多尚畢竟不可得況有趣非趣善現一切法皆以安忍波羅蜜多爲趣彼於是趣不可超越何以故安忍波羅蜜多尚畢竟不可得況有趣非趣善現一切法皆以精進波羅

蜜多爲趣彼於是趣不可超越何以故精進波羅蜜多尚畢竟不可得況有趣非趣善現一切法皆以靜慮波羅蜜多爲趣彼於是趣不可超越何以故靜慮波羅蜜多尚畢竟不可得況有趣非趣善現一切法皆以般若波羅蜜多爲趣彼於是趣不可超越何以故般若波羅蜜多尚畢竟不可得況有趣非趣善現一切法皆以內空爲趣彼於是趣不可超越何以故內空尚畢竟不可得況有趣非趣善現一切法皆以外空爲趣彼於是趣不可超越何以故外空尚畢竟不可得況有趣非趣善現一切法皆以內外空爲趣彼於是趣不可超越何以故內外空尚畢竟不可得況有趣非趣善現一切法皆以空空爲趣彼於是趣不可超越何以故空空尚畢竟不可得

況有趣非趣善現一切法皆以大空爲趣彼於是趣不可超越何以故大空尚畢竟不可得況有趣非趣善現一切法皆以勝義空爲趣彼於是趣不可超越何以故勝義空尚畢竟不可得況有趣非趣善現一切法皆以有爲空爲趣彼於是趣不可超越何以故有爲空尚畢竟不可得況有趣非趣善現一切法皆以無爲空爲趣彼於是趣不可超越何以故無爲空尚畢竟不可得況有趣非趣善現一切法皆以畢竟空爲趣彼於是趣不可超越何以故畢竟空尚畢竟不可得況有趣非趣善現一切法皆以無際空爲趣彼於是趣不可超越何以故無際空尚畢竟不可得況有趣非趣善現一切法皆以散空爲趣彼於是趣不可超越何以故散空尚畢竟不可得

況有趣非趣善現一切法皆以無變異空爲趣彼於是趣不可超越何以故無變異空尚畢竟不可得況有趣非趣善現一切法皆以本性空爲趣彼於是趣不可超越何以故本性空尚畢竟不可得況有趣非趣善現一切法皆以自相空爲趣彼於是趣不可超越何以故自相空尚畢竟不可得況有趣非趣善現一切法皆以共相空爲趣彼於是趣不可超越何以故共相空尚畢竟不可得況有趣非趣善現一切法皆以一切法空爲趣彼於是趣不可超越何以故一切法空尚畢竟不可得況有趣非趣善現一切法皆以不可得空爲趣彼於是趣不可超越何以故不可得空尚畢竟不可得況有趣非趣善現一切法皆以無性空爲趣彼於是趣不可超越何以

故無性空尚畢竟不可得況有趣非趣善現一切法皆以自性空爲趣彼於是趣不可超越何以故自性空尚畢竟不可得況有趣非趣善現一切法皆以無性自性空爲趣彼於是趣不可超越何以故無性自性空尚畢竟不可得況有趣非趣善現一切法皆以四念住爲趣彼於是趣不可超越何以故四念住尚畢竟不可得況有趣非趣善現一切法皆以四正斷爲趣彼於是趣不可超越何以故四正斷尚畢竟不可得況有趣非趣善現一切法皆以四神足爲趣彼於是趣不可超越何以故四神足尚畢竟不可得況有趣非趣善現一切法皆以五根爲趣彼於是趣不可超越何以故五根尚畢竟不可得況有趣非趣善現一切法皆以五力爲趣彼於是趣不可超越何以故五力尚畢竟不可得況有趣非趣善現一切法皆以七等覺支爲趣彼於是趣不可超越何以故七等覺支尚畢竟不可得況有趣非趣善現一切法皆以八聖道支爲趣彼於是趣不可超越何以故八聖道支尚畢竟不可得況有趣非趣善現一切法皆以苦聖諦爲趣彼於是趣不可超越何以故苦聖諦尚畢竟不可得況有趣非趣善現一切法皆以集聖諦爲趣彼於是趣不可超越何以故集聖諦尚畢竟不可得況有趣非趣善現一切法皆以滅聖諦爲趣彼於是趣不可超越何以故滅聖諦尚畢竟不可得況有趣非趣善現一切法皆以道聖諦爲趣彼於是趣不可超越何以故道聖諦尚畢竟不可得況有趣非趣善現一切法皆以四靜慮

爲趣彼於是趣不可超越何以故四靜慮尚畢竟不可得況有趣非趣善現一切法皆以四無量爲趣彼於是趣不可超越何以故四無量尚畢竟不可得況有趣非趣善現一切法皆以四無色定爲趣彼於是趣不可超越何以故四無色定尚畢竟不可得況有趣非趣善現一切法皆以八解脫爲趣彼於是趣不可超越何以故八解脫尚畢竟不可得況有趣非趣善現一切法皆以八勝處爲趣彼於是趣不可超越何以故八勝處尚畢竟不可得況有趣非趣善現一切法皆以九次第定爲趣彼於是趣不可超越何以故九次第定尚畢竟不可得況有趣非趣善現一切法皆以十徧處爲趣彼於是趣不可超越何以故十徧處尚畢竟不可得況有趣非趣善現一切法皆以空解脫門爲趣彼於是趣不可超越何以故空解脫門尚畢竟不可得況有趣非趣善現一切法皆以無相無願解脫門爲趣彼於是趣不可超越何以故無相無願解脫門尚畢竟不可得況有趣非趣善現一切法皆以五眼爲趣彼於是趣不可超越何以故五眼尚畢竟不可得況有趣非趣善現一切法皆以六神通爲趣彼於是趣不可超越何以故六神通尚畢竟不可得況有趣非趣善現一切法皆以三摩地門爲趣彼於是趣不可超越何以故三摩地門尚畢竟不可得況有趣非趣善現一切法皆以陀羅尼門爲趣彼於是趣不可超越何以故陀羅尼門尚畢竟不可得況有趣非趣善現一切法皆以佛十力爲趣彼於是趣不可超越何以故

佛十力尚畢竟不可得況有趣非趣善現一切法皆以四無所畏爲趣彼於是趣不可超越何以故四無所畏尚畢竟不可得況有趣非趣善現一切法皆以四無礙解爲趣彼於是趣不可超越何以故四無礙解尚畢竟不可得況有趣非趣善現一切法皆以大慈爲趣彼於是趣不可超越何以故大慈尚畢竟不可得況有趣非趣善現一切法皆以大悲大喜大捨爲趣彼於是趣不可超越何以故大悲大喜大捨尚畢竟不可得況有趣非趣善現一切法皆以十八佛不共法爲趣彼於是趣不可超越何以故十八佛不共法尚畢竟不可得況有趣非趣善現一切法皆以預流果爲趣彼於是趣不可超越何以故預流果尚畢竟不可得況有趣非趣善現一切法皆以一來不還阿羅漢果爲趣彼於是趣不可超越何以故一來不還阿羅漢果尚畢竟不可得況有趣非趣善現一切法皆以預流爲趣彼於是趣不可超越何以故預流尚畢竟不可得況有趣非趣善現一切法皆以一來不還阿羅漢爲趣彼於是趣不可超越何以故一來不還阿羅漢尚畢竟不可得況有趣非趣善現一切法皆以獨覺菩提爲趣彼於是趣不可超越何以故獨覺菩提尚畢竟不可得況有趣非趣善現一切法皆以獨覺爲趣彼於是趣不可超越何以故獨覺尚畢竟不可得況有趣非趣善現一切法皆以一切菩薩摩訶薩行爲趣彼於是趣不可超越何以故一切菩薩摩訶薩行尚畢竟不可得況有趣非趣善現一切法皆以一切菩薩摩

訶薩爲趣彼於是趣不可超越何以故一切菩薩摩訶薩尚畢竟不可得況有趣非趣善現一切法皆以諸佛無上正等菩提爲趣彼於是趣不可超越何以故諸佛無上正等菩提尚畢竟不可得況有趣非趣善現一切法皆以一切如來應正等覺爲趣彼於是趣不可超越何以故一切如來應正等覺尚畢竟不可得況有趣非趣善現一切法皆以一切智爲趣彼於是趣不可超越何以故一切智尚畢竟不可得況有趣非趣善現一切法皆以道相智爲趣彼於是趣不可超越何以故道相智尚畢竟不可得況有趣非趣善現一切法皆以一切相智爲趣彼於是趣不可超越何以故一切相智尚畢竟不可得況有趣非趣如是善現菩薩摩訶薩爲與世間作所趣故發趣無上正等菩提

初分趣智品第四十六之一

爾時具壽善現白佛言世尊誰於如是甚深般若波羅蜜多能生信解佛言善現若菩薩摩訶薩久於無上正等菩提發意趣求精勤修行已曾供養百千俱胝那庾多佛於諸佛所發弘誓願善根淳熟無量善友所攝受故乃於如是甚深般若波羅蜜多能生信解具壽善現復白佛言世尊若菩薩摩訶薩能於如是甚深般若波羅蜜多生信解者何性何相何狀何貌佛言善現是菩薩摩訶薩調伏貪瞋癡性爲性遠離貪瞋癡相爲相遠離貪瞋癡狀爲狀遠離貪瞋癡貌爲貌復次善現是菩薩摩訶薩調伏貪無貪瞋無瞋癡無癡性爲性遠離貪無貪瞋無瞋癡無癡相爲相

遠離貪無貪瞋無瞋癡無癡狀爲狀遠離貪無貪瞋無瞋癡無癡貌爲貌善現若菩薩摩訶薩成就如是性相狀貌乃於如是甚深般若波羅蜜多能生信解時具壽善現白佛言世尊若菩薩摩訶薩信解如是甚深般若波羅蜜多當何所趣佛言善現是菩薩摩訶薩當趣一切智智具壽善現復白佛言世尊若菩薩摩訶薩趣一切智智者能與一切有情爲所歸趣佛言善現如是如是如汝所說若菩薩摩訶薩能信解此甚深般若波羅蜜多則能趣向一切智智若能趣向一切智智是則能與一切有情爲所歸趣善現復言世尊是菩薩摩訶薩能爲難事謂擐如是堅固甲冑我當度脫一切有情皆令證得究竟涅槃雖於有情作如是事而都不見有情施設佛言善現如是如是如汝所說是菩薩摩訶薩能爲難事謂擐如是堅固甲冑我當度脫一切有情皆令證得究竟涅槃雖於有情作如是事而都不見有情施設復次善現是菩薩摩訶薩所擐甲冑不屬色何以故色畢竟無所有非菩薩非甲冑故說彼甲冑不屬色是菩薩摩訶薩所擐甲冑不屬受想行識何以故受想行識畢竟無所有非菩薩非甲冑故說彼甲冑不屬受想行識善現是菩薩摩訶薩所擐甲冑不屬眼處何以故眼處畢竟無所有非菩薩非甲冑故說彼甲冑不屬眼處是菩薩摩訶薩所擐甲冑不屬耳鼻舌身意處何以故耳鼻舌身意處畢竟無所有非菩薩非甲冑故說彼甲冑不屬耳鼻舌身意處善現是菩薩摩訶薩所擐甲冑不屬色處何

以故色處畢竟無所有非菩薩非甲冑故說彼甲冑不屬色處是菩薩摩訶薩所擐甲冑不屬聲香味觸法處何以故聲香味觸法處畢竟無所有非菩薩非甲冑故說彼甲冑不屬聲香味觸法處善現是菩薩摩訶薩所擐甲冑不屬眼界何以故眼界畢竟無所有非菩薩非甲冑故說彼甲冑不屬眼界是菩薩摩訶薩所擐甲冑不屬耳鼻舌身意界何以故耳鼻舌身意界畢竟無所有非菩薩非甲冑故說彼甲冑不屬耳鼻舌身意界善現是菩薩摩訶薩所擐甲冑不屬色界何以故色界畢竟無所有非菩薩非甲冑故說彼甲冑不屬色界是菩薩摩訶薩所擐甲冑不屬聲香味觸法界何以故聲香味觸法界畢竟無所有非菩薩非甲冑故說彼甲冑不屬聲香味觸法界善現是菩薩摩訶薩所擐甲冑不屬眼識界何以故眼識界畢竟無所有非菩薩非甲冑故說彼甲冑不屬眼識界是菩薩摩訶薩所擐甲冑不屬耳鼻舌身意識界何以故耳鼻舌身意識界畢竟無所有非菩薩非甲冑故說彼甲冑不屬耳鼻舌身意識界善現是菩薩摩訶薩所擐甲冑不屬眼觸何以故眼觸畢竟無所有非菩薩非甲冑故說彼甲冑不屬眼觸是菩薩摩訶薩所擐甲冑不屬耳鼻舌身意觸何以故耳鼻舌身意觸畢竟無所有非菩薩非甲冑故說彼甲冑不屬耳鼻舌身意觸善現是菩薩摩訶薩所擐甲冑不屬眼觸爲緣所生諸受何以故眼觸爲緣所生諸受畢竟無所有非菩薩非甲冑故說彼甲冑不屬眼觸爲緣所生諸受是菩

薩摩訶薩所攝甲冑不屬耳鼻舌身意觸爲緣所生諸受何以故耳鼻舌身意觸爲緣所生諸受畢竟無所有非菩薩非甲冑故說彼甲冑不屬耳鼻舌身意觸爲緣所生諸受善現是菩薩摩訶薩所攝甲冑不屬地界何以故地界畢竟無所有非菩薩非甲冑故說彼甲冑不屬地界是菩薩摩訶薩所攝甲冑不屬水火風空識界何以故水火風空識界畢竟無所有非菩薩非甲冑故說彼甲冑不屬水火風空識界善現是菩薩摩訶薩所攝甲冑不屬無明何以故無明畢竟無所有非菩薩非甲冑故說彼甲冑不屬無明是菩薩摩訶薩所攝甲冑不屬行識名色六處觸受愛取有生老死何以故行乃至老死畢竟無所有非菩薩非甲冑故說彼甲冑不屬行乃至老死善現是菩薩摩訶薩所攝甲冑不屬我何以故我畢竟無所有非菩薩非甲冑故說彼甲冑不屬我是菩薩摩訶薩所攝甲冑不屬有情命者生者養者士夫補特伽羅意生儒童作者受者知者見者何以故有情乃至見者畢竟無所有非菩薩非甲冑故說彼甲冑不屬有情乃至見者

大般若波羅蜜多經卷第三百一十六

大般若波羅蜜多經卷第三百一十七

唐三藏法師玄奘奉詔譯

初分趣智品第四十六之二

善現是菩薩摩訶薩所擐甲冑不屬布施波羅蜜多何以故布施波羅蜜多畢竟無所有非菩薩非甲冑故說彼甲冑不屬布施波羅蜜多是菩薩摩訶薩所擐甲冑不屬淨戒安忍精進靜慮般若波羅蜜多何以故淨戒乃至般若波羅蜜多畢竟無所有非菩薩非甲冑故說彼甲冑不屬淨戒乃至般若波羅蜜多善現是菩薩摩訶薩所擐甲冑不屬內空何以故內空畢竟無所有非菩薩非甲冑故說彼甲冑不屬內空是菩薩摩訶薩所擐甲冑不屬外空內外空空空大空勝義空有爲空無爲空畢竟空無際空散空無變異空本性空自相空共相空一切法空不可得空無性空自性空無性自性空何以故外空乃至無性自性空畢竟無所有非菩薩非甲冑故說彼甲冑不屬外空乃至無性自性空善現是菩薩摩訶薩所擐甲冑不屬眞如何以故眞如畢竟無所有非菩薩非甲冑故說彼甲冑不屬眞如是菩薩摩訶薩所擐甲冑不屬法界法性不虛妄性不變異性平等性離生性法定法住實際虛空界不思議界何以故法界乃至不思議界畢竟無所有非菩薩非甲冑故說彼甲冑不屬法界乃至不思議界善現是菩薩摩訶薩所擐甲冑不屬四念住何以故四念住畢竟無所有非菩薩非甲冑故說彼甲冑不屬四念住是菩薩摩訶薩所擐甲冑不屬四正斷四神足五根五力七等

覺支八聖道支何以故四正斷乃至八聖道支畢竟無所有非菩薩非甲冑故說彼甲冑不屬四正斷乃至八聖道支善現是菩薩摩訶薩所擐甲冑不屬苦聖諦何以故苦聖諦畢竟無所有非菩薩非甲冑故說彼甲冑不屬苦聖諦是菩薩摩訶薩所擐甲冑不屬集滅道聖諦何以故集滅道聖諦畢竟無所有非菩薩非甲冑故說彼甲冑不屬集滅道聖諦善現是菩薩摩訶薩所擐甲冑不屬四靜慮何以故四靜慮畢竟無所有非菩薩非甲冑故說彼甲冑不屬四靜慮善現是菩薩摩訶薩所擐甲冑不屬四無量何以故四無量畢竟無所有非菩薩非甲冑故說彼甲冑不屬四無量善現是菩薩摩訶薩所擐甲冑不屬四無色定何以故四無色定畢竟無所有非菩薩非甲冑故說彼甲冑不屬四無色定善現是菩薩摩訶薩所擐甲冑不屬八解脫何以故八解脫畢竟無所有非菩薩非甲冑故說彼甲冑不屬八解脫善現是菩薩摩訶薩所擐甲冑不屬八勝處何以故八勝處畢竟無所有非菩薩非甲冑故說彼甲冑不屬八勝處善現是菩薩摩訶薩所擐甲冑不屬九次第定何以故九次第定畢竟無所有非菩薩非甲冑故說彼甲冑不屬九次第定善現是菩薩摩訶薩所擐甲冑不屬十徧處何以故十徧處畢竟無所有非菩薩非甲冑故說彼甲冑不屬十徧處善現是菩薩摩訶薩所擐甲冑不屬空解脫門何以故空解脫門畢竟無所有非菩薩非甲冑故說彼甲冑不屬空解脫門善現是菩薩摩訶薩所擐甲冑

不屬無相無願解脫門何以故無相無願解脫門畢竟無所有非菩薩非甲冑故說彼甲冑不屬無相無願解脫門善現是菩薩摩訶薩所擐甲冑不屬五眼何以故五眼畢竟無所有非菩薩非甲冑故說彼甲冑不屬五眼善現是菩薩摩訶薩所擐甲冑不屬六神通何以故六神通畢竟無所有非菩薩非甲冑故說彼甲冑不屬六神通善現是菩薩摩訶薩所擐甲冑不屬三摩地門何以故三摩地門畢竟無所有非菩薩非甲冑故說彼甲冑不屬三摩地門善現是菩薩摩訶薩所擐甲冑不屬陀羅尼門何以故陀羅尼門畢竟無所有非菩薩非甲冑故說彼甲冑不屬陀羅尼門善現是菩薩摩訶薩所擐甲冑不屬佛十力何以故佛十力畢竟無所有非菩薩非甲冑故說彼甲冑不屬佛十力是菩薩摩訶薩所擐甲冑不屬四無所畏四無礙解大慈大悲大喜大捨十八佛不共法何以故四無所畏乃至十八佛不共法畢竟無所有非菩薩非甲冑故說彼甲冑不屬四無所畏乃至十八佛不共法善現是菩薩摩訶薩所擐甲冑不屬預流果何以故預流果畢竟無所有非菩薩非甲冑故說彼甲冑不屬預流果善現是菩薩摩訶薩所擐甲冑不屬一來不還阿羅漢果何以故一來不還阿羅漢果畢竟無所有非菩薩非甲冑故說彼甲冑不屬一來不還阿羅漢果善現是菩薩摩訶薩所擐甲冑不屬獨覺菩提何以故獨覺菩提畢竟無所有非菩薩非甲冑故說彼甲冑不屬獨覺菩提善現是菩薩摩訶薩所擐甲冑不屬

一切智何以故一切智畢竟無所有非菩薩非甲冑故說彼甲冑不屬一切智是菩薩摩訶薩所擐甲冑不屬道相智一切相智何以故道相智一切相智畢竟無所有非菩薩非甲冑故說彼甲冑不屬道相智一切相智善現是菩薩摩訶薩所擐甲冑不屬一切法何以故一切法畢竟無所有非菩薩非甲冑故說彼甲冑不屬一切法善現是菩薩摩訶薩行深般若波羅蜜多能擐如是堅固甲冑謂我當度一切有情皆令證得究竟涅槃具壽善現白佛言世尊若菩薩摩訶薩能擐如是堅固甲冑謂我當度一切有情皆令證得般涅槃者不墮聲聞獨覺二地世尊若菩薩摩訶薩能擐如是堅固甲冑謂我當度一切有情皆令證得般涅槃者是菩薩摩訶薩無處無容當墮二地謂聲聞地及獨覺地所以者何世尊是菩薩摩訶薩不於有情安立分限而擐如是堅固甲冑佛言善現汝觀何義而作是說若菩薩摩訶薩能擐如是堅固甲冑行深般若波羅蜜多不墮聲聞獨覺二地善現荅言世尊由是菩薩摩訶薩非爲度脫少分有情而擐甲冑亦非爲求少分智故而擐甲冑所以者何世尊是菩薩摩訶薩普爲救拔一切有情令般涅槃而擐甲冑是菩薩摩訶薩但爲求得一切智智而擐甲冑由此因緣不墮聲聞及獨覺地佛言善現如是如是如汝所說是菩薩摩訶薩非爲度脫少分有情而擐甲冑亦非爲求少分智故而擐甲冑是菩薩摩訶薩然爲救拔一切有情令般涅槃而擐甲冑是菩薩摩訶薩但爲求得一切

智智而擐甲冑由此因緣是菩薩摩訶薩不墮聲聞及獨覺地爾時具壽善現白佛言世尊如是般若波羅蜜多最爲甚深無能修者無所修法亦無修處亦無由此而得修習所以者何世尊非此般若波羅蜜多甚深義中而有少分實法可得名能修者及所修法若修習處若由此修世尊若修虛空是修般若波羅蜜多世尊若修一切法是修般若波羅蜜多世尊若修不實法是修般若波羅蜜多世尊若修無所有是修般若波羅蜜多世尊若修無攝受是修般若波羅蜜多世尊若修除遣是修般若波羅蜜多佛言善現修何除遣爲修般若波羅蜜多善現答言世尊修除遣色是修般若波羅蜜多修除遣受想行識是修般若波羅蜜多世尊修除遣眼處是修般若波羅蜜多修除遣耳鼻舌身意處是修般若波羅蜜多世尊修除遣色處是修般若波羅蜜多修除遣聲香味觸法處是修般若波羅蜜多世尊修除遣眼界是修般若波羅蜜多修除遣耳鼻舌身意界是修般若波羅蜜多世尊修除遣色界是修般若波羅蜜多修除遣聲香味觸法界是修般若波羅蜜多世尊修除遣眼識界是修般若波羅蜜多修除遣耳鼻舌身意識界是修般若波羅蜜多世尊修除遣眼觸是修般若波羅蜜多修除遣耳鼻舌身意觸是修般若波羅蜜多世尊修除遣眼觸爲緣所生諸受是修般若波羅蜜多修除遣耳鼻舌身意觸爲緣所生諸受是修般若波羅蜜多世尊修除遣地界是修般若波羅蜜多修除遣水火風空識界是修

般若波羅蜜多世尊修除遣無明是修般若波羅蜜多修除遣行識名色六處觸受愛取有生老死是修般若波羅蜜多世尊修除遣我是修般若波羅蜜多修除遣有情命者生者養者士夫補特伽羅意生儒童作者受者知者見者是修般若波羅蜜多世尊修除遣布施波羅蜜多是修般若波羅蜜多修除遣淨戒安忍精進靜慮般若波羅蜜多是修般若波羅蜜多世尊修除遣內空是修般若波羅蜜多修除遣外空內外空空空大空勝義空有爲空無爲空畢竟空無際空散空無變異空本性空自相空共相空一切法空不可得空無性空自性空無性自性空是修般若波羅蜜多世尊修除遣眞如是修般若波羅蜜多修除遣法界法性不虛妄性不變異性平等性離生性法定法住實際虛空界不思議界是修般若波羅蜜多世尊修除遣四念住是修般若波羅蜜多修除遣四正斷四神足五根五力七等覺支八聖道支是修般若波羅蜜多世尊修除遣苦聖諦是修般若波羅蜜多修除遣集滅道聖諦是修般若波羅蜜多世尊修除遣四靜慮是修般若波羅蜜多世尊修除遣四無量是修般若波羅蜜多世尊修除遣四無色定是修般若波羅蜜多世尊修除遣八解脫是修般若波羅蜜多世尊修除遣八勝處是修般若波羅蜜多世尊修除遣九次第定是修般若波羅蜜多世尊修除遣十徧處是修般若波羅蜜多世尊修除遣空解脫門是修般若波羅蜜多修除遣無相無願解脫門是修般若波羅蜜多世尊

修除遣五眼是修般若波羅蜜多世尊修除遣六神通是修般若波羅蜜多世尊修除遣三摩地門是修般若波羅蜜多世尊修除遣陀羅尼門是修般若波羅蜜多世尊修除遣佛十力是修般若波羅蜜多修除遣四無所畏四無礙解大慈大悲大喜大捨十八佛不共法是修般若波羅蜜多世尊修除遣預流果是修般若波羅蜜多修除遣一來不還阿羅漢果是修般若波羅蜜多世尊修除遣獨覺菩提是修般若波羅蜜多世尊修除遣一切智是修般若波羅蜜多修除遣道相智一切相智是修般若波羅蜜多佛言善現如是如是如汝所說善現修除遣色是修般若波羅蜜多修除遣受想行識是修般若波羅蜜多善現修除遣眼處是修般若波羅蜜多修除遣耳鼻舌身意處是修般若波羅蜜多善現修除遣色處是修般若波羅蜜多修除遣聲香味觸法處是修般若波羅蜜多善現修除遣眼界是修般若波羅蜜多修除遣耳鼻舌身意界是修般若波羅蜜多善現修除遣色界是修般若波羅蜜多修除遣聲香味觸法界是修般若波羅蜜多善現修除遣眼識界是修般若波羅蜜多修除遣耳鼻舌身意識界是修般若波羅蜜多善現修除遣眼觸是修般若波羅蜜多修除遣耳鼻舌身意觸是修般若波羅蜜多善現修除遣眼觸爲緣所生諸受是修般若波羅蜜多修除遣耳鼻舌身意觸爲緣所生諸受是修般若波羅蜜多善現修除遣地界是修般若波羅蜜多修除遣水火風空識界是修般若波羅蜜多善

現修除遣無明是修般若波羅蜜多修除遣行識名色六處觸受愛取有生老死是修般若波羅蜜多善現修除遣我是修般若波羅蜜多修除遣有情命者生者養者士夫補特伽羅意生儒童作者受者知者見者是修般若波羅蜜多善現修除遣布施波羅蜜多是修般若波羅蜜多修除遣淨戒安忍精進靜慮般若波羅蜜多是修般若波羅蜜多善現修除遣內空是修般若波羅蜜多修除遣外空內外空空空大空勝義空有爲空無爲空畢竟空無際空散空無變異空本性空自相空共相空一切法空不可得空無性空自性空無性自性空是修般若波羅蜜多善現修除遣真如是修般若波羅蜜多修除遣法界法性不虛妄性不變異性平等性離生性法定法住實際虛空界不思議界是修般若波羅蜜多善現修除遣四念住是修般若波羅蜜多修除遣四正斷四神足五根五力七等覺支八聖道支是修般若波羅蜜多善現修除遣苦聖諦是修般若波羅蜜多修除遣集滅道聖諦是修般若波羅蜜多善現修除遣四靜慮是修般若波羅蜜多善現修除遣四無量是修般若波羅蜜多善現修除遣四無色定是修般若波羅蜜多善現修除遣八解脫是修般若波羅蜜多善現修除遣八勝處是修般若波羅蜜多善現修除遣九次第定是修般若波羅蜜多善現修除遣十徧處是修般若波羅蜜多善現修除遣空解脫門是修般若波羅蜜多善現修除遣無相無願解脫門是修般若波羅蜜多善現修除遣五眼

是修般若波羅蜜多善現修除遣六神通是修般若波羅蜜多善現修除遣三摩地門是修般若波羅蜜多善現修除遣陀羅尼門是修般若波羅蜜多善現修除遣佛十力是修般若波羅蜜多修除遣四無所畏四無礙解大慈大悲大喜大捨十八佛不共法是修般若波羅蜜多善現修除遣預流果是修般若波羅蜜多修除遣一來不還阿羅漢果是修般若波羅蜜多善現修除遣獨覺菩提是修般若波羅蜜多善現修除遣一切智是修般若波羅蜜多修除遣道相智一切相智是修般若波羅蜜多爾時佛告具壽善現言善現應依甚深般若波羅蜜多驗知不退轉菩薩摩訶薩若菩薩摩訶薩於深般若波羅蜜多不生執著當知是爲不退轉菩薩摩訶薩善現應依甚深靜慮波羅蜜多驗知不退轉菩薩摩訶薩若菩薩摩訶薩於深靜慮波羅蜜多不生執著當知是爲不退轉菩薩摩訶薩善現應依甚深精進波羅蜜多驗知不退轉菩薩摩訶薩若菩薩摩訶薩於深精進波羅蜜多不生執著當知是爲不退轉菩薩摩訶薩善現應依甚深安忍波羅蜜多驗知不退轉菩薩摩訶薩若菩薩摩訶薩於深安忍波羅蜜多不生執著當知是爲不退轉菩薩摩訶薩善現應依甚深淨戒波羅蜜多驗知不退轉菩薩摩訶薩若菩薩摩訶薩於深淨戒波羅蜜多不生執著當知是爲不退轉菩薩摩訶薩善現應依甚深布施波羅蜜多驗知不退轉菩薩摩訶薩若菩薩摩訶薩於深布施波羅蜜多不生執著當知是爲不退轉菩

薩摩訶薩善現應依內空驗知不退轉菩薩摩訶薩若菩薩摩訶薩於內空不生執著當知是爲不退轉菩薩摩訶薩應依外空內外空空空大空勝義空有爲空無爲空畢竟空無際空散空無變異空本性空自相空共相空一切法空不可得空無性空自性空無性自性空驗知不退轉菩薩摩訶薩若菩薩摩訶薩於外空乃至無性自性空不生執著當知是爲不退轉菩薩摩訶薩善現應依眞如驗知不退轉菩薩摩訶薩若菩薩摩訶薩於眞如不生執著當知是爲不退轉菩薩摩訶薩應依法界法性不虛妄性不變異性平等性離生性法定法住實際虛空界不思議界驗知不退轉菩薩摩訶薩若菩薩摩訶薩於法界乃至不思議界不生執著當知是爲不退轉菩薩摩訶薩善現應依四念住驗知不退轉菩薩摩訶薩若菩薩摩訶薩於四念住不生執著當知是爲不退轉菩薩摩訶薩應依四正斷四神足五根五力七等覺支八聖道支驗知不退轉菩薩摩訶薩若菩薩摩訶薩於四正斷乃至八聖道支不生執著當知是爲不退轉菩薩摩訶薩善現應依苦聖諦驗知不退轉菩薩摩訶薩若菩薩摩訶薩於苦聖諦不生執著當知是爲不退轉菩薩摩訶薩應依集滅道聖諦驗知不退轉菩薩摩訶薩若菩薩摩訶薩於集滅道聖諦不生執著當知是爲不退轉菩薩摩訶薩善現應依四靜慮驗知不退轉菩薩摩訶薩若菩薩摩訶薩於四靜慮不生執著當知是爲不退轉菩薩摩訶薩善現應依四無量驗知不退轉

菩薩摩訶薩若菩薩摩訶薩於四無量不生執著當知是爲不退轉菩薩摩訶薩善現應依四無色定驗知不退轉菩薩摩訶薩若菩薩摩訶薩於四無色定不生執著當知是爲不退轉菩薩摩訶薩善現應依八解脫驗知不退轉菩薩摩訶薩若菩薩摩訶薩於八解脫不生執著當知是爲不退轉菩薩摩訶薩善現應依八勝處驗知不退轉菩薩摩訶薩若菩薩摩訶薩於八勝處不生執著當知是爲不退轉菩薩摩訶薩善現應依九次第定驗知不退轉菩薩摩訶薩若菩薩摩訶薩於九次第定不生執著當知是爲不退轉菩薩摩訶薩善現應依十徧處驗知不退轉菩薩摩訶薩若菩薩摩訶薩於十徧處不生執著當知是爲不退轉菩薩摩訶薩善現應依空解脫門驗知不退轉菩薩摩訶薩若菩薩摩訶薩於空解脫門不生執著當知是爲不退轉菩薩摩訶薩應依無相無願解脫門驗知不退轉菩薩摩訶薩若菩薩摩訶薩於無相無願解脫門不生執著當知是爲不退轉菩薩摩訶薩善現應依五眼驗知不退轉菩薩摩訶薩若菩薩摩訶薩於五眼不生執著當知是爲不退轉菩薩摩訶薩善現應依六神通驗知不退轉菩薩摩訶薩若菩薩摩訶薩於六神通不生執著當知是爲不退轉菩薩摩訶薩善現應依三摩地門驗知不退轉菩薩摩訶薩若菩薩摩訶薩於三摩地門不生執著當知是爲不退轉菩薩摩訶薩善現應依陀羅尼門驗知不退轉菩薩摩訶薩若菩薩摩訶薩於陀羅尼門不生執著當知是爲

不退轉菩薩摩訶薩善現應依佛十力驗知不退轉菩薩摩訶薩若菩薩摩訶薩於佛十力不生執著當知是爲不退轉菩薩摩訶薩應依四無所畏四無礙解大慈大悲大喜大捨十八佛不共法驗知不退轉菩薩摩訶薩若菩薩摩訶薩於四無所畏乃至十八佛不共法不生執著當知是爲不退轉菩薩摩訶薩善現應依一切智驗知不退轉菩薩摩訶薩若菩薩摩訶薩於一切智不生執著當知是爲不退轉菩薩摩訶薩應依道相智一切相智驗知不退轉菩薩摩訶薩若菩薩摩訶薩於道相智一切相智不生執著當知是爲不退轉菩薩摩訶薩善現諸有不退轉菩薩摩訶薩行深般若波羅蜜多不觀他語及他教勑以爲真要善現諸有不退轉菩薩摩訶薩行深般若波羅蜜多非但信他而有所作善現諸有不退轉菩薩摩訶薩行深般若波羅蜜多不爲貪心之所牽引不爲瞋心之所牽引不爲癡心之所牽引不爲慢心之所牽引不爲種種餘雜染心之所牽引善現諸有不退轉菩薩摩訶薩行深般若波羅蜜多不離布施波羅蜜多不離淨戒波羅蜜多不離安忍波羅蜜多不離精進波羅蜜多不離靜慮波羅蜜多不離般若波羅蜜多善現諸有不退轉菩薩摩訶薩聞說如是甚深般若波羅蜜多其心不驚不恐不怖不沉不沒亦不退捨於深般若波羅蜜多歡喜樂聞受持讀誦究竟通利繫念思惟如說修行曾無猒倦善現當知如是不退轉菩薩摩訶薩先世已聞甚深般若波羅蜜多所有義趣受持讀誦

如理思惟何以故善現由此不退轉菩薩摩訶薩聞說如是甚深般若波羅蜜多其心不驚不恐不怖不沉不沒亦不退捨於深般若波羅蜜多歡喜樂聞受持讀誦究竟通利繫念思惟如說修行無猒倦故具壽善現白佛言世尊若菩薩摩訶薩聞說如是甚深般若波羅蜜多其心不驚不恐不怖不沉不沒亦不退捨是菩薩摩訶薩云何修行甚深般若波羅蜜多佛言善現是菩薩摩訶薩相續隨順趣向臨入一切智智應作如是行深般若波羅蜜多世尊是菩薩摩訶薩云何相續隨順趣向臨入一切智智行深般若波羅蜜多善現若菩薩摩訶薩相續隨順趣向臨入空行深般若波羅蜜多是爲菩薩摩訶薩相續隨順趣向臨入一切智智行深般若波羅蜜多善現若菩薩摩訶薩相續隨順趣向臨入無相行深般若波羅蜜多是爲菩薩摩訶薩相續隨順趣向臨入一切智智行深般若波羅蜜多善現若菩薩摩訶薩相續隨順趣向臨入無願行深般若波羅蜜多是爲菩薩摩訶薩相續隨順趣向臨入一切智智行深般若波羅蜜多善現若菩薩摩訶薩相續隨順趣向臨入虛空行深般若波羅蜜多是爲菩薩摩訶薩相續隨順趣向臨入一切智智行深般若波羅蜜多善現若菩薩摩訶薩相續隨順趣向臨入無所有行深般若波羅蜜多是爲菩薩摩訶薩相續隨順趣向臨入一切智智行深般若波羅蜜多善現若菩薩摩訶薩相續隨順趣向臨入無生無滅行深般若波羅蜜多是爲菩薩摩訶薩相續隨順趣向

臨入一切智智行深般若波羅蜜多善現若菩薩摩訶薩相續隨順趣向臨入無染無淨行深般若波羅蜜多是爲菩薩摩訶薩相續隨順趣向臨入一切智智行深般若波羅蜜多善現若菩薩摩訶薩相續隨順趣向臨入真如行深般若波羅蜜多是爲菩薩摩訶薩相續隨順趣向臨入一切智智行深般若波羅蜜多善現若菩薩摩訶薩相續隨順趣向臨入法界行深般若波羅蜜多是爲菩薩摩訶薩相續隨順趣向臨入一切智智行深般若波羅蜜多善現若菩薩摩訶薩相續隨順趣向臨入法性行深般若波羅蜜多是爲菩薩摩訶薩相續隨順趣向臨入一切智智行深般若波羅蜜多善現若菩薩摩訶薩相續隨順趣向臨入不虛妄性行深般若波羅蜜多是爲菩薩摩訶薩相續隨順趣向臨入一切智智行深般若波羅蜜多善現若菩薩摩訶薩相續隨順趣向臨入不變異性行深般若波羅蜜多是爲菩薩摩訶薩相續隨順趣向臨入一切智智行深般若波羅蜜多善現若菩薩摩訶薩相續隨順趣向臨入平等性行深般若波羅蜜多是爲菩薩摩訶薩相續隨順趣向臨入一切智智行深般若波羅蜜多善現若菩薩摩訶薩相續隨順趣向臨入離生性行深般若波羅蜜多是爲菩薩摩訶薩相續隨順趣向臨入一切智智行深般若波羅蜜多善現若菩薩摩訶薩相續隨順趣向臨入法定行深般若波羅蜜多是爲菩薩摩訶薩相續隨順趣向臨入一切智智行深般若波羅蜜多善現若菩薩摩訶薩相續隨

順趣向臨入法住行深般若波羅蜜多是爲
菩薩摩訶薩相續隨順趣向臨入一切智智
行深般若波羅蜜多善現若菩薩摩訶薩相
續隨順趣向臨入實際行深般若波羅蜜多
是爲菩薩摩訶薩相續隨順趣向臨入一切
智智行深般若波羅蜜多善現若菩薩摩訶
薩相續隨順趣向臨入虛空界行深般若波
羅蜜多是爲菩薩摩訶薩相續隨順趣向臨
入一切智智行深般若波羅蜜多善現若菩
薩摩訶薩相續隨順趣向臨入不思議界行
深般若波羅蜜多是爲菩薩摩訶薩相續隨
順趣向臨入一切智智行深般若波羅蜜多
善現若菩薩摩訶薩相續隨順趣向臨入無
造作行深般若波羅蜜多是爲菩薩摩訶薩
相續隨順趣向臨入一切智智行深般若波

羅蜜多善現若菩薩摩訶薩相續隨順趣向
臨入幻行深般若波羅蜜多是爲菩薩摩訶
薩相續隨順趣向臨入一切智智行深般若
波羅蜜多善現若菩薩摩訶薩相續隨順趣
向臨入夢行深般若波羅蜜多是爲菩薩摩
訶薩相續隨順趣向臨入一切智智行深般
若波羅蜜多善現若菩薩摩訶薩相續隨順
趣向臨入響行深般若波羅蜜多是爲菩薩
摩訶薩相續隨順趣向臨入一切智智行深
般若波羅蜜多善現若菩薩摩訶薩相續隨
順趣向臨入像行深般若波羅蜜多是爲菩
薩摩訶薩相續隨順趣向臨入一切智智行
深般若波羅 蜜多善現若菩薩摩訶薩相續
隨順趣向臨入光影行深般若波羅蜜多是
爲菩薩摩訶薩相續隨順趣向臨入一切智

智行深般若波羅蜜多善現若菩薩摩訶薩相續隨順趣向臨入陽焰行深般若波羅蜜多是為菩薩摩訶薩相續隨順趣向臨入一切智智行深般若波羅蜜多善現若菩薩摩訶薩相續隨順趣向臨入變化事行深般若波羅蜜多是為菩薩摩訶薩相續隨順趣向臨入一切智智行深般若波羅蜜多善現若菩薩摩訶薩相續隨順趣向臨入尋香城行深般若波羅蜜多是為菩薩摩訶薩相續隨順趣向臨入一切智智行深般若波羅蜜多

大般若波羅蜜多經卷第三百一十七

音釋

擐 音患貫也 甲冑 冑直又切兜鍪也 墮 杜果切落也 驗知 驗魚欠切考視也 瞋心 瞋昌人切恚也 繫念 繫胡計切繫念謂想念相繼聯屬也

大般若波羅蜜多經卷第三百一十八

唐三藏法師玄奘奉詔譯

初分趣智品第四十六之三

時具壽善現白佛言世尊如佛所說若菩薩摩訶薩相續隨順趣向臨入空無相無願虛空無所有無生無滅無染無淨眞如法界法性不虛妄性不變異性平等性離生性法定法住實際虛空界不思議界無造作幻夢響像光影陽焰變化事尋香城行深般若波羅蜜多是爲菩薩摩訶薩相續隨順趣向臨入一切智智行深般若波羅蜜多者世尊是菩薩摩訶薩爲行色不爲行受想行識不世尊是菩薩摩訶薩爲行眼處不爲行耳鼻舌身意處不世尊是菩薩摩訶薩爲行色處不爲行聲香味觸法處不世尊是菩薩摩訶薩爲行眼界不爲行耳鼻舌身意界不世尊是菩薩摩訶薩爲行色界不爲行聲香味觸法界不世尊是菩薩摩訶薩爲行眼識界不爲行耳鼻舌身意識界不世尊是菩薩摩訶薩爲行眼觸不爲行耳鼻舌身意觸不世尊是菩薩摩訶薩爲行眼觸爲緣所生諸受不爲行耳鼻舌身意觸爲緣所生諸受不世尊是菩薩摩訶薩爲行地界不爲行水火風空識界不世尊是菩薩摩訶薩爲行無明不爲行行識名色六處觸受愛取有生老死不世尊是菩薩摩訶薩爲行布施波羅蜜多不爲行淨戒安忍精進靜慮般若波羅蜜多不世尊是菩薩摩訶薩爲行內空不爲行外空內外空空空大空勝義空有爲空無爲空畢竟空無際空散空無變異空本性空自相空共相空

一切法空不可得空無性空自性空無性自性空不世尊是菩薩摩訶薩爲行真如不爲行法界法性不虚妄性不變異性平等性離生性法定法住實際虚空界不思議界不世尊是菩薩摩訶薩爲行四念住不爲行四正斷四神足五根五力七等覺支八聖道支不世尊是菩薩摩訶薩爲行苦聖諦不爲行集滅道聖諦不世尊是菩薩摩訶薩爲行四靜慮不世尊是菩薩摩訶薩爲行四無量不世尊是菩薩摩訶薩爲行四無色定不世尊是菩薩摩訶薩爲行八解脱不世尊是菩薩摩訶薩爲行八勝處不世尊是菩薩摩訶薩爲行九次第定不世尊是菩薩摩訶薩爲行十徧處不世尊是菩薩摩訶薩爲行空解脱門不爲行無相無願解脱門不世尊是菩薩摩訶薩爲行五眼不世尊是菩薩摩訶薩爲行六神通不世尊是菩薩摩訶薩爲行三摩地門不世尊是菩薩摩訶薩爲行陀羅尼門不世尊是菩薩摩訶薩爲行佛十力不爲行四無所畏四無礙解大慈大悲大喜大捨十八佛不共法不世尊是菩薩摩訶薩爲行一切智不爲行道相智一切相智不佛言善現是菩薩摩訶薩不行色不行受想行識善現是菩薩摩訶薩不行眼處不行耳鼻舌身意處善現是菩薩摩訶薩不行色處不行聲香味觸法處善現是菩薩摩訶薩不行眼界不行耳鼻舌身意界善現是菩薩摩訶薩不行色界不行聲香味觸法界善現是菩薩摩訶薩不行眼識界不行耳鼻舌身意識界善現是菩薩摩訶薩不行眼觸不行耳鼻舌身意觸

善現是菩薩摩訶薩不行眼觸爲緣所生諸受不行耳鼻舌身意觸爲緣所生諸受善現是菩薩摩訶薩不行地界不行水火風空識界善現是菩薩摩訶薩不行無明不行行識名色六處觸受愛取有生老死善現是菩薩摩訶薩不行布施波羅蜜多不行淨戒安忍精進靜慮般若波羅蜜多善現是菩薩摩訶薩不行内空不行外空内外空空空大空勝義空有爲空無爲空畢竟空無際空散空無變異空本性空自相空共相空一切法空不可得空無性空自性空無性自性空善現是菩薩摩訶薩不行眞如不行法界法性不虚妄性不變異性平等性離生性法定法住實際虚空界不思議界善現是菩薩摩訶薩不行四念住不行四正斷四神足五根五力七等覺支八聖道支善現是菩薩摩訶薩不行苦聖諦不行集滅道聖諦善現是菩薩摩訶薩不行四無量善現是菩薩摩訶薩不行四靜慮善現是菩薩摩訶薩不行四無色定善現是菩薩摩訶薩不行八解脱善現是菩薩摩訶薩不行八勝處善現是菩薩摩訶薩不行九次第定善現是菩薩摩訶薩不行十徧處善現是菩薩摩訶薩不行空解脱門不行無相無願解脱門善現是菩薩摩訶薩不行五眼善現是菩薩摩訶薩不行六神通善現是菩薩摩訶薩不行三摩地門善現是菩薩摩訶薩不行陀羅尼門善現是菩薩摩訶薩不行佛十力不行四無所畏四無礙解大慈大悲大喜大捨十八佛不共法善現是菩薩摩訶薩不行一切智不行道相智一切相智

所以者何善現是菩薩摩訶薩所隨順趣向臨入一切智智無能作無能壞無所從來無所云處亦無所住無方無域無數無量無往無來善現如是一切智智既無數量往來可得亦無能證善現如是一切智智不可以色證不可以受想行識證善現如是一切智智不可以眼處證不可以耳鼻舌身意處證善現如是一切智智不可以色處證不可以聲香味觸法處證善現如是一切智智不可以眼界證不可以耳鼻舌身意界證善現如是一切智智不可以眼識界證不可以耳鼻舌身意識界證善現如是一切智智不可以眼觸證不可以耳鼻舌身意觸證善現如是一切智智不可以眼觸爲緣所生諸受證不可以耳鼻舌身意觸爲緣所生諸受證善現如是一切智智不可以地界證不可以水火風空識界證善現如是一切智智不可以無明證不可以行識名色六處觸受愛取有生老死證善現如是一切智智不可以布施波羅蜜多證不可以淨戒安忍精進靜慮般若波羅蜜多證善現如是一切智智不可以內空證不可以外空內外空空空大空勝義空有爲空無爲空畢竟空無際空散空無變異空本性空自相空共相空一切法空不可得空無性空自性空無性自性空證善現如是一切智智不可以真如證不可以法界法性不虛妄性不變異性平等性離生性法定法住實際虛空界不思議界證善現如是一切智智不可以四念住證不可以四正斷四神足五根五力七等覺支八聖道支證善現如是

一切智智不可以苦聖諦證不可以集滅道聖諦證善現如是一切智智不可以四靜慮證善現如是一切智智不可以四無量證善現如是一切智智不可以四無色定證善現如是一切智智不可以八解脱證善現如是一切智智不可以八勝處證善現如是一切智智不可以九次第定證善現如是一切智智不可以十徧處證善現如是一切智智不可以空解脱門證不可以無相無願解脱門證善現如是一切智智不可以五眼證善現如是一切智智不可以六神通證善現如是一切智智不可以三摩地門證善現如是一切智智不可以陀羅尼門證善現如是一切智智不可以佛十力證不可以四無所畏四無礙解大慈大悲大喜大捨十八佛不共法證善現如是一切智智不可以預流果證不可以一來不還阿羅漢果證善現如是一切智智不可以獨覺菩提證善現如是一切智智不可以一切智證不可以道相智一切相智證何以故善現色即是一切智智受想行識即是一切智智善現眼處即是一切智智耳鼻舌身意處即是一切智智善現色處即是一切智智聲香味觸法處即是一切智智善現眼界即是一切智智耳鼻舌身意界即是一切智智善現色界即是一切智智聲香味觸法界即是一切智智善現眼識界即是一切智智耳鼻舌身意識界即是一切智智善現眼觸即是一切智智耳鼻舌身意觸即是一切智智善現眼觸爲緣所生諸受即是一切智智耳鼻舌身意觸爲緣所生諸受即

是一切智智善現地界即是一切智智水火風空識界即是一切智智善現無明即是一切智智行識名色六處觸受愛取有生老死即是一切智智善現布施波羅蜜多即是一切智智淨戒安忍精進靜慮般若波羅蜜多即是一切智智善現內空即是一切智智外空內外空空空大空勝義空有爲空無爲空畢竟空無際空散空無變異空本性空自相空共相空一切法空不可得空無性空自性空無性自性空即是一切智智善現眞如即是一切智智法界法性不虛妄性不變異性平等性離生性法定法住實際虛空界不思議界即是一切智智善現四念住即是一切智智四正斷四神足五根五力七等覺支八聖道支即是一切智智善現苦聖諦即是一切智智集滅道聖諦即是一切智智善現四靜慮即是一切智智善現四無量即是一切智智四無色定即是一切智智善現八解脫即是一切智智善現八勝處即是一切智智善現九次第定即是一切智智善現十徧處即是一切智智善現空解脫門即是一切智智無相無願解脫門即是一切智智善現五眼即是一切智智善現六神通即是一切智智善現三摩地門即是一切智智善現陀羅尼門即是一切智智善現佛十力即是一切智智四無所畏四無礙解大慈大悲大喜大捨十八佛不共法即是一切智智善現預流果即是一切智智一來不還阿羅漢果即是一切智智善現獨覺菩提即是一切智智善現一切智即是一切智智道相智一切

相智即是一切智智所以者何善現若色真如若一切智智真如若一切法真如皆一真如無二無別若受想行識真如若一切智智真如若一切法真如皆一真如無二無別善現若眼處真如若一切智智真如若一切法真如皆一真如無二無別若耳鼻舌身意處真如若一切智智真如若一切法真如皆一真如無二無別善現若色處真如若一切智智真如若一切法真如皆一真如無二無別若聲香味觸法處真如若一切智智真如若一切法真如皆一真如無二無別善現若眼界真如若一切智智真如若一切法真如皆一真如無二無別若耳鼻舌身意界真如若一切智智真如若一切法真如皆一真如無二無別善現若色界真如若一切智智真如若一切法真如皆一真如無二無別若聲香味觸法界真如若一切智智真如若一切法真如皆一真如無二無別善現若眼識界真如若一切智智真如若一切法真如皆一真如無二無別若耳鼻舌身意識界真如若一切智智真如若一切法真如皆一真如無二無別善現若眼觸真如若一切智智真如若一切法真如皆一真如無二無別若耳鼻舌身意觸真如若一切智智真如若一切法真如皆一真如無二無別善現若眼觸爲緣所生諸受真如若一切智智真如若一切法真如皆一真如無二無別若耳鼻舌身意觸爲緣所生諸受真如若一切智智真如若一切法真如皆一真如無二無別善現若地界真如若一切智智真如若一切法真如皆一真

如無二無別若水火風空識界眞如若一切智智眞如若一切法眞如皆一眞如無二無別善現若無明眞如若一切智智眞如若一切法眞如皆一眞如無二無別若行識名色六處觸受愛取有生老死眞如若一切智智眞如若一切法眞如皆一眞如無二無別善現若布施波羅蜜多眞如若一切智智眞如若一切法眞如皆一眞如無二無別若淨戒安忍精進靜慮般若波羅蜜多眞如若一切智智眞如若一切法眞如皆一眞如無二無別善現若內空眞如若一切智智眞如若一切法眞如皆一眞如無二無別若外空內外空空空大空勝義空有爲空無爲空畢竟空無際空散空無變異空本性空自相空共相空一切法空不可得空無性空自性空無性自性空眞如若一切智智眞如若一切法眞如皆一眞如無二無別善現若眞如眞如若一切智智眞如若一切法眞如皆一眞如無二無別若法界法性不虛妄性不變異性平等性離生性法定法住實際虛空界不思議界眞如若一切智智眞如若一切法眞如皆一眞如無二無別善現若四念住眞如若一切智智眞如若一切法眞如皆一眞如無二無別若四正斷四神足五根五力七等覺支八聖道支眞如若一切智智眞如若一切法眞如皆一眞如無二無別善現若苦聖諦眞如若一切智智眞如若一切法眞如皆一眞如無二無別若集滅道聖諦眞如若一切智智眞如若一切法眞如皆一眞如無二無別善現若四靜慮眞如若一切智智眞如若一

切法真如皆一真如無二無別善現若四無量真如若一切智智真如若一切法真如皆一真如無二無別善現若四無色定真如若一切智智真如若一切法真如皆一真如無二無別善現若八解脫真如若一切智智真如若一切法真如皆一真如無二無別善現若八勝處真如若一切智智真如若一切法真如皆一真如無二無別善現若九次第定真如若一切智智真如若一切法真如皆一真如無二無別善現若十徧處真如若一切智智真如若一切法真如皆一真如無二無別善現若空解脫門真如若一切智智真如若一切法真如皆一真如無二無別若無相無願解脫門真如若一切智智真如若一切法真如皆一真如無二無別善現若五眼真

如若一切智智真如若一切法真如皆一真如無二無別善現若六神通真如若一切智智真如若一切法真如皆一真如無二無別善現若三摩地門真如若一切智智真如若一切法真如皆一真如無二無別善現若陀羅尼門真如若一切智智真如若一切法真如皆一真如無二無別善現若佛十力真如若一切智智真如若一切法真如皆一真如無二無別若四無所畏四無礙解大慈大悲大喜大捨十八佛不共法真如若一切智智真如若一切法真如皆一真如無二無別善現若預流果真如若一切智智真如若一切法真如皆一真如無二無別若一來不還阿羅漢果真如若一切智智真如若一切法真如皆一真如無二無別善現若獨覺菩提真

如若一切智智真如若一切法真如皆一真如無二無別善現若一切智真如若一切智智真如若一切法真如皆一真如無二無別若道相智一切相智真如若一切智智真如若一切法真如皆一真如無二無別

初分真如品第四十七之一

爾時欲色界諸天子各持天上多揭羅香多摩羅香旃檀香末復持天上嗢鉢羅花鉢特摩花拘某陁花奔茶利花美妙香花美妙音花大美妙音花遥散佛上來詣佛所頂禮雙足却住一面白言世尊如是般若波羅蜜多最為甚深難見難覺不可尋思過尋思境微妙沖寂聰敏智者之所能知非諸世間卒能信受即佛無上正等菩提一切如來應正等覺於此般若波羅蜜多甚深經中皆作是說

色即是一切智智一切智智即是色受想行識即是一切智智一切智智即是受想行識眼處即是一切智智一切智智即是眼處耳鼻舌身意處即是一切智智一切智智即是耳鼻舌身意處色處即是一切智智一切智智即是色處聲香味觸法處即是一切智智一切智智即是聲香味觸法處眼界即是一切智智一切智智即是眼界耳鼻舌身意界即是一切智智一切智智即是耳鼻舌身意界色界即是一切智智一切智智即是色界聲香味觸法界即是一切智智一切智智即是聲香味觸法界眼識界即是一切智智一切智智即是眼識界耳鼻舌身意識界即是一切智智一切智智即是耳鼻舌身意識界眼觸即是一切智智一切智智即是眼觸耳

鼻舌身意觸即是一切智智一切智智即是耳鼻舌身意觸眼觸爲緣所生諸受即是一切智智一切智智即是眼觸爲緣所生諸受耳鼻舌身意觸爲緣所生諸受即是一切智智一切智智即是耳鼻舌身意觸爲緣所生諸受地界即是一切智智一切智智即是地界水火風空識界即是一切智智一切智智即是水火風空識界無明即是一切智智一切智智即是無明行識名色六處觸受愛取有生老死即是一切智智一切智智即是行乃至老死布施波羅蜜多即是一切智智一切智智即是布施波羅蜜多淨戒安忍精進靜慮般若波羅蜜多即是一切智智一切智智即是淨戒乃至般若波羅蜜多內空即是一切智智一切智智即是內空外空內外空空空大空勝義空有爲空無爲空畢竟空無際空散空無變異空本性空自相空共相空一切法空不可得空無性空自性空無性自性空即是一切智智一切智智即是外空乃至無性自性空真如即是一切智智一切智智即是真如法界法性不虛妄性不變異性平等性離生性法定法住實際虛空界不思議界即是一切智智一切智智即是法界乃至不思議界四念住即是一切智智一切智智即是四念住四正斷四神足五根五力七等覺支八聖道支即是一切智智一切智智即是四正斷乃至八聖道支苦聖諦即是一切智智一切智智即是苦聖諦集滅道聖諦即是一切智智一切智智即是集滅道聖諦四靜慮即是一切智智一切智智即是四靜

處四無量即是一切智智一切智智即是四無量四無色定即是一切智智一切智智即是四無色定八解脱即是一切智智一切智智即是八解脱八勝處即是一切智智一切智智即是八勝處九次第定即是一切智智一切智智即是九次第定十徧處即是一切智智一切智智即是十徧處空解脱門即是一切智智一切智智即是空解脱門無相無願解脱門即是一切智智一切智智即是無相無願解脱門五眼即是一切智智一切智智即是五眼六神通即是一切智智一切智智即是六神通三摩地門即是一切智智一切智智即是三摩地門陀羅尼門即是一切智智一切智智即是陀羅尼門佛十力即是一切智智一切智智即是佛十力四無所畏四無礙解大慈大悲大喜大捨十八佛不共法即是一切智智一切智智即是四無所畏乃至十八佛不共法預流果即是一切智智一切智智即是預流果一來不還阿羅漢果即是一切智智一切智智即是一來不還阿羅漢果獨覺菩提即是一切智智一切智智即是獨覺菩提一切智即是一切智智一切智智即是一切智道相智一切相智即是一切智智一切智智即是道相智一切相智諸佛無上正等菩提即是一切智智一切智智即是諸佛無上正等菩提所以者何若色眞如若一切智智眞如若一切法眞如皆一眞如無二無別亦無窮盡若受想行識眞如若一切智智眞如若一切法眞如皆一眞如無二無別亦無窮盡若眼處眞如若一切智智

眞如若一切法眞如皆一眞如無二無别亦無窮盡若耳鼻舌身意處眞如若一切智智眞如若一切法眞如皆一眞如無二無别亦無窮盡若色處眞如若一切智智眞如若一切法眞如皆一眞如無二無别亦無窮盡若聲香味觸法處眞如若一切智智眞如若一切法眞如皆一眞如無二無别亦無窮盡若眼界眞如若一切智智眞如若一切法眞如皆一眞如無二無别亦無窮盡若耳鼻舌身意界眞如若一切智智眞如若一切法眞如皆一眞如無二無别亦無窮盡若色界眞如若一切智智眞如若一切法眞如皆一眞如無二無别亦無窮盡若聲香味觸法界眞如若一切智智眞如若一切法眞如皆一眞如無二無别亦無窮盡若眼識界眞如若一切智智眞如若一切法眞如皆一眞如無二無别亦無窮盡若耳鼻舌身意識界眞如若一切智智眞如若一切法眞如皆一眞如無二無别亦無窮盡若眼觸眞如若一切智智眞如若一切法眞如皆一眞如無二無别亦無窮盡若耳鼻舌身意觸眞如若一切智智眞如若一切法眞如皆一眞如無二無别亦無窮盡若眼觸爲緣所生諸受眞如若一切智智眞如若一切法眞如皆一眞如無二無别亦無窮盡若耳鼻舌身意觸爲緣所生諸受眞如若一切智智眞如若一切法眞如皆一眞如無二無别亦無窮盡若地界眞如若一切智智眞如若一切法眞如皆一眞如無二無别亦無窮盡若水火風空識界眞如若一切智智眞如若一切法眞如皆一眞如無二

無別亦無窮盡若無明眞如若一切智智眞如若一切法眞如皆一眞如無二無別亦無窮盡若行識名色六處觸受愛取有生老死眞如若一切智智眞如若一切法眞如皆一眞如無二無別亦無窮盡若布施波羅蜜多眞如若一切智智眞如若一切法眞如皆一眞如無二無別亦無窮盡若淨戒安忍精進靜慮般若波羅蜜多眞如若一切智智眞如若一切法眞如皆一眞如無二無別亦無窮盡若内空眞如若一切智智眞如若一切法眞如皆一眞如無二無別亦無窮盡若外空内外空空空大空勝義空有爲空無爲空畢竟空無際空散空無變異空本性空自相空共相空一切法空不可得空無性空自性空無性自性空眞如若一切智智眞如若一切法眞如皆一眞如無二無別亦無窮盡若眞如眞如若一切智智眞如若一切法眞如皆一眞如無二無別亦無窮盡若法界法性不虚妄性不變異性平等性離生性法定法住實際虚空界不思議界眞如若一切智智眞如若一切法眞如皆一眞如無二無別亦無窮盡若四念住眞如若一切智智眞如若一切法眞如皆一眞如無二無別亦無窮盡若四正斷四神足五根五力七等覺支八聖道支眞如若一切智智眞如若一切法眞如皆一眞如無二無別亦無窮盡若苦聖諦眞如若一切智智眞如若一切法眞如皆一眞如無二無別亦無窮盡若集滅道聖諦眞如若一切智智眞如若一切法眞如皆一眞如無二無別亦無窮盡若四靜慮眞如若一切智

智眞如若一切法眞如皆一眞如無二無別亦無窮盡若四無量眞如若一切智智眞如若一切法眞如皆一眞如無二無別亦無窮盡若四無色定眞如若一切智智眞如若一切法眞如皆一眞如無二無別亦無窮盡若八解脱眞如若一切智智眞如若一切法眞如皆一眞如無二無別亦無窮盡若八勝處眞如若一切智智眞如若一切法眞如皆一眞如無二無別亦無窮盡若九次第定眞如若一切智智眞如若一切法眞如皆一眞如無二無別亦無窮盡若十徧處眞如若一切智智眞如若一切法眞如皆一眞如無二無別亦無窮盡若空解脱門眞如若一切智智眞如若一切法眞如皆一眞如無二無別亦無窮盡若無相無願解脱門眞如若一切智

智眞如若一切法眞如皆一眞如無二無別亦無窮盡若五眼眞如若一切智智眞如若一切法眞如皆一眞如無二無別亦無窮盡若六神通眞如若一切智智眞如若一切法眞如皆一眞如無二無別亦無窮盡若三摩地門眞如若一切智智眞如若一切法眞如皆一眞如無二無別亦無窮盡若陀羅尼門眞如若一切智智眞如若一切法眞如皆一眞如無二無別亦無窮盡若佛十力眞如若一切智智眞如若一切法眞如皆一眞如無二無別亦無窮盡若四無所畏四無礙解大慈大悲大喜大捨十八佛不共法眞如若一切智智眞如若一切法眞如皆一眞如無二無別亦無窮盡若預流果眞如若一切智智眞如若一切法眞如皆一眞如無二無別亦

無窮盡若一來不還阿羅漢果眞如若一切智智眞如若一切法眞如皆一眞如無二無別亦無窮盡若獨覺菩提眞如若一切智智眞如若一切法眞如皆一眞如無二無別亦無窮盡若一切智眞如若一切智智眞如若一切法眞如皆一眞如無二無別亦無窮盡若道相智一切相智眞如若一切智智眞如若一切法眞如皆一眞如無二無別亦無窮盡若諸佛無上正等菩提眞如若一切智智眞如若一切法眞如皆一眞如無二無別亦無窮盡

大般若波羅蜜多經卷第三百一十八

音釋

多揭羅 梵語也此云零陵 揭居謁切

嗢鉢羅 梵語也此云青蓮花 嗢烏沒切

拘某陁 梵語也此云黃蓮花 拘音俱 某音畝

沖 持中切 深也

大般若波羅蜜多經卷第三百一十九

唐三藏法師玄奘奉詔譯

初分眞如品第四十七之二

爾時世尊告欲色界諸天子言如是如是如汝所說諸天子色即是一切智智一切智智即是色受想行識即是一切智智一切智智即是受想行識諸天子眼處即是一切智智一切智智即是眼處耳鼻舌身意處即是一切智智一切智智即是耳鼻舌身意處諸天子色處即是一切智智一切智智即是色處聲香味觸法處即是一切智智一切智智即是聲香味觸法處諸天子眼界即是一切智智一切智智即是眼界耳鼻舌身意界即是一切智智一切智智即是耳鼻舌身意界諸天子色界即是一切智智一切智智即是色界聲香味觸法界即是一切智智一切智智即是聲香味觸法界諸天子眼識界即是一切智智一切智智即是眼識界耳鼻舌身意識界即是一切智智一切智智即是耳鼻舌身意識界諸天子眼觸即是一切智智一切智智即是眼觸耳鼻舌身意觸即是一切智智一切智智即是耳鼻舌身意觸諸天子眼觸爲緣所生諸受即是一切智智一切智智即是眼觸爲緣所生諸受耳鼻舌身意觸爲緣所生諸受即是一切智智一切智智即是耳鼻舌身意觸爲緣所生諸受諸天子地界即是一切智智一切智智即是地界水火風空識界即是一切智智一切智智即是水火風空識界諸天子無明即是一切智智一切智智即是無明行識名色六處觸受愛取有

生老死即是一切智智一切智智即是行乃至老死諸天子布施波羅蜜多即是一切智智一切智智即是布施波羅蜜多淨戒安忍精進靜慮般若波羅蜜多即是一切智智一切智智即是淨戒乃至般若波羅蜜多諸天子內空即是一切智智一切智智即是內空外空內外空空空大空勝義空有爲空無爲空畢竟空無際空散空無變異空本性空自相空共相空一切法空不可得空無性空自性空無性自性空即是一切智智一切智智即是外空乃至無性自性空諸天子眞如即是一切智智一切智智即是眞如法界法性不虛妄性不變異性平等性離生性法定法住實際虛空界不思議界即是一切智智一切智智即是法界乃至不思議界諸天子四念住即是一切智智一切智智即是四念住四正斷四神足五根五力七等覺支八聖道支即是一切智智一切智智即是四正斷乃至八聖道支諸天子苦聖諦即是一切智智一切智智即是苦聖諦集滅道聖諦即是一切智智一切智智即是集滅道聖諦諸天子四靜慮即是一切智智一切智智即是四靜慮諸天子四無量即是一切智智一切智智即是四無量諸天子四無色定即是一切智智一切智智即是四無色定諸天子八解脫即是一切智智一切智智即是八解脫諸天子八勝處即是一切智智一切智智即是八勝處諸天子九次第定即是一切智智一切智智即是九次第定諸天子十徧處即是一切智智一切智智即是十徧處諸天子空解

脱門即是一切智智一切智智即是空解脱門無相無願解脱門即是一切智智一切智智即是無相無願解脱門諸天子五眼即是一切智智一切智智即是五眼諸天子六神通即是一切智智一切智智即是六神通諸天子三摩地門即是一切智智一切智智即是三摩地門諸天子陀羅尼門即是一切智智一切智智即是陀羅尼門諸天子佛十力即是一切智智一切智智即是佛十力四無所畏四無礙解大慈大悲大喜大捨十八佛不共法即是一切智智一切智智即是四無所畏乃至十八佛不共法諸天子預流果即是一切智智一切智智即是預流果一來不還阿羅漢果即是一切智智一切智智即是一來不還阿羅漢果諸天子獨覺菩提即是一切智智一切智智即是獨覺菩提諸天子一切智即是一切智智一切智智即是一切智道相智一切相智即是一切智智一切智智即是道相智一切相智諸天子諸佛無上正等菩提即是一切智智一切智智即是諸佛無上正等菩提所以者何諸天子若色眞如若一切智智眞如若一切法眞如皆一眞如無二無別亦無窮盡若受想行識眞如若一切智智眞如若一切法眞如皆一眞如無二無別亦無窮盡諸天子若眼處眞如若一切智智眞如若一切法眞如皆一眞如無二無別亦無窮盡若耳鼻舌身意處眞如若一切智智眞如若一切法眞如皆一眞如無二無別亦無窮盡諸天子若色處眞如若一切智智眞如若一切法眞如皆一眞如無二無

别亦無窮盡若聲香味觸法處眞如若一切智智眞如若一切法眞如皆一眞如無二無别亦無窮盡諸天子若眼界眞如若一切智智眞如若一切法眞如皆一眞如無二無别亦無窮盡若耳鼻舌身意界眞如若一切智智眞如若一切法眞如皆一眞如無二無别亦無窮盡諸天子若色界眞如若一切智智眞如若一切法眞如皆一眞如無二無别亦無窮盡若聲香味觸法界眞如若一切智智眞如若一切法眞如皆一眞如無二無别亦無窮盡諸天子若眼識界眞如若一切智智眞如若一切法眞如皆一眞如無二無别亦無窮盡若耳鼻舌身意識界眞如若一切智智眞如若一切法眞如皆一眞如無二無别亦無窮盡諸天子若眼觸眞如若一切智智

眞如若一切法眞如皆一眞如無二無别亦無窮盡若耳鼻舌身意觸眞如若一切智智眞如若一切法眞如皆一眞如無二無别亦無窮盡諸天子若眼觸爲緣所生諸受眞如若一切智智眞如若一切法眞如皆一眞如無二無别亦無窮盡若耳鼻舌身意觸爲緣所生諸受眞如若一切智智眞如若一切法眞如皆一眞如無二無别亦無窮盡諸天子若地界眞如若一切智智眞如若一切法眞如皆一眞如無二無别亦無窮盡若水火風空識界眞如若一切智智眞如若一切法眞如皆一眞如無二無别亦無窮盡諸天子若無明眞如若一切智智眞如若一切法眞如皆一眞如無二無别亦無窮盡若行識名色六處觸受愛取有生老死眞如若一切智智

眞如若一切法眞如皆一眞如無二無別亦無窮盡諸天子若布施波羅蜜多眞如若一切智智眞如若一切法眞如皆一眞如無二無別亦無窮盡若淨戒安忍精進靜慮般若波羅蜜多眞如若一切智智眞如若一切法眞如皆一眞如無二無別亦無窮盡諸天子若内空眞如若一切智智眞如若一切法眞如皆一眞如無二無別亦無窮盡若外空内外空空空大空勝義空有爲空無爲空畢竟空無際空散空無變異空本性空自相空共相空一切法空不可得空無性空自性空無性自性空眞如若一切智智眞如若一切法眞如皆一眞如無二無別亦無窮盡諸天子若眞如眞如若一切智智眞如若一切法眞如皆一眞如無二無別亦無窮盡若法界法性不虚妄性不變異性平等性離生性法定法住實際虚空界不思議界眞如若一切智智眞如若一切法眞如皆一眞如無二無別亦無窮盡諸天子若四念住眞如若一切智智眞如若一切法眞如皆一眞如無二無別亦無窮盡若四正斷四神足五根五力七等覺支八聖道支眞如若一切智智眞如若一切法眞如皆一眞如無二無別亦無窮盡諸天子若苦聖諦眞如若一切智智眞如若一切法眞如皆一眞如無二無別亦無窮盡若集滅道聖諦眞如若一切智智眞如若一切法眞如皆一眞如無二無別亦無窮盡諸天子若四靜慮眞如若一切智智眞如若一切法眞如皆一眞如無二無別亦無窮盡諸天子若四無量眞如若一切智智眞如若一切

法真如皆一真如無二無別亦無窮盡諸天子若四無色定真如若一切智智真如若一切法真如皆一真如無二無別亦無窮盡諸天子若八解脫真如若一切智智真如若一切法真如皆一真如無二無別亦無窮盡諸天子若八勝處真如若一切智智真如若一切法真如皆一真如無二無別亦無窮盡諸天子若九次第定真如若一切智智真如若一切法真如皆一真如無二無別亦無窮盡諸天子若十徧處真如若一切智智真如若一切法真如皆一真如無二無別亦無窮盡諸天子若空解脫門真如若一切智智真如若一切法真如皆一真如無二無別亦無窮盡若無相無願解脫門真如若一切智智真如若一切法真如皆一真如無二無別亦無窮盡諸天子若五眼真如若一切智智真如若一切法真如皆一真如無二無別亦無窮盡諸天子若六神通真如若一切智智真如若一切法真如皆一真如無二無別亦無窮盡諸天子若三摩地門真如若一切智智真如若一切法真如皆一真如無二無別亦無窮盡諸天子若陀羅尼門真如若一切智智真如若一切法真如皆一真如無二無別亦無窮盡諸天子若佛十力真如若一切智智真如若一切法真如皆一真如無二無別亦無窮盡若四無所畏四無礙解大慈大悲大喜大捨十八佛不共法真如若一切智智真如若一切法真如皆一真如無二無別亦無窮盡諸天子若預流果真如若一切智智真如若一切法真如皆一真如無二無別亦無

窮盡若一來不還阿羅漢果眞如若一切智智眞如若一切法眞如皆一眞如無二無別亦無窮盡諸天子若獨覺菩提眞如若一切智智眞如若一切法眞如皆一眞如無二無別亦無窮盡諸天子若一切智眞如若一切智智眞如若一切法眞如皆一眞如無二無別亦無窮盡若道相智一切相智眞如若一切智智眞如若一切法眞如皆一眞如無二無別亦無窮盡諸天子若諸佛無上正等菩提眞如若一切智智眞如若一切法眞如皆一眞如無二無別亦無窮盡諸天子我觀此義心恒趣寂不樂說法所以者何此法甚深難見難覺不可尋思過尋思境微妙沖寂聰敏智者之所能知非諸世間卒能信受謂深般若波羅蜜多即是如來應正等覺所證無

上正等菩提諸天子如是無上正等菩提無能證非所證無證處無證時諸天子此法深妙不二現行非諸世間所能比度諸天子虛空甚深故此法甚深眞如甚深故此法甚深法界甚深故此法甚深法性甚深故此法甚深不虛妄性甚深故此法甚深不變異性甚深故此法甚深平等性甚深故此法甚深離生性甚深故此法甚深法定甚深故此法甚深法住甚深故此法甚深實際甚深故此法甚深虛空界甚深故此法甚深不思議界甚深故此法甚深諸天子無量無邊甚深故此法甚深無來無去甚深故此法甚深無生無滅甚深故此法甚深無染無淨甚深故此法甚深無知無得甚深故此法甚深無造無作甚深故此法甚深諸天子我甚深故此法甚

深有情甚深故此法甚深命者甚深故此法
甚深生者甚深故此法甚深養者甚深故此
法甚深士夫甚深故此法甚深補特伽羅甚
深故此法甚深意生甚深故此法甚深儒童
甚深故此法甚深作者甚深故此法甚深受
者甚深故此法甚深知者甚深故此法甚深
見者甚深故此法甚深諸天子色甚深故此
法甚深受想行識甚深故此法甚深諸天子
眼處甚深故此法甚深耳鼻舌身意處甚深
故此法甚深諸天子色處甚深故此法甚深
聲香味觸法處甚深故此法甚深諸天子眼
界甚深故此法甚深耳鼻舌身意界甚深故
此法甚深諸天子色界甚深故此法甚深聲
香味觸法界甚深故此法甚深諸天子眼識
界甚深故此法甚深耳鼻舌身意識界甚深
故此法甚深諸天子眼觸甚深故此法甚深
耳鼻舌身意觸甚深故此法甚深諸天子眼
觸爲緣所生諸受甚深故此法甚深耳鼻舌
身意觸爲緣所生諸受甚深故此法甚深諸
天子地界甚深故此法甚深水火風空識界
甚深故此法甚深諸天子無明甚深故此法
甚深行識名色六處觸受愛取有生老死甚
深故此法甚深諸天子布施波羅蜜多甚深
故此法甚深淨戒波羅蜜多甚深故此法甚
深安忍波羅蜜多甚深故此法甚深精進波
羅蜜多甚深故此法甚深靜慮波羅蜜多甚
深故此法甚深般若波羅蜜多甚深故此法
甚深諸天子內空甚深故此法甚深外空內
外空空空大空勝義空有爲空無爲空畢竟
空無際空散空無變異空本性空自相空共

相空一切法空不可得空無性空自性空無性自性空甚深故此法甚深諸天子四念住甚深故此法甚深四正斷四神足五根五力七等覺支八聖道支甚深故此法甚深諸天子苦聖諦甚深故此法甚深集滅道聖諦甚深故此法甚深諸天子四靜慮甚深故此法甚深四無量甚深故此法甚深四無色定甚深故此法甚深諸天子八解脫甚深故此法甚深八勝處甚深故此法甚深九次第定甚深故此法甚深十徧處甚深故此法甚深諸天子空解脫門甚深故此法甚深無相無願解脫門甚深故此法甚深諸天子五眼甚深故此法甚深六神通甚深故此法甚深諸天子三摩地門甚深故此法甚深陀羅尼門甚深故此法甚深諸天子佛十力甚深故此法甚深四無所畏四無礙解大慈大悲大喜大捨十八佛不共法甚深故此法甚深諸天子預流果甚深故此法甚深一來不還阿羅漢果甚深故此法甚深諸天子獨覺菩提甚深故此法甚深諸天子一切智甚深故此法甚深道相智一切相智甚深故此法甚深諸天子一切佛法甚深故此法甚深時欲色界諸天子白佛言世尊此所說法甚深微妙非諸世間卒能信受世尊此深妙法不爲攝取色故說不爲棄捨色故說不爲攝取受想行識故說不爲棄捨受想行識故說世尊此深妙法不爲攝取眼處故說不爲棄捨眼處故說不爲攝取耳鼻舌身意處故說不爲棄捨耳鼻舌身意處故說世尊此深妙法不爲攝取色處故說不爲棄捨色處故說不爲攝取聲

香味觸法處故說不爲棄捨聲香味觸法處故說世尊此深妙法不爲攝取眼界故說不爲棄捨眼界故說不爲攝取耳鼻舌身意界故說不爲棄捨耳鼻舌身意界故說世尊此深妙法不爲攝取色界故說不爲棄捨色界故說不爲攝取聲香味觸法界故說不爲棄捨聲香味觸法界故說世尊此深妙法不爲攝取眼識界故說不爲棄捨眼識界故說不爲攝取耳鼻舌身意識界故說不爲棄捨耳鼻舌身意識界故說世尊此深妙法不爲攝取眼觸故說不爲棄捨眼觸故說不爲攝取耳鼻舌身意觸故說不爲棄捨耳鼻舌身意觸故說世尊此深妙法不爲攝取眼觸爲緣所生諸受故說不爲棄捨眼觸爲緣所生諸受故說不爲攝取耳鼻舌身意觸爲緣所生

諸受故說不爲棄捨耳鼻舌身意觸爲緣所生諸受故說世尊此深妙法不爲攝取地界故說不爲棄捨地界故說不爲攝取水火風空識界故說不爲棄捨水火風空識界故說世尊此深妙法不爲攝取無明故說不爲棄捨無明故說不爲攝取行識名色六處觸受愛取有生老死故說不爲棄捨行乃至老死故說世尊此深妙法不爲攝取布施波羅蜜多故說不爲棄捨布施波羅蜜多故說不爲攝取淨戒波羅蜜多故說不爲棄捨淨戒波羅蜜多故說不爲攝取安忍波羅蜜多故說不爲棄捨安忍波羅蜜多故說不爲攝取精進波羅蜜多故說不爲棄捨精進波羅蜜多故說不爲攝取靜慮波羅蜜多故說不爲棄捨靜慮波羅蜜多故說不爲攝取般若波羅

蜜多故說不爲棄捨般若波羅蜜多故說世尊此深妙法不爲攝取內空故說不爲棄捨內空故說不爲攝取外空內外空空空大空勝義空有爲空無爲空畢竟空無際空散空無變異空本性空自相空共相空一切法空不可得空無性空自性空無性自性空故說不爲棄捨外空乃至無性自性空故說世尊此深妙法不爲攝取眞如故說不爲棄捨眞如故說不爲攝取法界法性不虛妄性不變異性平等性離生性法定法住實際虛空界不思議界故說不爲棄捨法界乃至不思議界故說世尊此深妙法不爲攝取四念住故說不爲棄捨四念住故說不爲攝取四正斷四神足五根五力七等覺支八聖道支故說不爲棄捨四正斷乃至八聖道支故說世尊此深妙法不爲攝取苦聖諦故說不爲棄捨苦聖諦故說不爲攝取集滅道聖諦故說不爲棄捨集滅道聖諦故說世尊此深妙法不爲攝取四靜慮故說不爲棄捨四靜慮故說不爲攝取四無量故說不爲棄捨四無量故說不爲攝取四無色定故說不爲棄捨四無色定故說世尊此深妙法不爲攝取八解脫故說不爲棄捨八解脫故說不爲攝取八勝處故說不爲棄捨八勝處故說不爲攝取九次第定故說不爲棄捨九次第定故說不爲攝取十徧處故說不爲棄捨十徧處故說世尊此深妙法不爲攝取空解脫門故說不爲棄捨空解脫門故說不爲攝取無相無願解脫門故說不爲棄捨無相無願解脫門故說世尊此深妙法不爲攝取五眼故說不爲棄

捨五眼故說不爲攝取六神通故說不爲棄
捨六神通故說世尊此深妙法不爲攝取三
摩地門故說不爲棄捨三摩地門故說不爲
攝取陁羅尼門故說不爲棄捨陁羅尼門故
說世尊此深妙法不爲攝取佛十力故說不
爲棄捨佛十力故說不爲攝取四無所畏四
無礙解大慈大悲大喜大捨十八佛不共法
故說不爲棄捨四無所畏乃至十八佛不共
法故說世尊此深妙法不爲攝取預流果故
說不爲棄捨預流果故說不爲攝取一來不
還阿羅漢果故說不爲棄捨一來不還阿羅
漢果故說世尊此深妙法不爲攝取獨覺菩
提故說不爲棄捨獨覺菩提故說世尊此深
妙法不爲攝取一切智故說不爲棄捨一切
智故說不爲攝取道相智一切相智故說不
爲棄捨道相智一切相智故說世尊此深妙
法不爲攝取一切佛法故說不爲棄捨一切
佛法故說世尊諸世間有情多行攝取行起
我我所執謂色是我是我所受想行識是我
是我所眼處是我是我所耳鼻舌身意處是
我是我所色處是我是我所聲香味觸法處
是我是我所眼界是我是我所耳鼻舌身意
界是我是我所色界是我是我所聲香味觸
法界是我是我所眼識界是我是我所耳鼻
舌身意識界是我是我所眼觸是我是我所
耳鼻舌身意觸是我是我所眼觸爲緣所生
諸受是我是我所耳鼻舌身意觸爲緣所生
諸受是我是我所地界是我是我所水火風
空識界是我是我所無明是我是我所行識
名色六處觸受愛取有生老死是我是我所

布施波羅蜜多是我是我所淨戒波羅蜜多是我是我所安忍波羅蜜多是我是我所精進波羅蜜多是我是我所靜慮波羅蜜多是我是我所般若波羅蜜多是我是我所內空是我是我所外空內外空空空大空勝義空有爲空無爲空畢竟空無際空散空無變異空本性空自相空共相空一切法空不可得空無性空自性空無性自性空是我是我所眞如是我是我所法界法性不虛妄性不變異性平等性離生性法定法住實際虛空界不思議界是我是我所四念住是我是我所四正斷四神足五根五力七等覺支八聖道支是我是我所苦聖諦是我是我所集滅道聖諦是我是我所四靜慮是我是我所四無量是我是我所四無色定是我是我所八解脫是我是我所八勝處是我是我所九次第定是我是我所十徧處是我是我所空解脫門是我是我所無相無願解脫門是我是我所五眼是我是我所六神通是我是我所三摩地門是我是我所陀羅尼門是我是我所佛十力是我是我所四無所畏四無礙解大慈大悲大喜大捨十八佛不共法是我是我所預流果是我是我所一來不還阿羅漢果是我是我所獨覺菩提是我是我所一切智是我是我所道相智一切相智是我是我所

爾時佛告諸天子言如是如是如汝所說諸天子此深妙法不爲攝取色故說不爲棄捨色故說不爲攝取受想行識故說不爲棄捨受想行識故說諸天子此深妙法不爲攝取眼處故說不爲棄捨眼處故說不爲攝取耳

鼻舌身意處故說不爲棄捨耳鼻舌身意處故說諸天子此深妙法不爲攝取色處故說不爲棄捨色處故說不爲攝取聲香味觸法處故說不爲棄捨聲香味觸法處故說諸天子此深妙法不爲攝取眼界故說不爲棄捨眼界故說不爲攝取耳鼻舌身意界故說不爲棄捨耳鼻舌身意界故說諸天子此深妙法不爲攝取色界故說不爲棄捨色界故說不爲攝取聲香味觸法界故說不爲棄捨聲香味觸法界故說諸天子此深妙法不爲攝取眼識界故說不爲棄捨眼識界故說不爲攝取耳鼻舌身意識界故說不爲棄捨耳鼻舌身意識界故說諸天子此深妙法不爲攝取眼觸故說不爲棄捨眼觸故說不爲攝取耳鼻舌身意觸故說不爲棄捨耳鼻舌身意觸故說諸天子此深妙法不爲攝取眼觸爲緣所生諸受故說不爲棄捨眼觸爲緣所生諸受故說不爲攝取耳鼻舌身意觸爲緣所生諸受故說不爲棄捨耳鼻舌身意觸爲緣所生諸受故說諸天子此深妙法不爲攝取地界故說不爲棄捨地界故說不爲攝取水火風空識界故說不爲棄捨水火風空識界故說諸天子此深妙法不爲攝取無明故說不爲棄捨無明故說不爲攝取行識名色六處觸受愛取有生老死故說不爲棄捨行乃至老死故說諸天子此深妙法不爲攝取布施波羅蜜多故說不爲棄捨布施波羅蜜多故說不爲攝取淨戒波羅蜜多故說不爲棄捨淨戒波羅蜜多故說不爲攝取安忍波羅蜜多故說不爲棄捨安忍波羅蜜多故說不

爲攝取精進波羅蜜多故說不爲棄捨精進波羅蜜多故說不爲攝取靜慮波羅蜜多故說不爲棄捨靜慮波羅蜜多故說不爲攝取般若波羅蜜多故說不爲棄捨般若波羅蜜多故說諸天子此深妙法不爲攝取內空故說不爲棄捨內空故說不爲攝取外空內外空空空大空勝義空有爲空無爲空畢竟空無際空散空無變異空本性空自相空共相空一切法空不可得空無性空自性空無性自性空故說不爲棄捨外空乃至無性自性空故說諸天子此深妙法不爲攝取眞如故說不爲棄捨眞如故說不爲攝取法界法性不虛妄性不變異性平等性離生性法定法住實際虛空界不思議界故說不爲棄捨法界乃至不思議界故說諸天子此深妙法不爲攝取四念住故說不爲棄捨四念住故說不爲攝取四正斷四神足五根五力七等覺支八聖道支故說不爲棄捨四正斷乃至八聖道支故說諸天子此深妙法不爲攝取苦聖諦故說不爲棄捨苦聖諦故說不爲攝取集滅道聖諦故說不爲棄捨集滅道聖諦故說諸天子此深妙法不爲攝取四靜慮故說不爲棄捨四靜慮故說不爲攝取四無量故說不爲棄捨四無量故說不爲攝取四無色定故說不爲棄捨四無色定故說諸天子此深妙法不爲攝取八解脫故說不爲棄捨八解脫故說不爲攝取八勝處故說不爲棄捨八勝處故說不爲攝取九次第定故說不爲棄捨九次第定故說不爲攝取十徧處故說不爲棄捨十徧處故說諸天子此深妙法不

爲攝取空解脱門故說不爲棄捨空解脱門故說不爲攝取無相無願解脱門故說不爲棄捨無相無願解脱門故說諸天子此深妙法不爲攝取五眼故說不爲棄捨五眼故說不爲攝取六神通故說不爲棄捨六神通故說諸天子此深妙法不爲攝取三摩地門故說不爲棄捨三摩地門故說不爲攝取陀羅尼門故說不爲棄捨陀羅尼門故說諸天子此深妙法不爲攝取佛十力故說不爲棄捨佛十力故說不爲攝取四無所畏四無礙解大慈大悲大喜大捨十八佛不共法故說不爲棄捨四無所畏乃至十八佛不共法故說諸天子此深妙法不爲攝取預流果故說不爲棄捨預流果故說不爲攝取一來不還阿羅漢果故說不爲棄捨一來不還阿羅漢果故說諸天子此深妙法不爲攝取獨覺菩提故說不爲棄捨獨覺菩提故說諸天子此深妙法不爲攝取一切智故說不爲棄捨一切智故說不爲攝取道相智一切相智故說不爲棄捨道相智一切相智故說諸天子此深妙法不爲攝取一切佛法故說不爲棄捨一切佛法故說

大般若波羅蜜多經卷第三百一十九

大般若波羅蜜多經卷第三百二十

唐三藏法師玄奘奉　詔譯

初分眞如品第四十七之三

諸天子然世間有情多行攝取行起我我所執謂色是我是我所受想行識是我是我所眼處是我是我所耳鼻舌身意處是我是我所色處是我是我所聲香味觸法處是我是我所眼界是我是我所耳鼻舌身意界是我是我所色界是我是我所聲香味觸法界是我是我所眼識界是我是我所耳鼻舌身意識界是我是我所眼觸是我是我所耳鼻舌身意觸是我是我所眼觸爲緣所生諸受是我是我所耳鼻舌身意觸爲緣所生諸受是我是我所地界是我是我所水火風空識界是我是我所無明是我是我所行識名色六處觸受愛取有生老死是我是我所布施波羅蜜多是我是我所淨戒波羅蜜多是我是我所安忍波羅蜜多是我是我所精進波羅蜜多是我是我所靜慮波羅蜜多是我是我所般若波羅蜜多是我是我所內空是我是我所外空內外空空空大空勝義空有爲空無爲空畢竟空無際空散空無變異空本性空自相空共相空一切法空不可得空無性空自性空無性自性空是我是我所眞如是我是我所法界法性不虛妄性不變異性平等性離生性法定法住實際虛空界不思議界是我是我所四念住是我是我所四正斷四神足五根五力七等覺支八聖道支是我是我所苦聖諦是我是我所集滅道聖諦是我是我所四靜慮是我是我所四無量是我

是我所四無色定是我是我所八解脫是我是我所八勝處是我是我所九次第定是我是我所十徧處是我是我所空解脫門是我是我所無相無願解脫門是我是我所五眼是我是我所六神通是我是我所三摩地門是我是我所陀羅尼門是我是我所佛十力是我是我所四無所畏四無礙解大慈大悲大喜大捨十八佛不共法是我是我所預流果是我是我所一來不還阿羅漢果是我是我所獨覺菩提是我是我所一切智是我是我所道相智一切相智是我是我所諸天子若菩薩爲攝取色故行爲棄捨色故行爲攝取受想行識故行爲棄捨受想行識故行是菩薩不能修般若波羅蜜多亦不能修靜慮精進安忍淨戒布施波羅蜜多是菩薩不能證內空亦不能證外空內外空空空大空勝義空有爲空無爲空畢竟空無際空散空無變異空本性空自相空共相空一切法空不可得空無性空自性空無性自性空是菩薩不能證眞如亦不能證法界法性不虛妄性不變異性平等性離生性法定法住實際虛空界不思議界是菩薩不能修四念住亦不能修四正斷四神足五根五力七等覺支八聖道支是菩薩不能證苦聖諦亦不能證集滅道聖諦是菩薩不能修四靜慮亦不能修四無量四無色定是菩薩不能修八解脫亦不能修八勝處九次第定十徧處是菩薩不能修空解脫門亦不能修無相無願解脫門是菩薩不能修五眼亦不能修六神通是菩薩不能修三摩地門亦不能修陀羅尼門是

菩薩不能修佛十力亦不能修四無所畏四無礙解大慈大悲大喜大捨十八佛不共法是菩薩不能修一切智亦不能修道相智一切相智諸天子若菩薩爲攝取眼處故行爲棄捨眼處故行爲攝取耳鼻舌身意處故行爲棄捨耳鼻舌身意處故行是菩薩不能修般若波羅蜜多亦不能修靜慮精進安忍淨戒布施波羅蜜多是菩薩不能證内空亦不能證外空内外空空空大空勝義空有爲空無爲空畢竟空無際空散空無變異空本性空自相空共相空一切法空不可得空無性空自性空無性自性空是菩薩不能證眞如亦不能證法界法性不虚妄性不變異性平等性離生性法定法住實際虚空界不思議界是菩薩不能修四念住亦不能修四正斷四神足五根五力七等覺支八聖道支是菩薩不能證苦聖諦亦不能證集滅道聖諦是菩薩不能修四靜慮亦不能修四無量四無色定是菩薩不能修八解脱亦不能修八勝處九次第定十徧處是菩薩不能修空解脱門亦不能修無相無願解脱門是菩薩不能修五眼亦不能修六神通是菩薩不能修三摩地門亦不能修陀羅尼門是菩薩不能修佛十力亦不能修四無所畏四無礙解大慈大悲大喜大捨十八佛不共法是菩薩不能修一切智亦不能修道相智一切相智諸天子若菩薩爲攝取色處故行爲棄捨色處故行爲攝取聲香味觸法處故行爲棄捨聲香味觸法處故行是菩薩不能修般若波羅蜜多亦不能修靜慮精進安忍淨戒布施波羅

蜜多是菩薩不能證內空亦不能證外空內外空空空大空勝義空有爲空無爲空畢竟空無際空散空無變異空本性空自相空共相空一切法空不可得空無性空自性空無性自性空是菩薩不能證眞如亦不能證法界法性不虛妄性不變異性平等性離生性法定法住實際虛空界不思議界是菩薩不能修四念住亦不能修四正斷四神足五根五力七等覺支八聖道支是菩薩不能證苦聖諦亦不能證集滅道聖諦是菩薩不能修四靜慮亦不能修四無量四無色定是菩薩不能修八解脫亦不能修八勝處九次第定十徧處是菩薩不能修空解脫門亦不能修無相無願解脫門是菩薩不能修五眼亦不能修六神通是菩薩不能修三摩地門亦不能修陀羅尼門是菩薩不能修佛十力亦不能修四無所畏四無礙解大慈大悲大喜大捨十八佛不共法是菩薩不能修一切智亦不能修道相智一切相智諸天子若菩薩爲攝取眼界故行爲棄捨眼界故行爲攝取耳鼻舌身意界故行爲棄捨耳鼻舌身意界故行是菩薩不能修般若波羅蜜多亦不能修靜慮精進安忍淨戒布施波羅蜜多是菩薩不能證內空亦不能證外空內外空空空大空勝義空有爲空無爲空畢竟空無際空散空無變異空本性空自相空共相空一切法空不可得空無性空自性空無性自性空是菩薩不能證眞如亦不能證法界法性不虛妄性不變異性平等性離生性法定法住實際虛空界不思議界是菩薩不能修四念住

亦不能修四正斷四神足五根五力七等覺支八聖道支是菩薩不能證苦聖諦亦不能證集滅道聖諦是菩薩不能修四靜慮亦不能修四無量四無色定是菩薩不能修八解脱亦不能修八勝處九次第定十徧處是菩薩不能修空解脱門亦不能修無相無願解脱門是菩薩不能修五眼亦不能修六神通是菩薩不能修三摩地門亦不能修陁羅尼門是菩薩不能修佛十力亦不能修四無所畏四無礙解大慈大悲大喜大捨十八佛不共法是菩薩不能修一切智亦不能修道相智一切相智諸天子若菩薩爲攝取色界故行爲棄捨色界故行爲攝取聲香味觸法界故行爲棄捨聲香味觸法界故行是菩薩不能修般若波羅蜜多亦不能修靜慮精進安忍淨戒布施波羅蜜多是菩薩不能證内空亦不能證外空内外空空空大空勝義空有爲空無爲空畢竟空無際空散空無變異空本性空自相空共相空一切法空不可得空無性空自性空無性自性空是菩薩不能證眞如亦不能證法界法性不虚妄性不變異性平等性離生性法定法住實際虚空界不思議界是菩薩不能修四念住亦不能修四正斷四神足五根五力七等覺支八聖道支是菩薩不能證苦聖諦亦不能證集滅道聖諦是菩薩不能修四靜慮亦不能修四無量四無色定是菩薩不能修八解脱亦不能修八勝處九次第定十徧處是菩薩不能修空解脱門亦不能修無相無願解脱門是菩薩不能修五眼亦不能修六神通是菩薩不能

修三摩地門亦不能修陁羅尼門是菩薩不能修佛十力亦不能修四無所畏四無礙解大慈大悲大喜大捨十八佛不共法是菩薩不能修一切智亦不能修道相智一切相智諸天子若菩薩爲攝取眼識界故行爲棄捨眼識界故行爲攝取耳鼻舌身意識界故行爲棄捨耳鼻舌身意識界故行是菩薩不能修般若波羅蜜多亦不能修静慮精進安忍淨戒布施波羅蜜多是菩薩不能證内空亦不能證外空内外空空空大空勝義空有爲空無爲空畢竟空無際空散空無變異空本性空自相空共相空一切法空不可得空無性空自性空無性自性空是菩薩不能證眞如亦不能證法界法性不虚妄性不變異性平等性離生性法定法住實際虚空界不思議界是菩薩不能修四念住亦不能修四正斷四神足五根五力七等覺支八聖道支是菩薩不能證苦聖諦亦不能證集滅道聖諦是菩薩不能修四静慮亦不能修四無量四無色定是菩薩不能修八解脱亦不能修八勝處九次第定十徧處是菩薩不能修空解脱門亦不能修無相無願解脱門是菩薩不能修五眼亦不能修六神通是菩薩不能修三摩地門亦不能修陁羅尼門是菩薩不能修佛十力亦不能修四無所畏四無礙解大慈大悲大喜大捨十八佛不共法是菩薩不能修一切智亦不能修道相智一切相智諸天子若菩薩爲攝取眼觸故行爲棄捨眼觸故行爲攝取耳鼻舌身意觸故行爲棄捨耳鼻舌身意觸故行是菩薩不能修般若波羅

蜜多亦不能修静慮精進安忍淨戒布施波羅蜜多是菩薩不能證内空亦不能證外空内外空空空大空勝義空有爲空無爲空畢竟空無際空散空無變異空本性空自相空共相空一切法空不可得空無性空自性空無性自性空是菩薩不能證眞如亦不能證法界法性不虚妄性不變異性平等性離生性法定法住實際虚空界不思議界是菩薩不能修四念住亦不能修四正斷四神足五根五力七等覺支八聖道支是菩薩不能證苦聖諦亦不能證集滅道聖諦是菩薩不能修四静慮亦不能修四無量四無色定是菩薩不能修八解脱亦不能修八勝處九次第定十徧處是菩薩不能修空解脱門亦不能修無相無願解脱門是菩薩不能修五眼亦

不能修六神通是菩薩不能修三摩地門亦不能修陀羅尼門是菩薩不能修佛十力亦不能修四無所畏四無礙解大慈大悲大喜大捨十八佛不共法是菩薩不能修一切智亦不能修道相智一切相智諸天子若菩薩爲攝取眼觸爲緣所生諸受故行爲棄捨眼觸爲緣所生諸受故行爲攝取耳鼻舌身意觸爲緣所生諸受故行爲棄捨耳鼻舌身意觸爲緣所生諸受故行是菩薩不能修般若波羅蜜多亦不能修静慮精進安忍淨戒布施波羅蜜多是菩薩不能證内空亦不能證外空内外空空空大空勝義空有爲空無爲空畢竟空無際空散空無變異空本性空自相空共相空一切法空不可得空無性空自性空無性自性空是菩薩不能證眞如亦不

能證法界法性不虛妄性不變異性平等性離生性法定法住實際虛空界不思議界是菩薩不能修四念住亦不能修四正斷四神足五根五力七等覺支八聖道支是菩薩不能證苦聖諦亦不能證集滅道聖諦是菩薩不能修四靜慮亦不能修四無量四無色定是菩薩不能修八解脫亦不能修八勝處九次第定十徧處是菩薩不能修空解脫門亦不能修無相無願解脫門是菩薩不能修五眼亦不能修六神通是菩薩不能修三摩地門亦不能修陀羅尼門是菩薩不能修佛十力亦不能修四無所畏四無礙解大慈大悲大喜大捨十八佛不共法是菩薩不能修一切智亦不能修道相智一切相智諸天子若菩薩爲攝取地界故行爲棄捨地界故行爲攝取水火風空識界故行爲棄捨水火風空識界故行是菩薩不能修般若波羅蜜多亦不能修靜慮精進安忍淨戒布施波羅蜜多是菩薩不能證內空亦不能證外空內外空空空大空勝義空有爲空無爲空畢竟空無際空散空無變異空本性空自相空共相空一切法空不可得空無性空自性空無性自性空是菩薩不能證眞如亦不能證法界法性不虛妄性不變異性平等性離生性法定法住實際虛空界不思議界是菩薩不能修四念住亦不能修四正斷四神足五根五力七等覺支八聖道支是菩薩不能證苦聖諦亦不能證集滅道聖諦是菩薩不能修四靜慮亦不能修四無量四無色定是菩薩不能修八解脫亦不能修八勝處九次第定十徧

處是菩薩不能修空解脱門亦不能修無相無願解脱門是菩薩不能修五眼亦不能修六神通是菩薩不能修三摩地門亦不能修陁羅尼門是菩薩不能修佛十力亦不能修四無所畏四無礙解大慈大悲大喜大捨十八佛不共法是菩薩不能修一切智亦不能修道相智一切相智諸天子若菩薩爲攝取無明故行爲棄捨無明故行爲攝取行識名色六處觸受愛取有生老死故行爲棄捨行乃至老死故行是菩薩不能修般若波羅蜜多亦不能修靜慮精進安忍淨戒布施波羅蜜多是菩薩不能證内空亦不能證外空内外空空空大空勝義空有爲空無爲空畢竟空無際空散空無變異空本性空自相空共相空一切法空不可得空無性空自性空無性自性空是菩薩不能證眞如亦不能證法界法性不虚妄性不變異性平等性離生性法定法住實際虚空界不思議界是菩薩不能修四念住亦不能修四正斷四神足五根五力七等覺支八聖道支是菩薩不能證苦聖諦亦不能證集滅道聖諦是菩薩不能修四靜慮亦不能修四無量四無色定是菩薩不能修八解脱亦不能修八勝處九次第定十徧處是菩薩不能修空解脱門亦不能修無相無願解脱門是菩薩不能修五眼亦不能修六神通是菩薩不能修三摩地門亦不能修陁羅尼門是菩薩不能修佛十力亦不能修四無所畏四無礙解大慈大悲大喜大捨十八佛不共法是菩薩不能修一切智亦不能修道相智一切相智諸天子若菩薩爲

攝取布施波羅蜜多故行爲棄捨布施波羅蜜多故行爲攝取淨戒安忍精進靜慮般若波羅蜜多故行爲棄捨淨戒乃至般若波羅蜜多故行是菩薩不能修般若波羅蜜多亦不能修靜慮精進安忍淨戒布施波羅蜜多是菩薩不能證內空亦不能證外空內外空空空大空勝義空有爲空無爲空畢竟空無際空散空無變異空本性空自相空共相空一切法空不可得空無性空自性空無性自性空是菩薩不能證眞如亦不能證法界法性不虛妄性不變異性平等性離生性法定法住實際虛空界不思議界是菩薩不能修四念住亦不能修四正斷四神足五根五力七等覺支八聖道支是菩薩不能證苦聖諦亦不能證集滅道聖諦是菩薩不能修四靜慮亦不能修四無量四無色定是菩薩不能修八解脫亦不能修八勝處九次第定十徧處是菩薩不能修空解脫門亦不能修無相無願解脫門是菩薩不能修五眼亦不能修六神通是菩薩不能修三摩地門亦不能修陀羅尼門是菩薩不能修佛十力亦不能修四無所畏四無礙解大慈大悲大喜大捨十八佛不共法是菩薩不能修一切智亦不能修道相智一切相智諸天子若菩薩爲攝取內空故行爲棄捨內空故行爲攝取外空內外空空空大空勝義空有爲空無爲空畢竟空無際空散空無變異空本性空自相空共相空一切法空不可得空無性空自性空無性自性空故行爲棄捨外空乃至無性自性空故行是菩薩不能修般若波羅蜜多亦不

能修靜慮精進安忍淨戒布施波羅蜜多是菩薩不能證內空亦不能證外空內外空空空大空勝義空有爲空無爲空畢竟空無際空散空無變異空本性空自相空共相空一切法空不可得空無性空自性空無性自性空是菩薩不能證眞如亦不能證法界法性不虛妄性不變異性平等性離生性法定法住實際虛空界不思議界是菩薩不能修四念住亦不能修四正斷四神足五根五力七等覺支八聖道支是菩薩不能證苦聖諦亦不能證集滅道聖諦是菩薩不能修四靜慮亦不能修四無量四無色定是菩薩不能修八解脫亦不能修八勝處九次第定十徧處是菩薩不能修空解脫門亦不能修無相無願解脫門是菩薩不能修五眼亦不能修六神通是菩薩不能修三摩地門亦不能修陀羅尼門是菩薩不能修佛十力亦不能修四無所畏四無礙解大慈大悲大喜大捨十八佛不共法是菩薩不能修一切智亦不能修道相智一切相智諸天子若菩薩爲攝取眞如故行爲棄捨眞如故行爲攝取法界法性不虛妄性不變異性平等性離生性法定法住實際虛空界不思議界故行爲棄捨法界乃至不思議界故行是菩薩不能修般若波羅蜜多亦不能修靜慮精進安忍淨戒布施波羅蜜多是菩薩不能證內空亦不能證外空內外空空空大空勝義空有爲空無爲空畢竟空無際空散空無變異空本性空自相空共相空一切法空不可得空無性空自性空無性自性空是菩薩不能證眞如亦不能

證法界法性不虛妄性不變異性平等性離生性法定法住實際虛空界不思議界是菩薩不能修四念住亦不能修四正斷四神足五根五力七等覺支八聖道支是菩薩不能證苦聖諦亦不能證集滅道聖諦是菩薩不能修四靜慮亦不能修四無量四無色定是菩薩不能修八解脫亦不能修八勝處九次第定十徧處是菩薩不能修空解脫門亦不能修無相無願解脫門是菩薩不能修五眼亦不能修六神通是菩薩不能修三摩地門亦不能修陀羅尼門是菩薩不能修佛十力亦不能修四無所畏四無礙解大慈大悲大喜大捨十八佛不共法是菩薩不能修一切智亦不能修道相智一切相智諸天子若菩薩爲攝取四念住故行爲棄捨四念住故行爲攝取四正斷四神足五根五力七等覺支八聖道支故行爲棄捨四正斷乃至八聖道支故行是菩薩不能修般若波羅蜜多亦不能修靜慮精進安忍淨戒布施波羅蜜多是菩薩不能證內空亦不能證外空內外空空空大空勝義空有爲空無爲空畢竟空無際空散空無變異空本性空自相空共相空一切法空不可得空無性空自性空無性自性空是菩薩不能證眞如亦不能證法界法性不虛妄性不變異性平等性離生性法定法住實際虛空界不思議界是菩薩不能修四念住亦不能修四正斷四神足五根五力七等覺支八聖道支是菩薩不能證苦聖諦亦不能證集滅道聖諦是菩薩不能修四靜慮亦不能修四無量四無色定是菩薩不能修

八解脱亦不能修八勝處九次第定十徧處是菩薩不能修空解脱門亦不能修無相無願解脱門是菩薩不能修五眼亦不能修六神通是菩薩不能修三摩地門亦不能修陀羅尼門是菩薩不能修佛十力亦不能修四無所畏四無礙解大慈大悲大喜大捨十八佛不共法是菩薩不能修一切智亦不能修道相智一切相智諸天子若菩薩爲攝取苦聖諦故行爲棄捨苦聖諦故行爲攝取集滅道聖諦故行爲棄捨集滅道聖諦故行是菩薩不能修般若波羅蜜多亦不能修靜慮精進安忍淨戒布施波羅蜜多是菩薩不能證內空亦不能證外空內外空空空大空勝義空有爲空無爲空畢竟空無際空散空無變異空本性空自相空共相空一切法空不可得空無性空自性空無性自性空是菩薩不能證真如亦不能證法界法性不虛妄性不變異性平等性離生性法定法住實際虛空界不思議界是菩薩不能修四念住亦不能修四正斷四神足五根五力七等覺支八聖道支是菩薩不能證苦聖諦亦不能證集滅道聖諦是菩薩不能修四靜慮亦不能修四無量四無色定是菩薩不能修八解脱亦不能修八勝處九次第定十徧處是菩薩不能修空解脱門亦不能修無相無願解脱門是菩薩不能修五眼亦不能修六神通是菩薩不能修三摩地門亦不能修陀羅尼門是菩薩不能修佛十力亦不能修四無所畏四無礙解大慈大悲大喜大捨十八佛不共法是菩薩不能修一切智亦不能修道相智一切

相智諸天子若菩薩爲攝取四靜慮故行爲棄捨四靜慮故行爲攝取四無量四無色定故行爲棄捨四無量四無色定故行是菩薩不能修般若波羅蜜多亦不能修靜慮精進安忍淨戒布施波羅蜜多是菩薩不能證內空亦不能證外空內外空空空大空勝義空有爲空無爲空畢竟空無際空散空無變異空本性空自相空共相空一切法空不可得空無性空自性空無性自性空是菩薩不能證眞如亦不能證法界法性不虛妄性不變異性平等性離生性法定法住實際虛空界不思議界是菩薩不能修四念住亦不能修四正斷四神足五根五力七等覺支八聖道支是菩薩不能證苦聖諦亦不能證集滅道聖諦是菩薩不能修四靜慮亦不能修四無量四無色定是菩薩不能修八解脫亦不能修八勝處九次第定十徧處是菩薩不能修空解脫門亦不能修無相無願解脫門是菩薩不能修五眼亦不能修六神通是菩薩不能修三摩地門亦不能修陀羅尼門是菩薩不能修佛十力亦不能修四無所畏四無礙解大慈大悲大喜大捨十八佛不共法是菩薩不能修一切智亦不能修道相智一切相智諸天子若菩薩爲攝取八解脫故行爲棄捨八解脫故行爲攝取八勝處九次第定十徧處故行爲棄捨八勝處九次第定十徧處故行是菩薩不能修般若波羅蜜多亦不能修靜慮精進安忍淨戒布施波羅蜜多是菩薩不能證內空亦不能證外空內外空空空大空勝義空有爲空無爲空畢竟空無際空

散空無變異空本性空自相空共相空一切法空不可得空無性空自性空無性自性空是菩薩不能證眞如亦不能證法界法性不虛妄性不變異性平等性離生性法定法住實際虛空界不思議界是菩薩不能修四念住亦不能修四正斷四神足五根五力七等覺支八聖道支是菩薩不能證苦聖諦亦不能證集滅道聖諦是菩薩不能修四靜慮亦不能修四無量四無色定是菩薩不能修八解脫亦不能修八勝處九次第定十徧處是菩薩不能修空解脫門亦不能修無相無願解脫門是菩薩不能修五眼亦不能修六神通是菩薩不能修三摩地門亦不能修陀羅尼門是菩薩不能修佛十力亦不能修四無所畏四無礙解大慈大悲大喜大捨十八佛

不共法是菩薩不能修一切智亦不能修道相智一切相智諸天子若菩薩爲攝取空解脫門故行爲棄捨空解脫門故行爲攝取無相無願解脫門故行爲棄捨無相無願解脫門故行是菩薩不能修般若波羅蜜多亦不能修靜慮精進安忍淨戒布施波羅蜜多是菩薩不能證內空亦不能證外空內外空空空大空勝義空有爲空無爲空畢竟空無際空散空無變異空本性空自相空共相空一切法空不可得空無性空自性空無性自性空是菩薩不能證眞如亦不能證法界法性不虛妄性不變異性平等性離生性法定法住實際虛空界不思議界是菩薩不能修四念住亦不能修四正斷四神足五根五力七等覺支八聖道支是菩薩不能證苦聖諦亦

不能證集滅道聖諦是菩薩不能修四靜慮亦不能修四無量四無色定是菩薩不能修八解脫亦不能修八勝處九次第定十徧處是菩薩不能修空解脫門亦不能修無相無願解脫門是菩薩不能修五眼亦不能修六神通是菩薩不能修三摩地門亦不能修陀羅尼門是菩薩不能修佛十力亦不能修四無所畏四無礙解大慈大悲大喜大捨十八佛不共法是菩薩不能修一切智亦不能修道相智一切相智諸天子若菩薩爲攝取五眼故行爲棄捨五眼故行爲攝取六神通故行爲棄捨六神通故行是菩薩不能修般若波羅蜜多亦不能修靜慮精進安忍淨戒布施波羅蜜多是菩薩不能證內空亦不能證外空內外空空空大空勝義空有爲空無爲空畢竟空無際空散空無變異空本性空自相空共相空一切法空不可得空無性空自性空無性自性空是菩薩不能證眞如亦不能證法界法性不虛妄性不變異性平等性離生性法定法住實際虛空界不思議界是菩薩不能修四念住亦不能修四正斷四神足五根五力七等覺支八聖道支是菩薩不能證苦聖諦亦不能證集滅道聖諦是菩薩不能修四靜慮亦不能修四無量四無色定是菩薩不能修八解脫亦不能修八勝處九次第定十徧處是菩薩不能修空解脫門亦不能修無相無願解脫門是菩薩不能修五眼亦不能修六神通是菩薩不能修三摩地門亦不能修陀羅尼門是菩薩不能修佛十力亦不能修四無所畏四無礙解大慈大悲

大喜大捨十八佛不共法是菩薩不能修一切智亦不能修道相智一切相智

大般若波羅蜜多經卷第三百二十

大般若波羅蜜多經卷第三百二十一

唐三藏法師玄奘奉　詔譯

初分眞如品第四十七之四

諸天子若菩薩爲攝取三摩地門故行爲棄捨三摩地門故行爲攝取陀羅尼門故行爲棄捨陀羅尼門故行是菩薩不能修般若波羅蜜多亦不能修靜慮精進安忍淨戒布施波羅蜜多是菩薩不能證內空亦不能證外空內外空空空大空勝義空有爲空無爲空畢竟空無際空散空無變異空本性空自相空共相空一切法空不可得空無性空自性空無性自性空是菩薩不能證眞如亦不能證法界法性不虛妄性不變異性平等性離生性法定法住實際虛空界不思議界是菩薩不能修四念住亦不能修四正斷四神足五根五力七等覺支八聖道支是菩薩不能證苦聖諦亦不能證集滅道聖諦是菩薩不能修四靜慮亦不能修四無量四無色定是菩薩不能修八解脫亦不能修八勝處九次第定十遍處是菩薩不能修空解脫門亦不能修無相無願解脫門是菩薩不能修五眼亦不能修六神通是菩薩不能修三摩地門亦不能修陀羅尼門是菩薩不能修佛十力亦不能修四無所畏四無礙解大慈大悲大喜大捨十八佛不共法是菩薩不能修一切智亦不能修道相智一切相智諸天子若菩薩爲攝取佛十力故行爲棄捨佛十力故行爲攝取四無所畏四無礙解大慈大悲大喜大捨十八佛不共法故行爲棄捨四無所畏乃至十八佛不共法故行是菩薩不能修般

若波羅蜜多亦不能修靜慮精進安忍淨戒
布施波羅蜜多是菩薩不能證內空亦不能
證外空內外空空空大空勝義空有爲空無
爲空畢竟空無際空散空無變異空本性空
自相空共相空一切法空不可得空無性空
自性空無性自性空是菩薩不能證眞如亦
不能證法界法性不虛妄性不變異性平等
性離生性法定法住實際虛空界不思議界
是菩薩不能修四念住亦不能修四正斷四
神足五根五力七等覺支八聖道支是菩薩
不能證苦聖諦亦不能證集滅道聖諦是菩
薩不能修四靜慮亦不能修四無量四無色
定是菩薩不能修八解脫亦不能修八勝處
九次第定十遍處是菩薩不能修空解脫門
亦不能修無相無願解脫門是菩薩不能修
五眼亦不能修六神通是菩薩不能修三摩
地門亦不能修陀羅尼門是菩薩不能修佛
十力亦不能修四無所畏四無礙解大慈大
悲大喜大捨十八佛不共法是菩薩不能修
一切智亦不能修道相智一切相智諸天子
若菩薩爲攝取預流果故行爲棄捨預流果
故行爲攝取一來不還阿羅漢果故行爲棄
捨一來不還阿羅漢果故行是菩薩不能修
般若波羅蜜多亦不能修靜慮精進安忍淨
戒布施波羅蜜多是菩薩不能證內空亦不
能證外空內外空空空大空勝義空有爲空
無爲空畢竟空無際空散空無變異空本性
空自相空共相空一切法空不可得空無性
空自性空無性自性空是菩薩不能證眞如
亦不能證法界法性不虛妄性不變異性平

等性離生性法定法住實際虛空界不思議界是菩薩不能修四念住亦不能修四正斷四神足五根五力七等覺支八聖道支是菩薩不能證苦聖諦亦不能證集滅道聖諦是菩薩不能修四靜慮亦不能修四無量四無色定是菩薩不能修八解脫亦不能修八勝處九次第定十遍處是菩薩不能修空解脫門亦不能修無相無願解脫門是菩薩不能修五眼亦不能修六神通是菩薩不能修三摩地門亦不能修陀羅尼門是菩薩不能修佛十力亦不能修四無所畏四無礙解大慈大悲大喜大捨十八佛不共法是菩薩不能修一切智亦不能修道相智一切相智諸天子若菩薩為攝取獨覺菩提故行為棄捨獨覺菩提故行是菩薩不能修般若波羅蜜多亦不能修靜慮精進安忍淨戒布施波羅蜜多是菩薩不能證內空亦不能證外空內外空空空大空勝義空有為空無為空畢竟空無際空散空無變異空本性空自相空共相空一切法空不可得空無性空自性空無性自性空是菩薩不能證眞如亦不能證法界法性不虛妄性不變異性平等性離生性法定法住實際虛空界不思議界是菩薩不能修四念住亦不能修四正斷四神足五根五力七等覺支八聖道支是菩薩不能證苦聖諦亦不能證集滅道聖諦是菩薩不能修四靜慮亦不能修四無量四無色定是菩薩不能修八解脫亦不能修八勝處九次第定十遍處是菩薩不能修空解脫門亦不能修無相無願解脫門是菩薩不能修五眼亦不能

修六神通是菩薩不能修三摩地門亦不能修陀羅尼門是菩薩不能修佛十力亦不能修四無所畏四無礙解大慈大悲大喜大捨十八佛不共法是菩薩不能修一切智亦不能修道相智一切相智諸天子若菩薩爲攝取一切智故行爲棄捨一切智故行爲攝取道相智一切相智故行爲棄捨道相智一切相智故行是菩薩不能修般若波羅蜜多亦不能修靜慮精進安忍淨戒布施波羅蜜多是菩薩不能證內空亦不能證外空內外空空空大空勝義空有爲空無爲空畢竟空無際空散空無變異空本性空自相空共相空一切法空不可得空無性空自性空無性自性空是菩薩不能證眞如亦不能證法界法性不虛妄性不變異性平等性離生性法定法住實際虛空界不思議界是菩薩不能修四念住亦不能修四正斷四神足五根五力七等覺支八聖道支是菩薩不能證苦聖諦亦不能證集滅道聖諦是菩薩不能修四靜慮亦不能修四無量四無色定是菩薩不能修八解脫亦不能修八勝處九次第定十遍處是菩薩不能修空解脫門亦不能修無相無願解脫門是菩薩不能修五眼亦不能修六神通是菩薩不能修三摩地門亦不能修陀羅尼門是菩薩不能修佛十力亦不能修四無所畏四無礙解大慈大悲大喜大捨十八佛不共法是菩薩不能修一切智亦不能修道相智一切相智爾時具壽善現白佛言世尊此深妙法隨順一切法此深妙法隨順何等一切法世尊此深妙法隨順般若波羅

蜜多亦隨順靜慮精進安忍淨戒布施波羅蜜多世尊此深妙法隨順內空亦隨順外空內外空空空大空勝義空有為空無為空畢竟空無際空散空無變異空本性空自相空共相空一切法空不可得空無性空自性空無性自性空世尊此深妙法隨順真如亦隨順法界法性不虛妄性不變異性平等性離生性法定法住實際虛空界不思議界世尊此深妙法隨順四念住亦隨順四正斷四神足五根五力七等覺支八聖道支世尊此深妙法隨順苦聖諦亦隨順集滅道聖諦世尊此深妙法隨順四靜慮亦隨順四無量四無色定世尊此深妙法隨順八解脫亦隨順八勝處九次第定十遍處世尊此深妙法隨順空解脫門亦隨順無相無願解脫門世尊此深妙法隨順五眼亦隨順六神通世尊此深妙法隨順三摩地門亦隨順陀羅尼門世尊此深妙法隨順佛十力亦隨順四無所畏四無礙解大慈大悲大喜大捨十八佛不共法世尊此深妙法隨順一切智亦隨順道相智一切相智世尊此深妙法都無有礙此深妙法於何無礙世尊此深妙法於色無礙於受想行識無礙世尊此深妙法於眼處無礙於耳鼻舌身意處無礙世尊此深妙法於色處無礙於聲香味觸法處無礙世尊此深妙法於眼界無礙於耳鼻舌身意界無礙世尊此深妙法於色界無礙於聲香味觸法界無礙世尊此深妙法於眼識界無礙於耳鼻舌身意識界無礙世尊此深妙法於眼觸無礙於耳鼻舌身意觸無礙世尊此深妙法於眼觸

爲緣所生諸受無礙於耳鼻舌身意觸爲緣所生諸受無礙世尊此深妙法於地界無礙於水火風空識界無礙世尊此深妙法於無明無礙於行識名色六處觸受愛取有生老死無礙世尊此深妙法於布施波羅蜜多無礙於淨戒安忍精進靜慮般若波羅蜜多無礙世尊此深妙法於内空無礙於外空内外空空空大空勝義空有爲空無爲空畢竟空無際空散空無變異空本性空自相空共相空一切法空不可得空無性空自性空無性自性空無礙世尊此深妙法於眞如無礙於法界法性不虛妄性不變異性平等性離生性法定法住實際虛空界不思議界無礙世尊此深妙法於四念住無礙於四正斷四神足五根五力七等覺支八聖道支無礙世尊此深妙法於苦聖諦無礙於集滅道聖諦無礙世尊此深妙法於四靜慮無礙於四無量四無色定無礙世尊此深妙法於八解脱無礙於八勝處九次第定十遍處無礙世尊此深妙法於空解脱門無礙於無相無願解脱門無礙世尊此深妙法於五眼無礙於六神通無礙世尊此深妙法於三摩地門無礙於陀羅尼門無礙世尊此深妙法於佛十力無礙於四無所畏四無礙解大慈大悲大喜大捨十八佛不共法無礙世尊此深妙法於預流果無礙於一來不還阿羅漢果無礙世尊此深妙法於獨覺菩提無礙世尊此深妙法於一切智無礙於道相智一切相智無礙世尊此深妙法以無礙爲相何以故世尊虛空平等性故眞如平等性故法界平等性故法

性平等性故不虛妄性平等性故不變異性平等性故平等性平等性故離生性平等性故法定平等性故法住平等性故實際平等性故虛空界平等性故不思議界平等性故空無相無願平等性故無造無作平等性故無染無淨平等性故世尊此深妙法無生無滅何以故世尊色無生無滅故受想行識無生無滅故世尊眼處無生無滅故耳鼻舌身意處無生無滅故世尊色處無生無滅故聲香味觸法處無生無滅故世尊眼界無生無滅故耳鼻舌身意界無生無滅故世尊色界無生無滅故聲香味觸法界無生無滅故世尊眼識界無生無滅故耳鼻舌身意識界無生無滅故世尊眼觸無生無滅故耳鼻舌身意觸無生無滅故世尊眼觸爲緣所生諸受

無生無滅故耳鼻舌身意觸爲緣所生諸受無生無滅故世尊地界無生無滅故水火風空識界無生無滅故世尊無明無生無滅故行識名色六處觸受愛取有生老死無生無滅故世尊布施波羅蜜多無生無滅故淨戒安忍精進靜慮般若波羅蜜多無生無滅故世尊內空無生無滅故外空內外空空空大空勝義空有爲空無爲空畢竟空無際空散空無變異空本性空自相空共相空一切法空不可得空無性空自性空無性自性空無生無滅故世尊眞如無生無滅故法界法性不虛妄性不變異性平等性離生性法定法住實際虛空界不思議界無生無滅故世尊四念住無生無滅故四正斷四神足五根五力七等覺支八聖道支無生無滅故世尊苦

聖諦無生無滅故集滅道聖諦無生無滅故世尊四靜慮無生無滅故四無量四無色定無生無滅故世尊八解脫無生無滅故八勝處九次第定十遍處無生無滅故世尊空解脫門無生無滅故無相無願解脫門無生無滅故世尊五眼無生無滅故六神通無生無滅故世尊三摩地門無生無滅故陀羅尼門無生無滅故世尊佛十力無生無滅故四無所畏四無礙解大慈大悲大喜大捨十八佛不共法無生無滅故世尊預流果無生無滅故一來不還阿羅漢果無生無滅故世尊獨覺菩提無生無滅故世尊一切智無生無滅故道相智一切相智無生無滅故世尊此深妙法都無足迹何以故世尊色足迹不可得故受想行識足迹不可得故世尊眼處足迹不可得故耳鼻舌身意處足迹不可得故世尊色處足迹不可得故聲香味觸法處足迹不可得故世尊眼界足迹不可得故耳鼻舌身意界足迹不可得故世尊色界足迹不可得故聲香味觸法界足迹不可得故世尊眼識界足迹不可得故耳鼻舌身意識界足迹不可得故世尊眼觸足迹不可得故耳鼻舌身意觸足迹不可得故世尊眼觸爲緣所生諸受足迹不可得故耳鼻舌身意觸爲緣所生諸受足迹不可得故世尊地界足迹不可得故水火風空識界足迹不可得故世尊無明足迹不可得故行識名色六處觸受愛取有生老死足迹不可得故世尊布施波羅蜜多足迹不可得故淨戒安忍精進靜慮般若波羅蜜多足迹不可得故世尊内空足迹不

可得故外空內外空空空大空勝義空有爲空無爲空畢竟空無際空散空無變異空本性空自相空共相空一切法空不可得空無性空自性空無性自性空足迹不可得故世尊眞如足迹不可得故法界法性不虛妄性不變異性平等性離生性法定法住實際虛空界不思議界足迹不可得故世尊四念住足迹不可得故四正斷四神足五根五力七等覺支八聖道支足迹不可得故世尊苦聖諦足迹不可得故集滅道聖諦足迹不可得故世尊四靜慮足迹不可得故四無量四無色定足迹不可得故世尊八解脫足迹不可得故八勝處九次第定十遍處足迹不可得故世尊空解脫門足迹不可得故無相無願解脫門足迹不可得故世尊五眼足迹不可得故六神通足迹不可得故世尊三摩地門足迹不可得故陀羅尼門足迹不可得故世尊佛十力足迹不可得故四無所畏四無礙解大慈大悲大喜大捨十八佛不共法足迹不可得故世尊預流果足迹不可得故一來不還阿羅漢果足迹不可得故世尊獨覺菩提足迹不可得故世尊一切智足迹不可得故道相智一切相智足迹不可得故時欲色界諸天子復白佛言世尊上座善現隨如來生佛眞弟子所以者何上座善現諸所說法一切皆與空相應故爾時善現告欲色界諸天子言汝諸天子說我善現隨如來生佛眞弟子云何善現隨如來生謂隨如來眞如生故所以者何如來眞如無來無去上座善現眞如亦爾無來無去由此故說上座善現隨

如來生復次如來真如即一切法真如一切法真如即如來真如如是真如無真如性亦無不真如性上座善現真如亦爾由此故說上座善現隨如來生復次如來真如常住爲相上座善現真如亦爾常住爲相由此故說上座善現隨如來生復次如來真如無變異無分別遍諸法轉上座善現真如亦爾無變異無分別遍諸法轉由此故說上座善現隨如來生復次如來真如無所罣礙一切法真如亦無所罣礙若如來真如若一切法真如同一真如無二無別無造無作如是真如常真如相無時非真如相以常真如相無時非真如相故無二無別上座善現真如亦爾由此故說上座善現隨如來生復次如來真如於一切處無憶念無分別上座善現真如亦爾於一切處無憶念無分別由此故說上座善現隨如來生復次如來真如無別無異不可得上座善現真如亦爾無別無異不可得由此故說上座善現隨如來生復次如來真如不離一切法真如一切法真如不離如來真如如是真如常真如相無時非真如相上座善現真如亦爾由此故說上座善現隨如來生雖說隨生而無所隨生以善現真如不異佛故復次如來真如非過去非未來非現在一切法真如亦非過去非未來非現在上座善現真如亦爾由此故說上座善現隨如來生復次過去真如平等故如來真如平等如來真如平等故過去真如平等未來真如平等故如來真如平等如來真如平等故未來真如平等現在真如平等故如來真如平

等如來眞如平等故現在眞如平等若過去未來現在眞如平等若如來眞如平等同一眞如平等無二無別復次色眞如平等故如來眞如平等如來眞如平等故色眞如平等受想行識眞如平等故如來眞如平等如來眞如平等故受想行識眞如平等如是若色眞如平等若受想行識眞如平等若如來眞如平等同一眞如平等無二無別復次眼處眞如平等故如來眞如平等如來眞如平等故眼處眞如平等耳鼻舌身意處眞如平等故如來眞如平等如來眞如平等故耳鼻舌身意處眞如平等如是若眼處眞如平等若耳鼻舌身意處眞如平等若如來眞如平等同一眞如平等無二無別復次色處眞如平等故如來眞如平等如來眞如平等故色處眞如平等聲香味觸法處眞如平等故如來眞如平等如來眞如平等故聲香味觸法處眞如平等如是若色處眞如平等若聲香味觸法處眞如平等若如來眞如平等同一眞如平等無二無別復次眼界眞如平等故如來眞如平等如來眞如平等故眼界眞如平等耳鼻舌身意界眞如平等故如來眞如平等如來眞如平等故耳鼻舌身意界眞如平等如是若眼界眞如平等若耳鼻舌身意界眞如平等若如來眞如平等同一眞如平等無二無別復次色界眞如平等故如來眞如平等如來眞如平等故色界眞如平等聲香味觸法界眞如平等故如來眞如平等如來眞如平等故聲香味觸法界眞如平等如是若色界眞如平等若聲香味觸法界眞如平

等若如來眞如平等同一眞如平等無二無別復次眼識界眞如平等故如來眞如平等如來眞如平等故眼識界眞如平等耳鼻舌身意識界眞如平等故如來眞如平等如來眞如平等故耳鼻舌身意識界眞如平等如是若眼識界眞如平等若耳鼻舌身意識界眞如平等若如來眞如平等同一眞如平等無二無別復次眼觸眞如平等故如來眞如平等如來眞如平等故眼觸眞如平等耳鼻舌身意觸眞如平等故如來眞如平等如來眞如平等故耳鼻舌身意觸眞如平等如是若眼觸眞如平等若耳鼻舌身意觸眞如平等若如來眞如平等同一眞如平等無二無別復次眼觸爲緣所生諸受眞如平等故如來眞如平等如來眞如平等故眼觸爲緣所生諸受眞如平等耳鼻舌身意觸爲緣所生諸受眞如平等故如來眞如平等如來眞如平等故耳鼻舌身意觸爲緣所生諸受眞如平等如是若眼觸爲緣所生諸受眞如平等若耳鼻舌身意觸爲緣所生諸受眞如平等若如來眞如平等同一眞如平等無二無別復次地界眞如平等故如來眞如平等如來眞如平等故地界眞如平等水火風空識界眞如平等故如來眞如平等如來眞如平等故水火風空識界眞如平等如是若地界眞如平等若水火風空識界眞如平等若如來眞如平等同一眞如平等無二無別復次無明眞如平等故如來眞如平等如來眞如平等故無明眞如平等行識名色六處觸受愛取有生老死眞如平等故如來眞如平等如

來眞如平等故行乃至老死眞如平等如是若無明眞如平等若行乃至老死眞如平等若如來眞如平等同一眞如平等無二無別復次布施波羅蜜多眞如平等故如來眞如平等如來眞如平等故布施波羅蜜多眞如平等淨戒安忍精進靜慮般若波羅蜜多眞如平等故如來眞如平等如來眞如平等故淨戒乃至般若波羅蜜多眞如平等如是若布施波羅蜜多眞如平等若淨戒乃至般若波羅蜜多眞如平等若如來眞如平等同一眞如平等無二無別復次内空眞如平等故如來眞如平等如來眞如平等故内空眞如平等外空内外空空空大空勝義空有爲空無爲空畢竟空無際空散空無變異空本性空自相空共相空一切法空不可得空無性空自性空無性自性空眞如平等故如來眞如平等如來眞如平等故外空乃至無性自性空眞如平等如是若内空眞如平等若外空乃至無性自性空眞如平等若如來眞如平等同一眞如平等無二無別復次眞如眞如平等故如來眞如平等如來眞如平等故眞如眞如平等法界法性不虛妄性不變異性平等性離生性法定法住實際虛空界不思議界眞如平等故如來眞如平等如來眞如平等故法界乃至不思議界眞如平等如是若眞如眞如平等若法界乃至不思議界眞如平等若如來眞如平等同一眞如平等無二無別復次四念住眞如平等故如來眞如平等如來眞如平等故四念住眞如平等四正斷四神足五根五力七等覺支八聖道

支眞如平等故如來眞如平等如來眞如平等故四正斷乃至八聖道支眞如平等如是若四念住眞如平等若四正斷乃至八聖道支眞如平等若如來眞如平等同一眞如平等無二無別復次苦聖諦眞如平等故如來眞如平等如來眞如平等故苦聖諦眞如平等集滅道聖諦眞如平等故如來眞如平等如來眞如平等故集滅道聖諦眞如平等如是若苦聖諦眞如平等若集滅道聖諦眞如平等若如來眞如平等同一眞如平等無二無別復次四靜慮眞如平等故如來眞如平等如來眞如平等故四靜慮眞如平等四無量四無色定眞如平等故如來眞如平等如來眞如平等故四無量四無色定眞如平等如是若四靜慮眞如平等若四無量四無色定眞如平等若如來眞如平等同一眞如平等無二無別復次八解脫眞如平等故如來眞如平等如來眞如平等故八解脫眞如平等八勝處九次第定十遍處眞如平等故如來眞如平等如來眞如平等故八勝處九次第定十遍處眞如平等如是若八解脫眞如平等若八勝處九次第定十遍處眞如平等若如來眞如平等同一眞如平等無二無別復次空解脫門眞如平等故如來眞如平等如來眞如平等故空解脫門眞如平等無相無願解脫門眞如平等故如來眞如平等如來眞如平等故無相無願解脫門眞如平等如是若空解脫門眞如平等若無相無願解脫門眞如平等若如來眞如平等同一眞如平等無二無別復次五眼眞如平等故如來

眞如平等如來眞如平等故五眼眞如平等六神通眞如平等故如來眞如平等如來眞如平等故六神通眞如平等如是若五眼眞如平等若六神通眞如平等若如來眞如平等同一眞如平等無二無別復次三摩地門眞如平等故如來眞如平等如來眞如平等故三摩地門眞如平等陀羅尼門眞如平等故如來眞如平等如來眞如平等故陀羅尼門眞如平等如是若三摩地門眞如平等若陀羅尼門眞如平等若如來眞如平等同一眞如平等無二無別復次佛十力眞如平等故如來眞如平等如來眞如平等故佛十力眞如平等四無所畏四無礙解大慈大悲大喜大捨十八佛不共法眞如平等故如來眞如平等如來眞如平等故四無所畏乃至十

八佛不共法眞如平等如是若佛十力眞如平等若四無所畏乃至十八佛不共法眞如平等若如來眞如平等同一眞如平等無二無別復次預流果眞如平等故如來眞如平等如來眞如平等故預流果眞如平等一來不還阿羅漢果眞如平等故如來眞如平等如來眞如平等故一來不還阿羅漢果眞如平等如是若預流果眞如平等若一來不還阿羅漢果眞如平等若如來眞如平等同一眞如平等無二無別復次獨覺菩提眞如平等故如來眞如平等如來眞如平等故獨覺菩提眞如平等如是若獨覺菩提眞如平等若如來眞如平等同一眞如平等無二無別復次一切智眞如平等故如來眞如平等如來眞如平等故一切智眞如平等道相智一

切相智眞如平等故如來眞如平等如來眞如平等故道相智一切相智眞如平等如是若一切智眞如平等若道相智一切相智眞如平等若如來眞如平等同一眞如平等無二無别諸天子菩薩摩訶薩現證如是一切法眞如平等故説名如來應正等覺上座善現於此眞如能深信解由此故説上座善現隨如來生

大般若波羅蜜多經卷第三百二十一

大般若波羅蜜多經卷第三百二十二

唐三藏法師玄奘奉　詔譯

初分眞如品第四十七之五

正說如是眞如相時於此三千大千世界六種變動東涌西没西涌東没南涌北没北涌南没中涌邊没邊涌中没時欲色界諸天子復以天上多揭羅香多摩羅香栴檀香末及以天上嗢鉢羅華鉢特摩華拘某陁華奔茶利華美妙香華美妙音華大美妙音華奉散世尊及善現上座而白佛言甚奇世尊未曾有也上座善現由眞如故隨如来生爾時善現告欲色界諸天子言天子當知上座善現不由色故隨如来生不由色眞如故隨如来生不離色故隨如来生不離色眞如故隨如来生不由受想行識故隨如来生不由受想行識眞如故隨如来生不離受想行識故隨如来生不離受想行識眞如故隨如来生天子當知上座善現不由眼處故隨如来生不由眼處眞如故隨如来生不離眼處故隨如来生不離眼處眞如故隨如来生不由耳鼻舌身意處故隨如来生不由耳鼻舌身意處眞如故隨如来生不離耳鼻舌身意處故隨如来生不離耳鼻舌身意處眞如故隨如来生天子當知上座善現不由色處故隨如来生不由色處眞如故隨如来生不離色處故隨如来生不離色處眞如故隨如来生不由聲香味觸法處故隨如来生不由聲香味觸法處眞如故隨如来生不離聲香味觸法處故隨如来生不離聲香味觸法處眞如故隨如来生天子當知上座善現不由眼界故隨

如来生不由眼界眞如故隨如来生不離眼界故隨如来生不離眼界眞如故隨如来生不由耳鼻舌身意界故隨如来生不由耳鼻舌身意界眞如故隨如来生不離耳鼻舌身意界故隨如来生不離耳鼻舌身意界眞如故隨如来生天子當知上座善現不由色界故隨如来生不由色界眞如故隨如来生不離色界故隨如来生不離色界眞如故隨如来生不由聲香味觸法界故隨如来生不由聲香味觸法界眞如故隨如来生不離聲香味觸法界故隨如来生不離聲香味觸法界眞如故隨如来生天子當知上座善現不由眼識界故隨如来生不由眼識界眞如故隨如来生不離眼識界故隨如来生不離眼識界眞如故隨如来生不由耳鼻舌身意識界故隨如来生不由耳鼻舌身意識界眞如故隨如来生不離耳鼻舌身意識界故隨如来生不離耳鼻舌身意識界眞如故隨如来生天子當知上座善現不由眼觸故隨如来生不由眼觸眞如故隨如来生不離眼觸故隨如来生不離眼觸眞如故隨如来生不由耳鼻舌身意觸故隨如来生不由耳鼻舌身意觸眞如故隨如来生不離耳鼻舌身意觸故隨如来生不離耳鼻舌身意觸眞如故隨如来生天子當知上座善現不由眼觸爲縁所生諸受故隨如来生不由眼觸爲縁所生諸受眞如故隨如来生不離眼觸爲縁所生諸受故隨如来生不離眼觸爲縁所生諸受眞如故隨如来生不由耳鼻舌身意觸爲縁所生諸受故隨如来生不由耳鼻舌身意觸爲

縁所生諸受眞如故隨如来生不離耳鼻舌身意觸爲縁所生諸受故隨如来生不離耳鼻舌身意觸爲縁所生諸受眞如故隨如来生天子當知上座善現不由地界故隨如来生不由地界眞如故隨如来生不離地界故隨如来生不離地界眞如故隨如来生不由水火風空識界故隨如来生不由水火風空識界眞如故隨如来生不離水火風空識界故隨如来生不離水火風空識界眞如故隨如来生不子當知上座善現不由無明故隨如来生不由無明眞如故隨如来生不離無明故隨如来生不離無明眞如故隨如来生不由行識名色六處觸受愛取有生老死故隨如来生不由行乃至老死眞如故隨如来生不離行乃至老死故隨如来生不離行乃至老死眞如故隨如来生天子當知上座善現不由我故隨如来生不由我眞如故隨如来生不離我故隨如来生不離我眞如故隨如来生不由有情命者生者養者士夫補特伽羅意生儒童作者受者知者見者故隨如来生不由有情乃至見者眞如故隨如来生不離有情乃至見者故隨如来生不離有情乃至見者眞如故隨如来生天子當知上座善現不由布施波羅蜜多故隨如来生不由布施波羅蜜多眞如故隨如来生不離布施波羅蜜多故隨如来生不離布施波羅蜜多眞如故隨如来生不由淨戒安忍精進靜慮般若波羅蜜多故隨如来生不由淨戒乃至般若波羅蜜多眞如故隨如来生不離淨戒乃至般若波羅蜜多故隨如来生不離淨戒

乃至般若波羅蜜多眞如故隨如来生天子當知上座善現不由内空故隨如来生不由内空眞如故隨如来生不離内空故隨如来生不離内空眞如故隨如来生不由外空内外空空空大空勝義空有爲空無爲空畢竟空無際空散空無變異空本性空自相空共相空一切法空不可得空無性空自性空無性自性空故隨如来生不由外空乃至無性自性空眞如故隨如来生不離外空乃至無性自性空故隨如来生不離外空乃至無性自性空眞如故隨如来生天子當知上座善現不由眞如故隨如来生不由眞如眞如故隨如来生不離眞如故隨如来生不離眞如眞如故隨如来生不由法界法性不虚妄性不變異性平等性離生性法定法住實際虚空界不思議界故隨如来生不由法界乃至不思議界眞如故隨如来生不離法界乃至不思議界故隨如來生不離法界乃至不思議界眞如故隨如来生天子當知上座善現不由四念住故隨如来生不由四念住眞如故隨如来生不離四念住故隨如来生不離四念住眞如故隨如来生不由四正斷四神足五根五力七等覺支八聖道支故隨如来生不由四正斷乃至八聖道支眞如故隨如来生不離四正斷乃至八聖道支故隨如来生不離四正斷乃至八聖道支眞如故隨如来生天子當知上座善現不由苦聖諦故隨如来生不由苦聖諦眞如故隨如来生不離苦聖諦故隨如来生不離苦聖諦眞如故隨如来生不由集滅道聖諦故隨如来生不由

集滅道聖諦眞如故隨如来生不離集滅道聖諦故隨如来生不離集滅道聖諦眞如故隨如来生天子當知上座善現不由四靜慮故隨如来生不由四靜慮眞如故隨如来生不離四靜慮故隨如来生不離四靜慮眞如故隨如来生不由四無量四無色定故隨如来生不由四無量四無色定眞如故隨如来生不離四無量四無色定故隨如来生不離四無量四無色定眞如故隨如来生天子當知上座善現不由八解脫故隨如来生不由八解脫眞如故隨如来生不離八解脫故隨如来生不離八解脫眞如故隨如来生不由八勝處九次第定十遍處故隨如来生不由八勝處九次第定十遍處眞如故隨如来生不離八勝處九次第定十遍處故隨如来生不離八勝處九次第定十遍處眞如故隨如来生天子當知上座善現不由空解脫門故隨如来生不由空解脫門眞如故隨如来生不離空解脫門故隨如来生不離空解脫門眞如故隨如来生不由無相無願解脫門故隨如来生不由無相無願解脫門眞如故隨如来生不離無相無願解脫門故隨如来生不離無相無願解脫門眞如故隨如来生天子當知上座善現不由五眼故隨如来生不由五眼眞如故隨如来生不離五眼故隨如来生不離五眼眞如故隨如来生不由六神通故隨如来生不由六神通眞如故隨如来生不離六神通故隨如来生不離六神通眞如故隨如来生天子當知上座善現不由三摩地門故隨如来生不由三摩地門眞如故

隨如来生不離三摩地門故隨如来生不離三摩地門眞如故隨如来生不由陀羅尼門故隨如来生不由陀羅尼門眞如故隨如来生不離陀羅尼門故隨如来生不離陀羅尼門眞如故隨如来生天子當知上座善現不由佛十力故隨如来生不由佛十力眞如故隨如来生不離佛十力故隨如来生不離佛十力眞如故隨如来生不由四無所畏四無礙解大慈大悲大喜大捨十八佛不共法故隨如来生不由四無所畏乃至十八佛不共法眞如故隨如來生不離四無所畏乃至十八佛不共法故隨如来生不離四無所畏乃至十八佛不共法眞如故隨如来生天子當知上座善現不由預流果故隨如来生不由預流果眞如故隨如来生不離預流果故隨如来生不離預流果眞如故隨如来生不由一来不還阿羅漢果故隨如来生不由一来不還阿羅漢果眞如故隨如来生不離一来不還阿羅漢果故隨如来生不離一来不還阿羅漢果眞如故隨如来生天子當知上座善現不由獨覺菩提故隨如来生不由獨覺菩提眞如故隨如来生不離獨覺菩提故隨如来生不離獨覺菩提眞如故隨如来生天子當知上座善現不由一切智故隨如来生不由一切智眞如故隨如来生不離一切智故隨如来生不離一切智眞如故隨如来生不由道相智一切相智故隨如来生不由道相智一切相智眞如故隨如来生不離道相智一切相智故隨如来生不離道相智一切相智眞如故隨如来生天子當知上座善現

不由有爲故隨如来生不由有爲眞如故隨如来生不離有爲故隨如来生不離有爲眞如故隨如来生天子當知上座善現不由無爲故隨如来生不由無爲眞如故隨如来生不離無爲故隨如来生不離無爲眞如故隨如来生何以故諸天子是一切法都無所有諸隨生者若所隨生由此隨生及隨生處皆不可得爾時具壽舍利子白佛言世尊諸法眞如法界法性不虛妄性不變異性平等性離生性法定法住實際虛空界不思議界皆最甚深世尊此中色不可得色眞如亦不可得何以故此中色尚不可得况有色眞如可得此中受想行識不可得受想行識眞如亦不可得何以故此中受想行識尚不可得况有受想行識眞如可得世尊此中眼處不可得眼處眞如亦不可得何以故此中眼處尚不可得况有眼處眞如可得此中耳鼻舌身意處不可得耳鼻舌身意處眞如亦不可得何以故此中耳鼻舌身意處尚不可得况有耳鼻舌身意處眞如可得世尊此中色處不可得色處眞如亦不可得何以故此中色處尚不可得况有色處眞如可得此中聲香味觸法處不可得聲香味觸法處眞如亦不可得何以故此中聲香味觸法處尚不可得况有聲香味觸法處眞如可得世尊此中眼界不可得眼界眞如亦不可得何以故此中眼界尚不可得况有眼界眞如可得此中耳鼻舌身意界不可得耳鼻舌身意界眞如亦不可得何以故此中耳鼻舌身意界尚不可得况有耳鼻舌身意界眞如可得世尊此中色

界不可得色界眞如亦不可得何以故此中
色界尚不可得況有色界眞如可得此中聲
香味觸法界不可得聲香味觸法界眞如亦
不可得何以故此中聲香味觸法界尚不可
得況有聲香味觸法界眞如可得世尊此中
眼識界不可得眼識界眞如亦不可得何以
故此中眼識界尚不可得況有眼識界眞如
可得此中耳鼻舌身意識界不可得耳鼻舌
身意識界眞如亦不可得何以故此中耳鼻
舌身意識界尚不可得況有耳鼻舌身意識
界眞如可得世尊此中眼觸不可得眼觸眞
如亦不可得何以故此中眼觸尚不可得況
有眼觸眞如可得此中耳鼻舌身意觸不可
得耳鼻舌身意觸眞如亦不可得何以故此
中耳鼻舌身意觸尚不可得況有耳鼻舌身
意觸眞如可得世尊此中眼觸爲緣所生諸
受不可得眼觸爲緣所生諸受眞如亦不可
得何以故此中眼觸爲緣所生諸受尚不可
得況有眼觸爲緣所生諸受眞如可得此中
耳鼻舌身意觸爲緣所生諸受不可得耳鼻
舌身意觸爲緣所生諸受眞如亦不可得何
以故此中耳鼻舌身意觸爲緣所生諸受尚
不可得況有耳鼻舌身意觸爲緣所生諸受
眞如可得世尊此中地界不可得地界眞如
亦不可得何以故此中地界尚不可得況有
地界眞如可得此中水火風空識界不可得
水火風空識界眞如亦不可得何以故此中
水火風空識界尚不可得況有水火風空識
界眞如可得世尊此中無明不可得無明眞
如亦不可得何以故此中無明尚不可得況

有無明真如可得此中行識名色六處觸受愛取有生老死不可得行乃至老死真如亦不可得何以故此中行乃至老死尚不可得況有行乃至老死真如可得世尊此中布施波羅蜜多不可得布施波羅蜜多真如亦不可得何以故此中布施波羅蜜多尚不可得況有布施波羅蜜多真如可得此中淨戒安忍精進靜慮般若波羅蜜多不可得淨戒乃至般若波羅蜜多真如亦不可得何以故此中淨戒乃至般若波羅蜜多尚不可得況有淨戒乃至般若波羅蜜多真如可得世尊此中內空不可得內空真如亦不可得何以故此中內空尚不可得況有內空真如可得此中外空內外空空空大空勝義空有爲空無爲空畢竟空無際空散空無變異空本性空自相空共相空一切法空不可得空無性空自性空無性自性空不可得外空乃至無性自性空真如亦不可得何以故此中外空乃至無性自性空尚不可得況有外空乃至無性自性空真如可得世尊此中真如不可得真如真如亦不可得何以故此中真如尚不可得況有真如真如可得此中法界法性不虛妄性不變異性平等性離生性法定法住實際虛空界不思議界不可得法界乃至不思議界真如亦不可得何以故此中法界乃至不思議界尚不可得況有法界乃至不思議界真如可得世尊此中四念住不可得四念住真如亦不可得何以故此中四念住尚不可得況有四念住真如可得此中四正斷四神足五根五力七等覺支八聖道支不可

得四正斷乃至八聖道支眞如亦不可得何以故此中四正斷乃至八聖道支尚不可得况有四正斷乃至八聖道支眞如可得世尊此中苦聖諦不可得苦聖諦眞如亦不可得何以故此中苦聖諦尚不可得况有苦聖諦眞如可得此中集滅道聖諦不可得集滅道聖諦眞如亦不可得何以故此中集滅道聖諦尚不可得况有集滅道聖諦眞如可得世尊此中四靜慮不可得四靜慮眞如亦不可得何以故此中四靜慮尚不可得况有四靜慮眞如可得此中四無量四無色定不可得四無量四無色定眞如亦不可得何以故此中四無量四無色定尚不可得况有四無量四無色定眞如可得世尊此中八解脫不可得八解脫眞如亦不可得何以故此中八解脫尚不可得况有八解脫眞如可得此中八勝處九次第定十遍處不可得八勝處九次第定十遍處眞如亦不可得何以故此中八勝處九次第定十遍處尚不可得况有八勝處九次第定十遍處眞如可得世尊此中空解脫門不可得空解脫門眞如亦不可得何以故此中空解脫門尚不可得况有空解脫門眞如可得此中無相無願解脫門不可得無相無願解脫門眞如亦不可得何以故此中無相無願解脫門尚不可得况有無相無願解脫門眞如可得世尊此中五眼不可得五眼眞如亦不可得何以故此中五眼尚不可得况有五眼眞如可得此中六神通不可得六神通眞如亦不可得何以故此中六神通尚不可得况有六神通眞如可得世尊此

中三摩地門不可得三摩地門眞如亦不可得何以故此中三摩地門尚不可得況有三摩地門眞如可得此中陁羅尼門不可得陁羅尼門眞如亦不可得何以故此中陀羅尼門尚不可得況有陀羅尼門眞如可得世尊此中佛十力不可得佛十力眞如亦不可得何以故此中佛十力尚不可得況有佛十力眞如可得此中四無所畏四無礙解大慈大悲大喜大捨十八佛不共法不可得四無所畏乃至十八佛不共法眞如亦不可得何以故此中四無所畏乃至十八佛不共法尚不可得況有四無所畏乃至十八佛不共法眞如可得世尊此中預流果不可得預流果眞如亦不可得何以故此中預流果尚不可得況有預流果眞如可得此中一來不還阿羅漢果不可得一來不還阿羅漢果眞如亦不可得何以故此中一來不還阿羅漢果尚不可得況有一來不還阿羅漢果眞如可得世尊此中獨覺菩提不可得獨覺菩提眞如亦不可得何以故此中獨覺菩提尚不可得況有獨覺菩提眞如可得世尊此中一切智不可得一切智眞如亦不可得何以故此中一切智尚不可得況有一切智眞如可得此中道相智一切相智不可得道相智一切相智眞如亦不可得何以故此中道相智一切相智尚不可得況有道相智一切相智眞如可得佛言舍利子如是如是如汝所說諸法眞如法界法性不虛妄性不變異性平等性離生性法定法住實際虛空界不思議界皆最甚深舍利子此中色不可得色眞如亦不可

得何以故此中色尚不可得况有色真如可得此中受想行識不可得受想行識真如亦不可得何以故此中受想行識尚不可得况有受想行識真如可得舍利子此中眼處不可得眼處真如亦不可得何以故此中眼處尚不可得况有眼處真如可得此中耳鼻舌身意處不可得耳鼻舌身意處真如亦不可得何以故此中耳鼻舌身意處尚不可得况有耳鼻舌身意處真如可得舍利子此中色處不可得色處真如亦不可得何以故此中色處尚不可得况有色處真如可得此中聲香味觸法處不可得聲香味觸法處真如亦不可得何以故此中聲香味觸法處尚不可得况有聲香味觸法處真如可得舍利子此中眼界不可得眼界真如亦不可得何以故

此中眼界尚不可得况有眼界真如可得此中耳鼻舌身意界不可得耳鼻舌身意界真如亦不可得何以故此中耳鼻舌身意界尚不可得况有耳鼻舌身意界真如可得舍利子此中色界不可得色界真如亦不可得何以故此中色界尚不可得况有色界真如可得此中聲香味觸法界不可得聲香味觸法界真如亦不可得何以故此中聲香味觸法界尚不可得况有聲香味觸法界真如可得舍利子此中眼識界不可得眼識界真如亦不可得何以故此中眼識界尚不可得况有眼識界真如可得此中耳鼻舌身意識界不可得耳鼻舌身意識界真如亦不可得何以故此中耳鼻舌身意識界尚不可得况有耳鼻舌身意識界真如可得舍利子此中眼觸

不可得眼觸眞如亦不可得何以故此中眼觸尚不可得況有眼觸眞如可得此中耳鼻舌身意觸不可得耳鼻舌身意觸眞如亦不可得何以故此中耳鼻舌身意觸尚不可得況有耳鼻舌身意觸眞如可得舍利子此中眼觸爲緣所生諸受不可得眼觸爲緣所生諸受眞如亦不可得何以故此中眼觸爲緣所生諸受尚不可得況有眼觸爲緣所生諸受眞如可得此中耳鼻舌身意觸爲緣所生諸受不可得耳鼻舌身意觸爲緣所生諸受眞如亦不可得何以故此中耳鼻舌身意觸爲緣所生諸受尚不可得況有耳鼻舌身意觸爲緣所生諸受眞如可得舍利子此中地界不可得地界眞如亦不可得何以故此中地界尚不可得況有地界眞如可得此中水火風空識界不可得水火風空識界眞如亦不可得何以故此中水火風空識界尚不可得況有水火風空識界眞如可得舍利子此中無明不可得無明眞如亦不可得何以故此中無明尚不可得況有無明眞如可得此中行識名色六處觸受愛取有生老死不可得行乃至老死眞如亦不可得何以故此中行乃至老死尚不可得況有行乃至老死眞如可得舍利子此中布施波羅蜜多不可得布施波羅蜜多眞如亦不可得何以故此中布施波羅蜜多尚不可得況有布施波羅蜜多眞如可得此中淨戒安忍精進靜慮般若波羅蜜多不可得淨戒乃至般若波羅蜜多眞如亦不可得何以故此中淨戒乃至般若波羅蜜多尚不可得況有淨戒乃至般若波

羅蜜多眞如可得舍利子此中內空不可得內空眞如亦不可得何以故此中內空尚不可得況有內空眞如可得此中外空內外空空空大空勝義空有爲空無爲空畢竟空無際空散空無變異空本性空自相空共相空一切法空不可得空無性空自性空無性自性空不可得外空乃至無性自性空眞如亦不可得何以故此中外空乃至無性自性空尚不可得況有外空乃至無性自性空眞如可得舍利子此中眞如不可得眞如眞如亦不可得何以故此中眞如尚不可得況有眞如眞如可得此中法界法性不虛妄性不變異性平等性離生性法定法住實際虛空界不思議界不可得法界乃至不思議界眞如亦不可得何以故此中法界乃至不思議界

尚不可得況有法界乃至不思議界眞如可得舍利子此中四念住不可得四念住眞如亦不可得何以故此中四念住尚不可得況有四念住眞如可得此中四正斷四神足五根五力七等覺支八聖道支不可得四正斷乃至八聖道支眞如亦不可得何以故此中四正斷乃至八聖道支尚不可得況有四正斷乃至八聖道支眞如可得舍利子此中苦聖諦不可得苦聖諦眞如亦不可得何以故此中苦聖諦尚不可得況有苦聖諦眞如可得此中集滅道聖諦不可得集滅道聖諦眞如亦不可得何以故此中集滅道聖諦尚不可得況有集滅道聖諦眞如可得舍利子此中四靜慮不可得四靜慮眞如亦不可得何以故此中四靜慮尚不可得況有四靜慮眞

如可得此中四無量四無色定不可得四無量四無色定眞如亦不可得何以故此中四無量四無色定尚不可得況有四無量四無色定眞如可得舍利子此中八解脫不可得八解脫眞如亦不可得何以故此中八解脫尚不可得況有八解脫眞如可得此中八勝處九次第定十遍處不可得八勝處九次第定十遍處眞如亦不可得何以故此中八勝處九次第定十遍處尚不可得況有八勝處九次第定十遍處眞如可得舍利子此中空解脫門不可得空解脫門眞如亦不可得何以故此中空解脫門尚不可得況有空解脫門眞如可得此中無相無願解脫門不可得無相無願解脫門眞如亦不可得何以故此中無相無願解脫門尚不可得況有無相無願解脫門眞如可得舍利子此中五眼不可得五眼眞如亦不可得何以故此中五眼尚不可得況有五眼眞如可得此中六神通不可得六神通眞如亦不可得何以故此中六神通尚不可得況有六神通眞如可得舍利子此中三摩地門不可得三摩地門眞如亦不可得何以故此中三摩地門尚不可得況有三摩地門眞如可得此中陀羅尼門不可得陀羅尼門眞如亦不可得何以故此中陀羅尼門尚不可得況有陀羅尼門眞如可得舍利子此中佛十力不可得佛十力眞如亦不可得何以故此中佛十力尚不可得況有佛十力眞如可得此中四無所畏四無礙解大慈大悲大喜大捨十八佛不共法不可得四無所畏乃至十八佛不共法眞如亦不可

得何以故此中四無所畏乃至十八佛不共法尚不可得況有四無所畏乃至十八佛不共法眞如可得舍利子此中預流果不可得預流果眞如亦不可得何以故此中預流果尚不可得況有預流果眞如可得此中一來不還阿羅漢果不可得一來不還阿羅漢果眞如亦不可得何以故此中一來不還阿羅漢果尚不可得況有一來不還阿羅漢果眞如可得舍利子此中獨覺菩提不可得獨覺菩提眞如亦不可得何以故此中獨覺菩提尚不可得況有獨覺菩提眞如可得舍利子此中一切智不可得一切智眞如亦不可得何以故此中一切智尚不可得況有一切智眞如可得此中道相智一切相智不可得道相智一切相智眞如亦不可得何以故此中道相智一切相智尚不可得況有道相智一切相智眞如可得說此眞如相時衆中萬三千苾芻諸漏永盡心得解脫成阿羅漢五百苾芻尼遠塵離垢於諸法中生淨法眼五千菩薩摩訶薩得無生法忍六萬菩薩諸漏永盡心得解脫成阿羅漢爾時佛告舍利子言此六萬菩薩已於過去親近供養五百諸佛一一佛所發弘誓願正信出家雖修布施淨戒安忍精進靜慮而不攝受般若波羅蜜多亦不攝受方便善巧力故起別異想行別異行修布施時作如是念此是布施此是財物此是受者我能行施修淨戒時作如是念此是淨戒此是罪業此所護境我能持戒修安忍時作如是念此是安忍此是忍障此所忍境我能安忍修精進時作如是念此是精進

此是懈怠此是所爲我能精進修靜慮時作如是念此是靜慮此是散動此是所爲我能修定彼離般若波羅蜜多及離方便善巧力故依別異想而行布施淨戒安忍精進靜慮別異之行由別異想別異行故不得入菩薩正性離生位由不得入菩薩正性離生位故得預流果漸次乃至阿羅漢果舍利子此諸菩薩雖有菩薩道空無相無願解脫門而遠離般若波羅蜜多及方便善巧力故於實際作證取聲聞果

大般若波羅蜜多經卷第三百二十二

音釋

多揭羅梵語也此云零陵芸草也揭居謁切　唱鉢羅梵語也亦云優鉢羅此云青蓮華唱烏沒切　拘其陀梵語也此云黄蓮華　懈怠懈音戒懶也怠音代倦也

大般若波羅蜜多經卷第三百二十三

唐三藏法師玄奘奉詔譯

初分眞如品第四十七之六

爾時舍利子白佛言世尊何因緣故有諸菩薩修空無相無願解脱門不攝受般若波羅蜜多無方便善巧力便證實際取聲聞果或獨覺菩提有諸菩薩修空無相無願解脱門攝受般若波羅蜜多有方便善巧力不證實際而趣無上正等菩提佛言舍利子若諸菩薩遠離一切智智心修空無相無願解脱門是諸菩薩不攝受般若波羅蜜多無方便善巧力故便證實際取聲聞果或獨覺菩提若諸菩薩不離一切智智心修空無相無願解脱門是諸菩薩攝受般若波羅蜜多有方便善巧力故能入菩薩正性離生位得阿耨多羅三藐三菩提舍利子譬如有鳥其身長大百踰繕那或復一百乃至五百踰繕那量而無有翅是鳥從於三十三天投身而下趣贍部洲於其中道便作是念我欲還上三十三天舍利子於汝意云何是鳥能還三十三天不舍利子言不也世尊佛言舍利子是鳥中道或作是願至贍部洲當令我身無損無惱舍利子於汝意云何是鳥所願可得遂不舍利子言不也世尊是鳥至此贍部洲時其身決定有損有惱或至命終或近死苦何以故世尊是鳥身大從遠而墮無有翅故佛言舍利子如是如是如汝所説舍利子有諸菩薩亦復如是雖經殑伽沙數大劫勤修布施淨戒安忍精進靜慮亦修空無相無願解脱門作廣大事發廣大心欲證無量無所攝受微

妙無上正等菩提而無般若波羅蜜多遠離方便善巧力故便墮聲聞或獨覺地何以故舍利子是諸菩薩遠離一切智智心雖經多劫勤修布施淨戒安忍精進靜慮亦修空無相無願解脫門而無般若波羅蜜多亦無方便善巧力故遂墮聲聞或獨覺地舍利子是諸菩薩雖念過去未來現在一切如來應正等覺戒蘊定蘊慧蘊解脫蘊解脫智見蘊恭敬供養隨順修行而於其中執取相故不能正解是諸如來應正等覺戒蘊定蘊慧蘊解脫蘊解脫智見蘊真實功德舍利子是諸菩薩不能正解佛功德故雖聞菩薩道空無相無願解脫門聲而依此聲執取其相執取相已迴向無上正等菩提此諸菩薩如是迴向不得無上正等菩提住於聲聞或獨覺地何以故舍利子是諸菩薩遠離般若波羅蜜多及無方便善巧力故雖以種種所修善根迴向無上正等菩提住聲聞或獨覺地舍利子有諸菩薩從初發心常不遠離一切智智心勤修布施淨戒安忍精進靜慮不離般若波羅蜜多方便善巧雖念過去未來現在一切如來應正等覺戒蘊定蘊慧蘊解脫蘊解脫智見蘊而不取相雖修一切空無相無願解脫門亦不取相雖念自他種種功德善根與諸有情同共迴向無上正等菩提亦不取相舍利子當知是菩薩摩訶薩不住聲聞及獨覺地直趣無上正等菩提何以故舍利子是菩薩摩訶薩從初發心乃至究竟常能不遠離一切智智心雖修布施而不取相雖修淨戒安忍精進靜慮般若亦不取相雖念過

去未来現在一切如来應正等覺所有戒蘊定蘊慧蘊解脱蘊解脱智見蘊亦不取相雖修一切菩薩道空無相無願解脱門亦不取相舍利子是菩薩摩訶薩有方便善巧故以離相心修行布施波羅蜜多以離相心修行淨戒安忍精進靜慮般若波羅蜜多舍利子是菩薩摩訶薩有方便善巧故以離相心安住内空以離相心安住外空内外空空空大空勝義空有爲空無爲空畢竟空無際空散空無變異空本性空自相空共相空一切法空不可得空無性空自性空無性自性空舍利子是菩薩摩訶薩有方便善巧故以離相心安住眞如以離相心安住法界法性不虚妄性不變異性平等性離生性法定法住實際虚空界不思議界舍利子是菩薩摩訶薩有方便善巧故以離相心修行四念住以離相心修行四正斷四神足五根五力七等覺支八聖道支舍利子是菩薩摩訶薩有方便善巧故以離相心安住苦聖諦以離相心安住集滅道聖諦舍利子是菩薩摩訶薩有方便善巧故以離相心修行四靜慮以離相心修行四無量四無色定舍利子是菩薩摩訶薩有方便善巧故以離相心修行八解脱以離相心修行八勝處九次第定十遍處舍利子是菩薩摩訶薩有方便善巧故以離相心修行空解脱門以離相心修行無相無願解脱門舍利子是菩薩摩訶薩有方便善巧故以離相心修行五眼以離相心修行六神通舍利子是菩薩摩訶薩有方便善巧故以離相心修行三摩地門以離相心修行陀羅尼

門舍利子是菩薩摩訶薩有方便善巧故以離相心修行佛十力以離相心修行四無所畏四無礙解大慈大悲大喜大捨十八佛不共法舍利子是菩薩摩訶薩有方便善巧故以離相心修行一切智以離相心修行道相智一切相智時舍利子白佛言世尊如我解佛所説義者若菩薩摩訶薩從初發心乃至究竟攝受般若波羅蜜多不離方便善巧力者是菩薩摩訶薩必近無上正等菩提何以故世尊是菩薩摩訶薩從初發心乃至究竟都不見有少法可得謂若能證若所證若證處若證時若由此證都不可得若色若受想行識都不可得若眼處若耳鼻舌身意處都不可得若色處若聲香味觸法處都不可得若眼界若耳鼻舌身意界都不可得若色界若聲香味觸法界都不可得若眼識界若耳鼻舌身意識界都不可得若眼觸若耳鼻舌身意觸都不可得若眼觸爲緣所生諸受若耳鼻舌身意觸爲緣所生諸受都不可得若地界若水火風空識界都不可得若無明若行識名色六處觸受愛取有生老死都不可得若布施波羅蜜多若淨戒安忍精進靜慮般若波羅蜜多都不可得若內空若外空內外空空空大空勝義空有爲空無爲空畢竟空無際空散空無變異空本性空自相空共相空一切法空不可得空無性空自性空無性自性空都不可得若真如若法界法性不虛妄性不變異性平等性離生性法定法住實際虛空界不思議界都不可得若四念住若四正斷四神足五根五力七等覺支八聖

道支都不可得若苦聖諦若集滅道聖諦都不可得若四靜慮若四無量四無色定都不可得若八解脱若八勝處九次第定十遍處都不可得若空解脱門若無相無願解脱門都不可得若五眼若六神通都不可得若三摩地門若陀羅尼門都不可得若佛十力若四無所畏四無礙解大慈大悲大喜大捨十八佛不共法都不可得若預流果若一來不還阿羅漢果都不可得若獨覺菩提都不可得若一切智若道相智一切相智都不可得世尊有菩薩乘諸善男子善女人等遠離般若波羅蜜多方便善巧而求無上正等菩提當知彼於所求無上正等菩提或得不得何以故世尊是菩薩乘諸善男子善女人等遠離般若波羅蜜多方便善巧於所修行布施

淨戒安忍精進靜慮般若波羅蜜多皆取相故於所安住內空外空內外空空空大空勝義空有爲空無爲空畢竟空無際空散空無變異空本性空自相空共相空一切法空不可得空無性空自性空無性自性空皆取相故於所安住眞如法界法性不虛妄性不變異性平等性離生性法定法住實際虛空界不思議界皆取相故於所修行四念住四正斷四神足五根五力七等覺支八聖道支皆取相故於所安住苦集滅道聖諦皆取相故於所修行四靜慮四無量四無色定皆取相故於所修行八解脱八勝處九次第定十遍處皆取相故於所修行空無相無願解脱門皆取相故於所修行五眼六神通皆取相故於所修行三摩地門陀羅尼門皆取相故於

所修行佛十力四無所畏四無礙解大慈大悲大喜大捨十八佛不共法皆取相故於所修行一切智道相智一切相智皆取相故世尊由此因緣是菩薩乘諸善男子善女人等皆於無上正等菩提或得不得世尊由此因緣若菩薩摩訶薩欲證無上正等菩提決定不應遠離般若波羅蜜多方便善巧世尊是菩薩摩訶薩安住般若波羅蜜多方便善巧用無所得而爲方便以無相俱行心應修布施波羅蜜多應修淨戒安忍精進靜慮般若波羅蜜多世尊是菩薩摩訶薩安住般若波羅蜜多方便善巧用無所得爲方便以無相俱行心應住內空應住外空內外空空空大空勝義空有爲空無爲空畢竟空無際空散空無變異空本性空自相空共相空一切法空不可得空無性空自性空無性自性空世尊是菩薩摩訶薩安住般若波羅蜜多方便善巧用無所得爲方便以無相俱行心應住真如應住法界法性不虛妄性不變異性平等性離生性法定法住實際虛空界不思議界世尊是菩薩摩訶薩安住般若波羅蜜多方便善巧用無所得爲方便以無相俱行心應修四念住應修四正斷四神足五根五力七等覺支八聖道支世尊是菩薩摩訶薩安住般若波羅蜜多方便善巧用無所得爲方便以無相俱行心應住苦聖諦應住集滅道聖諦世尊是菩薩摩訶薩安住般若波羅蜜多方便善巧用無所得爲方便以無相俱行心應修四靜慮應修四無量四無色定世尊是菩薩摩訶薩安住般若波羅蜜多方便善

巧用無所得爲方便以無相俱行心應修八解脫應修八勝處九次第定十遍處世尊是菩薩摩訶薩安住般若波羅蜜多方便善巧用無所得爲方便以無相俱行心應修空解脫門應修無相無願解脫門世尊是菩薩摩訶薩安住般若波羅蜜多方便善巧用無所得爲方便以無相俱行心應修五眼應修六神通世尊是菩薩摩訶薩安住般若波羅蜜多方便善巧用無所得爲方便以無相俱行心應修三摩地門應修陁羅尼門世尊是菩薩摩訶薩安住般若波羅蜜多方便善巧用無所得爲方便以無相俱行心應修佛十力應修四無所畏四無礙解大慈大悲大喜大捨十八佛不共法世尊是菩薩摩訶薩安住般若波羅蜜多方便善巧用無所得爲方便以無相俱行心應修一切智應修道相智一切相智世尊若菩薩摩訶薩安住般若波羅蜜多方便善巧用無所得爲方便以無相俱行心安住如是一切佛法必得無上正等菩提爾時欲色界諸天子白佛言世尊諸佛無上正等菩提極難信解甚難證得所以者何諸菩薩摩訶薩於一切法自相共相皆應證知方能獲得所求無上正等菩提而諸菩薩所知法相都無所有皆不可得爾時佛告諸天子言如是如是如汝所説諸佛無上正等菩提極難信解甚難可得天子當知我亦現覺一切法相證得無上正等菩提而都不得勝義法相可説名爲此是能證此是所證此是證處此是證時及可説爲由此而證何以故諸天子以一切法畢竟淨故有爲無爲畢

竟空故爾時具壽善現白佛言世尊如佛所說諸佛無上正等菩提極難信解甚難證得如我思惟佛所說義諸佛無上正等菩提極易信解甚易證得所以者何若能信解無法能證無法所證無有證處無有證時亦無由此而有所證則能信解諸佛無上正等菩提若有證知無法能證無法所證無有證處無有證時亦無由此而有所證則能證得所求無上正等菩提何以故世尊以一切法皆畢竟空畢竟空中都無有法可名能證可名所證可名證處可名證時可名由此而有所證所以者何諸法皆空若增若減都無所有皆不可得世尊諸菩薩摩訶薩所修布施淨戒安忍精進靜慮般若波羅蜜多都無所有皆不可得世尊諸菩薩摩訶薩所住內空外空內外空空空大空勝義空有爲空無爲空畢竟空無際空散空無變異空本性空自相空共相空一切法空不可得空無性空自性空無性自性空都無所有皆不可得世尊諸菩薩摩訶薩所住眞如法界法性不虛妄性不變異性平等性離生性法定法住實際虛空界不思議界都無所有皆不可得世尊諸菩薩摩訶薩所修四念住四正斷四神足五根五力七等覺支八聖道支都無所有皆不可得世尊諸菩薩摩訶薩所住苦集滅道聖諦都無所有皆不可得世尊諸菩薩摩訶薩所修四靜慮四無量四無色定都無所有皆不可得世尊諸菩薩摩訶薩所修八解脫八勝處九次第定十遍處都無所有皆不可得世尊諸菩薩摩訶薩所修空無相無願解脫門

都無所有皆不可得世尊諸菩薩摩訶薩所學五眼六神通都無所有皆不可得世尊諸菩薩摩訶薩所學三摩地門陀羅尼門都無所有皆不可得世尊諸菩薩摩訶薩所學佛十力四無所畏四無礙解大慈大悲大喜大捨十八佛不共法都無所有皆不可得世尊諸菩薩摩訶薩所學一切智道相智一切相智都無所有皆不可得世尊諸菩薩摩訶薩所觀諸法若有色若無色若有見若無見若有對若無對若有漏若無漏若有為若無為都無所有皆不可得世尊以是因緣我思惟佛所說義趣諸佛無上正等菩提極易信解甚易證得諸菩薩摩訶薩不應於中謂難信解及難證得所以者何世尊色色自性空受想行識受想行識自性空世尊眼處眼處自性空耳鼻舌身意處耳鼻舌身意處自性空世尊色處色處自性空聲香味觸法處聲香味觸法處自性空世尊眼界眼界自性空耳鼻舌身意界耳鼻舌身意界自性空世尊色界色界自性空聲香味觸法界聲香味觸法界自性空世尊眼識界眼識界自性空耳鼻舌身意識界耳鼻舌身意識界自性空世尊眼觸眼觸自性空耳鼻舌身意觸耳鼻舌身意觸自性空世尊眼觸為緣所生諸受眼觸為緣所生諸受自性空耳鼻舌身意觸為緣所生諸受耳鼻舌身意觸為緣所生諸受自性空世尊地界地界自性空水火風空識界水火風空識界自性空世尊無明無明自性空行識名色六處觸受愛取有生老死行乃至老死自性空世尊布施波羅蜜多布施波

羅蜜多自性空淨戒安忍精進靜慮般若波羅蜜多淨戒乃至般若波羅蜜多自性空世尊內空內空自性空外空內外空空空大空勝義空有爲空無爲空畢竟空無際空散空無變異空本性空自相空共相空一切法空不可得空無性空自性空無性自性空外空乃至無性自性空自性空世尊真如真如自性空法界法性不虛妄性不變異性平等性離生性法定法住實際虛空界不思議界法界乃至不思議界自性空世尊四念住四念住自性空四正斷四神足五根五力七等覺支八聖道支四正斷乃至八聖道支自性空世尊苦聖諦苦聖諦自性空集滅道聖諦集滅道聖諦自性空世尊四靜慮四靜慮自性空四無量四無色定四無量四無色定自性空世尊八解脫八解脫自性空八勝處九次第定十遍處八勝處九次第定十遍處自性空世尊空解脫門空解脫門自性空無相無願解脫門無相無願解脫門自性空世尊五眼五眼自性空六神通六神通自性空世尊三摩地門三摩地門自性空陀羅尼門陀羅尼門自性空世尊佛十力佛十力自性空四無所畏四無礙解大慈大悲大喜大捨十八佛不共法四無所畏乃至十八佛不共法自性空世尊預流果預流果自性空一来不還阿羅漢果一来不還阿羅漢果自性空世尊獨覺菩提獨覺菩提自性空世尊一切智一切智自性空道相智一切相智道相智一切相智自性空世尊若菩薩摩訶薩於如是自性空深生信解無倒證知便得無上正等菩

提由此緣故我說無上正等菩提非難信解非難證得時舍利子謂善現言具壽善現由是因緣諸佛無上正等菩提極難信解甚難證得所以者何諸菩薩摩訶薩觀一切法都無自性皆如虛空譬如虛空不作是念我當信解速證無上正等菩提諸菩薩摩訶薩亦應如是不作是念我當信解速證無上正等菩提何以故善現諸法皆空與虛空等諸菩薩摩訶薩要信解一切法與虛空等及能證知乃得無上正等菩提善現若菩薩摩訶薩信解一切法皆與虛空等便於無上正等菩提易生信解易證得者則不應有殑伽沙等菩薩摩訶薩擐大功德鎧發趣無上正等菩提於其中間而有退屈故知無上正等菩提極難信解甚難證得爾時具壽善現白尊者

舍利子言舍利子於意云何色於無上正等菩提有退屈不舍利子言不也善現舍利子於意云何受想行識於無上正等菩提有退屈不舍利子言不也善現舍利子於意云何離色有法於無上正等菩提有退屈不舍利子言不也善現舍利子於意云何離受想行識有法於無上正等菩提有退屈不舍利子言不也善現舍利子於意云何色眞如於無上正等菩提有退屈不舍利子言不也善現舍利子於意云何受想行識眞如於無上正等菩提有退屈不舍利子言不也善現舍利子於意云何離色眞如有法於無上正等菩提有退屈不舍利子言不也善現舍利子於意云何離受想行識眞如有法於無上正等菩提有退屈不舍利子言不也善現舍利子

於意云何眼處於無上正等菩提有退屈不舍利子言不也善現舍利子於意云何耳鼻舌身意處於無上正等菩提有退屈不舍利子言不也善現舍利子於意云何離眼處有法於無上正等菩提有退屈不舍利子言不也善現舍利子於意云何離耳鼻舌身意處有法於無上正等菩提有退屈不舍利子言不也善現舍利子於意云何眼處眞如於無上正等菩提有退屈不舍利子言不也善現舍利子於意云何耳鼻舌身意處眞如於無上正等菩提有退屈不舍利子言不也善現舍利子於意云何離眼處眞如有法於無上正等菩提有退屈不舍利子言不也善現舍利子於意云何離耳鼻舌身意處眞如有法於無上正等菩提有退屈不舍利子言不也善現舍利子於意云何色處於無上正等菩提有退屈不舍利子言不也善現舍利子於意云何聲香味觸法處於無上正等菩提有退屈不舍利子言不也善現舍利子於意云何離色處有法於無上正等菩提有退屈不舍利子言不也善現舍利子於意云何離聲香味觸法處有法於無上正等菩提有退屈不舍利子言不也善現舍利子於意云何色處眞如於無上正等菩提有退屈不舍利子言不也善現舍利子於意云何聲香味觸法處眞如於無上正等菩提有退屈不舍利子言不也善現舍利子於意云何離色處眞如有法於無上正等菩提有退屈不舍利子言不也善現舍利子於意云何離聲香味觸法處眞如有法於無上正等菩提有退屈不舍

利子言不也善現舍利子於意云何眼界於無上正等菩提有退屈不舍利子言不也善現舍利子於意云何耳鼻舌身意界於無上正等菩提有退屈不舍利子言不也善現舍利子於意云何離眼界有法於無上正等菩提有退屈不舍利子言不也善現舍利子於意云何離耳鼻舌身意界有法於無上正等菩提有退屈不舍利子言不也善現舍利子於意云何眼界真如於無上正等菩提有退屈不舍利子言不也善現舍利子於意云何耳鼻舌身意界真如於無上正等菩提有退屈不舍利子言不也善現舍利子於意云何離眼界真如有法於無上正等菩提有退屈不舍利子言不也善現舍利子於意云何離耳鼻舌身意界真如有法於無上正等菩提有退屈不舍利子言不也善現舍利子於意云何色界於無上正等菩提有退屈不舍利子言不也善現舍利子於意云何聲香味觸法界於無上正等菩提有退屈不舍利子言不也善現舍利子於意云何離色界有法於無上正等菩提有退屈不舍利子言不也善現舍利子於意云何離聲香味觸法界有法於無上正等菩提有退屈不舍利子言不也善現舍利子於意云何色界真如於無上正等菩提有退屈不舍利子言不也善現舍利子於意云何聲香味觸法界真如於無上正等菩提有退屈不舍利子言不也善現舍利子於意云何離色界真如有法於無上正等菩提有退屈不舍利子言不也善現舍利子於意云何離聲香味觸法界真如有法於無

上正等菩提有退屈不舍利子言不也善現舍利子於意云何眼識界於無上正等菩提有退屈不舍利子言不也善現舍利子於意云何耳鼻舌身意識界於無上正等菩提有退屈不舍利子言不也善現舍利子於意云何離眼識界有法於無上正等菩提有退屈不舍利子言不也善現舍利子於意云何離耳鼻舌身意識界有法於無上正等菩提有退屈不舍利子言不也善現舍利子於意云何眼識界眞如於無上正等菩提有退屈不舍利子言不也善現舍利子於意云何耳鼻舌身意識界眞如於無上正等菩提有退屈不舍利子言不也善現舍利子於意云何離眼識界眞如有法於無上正等菩提有退屈不舍利子言不也善現舍利子於意云何離耳鼻舌身意識界眞如有法於無上正等菩提有退屈不舍利子言不也善現舍利子於意云何眼觸於無上正等菩提有退屈不舍利子言不也善現舍利子於意云何耳鼻舌身意觸於無上正等菩提有退屈不舍利子言不也善現舍利子於意云何離眼觸有法於無上正等菩提有退屈不舍利子言不也善現舍利子於意云何離耳鼻舌身意觸有法於無上正等菩提有退屈不舍利子言不也善現舍利子於意云何眼觸眞如於無上正等菩提有退屈不舍利子言不也善現舍利子於意云何耳鼻舌身意觸眞如於無上正等菩提有退屈不舍利子言不也善現舍利子於意云何離眼觸眞如有法於無上正等菩提有退屈不舍利子言不也善現舍利

子於意云何離耳鼻舌身意觸眞如有法於無上正等菩提有退屈不舍利子言不也善現舍利子於意云何眼觸爲緣所生諸受於無上正等菩提有退屈不舍利子言不也善現舍利子於意云何耳鼻舌身意觸爲緣所生諸受於無上正等菩提有退屈不舍利子言不也善現舍利子於意云何離眼觸爲緣所生諸受有法於無上正等菩提有退屈不舍利子言不也善現舍利子於意云何離耳鼻舌身意觸爲緣所生諸受有法於無上正等菩提有退屈不舍利子言不也善現舍利子於意云何眼觸爲緣所生諸受眞如於無上正等菩提有退屈不舍利子言不也善現舍利子於意云何耳鼻舌身意觸爲緣所生諸受眞如於無上正等菩提有退屈不舍利子言不也善現舍利子於意云何離眼觸爲緣所生諸受眞如有法於無上正等菩提有退屈不舍利子言不也善現舍利子於意云何離耳鼻舌身意觸爲緣所生諸受眞如有法於無上正等菩提有退屈不舍利子言不也善現舍利子於意云何地界於無上正等菩提有退屈不舍利子言不也善現舍利子於意云何水火風空識界於無上正等菩提有退屈不舍利子言不也善現舍利子於意云何離地界有法於無上正等菩提有退屈不舍利子言不也善現舍利子於意云何離水火風空識界有法於無上正等菩提有退屈不舍利子言不也善現舍利子於意云何地界眞如於無上正等菩提有退屈不舍利子言不也善現舍利子於意云何水火風空

識界眞如於無上正等菩提有退屈不舍利子言不也善現舍利子於意云何離地界眞如有法於無上正等菩提有退屈不舍利子言不也善現舍利子於意云何離水火風空識界眞如有法於無上正等菩提有退屈不舍利子言不也善現舍利子於意云何無明於無上正等菩提有退屈不舍利子言不也善現舍利子於意云何行識名色六處觸受愛取有生老死於無上正等菩提有退屈不舍利子言不也善現舍利子於意云何離無明有法於無上正等菩提有退屈不舍利子言不也善現舍利子於意云何離行乃至老死有法於無上正等菩提有退屈不舍利子言不也善現舍利子於意云何無明眞如於無上正等菩提有退屈不舍利子言不也善現舍利子於意云何行乃至老死眞如於無上正等菩提有退屈不舍利子言不也善現舍利子於意云何離無明眞如有法於無上正等菩提有退屈不舍利子言不也善現舍利子於意云何離行乃至老死眞如有法於無上正等菩提有退屈不舍利子言不也善現

大般若波羅蜜多經卷第三百二十三

音釋

踰繕那 梵語也亦名由旬此云限量如此方一驛地或四十里六十里八十里也踰音俞繕時戰切

翅 音試翼也

殑伽 梵語也此云天堂來河名也以從高處來故殑其拯切其陵二切伽其迦切

屈不 不俯九切

不也 不音弗

擐 音患貫也

鎧 可亥切甲也

大般若波羅蜜多經卷第三百二十四

唐三藏法師玄奘奉　詔譯

初分眞如品第四十七之七

舍利子於意云何布施波羅蜜多於無上正等菩提有退屈不舍利子言不也善現舍利子於意云何淨戒安忍精進靜慮般若波羅蜜多於無上正等菩提有退屈不舍利子言不也善現舍利子於意云何離布施波羅蜜多有法於無上正等菩提有退屈不舍利子言不也善現舍利子於意云何離淨戒乃至般若波羅蜜多有法於無上正等菩提有退屈不舍利子言不也善現舍利子於意云何布施波羅蜜多眞如於無上正等菩提有退屈不舍利子言不也善現舍利子於意云何淨戒乃至般若波羅蜜多眞如於無上正等菩提有退屈不舍利子言不也善現舍利子於意云何離布施波羅蜜多眞如有法於無上正等菩提有退屈不舍利子言不也善現舍利子於意云何離淨戒乃至般若波羅蜜多眞如有法於無上正等菩提有退屈不舍利子言不也善現舍利子於意云何內空於無上正等菩提有退屈不舍利子言不也善現舍利子於意云何外空內外空空空大空勝義空有爲空無爲空畢竟空無際空散空無變異空本性空自相空共相空一切法空不可得空無性空自性空無性自性空於無上正等菩提有退屈不舍利子言不也善現舍利子於意云何離內空有法於無上正等菩提有退屈不舍利子言不也善現舍利子於意云何離外空乃至無性自性空有法於

無上正等菩提有退屈不舍利子言不也善現舍利子於意云何内空眞如於無上正等菩提有退屈不舍利子言不也善現舍利子於意云何外空乃至無性自性空眞如於無上正等菩提有退屈不舍利子言不也善現舍利子於意云何離内空眞如有法於無上正等菩提有退屈不舍利子言不也善現舍利子於意云何離外空乃至無性自性空眞如有法於無上正等菩提有退屈不舍利子言不也善現舍利子於意云何眞如於無上正等菩提有退屈不舍利子言不也善現舍利子於意云何法界法性不虚妄性不變異性平等性離生性法定法住實際虚空界不思議界於無上正等菩提有退屈不舍利子言不也善現舍利子於意云何離眞如有法

於無上正等菩提有退屈不舍利子言不也善現舍利子於意云何離法界乃至不思議界有法於無上正等菩提有退屈不舍利子言不也善現舍利子於意云何眞如眞如於無上正等菩提有退屈不舍利子言不也善現舍利子於意云何法界乃至不思議界眞如於無上正等菩提有退屈不舍利子言不也善現舍利子於意云何離眞如眞如有法於無上正等菩提有退屈不舍利子言不也善現舍利子於意云何離法界乃至不思議界眞如有法於無上正等菩提有退屈不舍利子言不也善現舍利子於意云何四念住於無上正等菩提有退屈不舍利子言不也善現舍利子於意云何四正斷四神足五根五力七等覺支八聖道支於無上正等菩提

有退屈不舍利子言不也善現舍利子於意云何離四念住有法於無上正等菩提有退屈不舍利子言不也善現舍利子於意云何離四正斷乃至八聖道支有法於無上正等菩提有退屈不舍利子言不也善現舍利子於意云何四念住眞如於無上正等菩提有退屈不舍利子言不也善現舍利子於意云何四正斷乃至八聖道支眞如於無上正等菩提有退屈不舍利子言不也善現舍利子於意云何離四念住眞如有法於無上正等菩提有退屈不舍利子言不也善現舍利子於意云何離四正斷乃至八聖道支眞如有法於無上正等菩提有退屈不舍利子言不也善現舍利子於意云何苦聖諦於無上正等菩提有退屈不舍利子言不也善現舍利子於意云何集滅道聖諦於無上正等菩提有退屈不舍利子言不也善現舍利子於意云何離苦聖諦有法於無上正等菩提有退屈不舍利子言不也善現舍利子於意云何離集滅道聖諦有法於無上正等菩提有退屈不舍利子言不也善現舍利子於意云何苦聖諦眞如於無上正等菩提有退屈不舍利子言不也善現舍利子於意云何集滅道聖諦眞如於無上正等菩提有退屈不舍利子言不也善現舍利子於意云何離苦聖諦眞如有法於無上正等菩提有退屈不舍利子言不也善現舍利子於意云何離集滅道聖諦眞如有法於無上正等菩提有退屈不舍利子言不也善現舍利子於意云何四靜慮於無上正等菩提有退屈不舍利子言不

也善現舍利子於意云何四無量四無色定於無上正等菩提有退屈不舍利子言不也善現舍利子於意云何離四靜慮有法於無上正等菩提有退屈不舍利子言不也善現舍利子於意云何離四無量四無色定有法於無上正等菩提有退屈不舍利子言不也善現舍利子於意云何四靜慮眞如於無上正等菩提有退屈不舍利子言不也善現舍利子於意云何四無量四無色定眞如於無上正等菩提有退屈不舍利子言不也善現舍利子於意云何離四靜慮眞如有法於無上正等菩提有退屈不舍利子言不也善現舍利子於意云何離四無量四無色定眞如有法於無上正等菩提有退屈不舍利子言不也善現舍利子於意云何八解脫於無上

正等菩提有退屈不舍利子言不也善現舍利子於意云何八勝處九次第定十遍處於無上正等菩提有退屈不舍利子言不也善現舍利子於意云何離八解脫有法於無上正等菩提有退屈不舍利子言不也善現舍利子於意云何離八勝處九次第定十遍處有法於無上正等菩提有退屈不舍利子言不也善現舍利子於意云何八解脫眞如於無上正等菩提有退屈不舍利子言不也善現舍利子於意云何八勝處九次第定十遍處眞如於無上正等菩提有退屈不舍利子言不也善現舍利子於意云何離八解脫眞如有法於無上正等菩提有退屈不舍利子言不也善現舍利子於意云何離八勝處九次第定十遍處眞如有法於無上正等菩提

有退屈不舍利子言不也善現舍利子於意云何空解脫門於無上正等菩提有退屈不舍利子言不也善現舍利子於意云何無相無願解脫門於無上正等菩提有退屈不舍利子言不也善現舍利子於意云何離空解脫門有法於無上正等菩提有退屈不舍利子言不也善現舍利子於意云何離無相無願解脫門有法於無上正等菩提有退屈不舍利子言不也善現舍利子於意云何空解脫門眞如於無上正等菩提有退屈不舍利子言不也善現舍利子於意云何無相無願解脫門眞如於無上正等菩提有退屈不舍利子言不也善現舍利子於意云何離空解脫門眞如有法於無上正等菩提有退屈不舍利子言不也善現舍利子於意云何離無相無願解脫門眞如有法於無上正等菩提有退屈不舍利子言不也善現舍利子於意云何五眼於無上正等菩提有退屈不舍利子言不也善現舍利子於意云何六神通於無上正等菩提有退屈不舍利子言不也善現舍利子於意云何離五眼有法於無上正等菩提有退屈不舍利子言不也善現舍利子於意云何離六神通有法於無上正等菩提有退屈不舍利子言不也善現舍利子於意云何五眼眞如於無上正等菩提有退屈不舍利子言不也善現舍利子於意云何六神通眞如於無上正等菩提有退屈不舍利子言不也善現舍利子於意云何離五眼眞如有法於無上正等菩提有退屈不舍利子言不也善現舍利子於意云何離六神通眞

如有法於無上正等菩提有退屈不舍利子言不也善現舍利子於意云何三摩地門於無上正等菩提有退屈不舍利子言不也善現舍利子於意云何陁羅尼門於無上正等菩提有退屈不舍利子言不也善現舍利子於意云何離三摩地門有法於無上正等菩提有退屈不舍利子言不也善現舍利子於意云何離陁羅尼門有法於無上正等菩提有退屈不舍利子言不也善現舍利子於意云何三摩地門眞如於無上正等菩提有退屈不舍利子言不也善現舍利子於意云何陁羅尼門眞如於無上正等菩提有退屈不舍利子言不也善現舍利子於意云何離三摩地門眞如有法於無上正等菩提有退屈不舍利子言不也善現舍利子於意云何離陁羅尼門眞如有法於無上正等菩提有退屈不舍利子言不也善現舍利子於意云何佛十力於無上正等菩提有退屈不舍利子言不也善現舍利子於意云何四無所畏四無礙解大慈大悲大喜大捨十八佛不共法於無上正等菩提有退屈不舍利子言不也善現舍利子於意云何離佛十力有法於無上正等菩提有退屈不舍利子言不也善現舍利子於意云何離四無所畏乃至十八佛不共法有法於無上正等菩提有退屈不舍利子言不也善現舍利子於意云何佛十力眞如於無上正等菩提有退屈不舍利子言不也善現舍利子於意云何四無所畏乃至十八佛不共法眞如於無上正等菩提有退屈不舍利子言不也善現舍利子於意云何

離佛十力真如有法於無上正等菩提有退屈不舍利子言不也善現舍利子於意云何離四無所畏乃至十八佛不共法真如有法於無上正等菩提有退屈不舍利子言不也善現舍利子於意云何預流果於無上正等菩提有退屈不舍利子言不也善現舍利子於意云何一来不還阿羅漢果於無上正等菩提有退屈不舍利子言不也善現舍利子於意云何離預流果有法於無上正等菩提有退屈不舍利子言不也善現舍利子於意云何離一來不還阿羅漢果有法於無上正等菩提有退屈不舍利子言不也善現舍利子於意云何預流果真如於無上正等菩提有退屈不舍利子言不也善現舍利子於意云何一来不還阿羅漢果真如於無上正等菩提有退屈不舍利子言不也善現舍利子於意云何離預流果真如有法於無上正等菩提有退屈不舍利子言不也善現舍利子於意云何離一来不還阿羅漢果真如有法於無上正等菩提有退屈不舍利子言不也善現舍利子於意云何獨覺菩提於無上正等菩提有退屈不舍利子言不也善現舍利子於意云何離獨覺菩提有法於無上正等菩提有退屈不舍利子言不也善現舍利子於意云何獨覺菩提真如於無上正等菩提有退屈不舍利子言不也善現舍利子於意云何離獨覺菩提真如有法於無上正等菩提有退屈不舍利子言不也善現舍利子於意云何一切智於無上正等菩提有退屈不舍利子言不也善現舍利子於意云何道相

智一切相智於無上正等菩提有退屈不舍利子言不也善現舍利子於意云何離一切智有法於無上正等菩提有退屈不舍利子言不也善現舍利子於意云何離道相智一切相智有法於無上正等菩提有退屈不舍利子言不也善現舍利子於意云何一切智眞如於無上正等菩提有退屈不舍利子言不也善現舍利子於意云何道相智一切相智眞如於無上正等菩提有退屈不舍利子言不也善現舍利子於意云何離一切智眞如有法於無上正等菩提有退屈不舍利子言不也善現舍利子於意云何離道相智一切相智眞如有法於無上正等菩提有退屈不舍利子言不也善現爾時具壽善現語舍利子言若一切法諦故住故都無所有皆不可得說何等法可於無上正等菩提而有退屈時舍利子語善現言如仁者所說無生法忍中都無有法亦無菩薩可於無上正等菩提說有退屈若爾何故佛說三種住菩薩乘補特伽羅但應說一又如仁者說應無三乘菩薩差別但應有一正等覺乘時具壽滿慈子語舍利子言應問善現爲許有一菩薩乘不然後可難應無三乘建立差別但應有一正等覺乘時舍利子問善現言爲許有一菩薩乘不爾時善現語舍利子言舍利子於意云何一切法眞如中爲有三種住菩薩乘補特伽羅差別相不謂於無上正等菩提定有退屈定無退屈及不定耶舍利子言不也善現舍利子於意云何一切法眞如中爲有三乘菩薩異不謂聲聞乘菩薩獨覺乘菩薩正

等覺乘菩薩耶舍利子言不也善現舍利子於意云何一切法真如中爲實有一定無退屈菩薩乘不舍利子言不也善現舍利子於意云何一切法真如中爲實有一正等覺乘諸菩薩不舍利子言不也善現舍利子於意云何諸法真如有一有二有三相不舍利子言不也善現舍利子於意云何一切法真如中爲有一法或一菩薩而可得不舍利子言不也善現爾時善現語舍利子言若一切法諦故住故都無所有皆不可得云何舍利子可作是念言如是菩薩於佛無上正等菩提定有退屈如是菩薩於佛無上正等菩提定無退屈如是菩薩於佛無上正等菩提說不決定如是菩薩是聲聞乘如是菩薩是獨覺乘如是菩薩是正等覺乘如是爲三如是爲一舍利子若菩薩摩訶薩於一切法都無所得於一切法真如亦善能信解都無所得於諸菩薩亦無所得於佛無上正等菩提亦無所得當知是爲真菩薩摩訶薩舍利子若菩薩摩訶薩聞說如是諸法真如不可得相其心不驚不恐不怖不疑不悔不退不没是菩薩摩訶薩疾得無上正等菩提爾時佛告具壽善現言善現善哉善哉汝今能爲諸菩薩摩訶薩善說法要汝之所說皆是如來威神加被非汝自力善現若菩薩摩訶薩於法真如不可得相深生信解知一切法無差別相聞說如是諸法真如不可得相其心不驚不恐不怖不疑不悔不退不没是菩薩摩訶薩疾得無上正等菩提爾時舍利子白佛言世尊若菩薩摩訶薩成就此法疾得阿耨多羅

三藐三菩提耶佛言舍利子如是如是若菩薩摩訶薩成就此法疾得無上正等菩提不墮聲聞及獨覺地

初分菩薩住品第四十八之一

爾時具壽善現白佛言世尊若菩薩摩訶薩欲得無上正等菩提當於何住應云何住佛言善現若菩薩摩訶薩欲得無上正等菩提當於一切有情住平等心不應住不平等心當於一切有情起平等心不應起不平等心當於一切有情以平等心與語不應以不平等心與語當於一切有情起大慈心不應起瞋恚心當於一切有情以大慈心與語不應以瞋恚心與語當於一切有情起大悲心不應起惱害心當於一切有情以大悲心與語不應以惱害心與語當於一切有情起大喜心不應起嫉妬心當於一切有情以大喜心與語不應以嫉妬心與語當於一切有情起大捨心不應起偏黨心當於一切有情以大捨心與語不應以偏黨心與語當於一切有情起恭敬心不應起憍慢心當於一切有情以恭敬心與語不應以憍慢心與語當於一切有情起質直心不應起諂詐心當於一切有情以質直心與語不應以諂詐心與語當於一切有情起調柔心不應起剛強心當於一切有情以調柔心與語不應以剛強心與語當於一切有情起利益心不應起不利益心當於一切有情以利益心與語不應以不利益心與語當於一切有情起安樂心不應起不安樂心當於一切有情以安樂心與語不應以不安樂心與語當於一切有情起無

礙心不應起有礙心當於一切有情以無礙心與語不應以有礙心與語當於一切有情起如父母如兄弟如姊妹如男女如親族心亦以此心應與其語當於一切有情起朋友心亦以此心應與其語當於一切有情起如親教師如軌範師如弟子如同學心亦以此心應與其語當於一切有情起如預流一來不還阿羅漢心亦以此心應與其語當於一切有情起如獨覺心亦以此心應與其語當於一切有情起如善薩摩訶薩心亦以此心應與其語當於一切有情起如如來應正等覺心亦以此心應與其語當於一切有情起應供養恭敬尊重讚歎心亦以此心應與其語當於一切有情起應救濟憐愍覆護心亦以此心應與其語當於一切有情起畢竟空

無所有不可得心亦以此心應與其語當於一切有情起空無相無願心亦以此心應與其語善現若菩薩摩訶薩欲得無上正等菩提以無所得而為方便當於此住復次善現若菩薩摩訶薩欲得無上正等菩提應自離害生命亦勸他離害生命恒正稱揚離害生命法歡喜讚歎離害生命者應自離不與取欲邪行亦勸他離不與取欲邪行恒正稱揚離不與取欲邪行法歡喜讚歎離不與取欲邪行者善現若菩薩摩訶薩欲得無上正等菩提應自離虛誑語亦勸他離虛誑語恒正稱揚離虛誑語法歡喜讚歎離虛誑語者應自離麁惡語離間語雜穢語亦勸他離麁惡語離間語雜穢語恒正稱揚離麁惡語離間語雜穢語法歡喜讚歎離麁惡語離間語雜

穢語者善現若菩薩摩訶薩欲得無上正等菩提應自離貪欲亦勸他離貪欲恒正稱揚離貪欲法歡喜讚歎離貪欲者應自離瞋恚邪見亦勸他離瞋恚邪見恒正稱揚離瞋恚邪見法歡喜讚歎離瞋恚邪見者善現若菩薩摩訶薩欲得無上正等菩提應自修初靜慮亦勸他修初靜慮恒正稱揚修初靜慮法歡喜讚歎修初靜慮者應自修第二第三第四靜慮亦勸他修第二第三第四靜慮恒正稱揚修第二第三第四靜慮法歡喜讚歎修第二第三第四靜慮者善現若菩薩摩訶薩欲得無上正等菩提應自修慈無量亦勸他修慈無量恒正稱揚修慈無量法歡喜讚歎修慈無量者應自修悲喜捨無量亦勸他修悲喜捨無量恒正稱揚修悲喜捨無量法歡喜讚歎修悲喜捨無量者善現若菩薩摩訶薩欲得無上正等菩提應自修空無邊處定亦勸他修空無邊處定恒正稱揚修空無邊處定法歡喜讚歎修空無邊處定者應自修識無邊處無所有處非想非非想處定亦勸他修識無邊處無所有處非想非非想處定恒正稱揚修識無邊處無所有處非想非非想處定法歡喜讚歎修識無邊處無所有處非想非非想處定者善現若菩薩摩訶薩欲得無上正等菩提應自圓滿布施波羅蜜多亦勸他圓滿布施波羅蜜多恒正稱揚圓滿布施波羅蜜多法歡喜讚歎圓滿布施波羅蜜多者應自圓滿淨戒安忍精進靜慮般若波羅蜜多亦勸他圓滿淨戒安忍精進靜慮般若波羅蜜多恒正稱揚圓滿淨戒安忍精

進靜慮般若波羅蜜多法歡喜讚歎圓滿淨戒安忍精進靜慮般若波羅蜜多者善現若菩薩摩訶薩欲得無上正等菩提應自住内空亦勸他住内空恒正稱揚住内空法歡喜讚歎住内空者應自住外空内外空空空大空勝義空有爲空無爲空畢竟空無際空散空無變異空本性空自相空共相空一切法空不可得空無性空自性空無性自性空亦勸他住外空乃至無性自性空恒正稱揚住外空乃至無性自性空法歡喜讚歎住外空乃至無性自性空者善現若菩薩摩訶薩欲得無上正等菩提應自住眞如亦勸他住眞如恒正稱揚住眞如法歡喜讚歎住眞如者應自住法界法性不虛妄性不變異性平等性離生性法定法住實際虛空界不思議界亦勸他住法界乃至不思議界恒正稱揚住法界乃至不思議界法歡喜讚歎住法界乃至不思議界者善現若菩薩摩訶薩欲得無上正等菩提應自修四念住亦勸他修四念住恒正稱揚修四念住法歡喜讚歎修四念住者應自修四正斷四神足五根五力七等覺支八聖道支亦勸他修四正斷乃至八聖道支恒正稱揚修四正斷乃至八聖道支法歡喜讚歎修四正斷乃至八聖道支者善現若菩薩摩訶薩欲得無上正等菩提應自住苦聖諦亦勸他住苦聖諦恒正稱揚住苦聖諦法歡喜讚歎住苦聖諦者應自住集滅道聖諦亦勸他住集滅道聖諦恒正稱揚住集滅道聖諦法歡喜讚歎住集滅道聖諦者善現若菩薩摩訶薩欲得無上正等菩提應自

修八解脫亦勸他修八解脫恒正稱揚修八解脫法歡喜讚歎修八解脫者應自修八勝處九次第定十遍處亦勸他修八勝處九次第定十遍處恒正稱揚修八勝處九次第定十遍處法歡喜讚歎修八勝處九次第定十遍處者善現若菩薩摩訶薩欲得無上正等菩提應自修空解脫門亦勸他修空解脫門恒正稱揚修空解脫門法歡喜讚歎修空解脫門者應自修無相無願解脫門亦勸他修無相無願解脫門恒正稱揚修無相無願解脫門法歡喜讚歎修無相無願解脫門者善現若菩薩摩訶薩欲得無上正等菩提應自圓滿極喜地亦勸他圓滿極喜地恒正稱揚圓滿極喜地法歡喜讚歎圓滿極喜地者應自圓滿離垢地發光地焰慧地極難勝地現前地遠行地不動地善慧地法雲地亦勸他圓滿離垢地乃至法雲地恒正稱揚圓滿離垢地乃至法雲地法歡喜讚歎圓滿離垢地乃至法雲地者善現若菩薩摩訶薩欲得無上正等菩提應自圓滿五眼亦勸他圓滿五眼恒正稱揚圓滿五眼法歡喜讚歎圓滿五眼者應自圓滿六神通亦勸他圓滿六神通恒正稱揚圓滿六神通法歡喜讚歎圓滿六神通者善現若菩薩摩訶薩欲得無上正等菩提應自圓滿三摩地門亦勸他圓滿三摩地門恒正稱揚圓滿三摩地門法歡喜讚歎圓滿三摩地門者應自圓滿陁羅尼門亦勸他圓滿陁羅尼門恒正稱揚圓滿陁羅尼門法歡喜讚歎圓滿陁羅尼門者善現若菩薩摩訶薩欲得無上正等菩提應自圓滿佛十

力亦勸他圓滿佛十力恒正稱揚圓滿佛十力法歡喜讚歎圓滿佛十力者應自圓滿四無所畏四無礙解大慈大悲大喜大捨十八佛不共法亦勸他圓滿四無所畏乃至十八佛不洪法恒正稱揚圓滿四無所畏乃至十八佛不共法法歡喜讚歎圓滿四無所畏乃至十八佛不共法者善現若菩薩摩訶薩欲得無上正等菩提應自順逆觀十二支緣起亦勸他順逆觀十二支緣起恒正稱揚順逆觀十二支緣起法歡喜讚歎順逆觀十二支緣起者善現若菩薩摩訶薩欲得無上正等菩提應自知苦斷集證滅修道亦勸他知苦斷集證滅修道恒正稱揚知苦斷集證滅修道法歡喜讚歎知苦斷集證滅修道者善現若菩薩摩訶薩欲得無上正等菩提應自起證預流果智而不證實際得預流果亦勸他起證預流果智及證實際得預流果恒正稱揚起證預流果智及證實際得預流果法歡喜讚歎起證預流果智及證實際得預流果者應自起證一来不還阿羅漢果智而不證實際得一来不還阿羅漢果亦勸他起證一来不還阿羅漢果智及證實際得一来不還阿羅漢果恒正稱揚起證一来不還阿羅漢果智及證實際得一来不還阿羅漢果法歡喜讚歎起證一来不還阿羅漢果智及證實際得一来不還阿羅漢果者善現若菩薩摩訶薩欲得無上正等菩提應自起證獨覺菩提智而不證實際得獨覺菩提亦勸他起證獨覺菩提智及證實際得獨覺菩提恒正稱揚起證獨覺菩提智及證實際得獨覺菩提

法歡喜讚歎起證獨覺菩提智及證實際得獨覺菩提者善現若菩薩摩訶薩欲得無上正等菩提應自入菩薩正性離生位亦勸他入菩薩正性離生位恒正稱揚入菩薩正性離生位法歡喜讚歎入菩薩正性離生位者善現若菩薩摩訶薩欲得無上正等菩提應自嚴淨佛土亦勸他嚴淨佛土恒正稱揚嚴淨佛土法歡喜讚歎嚴淨佛土者善現若菩薩摩訶薩欲得無上正等菩提應自成熟有情亦教他成熟有情恒正稱揚成熟有情法歡喜讚歎成熟有情者善現若菩薩摩訶薩欲得無上正等菩提應自起菩薩神通亦教他起菩薩神通恒正稱揚起菩薩神通法歡喜讚歎起菩薩神通者善現若菩薩摩訶薩欲得無上正等菩提應自起一切智亦教他起一切智恒正稱揚起一切智法歡喜讚歎起一切智者應自起道相智一切相智亦勸他起道相智一切相智恒正稱揚起道相智一切相智法歡喜讚歎起道相智一切相智者善現若菩薩摩訶薩欲得無上正等菩提應自斷一切煩惱相續習氣亦勸他斷一切煩惱相續習氣恒正稱揚斷一切煩惱相續習氣法歡喜讚歎斷一切煩惱相續習氣者

大般若波羅蜜多經卷第三百二十四

音釋

瞋恚（瞋稱人切怒而張目也恚於避切恨怒也）
嫉妬（嫉音疾妬都故切害賢曰嫉害色曰妬）
諂詐（諂丑琰切諛也詐側駕切僞也）
軌範（軌音鬼範音犯軌則模範也）
姊妹（姊音子妹音昧）

大般若波羅蜜多經卷第三百二十五

唐三藏法師玄奘奉　詔譯

初分菩薩住品第四十八之二

善現若菩薩摩訶薩欲得無上正等菩提應自起無忘失法亦勸他起無忘失法恒正稱揚起無忘失法法歡喜讚歎起無忘失法者應自起恒住捨性亦勸他起恒住捨性恒正稱揚起恒住捨性法歡喜讚歎起恒住捨性者善現若菩薩摩訶薩欲得無上正等菩提應自攝受圓滿壽量亦勸他攝受圓滿壽量恒正稱揚攝受圓滿壽量法歡喜讚歎攝受圓滿壽量者善現若菩薩摩訶薩欲得無上正等菩提應自轉法輪亦勸他轉法輪恒正稱揚轉法輪法歡喜讚歎轉法輪者善現若菩薩摩訶薩欲得無上正等菩提應自攝護正法令住亦勸他攝護正法令住恒正稱揚攝護正法令住法歡喜讚歎攝護正法令住者善現若菩薩摩訶薩欲得無上正等菩提以無所得而爲方便應如是住善現菩薩摩訶薩應如是學甚深般若波羅蜜多方便善巧若如是學乃能安住所安住法若如是學如是安住則於色得無障礙於受想行識得無障礙於眼處得無障礙於耳鼻舌身意處得無障礙於色處得無障礙於聲香味觸法處得無障礙於眼界得無障礙於耳鼻舌身意界得無障礙於色界得無障礙於聲香味觸法界得無障礙於眼識界得無障礙於耳鼻舌身意識界得無障礙於眼觸得無障礙於耳鼻舌身意觸得無障礙於眼觸爲緣所生諸受得無障礙於耳鼻舌身意觸爲緣所

生諸受得無障礙於地界得無障礙於水火風空識界得無障礙於無明得無障礙於行識名色六處觸受愛取有生老死得無障礙於離害生命得無障礙於離不與取欲邪行虛誑語麤惡語離間語雜穢語貪欲瞋恚邪見得無障礙於四靜慮得無障礙於四無量四無色定得無障礙於布施波羅蜜多得無障礙於淨戒安忍精進靜慮般若波羅蜜多得無障礙於內空得無障礙於外空內外空空空大空勝義空有爲空無爲空畢竟空無際空散空無變異空本性空自相空共相空一切法空不可得空無性空自性空無性自性空得無障礙於眞如得無障礙於法界法性不虛妄性不變異性平等性離生性法定法住實際虛空界不思議界得無障礙於四

念住得無障礙於四正斷四神足五根五力七等覺支八聖道支得無障礙於苦聖諦得無障礙於集滅道聖諦得無障礙於八解脫得無障礙於八勝處九次第定十遍處得無障礙於空解脫門得無障礙於無相無願解脫門得無障礙於極喜地得無障礙於離垢地發光地焰慧地極難勝地現前地遠行地不動地善慧地法雲地得無障礙於五眼得無障礙於六神通得無障礙於三摩地門得無障礙於陁羅尼門得無障礙於佛十力得無障礙於四無所畏四無礙解大慈大悲大喜大捨十八佛不共法得無障礙於順逆觀十二支緣起得無障礙於知苦斷集證滅修道得無障礙於預流果得無障礙於一來不還阿羅漢果得無障礙於獨覺菩提得無障

礙於入菩薩正性離生位得無障礙於嚴淨佛土得無障礙於成熟有情得無障礙於起菩薩神通得無障礙於一切智得無障礙於道相智一切相智得無障礙於斷一切煩惱相續習氣得無障礙於無忘失法得無障礙於恒住捨性得無障礙於圓滿壽量得無障礙於轉法輪得無障礙於正法住得無障礙所以者何善現是菩薩摩訶薩從前際來不攝受色不攝受受想行識不攝受眼處不攝受耳鼻舌身意處不攝受色處不攝受聲香味觸法處不攝受眼界不攝受耳鼻舌身意界不攝受色界不攝受聲香味觸法界不攝受眼識界不攝受耳鼻舌身意識界不攝受眼觸不攝受耳鼻舌身意觸不攝受眼觸爲緣所生諸受不攝受耳鼻舌身意觸爲緣所生諸受不攝受地界不攝受水火風空識界不攝受無明不攝受行識名色六處觸受愛取有生老死不攝受離害生命不攝受離不與取欲邪行虛誑語麤惡語離間語雜穢語貪欲瞋恚邪見不攝受四靜慮不攝受四無量四無色定不攝受布施波羅蜜多不攝受淨戒安忍精進靜慮般若波羅蜜多不攝受內空不攝受外空內外空空空大空勝義空有爲空無爲空畢竟空無際空散空無變異空本性空自相空共相空一切法空不可得空無性空自性空無性自性空不攝受真如不攝受法界法性不虛妄性不變異性平等性離生性法定法住實際虛空界不思議界不攝受四念住不攝受四正斷四神足五根五力七等覺支八聖道支不攝受苦聖諦不

攝受集滅道聖諦不攝受八解脫不攝受八勝處九次第定十遍處不攝受空解脫門不攝受無相無願解脫門不攝受極喜地不攝受離垢地發光地焰慧地極難勝地現前地遠行地不動地善慧地法雲地不攝受五眼不攝受六神通不攝受三摩地門不攝受陁羅尼門不攝受佛十力不攝受四無所畏四無礙解大慈大悲大喜大捨十八佛不共法不攝受十二支緣起順逆觀不攝受知苦斷集證滅修道不攝受預流果不攝受一來不還阿羅漢果不攝受獨覺菩提不攝受入菩薩正性離生位不攝受嚴淨佛土不攝受成熟有情不攝受菩薩神通不攝受一切智不攝受道相智一切相智不攝受斷一切煩惱相續習氣不攝受無忘失法不攝受恒住捨性不攝受圓滿壽量不攝受轉法輪不攝受正法住何以故善現色不可攝受故若色不可攝受則非色受想行識不可攝受故若受想行識不可攝受則非受想行識善現眼處不可攝受故若眼處不可攝受則非眼處耳鼻舌身意處不可攝受故若耳鼻舌身意處不可攝受則非耳鼻舌身意處善現色處不可攝受故若色處不可攝受則非色處聲香味觸法處不可攝受故若聲香味觸法處不可攝受則非聲香味觸法處善現眼界不可攝受故若眼界不可攝受則非眼界耳鼻舌身意界不可攝受故若耳鼻舌身意界不可攝受則非耳鼻舌身意界善現色界不可攝受故若色界不可攝受則非色界聲香味觸法界不可攝受故若聲香味觸法界不可攝

受則非聲香味觸法界善現眼識界不可攝受故若眼識界不可攝受則非眼識界耳鼻舌身意識界不可攝受故若耳鼻舌身意識界善現眼觸不可攝受故若眼觸不可攝受則非眼觸耳鼻舌身意觸不可攝受故若耳鼻舌身意觸不可攝受則非耳鼻舌身意觸善現眼觸爲緣所生諸受不可攝受故若眼觸爲緣所生諸受不可攝受則非眼觸爲緣所生諸受耳鼻舌身意觸爲緣所生諸受不可攝受故若耳鼻舌身意觸爲緣所生諸受不可攝受則非耳鼻舌身意觸爲緣所生諸受善現地界不可攝受故若地界不可攝受則非地界水火風空識界不可攝受故若水火風空識界不可攝受則非水火風空識界善現無明

不可攝受故若無明不可攝受則非無明行識名色六處觸受愛取有生老死不可攝受故若行乃至老死不可攝受則非行乃至老死善現離害生命不可攝受故若離害生命不可攝受則非離害生命離不與取欲邪行不可攝受故若離不與取欲邪行不可攝受則非離不與取欲邪行善現離虛誑語不可攝受故若離虛誑語不可攝受則非離虛誑語離麤惡語離間語雜穢語不可攝受故若離麤惡語離間語雜穢語不可攝受則非離麤惡語離間語雜穢語善現離貪欲不可攝受故若離貪欲不可攝受則非離貪欲離瞋恚邪見不可攝受故若離瞋恚邪見不可攝受則非離瞋恚邪見善現初靜慮不可攝受故若初靜慮不可攝受則非初靜慮第二第

三第四靜慮不可攝受故若第二第三第四靜慮不可攝受則非第二第三第四靜慮善現慈無量不可攝受故若慈無量不可攝受則非慈無量悲喜捨無量不可攝受故若悲喜捨無量不可攝受則非悲喜捨無量善現空無邊處不可攝受故若空無邊處不可攝受則非空無邊處識無邊處無所有處非想非非想處不可攝受故若識無邊處無所有處非想非非想處不可攝受則非識無邊處無所有處非想非非想處善現布施波羅蜜多不可攝受故若布施波羅蜜多不可攝受則非布施波羅蜜多淨戒安忍精進靜慮般若波羅蜜多不可攝受故若淨戒安忍精進靜慮般若波羅蜜多不可攝受則非淨戒安忍精進靜慮般若波羅蜜多善現內空不可

攝受故若內空不可攝受則非內空外空內外空空空大空勝義空有爲空無爲空畢竟空無際空散空無變異空本性空自相空共相空一切法空不可得空無性空自性空無性自性空不可攝受故若外空乃至無性自性空不可攝受則非外空乃至無性自性空善現眞如不可攝受故若眞如不可攝受則非眞如法界法性不虛妄性不變異性平等性離生性法定法住實際虛空界不思議界不可攝受故若法界乃至不思議界不可攝受則非法界乃至不思議界善現四念住不可攝受故若四念住不可攝受則非四念住四正斷四神足五根五力七等覺支八聖道支不可攝受故若四正斷乃至八聖道支不可攝受則非四正斷乃至八聖道支善現苦

聖諦不可攝受故若苦聖諦不可攝受則非苦聖諦集滅道聖諦不可攝受故若集滅道聖諦不可攝受則非集滅道聖諦善現八解脫不可攝受故若八解脫不可攝受則非八解脫八勝處九次第定十遍處不可攝受故若八勝處九次第定十遍處不可攝受則非八勝處九次第定十遍處善現空解脫門不可攝受故若空解脫門不可攝受則非空解脫門無相無願解脫門不可攝受故若無相無願解脫門不可攝受則非無相無願解脫門善現極喜地不可攝受故若極喜地不可攝受則非極喜地離垢地發光地焰慧地極難勝地現前地遠行地不動地善慧地法雲地不可攝受故若離垢地乃至法雲地不可攝受則非離垢地乃至法雲地善現五眼不可攝受故若五眼不可攝受則非五眼六神通不可攝受故若六神通不可攝受則非六神通善現三摩地門不可攝受故若三摩地門不可攝受則非三摩地門陁羅尼門不可攝受故若陁羅尼門不可攝受則非陁羅尼門善現佛十力不可攝受故若佛十力不可攝受則非佛十力四無所畏四無礙解大慈大悲大喜大捨十八佛不共法不可攝受故若四無所畏乃至十八佛不共法不可攝受則非四無所畏乃至十八佛不共法善現十二緣起順逆觀不可攝受故若十二緣起順逆觀不可攝受則非十二緣起順逆觀善現知苦斷集證滅修道不可攝受故若知苦斷集證滅修道不可攝受則非知苦斷集證滅修道善現預流果不可攝受故若預流果不

可攝受則非預流果一来不還阿羅漢果不可攝受故若一来不還阿羅漢果不可攝受則非一来不還阿羅漢果善現獨覺菩提不可攝受故若獨覺菩提不可攝受則非獨覺菩提善現入菩薩正性離生位不可攝受故若入菩薩正性離生位不可攝受則非入菩薩正性離生位善現嚴淨佛土不可攝受故若嚴淨佛土不可攝受則非嚴淨佛土善現成熟有情不可攝受故若成熟有情不可攝受則非成熟有情善現菩薩神通不可攝受故若菩薩神通不可攝受則非菩薩神通善現一切智不可攝受故若一切智不可攝受則非一切智道相智一切相智不可攝受故若道相智一切相智不可攝受則非道相智一切相智善現斷一切煩惱相續習氣不可攝受故若斷一切煩惱相續習氣不可攝受則非斷一切煩惱相續習氣善現無忘失法不可攝受故若無忘失法不可攝受則非無忘失法恒住捨性不可攝受故若恒住捨性不可攝受則非恒住捨性善現圓滿壽量不可攝受故若圓滿壽量不可攝受則非圓滿壽量善現轉法輪不可攝受故若轉法輪不可攝受則非轉法輪善現正法住不可攝受故若正法住不可攝受則非正法住說是菩薩住品時萬二千菩薩摩訶薩得無生法忍

初分不退轉品第四十九之一

爾時具壽善現白佛言世尊不退轉菩薩摩訶薩有何行有何狀有何相我等云何知是不退轉菩薩摩訶薩佛言善現若菩薩摩訶薩能如實知諸異生地諸聲聞地諸獨覺地

諸菩薩地諸如来地如是諸地於諸法眞如中無變異無分別皆無二無二分是菩薩摩訶薩雖如實悟入諸法眞如而於諸法眞如無所分別以無所得爲方便故是菩薩摩訶薩既如實悟入諸法眞如已雖聞眞如與一切法無二無別而無疑滯何以故眞如與一切法不可說一異俱不俱故是菩薩摩訶薩終不輕爾而發語言所發語言皆引義利若無義利終不發言是菩薩摩訶薩不觀視他好惡長短平等憐愍而爲說法善現不退轉菩薩摩訶薩有如是等諸行狀相應以如是諸行狀相知是不退轉菩薩摩訶薩具壽善現復白佛言世尊復以何行何狀何相知是不退轉菩薩摩訶薩佛言善現若菩薩摩訶薩能觀一切法無行無狀無相當知是爲不退轉菩薩摩訶薩具壽善現復白佛言世尊若一切法無行無狀無相是菩薩摩訶薩於何法退轉故名不退轉佛言善現是菩薩摩訶薩於色退轉故名不退轉於受想行識退轉故名不退轉何以故善現色自性無所有受想行識自性亦無所有是菩薩摩訶薩於中不住故名退轉善現是菩薩摩訶薩於眼處退轉故名不退轉於耳鼻舌身意處退轉故名不退轉何以故善現眼處自性無所有耳鼻舌身意處自性亦無所有是菩薩摩訶薩於中不住故名退轉善現是菩薩摩訶薩於色處退轉故名不退轉於聲香味觸法處退轉故名不退轉何以故善現色處自性無所有聲香味觸法處自性亦無所有是菩薩摩訶薩於中不住故名退轉善現是菩薩摩

訶薩於眼界退轉故名不退轉於耳鼻舌身意界退轉故名不退轉何以故善現眼界自性無所有故耳鼻舌身意界自性亦無所有是菩薩摩訶薩於中不住故名退轉善現是菩薩摩訶薩於色界退轉故名不退轉於聲香味觸法界退轉故名不退轉何以故善現色界自性無所有聲香味觸法界自性亦無所有是菩薩摩訶薩於中不住故名退轉善現是菩薩摩訶薩於眼識界退轉故名不退轉於耳鼻舌身意識界退轉故名不退轉何以故善現眼識界自性無所有耳鼻舌身意識界自性亦無所有是菩薩摩訶薩於中不住故名退轉善現是菩薩摩訶薩於眼觸退轉故名不退轉於耳鼻舌身意觸退轉故名不退轉何以故善現眼觸自性無所有耳鼻舌身意觸自性亦無所有是菩薩摩訶薩於中不住故名退轉善現是菩薩摩訶薩於眼觸爲緣所生諸受退轉故名不退轉於耳鼻舌身意觸爲緣所生諸受退轉故名不退轉何以故善現眼觸爲緣所生諸受自性無所有耳鼻舌身意觸爲緣所生諸受自性亦無所有是菩薩摩訶薩於中不住故名退轉善現是菩薩摩訶薩於地界退轉故名不退轉於水火風空識界退轉故名不退轉何以故善現地界自性無所有水火風空識界自性亦無所有是菩薩摩訶薩於中不住故名退轉善現是菩薩摩訶薩於無明退轉故名不退轉於行識名色六處觸受愛取有生老死退轉故名不退轉何以故善現無明自性無所有行乃至老死自性亦無所有是菩薩摩

訶薩於中不住故名退轉善現是菩薩摩訶薩於布施波羅蜜多退轉故名不退轉於淨戒安忍精進靜慮般若波羅蜜多退轉故名不退轉何以故善現布施波羅蜜多自性無所有淨戒安忍精進靜慮般若波羅蜜多自性亦無所有是菩薩摩訶薩於中不住故名退轉善現是菩薩摩訶薩於內空退轉故名不退轉於外空內外空空空大空勝義空有爲空無爲空畢竟空無際空散空無變異空本性空自相空共相空一切法空不可得空無性空自性空無性自性空退轉故名不退轉何以故善現內空自性無所有外空乃至無性自性空自性亦無所有是菩薩摩訶薩於中不住故名退轉善現是菩薩摩訶薩於真如退轉故名不退轉於法界法性不虛妄性不變異性平等性離生性法定法住實際虛空界不思議界退轉故名不退轉何以故善現真如自性無所有法界乃至不思議界自性亦無所有是菩薩摩訶薩於中不住故名退轉善現是菩薩摩訶薩於四念住退轉故名不退轉於四正斷四神足五根五力七等覺支八聖道支退轉故名不退轉何以故善現四念住自性無所有四正斷乃至八聖道支自性亦無所有是菩薩摩訶薩於中不住故名退轉善現是菩薩摩訶薩於苦聖諦退轉故名不退轉於集滅道聖諦退轉故名不退轉何以故善現苦聖諦自性無所有集滅道聖諦自性亦無所有是菩薩摩訶薩於中不住故名退轉善現是菩薩摩訶薩於四靜慮退轉故名不退轉於四無量四無色定

退轉故名不退轉何以故善現四靜慮自性無所有四無量四無色定自性亦無所有是菩薩摩訶薩於中不住故名退轉善現是菩薩摩訶薩於八解脫退轉故名不退轉於八勝處九次第定十遍處退轉故名不退轉何以故善現八解脫自性無所有八勝處九次第定十遍處自性亦無所有是菩薩摩訶薩於中不住故名退轉善現是菩薩摩訶薩於空解脫門退轉故名不退轉於無相無願解脫門退轉故名不退轉何以故善現空解脫門自性無所有無相無願解脫門自性亦無所有是菩薩摩訶薩於中不住故名退轉善現是菩薩摩訶薩於五眼退轉故名不退轉於六神通退轉故名不退轉何以故善現五眼自性無所有六神通自性亦無所有是菩薩摩訶薩於中不住故名退轉善現是菩薩摩訶薩於三摩地門退轉故名不退轉於陁羅尼門退轉故名不退轉何以故善現三摩地門自性無所有陁羅尼門自性亦無所有是菩薩摩訶薩於中不住故名退轉善現是菩薩摩訶薩於佛十力退轉故名不退轉於四無所畏四無礙解大慈大悲大喜大捨十八佛不共法退轉故名不退轉何以故善現佛十力自性無所有四無所畏乃至十八佛不共法自性亦無所有是菩薩摩訶薩於中不住故名退轉善現是菩薩摩訶薩於預流果退轉故名不退轉於一來不還阿羅漢果退轉故名不退轉何以故善現預流果自性無所有一來不還阿羅漢果自性亦無所有是菩薩摩訶薩於中不住故名退轉善現是

菩薩摩訶薩於獨覺菩提退轉故名不退轉何以故善現獨覺菩提自性無所有是菩薩摩訶薩於中不住故名退轉善現是菩薩摩訶薩於一切智退轉故名不退轉於道相智一切相智退轉故名不退轉何以故善現一切智自性無所有道相智一切相智自性亦無所有是菩薩摩訶薩於中不住故名退轉善現是菩薩摩訶薩於異生地退轉故名不退轉於聲聞地獨覺地菩薩地如來地退轉故名不退轉何以故善現異生地自性無所有聲聞地獨覺地菩薩地如來地自性亦無所有是菩薩摩訶薩於中不住故名退轉善現是菩薩摩訶薩於阿耨多羅三藐三菩提退轉故名不退轉何以故善現阿耨多羅三藐三菩提自性無所有是菩薩摩訶薩於中

不住故名退轉復次善現若不退轉位菩薩摩訶薩終不樂觀外道沙門婆羅門等形相言說彼諸沙門婆羅門等於所知法實知實見或能施設正見法門必無是處善現若成就如是諸行狀相當知是爲不退轉菩薩摩訶薩復次善現若不退轉位菩薩摩訶薩於佛善說法毗奈耶深生信解終無疑惑無戒禁取不墮惡見不執世俗諸吉祥事以爲清淨終不禮敬諸餘天神如諸世閒外道所事亦終不以種種花鬘塗散等香衣服瓔珞寶幢旛蓋伎樂燈明供養天神及諸外道善現若成就如是諸行狀相當知是爲不退轉菩薩摩訶薩復次善現若不退轉位菩薩摩訶薩不生地獄傍生鬼界阿素洛中亦不生於卑賤種族謂旃荼羅補羯娑等亦終不受扇

捕半擇無形二形及女人身亦復不受盲聾瘖瘂攣躄癲癇尫陋等身亦終不生無暇時處善現若成就如是諸行狀相當知是爲不退轉菩薩摩訶薩復次善現若不退轉位菩薩摩訶薩常樂受行十善業道自離害生命亦勸他離害生命恒正稱揚離害生命法歡喜讃歎離害生命者自離不與取亦勸他離不與取恒正稱揚離不與取法歡喜讃歎離不與取者自離欲邪行亦勸他離欲邪行恒正稱揚離欲邪行法歡喜讃歎離欲邪行者自離虚誑語亦勸他離虚誑語恒正稱揚離虚誑語法歡喜讃歎離虚誑語者自離麤惡語亦勸他離麤惡語恒正稱揚離麤惡語法歡喜讃歎離麤惡語者自離離間語亦勸他離離間語恒正稱揚離離間語法歡喜讃歎離離間語者自離雜穢語亦勸他離雜穢語恒正稱揚離雜穢語法歡喜讃歎離雜穢語者自離貪欲亦勸他離貪欲恒正稱揚離貪欲法歡喜讃歎離貪欲者自離瞋恚亦勸他離瞋恚恒正稱揚離瞋恚法歡喜讃歎離瞋恚者自離邪見亦勸他離邪見恒正稱揚離邪見法歡喜讃歎離邪見者是菩薩摩訶薩乃至夢中亦不現起十惡業道況在覺時善現若成就如是諸行狀相當知是爲不退轉菩薩摩訶薩復次善現若不退轉位菩薩摩訶薩普爲饒益一切有情恒修布施波羅蜜多普爲饒益一切有情恒修淨戒波羅蜜多普爲饒益一切有情恒修安忍波羅蜜多普爲饒益一切有情恒修精進波羅蜜多普爲饒益一切有情恒修靜慮波羅蜜多普爲饒

益一切有情恒修般若波羅蜜多善現若成就如是諸行狀相當知是爲不退轉菩薩摩訶薩復次善現若不退轉位菩薩摩訶薩諸所受持思惟讀誦究竟通利清淨教法所謂契經應頌記别諷誦自說緣起本事本生方廣希法譬喻論議以如是法常樂布施一切有情恒作是念云何當令諸有情類求正法願皆得滿足復持如是法施善根與諸有情同共迴向諸佛無上正等菩提善現若成就如是諸行狀相當知是爲不退轉菩薩摩訶薩復次善現若不退轉位菩薩摩訶薩於佛所說甚深法門終不生於疑惑猶預時具壽善現白佛言世尊何緣不退轉菩薩摩訶薩於佛所說甚深法門終不生於疑惑猶預佛言善現是菩薩摩訶薩都不見有法可疑惑猶預謂不見有色亦不見有受想行識可於中生疑惑猶預不見有眼處亦不見有耳鼻舌身意處可於中生疑惑猶預不見有色處亦不見有聲香味觸法處可於中生疑惑猶預不見有眼界亦不見有耳鼻舌身意界可於中生疑惑猶預不見有色界亦不見有聲香味觸法界可於中生疑惑猶預不見有眼識界亦不見有耳鼻舌身意識界可於中生疑惑猶預不見有眼觸亦不見有耳鼻舌身意觸可於中生疑惑猶預不見有眼觸爲緣所生諸受亦不見有耳鼻舌身意觸爲緣所生諸受可於中生疑惑猶預不見有地界亦不見有水火風空識界可於中生疑惑猶預不見有無明亦不見有行識名色六處觸受愛取有生老死可於中生疑惑猶預不見有

布施波羅蜜多亦不見有淨戒安忍精進靜慮般若波羅蜜多可於中生疑惑猶預不見有內空亦不見有外空內外空空空大空勝義空有爲空無爲空畢竟空無際空散空無變異空本性空自相空共相空一切法空不可得空無性空自性空無性自性空可於中生疑惑猶預不見有眞如亦不見有法界法性不虛妄性不變異性平等性離生性法定法住實際虛空界不思議界可於中生疑惑猶預不見有四念住亦不見有四正斷四神足五根五力七等覺支八聖道支可於中生疑惑猶預不見有苦聖諦亦不見有集滅道聖諦可於中生疑惑猶預不見有四靜慮亦不見有四無量四無色定可於中生疑惑猶預不見有八解脫亦不見有八勝處九次第定十遍處可於中生疑惑猶預不見有五眼亦不見有六神通可於中生疑惑猶預不見有三摩地門亦不見有陁羅尼門可於中生疑惑猶預不見有佛十力亦不見有四無所畏四無礙解大慈大悲大喜大捨十八佛不共法可於中生疑惑猶預不見有預流果亦不見有一来不還阿羅漢果可於中生疑惑猶預不見有獨覺菩提可於中生疑惑猶預不見有一切智亦不見有道相智一切相智可於中生疑惑猶預不見有異生地亦不見有聲聞地獨覺地菩薩地如来地可於中生疑惑猶預不見有阿耨多羅三藐三菩提可於中生疑惑猶預善現若成就如是諸行狀相當知是爲不退轉菩薩摩訶薩

大般若波羅蜜多經卷第三百二十五

音釋

花鬘（鬘莫班切）

補羯娑（梵語也此云昇死屍等之賤種羯居謁切）

扇搋（梵語也此云生謂天然生者男根不滿也搋勅皆切）

半擇（梵語具云半擇迦此云變謂今生變作也）

攣躄（攣閭員切手拘攣也躄必亦切足不能行也）

癲癇（癲音顛癇音間狂病也）

矬陋（矬才禾切短也陋朗豆切鄙惡也）